21世纪
年度小说选

2021 中篇小说

2021 中篇小说

21世纪年度小说选

人民文学出版社编辑部 编

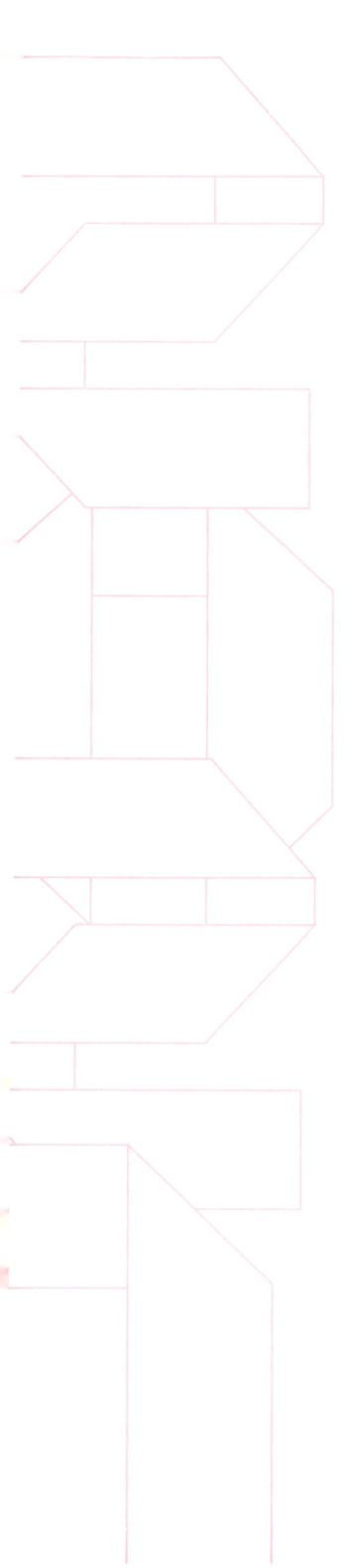

人民文学出版社

图书在版编目（CIP）数据

2021中篇小说／人民文学出版社编辑部编．— 北京：人民文学出版社，2022
（21世纪年度小说选）
ISBN 978–7–02–016822–4

Ⅰ.①2… Ⅱ.①人… Ⅲ.①中篇小说—小说集—中国—当代 Ⅳ.①I247.5

中国版本图书馆 CIP 数据核字（2022）第 033813 号

责任编辑	徐晨亮　秦雪莹　王昌改
装帧设计	李思安
责任印制	宋佳月

出版发行	人民文学出版社
社　　址	北京市朝内大街166号
邮政编码	100705
印　　刷	河北环京美印刷有限公司
经　　销	全国新华书店等
字　　数	546千字
开　　本	880毫米×1230毫米　1/32
印　　张	17.5　插页3
印　　数	1—4000
版　　次	2022年4月北京第1版
印　　次	2022年4月第1次印刷
书　　号	978-7-02-016822-4
定　　价	65.00元

如有印装质量问题，请与本社图书销售中心调换。电话：010–65233595

出 版 说 明

我社自1977年起，即每年编选和出版年度短篇小说选和中篇小说选，两种年选曾经深得读者的喜爱，在文学界和读者中具有广泛影响。1994年后，这项工作一度中断。21世纪肇始，根据文学界人士和读者的建议，我社决定恢复中、短篇小说年选的编选和出版工作，以便及时总结年度中、短篇小说创作的成绩，向读者集中推荐优秀的中、短篇小说，也为新世纪的文学积累做出我们的贡献。

恢复出版的中、短篇小说年选总冠名为"21世纪年度小说选"，以示我们一百年不动摇，长期做下去的决心。"21世纪年度小说选"分中篇小说和短篇小说，各编一册，于次年出版；编选范围为当年全国各报刊上发表的中、短篇小说，入选篇目的排列以作品发表时间先后为序。

"21世纪年度小说选"的编选工作得到许多著名文学评论家和编辑家的支持和帮助，他们应我社之邀，对当年的中、短篇小说创作状况进行深入、广泛的研讨，提出许多极有价值的选目。我们在广泛阅读的基础上，充分参考专家们的意见，严格进行编选。在此，谨向诸位专家深表谢忱。

人民文学出版社编辑部

目录

·001· 春夜·葬礼　蔡　骏

·066· 八度屯　李约热

·122· 瓦　猫　葛　亮

·213· 刺客爱人　双雪涛

·287· 天物墟　孙　频

·353· 身体是记仇的　须一瓜

·389· 背风处　姚鄂梅

·449· 跳　鲤　胡学文

·514· 唯水年轻　林　森

春夜·葬礼

蔡 骏

一

"钩子船长"死了。

他终于死了。不知高寿几何,命丧何时何地。他是我的童年噩梦之一。因为手。准确讲,是右手,整根食指断了,中指跟无名指,仅存半截。大拇指、小拇指,倒是完整,粗壮、坚硬,像装了一副铁钩,拗断小囡脖颈,轻轻松松。说来话长,美国总统尼克松访华,我爸爸从部队复员,分配到上海春申机械厂,做了老毛师傅的关门徒弟。粉碎"四人帮"后,经部队战友小沈介绍,我爸爸认得了工农兵大学生小王,就是我妈妈。十一届三中全会后,我爸爸跟我妈妈结婚,像生产汽车机械部件,把我生产到社会主义社会。

我爸爸当上爸爸,心花怒放,上班牵记我跟我妈妈,操作机床分了心,吃掉老毛师傅右手,闯了大祸。老毛师傅的中指、无名指,只余一半;食指被送到医院,勉强接上,三个月后,发黑流脓,爬出蛆虫,再给医生切掉，终成"钩子船长"，光荣退休。此恨绵绵无绝期的时光中，我慢慢地长大，地球经历了两伊战争、海湾战争、苏联解体、捷克斯洛伐克分家、南斯拉夫一分为六、波黑又一分为三，唯独我爸爸跟老毛师傅的情谊，赛过牢不可破的联盟。我的外公外婆、爷爷奶奶，依次告别人间，"钩子船长"却有万寿无疆倾向，挺一张猪肝颜色面孔，双目暴射精光，太阳穴鼓鼓，花白头发朝天，火葬场、墓地，皆是遥不可及。他终于死了。

接到这一消息，是清明节次日。我在北京，站在颁奖台，捧起奖杯，对着麦克风，念出获奖感言。我的手机响了，《国际歌》铃声嘹亮，庄严的颁奖典礼，登时有了老一辈无产阶级革命家追悼会腔调。我刚要关掉手机，发觉是我爸爸来电，长时间没接到过他电话，暗想大事不妙。我只好抱了奖杯，转到后台接听。一千三百公里外，我爸爸说，老毛师傅死了。隔两秒，一只铁钩，冲出手机屏，恶狠狠揪牢我耳朵，抛回到遥远往昔。我爸爸又说，明日，老毛师傅大殓，你快点回上海，参加追悼会。我说，没空，明日还要开会，讨论电影剧本，后日回来。我爸爸说，儿子，你必须回来，有人牵记你，追悼会结束，要跟你碰一面。我改说普通话，葬礼后的聚会，究竟哪个人找我？我爸爸说，张海。

一秒钟内，我挂断电话，关手机。回到台上，群贤毕至，我手捧奖杯，皮笑肉不笑，获奖者集体合影。颁奖礼后，便是晚宴，席上觥筹交错，弱水萍漂，莲台叶聚，龙虎斗京华。担心的事体来了，赞助商来敬酒，竟是中国白酒大亨。我不吃酒，但看在奖金面子上，只好抿一小口，准备偷偷吐掉。但这位白酒大亨，颇为霸道，两只眼乌珠盯牢我，茅台入口，牙齿间转三圈，像漱口水，辛辣浓香，又像匕首，终归刺入体内，一击致命。天旋地转，我竟没倒下，自行走回酒店。同舍另一作家，却已烂醉如泥。我想呕吐，未果。北京一夜，被酒精淹没前，我改签机票，次日回上海。

天明，北京大霾，绛草凝珠，昙花隔雾，央视新大楼，欲拒还迎，只剩裤脚管一只。早高峰，路人皆口罩伺候，刹车尾灯世界，滚滚红尘，碧血黄沙。助理帮我订了专车，出三环，长亭外，古道边，雾霾碧连天。首都机场T3，我拖了行李，过五关，斩六将，办完登机牌，过安检，冲到登机口，被通知晚点，航班排队。赶不上追悼会了，我痴等半日，雾霾稍稍退散，方才登上波音737。隔了舷窗，遥望京华，万里西风瀚海沙，"钩子船长"当在焚尸炉中，结实、干枯，还没冷透。困于祖国夜空，我做了一个梦。

待到梦醒，早已飞出一千多公里，只剩一轮月亮，刚好挂于舷窗外，正跟梦中风景雷同，圆如青铜古镜，满满铺开一弯春夜。降落虹桥机场，春风如一把湿毛巾，从头到脚，揩去北国烟尘。上了出租车，我打开手机，收到我爸爸短信，关照我到忘川楼，神探亨特、保尔·柯察金、冉阿让，集体静坐等我，切勿着急，安全第一。听闻这么一堆英雄人物静候我归来，登时受宠若惊，记忆错乱。

忘川楼，此地形势诡谲，中山北路内环高架，凯旋路轻轨，纵贯光新路，对冲苏州河，锐角大转弯，分出江宁路、光复西路。天上看便是"天"，不对，是个"夫"，天上出了头，"夫"下要加一"人"，便是苏州河，竖写是"夫人"，有男有女，社会细胞，爱情坟墓。忘川楼，恰好戳了"夫人"心脏，五条马路、一根高架、一根轻轨、一条河流，齐齐汇聚，风水老法里讲，万箭穿心，煞气中的煞气，大凶中的大凶。餐厅门口，阴风阵阵，架一黑火盆，余烬未凉。江南旧俗，葬礼后，家属必要宴请宾客，俗称"豆腐羹饭"。我没赶上葬礼，不必跨火盆，拖了箱子，迈入忘川楼。

二楼，服务员在收台子，唯独一桌，聚了几个老头。我爸爸牙齿摇落，头发倒是一根没少，大半花白。他最亲密的三位同志，形如《西游记》狮驼岭三怪，统管四万七八千小妖，差点吃了唐僧肉，欺辱孙悟空。头一怪，青狮怪，身高一米九，重约两百斤，猪肝颜色面孔，脑门半秃，人称神探亨特；第二怪，白象怪，头上寸草不生，额角头像电灯泡，鼻梁上一副眼镜，镜片赛过啤酒瓶底，人称保尔·柯察金；第三怪，大鹏怪，长相威严，颇有腔调，面孔棱角分明，装个大鼻头，两腮插满胡楂，鬈曲头发，大半灰白，人称冉阿让。狮驼岭三怪，少了头发，缺了牙齿，没了威风，老得不成体统，反多几十斤赘肉，堆积下巴跟腰之间，分别来自"冷战"铁幕两端，以及《悲惨世界》。

我爸爸留给我一碗豆腐羹、一镬子八宝饭，几道小菜，荤素搭配。飞机上，我忙了发梦，错过可爱空乘的送餐，自然饿肚皮。风卷残云吃菜，我才想起一人，抬头问，张海呢？有人在我背后说，阿哥，我在此地。我闻着机油，烟草，酒精，骨灰，发酸的荤小菜，发甜的素小菜，欲火焚身的油，忆苦思甜的盐，瞒天过海的酱，妒火中烧的醋。我回过头，他的面孔大变不变，法令纹更深，额角头更亮，黑西装别了黑袖章，缀一小块红布，代表死者孙辈。

他是张海，衬衫领口松开，脖颈红通通，像从火化炉里拉出来，还没烧清爽。我爸爸说，骏骏回来了，飞机票临时改签，老贵的，小海好讲了吧。保尔·柯察金搭腔说，对的，老毛师傅断气前，到底交代过啥秘密？张海喉结滚动，望了我的眼乌珠说，阿哥，我们哪一年认得的？我说，蛮长远的，记不大清。张海说，一九九八年，春天，我们在追悼会上认得，再到此地吃饭，就在忘川楼。

二

婚礼与葬礼，如同一对孪生子，又叫人雌雄莫辨。第一桩，皆是人生头等大事；第二桩，都要选定良辰吉日；第三桩，来的都是至亲好友；第四桩，要挂大幅照片，前者彩色，后者黑白；第五桩，有德高望重的人物致辞；第六桩，收到礼物或现金不少；第七桩，忙碌的不是主角自己，婚礼忙父母，葬礼忙子女；第八桩，大摆宴席，圆台面越多越有脸面；第九桩，要有火，婚礼红红火火放鞭炮，葬礼红红火火烧成灰；第十桩，购置不动产，婚礼前买阳宅，葬礼后买阴宅；第十一桩，要去民政局，仪式前必须依法登记；第十二桩，有人为你一条龙服务，要价不菲；第十三桩，都是坟墓，婚礼是爱情的坟墓，葬礼是坟墓本尊；第十四桩，婚礼是一生痛苦的起点，葬礼是痛苦一生的终点。最后一桩，葬礼的意义，远远超过婚礼。若说有何不同，人的一生，只能有一次葬礼，你没第二次机会，告别过去。就像我们生命中诸多的头一次——头一次出生，头一次死亡，头一次初恋，绝无两次可言。我头一次见到张海，既是一场婚礼，也是一场葬礼。

一九九八年，春天，我爸爸还是个精壮汉子，我尚是苍白少年，皮包骨头，前途未卜，面孔上的荷尔蒙，一粒粒赤豆粉刺，如火如荼。礼拜六，我爸爸说，跟我走，吃喜酒。我说，啥地方？我爸爸说，南京路，国际饭店。我说，啥人家结婚？我爸爸说，你的堂阿哥。我说，去年这时光，刚吃过他喜酒。我爸爸说，新娘子不好，外插花，离婚了，今日二婚。千年难遇，我爸爸穿了黑西装。我也穿得一本正经，皮鞋上油，锃光瓦亮，吃喜酒腔势。父子俩出门，一路春风相送，温风如酒，坐公交车，走了七站路，南京路，国际饭店，遥遥无期，胖售票员探出头，手拿票板，敲了玻璃窗，敞开喉咙吼，终点站到啦，火葬场到啦，送死人的下来。

这一路公交车终点站，亦是一半上海人终点站。西宝兴路殡仪馆，天空尽是阴霾，焚尸炉烟囱，喷射灰尘，犹如婚礼烟花，也是花的海洋，白色花圈，卷起人生最后惊涛骇浪。婚礼变成葬礼，喜酒自然吃不成，我说，我想回家。我爸爸说，三鞠躬就好回去了。我爸爸牵了我的手，穿过不计其数的老灵魂，人间烟火，摩肩接踵，堪比隔壁四川北路闹市。殡仪馆内，厅堂满目，小如饭店食堂，中如宾馆大堂，大如剧院礼堂，拉上银幕就能放电影，各家各户，遗体告别，各有尊卑。我爸爸帮我袖子管别上黑纱，来到一间遗体告别大厅，名唤"金龙厅"，颇有水泊梁山聚义厅气概，及时雨宋江、玉麒麟卢俊义、智多星吴用，英雄好汉排排坐，唯独晁盖要死。大厅堆满花圈，挂遍丝绸被套，挽联个个"千古""沉痛哀悼""驾鹤西游"。虎背熊腰神探亨特、钢铁战士保尔·柯察金、邋遢胡子冉阿让，风云人物聚齐，仿佛诺贝尔文学奖颁奖典礼。我爸爸这三位老友，时值壮年，一生中最后的黄金时代，面含悲戚，互递香烟，头顶烟雾缭绕，放鞭炮般闹忙。黑色帷幔正中，挂一张黑白照片，框了个五十多岁男人，朝我微微一笑。我爸爸说，他是老厂长。

遗体告别仪式，局领导致悼词，家属答谢。集体三鞠躬，但我没动，我爸爸压我头颈，他是天生断掌，手劲大，我不得不折腰。哀乐响起，瞻仰遗体，鱼贯入帷幔。人群中低沉哀号。我爸爸落下眼泪水，滴滴答答，打湿西装领头。啥人能让他如丧考妣？我伸长头颈，挤到人群缝隙，想见识老厂长，究竟何方神圣。如来佛祖？元始天尊？三只眼杨戬？一秒钟后，我后悔了。水晶棺材之中，所谓遗体，竟是个木头假人。头发是假的，五官是假的，皮肤也是假的。两只眼睛、一对嘴唇皮，都是毛笔画上去的，颜色比活人鲜艳，好似涂了口红、揩了胭脂。寿衣里包裹的身体，恐怕也是假的。唯一真的，是我爸爸的眼泪水。我吓得魂都没了。我爸爸捏牢我手说，不要怕，你养出来刚满月，老厂长就抱过你。

我想要呕吐了，冲出遗体告别大厅，迎面撞着"钩子船长"。刚逃出少年噩梦，童年噩梦不期而至。老毛师傅已是七旬老翁，右手藏在袖子管里，深蓝色中山装，领头毛糙发白，好像一张黑白照片。老头背后立一少年，灰夹克，黑长裤，白跑鞋，略高我两厘米，肤色更深一分，肩头宽了半寸。少年跟我一般大，鼻头下巴，点缀紫红色粉刺，头发如春天韭菜，长势旺盛。老毛师傅说，小讨债鬼，还不叫人？少年一愣，叫我一声，阿哥好。我爸爸出来寻我，看到老毛师傅，递出一支红双喜，再用自来火点上。"钩子船长"吐出一口烟，对少年说，快打招呼。少年一愣，点头鞠躬。老毛师傅怒说，小扫把星，火葬场，不要对活人鞠躬。老头子抬起残缺右手，陡然猛击少年后脑，仿佛暗藏铁钩，金属回声响亮。我的耳膜嗡嗡作响，少年脑壳会不会粉粉碎，脑子变成豆腐花？经受"钩子船长"暴击，少年竟然不倒，硬生生立于原地，犟头倔脑，直勾勾盯了人看，好像要从你的面孔上，盯出两只洞眼来。少年说，外公，我错了。我暗暗瞥他，他大方说，阿哥，我叫张海，弓长张，上海的海。他说普通话，带了不知何地的口音。他是老毛师傅的外孙。这是我头一次见到张海。

遗体告别仪式落幕，老厂长一生谢幕，恋恋不舍，钻进火化炉。我昂了头颈，望了烟囱，定快快。张海问我，阿哥，你在看什么？我说，我在看烟囱。张海说，烟囱上有什么？我脑子里电闪雷鸣，想象焚尸炉喷出五斤骨灰，遗体告别大厅挤出二两眼泪水，烟囱开始长高，东方明珠这样高，画了一只长颈鹿，四只脚立在殡仪馆，头颈升到烟囱顶端，细长鹿头，一对小角，喷出浓黑烟雾，像一朵朵黑牡丹。

追悼会后，我爸爸一诺千金，带我去吃饭。七部大巴，拉上几百多号人，浩浩荡荡，开出夕阳下的火葬场，开到中山北路光新路口的忘川楼。众人跨过火盆，去了晦气，免得不干不净物事尾随。跟遗体告别大厅一般，大堂摆开二十几桌，老厂长派头，不可一世，君临天下。圆台面上，无锡糖醋小排、扬州狮子头、上海腌笃鲜、长江鲥鱼、百事可乐、力波啤酒、花雕黄酒、剑南春白酒、软壳中华国烟、金装良友外烟,赛过吃喜酒。此种老店家,专做白喜事、豆腐羹饭生意,菜色相比红喜事,稍逊风骚,却有沟通天上人间的烟火味。童年一个时期,周围老人走了的多,我频频被带去各种追悼会,吃豆腐羹饭,亲朋好友,往往同一批人,老酒香烟不断,一天世界,好像人这一辈子,烧成灰烬之后,所有生日宴的总和,合成一趟葬礼宴,最后一夜辉煌,风流云散,永不复来。但这身后的辉煌,必跟你生前的辉煌成正比,或跟子女的辉煌成正比,若是活着时光寒酸,人情凉薄,最后一夜灯火便暗淡,温凉如水,门可罗雀,这一夜过后,乘火箭般被忘记,快于骨灰冷却速度。

我爸爸、神探亨特、保尔·柯察金、冉阿让、老毛师傅,还有我跟张海,同坐一张圆台面。十七八岁少年,除非天生自来熟百搭,否则不轻易言语,我跟张海都在这阶段,饭量倒是不小,他啃一根鸡腿,我吞三块牛肉,只要消灭桌上一道菜,就能免了尴尬。吃的竞赛中,我俩打成平手,但在吃酒方面,我跟我爸爸一样,滴酒不沾,故而一败涂地。张海连干三杯啤酒,我喝了两杯可乐,脸颊发烫。我不敢看人家眼睛,低头讲话,抬头看天。张海每讲一句,每听一句,皆是直勾勾盯牢你,好像一对眼乌珠里,左边藏了孔雀胆,右边塞了鹤顶红,多看一眼,就要七窍流血。我才晓得,张海跟我同岁,生日小我几天,也是摩羯座。

台子上,我爸爸敬烟,神探亨特敬酒,冉阿让吃得面红耳赤,保尔·柯察金唾沫横飞,讲起这几年,厂里积下不少三角债,老厂长要陪吃、陪喝、赔笑,方能讨回几根毛来。山东一家汽车厂,欠了我们厂一百万货款,八年了没还过一分铜钿。老厂长去讨债,开了厂里的桑塔纳,八百里路云和月,上了山东人的鸿门宴,老厂长豪气云天,唱了三回《智斗》,念了七十二道行酒令,吃了一斤白酒,方才讨回十万大洋。神探亨特说,老厂长是真英雄,夹紧现金,星夜兼程,驱车返沪,只为第二天,要给全厂职工发工资。凌晨三点,老厂长刚进上海,就在高速公路昏了头,钻进一辆集装箱卡车底盘。保尔·柯察金叹息,残酷啊残酷,老厂长当场身亡,上半身粉身碎骨,只剩骨肉渣渣,下半身却完好无损,今日追悼会上"遗体",下半身是如假包换的老厂长,上半身却只能做个替身,选用一根上等松木,雕出死人身体跟首级,再用橡皮泥捏成五官,两只眼乌珠、一对嘴唇皮,请了殡仪馆化妆师,用毛笔画上去。托保尔·柯察金口福,我是胃里翻腾,七荤八素,哇一口,隔夜饭吐到台子上。我爸爸非但不关心我,反而怒不可遏,教训我无规无矩。冉阿让讲没事体,跟神探亨特一道收作台子。

张海扶我去卫生间,打开水龙头,帮我清理衣裳,终归话是稠了。张海问我,那个叔叔为啥叫保尔·柯察金?我说,《钢铁是怎样炼成的》看过吧?张海说,没看过。我说,我看过三遍,书里的男主角,保尔·柯察金。张海说,也是话痨?我说,不是话痨,是个战士,后来变成瞎子。张海说,蛮惨的。我说,你看那个爷叔,戴了一千度的眼镜片,等于半个瞎子,但他喜欢读书,逢人就讲《钢铁是怎样炼成的》,还会背诵保尔的名言,大家就叫他保尔·柯察金了。张海又问,冉阿让呢?我说,《悲惨世界》看过吧?张海说,看过电影,上海电影译制片厂配的音。我说,你看那位爷叔,面孔上全是胡子,头发也是鬈毛,相貌凶恶,像个枪毙鬼、劳改犯,绝对是冉阿让翻版。张海笑说,有道理,最后一位,神探亨特,我就明白了,我看过那部电视剧。

讲到此地,女厕所冲出一个小姑娘,风风火火,神情无知,撞到我的胸口,一道掼倒在地。小姑娘的白衣裳,变成揩台布,当场哭哧乌拉。张海拖起小姑娘,看她七八岁年纪,也别了黑袖章,面孔白白净净,像涂了一层牛奶,眼乌珠漂亮,涌出一层眼泪水。红白喜事上,小朋友吃吃停停,疯来跑去,容易碰着磕着。张海揩揩她的面孔说,你叫什么名字？小姑娘一抽一抽说，小荷。她的声音呢，像一颗大白兔奶糖，听到耳朵里，吃到嘴巴里，化在舌头尖，流成一片糖水。我是胃里翻腾，身上狼藉，问她一句，你家长呢？小姑娘回头一指，隔壁一桌，也是春申厂职工。小姑娘爸爸立起来，不到四十岁，乌黑头发，油光锃亮。我不认得此人，此人倒认得我，他笑说，你是蔡师傅儿子吧。他又对女儿说，小荷，谢谢哥哥。小姑娘先看我，再看张海，噘了嘴巴说，谢谢哥哥。我说，不谢。

小姑娘爸爸斟满酒杯，到我们一桌来敬酒。所有人皆立起来，唯独"钩子船长"坐定，下巴高挺，不动如山。来人对我爸爸尤为恭敬，言必称"师傅"，连吃五杯老酒，再敬五根香烟，转战下一桌去了。冉阿让闷声说，"三浦友和"终归当上厂长了。我说，他是厂长？神探亨特说，老厂长刚被烧成灰，新厂长走马上任。我问我爸爸，他为啥叫你师傅？我爸爸说，哼，他刚进厂时光，做过我的徒弟，现在飞黄腾达了。我又问，为啥叫"三浦友和"？保尔·柯察金说，厂里每个人都有外号，看过日本片子《血疑》吗？我想了想，只记得三浦友和、山口百惠。保尔·柯察金说，人人讲他像《血疑》男主角，他又姓浦，"三浦友和"外号就来了。我再看厂长一桌，小姑娘泪痕未干，向我翻翻白眼。

天下没有不散的宴席，也没有不死的老师傅，宾客们酒足饭饱告辞。我爸爸却不肯走，烟头堆积如山。我爸爸说，老厂长是个好人，当初我刚进厂，他还是车间主任，安排我拜师学艺，做了老毛师傅徒弟。冉阿让说，我也是呢，作孽啊，老厂长正好六十岁，再过一个月，就要退休享福，还没看到第三代出世。保尔·柯察金说，老厂长被拦腰截断，他用命调来的十万元现金，困了公文包里，一张也没少，一日也没耽搁，当天就发了大家工资，鞠躬尽瘁，死而后已。我想起追悼会上，我爸爸给家属送白包，破天荒，装了五百五十元，恰是他一个月工资。老毛师傅问一句,厂长车祸走了,出事体的车子呢?餐桌不响了,杯中酒水不响,碟中骨头不响,碗里汤汁更不响。我爸爸平常闷声不响,现在却响了,车子就在厂里。"钩子船长"德高望重,当即决定,去。

三

出了忘川楼,过沪杭铁道口。彼时火车已不开,在造轻轨高架。我爸爸跟老毛师傅打头阵。"钩子船长"抬头挺胸,腰板笔直,疾行如风,脚下有根,南帝、北丐、东邪、西毒才有的修为;神探亨特,形如关二爷,身长八尺,面红如赭,酷似美国电视剧《神探亨特》男主角,又如伦勃朗《夜巡》,金灿灿是光,黑漆漆是影,阿姆斯特丹水城,无数条苏州河环绕;保尔·柯察金戴了一千度眼镜,胸前口袋,插一支上海造英雄牌金笔;冉阿让仓皇夜奔,顶天立地市长,原是亡命苦役犯,今宵要救珂赛特;殿后压阵小将,便是我跟张海,雄兔脚扑朔,雌兔眼迷离,两个少年傍地走,婚礼与葬礼一般难以分辨。老少七人,若说葫芦七兄弟,恐怕乱了辈分,莫如是七剑下天山。

江宁路往南,一边苏州河,一边造币厂。忽而高山,忽而河谷,没入阴影,沐在月下。造币厂阴影,比造币厂本身更巍峨,覆盖静水深流。江宁路桥,旧称造币厂桥,苏州河九曲十八弯,长寿路桥、昌化路桥、江宁路桥、西康路桥、宝成桥、武宁路桥,以至三官堂桥、沪西曹家渡,二十四桥明月夜,在西洋风景大上海,山重水复,柳暗花明,造出江南风光。立定桥头,北岸浩荡棚户区,朱家湾、潭子湾、潘家湾,一片可怕小世界。鸽子笼模糊,星光点点,多少男女老幼,魂灵翻涌,灯火渐暗,被褥渐热,春梦渐生。两根铁路线,穿过斜拉桥相交,火车站广场,千万人露宿月下。苏州河南,一字长蛇阵排开,一片光明大世界：面粉厂、啤酒厂、印刷厂、药水厂、灯泡厂、申新九厂、上钢八厂、国棉六厂，多数已寿终正寝，少数还苟延残喘。桥下夜航船，马达声声，有一船工独立，浊浪翻涌，渐次淹过船舷。苏州河有味道，天地独一份：雨天腐烂味道，千丝百转；阴天牙膏味道，催人泪下；晴天酱油味道，馋吐水滴答答。东边日出西边雨，泔脚钵头味道，发馊三日，必要捏了鼻头。苏州河底淤泥，沉渣泛起，金光闪闪，生出个璀璨暗世界，困了白骨，困了袁大头，困了小黄鱼。再往前数，南宋韩世忠，忠王李秀成，李鸿章洋枪队，陈其美革命军，北伐装甲列车，呜咽渡河；四行仓库，八百壮士，杨慧敏，女童军，青天白日旗，这夜光景，齐刷刷涌到眼门前。

下江宁路桥，转入澳门路，春申机械厂到了。我小时光，这座工厂是个钢铁堡垒，蒸汽白烟翻涌，仿佛《雾都孤儿》或《远大前程》时代，在职工人一千，退休工人两千，车床、刨床、铣床、磨床，彻夜不息轰鸣，订单如雪片飞来，我爸爸忙得四脚朝天，三班倒。上海牌、红旗牌、东风牌、首长喊"同志们好"的大轿车，都有若干个零部件，出自我爸爸之手。他是车铣刨磨样样精通，兼任资深电工，大到电冰箱，小到收音机，鬼斧神工，无所不能修理。世事难料，我爸爸的光辉岁月好景不长，崔健唱《新长征路上的摇滚》的同时，德国人、日本人、法国人，本着国际主义精神，带来合资汽车品牌。车内五脏六腑、筋骨肌腱，乃至五官七窍，漂洋过海而来。春申厂的产品，一夜间，堆积仓库，化作废铜烂铁，工人们各奔东西。我爸爸跟冉阿让，还要争抢一个下岗名额，老友到底是老友，没为名额打破头，反而互相谦让。冉阿让不争气，鬼使神差，打了女儿的钢琴老师，被治安拘留十五日，只得下岗。只留我爸爸在厂里，独守孤城。冉阿让因祸得福，去了私人老板修车行，诊断汽车疑难杂症，如扁鹊、华佗诊断蔡桓公、曹操，手到擒来，药到病除，每月可赚三千大洋。我问过我爸爸，羡慕过冉阿让吧？我爸爸惜字如金说，屁。

今朝夜里厢，月色清艳，厂里青山绿水，再无油污，铁锈与灰尘飞扬，反而春风吹送，兰花幽香。墙下开辟一块园圃，种了花花草草，泥里埋了何首乌、木莲、覆盆子，犹如百草园，大概还有赤链蛇。保尔·柯察金赞我爸爸有闲情野趣。我爸爸说，少拍马屁，厂里没生活，只好养花养鸟，打牌下棋，解解厌气。穿过一车间，绕过二车间，到了红砖围墙仓库，蹿出一条黑颜色大狗，向不速之客狂吠，震得我耳朵痛。神探亨特叫它名字：撒切尔。它便摇起尾巴，蹭了神探亨特的裤脚管。

我爸爸打开生锈铁门。冉阿让推上电闸，屋顶砰砰作响，亮起一排白炽灯。撒切尔再度狂吠。我伸手遮光，我爸爸搂我肩膊。他的手，相当热，湿润，汗津津，油滋滋。今宵是老厂长头七，人死在这部车上，见车如见本尊。严格来讲，是车的遗体。车顶消失，引擎盖被掀掉，暴露发动机，五脏六腑，座位靠背，被横向一刀切断，如断头骑士，比追悼会上所见"遗体"更加可怖。老厂长的三魂，这部车的六魄，冲入鼻孔，灌入胸肺，壮大胆囊。神探亨特呼吸粗重，保尔·柯察金鼻腔拉风箱，冉阿让面颊爆出胡楂，"钩子船长"喉咙生出浓痰，我爸爸掏出一支烟，迟迟没点上。上海大众桑塔纳，黑颜色车身，火柴盒车头，低矮，颀长，进气格栅上车标，圆圈内，一只"V"，一只"W"，车尾贴"上海·SANTANA"，德语"VOLKSWAGEN"。五年前，厂里还没欠一屁股债，买了这部车子，平时老厂长自己开，现在像一具尸体，弹痕累累，枭首示众，死无葬身之地。仓库变成停灵义庄，而我们，变成送葬家属。我跟张海并排而立，像初出茅庐的实习法医，观察解剖尸体。昨日，我爸爸带了单位介绍信，跑到交警队，将这具残骸运回厂里，发觉不少老厂长骨头、内脏残渣，全部集齐，装了马甲袋，称分量有两斤，交到家属手里，今日一并送入火化炉。

我爸爸说，车子发动机没坏，就像一个人，内脏通通坏掉，心脏还是好的，就能救活过来。神探亨特提一瓶绍兴花雕，洒于地上，围绕桑塔纳一圈，留下金灿灿圆环，醇厚甘苦之味，惹人迷醉。冉阿让说，要是在山东鸿门宴，老厂长不吃五十二度白酒，吃温过的黄酒，怕是能躲过血光之灾。保尔·柯察金说，黄酒后劲也大，还要开车子，老厂长不是死在酒上，是死在操心上，不肯让厂里断了粮，结果自己断了头，惨。

老毛师傅发话道，你们要修这部车，必得有个帮手。洪亮的扬州嗓门儿，仿佛一台机床轰鸣，绕梁三日不绝。我爸爸跟他的伙伴们，面面相觑，除掉这几张老面孔，还有啥帮手？"钩子船长"伸出右手，捉牢张海后背。我又听"咚"一声，少年膝盖撞上水门汀。我爸爸要扶张海，老毛师傅说，不要碰他。张海跪于地上，双眼盯了我爸爸，叫一声师傅。老毛师傅踢了外孙屁股一脚，怒骂道，小把戏，没规矩，还不磕头。张海连磕三个响头，水门汀山响，前额爆出红肿。张海立起来，我爸爸递出一支红双喜烟。张海不敢接。"钩子船长"说，不识好歹，师傅给你烟就接。张海掏出打火机，先给我爸爸点烟，再给自己点。阴风袭来，火苗孟浪，摇曳。张海用手挡风点火，以烟代茶，拜师礼成。神探亨特、保尔·柯察金、冉阿让，加上我，连同老厂长的魂、半死的桑塔纳，同做见证人。我爸爸跟张海，同时吐出两团烟雾，穿过我的头顶，缥缈而去。冉阿让向"钩子船长"敬一支烟。神探亨特、保尔·柯察金，互敬一支烟。六根烟枪，湿云四集，弥漫，散佚。撒切尔蹲坐于地，不怒自威。唯独不抽烟的我，被尼古丁熏得双眼通红，如临大敌，热泪滚滚，不争气地溢出眼角。少年张海面孔，渐次模糊黯淡。

春夜，老厂长头七，也是桑塔纳头七，中国人称"回魂夜"，魂兮归来。

四

春天快要过去，老毛师傅带了外孙，到我家里做客。张海穿一件灰衬衫、黑裤子、白球鞋，身上清汤寡水。是夜，我妈妈在市委党校学习。看到师傅祖孙到访，我爸爸格外殷勤，先敬一支中华，再介绍客厅酒柜，我妈妈的三八红旗手、优秀纪检干部奖状。"钩子船长"参观过餐厅、两个卧室、两个卫生间、一个储藏室，最后到书房。老头啧啧称叹，全厂在职、下岗、退休职工，无人比得上我家，保尔·柯察金还住新客站北广场，太阳山路棚户区，三代同堂，老小八口人，窝了九个平方米，一个人放屁，全家被熏死。相比我家这套房子，老厂长家也稍逊风骚，一九四九年前，资本家也不过如此嘛。听到这种夸奖，我爸爸如坐针毡。

沙发上坐定，老毛师傅蹦出一句扬州话，辣块妈妈，世道不好，恶人当道，要是老厂长还活着，小海老早顶替我进厂了。我爸爸说，师傅啊，老皇历了。我爸爸跟老毛师傅，讲得有来有回，我在旁边偷听，原来张海要捧铁饭碗，只有厂长讲了算。老厂长鞠躬尽瘁，死而后已，新厂长"三浦友和"临危受命，生不逢时，接下春申厂的烂摊子。上个礼拜，我爸爸带了张海，提了两条中华，登门造访。厂长不肯收礼，还讲现在是一九九八年，不是一九八八年，更不是一九七八年，工厂铁饭碗，早已打碎一地，成了渣，不如搪瓷碗，不如塑料碗，厂里九成工人下岗，发工资东拼西凑，岂有进人名额。我爸爸说，国有工矿企业，哪怕下岗了，再就业了，但是劳保、医保一样不缺，党支部、工会还关心你，逢年过节，发点年货，这便是全民所有制的好处，要是无业游民、个体户，饿死都没得人管。厂长说，张海要进春申厂，只有一个办法，就是当临时工，没身份、没劳保、没医保，等于三无产品。我爸爸左思右想，别无他法，厂长已仁至义尽，天都快塌了，哪里还能挑三拣四。临时工，虽不是铁饭碗，总赛过待业做流氓吧。厂长批了条子，张海捧上这份塑料饭碗，当了我爸爸的关门徒弟。

"钩子船长"抬起右手，搂了张海说，外公没用，这只手啊，连只螺蛳壳都捏不牢，从今往后，你跟着师傅，听师傅话，学好手艺，有口饭吃，还能讨媳妇。我爸爸说，哪有那么大规矩。老毛师傅一本正经说，老规矩是要讲的，旧社会啊，进厂做学徒，必定要给师傅下跪磕头，拜师礼，上三炷香，杀一只鸡，指天发誓，背叛师门，天诛地灭，白刀子进，红刀子出，全家杀光。老头讲得吃力，气喘吁吁，抽一支烟说，小海初中毕业，刚从江西回到上海，不进春申厂，必在外头鬼混，挨杀千刀，只有他当上工人，我才能安心翘辫子，要不然，进棺材都不安宁，到了阴间，还得拆了阎罗殿，继续革命。说罢，老毛师傅跟我爸爸回客厅，吃烟吃茶去了。

中国象棋规则，老帅跟老将不能碰头，我跟张海单独相处，红中对白板，反而尴尬。我便介绍起书架，其中一百多本，是我妈妈藏书——《马克思恩格斯选集》《悲惨世界》《安娜·卡列尼娜》《钢铁是怎样炼成的》，二十世纪八十年代《收获》《当代》《人民文学》，中文本科自学考试教科书。我自己大约有两百本书，《中国通史》《欧洲中世纪史》《第三帝国的兴亡》，最近几年全套《军事世界》《舰船知识》杂志。我问张海，你平常看啥书？张海说，卫斯理算吗？我说，算。张海说，卧龙生、云中岳算吗？我说，读过金庸吧？张海点头，报了一长串书名，闻所未闻，不在"飞雪连天射白鹿，笑书神侠倚碧鸳"之列，大概是"金庸新"或"全庸"大作。

我的写字台上，摆了一组线圈、两只电容、一只小喇叭、一根电子二极管。张海说，这是什么？我说，矿石收音机，小时候自己装的。张海说，阿哥真有本事。我说，我爸爸教我的，二极管就是半导体。张海说，用电池吗？我说，不需要电源。张海惊说，不用电就能听广播？我说，试验给你看。这只矿石收音机，台子上积灰老多年，我妈妈想当垃圾丢掉，都被我爸爸抢救回来。我拉出天线，打开窗门，收着信号，小喇叭终归响了，咿咿呀呀，刺啦刺啦，像两只蚊子，一雌一雄，双宿双飞，交配产卵，听得人汗毛立起。张海探头过来，要看清二极管里的秘密，藏了啥乾坤。我调整可变电容，像十几把折扇，打开叠了一道，便能调出不同电台。两只蚊子飞的声音，渐渐变成一个男人抑扬顿挫的上海话："上海人民广播电台，中波1197，调频92.4，为你播出苏州评弹开篇《宝玉夜探》。"三弦跟琵琶前奏，好像五根手指头，贴着你后背摸过来，一个老头子唱苏州话："隆冬寒露结成冰，月色迷蒙欲断魂，一阵阵朔风透入骨，乌洞洞的大观园里冷清清，贾宝玉一路花街步，脚步轻移缓缓行，他是一盏灯一个人。"我已吓煞，马上转动可变电容，调到隔壁音乐台。评弹消失，两个女人唱歌："来吧，来吧，相约九八，来吧，来吧，相约一九九八，相约在甜美的春风里，相约那永远的青春年华……"声音终归古怪，像吊在绳子上，马上要断气。我关了收音机说，不听啦，有电磁干扰。张海说，阿哥，可以收听国外广播吧？我说，就是短波吧，我妈妈不准我听，不过间谍小说里写，矿石收音机，蛮适合搞间谍活动，当作无线电接收器，可以窃听信号。这时光，隔壁传来老毛师傅的扬州话，声若洪钟，小海呀，家去。

"钩子船长"临别时，残缺的右手捏了捏我爸爸说，小海命苦啊，他的前程，交给你了。我爸爸说，师傅，我懂。我爸爸送客下楼。我立在阳台目送，车棚亮起昏黄的灯，春风吹起一片片榆叶，像一枚枚硬币，沙沙掠过少年张海。他蓦地回首，望向二楼阳台。我忙低头，躲到枝繁叶茂的夜来香背后。他朝我挥舞双手，来回交叉到头顶，像海员离开港口告别。夜空清澈起来，繁星熠熠，难得一见。对面三楼，响起家庭卡拉OK，有个中年男人沙哑嗓音，唱邰正宵的《九百九十九朵玫瑰》。

五

一九九九年，血红血红的五月，北约空袭南联盟，中国驻贝尔格莱德大使馆，遭了飞来横祸。学生上街游行，包围美国领事馆。我爸爸回到家里，愁眉苦脸，穷凶极恶吃香烟。我妈妈是优秀纪检干部，察觉有异，用"双规"腐败分子的手段，审问到半夜，我爸爸老实交代，在厂里跟人动手了。我妈妈冷笑说，快五十岁的人，越活越有出息了。我爸爸沉闷，与世无争，但不是没打过人，何况当过兵，天生一张通关手，搏击好底子。他叹气说，我连一根毛都没少，只是张海倒霉了。我插嘴问，你徒弟出了啥事体？我爸爸说，为了老厂长的桑塔纳。

陈凯歌《霸王别姬》头一句"不疯魔，不成活"，本是梨园行老话，亦能用于我爸爸。比方讲，他养花，三个阳台搞成植物园，春天君子兰，热天夜来香，秋天蟹脚兰，冷天漳州水仙，还有昙花一现，我家仿佛花开四季、万古长青的遗体告别大厅；他欢喜摄影，家里全是古董照相机，自己搭了暗房，通宵冲洗底片，犹如间谍佐尔格，在我四岁这年，我爸爸带我去人民公园，神探亨特、保尔·柯察金、冉阿让到齐，他忙着给人家小朋友拍照片，结果我倒是走失，人民广场大喇叭广播寻人，方才接我回来，这是我头一趟出名；他想学画，托了工会主席引荐，拜入国画大师程十发门下，想做末等弟子，大师早已收过关门徒弟，退而求其次，做个徒孙也好，无奈徒弟们也年事已高，只得寻了徒孙学艺，成了徒曾孙，购得湖笔、宣纸、端砚、徽墨，看了教材，照猫画虎，夜以继日，摆开功架泼墨，终得一代表作《钱塘江春潮图》，四尺对开，五彩斑斓，令人六神无主、七上八下，我费了九牛二虎之力，千百种解读，竟是毕加索才情、达利风骨、弗里达气魄、加泰罗尼亚超现实主义腔调。

现在呢，我爸爸的心血来潮、他的疯魔、他的成活，便是要修复老厂长的桑塔纳。我妈妈对修车子没兴趣，继续审问，到底跟啥人动了手？我爸爸说，癞痢。讲到重点了，自从大半工人下岗，留守的无心上班，要么做私活，要么从仓库顺手牵羊。有个瘟生，头上斑秃，外号"癞痢"，经常到仓库揩油。我爸爸跟张海师徒，在车床、铣床、刨床跟磨床上加工零部件，准备替换到桑塔纳上，出去吃一支香烟，转身回来就没了。张海提醒一句，癞痢刚来过。我爸爸寻到癞痢，先礼后兵，叫他还出来。癞痢不承认，我爸爸骂他两句，对方便先动手了。工厂打架不稀奇，热血冲头，说打就打，有的是日积月累、心里不爽，有的是无缘无故、脑筋搭错。至于后果，除非断手断脚，否则惊动不到派出所。张海不懂窍槛、不知深浅，看到师傅吃亏，举起开口扳手，就给癞痢开了瓢。这记闯祸，眼看癞痢血流不止，我爸爸送他到最近的纺织医院。癞痢是皮肉伤，头上缝两针，搽了红药水。有人要报警，癞痢却说，不必劳烦老派同志出马，谈谈医药费跟赔偿，伸出一根手指头，狮子大开口，一万元私了，这等于我爸爸十八个月工资。不然，癞痢就要去派出所。

我爸爸说，我答应过老毛师傅，不但要带张海出师，还要保他平安、无病无灾，他要是过不了这道关，就要吃官司，甚至上山。等到天亮，我妈妈去了银行，取出一万元，交到我爸爸手里。但有一则条件，必须让癞痢出谅解书，律师看过才作数。厂长原本要开除张海，癞痢收了一万元，跟我爸爸一道寻到厂长，讲大水冲了龙王庙，误会一场，是他自己撞伤，大事化小，小事化无。张海的塑料饭碗保牢，他写了欠条，一万元，必定如数归还。我爸爸点一支烟，将欠条烧成灰。不要看他动作潇洒，实际上呢，我爸爸是个吝啬鬼，三五元也要争个面红耳赤。这年余下时光，我爸爸在家里颇为恭顺，不再犟头倔脑。

这日起，我缠了我爸爸，想要去春申厂，看看老厂长的桑塔纳。想起上趟看到它，上半身腰斩，千疮百孔，等于一具尸骸，如何起死回生？就像老早公园里，拉起帐篷，两元一张门票，好看"花瓶少女""人兽杂交"。我爸爸不同意，他讲就像烧菜，只有端到台子上，才能让食客品尝，现在这部车子，还在油锅里翻滚，缺了油盐酱醋，根本不上台面。但我天天缠、日日缠，从春天缠到秋天。我爸爸也大变样了，老早他每日跑证券公司，盯牢股票大屏幕，愁眉苦脸；现在他是笑看股市风云，早上穿戴整齐，高高兴兴上班，平平安安回家。终有一夜，秋风四起，我爸爸说，跟我来吧。

是夜，我们父子同行，到了春申厂门口，却碰到神探亨特。他是一副虎背熊腰身坯，穿了上海妇女用品商店保安制服。我说，亨特爷叔，你下班啦。神探亨特面露愠色。半年前，我从单位出来，路过淮海路跟雁荡路，在妇女用品商店门口，碰着一个彪形大汉，身穿保安制服，俗称"黑猫"，赫然是神探亨特。故人相逢，我蛮开心，他却面孔通红，长吁短叹。神探亨特原是钳工，老厂看他力大无穷，体形颇具威慑性，调他入保卫科。工厂火红年代，仓库里有黄铜，常有飞贼进来，偷盗国家财产。神探亨特虽无手枪，却有手铐电棍，几番擒获梁上君子。后来保卫科撤销，神探亨特下岗，再就业为商场保安，镇守妇女用品商店，继续跟小偷家族斗智斗勇，落在他手里的犯罪分子，没五百童男童女，也有斯巴达三百勇士。只可惜，堂堂身高八尺关二爷，自诩洛杉矶警察局神探，竟为妇女同志们服务，犹如杨贵妃沦落风尘，不免夺志，不免丧气。

春申厂里，一阵犬吠响起，震得耳膜生疼，必是撒切尔。神探亨特叫一声，手电照出一条猛犬，母夜叉变成林黛玉，缠了神探亨特脚头,摇尾巴,舔舌头,肉麻得不得了。撒切尔一叫,张海也出来了。今夜是他值班,面孔上青春痘更旺,穿了蓝颜色工作服,好像一只蓝颜色魂魄,从湿空气里拧出来。神探亨特开道,老少四人,走到仓库门口。

我爸爸打开铁门,推上电闸,大灯照亮银灰色罩子,盖牢一部车子,呼之欲出。张海掀开罩子,轻手慢脚,像新郎揭盖头、解内衣,慢慢地露出新娘,又像剥一颗洋葱、一根甘蔗、一枚榴梿,五味俱全,慢慢地露出真容。神探亨特刚点上一支烟,隔手落出嘴唇皮,吧嗒掼到地上,烟灰溅绽,火星熄灭。这两秒钟里,仓库里邪气安静,张海面孔上爆出一颗粉刺,老厂长的魂灵头窃窃私语。我看到这部断命的桑塔纳,原本已被腰斩,现在引擎盖、车顶、前后三对车柱,失而复得,红彤彤,如鲜血,如烈火;车身还是乌漆墨黑,保持原样,垂死病中惊坐起,上半身红发少女,下半身黑衣姑娘,拼成一个混血女郎。

神探亨特捡起烟头,拍拍灰,重新点上自来火,喷了烟雾说,老蔡,你有本事。我爸爸不声不响。张海道出秘密,两个月前,冉阿让过来帮忙,蹲在车子前头,连吃三包香烟,做了诊断:除掉一颗心脏,其余四脏六腑,从咽喉到大肠,无一幸存,经脉皆断,想要起死回生,只好移花接木,借尸还魂。冉阿让跑到汽车坟场,觅到一部出租车,也是桑塔纳,刚开三年,新近报废,漆皮也没磨损,直角挺硬,新鲜,挺括。美中不足,报废车是红颜色,烈焰翻腾,厂里的桑塔纳是黑颜色,深沉如墨。月黑风高,我爸爸踏了一部黄鱼车,带了徒弟张海,来到汽车坟场,像两个盗墓贼,卸掉出租车引擎盖,再用切割机,拆下整块车顶,还有前挡风两侧 A 柱、前后门两侧 B 柱、后挡风两侧 C 柱,总共六根柱子,装上黄鱼车,分量实在是重,我爸爸在前头蹬车,张海在后头卖力推,鸡叫天明,方才运回厂里。我爸爸、冉阿让、临时工张海,仨人齐上阵,用一台焊接机,将红颜色车顶、红颜色引擎盖、ABC 六根柱子，焊接上黑颜色车身。车祸撞烂的进气格栅、前挡板、车侧扰流板、保险杠、车灯、电路等等，汽车坟场淘来替换，质量没问题，我爸爸精心挑选，超过时限不要，有过外伤不要，有过内伤，更加不能要。美中不足，挡风玻璃不好用旧的，看上去窗明几净，揩得清清爽爽，实际上呢，还是皇帝的新衣，根本不存在。

张海说，汽车不是人，是机器，用机械方式制造，也能用机械方式复原，师傅教我手艺，布置功课，让我拆掉仓库里的发动机、变速箱，拆得粉粉碎，原样装回去，必须分毫不差。神探亨特搭腔，就像法医解剖尸体，必要熟悉每根骨头，要不然，一刀切下去，就坏事体了。我说，就像史上第一部科幻小说，也是惊悚小说，玛丽·雪莱《弗兰肯斯坦》。张海说，阿哥，德国大众、日本丰田、美国通用，全世界大车厂，尽是机器人流水线，机械臂上来，钢筋骨架、肌肉皮肤，血管内脏，自然搭好，造车比造人更快；不过嘛，手工有手工的好处，法拉利、兰博基尼、布加迪，这顶级跑车，还用手工打磨，因而珍贵，也是艺术品。我说，这样讲法，你们就是当代的达·芬奇、米开朗琪罗、拉斐尔，这部桑塔纳，便不是弗兰肯斯坦，而是丽莎女士、《创世记》《西斯廷圣母》。我爸爸摇头说，越讲越豁边了。我说，这家厂人人皆有外号，这部车子也要有个名字。神探亨特说，迪迪·麦考尔，洛杉矶女警察，有腔调吧。张海说，我倒觉着，可以叫红黑军团，AC 米兰球衣，一道红，一道黑，像这部车子的颜色。他这一句，叫我醍醐灌顶，我说，红与黑。我爸爸莫知莫觉，啥东西？张海说，好像是一部译制片，赵忠祥老师配音。神探亨特说，美国警匪片吧，贩毒还是绑票的？我说，讲一个法国后生，出身蛮苦，先后跟两个女人谈恋爱，即将飞黄腾达，最后却被杀头。神探亨特说，小白脸轧姘头，杀人偿命，欠债还钱，天经地义，不冤枉。

我问一声，爸爸，这部车子可以开吧？这一句，像一根针，戳爆儿童节气球，让我爸爸垂头丧气。一年前，车祸空前惨烈，车子变速箱、刹车片、避震器，通通报销。冉阿让问过价钿，以上零部件，加上挡风玻璃，等于我爸爸五年工资。要是从废弃车场里拆，一是未必拆得到，二是关键零部件，用报废旧货，便有安全隐患，最好用原厂新货。我爸爸愁眉苦脸说，车子开不动，只是个摆设。我说，人死不能复生，就像不能收起骨灰，重新造出一个老厂长。我爸爸说，老厂长的交代，我是没本事完成了，散了吧。

六

二〇〇一年春节，出了一桩大事体。保尔·柯察金下岗后，闲来无事，他没神探亨特的雄健体魄，不屑于当保安，也没我爸爸的手艺，宁愿领两百元下岗工资，打打麻将，逛逛文庙旧书市场，沙里淘金。他收到旧《申报》一张，上面登了民国二十年四月一日，华商上海春申机器厂开办启事。民国二十年，就是一九三一年，整整七十年前。工会主席瓦西里，奉命来到我家，传递厂长指示，二〇〇一年四月一日，要办七十周年厂庆，无论在职、下岗，或是退休，通通邀请，并有大事宣布。我家客厅宽阔，瓦西里又唤来神探亨特、保尔·柯察金、冉阿让，五根烟枪扫射，熏黑了我家天花板，当晚惹怒我妈妈。

雪霁天晴，春天踏了猫步而来。七十周年厂庆，日夜倒计时。每个礼拜天，工会主席瓦西里，准时来我家报到，讨论厂庆安排，大到天王老子，小到腰眼角落、邀请嘉宾、编排节目、职工接待，央视春晚，不过如此。瓦西里每趟上门，皆是两手空空，既无面包，更无牛奶，还要吃掉我爸爸一包香烟、一两茶叶。有一趟，讲起厂庆安排，张海说，还有一位嘉宾，必须要请的。我爸爸问，啥人？张海说，外公有一位结拜兄弟，小王先生，七十岁了，春申机器厂老板的二公子，没有继承家业,却当了作家,住在思南路,外公讲他是文曲星下凡。瓦西里拍了大腿,好啊,七十周年厂庆,方方面面都请到了,独缺一样,就是春申厂的根,当年老板王先生,是我们厂的创始人、第一代老厂长,把二公子请过来,饮水思源,把根留住,厂庆才算圆满。张海说,外公也想念小王先生,明日下班,我就去思南路,请他来参加厂庆。我已偷听多时,听说要拜访作家,自告奋勇说,我在思南路上班,陪你一道去。

次日,我刚下班,在单位隔壁阿娘面馆,吃了碗面。思南路上,风清月朗,张海骑了脚踏车而来。他摊开手掌心,红墨水写了地址,思南路101弄。张海让我上脚踏车后座,我一犹豫,还是坐上去了。从思南路往南走,过南昌路,再过皋兰路、香山路、复兴中路,法国梧桐林荫道,翦翦轻风,庭院深深,过周公馆、梅老板寓所,已是荒凉无人,鬼气森严。张海按响脚踏车铃铛,一如驱鬼小法师。秘密世界尽头,便是思南路101弄。

穿过衰败过街楼,我跟张海上三楼。303室,门里有电视机声音。张海敲门,略等片刻,一个老头子开门,满头霜雪,身坯瘦高,鹤发童颜。

张海说,小王先生。老头子说,是我,哪位?张海说,我是老毛师傅外孙。小王先生展开眉头说,稀客,请进,进。

房间比较宽敞,三面皆是书架,密密麻麻,就像三道城墙,电视机亮着,正在重播英超比赛,曼联打曼城,又是德比。主人让我跟张海坐沙发,他去灶披间泡咖啡,木头窗门外,明月可见,树影婆娑。我嗅着书的气味,虫蛀、泛潮、发霉、朽烂。咖啡香味,渐次散佚开来。客厅正方形餐桌,摆了一副碗筷、一条河鲫鱼、一盆炒青菜、一碗番茄汤,还有一瓶醉泥螺,只剩鱼骨、残渣、汤水。由此推理,老头单身,至少独居,可能是宁波人。

小王先生端出咖啡,放上餐桌。两只咖啡杯、托盘,皆是法国陶瓷，配不锈钢勺子、一小杯牛奶，又撬开铁盒，掏出方糖两枚。我是轻啜一口，苦兮兮，便放糖，勺子摇一摇，又嫌甜。小王先生说，老毛师傅叫我小王先生，老王先生就是我的爸爸，也是春申厂的老板，还有一位大王先生，就是我的阿哥。小王先生讲得一口老派上海话，略带宁波腔。

张海开门见山，讲起七十周年厂庆，邀他做嘉宾。小王先生默然。张海又说，小王先生，我外公牵记你老多年了。小王先生说，我也想念你外公。张海说，外公讲了，明日夜里，江宁路沧浪亭，请你吃面。小王先生说，好极，一定。张海递出一支红双喜，小王先生笑着摇头，拉开抽屉，拿出一包三五牌。张海不客气，接过香烟，再给小王先生点火。吞云吐雾，吃了咖啡，本来要走，主人拖着我们不放，让我们一起在电视机前看英超比赛。小王先生看得起劲，竟是贝克汉姆球迷。他又问，你们欢喜哪支球队？我说，阿根廷。张海说，AC米兰。小王先生说，喜欢哪个球星？我说，马拉多纳。张海说，保罗·马尔蒂尼。小王先生说，我喜欢博比·查尔顿。张海说，一九六六年世界杯冠军？小王先生说，对的，一九六六年，啥地方有电视转播，我是看过期报纸杂志，慢慢才搞清爽，赞。

电视机旁边，摊了三本旧书，一本《金陵春》，一本《钱塘春》，还有一本《春申与魔窟》，封面都是手绘，二十世纪七八十年代样子，纸页油黄，霉烂扑鼻。三本书名，都有"春"字，真是春天系列，署名同一人：春木。我大胆问，小王先生大作？小王先生说，惭愧，"春木"是我笔名，这三本书，皆是二十多年前瞎写写的，不足挂齿，请多指教，你是春申厂职工子弟，自有缘分，勿客气。

小王先生送我三本书，教我着实紧张，小心打开《金陵春》，第一章，南京紫金山，孝陵卫前，一桩谋杀案，死的是汪伪汉奸，日本特高课出动，机枪、狼狗、摩托车，封锁方圆一公里，捉拿嫌疑犯。我说，这不是侦探小说？小王先生说，有眼光，名义上是抗日题材，实际上是侦探破案，只不过，侦探主角是地下党。我再看文字，相当典雅，不见政治说教，不见农村闲话，更无翻译腔。

翻开《钱塘春》，孤山寺北贾亭西，水面初平云脚低，杭州西湖风光，却非谋杀案开场，而是日伪秘密会议，选在孤山一幢别墅，前有苏曼殊墓，后有林和靖墓。一位日本少将，喜好梅妻鹤子风雅，陷入中共情报机构陷阱。我说，这是间谍小说吧，像肯·弗莱特《针眼》，又像知识悬疑小说，运用文学艺术素材，讲述惊悚谋杀故事。小王先生吃惊道，这位小弟，不是平常人啊。我说，不好意思，班门弄斧，我在思南路邮局上班。小王先生说，有缘分，每趟新邮上市，我就来排队，买首日封，盖纪念戳，贴好邮票，柜台盖销，以后我来望望你。张海笑说，我这位阿哥，肚皮里大有墨水，写得一手好文章，我陪他去北京领过奖呢。小王先生说，好极了，春申厂职工子弟，人才辈出，我要好好看你作品。我红了面孔说，瞎写写。我拉扯张海衣角，翻他白眼。老作家春木，早已著作等身，我呢，无名小卒一个，岂能翘尾巴。

第三本《春申与魔窟》，开头竟是华商上海春申机器厂，魔窟便是极司菲尔路76号，现在的万航渡路，汪伪特工总部。小王先生说，这本书，不少都是真事，老毛师傅也是当事人，二十年前，上海电影制片厂，将这本书改编为电影。我翻到版权页，一看吓煞人，一九八〇年五月第二十八次印刷，500000~550000册。小王先生苦笑说，稿费按字数算，一个字一分铜钿，这本书赚了一千八百元，当年也是一笔巨款。小王先生问我欢喜啥书，尽管开口好了。我不敢得寸进尺，拉了张海告辞。小王先生送到楼下，张海横关照、竖关照，明日夜里，江宁路澳门路口，沧浪亭面馆，外公静候，不见不散。夜已深，张海说，阿哥，我骑脚踏车送你回家。我摇头，腋胳肢夹了书，转到建国西路，乘24路电车，打道回府。

七

翌日，夜里六点钟，江宁路，沧浪亭面馆。"钩子船长"跟张海祖孙先到，我跟我爸爸旋踵而至，神探亨特、保尔·柯察金、冉阿让也都赶到。本来呢，工会主席瓦西里也想来，老毛师傅说，滚蛋，我跟老兄弟碰头，这只狗东西凑来做啥？瓦西里怏怏然缺席。小王先生准点来了，白西装、蓝领带、白皮鞋，山清水秀，小开派头，像老早的地下党员。而我爸爸这伙工人，更像白色恐怖下的入党积极分子，冒了生命危险来开会。"钩子船长"右手如钩，只好跟小王先生相拥，千言万语，相逢一笑。两人差了十岁，身体皆健，双双白头。八个男人坐定，各自点了苏式面。小王先生吃素面，老毛师傅更年长，却吃浓油赤酱大排面。神探亨特又要了啤酒，冉阿让点了几样小菜。

小王先生问我，小弟啊，书看了吧，有啥意见，多多指正。我连忙说，不敢、不敢，刚看《春申与魔窟》，开头有一句：春申机器厂，创办于一九三一年四月一日。保尔·柯察金说，哎呀，我考证的厂庆日可不假。老毛师傅面孔一板，轮得到你讲话吗？嘴巴缝起来。保尔·柯察金当即噤声。

小王先生啜一口面，放下筷子，笃悠悠说，那一天，既是春申厂生日，也是我的生日，我父亲讲过，我的出生，便是春申厂吉兆。老毛师傅大喜说，小木弟弟啊，七十周年厂庆，就是你的七十大寿，我们为工厂祝寿，也为你祝寿。小木，必是小王先生小名，怪不得笔名春木，春就是春申厂嘛。

小王先生再吃一口面，并不接老毛师傅的话，自顾自说，我的祖父，老老王先生，本是宁波四明山读书人，浙江乡试中了举人，候补当上几年县官，远在西北，河西走廊，祁连山下，朝廷昏庸，天下大乱，大厦将倾，我祖父虽为县太爷，却得罪了洋大人，差点人头落地，早早退出仕途，弃官从商，到上海做生意；到了我的父亲，老王先生，留学法国，学习机械，学成归国，民国二十年，华商上海春申机器厂，开业大吉，啥叫华商？旧上海，有美商、英商、法商，甚至意商和比商，最多却是日商，苏州河边，一半是日商纺织厂，一半是无锡荣家产业，就是华商。小王先生讲得吃力，只剩吃面汤力道。

轮到"钩子船长"说了，我十六岁啊，从扬州逃难到上海，苏州河上岸，落脚药水弄，同乡介绍我进春申厂，拜师学艺，乖乖隆地咚，韭菜炒大葱，规矩大过天呢，点香烛，杀公鸡，发毒誓，青帮为证，黄色工会为证，春申厂老板，老王先生，长手长脚，讲一口宁波话，天天穿白西装，坐凯迪拉克轿车，到厂里看一眼。

小王先生说，我十几岁，天天来厂里面玩儿，跟了老毛阿哥，大热天，爬上洋钿桥，一头跳进苏州河，游泳，畅快，适意。"钩子船长"说，小弟客气，你是老板二公子，上海不太平，汉奸、流氓、横行霸道，像你这种富家公子，被绑的、被撕票的，太多了，保护二公子，是我本分。

小王先生放下筷子，想讲啥话，却又不讲。老毛师傅继续说，东洋人占了西洋人的租界，日本株式会社接管春申厂，生产军用卡车配件，北到伪满洲国，东至硫黄岛，皆有我们的产品。厂里出了地下党，工友被捉到极司菲尔路76号魔窟，剥了皮，漂在苏州河上；隔手，草鞋浜杀人事件，日本兵大搜捕，封锁药水弄，几万老百姓，天天有人饿死。我老毛，尚是小毛，饭量大，饿得前胸贴后背，墙根下挖牛舌头草吃，三更半夜，游过苏州河，东洋兵乱放枪，三八步枪，子弹刺溜溜儿，耳朵边划过，水底下钻过。老毛师傅卷起裤脚，暴露伤疤，竟似日本皇室菊花纹。他说，这一枪，差点要了我的小命，待到东洋鬼子战败，又隔四年，上海解放，终归天亮，工人阶级，翻身做主人，老王先生还在，照旧每天坐了凯迪拉克，到厂里看一眼。抗美援朝，他还捐了一架飞机，一九五六年，公私合营，华商上海春申机器厂，改名上海春申机械厂，老王先生一看苗头不对，收拾细软，带了家小，去了香港。小王先生说，唯独我是共产党员，留在上海，再没动过。说罢，小王先生闷声不响。老毛师傅说，后来的事体，不谈了。

冉阿让埋单，掏出蓝灰色人民币，厚厚一摞，甩到账台，挺括作响。老毛师傅说，小木弟弟啊，一道去厂里看看吧。

六老二少，月下夜行，穿过澳门路，到了春申厂。我说，撒切尔呢？张海说，它轧了姘头，一定是交配去了。撒切尔不在，野猫家族、老鼠家族，纷纷撑市面，大闹天宫。张海认得每一只猫，分别起了名字：白猫是范巴斯滕，黑猫是同是三剑客的古利特，黄猫是罗伯托·巴乔，三花猫是"乌克兰核弹头"舍甫琴科，最漂亮的一只，自然是保罗·马尔蒂尼，皆是效力过AC米兰的球星。小王先生一路说，厂子大变样了，但我不想再看。我爸爸说，我有一件宝贝，想请先生鉴定。小王先生爱好古物，果然展颜。

转到厂里仓库，红与黑，梳妆完毕，红颜色引擎盖，似一腔碧血，倒映我跟张海面孔；红颜色车顶，顶了一头烈焰，要烧着天花板；前后六根车柱，挑了血红火红腮红绯红。神探亨特叹道，红得像举"红宝书"的红卫兵。保尔·柯察金说，是花儿为什么这样红。车子下半身，四扇门、车头、后备厢，还是黑颜色，打过蜡，抛过光，变了容颜，上了新妆，挡风玻璃，几面车窗，后视镜装好，雨刮器都擦刮拉新。后备厢上头，多了一架尾翼，好似飞机翅膀，一旦发动，它会全身摇曳，脱离地面，直冲云霄。

小王先生问，这部车子还能开吧？上一趟，我这样问，让我爸爸吃瘪。这趟他是胸有成竹，掏出车钥匙。张海心领神会，开门上车。

原来去年，张海已从驾校出师，驾照到手，休息天帮私人老板开车子，赚外快。张海搓搓手，放下手刹，插入钥匙，转动点火，发动机轰鸣，大光灯亮起，上一挡，松刹车，踩离合，踩油门，四只车轮动了。

我爸爸坐了副驾驶座，叫徒弟不要急，慢慢开，笃悠悠，兜圈子。神探亨特、保尔·柯察金、冉阿让皆鼓掌。小王先生闷声不响。我爸爸听发动机声音，便晓得有没有毛病，像个妇科医生，诊断这位红发新娘，大病初愈，神女应无恙。听力方面，我爸爸必有天赋，掌握十几种乐器，口琴、二胡、扬琴、笛子、电子琴，听一遍电视剧主题曲，便能记下谱子。夜晚，春申厂仓库变成维也纳金色大厅、米兰斯卡拉歌剧院，车上两个男人，不是我爸爸跟张海，而是托斯卡尼尼跟卡拉扬，启动奏响巴赫，油离配合莫扎特，上油门变成贝多芬，踩刹车又是老柴。要是我爸爸披上西装，车头大众标志，调成奥迪四个圆圈，便成亿万富豪工厂主。

冉阿让讲，上个月，厂长心血来潮，巡视全厂，打开仓库，发现这部桑塔纳，已经脱胎换骨，漂亮是漂亮，但不能开，等于还是尸体。"三浦友和"决定在厂庆当天，让这台车破茧而出，作为七十周年厂庆献礼，展示春申厂工人技术。厂长命财务拨款，寻到上海大众，购买原厂变速箱、刹车片、避震器、车窗玻璃。车子内伤治愈，外观大变样。按照工会主席瓦西里讲法，改了风水，挡了煞气，不再是一部事故车。张海还不满意，他对车屁股动脑筋，要装尾翼。这方面，我爸爸完全不懂。张海买了参考书，计算空气动力学，仓库墙上，密密麻麻，写满公式，得出这个尺寸形状，提升车速最佳，还能增强轮胎附着力，增强稳定性。前两日，车子办好年检，随时可以上路。

看罢红与黑，小王先生要走了。大家送他到宜昌路，24路电车终点站。小王先生再跟老毛师傅作别，贴了我耳朵说，小弟啊，有空来我家做客。小王先生上了末班电车，前车门投币，寻了位子坐定。马路边,"钩子船长"眼神落寞,脊梁骨有点弯了。我爸爸、神探亨特、保尔·柯察金、冉阿让一道吃烟。张海跟我坐在西康路桥头,吹苏州河风。当当当当,小辫子翘起来,24路末班电车开动。隔了车窗,小王先生面孔,渐渐模糊,模糊,不见。

八

四月一号,阿猫阿狗,群贤毕至,上海春申机械厂挂了横幅——喜迎七十周年厂庆。在职工人自然全到,下岗来了大半,退休工人也有上百,老毛师傅就是代表。工厂处处挂彩带,屋顶几十面彩旗,锣鼓喧天。我爸爸不辞辛劳,自不待言,他还负责厂庆摄影,头颈挂了奥林巴斯照相机,日本原装的宝贝,一九九四年,我妈妈公派美国考察,在纽约花了四千元买的。神探亨特,负责维持秩序,进来五六百人,每人自带矮凳马扎。保尔·柯察金,自诩舞文弄墨,写了所有美术字、串场词。冉阿让爬上屋顶,冒死装了一千瓦小太阳,有了舞台追光效果。张海从仓库搬出一只古董,五百斤重家什,来自捷克斯洛伐克,这台车床出厂之日,希特勒还没吞并苏台德区,待到苏联红军反攻,东欧解放,机器成为战利品,拆到乌拉尔兵工厂,生产T34坦克零部件,中苏友好时期,中国用二十吨大米,换来这台机器。

今日最拉风的,却是红与黑,老厂长的桑塔纳,堂而皇之,弹眼落睛,仿佛车展保时捷、法拉利、兰博基尼,独缺比基尼车模。台下边,退休女工花枝招展,莺莺燕燕,分发饮料、糖果、散装香烟,混了前门、牡丹、双喜还有中华。车间里挂了彩带、气球,如同"六一"晚会。厂长第一排坐好,旁边坐了女儿小荷,还是女童面孔,比起三年前的豆腐羹饭,个头长了不少,已读小学五年级。厂长不带娘子,却带女儿来厂庆,是向全厂职工表决心,要拿春申厂当自家千金来宝贝。保尔·柯察金带了儿子小东，年纪还小，今年要中考，来得不情不愿。神探亨特带了女儿雯雯，她快要大学毕业，比我高半个头，长得虎背熊腰。冉阿让女儿也来了，征越十八岁，就要高考，她跟我打招呼，但我不会搭话，嗯呀啊呀，不知所云。我爸爸手指头戳我腰眼说，小鬼不上台面。

厂庆开幕前，"钩子船长"几番起立，回头望月，小海啊，你去看看，小王先生来了吧？张海说，我到厂门口看了十几遍，没得影子啊。老毛师傅说，厂庆慢点开，有没有电话？厂长同意稍候，到了办公室，"钩子船长"让我拨电话，打到思南路101弄。电话终归打通，小王先生说，今日我不来的。我按免提，让大家听到。我说，小王先生，今朝是七十周年厂庆，也是你七十大寿，厂里蛋糕也准备好了。小王先生说，你们自己吃吧，我来是啥身份？老板二公子？早就不是了，这家工厂，不是我的，是你们的，是老毛师傅的，是你爸爸的，是神探亨特的，是保尔·柯察金的，是冉阿让的，是小海的，但不是我的。"钩子船长"大声吼，小木弟弟、小木弟弟，你来呀，来呀，我等你、等你。小王先生说，对不起，老毛阿哥，我老了，每过一天，离翘辫子，就近一天，老实讲呢，我有四十年没过生日了，你也保重身体，不讲了，再会。电话挂掉。嘟嘟嘟，嘟嘟嘟。厂长办公室，安安静静，"三浦友和"摊开手说，不来就不来，不搭界。

回到大车间，老毛师傅一屁股坐下，面色仓皇。我爸爸递一根香烟，老头猛抽一口。大喇叭啸叫，刺破耳朵。冉阿让上去调试，喂喂喂，拍话筒，砰砰砰，像打枪，排队枪毙。工会主席瓦西里上台，蓝西装，黑皮鞋，头部梳得清爽，面孔没二两肉，跟他联袂的主持人，就是女会计费文莉。她化了浓妆，粉面带玉，弹眼落睛，嘴唇皮血红血红，穿了白色连衣裙，胸不小，胯骨屁股颇大，走路左右扭动，像白乌龟。瓦西里台风一如春晚，挥洒自如，大气老成。男女主持人，珠联璧合，一番陈词滥调，有请老毛师傅上台，讲述春申厂光荣历史。"钩子船长"右手缺三根手指，拿不了话筒，嗓门儿洪亮，喀秋莎火箭炮般轰鸣，最后一排都能听清。老毛师傅从清朝末年，老老王先生讲起，讲到老王先生创办春申厂，自己跟小王先生的情谊，再讲到一九四九年以后，公私合营，忆苦思甜，记性好得一塌糊涂，直到一九六六年，上海工人武斗，打响全国第一炮。工会主席瓦西里，急匆匆上台说，老毛师傅，后头还有节目，抓紧时间。"钩子船长"最厌别人插嘴，伸出钩子般的右手，推开瓦西里说，小把戏，此地轮得到你放屁？瓦西里灰溜溜儿下台，大家一片哄笑。还是厂长"三浦友和"，亲自把老毛师傅请下去。

文艺会演，第一个节目。女会计费文莉唱越剧，傅全香《杜十娘怒沉百宝箱》。这位杜十娘，白颜色连衣裙，左手兰花指，右手麦克风。澳门路申新九厂、莫干山路面粉厂、江宁路造币厂、长寿路国棉六厂、武宁路上钢八厂，每一爿厂，皆有这样一枝厂花，有时一对，有时花开三五枝，轮流坐庄，麻将牌似的，春夏秋冬，百花盛开，争奇斗艳，不只供人观赏，也是蜂儿蝶儿，辛苦采蜜，跟男人家同样做生活，也跟女人家同样做生活。前一个做生活，在旋转纱锭前，在轰鸣车床前，在噼里啪啦算盘前；后一个做生活，是买汰烧（上海方言，"买洗烧"的谐音），是养儿育女，当窗理云鬓，对镜贴花黄。两个做生活来源不同，含义不同，又殊途同归。如今呢，没了前一个做生活，后一个做生活也独木难支，一枝枝厂花，不免要萎了、残了、凋了、败了。我爸爸爱听越剧，快活时哼哼唧唧几句，费文莉的唱词，我是勉强听懂：实指望良禽择木身有靠，谁又知我凤凰瞎眼会配乌鸦，这真是痴心女子负心汉，到头来海誓山盟尽虚假……台下窃窃私语，都说这唱词精妙，简直是为费文莉量身订制。有人讲起她跟瓦西里的风流故事，又传她跟厂长"三浦友和"暗通款曲。台上杜十娘，怒沉完百宝箱，台下男女，掌声雷动，人人尽是李甲孙富，喊"再来一个"，亵渎味道深重。

第二个节目，冉阿让上台，难得刮清爽胡子，穿了对襟羊毛衫，胸口挂24K金链子，开口竟是日本话《北国之春》，音色、音准、台风无懈可击。无法判断日语是否标准，听起来嘛，像模像样，有腔有调，即便不是东京标准音，也是虹口公园横滨桥。不要看冉阿让样貌凶狠粗鲁，二十年前，他是男版邓丽君，每日听磁带，学这首日语歌，追到了马路对面申新九厂的厂花、三八红旗手的纺织女工，后来便有了征越。

冉阿让退场，神探亨特上台，开始打太极拳。七位下岗女工，同台表演太极剑，背景音乐是《倚天屠龙记》的片尾曲《爱江山更爱美人》，但七个舞剑的妇女，总让我想起《七剑下天山》跟《白发魔女传》。神探亨特在保卫科就练拳，号称源自太极张三丰，与张无忌跟赵敏一脉传承，慢可练九阳真经，快可打拳王泰森，武林称雄，无须自宫。想当年，老多盗窃国家财产的蟊贼，都在神探亨特拳脚下哀号过。我爸爸跟他练过几年，在我家客厅施展拳脚，不是白鹤亮翅，便是黑虎掏心。学会张无忌跟赵敏的武功，我爸爸就在厂里带徒弟，练习太极推手。张海每趟装模作样，被推出去几步开外，掼了四脚朝天，全为哄师傅开心。

费文莉娉娉婷婷，唇红齿白报幕，下一节目，竟是我爸爸的，笛子独奏《帕米尔的春天》。我爸爸穿了工作服上台，拍照片的任务，自然落到我身上。我退到车间门口，拍下厂庆全景。舞台中心，我爸爸器宇轩昂，手执竹笛，呜呜横吹。若把蓝颜色工作服，换成衣袂飘飘的古装，不是楚留香，也是陆小凤。十二岁起，我跟我爸爸学吹笛，从《每周广播电视报》剪下简谱练习，吹得一手《梅花三弄》，但非古曲，而是琼瑶剧主题曲。《帕米尔的春天》，难于上青天，各种滑音、颤音，循环运气吹到底，怕是要吹出小肠气。不要小看一根笛管，比萨克斯管响亮得多，从苏州河到大自鸣钟，皆能听到笛声悠扬。一曲告终，我爸爸恢复紧张，羞涩地笑。台下掌声如雷，保尔·柯察金，已是眼泪汪汪，当年他是知青，去了新疆生产建设兵团，遥望过帕米尔的雪峰，见识过花儿为什么这样红。雯雯、征越、小东，同样拼命拍手。我举了奥林巴斯相机，又给职工子女们拍照，直到胶卷拍完。

师傅下台，徒弟上台。费文莉瞄了张海一眼，报幕道，第五个节目，上海说唱《金陵塔》。我听了一呆，黄永生的《金陵塔》，必用标准上海话，唱得滚瓜烂熟、连绵不绝，我只会一句"金陵塔，塔金陵"，张海的洋泾浜上海话，哪能唱得下来，岂不是要大出洋相、自取其辱？张海立在麦克风前，背景音乐响起，江南紫竹调，他一开口"桃花扭头红，杨柳条儿青，不唱前朝评古事，唱只唱，金陵宝塔一层又一层，金陵塔，塔金陵，金陵宝塔第一层，一层宝塔有四只角，四只角上有金铃，风吹金铃旺旺响，雨打金铃唧呤又唧呤"。他是唱得括拉松脆，气息不断，官话腔、江北腔、江西腔，风流云散，只剩正宗老派上海话，坐标南京西路、静安寺，听得我浑身起鸡皮疙瘩。我爸爸咬我耳朵说，小海买了黄永生的磁带，每日午休，都要学唱《金陵塔》，刮风落雨，雷打不动。"这座宝塔造得真伟大，全是古代劳动人民汗血结晶啊，名胜古迹传流到如今。苏州城内四秀才，一个姓郭一个姓陆，一个姓卜一个姓粟，郭卜粟陆陆卜郭粟，卜陆粟郭郭卜粟陆，四秀才吃菱肉剥菱壳，菱壳掼了壁角落，胡同小厮来扫落郭卜，雨打金铃唧呤又唧呤。"张海的喉咙、舌头、牙齿、嘴唇皮，皆是天作之合，其疾如风，其徐如林，绝不打一只嗝愣，像开自动步枪，或单发，或连击，单手换弹匣，枪枪命中靶心，见血封喉，涤荡人间，把台上台下打成马蜂窝。张海的《金陵塔》，节节攀高，台下人听得呆了、痴了、疯了，仰了头颈，瞪了眼乌珠，好像春申厂上空，大自鸣钟地带，造起金陵宝塔十三层，五十二只角上有金铃，风吹金铃旺旺响，雨打金铃唧呤又唧呤。厂长女儿小荷，趴在爸爸大腿上，两只手托了粉腮，花痴般看着张海，仿佛他是黄永生大师本人，要么魂灵头附体。小荷大叫"好"，一语惊醒梦中人，全厂掌声雷动，像原子弹爆炸，升起一团蘑菇云，春申厂从此立起来了。

高潮接了高潮，波峰接了波峰，波谷都没得了。下一节目，保尔·柯察金上台，倾情朗诵《今天是你的生日，我的上海春申机械厂》。保尔·柯察金一身红西装，先酝酿情绪，摆出手势，突然捏紧麦克风，这记是氢弹爆炸了——

啊！今天是你的生日，我的上海春申机械厂！
啊！伟大的工人之子！
啊！苏州河畔的明珠！
啊！勇于探索！继往开来！
啊……

我的腹肌痛煞，实在摒不牢，笑出声来。张海也笑了。笑得最起劲的，是保尔·柯察金的儿子小东。我爸爸要制止我们失礼，无奈台上声情并茂，"啊！星星之火的中国机械工业！"我爸爸也狂笑不止。保尔·柯察金普通话不标准，颇具喜剧效果，随着"啊"的深入，他开始慌张，提高声调，"啊"从中音3提高到高音3，最后到帕瓦罗蒂境界。台下人民群众，早已笑得不成样子，仿佛男的全部中彩票，女的全部怀孕，一律双胞胎。春申厂七十年的历史，这一刻，是欢乐顶点。我却从一声声"啊"里，听出风萧萧兮易水寒的绝唱。最后一句"啊！愿你有一个灿烂的前程"，我确定保尔·柯察金抄了海子。

保尔·柯察金面红耳赤下台。瓦西里上台，宣布最后一个节目，退休工人合唱团《汽车机械工人之歌》，还是保尔·柯察金作词，旋律照抄《咱们工人有力量》。三十名退休工人，男女各占一半，唱得极有力量,欢快且雄壮,深沉且和谐,就是普通话略烂,"改造得世界变呀么变了样"怎么听都像"逼呀么逼了样"。大合唱终了,掌声四起,曲终却人不散。瓦西里有请厂长上台。

"三浦友和"黑西装、红领带,皮鞋揩得锃亮。宝贝女儿小荷,拼命给爸爸拍手。厂长先感谢全体职工,尤其下岗职工,发扬风格,给了春申厂复兴的机会。他再点名表扬我爸爸,在职工人撑起了这片厂。厂长说,台前这辆轿车,老厂长的桑塔纳,死而复生,焕然一新,是我厂工人技术实力的全面展示,也是老厂长精神不死,愚公移山,精卫填海,刑天舞干戚。借了七十周年厂庆的大喜日子,我要宣布一桩大事体。台下面面相觑,不知要发啥劳保用品,是男同志帆布手套,还是女同志卫生巾。厂长下令关灯,灯火辉煌的大车间,陷入大肠般的黑暗,厂庆有了追悼会般诡异。投影光束,穿过众人头顶,像电影院放映机。台上背景幕布,亮起刺眼的幻灯片,上海国际汽车城规划图,画了F1赛车场、上海大众新厂房、汽车博物馆、零部件配套园区,外围有个小红点。

厂长拉出一根无线电天线,指了幻灯片上小红点说,未来的上海春申机械厂。台下鸦雀无声。我爸爸放下照相机,懵了,呆了,定快快了。"钩子船长"要立起来,又被张海劝下去。第二张幻灯片,还是平面图,标出三个车间、一个仓库、一栋办公楼、一排宿舍。厂长说,各位同志,我请规划设计院做的,按照国际标准建设,对标德国博世、加拿大麦格纳、日本爱信精机,以上三家,皆是世界一流汽车零部件供应商。第三张幻灯片,工厂流水线假想图,车间纤尘不染,全套日本进口数控机床,德国工业机器人,机械臂飞来飞去,不是终结者二代,也是机械战警三代,生产发动机、变速箱、刹车片,工人戴了帽子、口罩,操纵笔记本电脑,蛮像《黑客帝国》。厂长叹气说,各位爷叔、各位兄弟,三年来,这家厂看上去半死不活,实际上呢,已经进了棺材，就等钉上钉子，鲁迅先生讲"不在沉默中爆发，就在沉默中灭亡"，现在啊，再不爆发就来不及了。我向大家报告一声，经过多方努力，我已从社会上募集到资金，幻灯片里这块风水宝地，刚刚批下来，再过一个月，破土动工，就在国际汽车城，近水楼台先得月，春申厂再也不愁订单，好时光又要回来啦。瓦西里立起来，带头鼓掌。厂长说，我还要宣布一桩大事体，春申厂要进行股份制改造，让每一位职工持股当老板，不管在职还是下岗，都能认购原始股，将来春申厂发展好了，再去A股上市圈钱，到时，大家不用再被股票弄戾，适适意意炒自家股票。说罢，幻灯片变成原始股发行说明，募集一百万股，每股价格一块，每人一万股起，三年盈利，每年分红，五年返本。厂长说，明年此时，春申厂必将搬到汽车城，壮士断腕，凤凰涅槃。"三浦友和"走入幻灯光束，面孔惨白。

台下众人喧哗，有人问，汽车城在安亭，离市区太远，快出上海，要到昆山了，上班一个钟头，堵车两个钟头，啥人去啊？厂长说，不用担心，厂里会安排班车，汽车城规划了地铁，过几年就会通车。厂长答疑之时，我爸爸却闷了。老毛师傅又像开炮说，七十年啦，这个厂子，没得了？工会主席瓦西里，看山水说，面包会有的，牛奶会有的，一切都会有的。这番名垂青史的台词，令人哄堂大笑，解脱紧张气氛。瓦西里又说，当年炒原始股、买认购证的皆发大财，如今厂里也发原始股，怕是一夜暴富的机会。厂长拍拍瓦西里，当他是雪中送炭天使。厂长宣布，春申机械厂七十周年大庆，胜利闭幕，下趟大庆，将在四十公里外的汽车城。

九

翌日，"三浦友和"来我家里做客。厂长对我爸爸客气，对我妈妈更加恭顺,拎了一包脑白金,简直谄媚。我妈妈官拜正处级,行政级别比厂长高。看了我家房子,"三浦友和"不无艳羡讲,困难企业的厂长,住的就是陋室而已。他又说,老蔡啊,只要你认购哪怕一万元,自然有人跟进,冉阿让再就业风生水起,袋袋里装了钞票,麻将桌上输掉,不如交到厂里来,必定加倍奉还。我爸爸说,我不想看到春申厂搬家。厂长说,我进厂二十年,也是春申厂第七任厂长,老早工厂开在苏州河旁,方便内河运输,现在二十一世纪,长寿路,大自鸣钟,寸土寸金,不适合再开工厂了,你看对面申新九厂,响当当几千人大厂,接待过外宾无数,说没就没了,与其被拆迁消灭,不如主动搬到汽车城,地方比现在大五倍,还有政策配套,关键是有订单,有活做,老蔡啊,像你这样的老师傅,也不用没事体打太极拳了。我爸爸说,工会主席瓦西里,更适合带头表率。厂长面色不佳说,你还不晓得瓦西里,一毛不拔的铁公鸡,屁眼里夹了一分硬币,人民广场兜三圈都花不掉。想必,厂长刚从工会主席家里出来。接下来,厂长横讲竖讲,从卡尔·马克思讲起,当年在伦敦炒股票,净赚四百英镑;再到深化国有企业改革红头文件,小布什总统上台,全球经济形势;再到沪深股市动向。茶几上,烟缸又满,我爸爸啊呀嗯呀,不知所云。倒是我妈妈,发觉了一位优秀企业家潜质,跟厂长聊得热络,交流各种小道消息。上个月,我妈妈刚去汽车城参观过,表示厂长目光长远,计划虽然大胆,但有敢为天下先的气魄。我妈妈还为他出谋划策,举出自家单位案例,如何向上级单位哭穷,要来优惠政策。临别之际,厂长表示有耐心等我爸爸,也有恒心让春申厂旧貌换新颜,在汽车城重获新生。厂长又赞我妈妈是优秀纪检干部,赞我文章写得好。我爸爸把我推回门里说,啥的狗屁不通文章,我是一个字也没看过,不送。

厂长前脚一走,我妈妈后脚发飙,骂我爸爸没大局观,没集体荣誉感。我爸爸说,不是不相信厂长,也不是舍不得一万元,我是不舍得工厂搬家,我进厂三十年,从大门到食堂到浴室,再到车间跟仓库,蒙着眼睛走一遍,也能分毫不差,厂里每块砖头、每台机器、每颗螺丝、每只蚂蚁都认得我,要是搬到陌生地方,就像抛弃糟糠之妻跟亲儿子。我妈妈冷笑说,你的脑子啊,还停在三十年前,刻舟求剑。我爸爸说,今日早上,我发了个梦,老毛师傅,终归老死了,我呢,也变成了老头子,清明节,我给师傅扫墓,坟墓突然裂开,出来的不是两只蝴蝶,不是梁山伯与祝英台,而是一只右手,缺了三根手指头,像个铁钩,抓牢我的头颈,扬州话轰隆轰隆,我的厂呢?我的厂呢?辣块?辣块?我爸爸学起扬州话,老毛师傅的腔调,惟妙惟肖,我抱着肚皮笑。我爸爸对老毛师傅毕恭毕敬、百依百顺,不但是一辈子,还要带进棺材,带进下一代。我妈妈不语多时,终归哼一声,我看你是热昏,黄粱大梦。

一个礼拜后,不晓得是脑子被雷劈过,还是被灌了迷魂汤,我爸爸改了主意。他去了趟证券公司,割肉抛掉套牢多年的股票,取出五万元现金,交到厂里财务室,换来一纸股权认购协议书。我爸爸又发扬先锋模范作用,给老同事们打电话,劝说大家认购原始股。首先响应的是冉阿让,爽快买了四万股,神探亨特买了三万股,吝啬鬼保尔·柯察金,裤裆里挤出一万元来。大家络绎不绝来交钞票,会计费文莉忙得不亦乐乎,只好买了一台点钞机。一百万股集资,超额完成。工厂门口贴出大红榜,我爸爸名列第一位,认购金额最高,冉阿让荣登榜眼,神探亨特位居探花,其余皆是一万股。唯独"面包会有的"工会主席瓦西里,一分铜钿都没出。

春天基本过去,厂长命令张海当驾驶员,开着红与黑到机场,接来一位香港客人,房地产开发商,待到明年春申厂搬迁,这块地皮便是他的了。财神爷驾到,这位香港王总,戴了墨镜,身长八尺,竟跟神探亨特一般高,讲一口香港普通话,却有上海口音,举了数码相机,咔嚓咔嚓，扫过厂里角角落落。我爸爸羞赧地笑，张海手指代替木梳，理出明星发型，穿了蓝颜色工作服，一本正经摆剪刀手。香港王总称赞厂里一砖一瓦，机器设备，都有历史价值，拆为平地，实在可惜。纽约曼哈顿苏荷区，原本多是工厂仓库，第二次世界大战后，要么倒闭，要么搬迁，剩下老厂房，就被艺术家利用，变成画廊、摄影棚、博物馆、高级餐厅，变成美国最有腔调的社区。张海大胆问，工厂不用拆了？香港王总拍了一车间的红砖说，唔舍得拆，拆就系暴殄天物，呢度系（这里是）上海苏荷区。

厂长说，好，改造成上海的苏荷区。春申厂背后是苏州河，也是苏荷，既是音译，又是意译，命中注定。我爸爸捉了徒弟问，工厂不拆了？张海鸡啄米似点头说，不拆了。我爸爸说，小海，快去工作间，我的抽屉下藏了一包中华。少顷，张海取来软壳中华，我爸爸拆开包装，递出一支香烟。这一举动鲁莽，厂长本要阻拦，香港王总却不介意，非但让我爸爸给他点火，还回敬一支万宝路。我爸爸吃惯国烟，万宝路太冲，香港脚臭味道，熏得头晕。香港王总又讲两句上海话，颇为亲切，指点江山，啥地方改成画廊，啥地方做成餐厅，啥的报废机器，可以改成装置艺术，还有整面外墙，要请艺术家涂鸦，三分之一凡·高风格，三分之一毕加索风格，最后三分之一，宫崎骏《天空之城》风格。屋顶上，放一部上海牌轿车、一台国产发动机，纪念中国汽车工业。这位香港开发商，阎王老爷般降临，又如观音菩萨般告别，我爸爸、张海等所有工人夹道欢送，就差挂出横幅，举起鲜花，戴上红领巾。

厂门口，香港王总盯牢红与黑，恋恋不舍，连讲三个英文：cool，amazing，perfect。我爸爸一个都没听懂。王总抚摸红颜色引擎盖，摆弄屁股尾翼，坐进驾驶位，转钥匙点火，听发动机声音，分明是嫖客上青楼，挑选名妓腔调。他说，浦厂长啊，今天坐这辆 car 到厂里，好犀利（厉害）啊，请问这辆车，系哪位师傅改装？厂长请出我爸爸。香港王总又敬一支香烟。我爸爸拿了烟，手指抖豁，不想点火。香港人摸了红与黑说，春申厂可以不拆，但有一个条件，这辆桑塔纳，我出二十万元买下来。厂长说，王总啊，这辆破车，不值二十万元，就算普桑新车，十万元也到顶了。香港王总改用上海话说，千金难买我欢喜。厂长说，只要王总欢喜，车子开回去吧。香港王总说，你们先办过户手续，再过十天，我来提车。我爸爸反应不及，还想再问两句，香港王总已拦了出租车，扬长而去。

春申厂保下来了，红与黑却要走了。我爸爸冲到厂长办公室，跟"三浦友和"大吵一趟。我爸爸拍台子说，你帮你讲哟，桑塔纳是老厂长的，他死在这部车子上，魂灵头也在，多少钞票都不能卖。厂长敬一支烟说，师傅，你来选吧，是这部车子卖给香港王总，还是香港王总拆掉春申厂？我爸爸说，春申厂跟红与黑，这两样宝贝，只能留一样？厂长说，这笔账你算算看，春申厂要是保留下来，最起码还有一百年寿命，红与黑落到香港人手里，保养得好，可以再开三五年，然后报废，你要是选红与黑呢，这部车子搬到新工厂，也是再开三五年，再报废，但是春申厂，三个月内就要被拆成平地。我爸爸闷掉，烧光一支烟，嘴唇皮青紫说，我选春申厂。出了办公室，我爸爸打开仓库，拎一铅桶自来水，揩清爽红与黑，让红颜色更红，红得开出花来，黑颜色更黑，黑得滴出墨来。我爸爸让张海拿了钥匙，发动车子，在春申厂里开一圈。我爸爸坐在副驾驶座，闭了眼睛说，小海，你有没有听到，好像有小囡在哭？张海说，师傅，我只听到发动机的声音。我爸爸说，不对，是小囡在哭，对不起，老厂长，我把你的车子送掉了，卖掉一个亲儿子，才能保牢一家门老小平安，不要记恨我。张海说，师傅，老厂长不会记恨你的。我爸爸说，这部车子会记恨我的。

十

几日后，红与黑竟来寻我了。晚上六点钟，我刚下班，出了单位大门，张海开了这部车子，停到思南路上。他还带了厂长的宝贝女儿，小荷从后排下来，虚龄十二岁，背了迪士尼米奇书包，穿了连衣裙，映日荷花别样红。我说，红与黑不是卖掉了吗？张海说，再过两日，香港王总来提车。我说，你要偷走这部车？张海说，瞎讲了，我是奉厂长之命，开车接送小荷，肚皮饿了，先吃面。

在我单位隔壁，有阿娘面馆一间，在淮海路一带小有名气。撑门面的阿娘，待我极好，有一日，我早饭没吃，饿得前胸贴后背，阿娘亲手煎了荷包蛋，端托盘为我送来。这间面馆，后来便成了我的食堂。今宵，仨人坐定，我吃鳝丝面，张海吃辣肉面，小荷吃虾仁面。天气渐热，小荷吃得一头香汗，面色白里泛红，她说，我要期末考试了，我爸爸请了补习班老师，原本住在沪太路，离我家里不远，今年拆迁搬去龙华，公交车要转三部。我说，蛮远的。张海说，厂长是大忙人，天天出去谈生意，厂里只有我会开车，他就请我帮忙，每个礼拜六，来回接送小荷。我说，这算加班吧？张海说，厂长讲这是私事，汽油费由他来出，加班费嘛，折成一条中华烟。我说，厂长倒是两袖清风。小荷说，我爸爸出差去了，我妈妈在医院值班，家里没人，张海哥哥就带我来吃面。我们仨人，吃得油光满面，夜风吹来葱油香味。小姑娘吃饱了，我跟张海的面汤一滴不留。我要摸口袋埋单，张海抢先一步埋单，辣肉面六元，鳝丝面八元，虾仁面十元。阿娘眉开眼笑，还夸小姑娘漂亮。

天暗了。张海开出红与黑，我们单位几个驾驶员立在门口看野眼、吹牛皮，围拢来观赏这部车子。张海接到两根香烟，确实拉风。张海换挡起步，打方向盘，大转弯上了淮海路。我坐他旁边，小荷在后排，摇下车窗，让风吹进来，头发飘散开。法国梧桐上的彩灯、橱窗里女模特、新华联玻璃天桥、国泰电影院海报、百盛广告屏，像五颜六色的魔方，翻来覆去，乱花渐欲迷人眼。小荷说，张海哥哥，我想去一个地方。张海说，啥地方？小荷说，汽车城。我说，去做啥，老远的。小荷说，厂庆这日，我坐了第一排，我爸爸讲的计划，放的幻灯片，春申厂的新工厂，我想亲眼看一看。张海拍一记方向盘说，好，我也要去看看。我说，夜里看得清吧？张海说，厂长给我看过照片，工地灯火通明，日长夜大，再过三个月，厂房就会盖好，一道去看看吧。我还在犹豫，张海又说，阿哥，再过两天，这部红与黑，就归香港人了，再想坐也没机会了。开过静安希尔顿，风在车里钻来钻去，荡漾汽油味道、汗酸味道跟烟草味道、小荷头发里的香味道、阿娘面馆的汤水味道。我晓得，红与黑要带我走。我说，好吧，早去早回。张海笑着说，没问题，到汽车城，我们只看一眼，先送小荷回去，再送阿哥，师傅不会晓得。我关照小荷说，今夜去看新工厂，不好告诉你爸爸妈妈，否则张海要倒霉。小荷伸出小拇指说，拉钩。我伸出小拇指，张海碰着静安寺红灯，他也弹出小手指，小荷手指冰凉细嫩，像根小小的胡萝卜。三根手指头拉了一道，这桩事体就是绝密，天荒地老，不会让人晓得。开上武宁路桥，月亮泡在苏州河里，化成一摊大饼。穿过内环高架，张海保持六挡，时速八十公里，我下意识抓牢把手。张海说，阿哥，不要怕，我是老司机了，这部车子开过几十遍，四只轮盘，就像我的两只脚。小荷帮腔说，我做证，张海哥哥开车老稳的，我最放心了。我看到沪宁高速的牌子，再开就要到苏州、无锡、南京，甚至北京。张海走了旁边一条路，提醒说，安全带。我赶紧给自己系好，用力拉，像美国死刑犯，五花大绑上电椅。张海说，后排也系上。小荷皱皱眉头，我转身教她，手忙脚乱，终归绑上安全带。

张海打开电台，是张国荣的《夜半歌声》，小荷跟着哼歌，世界越发空旷，暗淡无光。张海说，阿哥，你最想去啥地方？他的音量盖过张国荣，像他外公一样洪亮。我说，不晓得。其实呢，我想快点回家里。张海说，我想去米兰。小荷说，米兰在啥地方？张海说，意大利，AC米兰晓得吧，我想去圣西罗球场，看一场米兰德比，小荷，现在轮到你讲了。小荷说，我想去巴黎。张海说，我们三个一道去，先去巴黎，再去米兰，反正顺路。小荷问我，哥哥，你想去啥地方？我说，耶路撒冷。几个月前，我写过一首诗，每一小节开头，都是"跨过苏州河，到耶路撒冷去"。小荷问，这又是啥地方啊？张海插嘴说，电视新闻里听到过，不是爆炸，就是骚乱，不大好去的。我说，也没错，但是好地方，神圣的地方。小荷说，神圣是啥东西，语文老师教过，《新华字典》里也有，我还是不懂。我看了她的眼乌珠说，蛮难回答的。张海笑说，就是像我外公那样，想打我就打我，我必须要乖乖挨打，还要被打得开心，这就叫神圣。

汽车城到了。车窗摇下来，隔一片黑暗旷野，沪宁高速，流光溢彩，彻夜轰鸣。上海F1赛车场正在造。小姑娘坐车里，张海不吃香烟，瘾头上来，猛吸鼻头，有点困。我说，你就吃一支吧。小荷也说，允许你吃一支。张海点一支牡丹，蓝颜色魂灵，从烟头袅袅升起。张海说，我在给老厂长烧香，等到春申厂搬过来，他必要每日来转转。小荷嗔怒说，不要吓我。张海说，老厂长的魂灵头，一直在这部车上。小荷说，不要吓我了。

丁字路口打弯，未来的春申厂，就在小道尽头。两边开了夹竹桃，跟苏州河畔一样，红颜色、白颜色花蕊。春夏之交，月明星稀，野风微醺，中了夹竹桃毒，沉醉，迷离，让人窒息。小路曲折，张海的手指骨节，在方向盘上暴凸，来回拉方向，加挡，减挡，踩离合，抬刹车。地面崎岖坑洼，颠得我七荤八素，还好绑了安全带，胃里的面要造反，差点吐到仪表盘上。后排小荷尖叫,却叫张海不要踏刹车,开得快一点,再快一点。最后五百米,路又变直,张海调到六挡冲刺。远光灯扫射,像穿过隧道。须臾,这道光被吃掉,红与黑被吃掉,红与黑在转。天在转,地在转,月亮在转,星星在转,我、张海、小荷,三个人也在转。车祸发生了。

滑铁卢战役,法国胸甲骑兵,气吞万里如虎,杀到英国步兵方阵前,横出一条深沟,功亏一篑。雨果老爹评价拿破仑,那个人的过分的重量搅乱了人类命运的平衡。红与黑过分的重量,搅乱了我、张海、小荷三个人命运的平衡。开花炮弹,在我脑中开花。军刀劈开肩膊,车裂,腰斩。星辰坠落,但不寂静。地球还在自转。安全带对抗重力。我想到了死。眼镜片碎了。我怕变成"钩子船长"。电影里每逢翻车,就会漏油,每逢漏油,就会爆炸。我看到了恐惧的样子。它是红的血,它是黑的油,淹没我的头顶,沉没到冰面下,负一千六百米,在贝加尔湖底下腐烂,灿烂,烂。

十一

天,蒙蒙亮。落雨,潮湿,温热,发霉的雨点,滴落在眼皮。我在呼吸。运道蛮好,十根手指头,皆能张开,拳头能握紧,脚指头可以动,关节还活络,就是仪表盘上,全是我的呕吐物,阿娘面馆的鳝丝面。张海也活着,面孔插了碎玻璃,横出两枝鲜血梅花,又被雨水模糊。还有小荷,她被困在后座,雪白面孔流血,裙子上也有血,映日荷花更红了,红得腥气。

挡风玻璃,变成一张蜘蛛网,竟没粉碎,哈利路亚。三个人都绑了安全带,像锁子甲,明光铠,挡牢万箭穿心,否则人已凉了。车门能开,没被困死。我爬出车门,再拉后门,松开小荷的安全带,抱她出来。小姑娘分量轻。雨水打了面孔，小荷醒了，眼乌珠睁开看我，又看看红与黑，手指头沾血，眼泪水涌出。我又去拖张海，他分量比我重，运道不好，膝盖肿了，脚骨断了。张海咬了牙，叫不出声，只喘粗气，困兽犹斗。小荷哭管哭，也来帮忙，四只手拖着张海，终归拉出驾驶座，雨水、血水、汗水、眼泪水，浑身湿透。我爬上变形的引擎盖，再上车顶，托着小荷的腋胳肢，帮她爬上地面。我不敢再动张海，免得骨折加重。小荷伸手拉我，我爬上去，掼倒泥泞之中，像第二趟出生，又像一只小小虫豸。回头看，红与黑，陷落在一条深沟中，地球上的一道伤疤。惯性不可阻挡，车头嵌入淤泥，龌龊，但是柔软，小姑娘胸脯般柔软，吮吸、融化了冲击力。车子屁股，两只后轮，风骚翘于地上，尾翼断裂，像一架飞机坠毁。红的，黑的，加上烂污泥，混了一道，调色盘似的灿烂。

梅子黄时雨，脑子也是黄时雨，混沌中渐渐明了。我的衬衫上皆是血，慢慢脱下来，拔出小臂上的碎玻璃，性命交关时光，我伸手挡了面孔。最疼是锁骨，安全带的血印子，从肩膀贯穿到腰眼。小荷坐在淤泥里，裙子洇出殷红的血，定快快看我说，哥哥，我要死了吗？我搂着她说，小荷，要是你死了，我跟张海陪你一道死。小荷破涕为笑说，哥哥，这我就放心了。我的膀胱憋了一夜，马上就要爆炸，摒不牢了，我叫小荷转过身去。我出了一泡尿，老厂长保佑，从上到下，器官皆没事体。有事体的是张海，他的面孔刷白，坐在深沟里说，阿哥，快去新工厂，叫人来帮忙。我说，新工厂在啥地方？他大概耳膜穿孔了，就像老毛师傅，嗓子吼得乒乓响，新工厂就在这头。

但我只看到处女地，一道深沟的处女地，无边旷野，碎石头，野草，几株泡桐疯长，乌鸦停在树梢，被淋得萎靡不振，报丧似的呜咽。我用衬衫盖在小荷头上，勉强遮挡雨水，叫她看着张海，不要乱跑。我去寻人救命，脚高脚低，举目无亲，冷到骨髓里去。我没看到工地，也没新工厂，更没昼夜不停的施工队。大吊车、搅拌车、打桩机，不过是一场梦。张海想象的新工厂，全是空中楼阁、飘在头顶的雨云。顶着梅雨，我走了半个钟头，寻到最近的活人，是一家农舍。我借了人家电话，打回家里，无人接听。我想，爸爸妈妈正在寻我，满世界地寻，焦头烂额地寻。

我们得救了，红与黑也得救了。救援拖车来到，将桑塔纳拖出深沟，像拖一具淹死鬼。车头变形损伤，但是形状没变，还是洋火盒子。我爸爸跟张海亲手焊接的部分，倒是固若金汤，六根车柱也没断。送到医院，张海膝盖骨折，手脚受伤好几处，医生讲不会有后遗症，不会变成跛脚，打三个月石膏即好。我没少一个零部件，每根骨头皆安好，只有皮肉伤，软组织挫伤，连缝针都不必，但是淋雨着了凉，打了摆子，高烧连发三日才退。照道理讲，我坐副驾驶，比开车的张海更危险，但我没事体，运交华盖，必有后福。小荷头上有道伤口，碎玻璃划的，缝了三针，身上没伤，只有乌青块，裙子上洇的血，是小姑娘初潮。"山口百惠"头一个冲到医院，抱着小荷，眼泪汪汪，但没骂人，就把女儿领回家里了。

第一个后果，张海倒霉了。骨折相当痛，但他没哭。我爸爸冲到医院，张海倒是哭了。我爸爸第一趟骂他，抽他一个耳光。张海认错，不该开了红与黑，走夜路，看野眼，冲到荒郊野外，差一点害死我，害死厂长女儿。我爸爸却讲对不起，捏捏徒弟脸，叫他注意休息，好好养伤。老毛师傅来了，一声不吭，抬起铁钩般右手，打得外孙鼻青面肿，牙齿脱落两枚。我爸爸把他拦下来，生怕张海被打死。

第二个后果，我爸爸、神探亨特、保尔·柯察金、冉阿让，四人顶着雨披，骑了四十公里脚踏车，去看了车祸现场。心心念念的新工厂，屁都没有，只有一条深沟，沟底皆是屎尿般的淤泥，零落桑塔纳的保险杠、铁皮碎屑、玻璃碴碴。保尔·柯察金说，地址搞错了吧？他们又骑了车，走遍汽车城，问了方圆十公里内所有工地跟单位，结果清清爽爽，根本不存在春申厂工地。我爸爸的面色，便跟深沟中的淤泥一样。梅雨下，我爸爸跟老伙伴们，再骑四十公里脚踏车，汗流浃背，雨披内外，皆是淌淌滴，赶回厂里，听说"三浦友和"刚出门，去了外地出差，给子虚乌有的新工厂采购设备。

其实呢，我爸爸只要厂长解释一句，新工厂不在汽车城，而在浦东金桥，那头有上海通用。要么搬出上海，去了苏州、无锡、常州；要么像四十年前，大小三线建设，上海工厂西迁万里，巴山蜀水、云贵高原、瘴疠苗疆的深山地洞；甚至，新的春申厂已经造好，厂长要送惊喜，放一只大炮仗。最后一种可能，七十周年厂庆，"三浦友和"宣布工厂搬迁、原始股集资这日，恰是愚人节，一场恶作剧，一场游戏，一场梦。

十二

厂长办公室，灰尘一日比一日厚。我爸爸拿了湿抹布，揩拭"三浦友和"的办公桌，顺便看玻璃台板下头，压了好几张全家福。最旧的一张照片，三十年前，我爸爸从部队复员，进厂做了工人，立于最后一排角落。之后每隔几年，我爸爸位置就往前移、往当中移，面孔越发清晰，也不再后生。十年前，春申厂被评为文明单位，全家福从黑白变成五颜六色，我爸爸已立到第二排当中，前头就是老厂长。最后一张全家福，占了整面墙壁，便是七十周年厂庆。厂长坐第一排当中，宝贝女儿坐他大腿上。我爸爸在厂长左边，工会主席瓦西里在右边，左右护法，张保王横。神探亨特、保尔·柯察金、冉阿让都在第二排。他们仨人的子女，雯雯、小东、征越立在第三排。最后一排，临时工张海笑得灿烂。唯有第一排的"钩子船长"，瞪了两只眼乌珠，如同遗像一张。拍这张照片的人，就是我。

一个礼拜后，厂长办公室已被收作得窗明几净，如同殡仪馆告别大厅。女会计费文莉也消失了，请了事假，不晓得在啥地方。保尔·柯察金说，费文莉跟"三浦友和"私奔了吧？自觉形势不妙，我爸爸带上神探亨特、保尔·柯察金、冉阿让，寻到厂长家里。

黄梅天快过去，还在落雨。甘泉新村，六层工房顶楼，门口堵了七八个男人，一看绝非善类，个个自称债主。我爸爸敲门半天未果。神探亨特轻舒猿臂，让债主们退后。我爸爸隔着门，报出自家大名。片刻后，房门打开一道缝隙，露出"山口百惠"面孔。我爸爸吃了一惊，见她骨瘦形销，面容憔悴，头发凌乱，不免让人怜惜。当年"三浦友和"结婚摆酒，我爸爸是新郎官师傅，新娘子过来点烟敬酒，师傅长、师傅短，稍带苏州口音，像一块糯糯软糖。后来，我爸爸来此做客，"山口百惠"做过几道小菜，对于灶披间生活，我爸爸一窍不通，却对徒弟娘子赞不绝口，每趟提及，自然惹我妈妈生气。

"山口百惠"将四个老工人请入家中，紧紧锁上房门。女儿头上还裹着纱布，正好横过眉毛，前两日刚拆线，她妈妈担心留疤。小荷面孔刷白，红了眼圈，眼乌珠幽幽闪光，扑在台子上背英文，准备明日大考。"山口百惠"回到卧室，梳妆打扮，吩咐女儿招呼四位爷叔。冉阿让问她，伤口还痛吧。小荷说，不痛。她拿了四只玻璃杯，抓出四把龙井茶叶，倾在杯中，一杯杯倒满开水。神探亨特不忍心说，不要忙了，爷叔们自己来，妹妹去写字吧。我爸爸在沙发上坐着，相当局促，不晓得脚往哪里搁。玻璃杯里的茶叶，慢慢泡开，翻滚、拉伸、纠缠不清，嘴唇皮还没搭上，我爸爸心口却被烫了一记。女主人再出来，面孔稍有颜色，才像"山口百惠"本尊，又敬了客人四根烟，她唉声叹气讲，一个礼拜联系不到厂长了，不晓得他的下落。还有一桩秘密，"山口百惠"说，一年前，老浦就跟我协议离婚了，他每日回来，陪女儿吃夜饭做功课,然后出门过夜,小荷一直以为爸爸是去厂里值班。冉阿让强凶霸道说,这只畜生。"山口百惠"说,离婚是我们两个人事体,没告诉大家,现在他闯了大祸,生死不明,连累全厂老小,我实在抱歉。冉阿让说,我也有女儿,是我们抱歉。"山口百惠"搂着女儿说,现在呢,小姑娘也懂了,马上期末考试,小升初,不好耽误成绩。我爸爸只抽半支烟、吃半杯茶,便招呼兄弟们走吧,厂长若有消息,请"山口百惠"第一时间通知,要是门外那点瘟生,再来纠缠孤儿寡母,他自会来帮忙。

　　四个老伙伴出来,跟堵门的债主谈判。人家不管厂长何时离婚,拿出一张张借条,几千元到几万元不等,白纸黑字,有"三浦友和"签名,还有血红手印子。借条时光,最早在前年,多半在今年。保尔·柯察金问,厂长讲过借钞票的理由吧,用到啥地方去了?债主们表示一无所知,堂堂一厂之长,总有还款能力,哪怕是灰色收入。神探亨特发了一圈香烟,洛杉矶警探似的分析,这是一桩蓄谋已久的诈骗案,"三浦友和"利用厂长身份,向全厂职工集资,向社会人员借款,最后卷款潜逃,更吓人的是,一年前,他就悄悄离婚,撇清老婆小囡责任。保尔·柯察金说,列宁同志讲啊,最坚固的堡垒都是从内部被攻破的。冉阿让说,死蟹一只,大家认购原始股的钞票,通通没得了。我爸爸说,何止我们口袋里的钞票,春申厂也要没了吧。保尔·柯察金说,天要落雨,娘要嫁人,哪能办。神探亨特对债主说,各位朋友,大家都是"三浦友和"的受害者,你们也到外头想想办法,一定要捉他回来,不过嘛,跟他老婆小囡没关系,不要再来此地了。神探亨特身坯强大,妇女用品商店捉盗贼气魄,加上冉阿让面貌凶恶,债主们作鸟兽散。

　　到楼下,四个老头避雨,吃香烟,吐痰。保尔·柯察金说,刚才要是动手,我们打得过人家吧?冉阿让说,帮帮忙,都是老棺材了,走几步路就喘了,肋膀骨拆散了啊。神探亨特放下拳头说,上个礼拜,我刚去医院做过胃镜,受罪啊。我爸爸骑上脚踏车,穿了雨披说,不要讲了,这是命。

十三

烈日,台风,盛夏过去,秋老虎来吃人。春申厂要拆了,车间机器设备、库存零部件,卖成废铜烂铁,三钿不值两钿,通通抵债。我帮我爸爸清理工作间,抱出三只纸板箱,装了电工家什,工欲善其事,必先利其器,冲击钻就有一大两小三只。张海也来帮忙,伤筋动骨一百天,但他到底年轻,脚上石膏拆了,行动恢复自如。厂长办公室,已是穷徒四壁,工会主席瓦西里,带人来洗劫一空,只余墙上大照片,七十周年全家福。张海拆下相框,准备带回家里,藏到床底下,留给外公一个念想。

厂长办公室柜子被撤空,墙上露出一道铁门,把手是个圆圈,好似船上舱门。张海使出吃奶力道,舱门纹丝不动。张海揩了汗说,师傅啊,这扇门里,到底有啥?我爸爸说,嘘,小心被人听到。我探头看门外,一个鬼影子都没有。我爸爸吃一支烟说,老毛师傅跟我讲过,这只小房间,是春申厂第一位老板,老王先生留下来的,只有厂长可以进去。我说,我怀疑这里藏了人。张海说,难道是厂长?他失踪几个月,藏在办公室里?我存心说,也许不是活人,而是一具尸体。张海跳脚说,快点开门,不是要救厂长的命,是要寻到一百万集资款。我火上浇油说,《福尔摩斯探案集》中,《马斯格雷夫礼典》相当恐怖,最后在密室底下,发觉管家是被活活饿死的。我爸爸看了门锁说,这是防盗门,像银行金库,冲击钻都打不开,除非点炸药,要么整栋楼拆掉。我说,等到拆迁,岂不是玉石俱焚?我爸爸说,必要寻到钥匙。

隔两日,我接到张海电话,钥匙寻着了。傍晚,我跟我爸爸跑到厂门口，只见张海骑了脚踏车，后座荡着小荷，背着米奇书包，裹着翠绿裙子，跳下脚踏车，荷叶罗裙一色裁。我说，你来做啥？小荷说，我来寻我爸爸。我把张海拉到一旁问，啥情况？张海说，厂长办公室，防盗门钥匙，我思来想去，只可能藏在厂长家里，但是直接上门，必定会被"山口百惠"赶出来。我说，你就去寻小荷？张海说，小姑娘想念爸爸，等了一个热天，眼睛都哭肿了，她从家里偷出钥匙，不过有个条件，就是要亲手开门。

春申厂大限将至，门口贴了法院封条，白颜色大叉，宣告死刑判决。张海正要去撕，我拦了说，不作兴，撕法院封条，要被判刑的。转到工厂背后，靠近苏州河，此处围墙低矮、残破、颓败，还有一棵老槐树。十年前，梁上君子，常常从此翻墙入厂，盗窃仓库里的黄铜，逼得神探亨特拉起电网。这两年，春申厂日薄西山，小偷懒得进来，电网早就废了。老少四人，爬上老槐树，翻越墙头。甫一落地，犬吠声响起，撒切尔冲来。张海对它一嘘，它不再声响，摇着尾巴遁去。厂里断电，人去楼空，雕栏玉砌皆不在。路过仓库，铁门已被卸掉，红与黑，早被香港王总拖走。

厂长办公室，我爸爸打开手电，照亮小房间防盗门。张海说，小荷，钥匙呢？小荷打开书包，掏出一块木板，吊了十几把钥匙。小荷说，总有一把钥匙是对的。寻着防盗门锁孔，小荷把一把把钥匙戳进去。第一把，不对；第二把，明显太小；第三把，尺寸太大，叫人肚肠角痒。张海走到外头，像给盗窃团伙望风。小荷手里一抖，钥匙板落到地上，忘记刚才的顺序，只好从头再试一遍。我要帮忙，小荷说，我自己来。试到第十把钥匙，门锁咯噔一记。小荷揩揩汗，一点点转动钥匙。锁开了。她轻推一记，手指头忒细，没推得动。我爸爸帮她推一把，铁门咿咿呀呀，好像压了喉咙口呻吟，又像撬开棺材缝，引出一团烟雾，袅袅而出，扑到眼乌珠里，托梦风景。

小荷叫，爸爸！爸爸！无人回答，嗡嗡回响。腐烂、金属气味，好像头一趟打开定陵地宫。手电光束摇摇欲坠，我看到一把椅子、一张办公桌，蒙了一层光，也蒙了一层灰，绿颜色台灯，厚厚一摞书，吹一口气，露出一本土黄色封面，俄罗斯木版画风格，肖洛霍夫《静静的顿河》，慢慢挺尸出来，压着《马克思恩格斯全集》《鲁迅全集》《巴金全集》。我捏了鼻头靠近，翻开一本《牛虻》，释放霉菌尘埃，飞出一对蛾子，灰翅膀扑扇，绕着小荷头颈飞舞，吓得她踏脚跳。张海手快捏牢蛾子，放到手电筒下。余下一只蛾子，看到同伴被擒，也不逃命，围着张海飞。《牛虻》最后一页，有这样一段话："不管我活着，还是我死去，我都是一只牛虻，快乐地飞来飞去。"纸页里的尘埃，呼入气管，我咳嗽着说，这只蛾子，大概就是牛虻，另外一只蛾子，是他的情人琼玛。小荷说，快放生。张海放开手指头，牛虻得了自由，围绕我们四人，交错起舞，既像交配，又像飞蛾扑火。我爸爸点一支牡丹烟，吹了口气，人家是口吐莲花，他是口吐牡丹，便将两只蛾子送走，没入黑魆魆天花板，回了烧炭党人的意大利。

整个密室兜底翻，既没寻着金银财宝，更没活人迹象。我爸爸说，厂长不在此地。小荷抢过手电筒，一顿乱照，天花乱坠，直叫人头晕、恶心。张海要夺手电筒，小荷推开他说，你骗我。张海说，万一厂长真的藏在此地，过两天拆迁队来，推土机不长眼睛，你爸爸死无葬身之地，现在没寻着，至少说明他还活了。小荷揩揩眼泪水说，嗯，张海哥哥，你讲得有道理。厂长没寻着，倒寻着一台电唱机，一套黑胶木唱片：《红灯记》《红色娘子军》《智取威虎山》《沙家浜》《海港》《奇袭白虎团》。我爸爸说，六部样板戏。小荷问，还能放出声音吧？我爸爸抽出一张《海港》，针头落下，圆盘转动，像日光灯刚亮，刺啦刺啦，又像开油锅，噼里啪啦，一个男人的声音，喇叭里悠悠而出。样板戏，本该豪情万丈，恨不得吞吐日月，横扫上下五千年，到了这台电唱机里，却像被电熨斗烫过，一记温柔，又一记沙哑，扼了嗓子唱，拍子拖长三倍，如泣如诉，去非洲草原野餐，去乞力马扎罗看雪，慢慢变成女声，咿咿呀呀，像唱越剧。我爸爸贴着电唱机说，这哪是样板戏？我也听出端倪，分明是一九四九年前，旧上海靡靡之音，一个娇滴滴女人，牵丝攀藤吟唱，冬夜里吹来一阵春风，心底死水起了波动，虽然那温暖片刻无踪，谁能忘却了失去的梦……叫人心脏吊起来，又慢慢荡下去，浸泡到一池春水，重重叠叠，戛然而止，好像这个女人，藏身空气中，坐我背后，收作头发，整理衣裳，照镜子，卸妆，篦头发。小荷说，真好听。张海说，吓煞人。我爸爸说，不谈了。

我跳起说，厂里已经断电，电唱机却还能响？小荷一声尖叫，一只手抓着我，一只手抓着张海。我爸爸拍脑袋说，我脑子坏了，忘记断电这桩事体。张海蹲下去一看，电源插头拖在地上，根本没进插座。张海说，这台电唱机，简直成精了。我爸爸插上电源，拿着《智取威虎山》唱片，摆到唱机圆盘上，却是寂静不动，再无声息。密室里影影绰绰，春申厂每一任厂长，列祖列宗，从老王先生开始，一个一个排排坐，魂兮归来，坐在蒙尘的靠背椅子上，藏在《马克思恩格斯全集》的纸页间，困在样板戏的黑胶唱片里，太虚幻境一场。时光凝固、压缩、交错，七十年，或者七年，甚至七天、七个钟头、七秒钟，都是一回事体。像一把盐、一把糖、一把味精，通通混在水里，混在油里，啥人再分得清？既没起点，也没终点，一团乱麻，一个死结。

十四

二〇〇一年九月十一日，两架飞机撞入纽约世贸中心双塔。曼哈顿天崩地裂，上海春申机械厂，刚好被推土机夷为平地。傍晚，我陪我爸爸去工厂废墟，神探亨特、保尔·柯察金、冉阿让，还有张海都来了。"三浦友和"依然无影无踪，像一个洋泡泡，打了氢气，升上青天，融入白云。七十周年厂庆典礼，厂长引用鲁迅先生的"不在沉默中爆发，就在沉默中灭亡"，一语成谶，春申厂果真在沉默中灭亡，享年七十岁零五个月。

阿房宫冷，铜雀台荒，瓦砾堆上，立了个白衬衫、红领带、白皮鞋的老头，原来是小王先生，白头发梳得清爽，捏一根手杖，敲打破碎的红砖头，来看春申厂最后一眼。他嗓子哑着问，老毛阿哥呢？张海说，外公生闷气，不肯出门，要我叫他过来吧？小王先生摆摆手说，不麻烦你外公了，我看看就走。良辰美景，都付与了断井颓垣，我爸爸如同考古学家，分辨出一车间、二车间蛛丝马迹，又挖出马赛克碎片，必是职工浴室。保尔·柯察金循着旧报纸，发现办公室遗迹，当年他常于此坐一整日，抽烟、吃茶、看报纸、吹牛皮。防盗门铁皮，尚有几块残存，便是前两天打开的密室。冉阿让啥都没寻着，立在化为乌有的厂门口，哼《北国之春》。我爸爸寻着工作间，踏着一地废钢铁，穷途末路，蹲下吃一根烟，斜阳西下，洒了血红血红的一面孔。神探亨特寻到仓库，当年他如铁面判官，在此擒获无数蟊贼。就在围墙废墟里，我捡到一条小奶狗，看起来是黑的，其实是咖啡色，奄奄一息。昨日，撒切尔忠心耿耿，不准拆迁队进来，便被推土机轧死。它刚养了一窝小狗，玉石俱焚，只剩这一根独苗。身高八尺的神探亨特，当场落泪，仿佛死了娘子，又死了儿子。神探亨特说，当年厂里杀人案，人心惶惶，大家每趟值班，不是讲闹鬼，就是传凶手又来了，我从乡下弄来这条母狗，取名撒切尔，值夜班就不怕了，它还帮了保卫科，抓过好几个盗窃分子，是一条功勋犬。天黑下来，我爸爸把小狗抱回家里，慢慢喂了牛奶，起名布莱利。

当夜，张海打来电话，外公要死了。我爸爸先冲到医院去了。后半夜，我妈妈已经睡熟，但我睡不着，决定也去看看，悄咪咪出门，一路小跑。凌晨三点，我到了急诊室，嗅着亡魂气味，觉得一切眼熟，鼻头熟，心更熟。我的爷爷奶奶，皆是在这一间急诊室走的。数年前，我奶奶被送进来抢救，我还是根豆芽菜，立在同一角落，看人家进进出出，形形色色。有耄耋之年，死之将至；也有正值壮年，命运多舛；还有年轻后生，学《英雄本色》小马哥，胸口中了刀子，血如泉涌，大小便失禁，家里人跪在地上，求医生救命；更有青春少女，吃了整瓶安眠药，卡在鬼门关里，据说腹中，珠胎暗结。有个男医生，高一米五，自带阎王爷气质，预测我奶奶熬不过一夜，果然不到天明，我奶奶口吐白沫，撒手人寰。

此刻秋夜，我认出同一批医生、同一批护士。其中三寸丁神医，面孔多了几道皱纹，正为"钩子船长"开具病危通知书，原来是中风。我说，心里不适意，想来看看老毛师傅。我爸爸捉紧我说，这只小鬼，总算懂事体了。张海眼圈通红地说，昨夜，外公也去看了春申厂，回到家里，先吃一瓶黄酒，再吃一瓶白酒，我实在拦不牢，外公怒火冲天，一边吃酒，一边用扬州话骂娘，他在厂里做了四十多年，加上退休二十年，厂子哪能说没就没。对老毛师傅来讲，等于天塌了、地崩了、海干了、祖坟被挖了、断子绝孙了。

我爸爸一夜未合眼，换来一夜奇迹，矮子神医妙手回春，"钩子船长"身坯底子太好，捡回一条命。但是脑血管爆掉，余生之年，右半边动弹不得，讲话含混不清，扬州话说成非洲话，离死人只差一口气。老毛师傅劳保卡不够用，还要付两万元。张海有两个舅舅、两个阿姨，为分摊医药费，吵了好几趟。大舅舅下岗八年，终日混棋牌室，打大怪路子。小舅舅开了烟纸店，卖假烟假酒，赚点小铜钿。大姨妈刚办退休，忙碌女儿婚事，讲老头子中风真不是时光，最好晚两年再翘辫子。小姨妈正打离婚官司，上个月捉奸得手，急着要抢房子，哪里有空管老爹。看到这伙兄弟姊妹，纠缠在医院走廊吵架，犹如朝鲜半岛南北和谈,我爸爸默默去证券公司,抛掉最后一点股票,割肉取出现金,替老毛师傅交了医药费。张海的舅舅姨妈们作鸟兽散,塞给我爸爸几根香烟,再没见过影子。

多事之秋,老毛师傅出了医院,回到莫干山路老房子,从此卧床不起。我爸爸步了神探亨特、保尔·柯察金、冉阿让后尘,加入再就业大军。我爸爸去了一家热处理工厂,私人老板开的,在南翔古镇工业区。张海想一道过去,但人家只要有经验的老师傅,年轻力壮的后生,多如苍蝇,不稀罕他一个。我爸爸每日清早出门,骑一辆电瓶车,骑十几公里上班。热处理厂,听起来像厨房间,人人端着铁镬子、铁勺子,油焖煎炸上岗。其实呢,是做金属加热,使刚更刚,使柔更柔,刚柔并济。中国人老祖宗铸剑,淬火就是热处理,得出马氏体组织。我爸爸工资翻了三倍,负责修理行车,就是巨型起重机,吊运重物,形如天桥。行车出了毛病,我爸爸便要爬上去,十几米高空,落下去就是大事体。我妈妈颇不放心,叫他不要做了。还是冉阿让介绍,我爸爸去了苏州工业园区,一家外资大厂,总部在德国,生产汽车零部件。我爸爸做了电工,月薪三千,无须爬行车。美中不足,就是太远,要乘班车,路上两个钟头。

过了冬至,张海来我家做客。他拎来一只鸟笼子,老毛师傅养的小鹩哥,已学会一口扬州话。老头中风在床,鹩哥怕是养不活了。我爸爸收养了这只鸟,跟布莱利做伴,开始鸡飞狗跳的岁月。我爸爸又拉了徒弟走象棋,张海执红先行,炮二平五,我爸爸执黑,马八进七。一红一黑,一进一退,竟是棋逢对手,频频兑子。张海的红兵,我爸爸的黑卒,双双过了楚河汉界,再没回头路,要么杀到棋盘最后一线,要么被车、马、炮,甚至象啊士啊吃掉,要么丢卒保车、丢卒保帅,死无葬身之地。最后一步,张海马后炮,将死了我爸爸。张海说,对不起,师傅。我爸爸说,好啊,徒弟终归要超过师傅的。临别前,张海送我一枚行星齿轮,汽车变速箱配件,结构类似太阳系,中央是太阳轮,围绕一圈行星轮。一年前,张海亲手画图纸,设计这枚行星齿轮,再用厂里机器开模,金木水火土,各有不同尺寸。太阳的光与热、木星的宏大、天王星的冰冷、冥王星的遥远、火星的神秘,一切皆在手掌心,九大行星,分别自转与公转,最后才是地球。这是春申厂最后一件产品,被我收在抽屉底下。我爸爸装作没事体,叫我送张海下楼。车棚灯坏了。月亮与九大行星,全部暗淡无色,停止自转与公转。寒风摇动枯枝败叶,夜里沙沙哭声,遍地铜钱铺路。我又问他,将来有啥打算?张海说,不晓得,阿哥,愿你有一个灿烂的前程。他骑上脚踏车,蹬起来,眼乌珠一眨,没了。二楼阳台,荒凉花盆背后,藏着我爸爸的影子,目送徒弟远去。

十五

北京夏季奥运会后,我结婚了。我买了新房子,买了一部宝马5系轿车。第二年,我的儿子菜包出生。我公司搬到长寿公园隔壁,租下二十一楼的复式顶层,趴在阳台上,正好俯瞰音乐喷泉,黑白琴键分明。一日,公司里做九州系列图书的编辑,吃中饭回来,带了一本旧书,发黄、霉烂,二十世纪八十年代纸头,苏联科幻小说,扉页敲着图章"上海春申机械厂工会"。他讲是楼下公园,有人摆地摊,卖旧书报杂志。我想了想,下到长寿公园,音乐喷泉旁边,寻着旧书地摊。我没看到张海,只看到一个老头。我认得他,我爸爸曾经的密友,工会主席瓦西里。他坐着小矮凳,手指头舔了唾沫翻页,欣赏十年前的《艺术界》人体摄影专辑。铜版纸上的模特,丰乳肥臀,来自东欧,捷克斯洛伐克。面包会有的,牛奶会有的,一切美好的精神食粮也会有的,让人不知饥饿与疲倦。瓦西里看得津津有味,我不便打扰他的好事。我也没告诉我爸爸,免得让他烦恼。

上海世博会这年,九州幻想寻着投资,开了一家游戏公司,送我一点零头股份。游戏公司在嘉定,实在太远,我偶尔去看看,不想开车,坐地铁11号线。过了南翔,列车钻出地面。我是眼皮瞌冲,在座位上睡着了,醒来已到汽车城,坐过了站。我决定出站。深秋,天黑得早。地铁站外,公路笔直,对面上海大众厂房,连绵不绝,帕萨特、桑塔纳、Polo,一部接着一部,十月怀胎,或者剖腹产。公路这边,依然空旷,望到上海F1赛车场顶棚。我一个人走,世界面目全非,寻不着那片荒野,更不要讲,地球上的深沟,早被填平,或造楼房了吧。我是刻舟求剑,信马由缰,再回头,地铁站像座小山,可望而不可即。

天黑了。一部富康轿车,挂了皖牌,停在我身边。车窗摇下来,司机问我去哪里。嘉定一带,黑车多如牛毛,皆是外地牌照。我上了车。后排车垫,霉烂味、烟草味、上一任乘客的狐臭味。我说,去地铁站。司机说,十元。他从后视镜里瞄我,慢慢起步,后头一部东风卡车,拼命按喇叭,凶猛超车而去。我说,师傅,太慢了。司机说,阿哥。我说,你跟啥人讲话?司机说,阿哥,我是张海。车子靠边停下,打开双闪,司机掏出红双喜,打火机点烟。我怀疑,车里气味让人神志不清。我凑到前排,仔细端详他的面孔,就是张海,千真万确。我不晓得讲啥。张海笑了,面门中心,鼻头两旁,切出两道法令纹。张海说,阿哥,真有缘分。我说,你开黑车了?不卖碟片了?张海说,现在DVD生意不好,大家上淘宝买片子,迅雷直接下BT,最近上海世博会,大自鸣钟市场被冲了,这边只有一条地铁,工厂多,夜里只好打黑车,生意不错。张海重新上路,加了两把油门,我看到地铁站了。张海说,师傅还好吧?我说,蛮好,在家里陪孙子呢。我低头看手机,有一搭没一搭。张海说,对不起,阿哥,你结婚这天,我都没来,我托师傅带了红包给你。我说,是我没给你发请柬。张海说,有小囡照片吧？肯定老像你的。我没接话。黑车停在地铁站口。张海说，我们三年没见了吧。我没声音，匆忙打开车门，走上台阶，想起还没给钞票。我翻开皮夹子，没零头，皆是一百元钞票。我掏出一张粉红票子，塞进车窗。张海说，我不收你的钞票。我说，收吧，不要找了，油价涨了。话音未落，车窗马上升起，差点夹到我手指头。富康的发动机，像一口煮开的高压锅。张海加速度，车子闯过红灯，超过两部轿车，一骑绝尘，消逝无踪。我的食指跟中指间，还夹了一百元钞票。

上了地铁，我没去嘉定开会，直接回去了。11号线，车厢空旷，疲惫从骨头缝里生出来。我立不牢，敞开两只脚，独享整条长椅。月挂中天，汽车城旷野，魔术般变幻，时而灯火辉煌，时而星辰点点。两条冰冷轨道，从田野到工厂，再到城市中心，又像两把利刃，切出幽深隧道，拖我沉入地下。我再没见过张海，他成为我记忆的一部分，赛过成为我生活的一部分。直到又一年春夜。

十六

爱因斯坦讲，太空光速旅行一年，归来世界变样，父母坟头青草摇曳，爱人奄奄一息，稚子已到中年，而你依旧年少，沉睡谷里，青丝满头，不如归去。忘川楼的装修、菜品、酒水，已调过无数趟，口味从寡淡到鲜甜，直至辛辣，调味料从油盐酱醋到食品添加剂，老板娘从妖艳少妇，变作时髦老妪，死者遗像从老厂长，变成"钩子船长"。唯独不变的，是门口火盆，是豆腐羹，是魂灵头。

忘川楼外，轻轨高架线上，末班列车辗转通过，轮轨轰鸣鼎沸，六节编组，首尾相接，窗棂灯火点点，像依依送别的灵柩。地铁4号线，上海独一无二的环线。理论上可以无限奔驰下去，变成一个圆环，上海之环，也是生老病死、六道轮回之环。

张海眼圈发黑，眼白织着血丝，摸出一包软壳中华，递出四支烟，给四个老头子点火。神探亨特醉里挑灯看剑，保尔·柯察金梦回吹角连营，冉阿让可怜白发生。我爸爸打开窗门，扇扇风，免得服务员啰唆。春申厂四大金刚，星火燎原，送老毛师傅最后一程。春风夹带火盆灰烬，恣意汪洋而来，吊灯晃动，张海面孔一半明，一半暗。他的香烟只烧半根，掐灭酒杯中，冰凉剩菜，慢慢酸臭。千言万语，哽了我的喉咙口，讲不出，咽不下，当中搁了，实在难过。

张海捧出个木头相框，正是追悼会遗像。"钩子船长"眼乌珠凸出，盯牢每个来看他的人。夜里看到此物，自然叫人心慌。我爸爸对我说，这张照片是你拍的。我说，这种玩笑不好开的。张海说，阿哥，师傅没开玩笑，外公办后事，必要准备遗像，翻来覆去，寻不着合适的。我爸爸说，我也懊恼，这辈子拍了数不清的照片，却漏了老毛师傅，没给他拍一张好好的遗像。张海说，我从床底下，寻着一张大相框，七十周年厂庆全家福，我外公在正中位置，拍得清清爽爽，送到照相馆，抠出外公面孔，放大做成遗像。看了黑白遗像，我才想起来，厂庆当日，我爸爸将奥林巴斯相机放在三脚架上，调好焦距、光圈、取景框，回到第一排坐好，我代替他按下快门。

深夜十点，服务员关灯，想要下班，掼出冷面孔。张海去结账，保尔·柯察金问他，你娘子没事体吧，去卫生间这样久？张海立于楼梯口，东张西望说，不晓得，夜里吃豆腐羹饭，突然不适意了。冉阿让说，小海啊，刚才事体，不好让你娘子晓得。张海下楼，到了前台结账，怀抱遗像木框，黑与白的"钩子船长"，恶狠狠盯着人，收钞票的老板娘，倒是气定神闲，见怪不怪。又是我爸爸眼睛尖，戳一戳张海腰眼，提醒说，喂，你娘子来了。神探亨特、保尔·柯察金、冉阿让一道回头，人人眼神诡谲，要么看到的是丑八怪，要么狐狸精，要么一顾倾人城，再顾倾人国。我也回头，看到了她。

春夜，我的脑子添了二两机油，一样一样捡回来，揩亮，打磨，抛光。我爸爸、神探亨特、保尔·柯察金、冉阿让、冯唐易老、李广难封，从春申厂四大金刚，摇身一变，化作狮驼岭三怪。张海抱着外公遗像，去前台算账埋单，背后立一女子，二十六七岁光景，黑颜色套装，黑裙子、白袜子、黑鞋子，袖管别了黑布，缀一小块红布。她的头发蛮长，乌黑油亮，发圈束在脑后，插一小朵白棉花。眉角上的疤，隐隐约约，眼乌珠里的光，像焚尸炉里的火苗，悄咪咪烧起来，热腾腾烧清爽。她化素净的妆，几乎不见颜色，遗像一样黑白，其实精雕细琢。既非丑八怪，也不是狐狸精。她是小荷，她是张海的娘子。

小荷看着我说，哥哥，好久不见。她的声音，像一团血糯米，把我包成粽子肉馅。我尴尬地笑，不对，今夜不好笑，但又不好哭，我便哭笑不得，只好说，好久不见。小荷面色苍白，青筋凸显，灯光照得惨淡，捏一沓餐巾纸，揩鼻头嘴角，整理鬓边乱发，拉扯黑套装衣领。小荷说，对不起，让大家久等了，下半天，殡仪馆里哭一场，吹了风，着了凉。神探亨特说，难为你啦，火葬场这种地方，阴风阵阵，吊死鬼、饿死鬼、横死鬼，都在里头飘，你可要当心身体，最好寻个大师，帮你转转运。保尔·柯察金插嘴，亨特啊，你可不要灌输这套封建迷信，我们共产党员，都是辩证唯物主义者，连美帝国主义都不怕，难道还会怕鬼？神探亨特魁伟，即便坐下，挺直后背，仍如常人弯腰站立，他吐了口痰说，放屁，保尔·柯察金，全厂就数你胆子最小，夜里值班上茅房，你还要拖着我一道去，你要是连鬼都不怕，把厂长捉回来给我看看。众人阒寂。我爸爸踏了神探亨特一脚，疼得他直叫，彻底酒醒，抽了自家一耳光。张海面色尤其难看，倒是小荷淡淡一笑说，不搭界的，讲起我爸爸，老早习惯了。

我爸爸说，散了吧，早点回去，否则老太婆又要骂了。走出忘川楼，春风徐来，像个纨绔子弟、高衙内、西门庆，吹乱小荷一头青丝，抢去她的小白花。张海怀抱的黑白遗像，也被吹得龇牙咧嘴、面目可憎。这个点，公交车、地铁皆没了。我到路边拦出租车，神探亨特、保尔·柯察金、冉阿让挤上一部车。这几位，皆是我的父执之辈，我给司机两百元，关照每个人务必送到家里。我爸爸去停车场，开出宝马5系轿车。前两年，我买了一部SUV宝马X5，原本的老款5系轿车，自然给我爸爸开了，平常接送我儿子上学。我说，我来开车吧。我爸爸说，张海跟小荷一道走吧。张海说，不麻烦了，我们拦出租车吧。我爸爸说，小海，你昏头啦，半夜抱着黑白遗像，哪个司机敢停？你娘子身体不好，夜里风大，不要再着凉。我爸爸平常没声音，只有面对关门徒弟，才得一点威风。小荷谢了我爸爸，夫妻俩坐上后排。

我按键点火，拉方向盘，转过上海造币厂，上江宁路桥。我爸爸放下车窗，苏州河，早已变换味道，腐烂味、牙膏味、酱油味、汩脚钵头味，烟消云散，泥土清香也不闻，一河清汤寡水，徐徐东流去。过了桥，走澳门路，当年春申厂，已是琼楼玉宇，高处不胜寒。经过药水弄、长寿新村、沪西清真寺，阿拉伯式圆顶，白色宣礼塔，星月笑傲苍穹。一路静默，我偷瞄后视镜，小荷身戴重孝，张海抱着遗像，"钩子船长"目光如刀，劈开我的后脊背。我在长寿路买了一套大房子，送给爸爸妈妈居住。我爸爸先行下车，关照我必须送张海跟小荷回去。

我问张海，住啥地方？小荷说，甘泉新村，你认得。我闷掉，果然认得。到了甘泉新村，还是老工房，油烟气味蓬勃，底楼深夜档电视剧，二楼麻将声声，三楼小囡哭闹，四楼小夫妻骂山门，五楼寂静无声，六楼拉紧窗帘布，亮了一盏暖灯，厂长"三浦友和"的房子。张海怀抱遗像说，阿哥，上去坐坐吧。我说，太晚了，今朝你们辛苦，不打扰了。小荷咳嗽两声说，哥哥，上来吧，我给你泡杯茶。我还犹豫，人却已下了车。仨人爬楼梯，一路暗淡，每上一层，声控楼道灯才开，台阶贴满小广告，通水管、修电器、开锁。爬上六楼，我已气喘。

房子不大,两室一厅。装修是旧的,家具是新的。张海捧着外公遗像,供上橱柜,摆两盆水果,又上三炷香。小荷给我泡了明前龙井,香是蛮香,我也口干舌燥,散了热气,轻啜一口。地板上有小马宝莉,其中一匹,块头特别大,我好奇一拎,十几斤重,汽车零部件拼装的。墙上小毛头照片,粉衣裳,头发柔软茂密,面相温润,眼乌珠流光,是个小姑娘。小荷说,我女儿,刚满四岁。小荷做了妈妈,暗暗一算年纪,也不意外。我问,啥名字?张海说,张莲子,莲花莲蓬的莲子。小荷的女儿,菡萏初放,结了莲藕,再出莲子,名副其实。眼门前的她呢,已不是小荷才露尖尖角,而是狂风落尽深红色,绿叶成荫子满枝。小荷说,我妈妈陪着莲子睡觉。我不敢作声,想起小荷妈妈,就是"山口百惠"。我立起来说,你们早点睡吧,不要吵醒宝宝。张海说,阿哥,我送你下楼。我说,不必。

又是六层楼,爬下去,回到车上,出一层薄汗。我开天窗,仰望六层楼上,小荷留了一盏灯,像一颗星,悬于浓云。一路慢开,平安回家。儿子菜包,老早睡熟,明早还要上学。娘子也困了。我眼皮瞌冲,脚下如在云端,飘来荡去,来不及汰浴,脱衣上床,眼睛一闭,入梦。

原刊《中国作家》第 1 期

八度屯

李约热

一

一个人进村,确实不方便,语言不通,狗又多。

李作家第一次到八度屯,有村主任汉井陪同,负责翻译和赶狗。之后李作家再去八度,就没有这个"待遇"了。

汉井家八十多岁的老父亲瘫痪在床,副主任老罗告诉李作家,除非县长来,或者村民闹事,否则就不要惊动主任,让他安心当孝子。

八度屯是整个野马镇最让人头疼的自然屯,没有之一:这里的村民,喜欢告状,闹出的动静曾经惊动高层;他们为土地的事跟邻村奉备村的村民群殴,有死有伤。野马镇镇长韦文羽那天在村委紧握李作家的手,像送敢死队上战场那样对李作家说,李作家,八度,就靠你了。然后跳上他那辆二手现代,一溜烟就跑了。

李作家,八度就靠你了。这是什么样的一个地方,让一个镇长无计可施?

老罗说，乡村干部，就是下来发放各种补贴、做好事，都不敢进村，一进村就挨轰。

只是骂骂而已吗？李作家问。

目前还是这样，以后就不知道了。老罗说。

李作家有颗大心脏。李作家以前曾参加计划生育工作队，那个事情比扶贫难多了，他都能全身而退。

第一次跟汉井主任去八度屯，屯里浓烈的牛屎味让人避之不及。也是那一次，在屯里，不知谁家在酿酒，空气中酒香弥漫。李作家想，一个地方，只要还有酒香弥漫，事情就不会太糟糕；一个地方，只要还有牛群走动猪崽嚎叫，就是没有酒香，事情也不会太糟糕；甚至，一个地方，就是没有酒香也没有四处走动的牲口，事情也不是不可救药。

这个时候是春天，下着细雨，八度屯在李作家眼里新鲜醒目。现在，已经不是计划生育的年代，更不是跟村民称兄道弟所有事情就能迎刃而解的年代——能跟李作家称兄道弟的年轻人都散落在城里的各个工地，这个村庄，像一头沉睡的巨兽，雄卧眼前。说老实话，面对这头巨兽，李作家的力量还略显单薄。

157户人家，生活在这里，是个什么样的情况？

汉井主任说，要不要我一户一户地给你介绍？

不，你介绍我也记不住，反正以后我都要经常来，他们到底是什么样的一群人，我很快就会知道。李作家之所以这样说，是因为他来到野马镇之后，凡是提到八度屯，所有的人都摇头，好像那里生活着一帮歹徒。

汉井主任只带他去一次，打那以后，李作家都是一个人进村。

一个人进村，确实不方便，语言不通，狗又多。

二

镶金牙的贫困户建民,他家的黑狗又冲出来了。

建民家的房子,在屯里排在第一户,要进入八度屯,他家的黑狗是第一关。头次来有汉井主任,黑狗冲出来吠,汉井主任一棍打过去,黑狗缩头蜷在建民的脚边。建民咧着嘴,李作家就看到了他的金牙。

李作家很久没有在一个人的嘴巴里看到金子了,他震动,之前,他以为镶金牙已经不再是时髦的装饰,他甚至以为镶金牙的手艺已经在祖国失传。没想到,在八度他见到了。

建民对主任说,谁叫你很久没来,二叔都不认得你了。他们讲的是土话,李作家听不懂,汉井叫建民用普通话再说一遍,让李作家听懂他在说什么,以示对李作家的尊重。建民用蹩脚的普通话说,谁、叫、你、很久、没来,二、叔、都不、认得你了。

建民家的狗叫作二叔。

汉井主任说,二叔记打,多打几次,它就记住你了。

这话是对李作家说的。意思是进村要注意带根棍子,好对付二叔这样的危险货色。

第二次来的时候,二叔又冲出来了。

二叔没有狂吠,而是压低头,嘴巴的皮往后收缩,露出全牙,喉咙闷出暗雷,不叫的狗才咬人,当初它朝汉井主任狂吠,完全是撒娇。现在不一样,那是要进攻的架势。

李作家动都不敢动,他觉得如果他手中的棍朝它挥舞,自己可能会很狼狈。他讨好般地露出笑脸,这一招管用,二叔也认得笑脸,李作家示弱的表情使它放松警惕,嘴上的皮舒展一些,牙齿封住一半,但是喉咙里的暗雷依然低沉。

二叔，二叔。李作家朝它喊，手伸进口袋里，十几片碎肉包在纸里，他掏出来，手一扬，给，二叔。李作家有备而来。二叔扑向空中，嘴巴张开，迎接那阵特别的"雨水"，落在地上的"雨滴"，它也一一地舔个干净。这时候李作家的棍子派上用场了，轻轻地敲在二叔身上，主人一样对它说，就你贪吃，就你贪吃。

这个时候建民出现，这回他的金牙深藏不露，他是这里的主人，咧嘴讨好陌生人，这样的事在八度屯根本不存在。建民讲土话，只是动动嘴唇，话语就无比清晰。再清晰李作家也听不懂。

他说，来了又来，有什么用，走来走去，有什么用，最终我们还不是挨人欺负。

你说什么？能不能说普通话？

建民不理会他，继续说，你这样的人我见多了，最多也是丢给二叔几块臭肉，逢年过节送给我们一袋米一桶油，什么也办不了。

李作家说，建民，我知道你们屯的人对村里各方面的工作都不满意，你都跟我说说看。你不说普通话没关系，我把你的话录下来，然后回乡里找人翻译给我听，有什么心里话请跟我讲，看我能帮忙解决什么问题。

建民摇摇头，没有用的没有用的。他说。

这个时候，李作家想出一个办法，他想用自己的名字吓唬建民。他在百度上搜自己的名字，拿给建民看。

李作家在城里的时候，百无聊赖之际，曾在百度上搜自己的名字，看批评家对自己的作品怎么评论，看自己参加的活动媒体怎么报道，说白了就是虚荣心使然。刚刚来到野马镇，在欢迎晚宴上多喝了几杯，也是虚荣心使然，他在手机百度搜自己的名字给镇领导看，想引起他们对自己更多的重视。说老实话，在镇领导的眼里，来野马镇扶贫的，一般都是在单位地位不高，受人排挤，混得很差的人才被"发配"来这里。

事实并不是这样。李作家是怎么样被"发配"来到这里的呢？

来之前，他们跟李作家介绍八度：

全部都是"小洋房"，树很多，你去那里，就像去风景区。

他们从手机里调出八度的图片，确实如此，有点迷人。

坐惯了办公室，看着这些照片，李作家感觉一阵清风隔着手机屏幕朝自己吹过来。

这是单位的扶贫点，领导正愁没人去，动员大家报名，到李作家这里时领导是这样说的：

你看哈，人家柳青，下乡当农民，写出一部《创业史》，你不是说要写一部牛×的小说吗，这是个好机会。

领导外号叫洪大炮，一个正处级干部，跟副职、跟手下经常点头哈腰，经常一副被人欺负的衰样，一点都没有领导的派头，但是我们大家都服他。这年头，平易近人得不可思议的领导要到哪里去寻找。

他跟李作家说柳青，李作家没有心动，他就是跟李作家说曹雪芹，李作家也不会心动，因为啊，如果李作家真冲着这个下乡，那他很快就会多两个外号，一个是李柳青，一个是李雪芹。谁愿意有这样的外号呀。虽然这两位先生都是伟大的作家。

李作家对洪大炮说，我不缺生活，想写的都还没写完，世上的路千万条，我有自己的一条。

要不是他们调出这个村庄的照片，要不是那阵清凉的风隔着手机屏幕朝李作家吹来，李作家也不会站在这里。话又说回来，只有一阵清凉的风隔着手机屏幕吹来还不足以让李作家来到乡下。眼下，他衣食无忧，觉得自己已经是人生的赢家，看什么都顺眼，人生的"米"多一点少一点都无所谓。这种状态下的人，很容易自己找"贱"。法国作家塞利纳的小说《长夜行》，男主人公正在跟朋友喝咖啡，一支队伍从眼前经过，他突然决定去当兵，从此枪林弹雨，出生入死。李作家此时的心境跟塞利纳笔下的男主一样，某种不安分的基因在体内苏醒，跟组织的需要没关系，跟牛×的小说没关系，甚至是跟要去的地方到底是废墟还是风景区都没关系。李作家想一切清零，让乡间的人和事填满自己，之后呢，该逢山开路遇水搭桥就逢山开路遇水搭桥，该刀枪入库马放南山就刀枪入库马放南山。有点豪气干云，也有点游戏人间。

在乡里，看到李作家在手机上亮出自己的"招牌"，乡里的人只是礼貌性地哎哟、哎哟几声，并无太多的表示，李作家有点尴尬。

建民不一样，建民看见百度上李作家的照片和密密麻麻的词条，半张着嘴巴，金牙又亮了。

这、是、你吗？普通话吐出来了。

李作家点点头。

建民看了看手机，又看了看李作家，一拍大腿，那你要帮我们写告状信。他说。普通话无比流利，特别是"写告状信"这四个字，一气呵成。

李作家硬着头皮，说，有什么事，我来帮你们反映。

三

最近几年，八度屯有两件大事发生，第一件是青壮年村民去堵县政府大门，被武警驱散；第二件是因为土地纠纷，屯长忠深率村民跟邻村奉备村的村民打架，美珠的老公被锄头敲在脑袋上，不治身亡。

李作家坐在建民家塑料椅子上，他身边围了一圈人。他现在就像一个领头的。组织的任命书起不到的效果，百度搜索引擎起到了。他第一次跟汉井主任来八度的时候，根本就没有这样的"待遇"。

建民说，这个领导不简单，百度上面都有他的一大堆名字。他是用土话说的，李作家听不懂，只是看见这一圈人对他露出崇敬的神色，猜建民是在跟他们介绍他。建民为了让大家对李作家更加尊重，跟大家玩起搜自己名字的游戏，他先搜自己的名字。"赵建民"三个字打在手机百度 App 黑框里，搜索之后他笑了，说，百度上的赵建民有很多很多，但是没有一个是我自己。他妈的。

身边的一圈人也纷纷在百度上搜自己的名字，都发现自己的名字在百度上很多很多，但是没有一个是他们自己。他们也没觉得有什么大不了，也都像建民那样笑出声来。

建民说，我们搜镇长韦文羽看看。

搜过之后，建民笑得更大声，说，上面有很多韦文羽，没有一个是他，牛×什么！显然他对韦文羽很不满意。

接下来建民搜县长梁志安，县长梁志安的照片立马跳在眼前，他吃了一惊，县长果然不一样。他有点失望。但是他很快又缓过来，说，我们有李领导，不怕。在他眼里，李作家现在是跟县长梁志安一样牛×的人物。他不知道李作家拿自己百度上的词条给镇里面的人看的时候，根本没人理会。

李作家说，有什么事，我们大家一起商量。

建民说，对，我不信就斗不过他们。

他们真的把李作家当成"领头人"了。

这里的人怨气太重，我就先来做一个"减压阀"吧，李作家想。

四

八度屯以前是矿区。二十世纪八十年代，小小一个屯，就有六千人在这里驻扎。医院、电影院、百货商店，人来人往，比野马镇还热闹。

那是八度屯的黄金年代。这里什么都有，县城没有的，我们这里都有。后来跟建民混熟后，建民跟李作家这样介绍当时的八度。他说的什么都有，配以暧昧的笑容，就是含蓄地告诉李作家，这里曾经有很多外来的女人出没。风光不了多久，进入新世纪，因为环保的需要，八度屯所有的矿井关停，人员遣散。

最后一口井，是我封掉的，开矿井也是我，封矿井也是我。建民说。建民说话的口气好像是开矿的大老板，他不过是个搭架子的，还兼做泥水工。

那个时候，很多矿山都属野蛮开采。在八度屯，各行各业都来开采，八度屯的地下，那些绕七绕八的矿脉，被一个个人工开挖的矿道追逐，一条矿脉在前边走，无数个矿井在后边追，那些分属不同老板的矿井像嗅觉灵敏或者嗅觉失灵的猎狗，在地下绕来绕去，迎头相撞，那些在地面上很少碰到一起的人，在地下相见，分外眼红，都打起来了。乱到什么程度，你怎么想象都不过分。

封矿以后，属于八度屯自己的故事才刚刚开始。

在建民家，把李作家围在中间，刚刚用手机搜自己名字的忠涛、忠亮、忠奎、建敏、建堂、建刚一阵大笑之后，开始对他叙说。

忠涛抢着说，之所以是他，是因为他最倒霉，他身上落下的伤，都是老天"赐予"：在八度屯最热闹的时候，有一天，他在路上走，脚下一扭，摔倒在地，这轻轻一跤摔断了右腿。一个年轻力壮的小伙，轻轻一跤就摔成这样，真是不可思议，他们说他肯定是喝酒了，喝酒后人死重死重，自己把自己的腿压断了。他真的没有喝酒。野马镇的医生郑华举着热乎乎的片子，摇头，他说，像是五百斤的石头压在腿上。这是一件很诡异的事情，以后八度屯的男女老少经过这一段路，都是小心翼翼，走路的姿势像是涉过洪水。郑华给忠涛上钢板，后来钢板一直没取出来，像是被人遗忘的废铁，是不是这块废铁引发了忠涛的股骨坏死，忠涛也不在意，他有一段时间不在八度屯，他去了非洲，回来后，就变成这样。

忠涛说，领导你要对我们好一点。他说话的时候，李作家细细打量，忠涛四十岁模样，国字脸，器宇轩昂，但是一对拐杖不离身。

你年纪轻轻，怎么拿拐杖了？李作家问。

股骨头坏死。忠涛说。

怎么不去治？

讲得容易，哪来的钱。

现在不是有城乡医保吗，自己出很少的钱，就能治病。

很少的钱，我也没有，我这样子根本干不了活。

李作家来之前了解政策，贫困户住院，报销比例达百分之九十。

做手术大概多少钱？

建民抢过话，忠涛两边股骨坏死，做手术要十万块钱。

贫困户，住院报销百分之九十，只需要个人出一万块钱。李作家说。

贫困户？忠涛不是贫困户，我们八度屯，最穷的就是他，他自己这个样子，还要养老娘。他家这么穷，都不是贫困户，你们怎么搞的。

建民把李作家当成"你们"了，很快他发现自己言语不对，马上说，这个跟你没关系，都是乡里的那帮坏蛋乱搞。

李作家说，如果是漏评，那可不是开玩笑的，那是要追责的。

忠涛说，他们说我有一辆五菱面包车，车是我表哥的，是他用我的身份证买的二手车，他在南宁打工，车我都没见过。

那叫他过户啊，这多影响你家的生活。李作家说。

他坐牢了，五年呢。

那要跟镇里说清楚啊。李作家说。

他们说在交警的网络系统查出来车主是我，他们也没办法。忠涛说。

这真是个麻烦事。李作家第一次觉得自己受到乡间事情的缠绕。他说，这事应该能解决，我想想办法。

麻烦的事还在后面，忠涛说自己的伤痛的时候还有些客气，讲起整个八度屯，他可是口若悬河。

李作家把忠涛说的话用诗歌的体例来分行，自己居然读得下去，李作家想，如果谱上野马镇山歌的调调，就是一首忧伤的歌。

　　领导，我们相信你
　　领导，你要帮我们说话
　　领导，他们说我们睡在金子上面
　　说我们是野马镇最富裕的屯
　　什么政策都不给
　　真是冤枉死人了
　　领导，我们八度157户，没有一个人开矿
　　没有一个人因为铅锌矿发财
　　这是千真万确的事情
　　建民帮老板搭支架
　　建敏熬酒
　　建堂开拖拉机拉料
　　建刚开小卖部
　　跟地底下的矿一点关系都没有
　　说没有也不对
　　坐在这里的忠亮和忠奎，他们去挖矿，是拿命去搏
　　八度很多人帮老板下井挖矿
　　都是拿命去搏
　　怎么说我们是睡在金子上面啦

领导,就是开矿发财

过了十几二十年了

富人都变成穷人

地下的矿给我们的好处

最多是喝点肉汤的好处

是保命不死的好处

地下的矿给我们带来的麻烦,那是没完没了

第一个麻烦,地基下沉

八度屯157户人家

60户人家的房子地基下沉,变成危房

需要重新建房子,地在哪里

钱又在哪里

第二个麻烦,病人增多

第二个麻烦看不见,但是要命啊

领导,十几年来

八度的病人多

精神病

癌症

股骨坏死

痛风

肯定是水的问题嘛

领导,我们应该怎么办?

……

很多天之后,建民带李作家去看那些废弃的矿井,半山腰,一个一个矿井被水泥封死,建民说,都是我封的。

李作家突发奇想，他问建民，如果政府还继续让开矿，你高兴还是不高兴？

当然高兴了。人多，随便做点什么都不会饿死。

就不怕病人增多？

增多又怎么样，谁得病谁倒霉。

建民还他带去看忠涛说的60户危房，有10户地基下沉厉害，墙体都开裂了，已经不能住人，但是大部分的房子只是墙体出现裂缝，猛一看看不出危险在什么地方。

建民还带李作家去看忠涛说的那些病人，死去的只是在建民嘴巴里出现，重病的和精神病股骨坏死症，建民带李作家一家一家去探望。

那是李作家来八度后最难受的几天，这样密集地面对二十几位病人，确实是一件让人窒息的事情。

李作家去找镇长韦文羽，说八度病人偏多的事情。韦文羽说，也不能说是跟这里曾经采矿有关系，村民们说八度很多人患上职业病，告状惊动到高层，上级曾经派人给全村的人做职业病检查，也没查出什么。村民都是凭自己的感觉，屯里凡是生病的，都往污染方面靠，野马镇其他村屯，野马镇外的乡镇村屯，也有病人，那怎么讲？李作家说，镇长，你凭良心讲，八度这里的病人是不是偏多？韦文羽想了一下，点了点头。李作家说那你还说跟开矿没有关系。韦文羽说，跟什么有关系一下子真说不清楚，有些人说八度屯风水不好，有些人说跟他们的饮食习惯有关系，这里各个地方的人都有，做的菜五花八门，饮食习惯上跟野马镇其他地方都不一样，有可能是吃坏了。

再后来，李作家两年扶贫结束回城，跟一位专业人士聊起八度病人偏多的事情，他说应该是水的问题，但是检测的时候为什么各项指标都合格，这个问题就复杂了。比如说吧，职业病检测是另外的一个标准，职业病检测前提是你首先从事这个职业，如果你不从事这个职业，也按职业病标准来检测，那你肯定没有问题，因为你都不是从事这个职业的人，何来职业病。

八度人真可怜。往往可怜的人喜欢闹事。

李作家还没来到八度的前两年，屯长忠深请人把水污染的事请小学老师志勇写成材料，全屯的人签字，忠深带挂着拐杖的忠涛和建民去找新闻媒体，还真把记者给请来了，记者写了一份内参，引起高层的关注，责令有关单位进行调查，结果是，八度屯所有的土地停止种粮食，每人每月发三十斤大米。另外，拨六千万元，在八度建一个废弃矿井污水处理厂，把各个矿井流出的废水都引到污水处理厂。

建民带李作家去参观这个污水处理厂，在李作家的印象里，污水处理厂肯定是热火朝天机声隆隆，夜以继日处理从各个矿井里流出来的废水。但是让人没想到的是，这个污水处理厂只有一个看门人和一条狗。

看矿井的时候，建民说这些矿井都是我封的时候还得意洋洋，到污水处理厂的时候，建民就愤怒了。

你说，花六千万，搞这么个污水处理厂，浪费国家的钱，又对八度一点好处都没有，是不是腐败？

李作家确实有点吃惊。腐不腐败他不知道，但是污水处理厂冷冷清清，只有一个看门人和一条狗让他觉得超出自己的理解范围。

建民对看门人说，忠芳，你对这个领导讲，这样的污水处理厂，有没有用。

忠芳年纪跟建民相仿，穿着保安服。他家也在八度，被请来这里看大门。看门也是三班倒，还有其他两位，平时也是带自己家的狗来这里上班。

忠芳说，有没有用我不知道，反正水流到几个大池子里，满了的时候，我就拿药粉撒进去，然后水就可以排放了。有没有用我不知道。

这样一来，李作家对这个污水处理厂的工作流程有一个大致的了解：从矿井里流出来的废水被集中到这里，然后往里面投药，然后排放，就这么简单。这样的工作，看门人一个人就可以完成。

但是有没有用，李作家也不知道。

建民说，流到污水处理厂的井水只是一部分，我们这里雨水又多，一下大雨，这几个池子很快就满，怎么处理得过来？废水都往地下灌，然后我们又抽来喝。

看到这样的情况，八度屯的人都不干了，屯长忠深召集大家开会，开会的结果是这个地方不能再住人了，要求政府在县城附近划一块地，让八度157户整体搬迁。政府还是很关心这个地下被掏空的村屯，正在开展的精准脱贫给了县政府底气和解决八度屯村民诉求的机会，县里同意八度屯整体搬迁，但不是每户拨一块宅基地给村民建房，而是根据各户人口状况，在县城的"星光移民小区"，分给每户一套单元房。每户只交很少的两三万块钱，就分到一套价值二十多万的单元房，就是这么诱人的政策，八度的村民都接受不了，他们想要"有天有地"的房子，而且每户一栋，这就超出了政府承受的范围。工作做不通，政府这边很无奈，八度屯的青壮年就到县政府门口拉横幅、静坐，最后被武警驱散⋯⋯

在建民家，忠涛对李作家叙说。

最后他说，领导，我们应该怎么办？

李作家头都大了。

五

李作家想，初来乍到，每人一块地在县城建房的事他解决不了，忠涛诗歌里的问题是真是假还需要了解，如果是真的他也未必解决得了。在他能做的，就是做一个减压阀。

但是，如果你不给八度屯的老百姓做好事，人家有话都懒得跟你讲，你这个减压阀怎么减压？没准减压阀就变成加压器。因为百度搜索，八度的村民对他充满期待，他得乘势而上。如果他什么事都干不了、干不成，就是百度搜索不管搜的是张三还是李四或者王五，最终全是他李作家的名字跳出来，在建民他们眼里，也一点用处都没有。

不管有理无理，我都得先听他们说。李作家想。

汉井主任之前曾经跟他说，在八度屯，你不要跟任何人打官腔，八度屯的人对官腔敏感得很，县里面的那帮人，现在为什么不敢来八度屯，就是官气太重了，一来就想把手拍在村民的肩膀上，他们都烦透了。

李作家也知道汉井主任说的官腔是什么意思，但是他故意问汉井主任，县里面的那帮人一来就读文件吗？汉井主任说读文件还好，读文件八度屯的人也不听，他们相信真金白银。县里面的那帮人也知道这一点，一下来，就居高临下讲空话、套话、假话。好像革命江山是他们打下来的。汉井主任说。

这个时候，在建民家，李作家有一点点坏，他想知道八度屯的人怎么看县里面的领导，这一下就热闹了，这一下就带有很强的娱乐色彩。哪朝哪代，吐槽官家都是老百姓热衷的事情，现在一个贪官被抓，最高兴的就是老百姓，议论得最多的也是老百姓。

建民学包村县领导，他站起来，腆着肚子，但是他突然想到包村的县领导是个瘦高个，马上就收起肚子。

忠奎说，有一个县领导，来到我们屯，把我们集中在一起训话，说我们忘本，国家投入多少多少钱在我们这里，要我们摸摸良心，要会感恩。我们屯的事，你们都解决不了，投入多少钱关我们什么事，其他屯的人应该感恩，要我们屯感恩，除非枪顶。

忠涛说，后来就被我们轰走了。领导，你说，他该不该轰走？

李作家心头一颤，农民这两个字太辛苦，想到不久前，一家杂志社在发表他的作品时，让他写一个简短的创作谈，他这样写：

我觉得她可能是太累了，因为路远，一进村就被村里人围住，说这说那，要这要那，她烦了，干脆站在石头上面，领导一样大声说话，什么懒啊，不勤劳啊，等等。

这是前段时间蹿红网上的视频。一名扶贫干部，在吼村里的贫困户。视频里只有她，没有他们，就像很多作品里只有"我"，没有"他们"一样。

我心里很不舒服。

我们愧对，这被过度榨取的土地，我们愧对，这片土地上为我们勒紧裤腰带的人们。面对这里的一切，我觉得我们应该还要再愧疚一百年，就是给予他们再多再多，都弥补不了我们欠下的债。

由此想到我们的写作。我们都是欠债人。那些生灵和游魂，天上飞的，地上走的，笑着的哭着的，都索债来了。

因此，我们有了非比寻常的压力。

当然，还有还债时的喜悦。

在李作家这里，现在所做的一切，是在还债，在很多领导那里，就变成了恩赐。角度不一样啊。

李作家说，该轰。

建民说，就是，还把我们当小孩子。

因为李作家表态县领导该轰走，他们比刚搜他名字时更觉得他亲近。

在建民家，他问大家，忠涛说的这些问题，解决起来需要时间，除了房子的问题和水质的问题，八度还有哪些问题急需解决？

忠涛说，那个退休警察的家属太嚣张，建新房子，拆掉的砖头堆在屯里，路本来就窄，现在车子都开不进来。我们告到乡里，乡里都解决不了。

他们都害怕警察。建民说。

他叫刘松柏。忠奎说。

六

一伙人带李作家去看退休警察刘松柏家的旧砖头是怎么样堵住屯里的道路的。那是离建民家不远的地方，屯里的一个拐角处，刘松柏家新建的三层楼旁边，半圈旧砖头垒在路上，砖头底部都长出了青草。

这是公共的场地，把砖头堆在这里，是想把房子围起来，他贪啊。建民说。

把他电话给我。李作家想跟刘松柏聊聊。

忠奎马上在手机上找出刘松柏的电话号码，报给李作家。

电话接通，是个男的，刚听李作家自报家门，就把电话挂断。

他不跟我说话。李作家说。

所有人都盯着他，想知道他接下来该怎么办。

刘松柏建这座房子，根本就没有入住，家里没人，电话不接，这事还不好办。

他家还有什么亲戚在屯里吗？李作家问。

他弟弟刘松林住在屯里，就是他嚣张。建民说。

你们带我去找他的弟弟。李作家说。

没有一个人愿意。

我们不想吵架，也不想被人恨。忠涛说。他拄着拐杖就往回走。其他人也驻足不前。这群曾经很亲近的人立马变得陌生。

他们都不想得罪刘松柏。

李作家心里非常不舒服，他是个性情中人，喜怒都挂在脸上。他在为他们解决问题，他们连带个路都不愿意。这像什么话。

你们怕什么？他问。

建民说，屯里就刘松林最不讲道理，看到我们带你去他家，他不会恨你，他会恨我们。为了不影响团结，我让我家二叔带你去。

二叔。建民家的狗。

这么一说之后，李作家笑了。这也太新鲜了。建民说的为了不影响团结，指的是既不得罪刘松林，又使李作家能到达刘松林家，这样一来，刘松林不至于对建民、忠涛他们有意见。二叔，建民家的狗，关键时刻起到维护团结的作用。

你就不怕他对二叔有意见？李作家说。

满村的狗跑来跑去，这个他怪不得二叔。建民说。建民接着用土话对二叔说，走，松林家。二叔扭头就走在前面。建民说，领导，你就跟在它后面，它在哪一家门口停下来，你就过去敲门。李作家差点笑出声来，他说，好。

七

既然二叔这么给力，先不说李作家怎么去解决刘松柏拿砖头占屯道的事，先说一说二叔的故事：

开始的时候二叔不是条狗，是个人，是建民的亲叔叔。

请放心，这个故事，不是一个转世的故事。野马镇的人都信现世，不信来世。其实狗是狗，二叔是二叔，是建民非要把它和他扯在一起。

建民的二叔年轻的时候，就与建民的父亲和建民的大叔分家了。建民的爷爷跟建民一家住，奶奶跟大叔一家住，二叔单身，一个人分到一间茅草屋，从此过上自由自在的生活。

八度屯这个地方，有五座山包围。夏季，暑气从山顶沉淀下来，所有的事物，像在一口锅里煮，所以夏天，八度的男女老少，不干活的时候，人人手中一把扇子；后来有了电风扇，八度人一进家门，都恨不得把电风扇抱在怀里；后来有了空调——空调他们可吹不起。冬天风大，五座山，山与山之间五道豁口，打开闸门，这里成了风的战场，南边来的风声音凄厉，那是因为山与山之间，立有十几根石笋；北边来的风雄浑，从那里直接通往野马镇，大概路途相对平坦，风来得毫无顾忌，凡是八度屯不结实的屋顶被掀翻的，都是北风造的孽。秋天起雾，八度的秋天，早上和晚上，雾气大得吓人，走着走着，突然看见一个牛头或者人头浮在雾里，雾气深深浅浅，都有人在里面喘息。春天雨水不停歇，八度的春天可以当夏天过，只不过春天的雨舒缓，这种绵长的舒缓，能气死夏天的雨。

　　就是这样的环境，让人觉得很沉闷，一年显得特别的漫长。这绝对不是外地人对八度的感觉，而是八度人自己对八度的印象，八度的日子比其他地方要漫长，是因为八度人，每个人都有自己依赖的季节，每个人在自己依赖的季节里都有自己的活法。活在相同季节里的人，都希望属于自己的季节早点到来。

　　二叔喜欢冬天，冬天的时候，雨水稀少，他可以上山敲石块。给自己建一座坚固的石头屋，是他的梦想。分家的第一天，他就到山上敲石块，沉重的大铁锤，高高抡过头顶，半天下来，手掌被震出血泡，歇了十几天，又提着铁锤上山。单薄的身体，坚硬的石头，只要有当当当的声音响起，八度屯的人就会明白，建民的二叔，又在山上敲石块了，这样的声音整整响了三年。一个人，敲石头敲了三年，建房子建了一年，八度屯唯一一座石头屋，在建民二叔手上建成了。

　　为什么要起这样的房子？

　　建民的二叔说，世界上最硬的是石头，我可不愿意十几二十年又建一回房子。那个时候，八度屯的房子都是黄泥建成。八度夏季多雨，山洪频发，洪水经常从山上冲到屯里，如果没有一间坚固的房子，夏天就过得提心吊胆。

建民小时候，喜欢到石头房里，跟二叔在一起，夏天的时候，建民喜欢用脸贴在二叔家的石墙上面，清凉、湿润。有时他还拿舌头去舔石墙，八度屯的石头，有淡淡的盐味，轻轻一舔，刺激出满嘴的口水。淡淡的盐味和着口水咽下去，有别样的情趣。二叔这个时候也不理他，任由他把自己的小脸贴得冰凉冰凉，他拿舌头舔墙更不用去拦，因为这是二叔自己教的，八度的石头有淡淡的盐味，还是他发现的呢，有一次，他在山上敲石块，一粒碎石飞进嘴里，他还以为自己的舌头被石头划破，淡淡的盐味在嘴巴洇开，他吐口水，没有看见红色，他妈的八度的石头可以当盐。

也许是二叔家墙太特别了，建民就认为二叔是整个八度屯最了不起的人。没事就喜欢往他家跑，有时吃饭还在他家吃，有时睡觉还在他家睡。八度屯的人都说，建民，干脆过继给二叔当儿子算了，反正他也没有老婆，更不会有孩子，你跟你二叔，比跟你爸还亲。

建民小学五年级的时候，夏季，一连几天大雨，整个八度屯人心惶惶，都在担心自己家的泥瓦房禁不住没完没了的大雨的冲刷而垮掉。跟他们相反，整个八度屯，夜里睡得最香的就是建民的二叔，他建这样的石头房，似乎就是要等大雨来临时，能睡上个安稳觉。

谁都没想到，这间被建民二叔用了几年时间建成的，被建民二叔认为是八度屯最坚固的石头房子，最先倒下。

这间看似坚固的石头房，没有很好的根基，雨水泡烂了地基，房子像一头巨兽掉到陷阱里，成了一堆乱石。

建民的二叔，葬身乱石之中。

那个晚上，八度的人不管男女老幼，都在暴雨里往死里搬石头。

一直到天亮，才找到血肉模糊的二叔。

人们在雨水中喊着二叔的名字，赵承芳！赵承芳！

雨声、哭声、喊叫声，这是八度屯有史以来最悲伤的一场合唱。

从那时起，一直到现在，这样的合唱再也没有出现过。

而八度屯从此再也没有一间这样的石头房。石头房成了最不吉利的建筑。

赵承芳！赵承芳！

汪、汪、汪。

雨声、哭声、喊叫声中，有狗崽的叫声。乱石岗里，还藏有一条小狗。它幸运地躲过石头的碾压，缩在石头缝中，小声地叫唤。

赵安民家的母狗，二十天前生了一窝狗崽，其中的一只，刚刚会走路，不知什么时候就跑到二叔的石头房里，跟二叔一起经历这次劫难。

二叔的葬礼过后，建民收养了这条小狗，名字就叫二叔。很多年过去，建民家的狗换了很多只，狗的名字始终只有一个，那就是二叔。

流水的狗，铁打的名字。

八

很快，二叔就在松林家门口停下来。大门开着，李作家拍了拍二叔的头，走进松林家。

松林！松林在家吗？李作家轻声呼唤。

一个男人从楼上下来，用警惕的神情打量李作家这个陌生人。

李作家自我介绍。男人警惕的神情丝毫没有改变。

李作家说明来意。男人哗哗哗就说开了。第一句他用普通话：

他们忘恩负义！

说的是八度屯的所有人。

第二句开始，他讲的是土话，李作家听不懂，赶紧打开手机录下来，松林也毫不在意李作家举着个手机对着自己，哗哗哗说了半个钟头。后来李作家到建民家请建民他们一句句翻译，才弄清他到底说了些什么。

话的内容跳跃性很大，一下子是说家里的事，一下子说屯里的事，一下子骂人。

松林是这样说的：

他们忘恩负义！砖头是我让我哥堆在那里的。我哥在单位听领导的，在家听我的。为什么听我的，他读高中、读警校，学费、路费、吃的、穿的、用的，全部是我不读书去打工挣钱给他的。你别看他在单位里当所长，在家里我是所长，我爸我妈在世时，我爸我妈是家里的所长，他们过世了嘛，两个人都是同一年走，一个肝癌，一个子宫癌。他们都是我和我老婆照顾的，我哥只会破案破案破案，一个小小派出所，每年要干的事真不少，所以爹妈都是我和我老婆照顾。我妈子宫癌去医院，医院说要动手术，我妈死活不愿意，这就苦了我老婆，她平时就不愿意多干活，她一点都不勤劳，就喜欢在屯里打麻将，赢得多输得少，凭这点她在我面前很硬气，饭都不煮，不煮就不煮，赢钱可以不煮，但是输钱了呢？输钱了就要灰溜溜地回家煮饭，但是我老婆运气就是好，很多的时候都是我煮饭。（建民翻译到这里的时候，李作家问，当时他们打麻将最多输多少最多赢多少？建民回答，输赢不超过二十元。二十元在当时的八度，算是一笔大数目。所以松林老婆在松林面前很硬气。）有三回，她连着输，我心情很不好，打了她一巴掌，我说输一次打一次，第四回的时候，她差点输了，她半开玩笑说谁给我点个炮吧，要不然我老公又要打我了，果然就和了。她就是喜欢打麻将，一点都不勤劳，但是她是我老婆，她不勤劳我也没有办法。老娘生病，那就不一样了，在医院陪床、送饭、倒屎倒尿，都是她，老娘不愿动手术，回家睡床上，也是她陪在旁边，这个病很折磨人，疼的时候老娘咬着牙不出声，她就在旁边哭。我心疼老娘，也心疼老婆，就在老娘房间摆了一桌麻将，让她一边招呼人，来我家打麻将，一边照顾老娘，我老娘就是在麻将声中去世的。我爸是我照顾的，他肝癌晚期，全身发黄，肚子圆得像个大球，拉不出尿，不停地叫我喊村医忠光给他打滤尿的针，忠光不敢，疼得我爸拿头撞床头，咚、咚、咚，家里像打雷一样，两个月后我爸断气……我家的砖头，就是堆在那里一百年，我看哪个敢搬走。领导，你刚刚来八度，不要听那帮人的话。他们哪一家哪一户，没有得到我哥的关照？！没有我哥，他们能有水喝吗？能有电用吗？我哥的同学，是水电局的副局长，我哥去找他，他拨钱给八度在山坡上建了一个大水柜，屯里这才有了自来水，以前都是到溶洞里去挑。用电也是这样，以前有是有电，但是拉到村里的电线太小了，放个屁声音大一点，变压器都会跳闸，还不是我哥找他的同学，把线路全部改成粗的，屯里所有的打米机、打谷机才开动得了。不光水电，哪家哪户只要有什么事，都是找我哥，覃会贤的孙子在县城里偷摩托车，本来应该要坐牢，后来还不是我哥领他回家，罚款都少了一半不用交；忠文在工地打工，老板拖欠工资，还不是我哥去帮讨……这是以前的事了，这样的事太多了，就是这几年，我哥退休后，屯里谁家有这样的事，都还找他帮忙，美珠的儿子拉浪，他的老婆，一个贵州的流浪女，黑人黑户，我哥虽然退休了，但是还有关系，帮他跑来跑去，美珠的儿媳妇最后上了八度的户口，要是没有户口，美珠家的麻烦就大了……这样的事情很多，我都不说了，我家的砖头占一点道路算什么，领导，你去了解，以前八度屯不是这个样子，以前八度屯的路都能走手扶拖拉机，他们每户建房子，地基都挪出来一点，每一户建房都占用道路，每户占一点，就变成现在这样了，现在不要说是手扶拖拉机，就是两个人面对面，都要侧身才能通过，要不你去问他们，是不是这样，就是我家最吃亏，老老实实在原地上建房，还被他们笑话说我们最愚蠢，就是为了争一口气，我才叫我哥把砖头垒在路上。老实人被欺负，他妈的……（以下全是骂人话，几乎把八度屯一半以上的人家都骂了一遍，包括正在帮李作家翻译的建民，建民正在翻译，突然听到手机里松林用土话骂自己，立刻就生气了，也用土话骂手机里的松林，骂什么李作家也听不懂。不光他，围在他身边的忠涛、忠亮、忠奎、建敏、建堂、建刚，先后听到松林在手机里骂他们，他们不甘示弱，立马用土话反击，搞得建民家变成一个"云吵架"的现场。李作家不得不把视频给关了……）

在松林家，松林说了半个小时，李作家听得一头雾水，但是他不停地点头，表示自己一直在听。松林最后说，我看谁敢动我哥家的砖头。这句是用普通话说的，有警告李作家的味道在里面。

李作家说，我想跟你哥说说话行吗？我打他电话他不接，你用你的手机打，我来跟他说两句好不好？

有什么好说的。他说。之后就不理会李作家，起身上楼。

李作家心里非常不舒服，望着这个男人的背影，他觉得自己碰上不讲道理的人了，这些年来，因为工作的关系，跟他交往的人都是圈内人，有清流也有浊流，但是大家都客客气气，蹬鼻子上脸的事很少发生。总不能再用百度搜自己的名字给松林看吧（李作家为自己的虚荣感到羞耻）。李作家在心里苦笑，看来自己来到八度要做的第一件事情，是清理松柏家的砖头。

他走出门外，没想到二叔还在那里等他。他说，走，建民家。

九

建民家安静下来。他们都看李作家，连二叔也跪在一边看李作家，它吐着舌头。

他刚才听了建民的翻译，大致了解到一些情况，松柏给屯里做了不少好事，也不是一个不好说话的人，主要是他的弟弟松林，觉得自己的哥哥给屯里做了那么多好事，这些砖头就被人拿来说事，觉得太委屈了，八度屯很多家都有占道建房的行为，所以他理直气壮。

李作家先不说砖头的事。李作家说屯里道路为什么变窄的事，他把松林的话重复一遍。问他们，松林说的话有没有道理？

没有一个人出声。看来占道建房的事在八度是普遍现象。

松林又说松柏帮屯里做了很多好事，解决水电问题，帮覃会贤偷摩托车的孙子说情的事，帮忠文讨薪的事，帮拉浪老婆上户口的事等等等等。

建民说，你不要听他吹牛，难道我们就不该喝自来水吗？难道我们用电不方便的事政府就不该解决吗？这些事是政府帮解决的，他把功劳抢到自己头上，他以为他是县长，让我们每个人都高看他。

忠涛说，在屯里，有什么大事你帮我、我帮你也是很正常，他家一年死两个人，没有屯里面的人，他们家自己能把丧事给办了？他们几个都是帮抬棺材的。忠涛指着忠亮、忠奎、建敏、建堂。

为什么你们跟他家的关系这么紧张？李作家问。

因为把砖头堆在路上，我们走路很不方便。有几个晚上，有人骑着摩托车，刹车不及，都撞在砖头上，还好人伤得不重。如果再不搬走，有可能出人命。建民说。

说来也巧，算是吉人自有天相吧，这个时候，李作家手机响了，是自治区公安厅的治江。治江是多年的老友，李作家下乡后，还是第一次接到朋友打来的问候电话。看到治江的名字从手机上跳出来，李作家当场有了一个主意。跟治江通完电话，他对建民他们说，砖头的事好解决，松柏不是不接我的电话吗，我找县公安局的领导，跟他们反映一下，让他们管一管松柏，县公安局管不了他，我就找公安厅，我公安厅的朋友刚给我打来电话，说扶贫遇到什么困难，尽管找他。李作家把治江抬出来给自己壮胆，也有炫耀的成分，跟在百度搜自己名字给他们看一个道理。

这一招真的是太灵了。

李作家要找公安局领导甚至自治区公安厅领导的消息建民他们很快就发布出去了。李作家是个了不起的人物，你看，百度搜索上都有他的词条。他们亮着手机逢人便说。

没等李作家找县公安局领导，两天后，松柏家的砖头就从路上消失了。

还有就是忠涛"评上"贫困户的事。前面说忠涛表哥拿忠涛的身份证去买了一辆二手五菱车，害得身有疾病、家徒四壁的忠涛没有得到很好的救济的事，李作家打电话给治江，要他请车管所的朋友帮忙，把车过户到忠涛表哥名下，治江很快就叫人搞掂，李作家马上跟乡长韦文羽报告，之后李作家领着扶贫工作组的人带人入户核验，一个月后，忠涛的贫困户身份就得到确认。

这两件事，使李作家在八度屯"声名鹊起"。

十

回到李作家跟汉井主任第一次进八度屯时的情景。

那一天下雨，正是三月的时候，细雨打在脸上，痒痒的，似春风拂面。广西这个地界，好就好在雨水充沛，植物茂密。眼前的八度，绿树掩映，烟雨缭绕，宛若仙境。

这些年，当地政府在修路方面下大力气，水泥路都铺到各家各户的门口，三月的细雨洒在上面，闪闪发亮。这个时候走在油亮的水泥路上，李作家有去踏青的感觉。

李作家和汉井主任在建民家门口遭遇二叔的狂吠，建民出来和他们寒暄，聊了几句，他们继续往屯里走，牛屎的味道伴着酒香的味道扑鼻而来。

这个村庄的另一面逐渐显现出来。

不到二十分钟的时间，酥在春雨里的舒服的感觉很快就还了回去：所到之处，被踩踏、碾压的牛粪铺满一地，现出人畜的脚印以及摩托车、人力车的车辙；猪圈、牛栏里的污水都顺着墙角流淌在路的两边。乍暖还寒，许多小虫子就已经迫不及待地长大，它们扑面而来，李作家不得不用手去驱赶它们。

汉井主任脸上露出歉意。

李作家从小生活在农村，这样的场景他也很熟悉。

汉井主任说，这里的卫生搞得不好。又说，平时会好一点，这几天瑞明家里有事，来不及清理牛粪，加上这两天其他村的母牛都来我们村配种，牛粪比平时多了好多，所以就变成这样。

在李作家的印象里，小时候在乡下，每到配种的季节，猪也好牛也好，都是公猪或者公牛的主人赶着自家的宝贝，上门"服务"，傍晚的时候，公牛或者公猪的后面，经常跟着一个醉汉。这里颠倒过来，凤求凰，难道公牛比母牛金贵？

李作家说，你们这里的习惯很独特嘛，我们那里都是公牛上门，任劳任怨。

汉井主任说，这是科学。

后来李作家才知道，为了改良水牛品种，自治区水牛研究所的科学家采用新的科学方法，给村里的母水牛统一催情，并带来良种公牛，集中交配。公牛母牛的"情事"，已经不是李作家小时候的版本了。从这件事上看，时代真的是变化太快。只是八度屯一地的牛粪，没有人处理。

十一

他们来到瑞明家。瑞明家的房子只有一层,墙体裸露,水泥砖被雨水冲刷,开始泛黑,让人想起劳累过度,脸上长黑斑的汉子。这房子有些年头了,和他家两边都是两三层且外层都贴上瓷砖的房子相比,有些寒碜。屋里也一样,墙体没有抹灰,这座房子用了多少块水泥砖你都能数得出来。墙上挂着衣物、竹篮等杂物和生活用具,感觉家里重要的东西都挂在墙上。家中桌子有两张,一张是神台,神台上有祖宗的牌位和伟人的画像;另一张是吃饭的桌子,吃饭的桌子摆在家中间,桌上有粘苍蝇的白色卡片,刚换新的,有几个黑点在挣扎。这还是春天啊。

汉井主任用土话喊:瑞明瑞明。

一个男人从房间出来,矮、瘦、黑,像极他家年代久远的墙。

汉井主任跟他简单地介绍李作家,说的是当地的土话。瑞明的手在围裙上搓了几下,就伸过来给李作家握。他叽里咕噜说了一通。汉井主任也没给李作家翻译,好像瑞明跟李作家讲的都是不需要翻译的废话。汉井主任拍他的肩,大概瑞明逢人就诉苦的毛病他已经厌烦。他跟他叽里咕噜几句,瑞明点点头,松开李作家的手。

汉井主任对李作家说,瑞明家的困难跟其他家不一样,他儿子不成用。

"不成用",李作家以前跟附近这一带几个县的人打交道,他们都用"不成用"这三个字来形容某些质量不好的物件。比如说物价上涨,他们会说,现在的钱不成用;某些商品质量不好,他们就说,这个东西不成用。现在,李作家终于听到,瑞明的儿子——"不成用"。

汉井主任说，瑞明当清洁工挣钱给儿子绍永去南宁读大学，他毕业后不好好找工作，而是跟人去搞传销，这就"不成用"了。

去搞传销，那还得了？南宁的青秀山、五象广场，防城港的海洋公园，北海的老街，经常有很多胸口挂着观光牌的游客，他们多是来自北方，被自己的亲戚、朋友、同学、同事以"参加北部湾大开发"的名头，"劝说"来到广西，被"资本运作"这样的"捞金术"所迷惑，饿虎扑食一样赶来，梦想有朝一日能登上"传销王国"金字塔的塔顶。他们最初都是被一辆大巴拉到南宁、北海、防城港等地著名的楼盘或者景点旁边，旅行团一样走走看看。他们的"导游"从始至终，只干一件事，就是很神秘地告诉他们这些楼盘和景点的来历——这些楼盘和景点，每处都有强大的官方势力在支持。这些楼盘的哪一块砖哪一片瓦，景点的哪一块石头哪一尊雕塑，都隐含着发财的门道。总之，不是有后台，就是风水好。一圈转下来，有人离开，有人留下。李作家的一个北方同学，有一年被骗到南宁，在旅游大巴上被洗了几天脑，才想到要来找李作家，李作家去接他，途经竹溪大道边上金光闪闪的"迪拜七星酒店"，他对李作家说，这个房子，是某某家的。某某是国家领导人。李作家当场就说他被骗了。这时候他还陶醉在自己的发财梦里，从包里拿出他自己写的几幅字，说下车后，你找个印油，我给你盖章，一幅字值一万块钱呢。他是书法家李作家还是第一次知道，李作家哭笑不得，又不好拒绝，下车后找了个印油，他同学摸出印章，短短十几秒，李作家就拥有价值几万块钱的字。凡是被传销洗过脑的人，不管什么物件，在他们眼中，都可以卖大钱，哪怕是很丑陋的字。

李作家不知道瑞明的儿子绍永是怎么样的一种情况，一般搞传销的大多都是外地人，他一个本地人，怎么好意思去走邪路，最后变得"不成用"呢？李作家心疼瑞明，一个乡村清洁员，有一个搞传销的儿子，父子俩职业差距也太大了，一个在地上刨食；一个想天上摘星，他以为他是航天员。绍永不会想连他爸都拉去入伙吧?

真是这样。汉井主任说,瑞明人老实,在村里人缘很好,绍永想通过他在村里发展下线,瑞明没有上当,惹恼了绍永,两年不回来,后来还是警察帮忙,端了传销的窝,才把绍永"遣送"回村里。

汉井主任说,绍永回家后,吃了睡,睡了吃,成了一个懒汉。最最要命的是,他跟他爸爸,他妈妈,跟所有的人零交流。哑巴一样不说话。前几天,瑞明说了他几句,他竟拿刀片割自己的手腕,幸亏发现得早,要不事情就大了。瑞明这几天天天守着绍永,生怕再出什么意外。村里的卫生没人理,一路都是牛粪……

汉井主任说,李作家,你是从南宁来的,你帮一帮瑞明,去做绍永的工作,拿死来威胁老头子,这不是坏人吗?

瑞明在一边连连点头。

大概汉井主任觉得这是眼下八度屯最难搞的一件事情吧。所以把李作家带来他家。汉井主任想让李作家想办法,劝说一个曾经深陷传销迷局的年轻人,重新回归社会,替父分忧,挣钱养家。

瑞明看着李作家,在他眼里,李作家是那个能救命的郎中。

李作家有点为难,李作家平时在单位,懒得跟人说话,所谓的"说话"不是那种客气的、礼貌性的聊天,而是跟人掏心掏肺。李作家已经很久没有跟人掏心掏肺了。现在这个年代,不要轻易跟人掏心掏肺,哪怕是最好的朋友。好事也好不好的事也好都要自己藏好。好事别人不会轻易羡慕你,不好的事也没有人帮得上忙。所谓的分享,不是炫耀就是诉苦,在李作家眼里都是自取其辱。

李作家是个认真的人,他觉得要跟绍永谈话之前,得先好好了解一下绍永,真要去劝他,先要了解他,不光他,还要了解这个村庄,总不能像个局外人似的跟绍永聊吧? 总得跟他掏心掏肺吧? 说到掏心掏肺,李作家很为难。

李作家拍拍瑞明的肩膀，说，你放心吧，我会好好开导他。

瑞明指着他刚才走出来的那个房间，说了句土话。汉井主任翻译，说，绍永就在这个房间睡大觉，你要不要现在去跟他聊？

李作家不愿意现在就去。说，先不要去打扰他，先了解情况，想好怎么说，再专门找时间来见他。李作家说，瑞明你不要太担心。李作家心里想，一个刚刚拿刀片割手腕的人，短期内是不会再割第二次的。

绍永不会有事的，你该干活就去干活，村里面的卫生少不得你去做。李作家说。李作家现在确实不知道能跟绍永说些什么。

主任也在一边附和，说有李作家在你就放心吧。

瑞明失望地点头。

他们又聊了一会儿收成、天气。瑞明的心思在儿子身上，不管聊什么他都往儿子身上扯。汉井主任以为瑞明过多谈论自己的儿子李作家会不耐烦，就像刚进门他俩谈论绍永的事，没有原话翻译给李作家听那样，叽里咕噜，把李作家晾在一边。从他俩的语气和手势，李作家猜得出他俩一个在恳求，一个在推托。汉井主任原本是希望李作家今天就把这事解决掉，没想到李作家慢热，他也只好推托。最后他代表李作家跟瑞明告别。

他们离开瑞明的家，瑞明没有送他们，他一头扎进儿子的房间。

十二

清理松柏家的砖头和解决忠涛的贫困户"身份"，李作家在八度屯的威望就树立起来了，瑞明又托汉井主任请李作家去解决儿子的问题。

来八度已经有一段时间了，李作家还没好好想一想八度是一个什么样的村庄。

汉井主任跟李作家掏心掏肺，他说，除非死了人，要不然吃多大的苦大家都不会说出来，几乎家家户户都如此。

那他们喜欢告状又是怎么一回事？李作家问。

汉井主任说，那个事一言难尽，他们的苦，只要扛得住，都不会麻烦别人。

汉井主任跟李作家介绍，在村里，有时候是白天，有时候是晚上，办丧事的鞭炮声突然就响起来，那是谁家"有事"了，在这之前，这个家庭发生什么事情，知道的人并不多。平日里，各家各户万事不求人，不到最后一刻，决不轻易人前示弱。

从汉井主任的介绍中李作家得出这样的印象：

这个村庄的生老病死过于波澜不惊。

这个村庄，有点深沉，也有点麻木。

汉井主任跟李作家讲几个"有事"的典型事例，其中事最大的，就是十年前村里的一起群体中毒事件。

十多年前，一个五月天，村里的年轻人海民去田里洒农药，晚上回家，吃饭，喝酒，头昏眼花。海民以为自己干活太累，不胜酒力，早早上床休息。躺下不久，肚子又出了状况，先是隐痛，后来越发严重，还伴有呕吐。海民对新婚不久的老婆美雪说，完了，肯定是农药中毒了。美雪启动摩托车，用出嫁时娘家送的"背带"（把新生婴儿背在身上的长布块，能挡风，保暖），硬是把海民绑在身上。摩托车一路狂奔，赶到县城医院。

躺在医院的急救室里，海民已不省人事。医生打针、灌肠，忙了几个小时，才把他抢救过来。

几天后，海民出院，还是美雪，骑着摩托车把海民驮回家，车上，夫妇俩商量，请朋友来家里闹一闹。捡了一条命，夫妇俩都觉得庆幸。回到家，美雪杀鸡宰鸭，烧火做饭。朋友们接二连三地来到，这个时候，他们才知道海民农药中毒的事。这几天，夫妇俩去了哪里，去干了什么，竟然没有一个人知道。他们几乎每个人都对海民说大难不死必有后福。

海民刚刚出院，不敢喝酒，让朋友们放开喝，朋友们也不客气，打圈干杯，猜码划拳，非常火热。酒足饭饱，朋友们各自回家，一个看似平静的夜晚，这时候危机四伏。接下来，前后不到两个小时，来海民家吃饭的朋友，先后被家里人，像当初美雪送海民去县城医院那样送往县城，两个小时前他们还在海民家猜码划拳，两个小时后又在县城医院的病房里汇集……当晚在海民家喝酒的一共有七个人，先是赵一敏被弟弟赵二敏送到医院，刚刚进急救室，第二个朋友又被送到，是赵孟林，他喝酒时最活跃，又是唱歌又是跳舞，现在被他老婆从摩托车上背下来，瘫在地上，口吐白沫……医生一问，得知赵孟林跟刚刚被送到急救室里的赵一敏今天同一个饭桌上吃饭，知道大事不好，肯定是群体性中毒事件。医生报告给院长，院长还没赶到，又一个中毒者被送到，是赵东生，接下来是赵茂林和赵启胜……

这个村庄，伴随着摩托车的轰鸣声，先后有五道光柱，野兽的眼神一样划破黑夜。

除此之外，并无异常。

整个村庄没有人知道发生了什么。

没有人知道这个村庄的另外五个人，在县城医院的病房外，焦急地等待亲人的消息。

在海民家吃饭的一共有七个人。另外两个是冠远和他的儿子忠发，他们没有被送到县城，因为家中只有父子俩。冠远以前当过兵，学过战地自救的知识，自己肚子翻江倒海时，他知道这是中毒了，得想办法把吃下去的东西吐出来。他跌跌撞撞去找煤油，之后摸进儿子忠发的房间，忠发这时候已经昏迷，老人家撬开忠发的嘴，往里灌煤油，忠发没有咽下去,他已经不行了,老人家只好拼命往自己嘴里灌……后来是乡医院的救护车把他和忠发接走的。之前,县医院的院长知道同桌吃饭的还有海民、美雪夫妇和冠远、忠发父子,马上打电话给乡医院的院长去村里查看,海民、美雪夫妇从睡梦中被叫醒,他们没事;冠远、忠发父子躺在房间里,奄奄一息,乡卫生院的人砸开大门,把他们送往县城。

一起来海民家聚会的七个人,最后只有忠发没有抢救过来……

罪魁祸首是海民的酒,当晚喝的酒跟海民住院前一晚喝的是同一种酒。海民有风湿,经常去挖八角树的根来泡酒,这一回他不小心,把断肠草的根当八角树的根泡在酒里。那天,海民到地里喷农药回家后喝了两杯,当时就中毒了,他以为是喷农药中的毒,县里的医院把他抢救过来后,也以为是农药惹的祸。没想到,要命的错误一犯再犯……后来海民和美雪去了广东阳江,他们去那里的刀具厂打工,不再回来。原因很明白,这个事件让他们愧疚终身,无脸见人。

最可怜的是冠远,他跟儿子一同去海民家吃饭,儿子照顾他,凡是该他喝的酒儿子都抢过来喝,儿子简直就是替他挡刀。

十三

这样的故事,给李作家很大的触动,汉井主任跟李作家说起这件事情时,轻描淡写。李作家离开农村太久,关于农村的消息,多是来自互联网。说老实话,互联网上比这惨得多的故事有很多很多。但是在电脑前看到,跟在事发地听到或看到,感受很不一样。

这个村庄,这个村庄的每一家每一户,所有的苦难都自己消化。每个苦难都有来路和归途,像雨融于土地。

此刻,李作家脑子里全是摩托车孤独的光柱,还有车上,那些"不敢高声语,恐惊天上人",埋身黑夜,送自己亲人去医院救治的男人女人。

这个孤独的人间。

李作家以为自己已经怀揣这个村庄的心事。

如果把这个村庄当成一个人,那这个人也可以是李作家。

那李作家又是怎么样的一个人呢?

小时候的孤儿,长大后愤世嫉俗,三十而未立,"北漂"打拼,靠写小说出道,终于"人模狗样",终于"看什么都顺眼"。

老实说,李作家当初是一个什么样的人,他自己已经忘得差不多了。

曾经不下十个人跟李作家讲李作家当初的好:

大眼,现在在老家,正在被肺病折磨,少年时代的他,好勇斗狠,每一次被人追打,都逃来李作家当时工作的小镇躲避,经常在李作家那里,一住就是半个月。

小成和小朵,李作家的同学,一对模范夫妻,当初双方父母不同意他们的婚事,越是不同意,就越是要在一起,他们背着父母领了结婚证,但是他们根本没有去处,小成找李作家商量,李作家说,你们先到我那里住一段时间,顺便摆个地摊,现在他们赶你们出来,以后他们得求你们回去。李作家的房间变成他们的婚房,他们的儿子大成就是在那时孕育的。怀上孩子之后,两家老人才同意这门婚事,后来补办婚礼,李作家还去当伴郎。

……

那个时候,李作家工作的地方,简直就是朋友们的避难所。

现在,只要李作家一回老家,朋友们就轮流请他吃饭,说当年他对他们的好。回想起来,那是很久以前的事了。

现在,如果朋友们再有什么事,李作家还会这样吗?李作家不知道，因为李作家现在也跟这个村庄一样，深沉、麻木。见过太多让人伤心的事情，也经历了背叛、利用和忘恩负义，他已不再关心别人怎么对待自己，对别人伤痛、衰败也熟视无睹，不再愤怒，也不再焦虑，心如死水。有一首歌这样唱：

转眼一瞬间
不知多少年
多少悲欢离合假装没看见
……

要不是工作，他也不会和这个深沉、麻木的村庄发生交集。
李作家觉得他可以跟瑞明的儿子绍永谈了。

十四

几天后，李作家来到瑞明家，瑞明看见李作家，很高兴，把他请到绍永的房间，轻轻地推门，又轻轻地关门。房间里只剩下李作家和绍永。

绍永躺在床上，裹着红色的棉被，背对李作家。李作家只看见他的头发。绍永床前摆着一个桌子，一台崭新的台式电脑立在床前，电脑的包装盒子扔在房间一角。可怜的瑞明，为讨好儿子，给他买电脑。绍永现在，只跟电脑亲。

李作家说，绍永，我是李大哥。

他动都不动一下。

绍永，我们聊一聊，你有什么想法跟我说，看我能不能帮你。

说这句话时李作家有点心虚。

绍永还是没有什么反应。

房间里一张凳子都没有。李作家只好坐在床沿，不像是来聊天，像是来探视病人。

李作家轻轻地推他，轻声说，绍永，绍永。

绍永死人一样。

他是醒着的，只是不愿意跟李作家聊。房间里掉下根针都能听见声响。

瑞明一直在门外偷听，听到房间里没有什么动静，待不住了，又推门进来，喊绍永，说的是土话，大概是绍永的小名。瑞明跟自己的儿子说话，轻轻缓缓的语气，像要把他含在嘴里。这个被血缘勒住喉咙的父亲啊。

这时候房间里进来一个小孩，三岁模样，他跑到床前，摸绍永的头发：爸爸我爱你，爸爸我打你。小孩说。

爸爸我爱你，爸爸我打你。把李作家给逗乐了。

你是谁啊？李作家问。

但是小孩只说这两句。边说边摸绍永的头发。

小孩是瑞生的孙子，瑞生家离瑞明家不远，孩子的爸爸妈妈在县城打工，他一个人跟爷爷在家。

爸爸我爱你，爸爸我打你。

小孩又说了一遍，就跑出去了。

从始至终，绍永一点反应都没有。孩子搞笑的呼唤和稚嫩的手都不能让他动一下。

李作家无功而返。

夜晚，李作家不甘心，想再去试一试。

瑞明夫妇不在家，明天县里要来检查，他们连夜搞卫生去了。

家里的门开着，绍永房间的门也没关死，推开房门，关上房门，李作家发现，房间的门闩给抽掉了。外人随时都可以进来。绍永没有给门装上门闩，你们想来就来。他大概是这种破罐子破摔的想法。也可能是想让父母放心，他不会再割手腕。

绍永，绍永，我是李大哥。

他还是上午的那个姿势，李作家也还是只能见到他的头发。

绍永，我们聊聊好吗，你看我都来了第二次了。

他一动不动。李作家去摸他的头，他的头猛地一摇，他在抗议李作家的抚摸。李作家倒吸一口凉气，不敢去碰他。

他拒绝交流，我还能怎样？李作家想。

这个晚上，如果和他搭上话，李作家是打算掏心掏肺跟他聊的，李作家想跟他聊聊自己，聊一聊这个村庄发生的事情，十多年前那起中毒事件发生的时候他也还是个小学生吧。

但是他不理李作家。

无奈之下，李作家只好走了。

瑞生家的门开着，灯也亮着。李作家刚才路过他家门口时，他三岁的孙子，那个摸绍永的头说"爸爸我爱你，爸爸我打你"的男孩还在家中玩耍。在绍永这里碰壁，李作家想去瑞生家看看。随便跟瑞生聊点什么，打发这个夜晚。

抬脚进瑞生家门时，李作家看见血迹。他以为是鸡血，没有在意。家中一台切猪菜的机器边有一捆未切的红薯叶，李作家走过去，越接近那台机器血迹越多。

李作家大吃一惊：他看见那捆红薯叶旁边，有三根小手指。

出事了。肯定是瑞生的孙子玩切猪菜的机器，把自己的手指给切断了。此时，瑞生肯定是带着孙子，急急奔赴县城。但是他忘了把断指带上，如果不把断指送去，孩子将终身残疾……

李作家赶紧捡起三根断指，用餐巾纸包好，飞快地跑去瑞明家，踢开绍永的房门。

躺在床上的绍永受到惊吓,转过头来看李作家。

一张惊恐的脸。

赶快带我去县城!李作家朝他吼。

很快,绍永和李作家坐在瑞明家的电单车上。

我们还能快点吗?我们还能快点吗?身后的绍永跟李作家说话。这是他第一次跟他说话。

李作家没有回答。

在医院,正在被儿子黄志训斥的瑞生看见李作家和绍永,非常震惊,像在做梦。黄志看见绍永手里有血迹的小纸包,喜出望外,他接过来,有救了!有救了!他喊着跑去医生办公室。瑞生抱着绍永,摇着头哭。李作家站在一边,想,真是惊心动魄的一个晚上。

孩子的手保住了。

绍永也有所松动,几天后,有人看见他帮父亲瑞明开电动垃圾车运垃圾。

十五

八度屯没有屯长。屯长忠深因为聚众斗殴,致人死伤,被判五年,眼下正在柳城监狱服刑。虽然有没有屯长,人们的生活,似乎也不受太大的影响,但是由于没有人跟村里、乡里甚至县里"对接",扶贫这件事在八度开展得很不顺利。

李作家问建民,你愿不愿意当屯长?

建民一支烟就吐在地上,不行。他说。

李作家问了几个李作家觉得他们有能力当屯长的村民,没有一个人愿意。

当屯长每个月有三百元的津贴，像八度这样问题丛生的屯，当屯长要有一副热心肠，还要不怕麻烦，还要有魄力才行。

建民说，只有忠深当得了，可惜他现在坐牢，他是我们信得过的人。八度，再也没有像忠深这样的屯长了。

事情回到几年前。

八度屯的人靠矿吃矿，对耕种不怎么热情，很多土地都是无人耕种，后来政府封矿，八度屯丢荒的土地才重新被耕作，也有一些边边角角的地，或者属于集体所有的地，一直没人理会，久而久之就变成荒地。那些不起眼的荒地，后来变成了要命的荒地。

八度屯地处野马镇和昌明镇的交界，和昌明镇奉备村耕满屯接壤，八度屯那些撂荒的边边角角的土地，奉备人拿来种玉米、种甘蔗，时间一长，他们就把这些地当成自己的地。八度屯的人开始也没有太在意，但是，突然有一天，不知道谁发布消息，说一条二级路将从八度屯和奉备屯之间经过，修路肯定就要征地，征地肯定就要给补偿，那些被遗忘的土地一下子变得金贵。

建民记得，他曾经跟忠深去找耕满屯的屯长罗五一，罗五一胆小，不敢出面动员占用八度屯土地的人家清理土地上的农作物。没有办法，忠深对建民说，我们先礼后兵。先礼，就是"搞宣传"，建民骑着摩托车，搭着忠深去奉备村耕满屯，忠深拿着一个电喇叭喊话：奉备村的兄弟姐妹，有在我们八度屯的地上种玉米、种甘蔗的，玉米收了之后、甘蔗收了之后，就不要再种了……还写了几张"通告"，贴在耕满屯显眼的地方。后兵，就是如果这样做起不到效果，那开春的时候，就要强行收回，在地上打桩、搭棚。

建民记得，开春的头一天，忠涛挂着双拐，拐杖的声响比平时密了两倍，简直就是马蹄的声响，他来到建民家里，说，耕满的人又在地上种玉米了。

建民的摩托车驮着忠深往耕满屯赶，在两个屯接壤的地方，他们看见，在属于自己的土地上，长出了玉米芽。耕满人没等开春，早早就播种了。没有办法，只有"后兵"了。一个电话，在家的年轻人不多，在家的中年人多的是，一家一个人，拿木桩、拿锄头、拿锤子赶了过来。先是铲掉玉米芽，然后在地上打桩。这个时候，耕满屯的罗五一也带着他的队伍赶过来了，这个平时胆小的屯长，吃了豹子胆，一上来就带头拔桩，这下就不得了啦，拔桩、钉桩、钉桩、拔桩，两个屯的人就动手了。忠深看见形势不好，赶紧拉着自己的人，不要动手，不要动手，他喊。但是场面失控，一把锄头高高举起，砸在美珠老公头上……

建民对李作家说，一开始的时候，我因为打派出所电话没人接，开摩托车去派出所报警，才没有卷进去。

李作家说，算你运气好，如果你在场，你会怎么样？

建民说，搞不好死的就是我。

建民还说，忠深是我的好朋友。

忠深是一个怎么样的人呢？下面是关于他的故事。

十六

很多年前，八度屯，最后一口井封掉以后，忠深和建民并肩坐在井口边，对着山下空荡荡的八度屯，不知所措。那时他俩都四十多岁，都有父母妻儿，矿井封掉之前，忠深下井挖矿，建民矿井里搭架子，忠深挖到哪里，建民的架子就搭到哪里。现在井都封掉了，他们心也慌了。

建民说，种地是不可能的了。

忠深说，出去打工也是不可能的，老人小孩都需要人照顾。

那我养猪吧，矿工们居住的房子，反正也荒废了，我把那里改造成养猪场，先养几十头看看。

忠深说，我去学做道。

所谓的"做道"，就是人死后，一队人马对着唱本的唱词，敲敲打打，唱歌超度亡灵，主要内容是死去的人从怎么出生、长大，经历了什么样的劫难，做了什么样的好事，如今功德圆满驾鹤往西。一唱就是几个晚上。

建民养猪谁都不会奇怪，八度屯的任何一个人说自己养猪，没有一个人觉得奇怪，但是忠深说自己去学做"道公"，让建民觉得不可思议。这个世界，做任何事情，都需要力气和天赋。忠深有的是力气，忠深初中毕业，没有钱继续上学，回家务农，那时候正好香港武打片盛行，野马镇上的录像厅门口挂的喇叭，成天嘿嘿哈哈地响，看了几场录像后，忠深就拜野马镇的陈阿大为师父练武，学了几套拳，就以为自己是武林高手，干农活的时候，脑子里也是自己飞檐走壁、劫富济贫的情景。忠深在野马镇打了几场架，陈阿大教的拳法一点都用不上，全是靠力气和不要命的气势，打赢了。师父陈阿大为了抬高自己的"江湖地位"，拼命宣传，以讹传讹，忠深遂成了野马镇谁都不敢惹、功夫了得的"高手"。做"道公"忠深有的是力气，但是做"道公"要唱啊，忠深那个嗓子，像竹子做成的扫把，拿去扫大街，沙沙的声音难听得很，这样的声音拿去超度死人，死人去不去得了西天，都是个问题。

建民说，你唱得了吗？

只要敢唱，就唱得了。你以为上台表演，要卖门票吗？忠深回答。

建民说，收入不高啊，一场丧事下来，要累几天，就是百把两百块钱。

我就是喜欢，没有办法。

建民还是第一次知道忠深喜欢"道公"这份职业,如果矿井不被封掉,忠深的这个理想还要很长时间才能实现,搞不好葬身井底,别的"道公"来给他超度,也是说不准的事情。

建民说,以后,你就不停地有猪头肉和鸡肉吃了。在野马镇,灵堂上的祭品主要是煮熟的猪头和公鸡,有钱人家的灵堂还会有烤乳猪。这些祭品,最终都归"道公"。

从今以后,夜晚当白天过。忠深说。

忠深就从青年时候的矿工,变成中年时的"道公"。

十七

很多年以前,在野马镇,主要有三支队伍给亡灵超度,三支队伍各有各的势力范围和职业优势。第一支队伍是罗炳初带领的"十五号队","为什么叫"十五号队"?因为每月的十五号,是野马镇干部职工领工资的日子,"十五号队"是专门做领工资的人"生意"的团队,领工资的人,家里有谁去世,一般都来请罗炳初。也不是罗炳初的手艺有多好,是因为有一年,野马镇多少年才出现的唯一的一个县处级干部,副县长潘猛,他的母亲去世,潘猛跟罗炳初同一个村,肥水不流外人田,罗炳初自然就摊上这单"生意"。那个时候,副县长的母亲去世,是野马镇的一件大事,很多很多的人,都过来安慰潘猛,说是人山人海一点也不过分。这一场丧事,罗炳初的队伍空前地卖力,他们使出浑身解数,把潘猛母亲的功德,唱得声情并茂,很多人都流泪了。打那以后,野马镇凡是领工资的不领工资的,不论远近,只要谁家里的亲人过世,罗炳初就是首选。

第二支队伍是"文化有限公司队",为什么叫"文化有限公司队",是因为他们的主力,小时候是孤儿,几乎没上过学,文化"有限"。他们都是先跟师傅走家串户，然后再自由组合，相同的命运让他们走到一起。领队的是林龙军，天生做"道公"的料，心善得让人发慌，每一场丧事都陷进去，好像自己的爹妈又死了一回。一般家境不好的人家里有人去世，首先想到的就是这支"文化有限公司队"，至于钱嘛，有多就给多，有少就给少，接过主家的钱，林龙军还有些不好意思。

第三支队伍，就是忠深后来参加的这支，叫"敢死队"。为什么叫"敢死队"？整个野马镇，凡是不得好死的人，车祸、触电、溺水、摔死等等，男女老少，他们的亡灵，全是由这支"敢死队"来超度。

"十五号队""文化有限公司队""敢死队"是野马镇的人给起的外号，三支队伍之间各有各的分工，互相瞧不起对方，同行是冤家这样的事情，并没有在三支队伍之间发生，那是因为，他们直接面对的就是死者，以及悲伤的家属，在死者和悲伤的家属面前，炫艺、贬低别人抬高自己，甚至给别人使坏，是想都不要去想的事情。炫艺、贬低别人抬高自己，甚至给别人使坏，野马镇的"道公"们，绝对不会那样做。一年之中，三支队伍都有同时没有活干的时候，他们就聚在罗炳初家，喝酒聊天。比如有一回，在罗炳初家，聊到野马镇人给他们起的这些外号——他们并没有觉得这是对他们的讥讽，他们都哈哈大笑。罗炳初笑得最大声，他说，整个野马镇，就是我们"十五号队""文化有限公司队"和"敢死队"的天下。

"文化有限公司队"的孤儿们的笑声，虽然不像罗炳初那样爽朗，但也是非常的由衷，林龙军说，有口饭吃，比什么都重要，还有，如果没有我们"十五号队""文化有限公司队"和"敢死队"，野马镇的死人，怎么上西天？！

"敢死队"的领头是六十岁的赵忠南，他的笑藏在喉咙里，像咳嗽。"敢死队"比"十五号队"和"文化有限公司队"做的活，更加艰苦。那些孤魂野鬼，都是由他们超度。赵忠南说，上西天重要吗？重要，也不重要，重要的是，不管是怎么死的，最后都是由我们来送行，虽然是做给活人看，是让活人心安，只要活人感到心安，死人上不上西天也没关系啦，活人毕竟比死人重要。他的话有点深奥，"十五号队"的人和"文化有限公司队"的人不管理解不理解忠南的话的意思，他们都说，对！

他们所做的一切，都为了活人。

确实是这样。

十八

很多年以前，忠深以"道公"身份参加的第一场丧事，是汉井主任跟李作家说的那起中毒事件的死者赵忠发。

忠深在赵忠发的丧事现场大显身手。

这是他第一次"入行"。忠发年纪轻轻就去世，属"不得好死"，在野马镇，这样的魂入不了祖宗的牌位，"道公"们说好听点，是给他们超度，说不好听，就是将他的魂魄封死在某个地方，不要让他的冤魂飘来飘去祸害人间。所以从入殓、入棺、封墓，主要由"敢死队"的人来完成。

忠深格外地卖力。一匹白布每一米半就剪一个角，"敢死队"队长、六十岁的赵忠南用力一扯，刺——，然后递给忠深，忠深拿白布，裹忠发的尸体。一匹白布，裹一具尸体，绰绰有余。忠发因为是中毒，死得很痛苦，一般白布裹尸体先从脚裹起，忠南担心忠深害怕，说，这回从头先裹起，眼不见心不怕。但是忠深很认真，也不觉得忠发痛苦的表情有什么可怕，他经常看见那些在矿井下犯病的人，他们的表情比躺在眼前的忠发痛苦多了。忠深说，还是先裹脚。

刺——这张白布裹忠发的脚。

忠发的两只脚并拢，已经被宣纸搓成的绳子捆住，忠深先用手轻拍忠发鞋面上的灰尘，然后慢慢缠绕——这双腿曾经有力地拍在八度的田埂上。那一回赵忠原家的牛疯了，去追忠发的爸爸冠远，忠发箭一样去追疯牛，风哗哗地刮过他的耳边，脚底下是泥是水是石子是刀他都顾不了啦。鞋子掉了，脚板像踩在烧红的钢板上面，滚烫无比。在疯牛即将用角抵住父亲的那一刻，忠发捡到了粗壮的牛绳，死命地拉疯牛，身子几乎仰在地面。这一下，疯牛追逐的目标立马换成忠发，忠发扔掉牛绳，扭身朝父亲的反方向跑，这一回他跑不过疯牛，很快，疯牛尖尖的角顶着他的腰，把他挑上半空中……

刺——这张白布裹忠发的腰。

八度屯的每一个人都知道忠发的腰有一个被牛角顶出的伤疤，夏天的时候，忠发喜欢打赤膊在村里走来走去，那块伤疤像块小铜镜，能反射太阳的光亮，八度屯的每一个人都曾经被这块小铜镜晃过双眼。疯牛的主人，头上也有很深伤疤的忠原说，那是块奖章，是救他爸爸，老天赏的。然而忠发没有被忠原家的疯牛顶死却被海民家的毒酒毒死。怎么说都是替他爸爸冠远送命。忠深拿白布裹忠发的腰，用力过猛，忠发嘴巴竟吐出一口气。毕竟是第一次，忠深没有经验，连说对不起对不起，又继续缠。

刺——这张白布裹忠发的头。

这一下忠深的眼泪就流下来了，这是最后一个照面，从此后，这张面孔彻底在八度屯消失。

忠深接下来把脚边的二十个鸡蛋，敲在搪瓷盆里面，他敲一个，"敢死队"队长、六十岁的赵忠南就用勺子把蛋黄撇出来。蛋清和蛋黄分离，蛋黄拿去煮汤，蛋清拿来当糨糊，涂在白砂纸上面，封棺材的缝隙。啪啪啪啪……盆里二十个鸡蛋的蛋清，被忠深手中的筷子搅动得像绸缎一样起起落落。接下来一把刷子，很快就握在忠深手里，搅匀了的蛋清浮着一层泡沫,刷子轻拂,泡沫破碎,空荡荡的棺材,贴满砂纸,从此风雨不侵。急促的鞭炮声响起来,时辰到了,"敢死队"抬着被白布裹得严严实实的尸体一步步移到棺材边,轻轻放下,十几个硬币散落在棺材里。最后是棺材盖,做棺材的马自觉太不走心了,棺材盖的一角厚了半厘米,不过"敢死队"队长、六十岁的忠南早有准备,他从工具箱里拿出一把木工刨,唰唰唰,一条条刨花从木工刨的顶部冒出来。之后,棺材板重新盖上,这回严丝合缝,二十四颗三寸长的钢钉将盖板和棺材钉了个严严实实。唢呐声响起,这个时候才算正式宣布,八度屯的赵忠发,死了。

你怎么就死了呀?

忠深的唱词开头多了这一句。

法事的唱词都有固定的格式,一般先介绍逝去者所属的地区,算是替他报家门,忠发丧事的唱词,应该这样开头:野马镇五合村八度屯赵忠发,生于某年某月某日某时……在忠发的丧事上,第一次做法事的忠深脱口而出,你怎么就死了呀,野马镇五合村八度屯赵忠发,生于公元1980年5月17日……

从那时起,"你怎么就死了呀?"就成了"敢死队"丧事上的唱词开头的第一句。

你怎么就死了呀? 野马镇五合村八度屯赵力钱……

你怎么就死了呀? 野马镇五合村八度屯徐鹏……

你怎么就死了呀? 野马镇五合村八度屯赵英秀……

赵力钱到池塘钓鱼,起钓的时候鱼线摔在电线上触电倒地,头撞在石块上身亡。

徐鹏喝醉酒把摩托车开到水沟里淹死。

赵英秀在南宁被泥头车撞死。

你怎么就死了呀? 那些不得好死的八度屯的男人女人。"敢死队"

的人们，一年到头有很多的日子在为你们歌唱。一边唱你们的功德，一面防你们的冤魂四处飘散祸害人间。

十九

很多年以前，已经成为道公的忠深和养猪养得很不成功的建民在一起聊天。这个时候，忠深已经参加了十场丧事。建民的猪开始养到二十头。他们各自说自己做道公和养猪的心得，互相诉说，不停地打听。

忠深说一些关于死者的事情。

赵力钱就是其中的一个。

赵力钱是个红脸男人，脸上的毛细血管埋得比较浅，一年四季血色荡漾。不知道的人还以为他一天三餐离不开酒，其实他是八度屯少有的不喝酒的年轻人。那年八度屯那起中毒事件，除赵忠发外，其余六个都抢救了过来，其中就有赵力钱的功劳，他参加了献血。

那几天，忠深他们在屯里忙赵忠发的丧事，赵力钱和另外十九个八度屯的人去县城给中毒的人输血。二十个人，大多从南宁、北海、崇左，最远的从海南赶回来。他们被集中在一个屋子里，不远处的病房里躺着六个口吐白沫、心脏还在顽强跳动的八度屯的中毒者。赵力钱等人的手臂被橡胶管绑住，医生的针管迫不及待地刺进他们的动脉。因为用血用得急，一切都像电影里的快进镜头，比平时快了好多倍。

结果是，这二十个人，有一半人的血不合格。

铁民的血不合格，他在佛山做陶瓷。工作的环境尘土飞扬。一摘口罩，就不停地吐口水。

春民的血不合格，他杀猪，猪下水吃得多，血稠得快流不动了。

冠海的血不合格，医生也不说什么，直接把他请出献血室。他问医生为什么不让他输血，问急了医生说，他的血不能拿来救人，还叫他到门诊做进一步诊断。冠海也不当回事，他自己给自己找理由，说是得了不传染的肝炎。后来半年后高烧不退，败血症。

冠群的血不合格，医生抽他的血，他酒都还没完全醒。医生说拿你的血去救人，病人会病情加重，他很不服气，说等酒气过了再来献。医生说就你这样，三天酒劲都不会过。

瑞明的血不合格，他在八度屯做清洁，搞卫生，人矮小，不到九十斤，医生的针头已经刺在他的血管里，突然发现他其实是个儿童样的中年人，医生也是太急了，没有注意到救人心切的瑞明根本就不该来这里。

赵力钱的红脸庞引起医生的误会，差点不让他进献血室，他用力地朝医生哈气，我喝酒了吗？酒气在哪里？医生这才对他进行抽血前的测试。

……

还好，有十个人的血合格。这十个人就承担了另外十个人未完成的事情。本来一个人抽200CC，后来十个人，一个人抽300CC。回到八度，也没有人把他们当英雄般地对待，好像这一切都是应该的。很快，他们又各自回各自的工地。

忠深说，这么多年，八度死去的人当中，就是赵力钱最可惜。

建民说，八度屯死哪一个都可惜。

忠深说，一个老娘，两个孩子，他一死，老婆就改嫁。

建民说，一条命后面，就是几条命。我们也是一样啊。

两个人的眼里就浮现出赵力钱那张红脸庞。

这张脸出现在北海的老街。海边的太阳晃眼，加上天生的红脸庞，赵力钱显得英气十足。赵力钱干活时喜欢戴墨镜，衣服也比其他人穿得好一些。如果不是身上湿漉漉的汗水，光从穿着打扮上看，跟北海任何一个办公室里上班的年轻人没什么两样。让八度屯所有年轻人羡慕的是，一个北海姑娘看上他了。北海姑娘的父亲是渔民，她家在海边，有一栋小楼房。她在老街卖凉茶，干活累了的赵力钱经常去那里买凉茶喝，一张异于常人的红脸庞吸引住她。

你的脸为什么这么红？她问。

干活干的吧。

炼钢炼铁，都没有这么红。

他们说是高血压，脸才这么红，我去医院检查，血压不高，他们说是毛细血管太发达，叫我挤痘痘时不要太用力，小心血喷出来。

女孩就笑了，说，这样很健康。那时女孩还有男朋友。这是赵力钱在这里买第十杯凉茶时他们的对话。到赵力钱来买第二十杯凉茶的时候，女孩就没有男朋友了。女孩看他的眼光也有了变化。他来买凉茶时聊天的时间就长起来了。

来北海什么都好，就是吃不惯海鲜。赵力钱讲假话，工地上哪有海鲜给他吃，他乐观，也根本不把在工地上能不能吃上海鲜当成一件事情。就像很多不出名的人说出名很累那样，就是图个虚荣，就是不肯在人前矮下去。

女孩也不戳穿他，说，那你女朋友想吃海鲜怎么办，你总要请她吃吧，然后你就看她吃，你在一边吃咸菜？

赵力钱说，我哪里有女朋友，如果有女朋友，不说是海鲜，就是毒药，我都吞得下。后来，他真的就成了八度屯吃海鲜吃得最多的人。

女孩带他到海边自己家，她父亲的船刚刚靠岸，女孩就带赵力钱上船帮忙。女孩的父亲看见女儿带着个红脸膛的后生上船，比自己打到一条大鱼还兴奋，女儿失恋后要死要活，害得他出海都提心吊胆。

比上次那个强。父亲说。

女儿说，那当然，不强的话，我怎么敢带他回来。女孩的上个男友是个保险推销员，家在市区，成天衣冠楚楚约人在有空调的房间谈业务，汗都很少见他出，是他抛弃的女孩，从心肝宝贝变成王八蛋，既然变成王八蛋，在街上随便找个人，都比他强。女孩这样想，女孩的渔民父亲更是这样想。

父亲说，以后，我带他出海。

赵力钱听不懂他们说什么，以为父亲在跟女儿说这次出海的收成。他不知道，自己成了今天这户渔民最大的收成。

我就是最牛×的海鲜！有一次他回屯里，跟屯里的人这样说。

确实是这样，在八度屯，你要娶到外地的女人，只有一条路，那就是当上门女婿，生的小孩随母姓。赵力钱不是这样，一切都跟八度屯娶外地媳妇的人反着来。我就是最牛×的海鲜。八度屯每一个人都相信。

女孩的父亲非常喜欢这个来自山区的女婿，他带他出海。

第一次出海是在秋天，刚刚上船的时候赵力钱很兴奋，以为是去公园坐游艇，随时都可以比画剪刀手喊耶。渔船起航不到二十分钟，他未来的岳父就在船舱的凉席上睡着了。赵力钱扭头看驾驶舱，掌舵的后生仔也在打盹，赵力钱问身边的人，这样驾驶船只，就不怕出事？旁边的人告诉他，只要没有风浪，就是没有人在驾驶舱，三天三夜都不会出事。但是大海哪有没有风浪的道理，离陆地越远，船越来越晃，驾驶舱里后生仔的头颅一起一伏，而他未来的岳父，也像是睡在摇篮里。赵力钱开始抓住船边的扶手。

陆地终于被水线代替，赵力钱开始心慌，远处的几片泡沫，都被赵力钱误以为那是陆地，他想如果他们的渔船遇到不好的事情，他肯定朝那些泡沫游过去。浪越来越大，船越来越晃，赵力钱开始感到恶心，他憋着气强忍，千万不要在岳父的面前丢脸，哪里忍得了，他吐得翻江倒海，呕吐的声音盖过了马达的声音，红脸都变成了绿脸。

他们的船碾过巨浪，海水雨水似的横扫船上所有的人，妈呀，打鱼比种地辛苦多了。他想大叫，送我回去吧，送我回去吧。话到嘴边，又被他吞回去。船上所有的人都看戏似的看他的表现，他太菜了，当不了渔民。

回到陆地，女孩问赵力钱，天蓝不蓝？

赵力钱说，天蓝得好像要杀人。

海蓝不蓝？

海蓝得好像要死人。

以后还出不出海？

当然出啦！

后来他岳父就没有让他再出海。

结婚后，他不再去工地搭脚手架，而是到快递公司送快递。住在岳父家海边的房子里，他迷上了钓鱼。白天送快递，晚上钓鱼。电单车走街过巷，钓鱼竿起起落落，女孩两次怀孕，一儿一女出生，赵力钱在八度屯成为人们眼中的成功男人。他跟八度屯其他娶了外地女人的男人不一样，他虽然住在岳父家里，但是他不是上门女婿，他的儿子叫赵丹，他的女儿叫赵凤。

最后是喜欢钓鱼这件事害死了他。

暑假，他带老婆孩子回八度看母亲，刚刚下过大雨，池塘里不时有鱼儿跃起，赵力钱手痒，拿着钓鱼竿就去了池塘边。大鱼上钩，赵力钱用力一甩。鱼线扬起，缠在头顶的电线上。啪的一声，赵力钱应声倒地，他的头敲在池塘边的石块上。触电，加上头部重伤，顿时就不省人事。

那个在北海老街卖凉茶的女人，在自己老公的尸体前，猛打自己的脸，都怪我啊，他根本就不想回来，要带孩子上北京，是我逼他回来看奶奶，现在人就这样没有了。千不该万不该，叫他回来看奶奶。

接下来她骂八度屯，这是什么样的地方啊，电线那么低；这是什么样的地方啊，路上全是石头，摔个跤就是一条命。接下来她骂赵力钱，你就这么爱钓鱼，在海边钓不过瘾，来这个鼻孔大的池塘钓，把命都赔了。女人甚至出现幻觉，她捡起石头砸向池塘，要我老公的命！要我老公的命！不知道是骂鱼还是骂池塘。她讲的是北海话。八度屯的人没有一个人拦她，他们让她尽情发泄，他们知道，一个人的悲伤，如果不能完全释放，以后就会得病。女人把所有能扔的石头都扔到池塘里，池塘静悄悄的，没有一条鱼敢跃上水面。

忠深和"敢死队"赶了过来。

你怎么就死了呀？野马镇五合村八度屯赵力钱……"敢死队"的唱词，又一次在可怜的八度屯响起。

从此以后，八度屯的很多人，看见或者听见"海鲜"这两个字，都想到可怜的赵力钱。还好，他讨了一个好老婆，那个海边的女人，两个孩子的母亲，把孩子的奶奶接过去跟他们一起生活。赵力钱的母亲开始死活不愿离开八度屯，她的儿媳妇说，赵丹、赵凤离不开奶奶，你不去帮忙，赵丹、赵凤怎么办？她拿孙子孙女来动员奶奶，其实是她担心，奶奶一个人，谁来给她养老送终。现在，他们一家带着奶奶在海边生活。奶奶一辈子没走出野马镇，因为死了儿子，一下子就看到了大海。

她将长命百岁。

……

红脸庞的赵力钱在忠深和建民的眼前消失。建民说，如果他不去海边，就不会喜欢上钓鱼，那样的话，你少吃一个猪头，他也多条命。

但是他在八度屯，就有可能讨不到老婆。忠深说。

这个时候，是忠深加入"敢死队"，做了十场的法事不久，还算是新手，大凡新手，总喜欢讲跟自己职业有关的事情。

太惨了。他说。你要好好养猪，我要好好当道公。

二十

李作家去探监。

柳城监狱,忠深身穿灰底白杠的囚服出现在接见室。

建民对李作家说,领导,这就是忠深。

赵忠深,八度屯的屯长,因聚众斗殴致人死伤,被判有期徒刑五年。五十岁上下,矮个子,小眼睛,就是正在服刑,也透出一副犀利的劲儿。

忠深,李领导来看你,他来我们屯扶贫,听说你坐牢,他就来看你。他用土话跟忠深讲,忠深的脸堆出笑容。好像李作家现在来接他回家。

忠深这张脸,就是八度屯著名的名片。各级官员一看见就头疼。

当李作家跟建民说要来看忠深时,建民说,这样最好了,以前是他带头,现在轮到你带头,你去看他,跟他取取经,也算是新老交替。李作家哭笑不得,建民真的把他当成"带头大哥"了。李作家说,我可是政府派来的啊。建民说,你跟他们不一样,你肯定跟我们站在一起。

李作家知道自己几斤几两,他最多能做一个"减压阀"。只要不违反纪律,我尽量两边都说好话,这是他刚来时给自己定下的调调。

在柳城监狱接见室,忠深和李作家温柔地对视,李作家说,你好忠深。

你好领导。谢谢你来看我。

建民抢话,领导给你存了五百块钱,你想买点什么就跟警官申请。家里面都很好,你就放心坐牢。这个领导很厉害的,跟县里那帮混蛋不一样,肯帮我们做事,你就放心坐牢,还有两年,两年很快的,哪里都是做工吃饭,你就放心坐牢,听讲你在这里养猪,我现在也在八度旧工棚那里养猪,五十头,你回去后我们可以合伙,你就放心坐牢……如果不是身穿囚服仍然显示出大哥风范的忠深用摆手制止他，他会一直"你就放心坐牢"下去。

李作家说，你在这里怎么样？

忠深说，养猪，一头都不死，很科学。

李作家关心他是不是被人欺负，在人们的印象里，每个牢房，都会有牢头，想欺负谁欺负谁，李作家也一样，担心他被欺负。

李作家说，你跟其他人的关系怎么样？

很好的，交了几个好兄弟。忠深说。忠深马上明白李作家的意思，说，现在的牢房，不像电影那样，没人敢嚣张，谁厉害，都比不得警官厉害，对吧？

我们这里是文明监狱。忠深说。

李作家说，那就好。

忠深说，领导，八度就靠你了。忠深的话跟镇长韦文羽的话一模一样。

李作家说，现在的政策好，政府是真的关心老百姓。

忠深不出声，在这里他不敢说政府怎么样。忠深坐牢后，八度屯每户每年捐一百块钱给他家，作为忠深母亲养老看病的费用，八度人不管对错，谁替他们出头，他们就爱戴谁。李作家这次来看他，除了觉得忠深可怜，值得同情之外，也有一点私心，他也想让八度的乡亲们看到，他来探监，就是为了表明，他是跟他们站在一起的。

忠深说，八度的人不像他们说的那样坏，其实就是想多得些好处。以前这里开矿，什么人都见过，所以想法比较多，乡里、村里来开会，大家都是各说各的，谁都不服谁，所以你们就觉得八度很难搞。哪一家都有哪一家的难处，各家各户的难处最终都是各家各户自己解决，也不能全部都靠政府，这点八度每一个人都知道。也不要八度的人一提什么要求，就把他当刁民。

李作家心想，这个忠深不简单，他看得很透，不是不讲道理的人，如果他不坐牢，八度的工作可能会好做一些。

忠深又说，你要有思想准备，你进到哪一家，他们肯定是从头讲到尾，你主要听听就好了，他们讲得对的，讲得不对的，有道理的，没有道理的，甚至他们骂你，你都不要出声。但是你不要不去，你不去，他们的怨气没有地方消解，以后会更麻烦。至于你能不能解决，能解决多少，他们心里是清楚的。

李作家想，忠深是想让自己在屯里当孙子，这跟他自己想的做一个"减压阀"的道理是一样的。

李作家说，这个你放心，我负责八度的工作，以后肯定天天泡在那里。

回野马镇的路上，李作家的眼前出现八度屯很多人的面孔：忠涛、忠亮、忠奎、建敏、建堂、建刚、松林、瑞明、绍永、瑞生……还有那条叫二叔的狗。

他在心里说，好吧，接下来的日子，我跟你们混。

原刊《江南》第1期

瓦 猫

葛 亮

一

说起来，那次去云南，完全是为了卡瓦格博。

可是到了香格里拉时，我因为高反，引发了急性肠胃炎，已经不能动弹了。这对我的确是一次意外。因为仅在一个月前，我从利马直飞印加古城库斯科，一路辗转上了马丘比丘。在海拔三四千米的地方，身体并没有任何反应，甚至未服用类似红景天的高反药物。可这次云南的行程，尽管做了充分的准备，仍事与愿违。

但我还是坚持随队上了德钦。到达驻地，便开始发高烧。

大约折腾到了半夜，人才睡了过去。第二天醒来，已是接近中午时候。照顾我的是当地的藏民德吉大婶。她会的汉话不多，但表达却很恳切，因此足以交流。我喝了一碗她为我熬制的鸡汤，据说里面放了当地的藏药草，对缓解高反有神效。这滚热的鸡汤喝下去，立时感到好了很多。

有人敲门进来，是拉茸卓玛。她是我们队里的人类学家雷行教授的研究生，也是当地的土著。卓玛看见我的样子，似乎很高兴，一边说，昨天看您脸色煞白的，吓死我。今天就这样好了，是有卡瓦格博保佑呢。

然后她便热烈地用藏话和德吉大婶交谈。我才知道，大婶是她的"阿尼拉"，也就是姑妈。

没待我问起，她便告诉我，同伴们都去了附近的白马雪山垭口。回程的观景台，据说是看卡瓦格博最好的地方。我在心里叹口气，觉得这一场病得十分煞风景。

卓玛大概看出了我的失望，说，毛老师，我陪你到村里走走吧，远远地看雪山也很美。

卓玛没有说错。在这个村落的任何一个角度，都能看到卡瓦格博。

她站在一块高岩上，高兴地指给我说，我们的运气不错呢。是的，大约是季节将将好，并没有搅扰视线的云雾，"太子十三峰"看得十分清晰。峰峰蜿蜒相连，冰舌逶迤而下，主峰便是卡瓦格博。

我远远望去，不禁也屏住了呼吸。雪峰连接处，冰舌逶迤而下，是终年的积雪与冰川。这样盛大而纯粹的白，在近乎透明的蓝色的穹顶之下，有着不言而喻的神圣庄严。

我静静看了一会儿，说，这村叫"雾浓顶"，今天倒是给足了面子，一丝雾没有。卓玛便笑了，说，老师，您这是作家的说法。我们这"雾浓顶"，其实是藏语的音译。"雾"是菩萨的意思，"浓"是下去了，"顶"是高地，合起来就是菩萨下去的地方。

我问，菩萨下去了哪里呢？

卓玛遥遥一指，说，村里老辈人说，那边有个水塘，现在已经干了。菩萨被一个女人惊动了，从那里下去，飞去峡谷对面的飞来寺了。

这村落里的民居错落分布在山坡上。卓玛说，整个雾浓顶也不过二十多户人，从她记事时就是这样。

白色房屋掩映在层叠的青稞地里。冬天的田地是土黄色的，远望袤袤无边。大约因为刚收获过，近观不很丰盛。有些野雉在地里啄食，并不怕人，看到我们过来，也没有退避的意思，反而好奇地昂起头，看着我们。看够了，晶亮的眼睛一转，就又低下头，在地里刨生计去了。

在一处空旷的田野里，我看到了一尊精美的四面佛像，晾在天棚下面。说是精美，是因形容笔绘端穆。但身体还有镶卯拼合的痕迹，应该还未来得及塑上金身。我正看的时候，卓玛接到了电话，她说，老师，我姑爹请我们去他家里坐一坐呢。

我便随着她，走到一幢半坡上的房子前，门口蹲着一只黑狗懒懒地晒太阳。看到我们，立即站了起来，大声地吠叫。卓玛对它说了句什么，它便又顺从地趴了下去。我们就看见德吉大姊儿迎了出来，手里还端着一只竹匾，里面金灿灿的，是新收的玉米。

这房子如同村里多数的民居，白墙灰瓦，有个坡屋顶，大约用来晾晒，各色粮食在阳光底下纷呈，煞是好看。相对先前所见，干打垒的外墙算是朴素的，并无浓烈修饰，只开了几扇黄绿的藏式方窗。屋子边上就有白塔和焚松枝的香炉，院外整整齐齐码着木柴，是为过冬备的。

德吉婶婶领我们走进门，是个过厅，穿过去豁然开朗，是挺宽敞的客厅。靠窗一长排藏式长椅和茶几。午后浅浅的阳光，恰照射进来，落在墙壁上。挂着斑斓的壁毯，是藏传佛教的故事绣像。迎面则是木雕佛龛、壁柜。房间正中的炉里生着熊熊的火，坐在炉上的水壶正咕嘟咕嘟地冒着热气。一个面色黧红的老人，看着我们，高兴地道一声"扎西德勒"，便站起身来。我也双手合十与他还礼。

之后便充分领略到了藏人的好客。这位朗嘎大叔似乎将家里好吃的东西都拿了出来，甚至包括刚熏制好的藏香猪肉干。当然少不了的是酥油糌粑。卓玛大约看出我一瞬的犹豫，便和她姑爹说了句藏话。然后对我说，老师，您肠胃还没恢复，这个难消化。不用勉强。

朗嘎大叔哈哈大笑，道，你们城里人……

然后他也放下碗，脸上是一言难尽的宽容表情。为了不让他失望，我立时模仿他，将奶茶倒了小半碗，依次倒进了酥油、炒面、曲拉、糖，用手指拌匀，捏成了小团。味道竟是出乎意料地好，有一种馥郁的芳香与酸脆。又学他灌下了一杯青稞酒，热辣辣的。

朗嘎大叔格外地喜悦，眯起眼睛，对我竖起大拇指。他的话也多起来，原来竟能讲很不错的汉话。他说我能来他很高兴，可以和他说说话。村里农闲，整个雾浓顶已经没什么人了，都去转山了。

我便问，您为什么没有去呢？

他眼里的光便有些黯淡，告诉我说，他的风湿病犯了，走路都很困难，最近越来越严重。他又叹一口气，说，一定是年轻时猎杀了太多的动物，这是卡瓦格博的报应。

看他低头不语的样子，卓玛便用藏语和他说了什么，大约是在劝说。他便渐渐神色缓和，又和我们谈笑风生。我们临走时，他拿出了弦子，引吭为我们唱了一首德钦本地的民歌。因卓玛的翻译，我依稀记得其中的一句歌词，"我是雪山上的雄狮，没有了洁白的雪山和冰川，雄狮怎能存活？"

大叔拄着拐把我们送出来。走出了好一段，我们回过头，看他还站在高坡上目送，卓玛叹息一声，说，其实姑爹这样的康巴汉子，不能去转山，是很折磨的事情。

我想想说，老人年纪确实也大了，在外面万一有个闪失……还是在家里放心。

卓玛摇摇头道，我们藏人对生老病死都看得很开。能在转山路上死,在卡瓦格博脚下死,是很幸福的。姑爹苦的是身体上不了路。

我们在回程中,看见一座小房子,孤零零地坐落在路边。与雾浓顶普遍两三层的屋宇相比,它显得尤为低矮。只开了两扇窗,也没有装饰。倒是屋后有一座很大的白塔,耸立着。比起房屋,白塔更为洁净,像是有人着意打理。上面飘着经幡,在太阳底下若隐若现地闪着晶莹的光。

而吸引我的,是这房子的坡顶上有一尊雕塑。这是周边其他房子上所没有的。它黑乎乎的,像是某种图腾。在我有限的关于藏传神佛像的知识储备里,似乎了无印象。它更像是一只动物,确切地说,是一头老虎。它虽体量不大,但有双怒睛,突兀地张着大嘴,面目可称得上狰狞。

这时,一股山风吹过来,吹进了我的领口,让人一个激灵。我回过头,问卓玛这是什么。

但卓玛脸上有迷惑的神色,愣愣的。这时她回过神来,说,瓦猫。

瓦猫?是种……神兽?我问。

她说,是,但不是我们藏族的。这些年我跟着教授,在大理、玉溪、曲靖考察时都见到过。在呈贡马金铺也有,叫"石猫猫"。但这一只,应该是昆明龙泉的形制。

我说,你不讲的话,我还以为是老虎。猫兼虎形。

她点点头,说虎也不错,"降吉虎"驱邪嘛。它是云南汉族、彝族和白族的镇宅兽,自然是模样恶一些。多半是在屋顶和门头瓦脊上。这大嘴是用来吃鬼的。大门对着人家屋角房脊,一张嘴吃掉。要是向着田野,有游魂野鬼,也要安一只镇一镇。

我说,这样说来,还真是只霸道神兽。

她说,可是……究竟不是我们藏族的东西,我不记得以前有。这房子，是村里五保户仁钦奶奶的。

可能是听到了我们的声音，门这时打开了，有人探出了头。是个很老的老太太，身着一件很厚的氆氇藏袍。她佝偻着身体，抬起头看着我们，说了句什么。我看到她一只眼睛里有白色的翳障，应该是看不太清楚。另一只眼睛，却有些警惕的鹰隼般的目光。卓玛走近了，和她亲切地交谈。她这才点点头，看着我，眼光柔和了，竟然绽开了笑容。黑黄的脸上，沟壑般纵横的皱纹也因此舒展开来。她掀起衣襟，擦一擦眼睛，似乎想要仔细再看看我。

卓玛走过去扶着她，说，我跟她介绍说，您是城里来的教授。奶奶可喜欢读书人呢。

她于是指着屋顶上的瓦猫，跟仁钦奶奶说了一会儿。

奶奶沉吟一下，点点头，对卓玛说了句什么。卓玛就笑着对我说，奶奶问您是从哪里来的。

我想起此次云南之行的起点，不假思索答道，昆明。

这一回，奶奶好像忽然听懂了。她走近我，仰起脸，望着瓦猫的方向，开始用极快的语速说话。我自然是听不懂，看我茫然，她改用手比画。因为她过于急切与激动，卓玛已经来不及翻译。奶奶一跺脚，直接捉住我的手，就将我往她屋子里拉。

我们走进去，屋子里的光线十分昏暗。漾着一股气味，是酥油混合着年迈的老人特有的气息。墙上是一幅班禅喇嘛的画像。佛像前摆着三只铜碗，里头盛放的是给佛的供奉。

奶奶跪坐在火炉后的壁柜前，一只只打开来翻找，同时嘴巴里嘟嘟囔囔的。良久，终于有了发现。她小心翼翼地将手伸进去，拿出了一样东西。是一个牛皮纸的信封。她站起身，将这只信封塞到我手里。

信封上印着"迪庆藏族自治州文化馆"的字样，一角已经磨损了。借着微弱的光，看到上面用钢笔写着一个昆明的地址，字体很工整，但有洇湿的痕迹。没待我细看,她又开始很快地说话,其间我只能听出她在重复"昆明"二字,然后用热切的目光看着我。卓玛说,老师,奶奶拜托你把这个信封,亲手交给地址上的人。

卓玛想想,跟奶奶说了几句话,想将信封从我手上接过来。

奶奶似乎生气了,使劲拨开了她的手,执意将那封信放在我手里,让我牢牢地攥住。我将手也放在她的手背上说,奶奶,您放心。

她便又绽开了笑容,如同初见我时。而后想起了什么,打开炉子。我知道,这是要打酥油茶,要做糌粑招待我们。

我们离开的时候,仁钦奶奶手里执着一串佛珠,踉跄地跟了几步,嘴里依然喃喃念着什么。卓玛说,奶奶在给我们祈福呢。

我连忙对她双手合十。奶奶的面目忽然严肃了,指指我手中的信封。

待我们终于走远了,卓玛像有些抱歉似的说,其实我刚刚和奶奶讲,您是远道来的香港客人,可能没时间去帮她送信,不如交给我邮寄。可是她怎么都不听我。老师,给您添麻烦了。

我说,没事。我返程还要在昆明待个几天再回去。难得奶奶相信我这个陌生人,定不辱使命。

第二天,我们驱车去了明永村。招待我们的是雷行教授的一位旧识,村长大丹巴。大丹巴头发花白,也是个老人,但却是十分强干的样子。穿着一件迷彩服,脚蹬解放鞋。步下生风,说起话来也是掷地有声。看他挺直的身板儿,问起来果然有过参军的经历。

明永,在藏话里是"神山卡瓦格博护心镜"的意思,近年因为附近的冰川观光而名声大噪。这个五十多户居民的小村落深居山坳,过去交通十分不便,游客从布村过澜沧江大桥后,得跟随马帮步行翻山才能到达,路途艰辛。当地的旅游事业自然不成气候。后来因为德钦到明永的简易公路修通，游客蜂拥而至。村民靠为旅游者牵马和门票分成，赚了不少钱。

我们等村长时，看见村口的白塔旁，一些村民三三两两或站或坐，男的在抽烟，女的手里没有闲着，在做些针织的活儿。他们眼睛不时望着大路，身后的几匹马，也懒懒地吃着草料。自从公路通了，每天都会有几批观光客。村民们便轮番牵马送上冰川去。这时候，就看见一辆摩托疾驰而来，村民们一跃而起，七嘴八舌。牵马的牵马，备鞍的备鞍，更多的是召唤彼此。没过多久，就看一辆中巴车进入视线，停在了白塔边上。十多个游客陆续下了车。这边厢村民们便迎上去。女人们和游客讨价还价，未几便谈好了。男人们便服务客人上马。整个过程行云流水，看出来已经相当熟练。

大丹巴见有新客，便问我们要不要上冰川一游，他来安排。雷教授便说，今天时间紧，就不来凑你这个热闹了。还是跟你去家里，我做新纪录片，要补几个镜头。

我们走在路上，看到一个半大的小子，跟在马后头，和身边的伙伴起了争执。伙伴嬉皮笑脸，他倒有些气极。听他们说话间不断提到"甲炮"这个词，我便悄悄问大丹巴是什么意思。

村长哈哈一笑，说，怕是刚才分马的时候，觉得自己吃了亏。这个词啊，得分开念。"甲"在藏语里头，是指外乡人。这"炮"是胖的意思。

我抬起头来看，果然坐在马上的，是个体态丰满的先生。他自己左顾右盼，是怡然之态。身下的马，蹄子深深陷进泥里，大约有些吃力。

他们现在可精，就怕分到胖子。客一来，赶紧就要抢小孩和小个子女人。

这时候，摄影师打开机器拍马队。一只野虫飞舞着，落在镜头上。摄影师驱赶虫子，有些手忙脚乱，吸引了众人的目光。先前那个半大小子,干脆将头伸到了镜头前,脸上是好奇之色。

村长便呵斥他,洛桑,人家在拍电视,捣乱想要挨揍!

他用的汉话,倒像是当着外人面训孩子的家长。这孩子便嬉笑地躲开了。

雷教授便说,这来看冰川的人,比我上次来,又多了好多。

大丹巴叹口气道,越来越难管。抢客不行,抽签也不行,都怕吃了亏。

卓玛道,这条路是当年跟"斯农"抢来的,也难怪他们。

村长说,自打通路,这一晃十多年过去了,家家做牵马生意。地不耕,羊不放。

雷教授说,做旅游还是有风险,望天打卦。我老家在粤北,也是自然村,跟风搞古镇游。一个"非典",一个金融风暴,就伤筋动骨了。现在老老实实回去种地。

村长连连点头,说,这我可说了不算。你回头见我家小子说说他,这一窝蜂都是他带起来的。现今村里,连好好的松茸都没人去采了。

沉默了一下,他又说,教授,我其实一直没想通。你说那场山难,是卡瓦格博降下的"扎吾",却让明永出了名。十七条命没了,来的人却越来越多,这算是怎么一回事?

我们进村的路上,有一条贯穿全村的水沟。一路都是*潺潺*的流水。这水沟引来山泉的工程,是大丹巴很引以为豪的事,因是在他任期内完成的。他说以往的明永人喝水靠的是混浊的冰川,许多人得了大脖子病。

这沿水而建的明永当地的民居,的确比雾浓顶的村舍又排场了许多,可以看出富裕的气象。有的除了保留了藏窗的样式,建筑风格已经极为现代。甚至一所楼房,除了传统的藏画,外墙上竟绘制了鳞次栉比的摩天大楼。

　　这楼房的对面，有一棵巨大的柿子树。上面还结着未及掉落的秋柿子。大约经历了风霜，这些柿子都并不很饱满了。我方注意到，树下靠坡一侧，有块巨大的山石，上头生了青苔，布满了经年的藤蔓。再仔细一看，原来上面大隶镌着字，"勇士，在此长眠，2006年10月"，底下有同样的格式，刻着日文。

　　这是一座石碑。在这石碑的顶端，有一尊塑像。虽在藤蔓遮盖下，我还是看清楚了。一只动物，似猫非虎。是的，这是一只瓦猫。

　　我立即拿出手机，打开了图片簿。定睛望去，不禁深吸了一口气。

　　大丹巴见我呆呆望着，便说，这只碑，是在最后一个日本队员的遗体找到时，才立起来。

　　我回身看他，说，这只瓦猫，我见过。

　　我将手机给他看。是的。黑色，怒睛巨口，与在仁钦奶奶家屋顶上的，一模一样。

　　大丹巴撩开藤蔓，仔细地辨认。半晌，才喃喃道，我想起来了，他去过雾浓顶。对，他临出发去转山前，说过，要去那里找个人。

　　我问，他是谁？

　　村长说，做这只瓦猫的人。仁钦奶奶和你说了什么没有？

　　我说，奶奶交给我一个信封，让我带到昆明，交给地址上的人。

　　大丹巴沉吟一下，慢慢说，那要保管好，亲自交给他啊。

二

　　三天后，我回到了昆明。本地的朋友晓桁，当晚请我在石屏会馆吃饭。对我说这是个有来历的地方，很适合请我。

　　我说，哈哈，不讲来历，能有个地方祭五脏庙，就心满意足。

其实我对这里，连一知半解也谈不上。大约只知道门口题字是状元袁嘉谷的手笔，加之是个吃菌子的好去处。

会馆邻近翠湖路，结庐在人境，果然算是个闹市里的桃花源。觥筹之下，宾主尽欢。我忽然想起了，就把信封上的地址给他看。

晓桁看一眼说，龙泉镇？那地方可都快拆完了，哪里还找得到？这人怕是很难寻了。

我说，那我也得去看看。

他说，这一片都划到北市区里去了。你看这地址，还写的官渡区，如今早归盘龙区管了。听说开发了几年都没个动静。主要是业权复杂，有些名人故居什么的，都混在城中村里。一涉及文保，动辄得咎。

我说，这石屏会馆也是文保，不是处理得妥妥当当的。

他摇摇头，说，你啊，还是读书人的思维，哪那么容易。这样吧，明天我开车送你过去。咱们碰碰运气吧。

第二天下午，我们上了北京路。这条街道堂皇得很，是昆明的主干道。大约二十多分钟，便到了龙泉镇。

但我看去，不见什么村镇的景状，只是一个热火朝天的工地。推土机、货车穿行其间，沙尘滚滚。

晓桁停了车，倒是熟门熟路，穿过了工地，一路向前走。我跟着他，渐渐豁然开朗。这满目喧嚣后头，竟然是个集市。在沙尘中，各类摊档井然有序地摆成了两列。晓桁转过头，对我说，没想到，拆成了一片，这"乡街子"竟然还摆着。

他见我茫然，笑道，说起来，我在这里算是个土著，小时候就跟我爷爷住在麦地村。每周三，龙头街上摆集市，叫"乡街子"。不过，几年前我爷爷去世，就很少来了。

这集市的热闹，大大超乎我的想象。大约以手工制品为主，竹编笸箩、各色织物、整片的水磨。看起来，满眼是附近的乡民，衣着都是浓艳色彩。一个穿着白族服装的大爷，大约在卖整捆的晒得明黄的烟叶。他半坐着，手里有一只长长的水烟筒，支在地上，是个怡然的姿势，发出咕嘟咕嘟的声响。见我驻足，很殷勤地招呼我试一口。

他的背后，就是兴建中的司家营地铁站。打桩声不绝于耳，他倒是听不见似的，仿佛将这声音完全屏蔽了。

我说，还真是不知有汉，无论魏晋。

晓桁远远地喊我，声音很兴奋。看他站在一个凉棚底下，三四把小桌板凳横七竖八地摆在凹凸不平的石子路上。极其浓郁的羊肉味传过来。原来是个羊肉米线档。我们坐下来，看大铁锅正冒着白色的热气。老板给我们盛了两碗出来，晓桁用本地话和他说了句什么。老板掂起大勺，又往我碗里加了一大块羊肉。他对我说，快趁热吃，鲜掉眉毛。自己埋下头，呼啦啦喝了一大口汤。我学他的样子，汤味还真是浓酽得很。晓桁说，这个羊肉摊，打我记事，一有集市就摆在这里，几十年过去，雷打不动。倒是稀豆粉油条、牛扒烀、油炸洋芋，如今都看不到了。我说，那这集市也老得很了？

那可不，打有昆明城，这集就有了。他说，老辈儿说昆明有龙盘，龙头就在这儿。明末建了驿道，就是这条龙头街。有这条街，就有了云南的马帮集散、歇脚。这镇子也就热闹起来。关键是，南来北往的消息也从这儿走呢。

他叫我将那牛皮纸信封拿出来，拿去给老板看。老板看一看，说，司家营早就扒得底都不剩了。

那人还找得到吗？

老板说，要去瓦窑村碰碰运气，这姓荣的，多半是开窑的。如今镇上的龙窑，十有九废。年前迁走了一批，差点动上了刀子。说不好，真的说不好。

旁边的老者看一眼，道，荣瘫婆家，造瓦猫的？

镇上现今唯一一个做瓦猫的，就是他们家。听说他们家二小子给人做白事。神龙见首不见尾，得去碰碰运气。

他又眨眨眼，说，要说难，可也不难。守着那几座"一颗印"。你敢过去动动土，他们可不就立时出来了。

走在路上，忽然下起了雨。我们紧走几步，躲到了一处屋檐下避雨。这好像是个寺庙，因为门口的白墙上，写着"南无阿弥陀佛"。门两侧各画了哼哈二将。只是其中一侧已经脱落了颜色，漫漶着曲折的污秽水迹，但我仍然可以辨认出那笔触的精致与细腻。门头立有一红匾，书"兴国禅林，康熙丙申仲春之吉"。

门是紧闭着，看不到里面的状况。我才注意到建筑的外侧，不起眼的地方，镶嵌了石碑，上面刻着"昆明市级文物保护单位，兴国庵，中国营造学社旧址"。

与此同时，我发现了这幢建筑的孤立。因为雨越下越大，四周的工地已暂时停止了劳作。大颗的雨点打击在地上，竟然激起了一片烟尘。雨倾盆而下，将这些烟尘压制、洗刷。视野慢慢澄净了。没有建设中的喧嚣的干扰，原来我们已处在了一片空旷的中心。除了远处的摩天大楼造就的天际线，和散落的零星的推土机，四周是没有遮碍的。我们置身的这座庵庙，像是这荒凉原野中的孤岛。

这场景未免有些魔幻。我的头脑中忽然一闪，想起了宫崎骏的经典之作《哈尔的移动城堡》。

雨停了，我们踩着泥泞走出去。当我回身望去，我在这座古庙的墙头上看到了一只动物，那是一只瓦猫。它虽不大，在这败落坍圮的围墙上雄赳赳地坐立着，在雨水的冲刷下黑得发亮。我赶忙拿出了手机，打开图片簿，确定这只瓦猫的模样，和我在德钦看到的一模一样。

我们辗转找到了龙泉街道办事处的负责人。这是个模样恭谨、戴着眼镜的中年人，脸色是体亏的灰黄。他面前是一个巨大的玻璃水杯，里面泡着枸杞与胖大海。他瓮声瓮气地问我们找谁。晓桁大约报了某个领导的名号，他立刻变得十分热情。我们说明了来意，并将地址给他看。他确定半年前已经拆除。我问他是否认识地址上的人，他说，荣瑞红……这就难找了。这里几个村都姓荣。

我就将刚才拍的照片给他看。我说，我想找做这只瓦猫的人。

他看了立即说，嗨，猫婆家的哑巴仔。

见我茫然，他打开了水杯，咕嘟地喝了一大口。我看见他吞咽的动作，那口水顺着他喉结的起伏，顺利地流动下去，让我也感到如释重负。

他说，别看这个镇上不大，却有十多处文保，多是西南联大时期的。

我问，西南联大？

他说，对。别的地方拆迁，最怕钉子户。这是最让我们头疼的。这里从九十年代开始说搞开发，因为这些文保，拉锯了十多年。去年算出台了方案，整体搬迁。

我带你们去转转，就晓得怎么回事了。

我得承认，接下来的这个黄昏，完全颠覆了我对这个小镇的印象。

马主任带我们在泥泞中穿行，驾轻就熟。他时而回头让我们看路注意安全，时而碎声抱怨。他说着话，因为周遭暂时的安静，在这天地的空旷间，莫名有了回声。

准确地说，是在他的引领下，我们在这古镇的村落间穿行。尽管它们现今的面目，已是大同小异。不见荒烟蔓草，雨后空气中荡漾着浓郁的土腥，击打着我们的鼻腔。在任何一个角度，都是无垠的黄色，将所有的旧掩盖在了下面，伸展向了远处雾霭中新的昆明城的轮廓。然而，如同此前所见的兴国庵，我们看到了一些矮小颓败的建筑，间或现身其间，像是一些岛屿。我需要纠正方才孤岛的说法，因为它们以奇异的方式，彼此呼应、联结、伸延。形成了一张出人意表的网络，有如瀚海中的群岛。

在某个不起眼的角落，镶嵌着式样雷同的蒙尘名牌。上面分别写着，"中央研究院历史研究所旧址""北平研究院历史研究所遗址""中央地质调查所旧址""北大文科研究所和史语所旧址""冯友兰故居""陈寅恪故居"……

我们在一处土木结构的小院前站住，门牌是龙泉镇司家营61号。大约因为它难得地完整，让我们驻足。马主任说，这是"清华文科研究所"。当年是闻一多租了下来。你看他的眼光多么好。"三间两耳倒八尺"，典型的"一颗印"房子。他自己住在南厢房，北厢住着朱自清和浦江清。

并不意外地，我又看到了檐头的瓦猫。是的，所有的我们经过的这些老房子，都有一只瓦猫，或在墙头，或在檐角。太过颓败的，则在门口端正地立着。它们一式一样。面目狰狞，勇武，似小型的虎。而宽阔的眼皮又有一丝怠懒，仿佛是小憩后的猛醒。

马主任说，猫婆家的瓦猫在那里，谁都不敢打这些房子的主意。也蹊跷得很。之前中标的地产公司，让人移走了这些瓦猫。经了一夜，第二天，新的就回到了原处。村里的龙窑早就扒掉了。谁也不知道是在哪里烧的。说来也怪，那个公司的老总，当月就被双规了；女儿在国外读书，出了车祸。以后就没人敢再动。

我说，这个猫婆，住在哪里？

马主任摇摇头，他们家不属于回迁户。拆迁时，也没和政府谈过条件，就签了字。家里也就她和孙子两个，谁也不知道他们现在住在哪里。

我说，我听说，她孙子帮人做白事。

马主任仿佛想起了什么，说，对对，这小子也挺邪的。嘴巴不会说话，倒哭得一口好丧。说起来，现在村里的老人，十之八九说没就没了。也是人心不古，去外头的年轻人都不愿意回来。没个孝子贤孙摔盆打幡不像话，就让哑巴仔顶上。他那一哭起来，地动山摇的，让丧家还真是有排场。

我说，见怪不怪。现今的白事，礼仪公司都包这项的。

马主任摇摇头说，他哭不收钱，只求人买他扎的纸人纸马。倒是也不贵。扎得好，到底瓦猫手艺的底子在那里，人是灵巧的。你这么说，我倒想起来，明天下午棕皮营的郭大爷设灵。你们二位，要不怕忌讳，兴许能在那碰上哑巴仔。

后来，我和晓桁交流过。都觉得，荣之武的模样，和我们想象中的不太一样。

其实，对于去参加陌生人的丧礼，我心里有些障碍。但是晓桁告诉我，他们龙泉的人，丧事是当喜事来办的。尤其是对年纪大的人，丧事的排场与敞亮，是生者的面子。他向我描述两年前他祖父丧礼的场景，讲各种规矩与程序，脸上并没有哀戚之色，甚而有些眉飞色舞。听他说完，我渐渐明白，或许对于已经都市化的昆明人而言，乡下长辈的丧事，成为他们长期压抑的矜持之下释放情绪的出口。所以各家各户，会赛着大操大办，形成了某种新时代的风气。

在这样的心理建设之下，当我来到了郭大爷的丧礼现场，仍然有些触目惊心。实在说，这么个陌生的地方，并未让我们好找。因为刚到棕皮营村口，便传来响亮的《月亮之上》的歌声。这支"凤凰传奇"的名作，实在熟悉不过，毕竟是每个小区广场舞的神曲。我很快注意到，之所以有铺天盖地、绕梁三日的幻象，是因为丧家从村口到每个路口都架设了扩音喇叭。这乐曲便类似于无所不在的引路人，实在也是很聪明的做法。因此，没费什么力气，我们就找到了丧礼的现场。

这应该是一个废弃的小学校的操场。两边的篮球架上，挂着巨大的挽联。而灵棚也正是因地制宜，由一根钢索在篮球架之间牵引而搭建。

我们到的时候，正有几个身着民族服装的年轻汉子和女孩，和着这支流行曲的音乐在载歌载舞。晓桁说，这是白族的服装，大概是呼应了老爷子的原籍。

他们的舞蹈并不算曼妙，但十分投入。民族服装并没有拘束他们，舞姿中有一种挥洒荷尔蒙的力量感，粗犷而磅礴。在挤挤挨挨的绚烂花圈的背景中，洋溢着怪异的欢腾的气氛。

果然是我多虑了，的确体会不到任何的哀戚。两个同样穿得花枝招展的小孩，将一些用五色的毛线扎好的点心，分发到来者的手中。他们脸上的喜悦与祥和，也让我产生了婚礼花童的错觉。

这时候，音乐忽然换了，换成了《小苹果》。台上舞蹈的女孩，忽然齐刷刷地撕开了她们的民族服装，将头饰也豪迈地掷到地上。是的，我没有看错，她们摇身一变，成为一群比基尼女郎。尽管环肥燕瘦，但的确是穿着整齐的、荧光的比基尼。人群中爆发出欢呼声。她们在乐曲中抬腿、扭腰，向台下抛着香吻。

在缺乏思想准备的情况下，我感到了一阵晕眩。

待这一切都平静下来时，比基尼女郎从两侧分开，出现了一袭黑衣的男人。他是丧礼的司仪。他的出现，让我觉得仪式终于进入了正轨。他站定，很潇洒地扬了一下手。音乐便又响起来，是《二泉映月》。而他的脸色，便从泰然切换到了职业性的悲凉。他手中举着一张纸，口中抑扬顿挫,我相信是在念悼词。用一种我完全听不懂的方言。时而低回,时而澎湃,即使不知内容,因为节奏恰到好处,也足以共情。他又一抬手,有一种很尖厉的乡野乐器的声音响起,那应该是本地吹鼓队的唢呐。唢呐声中,一些穿着重孝的人,簇拥着从人群中出来,然后一步一跪地爬向了灵堂。他们号哭着,女人们在哭声中,发出了吟唱的歌诀一样的声调。站在最前面的,看身形是个壮实的男人,他忽然扑通一声跪下。

当他开口时,让我心下一惊。那是一种难以名状的哭声,不像是人发出的,初听像是牛哞一样。浑厚,壮烈,中气十足。他哭得越来越响,像是在胸腔中的共鸣不断集聚,放大、交响。这声音渐渐盖过了所有的声响——吹鼓的乐声,以及其他人的哭声,让这些声音都显得卑微与琐碎。虽然不着一词,这哭声中的悲意,却随着些微的递进式的节奏而益加浓重,如黄钟大吕,以一种肃穆而深沉的方式,将所有在场者挟裹。我不禁有些发呆,无知觉间,情绪像在迟缓地坠落进了一个无底的黑洞。

当摔盆的仪式结束后,这哭声才渐渐平息。我看到他回过头来。这是一张无表情的脸。但是净白、丰满、端穆,五官有一种奇特的雍容与出尘。这张气质古典的脸庞,将所有的喧嚣退后为了背景。仿佛丧礼成为他一个人的戏台。

我看他慢慢地站起来,穿过了人群。他走到了刚才的司仪身旁,旁边的壮大男人将一个信封递到他手中,拍了拍他的肩膀,又让了一根烟给他。他推开了,没有说话,开始打起了手势。手势的匆促,让他的模样没有方才从容。他的表情渐渐显得有些执拗。男人,应该是丧礼的主家,摇一摇头,脸上是某种宽容的笑。他似乎有些着急,一转身挤出了人群。在不远的地方,停着一辆三轮车。他抱起了车上的东西,又重新挤进人群。那是一些纸人纸马。他抱着它们,艰难地挤过人群，走到了主家面前，以不容置辩的坚硬表情，将这些纸扎的丧仪在灵堂里认真地次第摆开，丝毫不理会旁边的人与声响。摆好了，他又回到了主家面前，深深鞠了一个躬，便又转身穿过了人群。

我远远望了一眼，跟上了他。我知道，他就是我要找的人。

在他要登上三轮车时，我拦住了他。

他脸上似乎并没有诧异，是个处变不惊的表情。他做了几个手势，我们表示不懂。

他从怀里掏出一个笔记本，拿出笔，在上面写了几个字：

"我收钱，是纸扎和元宝的。哭丧不收钱。"

字竟然是十分端丽工整的楷书。我明白了，他是将我们当作丧家的人了。我从包里取出了那个信封，给他看。

他看了一眼，只一眼，神情忽然变了。他愣住，良久，开始急切地打手势，用质询的目光看着我。我看出其中的焦急与热切，但我不懂。他一把抢过我手上的信封，在信封上的名字上重重地点下去。然后拍一拍车座，又拉了一把，让我上去。

我们会意，坐上了三轮车。他立即使劲地一蹬，稳稳地车就走了。

我和晓桁不禁有些面面相觑。看到前面蹬车的人，宽阔的肩膀因为用力，透过衣服仍看见背上的肌肉在有规则地律动。我们都不再说话，仿佛对于这个天生无言的人，说话是一种冒犯。尽管载着两个人，车却行进得很快。在进入乡野的路上，并无任何的景致，似乎绿色都很少见。偶尔遇到坎坷不平，或者是昨夜积雨的水洼，他会慢下来。我们可以感觉到他的细心。便也抓住了三轮车的两边，克制着颠簸带来的不适。前面的人在半途中脱下了夹克，我们看到里面的白衬衫已经完全汗湿了。

这样也不知过了多久，路上已经不见人烟。三轮车终于停下来，在一处看上去像是仓库的地方。

我注意到，四周并没有其他的建筑。除了近旁有一座寺庙，也是老旧的。但上面写着"弥陀寺"三个字。没待我看仔细，哑巴仔便对我们做了个"请"的姿势。

我们走进去。仓库的库房，大半都是空的。空气中飘荡着某种浓郁的铁锈的气味。我看见其中的一个打开着，黑黢黢，能看见的似乎是大型的机床的轮廓。而库房外的墙上，有业已斑驳的标语的痕迹，能辨认出是"要斗私批修！"，后面是个红彤彤的触目的惊叹号。

我们一直走到了库房的尽头，是一个低矮了许多的、像是靠墙僭建的房屋。上面是铁皮的屋顶。我注意到的，是在这房屋门口的空地上，晾晒着许多的黑色的陶罐。

哑巴仔在门口"啊吧啊吧"地叫了一声，这才推开了门。我们随他躬身进去。

屋子里的光线十分黯淡。唯一的窗户照射进了一束光，可以看见光束中有灰尘在飞舞。哑巴仔伸手拉了一下近旁的灯绳。

屋子顿时被不强烈的灯光充满。我回了一下神，才看见面对着我们端坐着一个人。

这是个十分老的妇人。她坐在轮椅上，膝盖上裹着很厚的毯子。说她老，是指她的样貌与姿态。那样深刻而纠结的皱纹，几乎令她的面目扭曲，整张脸像是植物失水的茎脉。她摆在膝盖上的手也是干枯的。然而，她的神情柔和，面对我们，有一种和哑巴仔相似的处变不惊的仪态。她穿着一件陈旧但洁净的夹袄，已不丰盛的头发一丝不苟地梳成了发髻，紧紧地盘在脑后。

她的眼睛并不混浊，甚至很明亮。她看着我说，你好。

我顿时注意到，她说的是十分标准的普通话。

哑巴仔热烈对她打手势。她微笑地看我们，一边简短地对哑巴仔做了一个手势。

哑巴仔立刻变得神情有些紧张。他看着我们，以抱歉的目光。他指指老人，又对我们指指外头，意思是让我们在外面稍等。我意会，赶紧出去了。

在外面，我又看见空地上的那些黑色的陶罐。不知是做什么用场，但却觉得似曾相识，它们整齐地排列着，在夕阳最后的余晖里，反射着沉厚的微光，像是肃然而列的兵士。

这时，远方飞来不知名的群鸟，在这库房的上空飞翔、盘旋，但迟迟都没有落下来。我抬头定定看着它们。

这时门响了，哑巴仔走了出来，脸上仍是抱歉的神色。他示意我进去。

这时，我看到老人坐在一个较矮的凳子上，那凳子显然是特制的。有一根布带将她的腰固定在了靠窗的一端。她的人，就恰恰被笼罩在了那更为微弱的一束光里。那光将她的侧影勾勒了出来，毛茸茸的一层，她的轮廓便因此而丰满了一些，不再是干枯的。我看见她的面前是一台转动的机器。因为我上过速成的陶艺班，知道那是拉坯机。随着轮盘的转动，她的手灵巧地摩挲与动作，手中的泥坯慢慢形成了一只罐子的形状。

我注意到，她的脚边还有许多这样的罐子。有的和门外的一样大小，有的稍扁和圆一些。

我恍然，便试探地问，这些是用来做瓦猫的吗？

她笑了，说，后生，好眼力。大的是身子，小的是头。连在一起，就有了一个形。

她擦擦手，又说，刚刚怠慢了客。人有三急，老了就不中用了。

不小心就是一裤子，全指望我这个孙子给拾掇。

她说得很慢，是对我方才等待的致歉，但其间并无面对陌生人的尴尬和难堪，仿佛只是在描述某一桩日常。她的手也并没有停下，一边将一小勺水加入了脚边的瓦盆。

我这才看到这个屋子里几乎没有什么陈设。除了沿墙摆了两张床、一张方桌、两把椅子和一个橱柜，便是窗台下的类似作坊的一角。一侧放着一个水泥袋子，另一侧挤挤挨挨地堆着扎好的纸人纸马。

我说，老人家，我是从德钦来，有件东西，托我转交给荣瑞红。不知是不是您家的。

老人听到了这句话，手停住了。她抬起头来，看着我。

我从包里拿出那个信封。再次问道，荣瑞红，是您家里人吧？

她咳嗽一下，用干涩的声音说，是我。

我把信封放到了桌上，但又拿起来，交给身边的哑巴仔。哑巴仔走过去，弯下腰。老人双手使劲在围裙上擦一擦，才将信封接了过去。她慢慢地将信封一点点地撕开。伸手掏出的，是一本红色的笔记本。

这一刹那，我看到她手的抖动。她打开了这个笔记本。本子里掉出了一沓照片，落在了地上。我弯下腰，帮她捡拾起来，放在她手里。我看到其中一张照片，是一个青年和仁钦奶奶的合影。他的目光沉郁，但是手势却很活泼，对着镜头比出"V"字。他的身后，是那幢低矮的藏式民居，覆盖着厚厚的雪，背景是飘着经幡的白塔。屋顶上隐约可以看到一只瓦猫。即使室内光线昏暗，我仍然看到这青年的面目，与哑巴仔有着惊人的相似。

老人将眼睛凑得很近，一张张地看着这些照片，忽而愣住了，大放悲声。

待她终于平静下来，她把笔记本递到我手里，问我说，后生，你能给我读一读这本子上写的字吗？

三

宁怀远从蒙自刚来到昆明时,在翠湖边上看到一株梨花。很大,风吹过来,就落了一地,好像雪一样。后来,他无数次对荣瑞红说起这株梨花树。荣瑞红说,我们龙泉镇,什么花都有,就是没有梨花。

后来,宁怀远在滇池边上,听一个拉胡琴的唱,"万紫千红花不谢,冬暖夏凉四时春。"他又想起这株梨花,想起满天飞的白,却怎么也记不起树的样子了。

荣瑞红倒记得清清楚楚。那年夏天,蓝花楹开得正盛。黄昏时候,村里头来了一个人,敲开他们家的门。荣瑞红应了门,见是高个儿中年人,穿着青布衫子。蜡黄脸,满脸胡须。这人操官话,有两湖口音,口气温和,问荣瑞红家里头有没有要出租的屋子。荣瑞红就喊她爷爷。荣昌德老汉走出来,敲着烟袋锅,眯眼看来人胳膊底下夹着两本书,就问,先生,你是昆明城里来的教授吧?

那人点点头,说,小姓闻。荣老爹回,我们家的耳房刚租了出去。最近来我们镇上问的,都是昆明城里的教授和学生。日本人的飞机把读书人都折腾坏了。全城都在跑警报。走,我陪你去问一问。

荣老爹带着这个先生,顺着金汁河畔的小路,挨家挨户一路问过来。天擦黑了,这先生在一户人家门口停下,抬头看看说,这房子好。"三间两耳倒八尺"。荣老爹说,可不,正正经经的"一颗印"。

敲开了门,一看,小院干净开阔,房子也通透。用的石材、木料都考究得很,楼板和隔墙板还未装完,眼见是新起的房子。闻先生怕人家不舍得,但还是说了来意。屋主说,好。钱不打紧,您看着给。这屋子刚建好,您不嫌弃,下周就能住进来。

闻先生看他爽快，也很高兴。屋主说，不瞒您说，论起来，内人和袁嘉谷沾亲带故。我们云南就出了这一个状元，可历来爱重读书人。都说昆明城里造了新大学，来了许多教授。北方要是不打仗，我们请也请不来你们。

荣瑞红才知道，这个闻先生，不是替自己找房子，是要替他们大学找个地方，盖个研究所。后来，她问宁怀远什么是研究所。宁怀远就说，是做学问的地方。教授做出学问来，他们跟着学。

要装修这个房子，镇上不缺人手。这些年，昆明城里闹得慌，人都不怕多走个十几里，往北郊来。有住下做长远打算的，也有那过一天算一天的。本来龙泉一带多的是马帮。滇越铁路一开通，又多了来往的工人。一时间，镇上起了什么房子都有，两层的木楼、土坯墙小院和因陋就简的毛坯房。可这闻先生，一个瓦匠窑工也不请。他和另一个姓朱的先生，撸起袖子，带着几个年轻人，自己干。

荣老汉就说，他们开不了伙。囡儿，新烧的饵块，给他们送些去。

荣瑞红就拎着一只篮子，装几只碗给他们送过去。闻先生客气，要给她钱。她躲过去。现在炭火上细细烤了，香味密密地溢出来。年轻人们不客气，拿起来就吃，不用筷子不用碗。其中有一个说，你会做米线吗？

荣瑞红就说，怎个不会？

他就说，那有文林街上做得好吃吗？

荣瑞红就说，城里的东西，减料偷工，好吃有限。

那青年也就看着她笑，笑得灿烂，明晃晃的。

当晚上，她便制了米线和卷粉。第二天，用清汤煮了，从菜地摘了西红柿和白菜，搁上爨肉、葱和香菜，用鸡油封了汤头，送过去。

几个年轻人正干得热火朝天，远远闻到香气，大约也是饿了。打开篮子，捧起碗就喝。打头的那个，烫得直吐舌头。

荣瑞红就笑，说，皮凉心滚，来了昆明这么久，都不知米线的吃法。

几碗米线下肚，荣瑞红问，比那文林街的怎么样？

昨日那青年便远远地喊，朱先生，我们以后再也不跟你去"味美轩"了。

说完了，他对她眨眨眼，又笑了。露出了两排白牙齿，笑得明晃晃。

待装修好了，闻先生请村里的木匠刨了一块木板，刨得又平又光。他对青年说，怀远，去龙头村的弥陀寺，找冯先生，给咱研究所题个名。

半晌，青年回来了，说，冯先生不在，"史语所"的傅先生给题的。

闻先生便说，也好。他就拿一柄凿子，照着那题字，一点点地镌了上去。

黄昏的时候，"清华大学文科研究所"的牌子就挂起来了。

屋主来了，看了又看，说，这字可真好。可这屋上了椽子，要住进人，其实还缺了一样。

闻先生说，愿闻其详。

屋主笑笑，这得麻烦您找荣老爹问一问。

当天后晌，宁怀远第一次见到了瓦猫。

他看见荣家老爹捧了一只黑黢黢的物件走过来。走近看，是个陶制的老虎。那老虎身量小，但样子极凶。凸眼暴睛，两爪间执一阴阳八卦，口大如斗，满嘴利牙，像要吞吐乾坤的样子。

老爹捧得稳稳的，神色也肃穆。宁怀远记起朱先生讲应劭的《风俗通义·祀典》，引《黄帝书》，里头有神荼郁垒执鬼以饲虎的一段，说虎能"执搏挫锐，噬食鬼魅"。他想，这大概是一只和房宅相关的神兽。

他便大声感叹说,好凶的镇宅虎啊。

旁边的荣瑞红手里拿着红绫子,本也是肃然的,听了怀远的话,倒扑哧一声笑出来,说,读书人的见识大。阿爷的瓦猫变了老虎。

荣老爹回头瞪她一眼,说,死囡儿,不说话当你哑巴吗。

这时,在宅前的端公,是本地的巫人。穿玄色的长袍,头戴锦帽,手里执了木剑。他捉来一只毛色绚亮的雄鸡,口中念念。旁人听不懂,大约是消灾瑞吉的咒语。随即出其不意,低头猛咬住公鸡的鸡冠。血便由肥厚的鸡冠流淌下来。端公唤来荣老爹,协他把住挣扎的雄鸡,将鸡血一一滴在瓦猫的七窍,即眼、鼻、口、耳处,又在那大嘴里放入松子、瓜子、高粱、枣子、根子,所谓"五子",同时烧祭黄纸,一边再念咒语,在院落乾、坎、艮、震、坤、兑、离、巽位一一泼洒符水。画地为野,点地为星,便在脚下的星位,置了一只香炉。

这端公即刻手势利落,将鸡宰杀了,在院内的锅里烹煮。半个时辰取出,直立于钵中,这鸡头须仰视屋宇檐角。端公遂点香祭之良久。最后,踏梯上屋顶,恭恭敬敬,才把瓦猫安在脊瓦上。

宁怀远看这端公,一场"开光"下来,大汗淋淋,像是脱了形。瓦猫坐在房上,凛凛地望着他们,竟让人有些敬畏。当地的人,经过了倒都要驻足,合掌默立。半晌,向主家道喜,才离去了。言语间皆轻声细语,像是怕惊动了什么。看得宁怀远心里也穆然起来。屋主帮着他们一一安置好了,这才和闻先生告辞。一边说,先生,这屋子就交给您了。临走时,他又点上三支香,插在香炉里,阖目拜了一拜,才道,这瓦猫既上了房,逢农历初一、十五,点香祭供,先生莫要忘了。

陆续就将从清华辗转运来的书,都安置在了正房。因为没取道四川，直接从马道入滇，书籍竟没有什么损失。满满当当的十几架，看着也十分喜人。书架有的是从附近的人家征来的，有的是小学校的奉献。有木头也有洋铁制的，其间高低错落。荣瑞红没有走，帮几个年轻人擦洗摆放，不言不语地。旅途积在书上的尘土，这时终于飞扬起来，倒让人打起了喷嚏，跟传染了似的。大家都笑起来。打完了，荣瑞红定定地看，嘴里喃喃说，真像啊。

宁怀远就问她，像什么呢？

她就说，像你说的研究所。

宁怀远就问，你又见过研究所是什么样子？

荣瑞红说，我没见过。可满眼的书，就觉得这是研究所的样子。

闻先生带着太太孩子，就在这屋子的南厢房落脚。

当晚上，闻太太将冯太太从弥陀寺请过来，说一起包饺子，庆乔迁之喜。见冯教授没有一起来，闻先生就问起所长怎么没来。冯太太就说，抱歉得很。他说近来镇上乔迁的太多，一个个贺不过来，自家人就不拘礼了。由他去吧。写他的《贞元六书》，饭也不吃。写到第四部了，说是停不下。我带了些麻花卷，刚炸出来的，你们趁热吃。

青年们都喜不自胜，说，冯师娘的炸麻花在镇上可有名着呢。

冯太太摆摆手道，我是小打小闹，如今钟璞、钟越都长大了，靠他那点工资是不成了。我也是为了补贴家用，好在近旁的小学生喜欢，卖得不错。倒是梅校长家的咏华和潘、袁两家的三位太太，制的"定胜糕"名头越来越大，现在都进了"冠生园"了。

闻一多在旁边叹口气道，也真是为难您。惭愧得很，如今持家，要靠你们这些教授太太十八般武艺，也真是巾帼不让须眉。

冯太太便说，我们既肯跟了你们来，这些都算不得苦。

闻太太便笑，对那几个青年道，你们都听好了，将来啊，娶妻当如任叔明。

宁怀远说，那可好，天天有油炸麻花吃。

大家便大笑。说话间，一锅饺子翻滚上来，熟了。闻太太盛上了一大碗，看着热腾腾的水汽袅袅升起，又在屋子里头弥散开来，也很感叹。她声音咽咽地说，东奔西走这些年，囫囵总算是有个家了。

冯太太说，大普吉还住着许多人呢，都说那附近不太平，闹狼。走回城里上课都胆战心惊的。闻先生先前也是龙院村住着？

闻先生说，对，先住在惠我春家里。后来舍弟家驷来了，到大普吉，两家太挤，又搬去了陈家营。今年初，听说华罗庚在昆华农校的房子给炸了。他腿脚不方便，孩子又小，日本人飞机来了，跑不了警报。我就邀他们一家同住。

冯太太说，这我知道。华教授还作了首诗，在学生里头传开了。我只记得两句"挂布分屋共容膝"，"布东考古布西算"。

闻太太笑道，可不就是"挂布分屋"吗？两大家子，十四口人，一间偏厢房，中间挂个布帘。到了半夜里，两个当家的，一个趴在黄木箱上考古，写《伏羲考》；另一边华先生骑着门槛，架张板凳当桌子，就着外头月光，算他的"堆叠素数论"。倒也各安其位。

冯太太说，唉，也真是不容易。好在是过来了。

闻太太将一簸包好的饺子又下到锅里，说，你那边住得可好？等我这忙完了也去看看。

冯太太说，我本来不信鬼神，可那山坡上孤零零一座庙，住着总是不踏实。我们住的北房是个仓库，东厢住一对德国犹太人，说是男的以前在德国外交部当官，被希特勒赶出来的。我们相处得不错，最近也搬走了。他们临走，把护院的狗送给我了。白天孩子上学，家里就我一个人。这个"玛丽"也算陪陪我。

闻太太说，你还是常来走动，跟我做伴，也多个照应。

冯太太叹口气道，不是我迷信。我倒听说，这村里的房子除了庙，都要请尊瓦猫，才算清净了。我刚一进门，看见你们房梁上坐了一尊，那叫个威风。

闻太太便将荣瑞红推到跟前。冯太太说，呦，这是哪一家的姑娘，这俊俏，眼熟得很。

闻太太便笑说，我们家的瓦猫啊，就是从她爷爷那请来的。

荣瑞红也笑，说，这整村的瓦猫，都是我爷爷制的呢。

朱先生和几个研究生，就都住在另一厢房。里头有个广东人，便给这房做了个雅号，美其名曰"一支公"。这其实是揶揄的话，在粤语里是"光棍汉"的意思。几个单身小伙子，都不善打理自己。闻先生拖家带口的，太太再三头六臂，也究竟照顾不周全。特别是伙食，以往在城里，下馆子打牙祭是常有的事。如今在镇上，大约就是赶闹子、午日的"乡街子"，究竟非长久之计。

几个人合计，便用陈岱孙教授在北门街宿舍的"包饭"的规矩，找了个当地人，集了资叫他做饭。可这厨子以往是给滇越铁路的工人做大锅饭的，并谈不上什么手艺。每餐大约就是两样，炒萝卜和豆豉。人又很刚愎，在烹饪方面，是不听这些读书人劝的。自己口味重，无论荤素菜，都少不了要放茴香、花椒、辣椒，吃得小伙子们急火攻心。晚上睡觉辗转难眠，起来水喝个不停。

后来，他们就对宁怀远说，那个荣家的姑娘，菜做得好吃，不如请她来给我们做包饭。

闻先生听见就说，你们少撺掇怀远。人家姑娘家，来伺候你们一群单身汉，成何体统。实在不行，还是让你们师母辛苦些。

闻先生走了，恰巧荣瑞红上门，来给闻太太送滇绸的图样，怀远就当真跟她说了。荣瑞红摇摇头，说，一两顿饭可以。可我天天来做饭，谁帮爷爷做瓦猫。

小伙子们就起哄说，宁怀远啊，人家手艺都是传男不传女，荣老爹可缺个正经徒弟。

不知为何，荣瑞红脸飞红了一下，转身就走。宁怀远倒跟了出来，问她，荣老爹不肯收我吗？

荣瑞红轻声道，你一个读书人，哪里做得来这个。

她步子便快了些。怀远也不说话，倒跟着她。这时候是黄昏，太阳浅浅地照在石板路上，也不热了。金汁河的水潺潺地流。走到了拱桥，他们看到桥底下，有几个妇人站在齐膝的河水里，正在洗衣服，一边说笑着。小孩子们在河里扑腾洗澡。宁怀远看见有一个人捋起袖子，正举着棒槌，在岩石上使劲捶打着衣服。这正是闻太太。经了这两年，她劳动的样子已经很娴熟了。

怀远站定就喊，师娘！

闻太太听见，转过头，看他，一边用手背擦一把汗。刚要说什么，却看见他前面的瑞红，愣一愣。即刻便笑一笑，对他扬扬手，叫他莫要停。

宁怀远抬眼一望，荣瑞红的步子却慢下来，目光落到了河对岸去。就见岸上有一对男女，肩挨肩走着，似乎在说着话。两人衣着都是齐整体面。在这村子里，像是一道风景。说实在的，经过这些年的纷乱，从蒙自到昆明这一路来，联大上下，其实都有些入乡随俗。教授们多半穿着粗布大褂。有极不讲究的，像是化学系的先生曾昭抡，半趿着一双鞋，脚指头和后跟都露着，被学生们戏称作"空前绝后"。女眷们也如闻太太，大多是本地妇人净简朴素的打扮。

而这两个人，男的西装革履，戴眼镜，含着烟斗。他身旁的妇人，也像男人穿了衬衫和齐腰裤装，举止间是极飒爽的样子。

怀远说，梁先生。

荣瑞红便跟他说，旁边的是梁太太吗？

怀远想想说，对。林是她本姓，我们也尊她作林先生。城里联大的校舍，是他们俩合力设计的。

荣瑞红眼里有光，对怀远说，这样。女人嫁了人，还可以用自己的姓，真好。

怀远说，他们夫妇两个，都是很有本事的人。当年为校舍的事，梁先生差点和校长吵起来，设计了好几稿，从瓦顶到铁皮，最后变成了茅草顶。

荣瑞红喃喃说，是啊，茅草顶的屋子，怎么上瓦猫呢？

怀远说，我们"T"字班出来的，都知道这事。学校没有钱，也是太难为他们。

荣瑞红说，我常看见他们两个在镇上走，看村里的老房子。你们的教授，来得久了，就和我们无分别。他们两个，样子还是他们的。当初却自己动手，在龙头村自己建起了一幢房子。建得像我们这里的房子，又像是洋人的房。有一次我遥遥地看，觉得那房子真好看，可是正对着大片的野地，缺个瓦猫吃邪啊。我就对爷爷说，我们送个瓦猫给那个眼镜先生吧。可爷爷说，我们的瓦猫不能送，只能人家来请，是规矩。

怀远说，我也听说了。那幢房子用去了他们所有的积蓄，每一颗钉子都是省出来的。

看两个人渐渐走远了，怀远说，神仙眷侣。

荣瑞红就茫然，问他，什么神仙？我们村里哪有神仙？

怀远就笑说，怎么没有？至少也有一对土地公和土地婆吧。

荣瑞红知道被打趣了，便不理睬他，倒已经走到了家门口。

荣瑞红便推了门进去，看见荣老爹正在当院儿。他弯着腰，在院子里摆着一排瓦罐，整整齐齐的。

抬头看见怀远，便说，后生，不在你们那个什么所好好读书，到老爹这里寻热闹吗？

没等他答，荣瑞红朗朗接口道，阿爷，是有人听说你老了，寻思该收徒弟了！

四

荣老爹看着宁怀远，像望着件稀奇物。他索性在堂屋门槛上坐下来，将烟袋锅使劲在鞋底上磕一磕，然后重新装上烟草。点上，使劲抽了一口，咳嗽了两声，才开口道，你要跟我学做瓦猫？

怀远点点头，自然不好直接道出来意，便说，是啊，看了就是喜欢。

老爹便又问，是喜欢瓦猫，还是喜欢咱龙泉的瓦猫？

怀远一听，自然答得飞快，喜欢龙泉瓦猫。

老爹便笑，那我问你，咱龙泉的瓦猫，和旁的瓦猫有什么不同？

怀远想想，便说，龙泉瓦猫威风了许多。

老爹站起身，将烟袋锅往腰间一插，背过手去，说，囡儿，送客。

怀远这一听，心说不好。赶紧老老实实，将"包饭"的事情和盘托出，说"一支公"既借了瑞红的手艺，却怕耽误了老爹制瓦猫。

老爹沉吟一下，说，后生，不是真有心学，什么也学不好。

怀远说，我有心学。技不压身，给老爹打打下手也好。

老爹冷冷地看他，说，打下手？当年我给我爹打下手，错一步，柴火棍子就在我手上抽一下。晚上吃饭，筷子都握不住。你可受得了？

怀远一犹豫，轻轻点点头。旁边荣瑞红抢道，阿爷，你可是一下都没抽过我。抽个细皮嫩肉的书生，你下得去手？

这话敁得老爹一时没个言语，半晌狠狠道，死囡儿，不说话没人当你哑！

说完了，自己的口气倒也缓下来，说，这下手活，那我就考考你，答得上再说，不然请回。

怀远赶紧称是。老爹就指指院儿里头，问他这罐子是用来做什么的。

怀远看那陶罐，看得出是刚做成的坯，因为在墙的影子里头，有些还未阴干，罐底便是一个湿印子。依着土墙摆成了两排，排得整整齐齐的。一排长高；像是大肚瓶子，一排像球似的浑圆。

怀远看了又看，说，这长的，是瓦猫的身子。圆的是脑袋。

老爹点头道，对。

然后说，你就给我做个瓦猫脑袋吧。

他就跟老爹进了作坊。作坊的陈设很简单，靠窗摆了一个青石轮盘。老爹便坐下来，将近旁的窑泥在一个木台上用拳头砸了几下，使劲地揉，再又摔打。那泥团在摔打间渐有了韧力。老爹看他一眼，说，加了黄沙的泥，上盘就出坯。

老爹便取了一根长木棍插进了石头轮盘上的坑眼，使劲摇动，石轮便转动起来。他将刚才揉好的泥团放在石轮上，自己扎了马步，抱住那泥团，在泥团上抠出一个窝来。一手窝边，一手窝外，两手四指里外挤拉。在转动中，那团泥渐渐站立起来，生长出优美的弧度，有了罐子的雏形。老爹粗大的手，此时与窑泥浑然一体，泥坯仿佛在他的手心舞蹈，越来越圆润。这圆润中呈现出了一种光泽，在昏黄的光线里，由呆钝变得灵动。

一切都太过迅速，让怀远看得也有些发呆。这时，石轮戛然而止。老爹从腰间抽出一根丝线，在泥坯底下一割，一个罐子便捧在了他手中。

他走到怀远跟前。怀远诚惶诚恐，伸出手，正要接住。老爹却故意手一抖，那罐子遽然落在地上，刹那间，变成一摊泥。

怀远心中一疼，只觉得成了形的一团希望，莫名便跌落在地了似的，不由冲口而出，可惜了。

老爹冷冷一笑道，这就可惜了？那日头底下晒过了劲儿不可惜，出了窑烧裂了不可惜，上了房没搁稳摔成了八大瓣不可惜？你倒是可惜得过来？真可惜，就将地上的泥拾掇起来，给我重做一个。

怀远当真蹲下身子，将那团泥一点点捡起来，捡了满捧，放在木台上，再去捡。捡净了，便学了老爹，团成了一团，使劲揉。

老爹坐下来，点起烟袋锅，看着他问，会？

怀远笑说，小时候家里蒸馒头，帮我妈揉过面。

可他越揉，那团泥倒好像扶不起的阿斗，松身打缕，不成个景。老爹冷眼看他，道，后生，我问你，这面揉过了，要成形靠什么？

怀远说，得醒面，靠酵母头。

老爹说，醒好了呢？

怀远说，得下锅蒸，靠蒸汽。

老爹说，你手里这团窑泥，是掺了酵母头，还是要下锅蒸？

怀远手停住了。

老爹抬起手，用烟袋杆在他屁股上就轻轻打了一记，日脓拔翘！给我使力气摔打啊，没力气怎么站起来。泥不摔不成器！

待他真是摔打成形了，学老爹转了石轮，将窑泥捧了上去，中间抠一个窝。眼见着在老爹手中轻轻松松地成了形。他倒也扎了马步，全神贯注地。可那团泥在他手里，却是东歪西倒，跟个醉汉似的。怀远越急越是不听使唤。他身量又高大，渐渐膝盖都打起了抖。一个不小心，那泥团便豁出了个口，一团泥竟飞了出去，恰落到他脸上。

他用手使劲在脸上一擦，却忘了手上也是满手的泥。这一上一下，狠狈劲头儿，自然是别提了。宁怀远沮丧得很。

荣瑞红在旁边站了半天，大气不敢喘。看到这时，终于一横心，从襟子上摘下手帕，要递给宁怀远。

岂料老爹伸出烟袋锅子，在他俩中间一拦，说，死囡儿，我教训徒弟，你可别管闲事。

两个青年人一听，立马都杵着了。荣瑞红看着阿爷，眼里有光，张一张嘴，却无话。

老爹不正眼看她，对怀远说，手莫停！

他又望望外头的天色，对荣瑞红道，还愣着干什么。闻先生屋里整窝大肚蝈蝈等着喂。烧一锅饵块，昨天我钓了几条鲫壳，做个八面鱼，给几个后生打牙祭吧。

此后，每个黄昏，荣瑞红去为"一支公"的小伙子们做包饭。宁怀远则跟着荣老爹学做瓦猫。

除了这劳力的交换，老爹始终未有说过收他为徒的原因。

他不是个笨人，甚至可以说相当聪慧。在半个月后，荣瑞红已见他可以手势娴熟地拉坯，再半个月，看他亲手做出了第一只瓦猫。看他为它粘上上下眼皮、泥球样的瞳仁；在瓦罐上挖出大口，安上四颗利齿；在脑袋顶上粘一个"王"字，便有了虎似的威猛；在柚木的模具里印出一个"八卦"。而上釉、入窑则还是由老爹来代劳。

荣瑞红陪他，到金汁河下游的浅滩收塘泥和黄沙，又去河边青晏山脚挖陶土。这些都是做瓦猫的材料。野旷无人，他们一同体会着劳作的辛苦与快乐。开始是默默地，两个人都没有说话。金汁河上漾起的气息，是泥土的浅浅的腥，混着水藻凛凛生长的味道，有些醉人。这时候，走来了一队马帮。人和马都要歇息。人引了马和骡子，到河边喝水。骡子不及马听话，打了个响鼻，扭着脑袋不肯喝。荣瑞红便

悠悠开了声,唱起了一支《赶马调》:

> 我头骡要配白马引中雪盖顶,二骡要配花棚棚,
> 三骡要配喜鹊青,四骡要配四脚花,
> 前所街把骡马配好掉,又到马街配鞍架……

也是怪了。这骡子支起耳朵,像是听了她唱。听完了,往前挪了几步,到了她近处。倒真的垂下头,咕咚咕咚地喝起水来。喝完了,又打了一个响鼻,仰起脑袋使劲一抖。那鬃上的水花便飞溅出来,猝不及防,落到了荣瑞红的身上和脸上。荣瑞红一边畅快地骂着,一边笑着擦。怀远也不禁伸出手,为她擦那脸上的泥水。手指触在她脸颊上,一阵凉滑,却酥酥顺他指间爬过来。他忙抽开了手。荣瑞红愣一愣,低下头,从河上掬起一捧水,洗洗脸。脸颊上的红云便退却了。

回来的时候,经过龙头街,看到花花绿绿,是一片热闹。才想起了这是午日,摆了"乡街子"。这里沿着金汁河岸,从麦地村、司家营一直摆到了龙头村。这集市是镇上的节日,四面八方的人都赶了来。他们竟又看见了方才遇见的马帮,正靠着驿站补给。马锅头坐在木鞍上,伙计便卸货,大约是盐巴和碗糖。那大骡子吃着草,仿佛也认出了他们,长长地嘶鸣。

丘北的辣子,文山的三七,昭通的天麻,江津的米花糖,腾冲的饵丝,武定的壮鸡,宣威的火腿,似乎天下的好东西,都汇集在了这里。

两个人东张西望,荣瑞红便在一处烟草的档口停下来,细细挑拣,大约是为阿爷。她用彝语和那阿婆讨价还价。宁怀远便说,老爹的瓦猫要是在这里,定可以卖个好价钱。

荣瑞红听了,望一望他,脸色倒沉下来,说,宁怀远,你既做了阿爷的徒弟,还说这种话,瓦猫是能卖的吗?

怀远兴冲冲的，这时却语塞，见荣瑞红却是认真了。她烟草也不称了。自己一个人直愣愣地往前走，不理人。宁怀远跟着她。这时市集上飘来了香味，原来是到了食档口。铜锅鱼、酱螺蛳、竹筒饭、羊汤锅，都是馥郁的味道，浓烈地勾引着人的食欲；宁怀远这才觉得腹中辘辘。荣瑞红只管在汤锅前坐下来，叫了一碗，看宁怀远，默默又叫了一碗。一碗羊肉汤下肚，两个人的心情便好起来。荣瑞红问，羊汤好喝吗？怀远点点头。她又问，有我熬的好喝吗？怀远一愣，又使劲摇摇头。她便哈哈大笑起来。笑声引得周街的人都看她。

快走到麦地村时，他们看到一双背影。尽管是背影，他们还是认出来，是梁先生夫妇。身形都很挺拔。梁先生穿了宽大的衬衫。林先生这日倒穿了裙子，是当地落靛的扎染。她头上包了一块头巾，也是同样的扎染。荣瑞红见她在一个卖竹编的摊头上停下，弯下腰，和摊主交谈。谈好了，便浅浅地笑，脸上是明亮的表情。摊主为她挑了一只篮子。又抽出了一条竹篾，三两下便编好了一只蚱蜢，给她别在篮盖上。林先生便又笑，望望梁先生，笑得孩子一样。他们便挎上篮子走了，梁先生将那篮子从太太手中接过来。另一只手，执上了太太的手。

他们走得很远，荣瑞红还引着颈子看着，直到快看不见了。两个人往前走了几步。她回过身，望一眼宁怀远。怀远觉得她眼睛里头有小小的火苗，目光炽炽的。忽然间，他的手就被牵住了。

三天后，宁怀远又见到了梁先生。梁先生来找闻先生，求一枚图章。

关于闻先生挂牌治印，算是联大不得已的一桩美谈。大约要说到教授们的处境，彼时昆明通货膨胀得厉害，他们的工资渐渐入不敷出，不免要各谋出路。最普遍的是去邻近云南大学、中法大学或昆明的中学兼课。像闻先生这样，在昆华中学兼课的报酬，每个月可得一石平价米外加二十块"半开"。按理还不错的，但家中人口众多，还要贴补"一支公"的研究生们，开支上远远不够，犹复不敷。到头来，终于重拾铁笔，好在同事们帮衬，算是抬了轿子。"一支公"的老弟兄浦先生作了润例。包括两位校长在内的十二位教授具名推荐。闻先生擅长钟鼎，在美国又读的美术，自然不同俗笔。人又很谦谨，用墨上石，皆自尽心。云南地区素行象牙章，质地坚硬。闻先生刻得食指磨损出血，仍一日未辍。

梁先生看他手指间的厚厚老茧，也很感慨，便道，家骅兄，我听说你难，倒不知是这样难。前些天，盛传贵系刘姓教授为人写墓志铭，得资三十万，以为你们教文科的还稍好过些。

闻先生苦笑，这事不提也罢了。如今好过的又有几个。当年梅校长让你用茅草顶盖校舍，独留了铁皮屋顶给教室，如今连铁皮都卖了去。人各有命，我除教书外，大约就是做个"手工业者"。

这时宁怀远进来，手里执着一枚信封，兴奋地说，老师，《国文月刊》回信来了，刘兆吉的那篇文章，要发表出来了。

他见有人在，再一看是梁先生。梁先生看看他，说，小兄弟，我们见过的。

宁怀远跟他问了好。他说，那天在金汁河畔，还有一个姑娘。内人说，你的样子是中古人相，和姑娘的骨相一样好。

闻先生大笑道，还有这回事。怀远，说的莫不是瑞红姑娘？

又回过头说，是我们这里的大厨，做得一手好龙泉菜。

梁先生便道，有机会要领教下。我们到了云南就东奔西跑，其实没吃上几顿安生饭。复社时候，原先在巡津街"止园"，倒是有家馆子不错的，和刘敦桢他们几个常去。后来去了山区，当地的乡民做的菌子真是美味。那阵子也是居无定所，整天背着帐子，随身带着奎宁和指南针。回到昆明刚安顿下来,"史语所"就搬了,我们也就唯有跟着搬。前几天,学社的章子落在地上,碎碎平安。这不是求您来了吗?

闻先生道,这个好说。你后天跟我来拿吧。

梁先生谢过说,有空也来我们那里坐坐。自从盖起了屋子,慧音说又有了北平的沙龙的样子。钱瑞升、李济、思永、老金我们几个常聚,也挺热闹的。

闻先生笑道,你们两个设计房子的,倒真是第一次给自己盖了一个。

梁先生说,可不是!样样要自己亲力亲为,从木工到泥瓦匠,越到后来,钱越不够用。你想,我们刚来时候,米才三四块一袋,如今都涨到一百块了。连根钉子的钱都要省,好歹费正清他们两口子给我们寄了张支票来,可真救了急。唉,慧音到底累倒了,在山区落下的病根儿。近来的身体大不如前。

宁怀远蓦然想起了荣瑞红的话,便脱口道,梁先生,你要不要请一尊瓦猫回去?

梁家的瓦猫上房那天,是荣瑞红亲手给系上的红绫子。瓦底下除了放上了笔、墨、五子五宝,还有一本万年历,压六十甲子。

梁先生搀着妻子。林先生靠在他身上,身着家居衣服,披着披肩,笑盈盈的。虽笑得有些发虚,但人明亮。她抬起头,看那瓦猫,眼里头有光。

五

荣瑞红这辈子,第一次看电影,就是在昆明最大的南屏电影院。

那是个外国的电影。她看见银幕上出现几个洋人,其实心里有些慌。这几年,镇上有些洋人来了,手中都拿着相机,见人就拍照。她看见他们拿相机对着自己,也有些慌。

她心怦怦跳,想着将这慌张掩饰起来,故作镇定地挺直身子,坐坐好。但黑暗里头,有只手握住了她的手。宁怀远的手,手心很软,暖乎乎的,让她心里安定了。

如今荣瑞红想来,电影的内容,其实是不太记得。大约是个玩世不恭的美国男人重遇昔日情人的故事。外文她是不懂。"演讲人"的翻译,虽是入乡随俗,但又确实不着四六,令人摸不到头脑。

那时的昆明上映的外国片子,是没有英文字幕的。便出现了一种奇特的职人。他们多半是本地人,粗通英文,坐在银幕前,给台下的观众现场翻译。在联大的师生没有来之前,他们在当地算是权威。因为没有人会质疑他们,便更为信马由缰地发挥。他们会根据只字片语去揣测,这样翻译出来,往往驴唇不对马嘴。

这天的"演讲人"是一个留着山羊胡的长衫老先生,带有很浓重的呈贡口音。他端着一杯茶,说几句话便呷一口,全场都能听见茶水在他喉头的激荡。然后他咳嗽一声,继续往下说。他用很干涩的声音在诠释剧情,将男女主人公的对话,翻译得如同在"乡街子"讨价还价。

和台下的观众一样,荣瑞红因此也看得一头雾水。但是她有一种天赋,这种天赋或许来自少女的想象。她用想象完善了这部电影的剧情,也因此体会到了它的美好。她想,这个故事一定是关于爱情的。这个女人背叛了男人,在异乡重逢后,又得到了他的原谅与和解。这个男人虽然长了花花公子的模样,但实际上是个情种。这样看下去,她越发觉得电影好看了。

剧情发展到这个美国人看着另一个男人走进了他的酒吧,明显表现出了敌意。老先生拖着长腔,用呈贡话为他配音,"怪尿喽,你来做咋子?"

没待他为另一个男人回答，台下响起了声音，"我来培养一下正气。"

话是用很不标准的昆明话说出来，却引起了哄堂大笑。本地人都知道其中的促狭。因为正义路近金碧路西有一家店子，没店号，门口挂了块硕大的匾，上书"培养正气"。这店子呢，其实是以卖汽锅鸡闻名。老昆明人，一说起"我要培养正气"，就知道是要吃汽锅鸡打牙祭了。

这一笑，却激怒了演讲人。他站起身来，叉了腰，叫将大灯打开，对台下道，哪个说的？！

台下的人噤了声，却还有窃窃的笑。这笑是荣瑞红的。她自己没想到，宁怀远还能整了这一出来。她的手还在他手里，此时出了薄薄的汗。怀远倒是正襟危坐，面目无辜，好像个没事人似的。

待灯重新灭了，宁怀远悄悄拽一下荣瑞红，引她出去。出来后，两个人都深深吸一口气，又呼出来。外头刚下过雨，涤清车水马龙的尘土，空气中便是好闻的清凛凛的味道。怀远说，我是真受不了这呈贡味儿的《北非谍影》了。

荣瑞红说，那我们去哪儿呢？

怀远嬉笑地用半生不熟的昆明话说，要不，我们去培养一下正气？

荣瑞红朗声大笑，笑够了，倒正色道，我想去你们大学看看。

荣瑞红没有想到，宁怀远读过的大学，是这样的。

一色土坯房，上面盖着茅草顶，甚至还不及龙泉临时搭建的铁路工人宿舍体面。地是沙土的，因为下雨而泥泞。一个洋人吹着口哨，身后跟着穿着短衫短裤的男孩子们。他们奔跑着，都是雄赳赳的。她又看到了许多的青年人。男的穿着宽松的土衫子、有些肮脏的飞行夹克，在校园里走动。有一个先生模样的，竟套了本地赶马人的蓝毡"一口钟",因为他步态的挺拔,便有一种侠客的感觉。

一些女学生结伴经过。她们穿着阴丹士林的旗袍,外面罩着红色或者深蓝的线衣。手中则都携了书,脸上表情一律是明朗而怡然的。其中一个和宁怀远打了招呼。她们便也望向了荣瑞红。不知为何,面对这些女学生,荣瑞红忽然感到有些羞惭,也竟不敢回望。倒是宁怀远,大大方方地执起了她的手。一边问她们是上谁的课。她们说,上金先生的逻辑课去。

宁怀远便哈哈大笑,回头记得在路上捡几个金戒指。女学生们便都笑着走开了。

他们走到了凤翥街上,这里林立着茶馆。走进一个,人声嘈杂。原来是有人在唱围鼓,便退出来。走进另一个,也十分热闹,多了许多年轻人,都是大学生模样。这一家墙上贴了"莫论国事",老板袖着手,靠在柜台上打瞌睡。倒是有个白胖的女子,很殷勤地走过来,手里是个食篮子。一开口,竟是江南口音,口气倒与怀远熟稔。怀远便从她篮子里拿出一碟芙蓉糕、一碟桃酥,然后说,老例儿。待她走了,怀远对荣瑞红说,老板娘是绍兴人,远嫁过来,这里的点心都是她自己制的,好吃得很。

等茶汤端过来的工夫,有人远远喊怀远的名字。待他回头,是几个小伙子,说,学长,来一局。

原来是在打桥牌。怀远看荣瑞红一眼,摆摆手。瑞红便说,你去吧,难得进城来玩一玩。他犹豫一下,便过去了。

老板娘过来,搁下茶,对瑞红说,这个后生好。

瑞红便笑问,怎么个好法?

老板娘便轻声说,以往他来,只管看书、跟人打牌。有姑娘进来眉毛都不动一下。他现在眼里头只有你。

瑞红不语。老板娘又说,这些孩子们,远远地过来,除了读书不知以后的着落怎样。听口音你是本地人，就多照应他一些。

荣瑞红愣一愣，说，往后的事，谁又知道呢？

老板娘叹口气，也说，是啊，这一打起仗来，谁又知道呢？

这时候，外面有人进来，大声喊，警报了。茶馆里头的人，倒好像没听见似的，喝茶的喝茶，打牌的打牌。一个人挠挠脑袋，头也不抬地问，五华山挂了几个灯笼了？进来的人便说，一个。那人便肩膀一耸道，不着急。

过了一会儿，又有人进来，大声喊，警报了，警报了。

刚才那人又问，几个灯笼了？

回说，两个了。同时间，荣瑞红听到了外面的汽笛声，一短一长，尖厉地啸响。茶馆里的人才动起身，有的还将桌上的瓜子和点心都有条不紊地包了起来，装到了身上。跟老板娘打了声招呼，气定神闲地出去了。荣瑞红感到一只手牵住了自己，快步往外走。

街上倒是人多了起来，宁怀远两人便跟着人群。看着沿途的店铺，三两地关了门。也有不关的，老板坐在门口，抽旱烟，饶有意味地看他们。这一路上有学生，有当地的老少，还有马帮。这里本就是他们的必经之路，联大西门往前走，有条古驿道，石子铺成的小路，通往乡野。尽管空袭频仍，锻炼了人们的心智，究竟还是慌乱的人多。马帮有他们自己的节奏。人不乱，马便不乱，任凭人流在身边穿梭、奔跑。马锅头唱起呈贡调子。有人一愣，刚驻足来听，继而便被人流挟裹着往前去了。

就这样跑了一会儿，人越来越多，惊起了近旁松林的一群休憩的飞鸟。它们使劲地往天空中飞去，继而盘旋，却不敢再落下来。有风簌簌地刮起来，空气中飘荡着清凛的松针的气息。然而周遭的人，热浪一样，将这气息霎时间吞没了。

经过了一处荒冢，宁怀远拉着荣瑞红，和其他一些人都跑了下去。他跑得很快，在坟茔间穿梭，齐膝的野草与乱石，都丝毫没有让他犹豫，像是驾轻就熟。他跑了许久，才停下来。在背阴的地方坐定，头竟就靠在了墓碑上。荣瑞红到底是有些忌讳，他便一把拉着她坐下，说，怕什么。以往跑警报，我都到这里来。这个坟头就是我的，叫宾至如归。

荣瑞红坐下来，觉得身下凉丝丝的。更多的凉意顺着身体蔓延上来，让她倏然一个激灵。看宁怀远，倒是坦然的样子，口中衔着一茎草梗，远远地望着山外的夕阳。夕阳沉降，在血红的落照里头，还可以看到拥簇的人群，像连串的黑点一样移动。

荣瑞红站起来。宁怀远说，别动。你不动，日本人的飞机就不会炸这里。

荣瑞红说，我没跑过警报，但我们龙泉能听到昆明城里头的警报声。有一次赵太婆家的枝子，到城里头置办嫁妆。遇到警报，舍不得头里买下的杭绸。回去拿，跑慢了，就给炸死了。尸首发现时，还把自个的嫁妆抱得紧紧的。

宁怀远说，我们从蒙自跑到了昆明，也跑累了，跑疲了。我同学里头有不跑的。别人跑，他们在开水房洗头，煮红豆汤。也都想得开，说要是真给炸了，就干净地做个饱死鬼。其他人也不知道为什么要跑，只是跟着跑。教授也有不跑的。刚才遇到那些女生，说上金先生的逻辑课。那年昆师被炸，别人都跑了，金先生不跑。南北两座楼都给炸了，死了好多人。警报完了，他一个人愣愣地站在中间。后来就跟人一起跑，每次跑都带着自己的书稿，就像是闺女抱着嫁妆。有次跑到蛇山，警报过去，一阵风几十万字的书稿就全没了。对他来说，那还不如丢了命。

这时候，一只野兔贸然地闯入了他们的视线，晶亮的黑色眼睛定定望着他们。忽然竖起耳朵，站起来，是对峙的姿态。宁怀远倏地也站了起来,那野兔猛然地被吓着,仓皇地逃走了。宁怀远狠狠地说,我不明白,在咱们自己的地界上,为什么要跑?

荣瑞红说,你得好好活着,仗打完了,就回家去。你爹妈都等着呢。

宁怀远苦笑一下,蹲下身,问荣瑞红,你说,我为什么每次跑警报,专拣了这座坟来躲?

荣瑞红望那坟茔,周边长满了萋萋的草,坟头上倒是干干净净的,好像被人打理过。她想,在这兵荒马乱的年月,倒是还有孝子。

她说,这坟排场。

宁怀远便执起了她的手,沿那墓碑上的一个字,一笔一画地写过去,问她这是个什么字。

荣瑞红嗔他,你知道我不识字。

宁怀远说,你记住,这是个"宁"字,是我的姓。这上头写的是,"先考 宁若成,先妣 宁胡氏"。这是夫妇两个,底下有生卒年。男的比我爹大一岁,女的比我娘小两岁,两人比我爹娘晚死了十几年。我第一次跑警报,跑到这个坟头。有个炸弹落下来,落在另一个坟头上,把我同学炸死了。我被这坟头挡着,一点儿事也没有。从此我就当这坟里头的是我爹娘。每次跑,都憩在这里。每次来,就给他们清清草、掩掩土。

听到这里,荣瑞红直起身,一把将宁怀远的头揽入自己怀里,紧紧地。她只觉得心里疼得慌,疼得锥心。这男人毛丛丛的头发带来的温暖,让她好受一些了。

回到镇上,荣老爹等得望眼欲穿。

他闩上大门,将宁怀远关到外头。他叫荣瑞红跪在地上,拎起了烟袋锅却打不下去。他一转身,从地上拎起一只陶罐,摔在了地上。这陶罐因为只晾得半干,落在石板地上,声音并不脆响,反而是沉钝的，像是个生闷气的人。

荣瑞红见老爹胸腔里呼哧呼哧的，便想站起来，给爷爷顺顺气。老爹只喝一声，跪着。

她便跪着。老爹说，你一个姑娘家，和群小子整天混在一起。镇上的风言风语我不管，可是，飞机炸弹不长眼！连命也不想要了吗？

荣瑞红嘟囔说，姑娘怎么了？我在城里看见的女学生，都是姑娘，都跟后生们在一起。

老爹说，那都是在学堂里读书，学识了几个字给害的。你爹就是因为进昆明读了书，才认识了作孽的女人。

荣瑞红抬起头，目光灼灼的，说，爷爷，我就是我娘这样的女人，就喜欢和读书人在一起。

老爹说，一个外乡后生，你难不成要嫁了他，还是他能做上门女婿？长了翅膀的雀子，说飞就飞。

荣瑞红说，我凭什么不能嫁给他？

老爹也气，喝她道，你凭什么嫁？

荣瑞红一咬嘴唇道，就凭我和他一样，无爹无娘。

老爹被她说得一愣，焦黄的脸泛起了青，张开嘴却说不出话来。荣瑞红站起身，一声不吭地，自己走进了小作坊，关上门不出来了。

以往只有犯了大错，荣老爹才将瑞红关在作坊里。小时候，一关她，作坊里没有灯，乌漆麻黑。荣瑞红怕黑。怕了，就哭。哭上一阵，老爹心软，就放她出来。可她长大了，再关，坐在黑暗里头，扭着颈子不哭。老爹也倔，不放她出来。久了，彼此都觉得没意思。

老爹就问，囡儿，想不想出来？

她在里头答，不想。里头阴凉，舒舒服服，好着呢。

老爹想想，得有个台阶，就说，你也别闲着，在里头给我做六只瓦猫，就放你出来。

瑞红便答，六只太少了吧。我还想再待上一时半会儿呢。

老爹吹胡子道，美得你！你以为我让你做咱自家的瓦猫吗？除了龙泉的，各地统共给我做六只。有一分不像，不许出来。

瑞红在暗处扁扁嘴，不声不响，开始和陶泥。泥巴摔在木台上，摔得地动山摇。老爹听了，狠狠吸上一口旱烟，心满意足地走了。

说起来都是瓦猫，但云南之大，各族纷纭，这猫也是一猫一态。荣瑞红从小，老爹便带她去周边看人家的瓦猫。要看的，自然是和自家的不同。荣老爹打四十岁起，便连续在五年一度的瓦猫赛上称霸，业界以"猫王"誉之。后来老了，便有些隐退江湖的意思，但仍然带着荣瑞红看，看人家怎么做，有什么长进。这也是教她"知己知彼，百战不殆"的道理。

有一次，荣瑞红说，这只太丑，我不要学。

老爹说，你觉得丑，为什么别人要放在屋瓦上敬着？你眼里的丑，是人家的光鲜。说到底，是你眼界浅。

这时候，荣瑞红坐在黑暗里头，手在娴熟地动作。作坊里有蜡，她不点。一团泥，像是长在了手上。手指动作，跟着心走。心想到哪里，手就跟到哪里。她想，原来眼睛是多余的。眼睛有用处时，是因为心未到，手也未到。

待两个时辰过去，作坊里头没有一丝光线了，漾着泥土温暖后冷却的气味，砥实而清冽。她顺着这些做好的瓦猫的轮廓摸过去。圆润，部分有棱角，也有着陶土特有的细腻的颗粒。她一个一个摸过去，用手指辨识，在某个细节上停住了。老爹常说，做手艺人，便是一艺在手。手比眼准，用手触，便是看。任何一处不对，在手指间便会放大，你便知道不是拾遗补阙的事儿，是从根儿错了。

她便重新制了一只瓦猫。这才点上蜡，眼扫过去，舒了一口气。爷爷说得对。眼看见的，都是相。方才在自己手里，到最后合为一个。现在通亮了，却是百态。哪怕都是出自呈贡的，也因族而不同。彝族无釉猫，背部有龙刺，身为鳞纹，尾长盘向身前，耳朵高竖，眼睛大而外凸，是个机警的样子；汉族黑釉猫，身如筒，尾巴上翘卷曲，胸前有"八卦"，耳尖立，鼻成三角凸于面，胡须贴在左右脸颊，口大张，牙齿突出，仰天状；鹤庆白族猫，四肢粗壮有节，横站于脊瓦，尾巴直立上翘，嘴大如斗，上颚出奇大，下颚小，口内有四齿，舌头外伸，眼睛鼓暴，耳朵竖立，怒目而视，凶煞十足；文山壮族的上釉猫，身子似小陶罐，头呈倒三角，耳尖直立，眼睛大睁，瞳仁点黑釉，嘴高阔，上下牙齿四颗，脖子系有铜铃，前腿合并，后腿分开，倒算是一副乖巧模样，是最接近家猫的样子。

荣瑞红看着它们稳稳地坐着，心想，说是万变不离其宗，但爷爷这么多年带她云游，要看的，却是各种"变"。看多了，看久了，便越发守住了自家龙泉猫不变的根本。

这时候，外头响起了一阵咳嗽声。有人驻足在作坊的门口，在门上似乎敲了一下。荣瑞红站起来，也走到门口，可忽然心里发了堵，梗了梗脖子，不吭声，仍是一动不动地坐在了黑暗里头。

六

宁怀远在马头桥边，遇到了梁先生夫妇。

当时他正走得失魂落魄。暮色里头的金汁河，凛凛发光。河边上飘起了水藻的腥气。他不禁站定了，呆呆地望。

这时听有人唤他，小兄弟。

他回身，看是梁先生。

他勉强笑一下，梁先生将他介绍给了自己的妻子，说是闻先生的研究生。因他脸色是青白的，就问他可好。

他说，还好。下午从昆明城里回来。

梁先生说，听说午后城里又有了空袭。飞机从海防过来，轰隆隆的，我们这里都听得到。你安全回来了就好。同行的人都没事吧？

他冲口而出，我是和瑞红一同去的。

梁先生关切地问，荣姑娘也回来了？

他沉默了，半晌，就将来龙去脉跟梁先生说了，说瑞红回去，老爹让她跪在地上，凶神恶煞的。大门一关，不让他进去。他在门口站了两个钟点，叫门又不开，不知道里头发生了什么。

林先生问，可是和爷爷送瓦猫给咱们的姑娘？

梁先生说，是啊。

林先生眨眨眼睛，说，那就好了。你放心回家去，明天黄昏，我保准你能见着她。

第二天后晌，老爹听到有人敲门。他仔细听，敲门声音斯斯文文，慢悠悠，可不是那小子的莽撞。

他开了门一看，原来是龙头村住着的先生。他想，这梁先生是洋派的白面书生的样子，架着金丝眼镜。那天瓦猫上房，他一个人抱着，顺着梯子往上爬，倒比猴子还灵巧。老爹看他稳稳地将瓦猫放在了屋瓦上，一颗心落了地，想，都说人不可貌相，这先生看着文弱，其实是个练家子。

梁先生身旁的女先生，今天的精神似乎好了许多，笑吟吟地看他。他想，这女先生不是村里女人形貌，那天自己抽洋烟，也请他抽。他说他抽不惯。

他呆愣愣的。梁先生说，老爹，那天辛苦您过来送瓦猫。我们是来回礼的。

荣老爹才恍然，让开了身子，请他们进来坐。

三个人在院子里坐下来，梁先生手里举着一个纸包给他，说，老爹，知道您抽旱烟，我们前几天赶"乡街子"，给您带了些来。

老爹接过来，也不客气，打开闻一闻，笑了说，青马坝的烤烟，正宗得很啊。

他脸色也就好了些。林先生望望院子里，整整齐齐地晾着两排瓦罐。她便说，老爹的陶烧得好。我常去瓦窑村，看那里的老师傅制陶。有个建水来的师傅，说是烧三百个陶罐，只裂过一只。

老爹磕下烟袋锅，清清喉咙，你说叶三器吗？外来的和尚好念经。我们龙泉的龙窑建得好，谁制的陶都烧不坏。

这话噎人，两下未免有些话不投机。梁先生与太太对望一眼，笑笑说，听说您最近收了个徒弟。

老爹脸上些微的笑容也收敛了，面色冷下去，将那包烟叶子往梁先生怀里一放，说，是那小子让你们来的？

林先生见他摆出了要送客的架势，忙说，是我们自己要来，又要央您件事。我们呢，晚上家里来客人，要置些菜。可您知道，我这笨手脚，哪里应付得来。瑞红姑娘可是远近都知的好手艺，想请她来家里帮忙，不知合不合适？

老爹一梗脖子道，我训她的手艺，都用来做瓦猫了。她给我做那饭菜，也就毒不死个人，谈得上什么好！您二位请回吧。

这时候，作坊的门"呼啦"一声开了。瑞红从里头走出来，眼睛望都不望她爷爷一下。她掸掸身上的尘土，大声道，瓦猫我摆在窗台上了。林先生，我跟您去。

荣瑞红挎了一只篮子，沿着长堤，一直走到了棕皮营。堤上一路都是桉树。桉树的叶子散发着浓郁清澈的味道，与金汁河里水草的腥香混为一体，让人醒神。夕阳远远地下沉，一点一点地，是红透了的颜色。由远及近，余晖洒在河面上，也是金粼粼的。

邻近水塘，有一片修竹。梁家的房子，正在这修竹的掩映中。瑞红老远便看到屋上的瓦猫，这是她自家制的。此时它稳稳地坐着，目望着远方的田畴。这屋也是"一颗印"的样式，坐西朝东，青瓦白墙。下段用碎石土夯筑而成，上段用土坯砌筑。但与邻近乡间的其他屋宇还是不同的。它有两扇阔大的菱形花窗，从外头看，能瞧见里面的人影。从里头往外看，远山近景，便是如画了。

此时，林先生引了瑞红在屋内参观。看她呆呆立在窗前，不动了。瑞红说，以前不觉得，透过这窗子看，原来我们龙泉竟是这样美的。林先生说，是啊，我和斯成两个，平日看书写字，都抢着要在这窗子底下。写累了，往外头眺一眺，整个人的心都亮敞了。

瑞红说，听宁怀远讲，这整间屋子，都是您和梁先生盖的。

林先生说，是啊，我们两个一起设计，亲力亲为地盖。后来他带队去了四川看古建，就我一个人来。你看看，这个壁炉，可是西式的呢。用青砖砌好，我得意了许久。等你冬天再来了啊，我们就可以对着它烤火了。

瑞红望一望林先生，看她可亲地对自己笑。觉得她瘦弱的身体里，有一种能量，吸引了她，让她们之间又近了一些。

这时间，一个小男孩欢笑地跑进来，身后又跟着个小姑娘。他们一进门就脱掉了鞋，撒丫子跑。倒是小姑娘，看到瑞红，停住了脚，眼睛晶亮地看着她。林先生从门边拿过拖鞋叫他们穿上，说，快穿上，地板凉脚心。

她又追上男孩子，给他擦鼻涕，笑着说，他们爸爸老在外头，我一个人真管不了。满山遍野地跑。以后回了北京，想野也野不起来了。

瑞红听到"北京"，觉得是个很遥远而盛大的地方。她其实很想问一问，因为那里是宁怀远以往上学的地方。但终究没有好意思问。这时，小姑娘很好奇地看着她手中的篮子，问，姐姐，这里头是什么？

小姑娘的声音脆亮的，很好听，用的也是国语，和宁怀远一样。

瑞红说，是干巴菌。

小姑娘又问，干巴菌是什么呢？

瑞红说，是一种菌子，不好看，但是很好吃。生在松树底下，要清早去采，太阳出来就萎了，看不见了。

小姑娘问，有没有鸡枞好吃？

瑞红就笑着点点头。小姑娘兴奋地说，姐姐，那你下次去采菌子，要叫上我一起啊。

林先生便摸一摸她的头，说，姐姐到咱们家做客，还要给你们烧菜吃。还不快谢谢姐姐。

小姑娘正正经经，给瑞红道了个万福。

林先生笑说，我这个丫头子，嘴巴可刁着呢。你这么好手艺，怕是往后都不愿意吃我做的菜了。

荣瑞红也笑。看这小姑娘，和林先生一样，生着圆润宽阔的额头和略尖的下巴，已初具了美人的样子。她和她的母亲一样，也有着明澈烂漫的眼神。她看母女二人的眼睛，仿如复刻一般。这无关年纪，似乎是自身在岁月中的定格。一刹那，她觉得自己生出了盼望，也想有一个女儿了。

原来，林先生在屋后垦了一畦菜园，种着时令的蔬菜。说是时令，昆明四季如春，果蔬本是可以长种的。园子虽不规则，但是因地制宜。什么都种了一些，豆类、青椒、韭菜。瑞红陪林先生割鸡毛菜，看她戴着围裙，撸起袖子，是利落落的农妇形象。夕阳最后的光线，照在了搭架丝瓜的老藤上。丝瓜老了，干了，在微风里头微微摆动，渗着金灿灿的光色，竟有些丰收的景致。另一些，透过叶子照在了林先生的面上，是个毛茸茸的轮廓，有着优美的弧线。看得瑞红屏住了呼吸，她不禁再次地想，这个女人多么美啊。

她们便在厨房里头忙碌，一个择菜，一个洗菜，竟然配合得天衣无缝。林先生说，前些天，老金从城里带来一只宣威火腿，炒你的干巴菌正合适。一边说，我再去园里摘些青椒来。

瑞红掌勺，这干巴菌下了锅，混了火腿的咸香，满厨房竟然都是馥郁鲜美的味道。林先生不禁感慨说，用我们北京话，这东西生得寒碜，可真是菌不可貌相。瑞红说，入了口，才知道它的好。就像是人，哪有一眼就看出来的呢。

她便做了一个素菜。是昆明人极喜欢的，青蚕豆和蒜薹放在一处清炒，青翠欲滴，有个好名字，叫"青蛙抱玉柱"。园里的蚕豆很鲜嫩，连着豆皮炒，更为入味。林先生笑问，宁怀远喜欢吃什么菜？瑞红脸一红，想想说，他们"一支公"的几个后生，饭量大，最爱能下饭的。那我就再做个"黑三剁"吧。

这"三剁"呢，说的是剁肉末、剁辣椒和剁玫瑰大头菜。咸中带甜，开胃得很。

待她利索做好了这一道，林先生说，你先帮我把菜端进屋里去。

她一进屋，就看见了宁怀远。怀远站在窗边，也愣愣看着她。梁先生便在旁说，傻小子，看着瑞红姑娘忙不过来，也不搭把手。

怀远才赶紧过去，帮着荣瑞红端菜。两只手却碰上了，险些碰掉了盘子。荣瑞红连忙闪了一下，嗔他说，越帮越忙！

屋子里的人便都笑起来。梁先生便给她一一介绍，看起来都是面貌很体面庄重的先生。一个是梁先生的弟弟；一个姓钱，是法学院的教授；姓李的，是考古学的教授。瑞红对这些"学"，自然似懂非懂。但又介绍一个，说是姓金，戴着一副眼镜，自报家门自己是教逻辑学的。瑞红便笑道，先生我知道你。

众人皆惊。梁先生便道，不得了啊老金，你的大名是传到龙泉来了。

瑞红便接口道，你就是那个金戒指教授。

大家会心，便哈哈大笑起来，屋子顿然有了快活的空气。金先生便也明白，和自己有关的掌故被怀远说给了这姑娘。金先生教的研究生中，出了一位别出心裁的有趣人物。联大常常要跑警报。这位仁兄便作了一番逻辑推理："跑警报时，人们便会把最值钱的东西带在身边；而当时最方便携带又最值钱的要算金子了。那么，有人带金子，就会有人丢金子；有人丢金子，就会有人捡到金子；我是人，所以我可以捡到金子。"根据这个逻辑推理，每次跑警报结束后，这研究生便很留心地巡视人们走过的地方。结果，真的给他两次捡到了金戒指！他便将这收获归功于金先生的逻辑课。

金先生耸耸肩道，我自己倒是一次都没捡到过。可见这课是益人误己。

这时候林先生进来，说，我一时不在，你们倒是说的什么好笑话。梁先生扫一眼她手中的盘子，说，你们几个可有口福了。内人轻易不下厨，这是拿了看家本领出来。当年这道"豉油煮笋"，连我老丈人都赞不绝口。

林先生便道，我们可真是靠山吃山了。门口这大片竹林子，是既饱了眼福，又饱了口福。这炒鸡丁的菱角，是隔邻的大嫂采了送过来，还带着水清气呢。一同还送了一条乌鱼，我们前些天吃了"东月楼"，正好学着做一做"锅贴乌鱼"。老金，你的火腿派上了大用场，正在平底铛温着。

李先生就说，我可是也有贡献的。这景谷酒，我跋山涉水从民乐镇带过来，也算是美酿配佳馔了。

梁先生便说，老李，你倒是好意思说！哪有送人的酒，自己先打开喝的。

李先生便投降道，是真的没忍住。没有功劳，也有苦劳吧！

大家哄堂大笑。林先生看着也笑，她对瑞红叹一口气，轻轻说，这真让我想起在北京的日子，大家聚在一起。现在能说话的人，都天各一方了。前段正清和慰梅写信来，我一时都不知怎样回。

这时的林先生，换下了家常的衣服，着一件丝绒的旗袍。在这里，本是有些隆重的。她坐在桌前，却将这屋中的气氛，带出了几分先前未有的情致。

大家有些沉默。金先生说，今天高兴，说什么天各一方。我们几个在，都住在这龙头村，不就是天涯若比邻。

还有我们呢！外头响起洪亮的声音。众人循声望去，走进来一队青年，皆是英挺的模样。一色都穿着空军的军装，脸上明朗的笑容，将屋子顿然点亮了。走在前头的那个，手里举着一瓶香槟，遥遥地便对林先生展开了臂膀，喊了声"姐"，两人便紧紧拥抱在了一起。

荣瑞红看出，这个青年在一班孔武的同伴中，眉眼是清秀些的，与林先生有些相似。林先生回过头来，将他推到众人面前说，这是我小弟若恒。这些，都是我的弟弟。今天是个大日子，聚会的主题，是为他们。他们从空军军官学校毕业了。

林先生此刻，脸上的表情与平日的宁静不同，是有些激昂的。

这些青年面对着她，站定，立正。其中一个领头的，大声道，敬礼！他们便齐刷刷地叩了军靴，端正地对林先生敬了一个标准的军礼，一边说，家长好！

这话在旁人听来，似乎是谐谑之语，但看他们个个面容肃穆，才知道是实情。原来，这些青年在昆明都没有亲属。梁先生夫妇是他们的"名誉家长"，方才还在空军军官学校的毕业典礼上为他们致辞。

倒是林先生连摆手道，吴耀庆，怎么到了家里，还这么多规矩呢？

这领头的青年这才让同袍们脱了军帽，在席间坐下来。坐下来了，仍是笔直的。倒是金先生举起了酒杯来，说，斯成，你倒说句话。对着这两排兵马俑，我可真是动不了筷子。

大家一阵哄笑，他们这才松弛下来，恢复了年轻人该有的样子。梁先生倒上一杯酒，说，我今天上午已经说过。明天，你们就要上战场了。这杯酒是我做家长敬你们的，等你们凯旋。

钱先生便道，斯成，哪有上来就喝送行酒，"风萧萧兮易水寒"吗？既然是庆贺毕业，应该要喝香槟！

听到这里，这些士官生有了大男孩们的活泼，忙着开香槟，看瓶塞"噗"的一声射出去，都哄笑起来。

菜都端齐了，吃到一半，上来了一盘油淋鸡。鸡是林先生自家养的。今天早上现杀，十斤的鸡公刚贴了一季的膘，正是好吃的时候。大块地生炸，高高堆一盘，也是蔚为壮观。这群小伙子可是放下了刚来时的矜持，你争我抢地蘸花椒盐来吃，顷刻盘子便见了底。林先生问他们好不好吃。有一个便叹道，比"映时春"的还好吃。这"映时春"，是武成路上的一家馆子，做油淋鸡是最出名的。

林先生说，今天你们有口福，我请了咱龙泉的大厨来。她就也端了酒杯说，我们也该敬瑞红姑娘，为这一餐毕业饭，陪我忙活了一个后晌午。

荣瑞红不羞不臊，倒也爽利利地站起来，端起酒，一饮而尽。一个男孩见了，拍起巴掌，说，真是个女中豪杰。比我们翻译科那些小姐们，扭扭捏捏的，强多了。

林先生说，那大家说，我们瑞红手艺好不好？

众人道，好！

林先生又问，那人生得俏不俏？

有人又用云南话大声答，老实俏！

刚才那个男孩，带着几分醉态道，这就是人常说的"入得厅堂，下得厨房"。姑娘，等我把小日本的飞机都打走了，就回来找你！

林先生将一块卤牛舌放在他碗里说，樊长越，就你口甜舌滑。这块"撩青"当给你吃。我们瑞红名花有主，等不得你。

刚才还沉浸在这快活的空气中，瑞红此时心里忽然轻颤了一下。她不禁抬头，望一望宁怀远。林先生对着宁怀远说，怀远，我人给你带到了，你可是要争一口气。

刚才那个叫长越的男孩，颤悠悠地站起来说，说，秀才，你遇到我们这些当兵的，是要比文，还是比武？

林若恒拉住同伴。他却一把挣脱开，说，我们这一去……你们，有几个还准备从天上回来的？怎么，还不许老子过过嘴瘾……

这戏言，忽然让在场的人都沉默了。每个人似乎都静止在了方才刹那的言行中。这沉默，在每个人心里都似乎过于漫长。在沉顿了数秒后，他们都听到了一阵音乐声。是莫扎特的《小夜曲》。这声音开始仿佛是幽微的，似乎在微妙的节点上试探，渗入这沉默。慢慢地，延展、宽阔、丰盈，渐渐将这房间填充起来。是那个叫吴耀庆的年轻军官，手中持一把提琴，在靠近壁炉的角落里，旁若无人地演奏。

众人无声地听，看这军装青年侧着脸庞，沉浸在他自己的动作中。那臂膀屈伸的优雅，仿佛软化了军人坚硬的轮廓。而他身躯的剪影，被灯光投射在了壁炉上，也是高大而柔软的。

一曲奏罢，他轻轻躬身向他的听众行礼，仿佛在乐池中郑重。

众人鼓起掌来。荣瑞红说，真好听。

林先生说，我许久没听到耀庆奏这一支了。这是我和这些弟弟们结缘的曲子，我从未和人说过这个故事。

　　林先生在椅子上慢慢地坐下来，说，日本人轰炸长沙的时候，我们乘汽车取道湘西，到昆明来。走到晃县，已经没有车了。我的身体不争气，又得了急性肺炎，发着高烧。这一个小县城，到处都是难民。我们抱着两个孩子，一路探问旅店，走街串巷，竟然连个床位都找不到。天下起雨，越来越大，我止不住地咳嗽。这时候，忽然听见在雨声里头传来一阵小提琴的声音，正是这首《小夜曲》。在这边城，有这样的乐曲，让我们心里都安静下来。斯成冒着雨，循着琴声找到了一所客栈，敲开了门。里面是一群穿着航校学员制服的年轻人。那个拉着小提琴的正是耀庆。他们赶紧将我们迎进来，给我们腾出了房间，又给我找来了医生。我们这才安顿下来。

　　所以往后，我听到这首曲子，就会想起那个雨夜。我和这群弟弟，是以琴声相认的。后来，我们来到了联大，他们也来了昆明，大约注定是要重聚。他们给孩子们做飞机模型，还带来子弹壳做的哨子。再后来，我将若恒也送进了航校。他们现在都要飞走了。

　　瑞红看出她有些伤感，便逗她说，他们都是老鹰，老鹰就是要往高处飞的。不飞走，难道留着下蛋吗？

　　林先生听了，勉强地笑了笑，说，是啊。他们驾驶的是"老鹰式七五"。他们都是老鹰。

　　看着耀庆举着琴弓，遥遥地抬一抬手，乐曲便又响起了。在这低回婉转中，林先生站起来，吟诵道：

　　　　别说你寂寞；大树拱立，
　　　　草花烂漫，一个园子永远睡着；
　　　　没有脚步的走响。
　　　　你树梢盘着飞鸟，

每早云天,吻你额前,
每晚你留下对话,
正是西山最好的夕阳。

梁先生走到了太太的面前,将手背到了身后,屈下身,做了个邀舞的动作。林先生便将手放在他的手中,两个人便在乐曲中起舞。这舞的好看,是荣瑞红从未见过的。不同于云南的各种舞蹈,它既不慨然,也不激扬,而又说不出地曼妙,让两人浑然一体。林先生此时,大约将一个女人的美,体现到了极致。而她却又觉出了乐曲的似曾相识。她回忆了许久,终于想起,这正是她和宁怀远在城里看的那出电影里的歌曲。她记得非常清楚,唯有那时,因为没有"演讲人"的打扰,她完整地听完了这支歌曲。

这对主人舞蹈着,渐渐走出了屋外,走进了更为广阔的园地里。乐曲便也追了他们出去。这时竟然有很好的月光洒落在他们身上。他们的背景便阔大了,近处的竹林,在微风中簌簌作响;远处的山峦,幽深的轮廓,似乎也在跟着音乐起伏。荣瑞红想,他们多么美啊。

这时,一只手牵上了她的手。是宁怀远,将她的另一只手放到自己的肩膀上,然后轻轻搂住了她的腰。她低声斥他,我不会跳,你让人看我洋相!

他轻轻说,跟着我。

她便跟着他,听着他轻声地在她耳边打着拍子。她渐渐地跟上了,她觉得自己也舞起来了。身体变得轻盈,像是被这夜里的风托举起来。她跟着音乐,而耳边的其他声音也因此而放大。金汁河潺潺的水声,草间的鸣虫,不知何处归家的牛低沉的哞叫。她将眼光收回,看着眼前青年,他此时也正专注地看着她,似乎有些忧心忡忡。她抬起头,猛然看见屋瓦上还有一双眼睛。那是阿爷亲手制的瓦猫,在暗夜里,守护着这房子,也看着她。

他们将这些空军毕业生送走了。青年们和梁先生夫妇,一一拥抱作别。除了那个叫樊长越的男孩,他已经不省人事。李先生带来的景谷酒,后劲是很大的。众人目送他们,看他们远远地走入了乡间的小路,消失在了夜色里。但是忽然,从远方传来了响亮的歌声。开始是齐整的,但后来,有的小伙子唱得声嘶力竭,仿佛还带了哭音。但这声音仍然穿透了暗夜,也洞穿了荣瑞红的耳鼓,在她头脑里久久不去。

"得遂凌云愿,空际任回旋,报国怀壮志,正好乘风飞去,长空万里复我旧河山,努力,努力,莫偷闲苟安,民族兴亡责任待吾肩,须具有牺牲精神,凭展双翼,一冲天。"

林先生说,这是他们的校歌。

七

多年以后,荣瑞红收到了那张照片。她未想过,这会是那个聚会最后的定格。照片是林先生的女儿寄来的。每个人都笑得如此灿然,带着一种坦白的明亮。除了林先生的两个孩子,宝宝和小弟,他们在大人们中间,似乎有些不知所措。孩子脸上的茫然与迟疑,是面对镜头的,或许也是面对他们所难以预知的未来。

收到照片时,恰逢镇上的蓝花楹盛放,一如她遇到宁怀远的那个夏天。她想,很多事情,早一些或者迟一些,大概都会不一样了。

在那次聚会半年后,荣瑞红觉得,宁怀远忽然有些不一样了。

他似乎经历了一些成长。以瑞红的见识,不足以判断这成长的性质。但是,这却是来自一个女人的直觉。

此时的清华文科研究所,搬来司家营后,已取得了很大的建树。

闻先生所带的研究生里,有季镇淮、施子愉、范宁、傅懋勉等人。而这群"一支公"里,大约最受其器重的,便是宁怀远。跟闻先生习学,需要一股子倔劲,每日孜孜同上古文献打交道,这宁怀远有。但宁怀远对荣瑞红说,仅仅这样还不够,还要有科学的精神。荣瑞红问他什么是科学精神。他便同他讲了"赛先生""人类学"与"理性"。荣瑞红就更加听不懂了。他便说,他很佩服闻先生,说闻先生写过一篇《伏羲考》,考证出龙是由蛇变来的。他滔滔不绝地说了很多。荣瑞红便有意扁扁嘴,说,这也需要考证吗?就好比我们的瓦猫,这样凶,一望即知是老虎变来的。怀远并不生气,只笑她妇人之见,说倒是给了他灵感,将来自己要写一篇民俗学的文章,研究研究瓦猫。他又说起闻先生的博学与宽容,说自己曾经想写一篇文章,证明屈原在历史上的不存在。这有点冒天下之大不韪,没有了屈原,《离骚》《九歌》便没有人写了。闻先生并不斥他,只是开出了一系列文献,说,你先读了这些,读完再决定写不写。他读完了,汗颜自己的学问浅薄,也打消了念头。荣瑞红听了,恼他道,还亏有了闻先生,你若是敢写,别说是我阿爷,连我都不让你进家里的门。

屈子在滇地的名望,并不输于三湘。荣瑞红说,若是没有了屈大夫,每年端午时候,那千百个投到河里的粽子,不是都白投了。你一篇文章,就毁了这么多人的念想,难道不是罪过吗?

怀远便望着她笑,眼光却是郑重的,不当她是无理取闹。而瑞红,镇日听他说着自己听不懂的话,内心里却是欢喜的。她觉得,他明知道她听不懂,还要说给她听,便是心意了。

然而近来,怀远却不和她说这些了。他甚至不怎么到家里来。连荣老爹都忍不住,说,什么有心跟我学瓦猫,三天打鱼,两天晒网!

荣瑞红便跟他辩白,说,怀远要毕业了,要写论文。

荣老爹说,什么文,能厉害过我们袁状元的文吗?写出来,能有人给他颁个"大魁天下"的牌匾，挂在聚奎楼上？

瑞红心里头很不服，觉得爷爷倚老卖老，拿前朝说事。刚想辩，又怕他说自己胳膊肘子外拐，便哼一声道，厉不厉害，写出来才知道！

这一日，瑞红黄昏过去给"一支公"做饭，却听见了堂屋里头的争论。竟是闻先生和怀远。闻先生是个严师，口气一向刚硬。可怀远历来都是个面脾气，何曾说话这样火气大过。

她终于忐忑起来。旁边的一个研究生就说，我这个师兄，怕是疯了。红姑娘，你可要好好劝劝他。

说起事情的原委，原来怀远将毕业，闻先生专程致信梅校长，在联大为他争取到了讲师的位置。信中写"宁君毕业成绩，为近年所仅见"，可谓是力荐了。但是聘书下来后，怀远却自作主张，报考了昆明的"译员训练班"。

瑞红喃喃问，这训练班是做什么的？

那人便说，是为了飞虎队吧，也帮忙训练中国军队。译训班是国民政府军委会设的，在昆华农校，办了许多期了。不知师兄怎么忽然报了名。学完了，一批到前线，听说还有些发往了印度去。

这时候，就见堂屋的门开了，怀远急急走了出来。走到了大门口，嘴里狠狠地迸出一句，"百无一用是书生。"

荣瑞红的心倏地一紧，然后一点点地凉了下去。她想，这么大的事情，宁怀远从来都没有和她说过一字半句。原来，他就要离开龙泉了吗？

荣瑞红便追出去，将自己拦在宁怀远身前，定定看着他，也不说话。宁怀远也看着她，不说话。两个人就这样对望着，不知过了多久，宁怀远脸上因激动而泛起的红，这时一点点地消退下去。

他忽然执起了荣瑞红的手，拉着她，快步地往前走了几步。忽然间，他跑起来。他拉着她，跑得越来越快。他们沿着金汁河岸一路向前跑。渐渐地，瑞红看见沿途人和风景都模糊了。人们看着两个青年人在跑，前面是个学生装的后生，后面竟是荣老爹家的孙女。有些小孩子，欢呼着，跟他们一起跑。终于跑不过他们，被远远地甩到后面了。他们就不知疲累似的，越跑越快。瑞红听到耳边的风呼呼地响。高大的槐树结着成串的槐花，那清澈的味道也在空气中飞快地流动，好像在跟随着他们一起奔跑。

他们的眼前终于开阔了，看见了青晏山。金汁河也在这里宽阔了，有了浩浩汤汤的样子。他们还是跑，山起伏着，远远地被他们甩在了身后。水流淌着，高低、弯折、腾挪，不放过他们似的。此时正是雨水丰盛的时候，在下游形成了一个瀑布，瀑布跌落的尽处，便是一汪清潭。他们终于在潭边停了下来。气喘吁吁的，你看看我，我看看你，不禁大声地笑了起来。

他们在潭边的草地上躺了下来。两个人面朝着天空。天上有游云，那样大而白，一层叠着一层。瑞红辨认着它们，那前后相接的，像是马帮的队伍。打头的是手持马鞭的马锅头；那点着脑袋、举着烟杆的，像是麦地村专帮人说媒做营生的六婆；那在云里隐现的太阳，忽然变得浑圆，像是滚动的龙珠；端坐在云端有些凶的像老虎，将这龙珠衔在了嘴里。不是，哪里是什么老虎，这就是我自家的瓦猫吧。

风吹过来，是青草味，是草被晾晒了一天冷却下来的清爽。身下的草地是毛茸茸的，隔着衣服密密地瘆着皮肤，有些舒适的痒。她深深地吸了一口气，然后将眼睛闭上了。这时候，她的唇忽然被捉住了。她在慌乱间张开了眼睛，看见了宁怀远也在看着她。他眼中并没有焦灼和欲望，是牛一样温厚的目光。这让她安心了。她忽然捧起他的脸，也吻了回去。这男人的唇，很柔软，有一种令人心醉的暖意。她觉得她的身子，也软了，甚而骨骼也一点点地化了下去。在融化的边缘，她忽然打起精神，挣扎地问他，你，不会走吧？

男人愣住了，有些紧促的呼吸，一点点均稳了下来。他翻过身子，像方才一样，和她并排躺下来。他们仰面躺着，不再说话，看着天一点点地暗淡下去。然后暮色浓重地将两人包裹进去了。

是这个秋天，林若恒的中正剑，被送回了梁家。

龙泉人不喜热闹，各家各户都安静地过日子。对于白事，他们却看得很重。"号丧"是一种传统，是对逝者的敬。说是号，其实是唱，大声地唱，唱得一波三折。生人唱，唱给去的人，也唱给自己。唱去的人的一生，唱完了，便是断了阳世因缘。从此生者平静地过自己的日子。

还有的，就是要在去者的碑头，安一只小的瓦猫。保佑他阴宅德厚，不受魍魉牵绕。猫头要向着他生前所住的方向，在泉下庇荫在世亲人。

荣瑞红从未经历过这样朴素的丧仪。

她看着屋瓦上的那只瓦猫，它也望着她。大约经历雨水与风化，颜色竟已有些苍青了。秋风吹拂过屋顶，将焦黄的叶子扫下来。这些枯叶又被风扬到了空中，飘几下，终于还是落在了地上。

一只白灯笼吊在屋檐底下。那菱形的窗格上，缀着白色的流苏。她捧着瓦猫走进去，不见设灵。在壁炉的方向，有一丛菊花，是极淡的青绿色。两边挂着一副篆书挽联，"星沉瀚海，风逐青天雨落泪；月冷关山，露沾碧岭竹吟声"。

这联是金先生的手笔。宁怀远手中抱着一只相框，瑞红走过去，见是一幅炭笔的画像。画像上的人，正是那个仅谋一面的青年人。有着和林先生一样宽阔的前额，与一双典秀的眼睛。这些飞行员，首次上天前，已经拍好一张照片。大约是做好了准备。此时你便在这眼睛里,可以看到许多的东西,甚至还有一分不舍。

梁先生看了看,终于说,罢了,还是别挂了。我怕慧音受不了。

几个人,便都在堂屋里坐着。屋里极静,唯有一只西洋座钟的声音。钟摆左右摆荡,大约到了正点,忽然"当"的一声响,在所有人的心头猛然击打了一下。

金先生站起身说,还是叫她起来吧。

梁先生说,再让她睡一会儿。天蒙蒙亮的时候才睡着。

这时,他们却都听见卧室的门开了。林先生站在门口。她的脸色虚白着,眼睛有些浮肿。人们不知她是何时装扮停当的,穿了黑丝绒的旗袍,头上梳了很紧的发髻,胸口别了一小朵白绒花。她将自己的身体挺得直一些,但大约撑持不住,手扶住了门框。荣瑞红连忙迎过去,想搀住她。她对瑞红说,不要紧。

她走向壁炉。那丛菊花遮盖下的,是一只黑檀木的盒子。她愣愣地看着,然后说,斯成,再打开给我看看吧。

梁先生犹豫了一下,说,慧音,你答应我的,送上路前不再看了。

林先生不说话,只是径直自己伸出手,要将那盒子拿下来。

梁先生拦住她道,这又是何苦?

他却终于小心翼翼地将那盒子捧住,然后端在了桌子上,打开。

荣瑞红看见,盒子里,摆着一摞信封,还有各式琳琅的物件。

林先生的手抚摸上去,在这些物件上流连,最后落在了一本英文的诗集上。她抬起头,望着众人,竟然牵动了嘴角,有一丝惨淡的笑意。她说,自打咱们离开北京,我时常说,人总是聚不齐。这不到一年,他们兄弟八个,倒是聚齐了。

她转过脸,看着瑞红,说,红姑娘,这支钢笔,是樊长越的。就是说胜利了要回来找你的人,你还记得吗?他是第一个走的。飞机刚上了天,"轰"的一声,人就没了。这副羊皮手套,是路易南的,湖南人,那天可爱吃你做的"黑三剁"了。一个个的,都走了。走一个,就寄给我一回。我的心就死一回。没等活过来,下一封就又到了。这张威尔第的唱片,还是我送给耀庆的。他和阿恒搭着伴儿走的。一前一后,两架飞机坠到了一处,还分得清谁是谁呢。

阿恒,你有这群兄弟陪着,姐放心一些。你从小就怕孤单,怕黑,我们都说你像个小姑娘。我问你在天上怕不怕。你说,不怕,我所有的胆量,都留给天上了。

林先生举起那把中正剑,忽然紧紧地贴在脸上,久久地。然后,她脸上的肌肉,忽而抽搐了一下。她将这柄剑郑重地放回到盒子里,将盒子盖好。瑞红看到,她眼里头方才有一丝光,这时也一点点地熄灭了。

林先生说,不早了,我们走吧。

一行人,捧着这只黑檀木的盒子,走向青晏山脚下的墓地。弥陀寺的方丈,请来堪舆师父,在面阳背阴地寻了一处良穴。除了樊长越,青年们都没能找到完整的遗体,这便只是一个衣冠冢。方丈说,我龙泉也算是有幸,青山埋忠骨。

岚气袭人,催着他们的步伐,不禁也就快了一些。

瑞红远远地看见爷爷,原来在等他们。他捧着云石雕的一只瓦猫,沉甸甸的。

安葬好后,他们仍在原地站着。看荣老爹将瓦猫小心地镶嵌在墓碑上。碑上有四列方块字,是八个人的名字。瑞红认真地看,却无从辨认。她从未为自己不认识字而懊恼过,此时却觉得心里无端地一阵空,空到竟至疼痛。她只认识自家的瓦猫,虽然小些,看上去却是一样的勇猛,会长久守着这些名字。

第二年的秋天，宁怀远报名参加了青年军。

这一年，日本在太平洋战争中已处于劣势。为支援被困在东南亚和滇缅边境的军队，日本急需打通从中国大陆到越南的交通线，因此在豫、湘、黔、桂发动迅猛进攻，从五月开始，洛阳、长沙、梧州、柳州、桂林相继沦陷。入冬，日军又攻陷贵州独山，直接威胁贵阳，重庆、昆明均感震动。同时间，罗斯福对蒋介石保留自己实力的避战态度相当不满。为在中缅印战区夹击日军，罗斯福致电蒋介石，敦促他加强在缅甸萨尔温江的中国兵力和攻势，如若贻误战机，需蒋承担责任，并将断绝对蒋的援助。在这双重压力下，国民政府于一九四四年十月提出"一寸山河一寸血"的口号，发动十万青年从军运动。

闻先生和钱先生在校内发表了动员演讲，有两百多名联大学生报名参军。

年底时学校举行欢送同乐会，联大剧团演出夏衍、于伶、宋之的三位合作的话剧《草木皆兵》。

荣瑞红跟怀远看完了剧，对他说，闻先生告诉我了，你要走。你带我来看这出剧，是告诉我，我想拦也是拦不住的。

怀远问，你不想让我走吗？

荣瑞红向前走了几步。她想，两个人怎么就来到了翠湖岸边了呢？

那阔大的水上，升起了一轮巨大的圆月，静得不像真的，倒像是方才舞台的布景。有些捕鱼的水鸟，翅膀在水面上掠过，激起了涟漪，一圈圈的。这静中的动，却又是真实的。

她想起了宁怀远的话，便问，你说翠湖边上，有一棵老大的梨花树，是在哪里？

宁怀远说，等着我。等我回来了，我们一起去看。

八

宁怀远再回到龙泉时,是大半年后了。

他是悄悄回来的,没有告诉荣瑞红。

这时候日本已经投降。联大的学生们,大多都回来了。他们所属的青年军207师炮一营,就此解散。这个营隶属辎重兵第14团。在印度东北部阿萨姆邦密支那附近的兰迦基地,他学会了驾驶。然后上史迪威公路施行运输任务,这也是他执行的唯一一次任务。

因为闻先生全家与朱先生已经搬回了城里,司家营的文科研究所忽然空下来了,只余下"一支公"几个还未毕业的兄弟。他们将宁怀远安置在了北厢房的阁楼上。那里很僻静,扰不到人,也没有人扰。

但一周之后,荣瑞红便知道了。她跑去北厢房,几个箭步便上了阁楼,使劲拍门,大叫,宁怀远,你给我出来。

厢房里没有动静,她又说,好好地,"一支公"谁会让我在黑三剁里多放辣子。我知道你在里头,是人是鬼,你应一声。

里头还是没有回应。她却听到"吱呀"一声,像是床板的响声。

她便推开门进去了。

阁楼只有一扇很小的天窗,光线昏暗。大约因为刚才推门掀动了空气,那束光里边有许多尘土在飞舞。只片刻,这些尘便纷纷落在了地上,光束便又通透了。她的眼睛已经适应了房间里的幽暗。穿过这光束,她看到床上坐着一个人。

她迟疑了一下,慢慢地走过去。这个人留了一口大胡子。但是她还是一眼就认出,是宁怀远。刹那间,这男人用胳膊肘挡住眼睛。

荣瑞红想,他是不想看到光,还是不想看到自己?

她走到床边，说，宁怀远，你看着我。

宁怀远没有动，但他的嘴角抽搐了一下。

荣瑞红忽然间捉住了他的胳膊，要拿下来。这男人将身体缩一缩，蜷在床头，同时间更紧地护住了眼睛。

荣瑞红拖着他，将他往床底下拖。她不知道哪里来的这把子力气，狼一样。她不管不顾，将这男人硬是拖下了床。宁怀远一个趔趄，高大的身形，曲折地晃了一下，摔到了地上。他艰难地想要站起来，却徒劳。荣瑞红看到，他的右脚已变了形，翻转着，在地上轻微地抖动。宁怀远在挣扎中，胳膊落了下来。他用手撑着地，同时在右脚上使劲砸下去。

荣瑞红看见了他的脸。这时候，怀远恰好身处在从天窗投射下的那束光之中。

她捧起了这张脸。

宁怀远下意识地又要挡住，被荣瑞红死死地压住了胳膊。

这张脸上，一只眼睛，在瑞红的目光里躲闪；另一只，只有一个黑洞。

这黑洞已经干涸了。能看见一丝丑陋的黑红的肌肉，缠绕着，从眼睛里贯穿下来，到鼻梁，便成了长长的疤痕。蜿蜒着，如同一条在皮肤下爬动的蚯蚓。

渐渐地，宁怀远不再躲，他终于迎上了瑞红的目光。他轻轻说，一车人，就活了我一个。当时要是选了另一条路，就不会碰上那些地雷了。

瑞红看见这只眼睛里流出了一滴泪。也仅有一滴而已，沿着脸颊流淌下来，沿着粗糙的皮肉，却在另一处嘴角的疤痕停住。

瑞红伸出手指，将这滴泪拭去了。她将男人的头慢慢揽在自己怀里。她没有再说话，他也没有。这时候，他们头顶的那束光，因为夕阳的移转，也暗淡下去。黑暗将他们包裹了进去，藏得一星也看不见了。

荣瑞红把宁怀远接到了家里来。

她在瓦猫作坊里架了一张床，让他睡。

荣老爹终于气得说不出话。瑞红站在跨院里，和阿爷吵，吵得惊天动地。

他用烟袋锅子点着瑞红，说，一个没过门的黄花闺女，将个男人养在家里头。你让我老脸往哪里搁？！

瑞红听到了外头有聚集的人声。她索性打开了门，走了出去。看到她出来，人们便退后了一些。她站定了，面对乌压压的人群，大声地说，我荣瑞红要跟这男人结婚了。来看热闹的，都说句道喜的话吧！

又过了一年，怀远的腿能在村里走动了。

虽然还是一瘸一拐，但外翻的脚，硬是给瑞红矫过来了。她学了洋大夫打石膏的法子，用陶土为怀远打了副，给他固定在床上。隔半个月就换一副，开始时钻心地疼。宁怀远不喊不叫，瑞红便让他攥着自己的手。一个时辰下来，再看她的手，沿着虎口到手腕，都是青紫的。这样一副又一副，慢慢地就养好了。可是脚踝已经变了形。能下地走路了，就是身子有些拧。

老爹也去了，已有小半年。没病没痛，就是有一天，瑞红早上起来喊不应。走进去，人已没气了。脸相很安稳，寿终正寝。

算起来，虚岁八十五，也是喜丧。村里老人摇头，这一家人，一年里头先办喜事，又办丧事。喜事办了个不伦不类，没按公序良俗，在村里头落了说法，丧事也就不好铺张。有人议论说，荣老爹规矩了一世，行善积德，就为个好名声。临到了，自己却没个风光的后事，也是各家人各家命啊。

到了宁怀远能跟上自己的步子，瑞红便硬将他推出门去。带着他，见人就打招呼。怀远有些闪躲，打招呼的人便也很不自在。但是瑞红还是要他出去，一句句地教他龙泉的地方话，要他自己开口唤人。

这样久了，他似乎已没有了名字。镇上的人，都叫他瑞红家的。他走到街上，后面有小孩子跟着，学他走路的样子，跟着他大声喊他"踬子"和"瞽子"。龙泉这个地方颇奇怪，民间的语言是极为古雅的，就连骂人也是如此，却不会减轻攻击的分量。"踬子"是笑他瘸腿，不良于行，这个字的狠恶之处是多半用来形容牲口。而"瞽子"，自然是说他瞎了一只眼。

自小到大，他未感受过这样的恶意，于是感到屈辱，不愿意再出去。但是瑞红倒不以为意。她问，他们说错了吗？你自己说，你是不是又瞎又瘸？

怀远猛然被将了一军，有些吃惊地看着瑞红。瑞红将一块泥坯狠狠地撂在木台上，用胳膊肘擦一下额头的汗。她说，待他们说烦了，说腻了，说到舌上生茧了，自然就不说了。

不管这其中的是非臧否，老荣家的龙泉瓦猫依然是一块招牌。这是荣老爹留下来的好基业。镇上的人，渐渐知道了瑞红一个年轻女子，可以独当一面。龙泉这地方的人，内里是厚道的。这体现在不计前事，看的是眼前的理儿。他们想，这一家做事虽不循例，但并未伤到谁。如今难了，是应该帮一帮的。

于是，跟老荣家订瓦猫的人，又多起来。谁家开宅起基了，做白事了，甚而老人合葬迁坟了，便都找他们。渐渐地，生意甚至比先前老爹在世时，还更好了些。

瑞红呢，就将这送瓦猫的活，都让宁怀远去。宁怀远不想去，她就逼他去。镇上的人，开始时有说法。他们看他瘸着腿，端着瓦猫，颤巍巍地在路上走，身形从背后看也是扭曲的，多半觉得有些凄凉。那瓦猫上的红绫子，有次缠住了他的腿。按规矩，送瓦猫的人，半路上是不能停的，更不能将瓦猫搁下。他整个人就更为狼狈，路过的人帮他，心里也说瑞红有些狠。这样的人，怎么能当个人用呢？更担心的，是他手脚不利索，将那瓦猫给摔了。这在当地是很不吉的。

但是过了段日子，他们发现宁怀远走得虽慢，步伐并未有懈怠与毛糙。甚至经过了时日，走得越来越稳了。他们就看出这人，内里是很要好的。对他也就和善了起来。说到底，对有难的人，心里总是不忍的。人们便想，乱世里头，龙泉留下这么个外乡人，也是造化吧。

有不懂事的小孩子，仍然跟着宁怀远，耻笑辱骂他。倒是旁边的大人追过来，作势打孩子，给他赔礼。此时，宁怀远倒真的也不在意了，竟然回过头，冲孩子们做了个鬼脸。

斗转星移，宁怀远渐渐也明白了，日子不是过给别人看的，最终还是过给自己。这样朴素的道理，荣瑞红早就看得比他明白了。他再去送瓦猫，脊梁便挺得直直的。"自重者人恒重之。"读书读来的话，他也才算真正懂了。请瓦猫的主人家，对他客客气气的。他本来就是个有礼数的人，又有读书人的书卷气，是很让人生好感的。瑞红经了历练，风风火火，有了家中主妇的样子。镇上的姑娘和小伙，便叫怀远"姐夫"，是带着亲热的。但瑞红却不满意，逢人便说，我们家怀远帮教授做事，是做过先生的。这时，联大北归，镇上的教授们已经次第离开了。但人们还都记得这份渊源，便将宁怀远的留下，视为对这段回忆的纪念。因为怀远送瓦猫的形象已经深入人心，他们便开始叫他"猫先生"。小孩子们就叫他"猫叔"。虽然是戏谑之言，内里却是温暖的。

有天他回来，瑞红问他今天是个什么日子。他仔细地想了又想，非年非节。他又看瑞红正色，莫不是给谁家送瓦猫，一时疏忽忘了？

他便有些忐忑。

瑞红说，憨子，今天是你的生辰。你一个城里人，怎么忘了呢？

他心里一惊，自离开北京，他已经许久没过什么生日了。

瑞红变戏法似的，从手兜里掏出了一个荷包，放在他手里。

他便拿出来，是一副墨镜。是飞行员戴的那种，很精神。镜框是金丝边的，下缘的地方有些磨损了。其他都是完好的。

瑞红撩起衣襟，将这墨镜的镜片擦一擦，只轻描淡写地说，我和班姐妹去赶"乡街子"，看见货郎担上摆着。我说这个我要了，谁都别和我抢。

说罢了，她便给宁怀远戴上，仔细地看了看。她满意地说，货郎说得对，戴上这个，比飞虎队还排场。

她便从桌上拿了镜子。宁怀远闪躲了一下，他许久没照镜子了。瑞红便使劲打他一下，喝道，你有点子出息！他终于才看镜子里头的人。这墨镜遮住了他的眼睛，也盖住了鼻梁上的一点伤疤。那余下的大半张脸，在镜子里头，算是完好的。

瑞红便一点点地将亲手给他做的眼罩取下来。她在他耳边轻轻地说，我男人出去，要体体面面的。

听到这句话，宁怀远忽然哭了。他失声痛哭。自从出事以来，他其实从未这样哭过。甚至做手术时，因为不能上麻醉，医生将弹片和那只破碎的眼球从他的眼眶里取出来时，他都没有这样哭。

此时，他哭了。他想，或许这女人的强大，让他猛然地软弱下来。他于是也放任了自己，眼泪从他的一只眼睛里不断滚下来，像是一道汹涌的泉流。

这个冬天，瑞红生下了一个男婴。

她对怀远说，我和你商量，这个孩子，能用我们荣家的姓吗？

怀远说，我无父无母，随你。

瑞红说，你这么说，倒好像是我欺负了你。荣家的手艺是要传下去的。那好，第二字用你的姓，总成了？

于是，这孩子叫荣宁生。怀远定的，因为是他们俩生的。如此起名字，一目了然，实在也没费什么力气。瑞红便扁扁嘴，我听村里私塾的先生说，起名字有说法。女《诗经》、男《楚辞》，文《论语》、武《周易》。你是学这个的，不能亏待咱们的孩子。

怀远说，我的名，是张九龄的诗里来的；字是《大学》里的。你看我的命好吗？要是一个名字就能定下了命，人活得还有什么奔头。宁生，我看，让他一辈子安安稳稳的，很好。

开春时候，镇上办了小学校，请老师。可临近开学，县上派下来的国文老师，却因为家事，忽然来不了。做校长的措手不及，发着愁，便在村里转悠。

他在一家人门口看到副春联。上写，"大序归于六义；先师蔽以一言"。字是用的很秀拔的瘦金体。他想一想，便敲开了门。

荣瑞红正在制陶，在围裙上擦着双手的泥。打开门，见是个陌生人。便问他找谁。校长说，我找这写联的人。

瑞红道，联是我男人写的。

校长便笑笑说，我可以见一见他吗？

瑞红引他进来。校长便看一个男人从作坊里走出来，是当地人的打扮，身量倒是西南人少有的高，走路有些高低脚。但见他鼻梁上，还戴着一副飞行员用的墨镜。整个人便无端有一种时髦的滑稽。

两人坐下来，寒暄了一下。校长便听出了他北方的口音，便问，小哥不是本地人啊？

怀远便摇摇头，未说话。

校长看见他嘴角上的疤痕,便不再追问,只和他聊起当地的风物,聊着聊着,便聊起那副春联。看他健谈起来,渐渐便又聊到有关《毛诗》的一桩公案。

听怀远的一番谈吐,校长点头称是,心里先有了数,竟至有些激动。他想,这个龙泉,还真是个藏龙卧虎的地方。

他便说想请他到小学校做国文老师。如果他愿意,明天就拟聘书。

怀远听了,愣一愣,继而苦笑道,您也看见了。我又瞎又瘸,怎么为人师表?

校长说,我请的是您的学问,不是样子。

怀远又说,我没有什么学问,都是些乡野小识。我就是个手艺人。

瑞红在旁急急说,就你那三脚猫的功夫,也配说自己是个手艺人!校长,我听懂了。你是要聘我男人去当先生。他以前做过先生,他是在联大读的书。

校长沉吟道,如今联大在筹备北归了,没有想着要回去吗?

几个人便都沉默了。两只春燕,剪着尾巴,在他们的头顶掠过,停在作坊的檐子下面,叽叽喳喳地忙着筑巢。

这时候,瑞红开了腔。她的声音与平日不同,慢而有力,每个字出来,都像是落在地上的铜豌豆。她说,宁怀远,往日人叫你"猫先生",是好心抬举你。你现在就给我去,做个实实在在的先生。

小学校开在龙头村的杨家祠堂。

杨氏一族抗战初期整族迁移,不知去向。但这祠堂却留下来了。虽不轩敞,却十分规整。外头绿阴环绕,花木扶疏,环境幽雅清静;堂前的庭院里栽着四棵桂花树,经年郁郁葱葱。

拱门上挂着的"克绳祖武"的匾额,大约是纪念杨家祖上攻克匪患的事迹。

供奉牌位的供桌是留下了。但供的不再是杨氏的列祖列宗,也没有了孔子像。挂了孙文总理的大幅照片,和他手书的"天下为公"的匾额。

几个年级各有自己的教室,还有一间备课室,在偏厢。宁怀远教这些小孩子国文,有他自己的办法。以往教中学时并不觉得。他发觉了自己讲故事的才能。从《论语》到《春秋》再到《左传》,一个解释一个,他便当作人之常情来讲。其中的臧否,是人间的。他也给他们讲国外的故事,讲《块肉余生录》。他自然知道林琴南的翻译对原作做了许多的敷衍,但他就是喜欢,因为有中国人的烟火气。他讲《安徒生童话》,讲着讲着,觉得很不过瘾。就自己编了故事来讲。拿什么做主角呢?这些学生里,有许多其实都是旧相识,彼时他送瓦猫时,追着他后面嘲弄他的。后来叫他猫先生,如今真的就做了他们的先生。宁怀远就拿瓦猫来编故事,说它是上古时的神兽。当年共工大败于祝融,一头撞在了不周山上。山崩地裂,民不聊生。女娲炼五色石补天,剩下了一块没用。这顽石浴火,自己便修炼成了一只似虎非虎的大猫。白天一动不动地驻扎在屋梁上守卫,晚上便四处云游,行侠仗义。宁怀远的故事,便是瓦猫在夜间侠隐的故事。孩子们很爱听,有的甚而晚上专门跑出来,去看看屋梁上的瓦猫,是不是真像猫先生说的一样,跑走不见了。后来就有学生学给了校长。校长便笑道,宁老师,你的瓦猫,倒和《红楼梦》里的通灵宝玉成了同胞。宁怀远说,等他们看懂了《红楼》,就不信我讲的故事了。

龙泉这个地方,敬重读书人,也崇敬学问。办学便也自然得到当地望族的支持。说起来,因学而优则仕,民国时在当地仍有许多的榜样,如陆崇仁、桂子范、李卓然、李健之等。家族庞大的桂家,族中的桂子范,曾是云南省财政厅的股东,做过议员,做过富滇银行理事。在石龙坝水电站开始发电时,是他最先让龙头街与昆明同步通电。陆家的陆崇仁,曾为云南财政厅厅长,整顿税收、田赋,大力推行烟禁政策,创办多家银行。这几家的年幼子弟,便尤为好学。以往家中的私学相授,和宁怀远所教的有如琴瑟。孩子回家说了,他们便都知道了这年轻先生的不凡。

到了年节时,带了礼物,特地上门来拜访。荣瑞红不禁有些怵,想自己一个普通人家,何曾受到过如此待见。那镇上的小公子们,一口一个师娘。她心里欢喜,竟然束手束脚,不知如何应对。倒看宁怀远仍是落落大方的样子。

有一天,瑞红便悄悄到了小学校去。蹲在窗口外头,恰看见怀远带着学生们读书。是好听的国语腔,读什么,她听不懂。只觉得读得抑扬顿挫,好听得像音乐似的。她便闭上了眼睛,心里头如暖风拂过。她想,这先生,是我的男人啊。

他们自己的孩子宁生,风吹见长,渐渐可以在院内爬动。是个好动的脾气,看瑞红制陶,自己便也滋了泡尿,在屋檐底下和泥。瑞红冲他屁股上就是一巴掌,说,学什么不好,学这粗笨活。往后一个榆木脑袋,怎么跟你爹读书?

宁怀远说,呦,你又不怕家里的瓦猫后继无人了?

瑞红嘴硬道,这倒两不耽误。白天去学堂,晚上跟我学手艺。

月末时候,家里来了个客。是宁怀远的师弟。"一支公"解散后,便也很少来往了。师弟说,这回是昆华工校的聘期满了,他想要回北方去。联大三校在京津都已复学。恰好有人介绍了教育部的差事,便想试试看。

他来自然是道别的。但彼此好像都有了默契,都不说以往学校的事,宁怀远也不会问起。但究竟忍不住,这师弟压低声音,说一句,去年底,学校里罢课的事,想必你也知道。十一个同学,就这么没了。

出殡时候，是我们老师走在最前头。他写了篇文章，我照抄了一份，给你带来了。

远远地，荣瑞红牢牢地盯着他们。宁生在地上爬过来，然后把只拳头往嘴巴里塞。瑞红一把打掉他的手，将孩子抱在自己怀里，说，呦，说早不早了，留下来一起吃饭吧。

师弟便站起身来，说，不吃了，还要回去收拾东西。师兄嫂子，我过些时再来看你们。

宁怀远也站起身，追一句，老师，他可曾提起过我？

师弟笑笑，轻轻摇摇头。怀远将那信封在手中捏一捏，一阵怅然。

晚上，宁怀远展开信纸，看上面用工整的小楷，誊着《一二·一运动始末记》，署的是闻先生的名字。怀远一字一字读下来，原本平静的心忽而悸动了。开始像是水中的微澜，渐渐似乎在水底产生了暗涌，一点点地澎湃起来。没来由地，他的额头上渗出了密密的汗。皮肤下的潮热，也顺着血管，四处伸张渗透，东奔西突。他觉得自己整个人，仿佛沸腾起来了。

这一年的七月中，荣瑞红家里收到一封信。看笔画，她认得是宁怀远的名字。他们家，以往从未有来过一封信，因为没有识字的人。她捧着这封信，有些不安，自己也不知是为什么。

后来，她每每回忆起那一个瞬间，都在想是不是其实应该将这封信烧掉。这是一个女人的本能。任何的不寻常，哪怕蛛丝马迹，对她寻常的生活，大概都会构成威胁。但是，她还是将这封信交到了宁怀远手中，然后用轻描淡写的口气说，快看看吧，不知哪个女学生写给你的。

宁怀远笑着拆开信。荣瑞红看见，笑容在自己男人脸上，一点点地凝固。

信里寄来的,是一张报纸,上面是闻先生的凶讯。

事情发生在三天前,到达龙泉自是一番辗转。报上写,闻先生主持《民主周刊》社的记者招待会,揭露一起暗杀事件的真相。散会后,返家途中,突遭特务伏击,身中十余弹,不幸罹难。

报纸在宁怀远的手中抖动。荣瑞红看着他一只眼睛里的光,像笼上了一层霾,完全地熄灭。而另一只眼睛,如同黑洞,深不见底。

宁怀远当天晚上将自己关在作坊里。荣瑞红几次起身,想去唤他回来睡觉。但她站在作坊门口,看见窗口渗出的一星烛光,终于没有推开门。

到了第二天清晨,她看到作坊里是空的,没有人。

她等了整个上午,没有人回来。她终于不想等了,她出了门,发疯一样地找。从司家营找到了麦地村、棕皮营,又找到了瓦窑村。

第二天,她背着孩子,去了宁怀远的小学校。坐在门槛上,等到了晌午,校长领着她,去找学生的家长。她走进那些高门大户,本是不卑不亢的样子,可听到旁人说起"猫先生"三个字,脚下一软,就跟人跪了下来。她说,求求你,帮我找找我男人。他又瞎又瘸一个人,啥也没带,能跑到多远去。

村里人燃了火把上山。又找了打捞队,沿着金汁河,一点点地从上游一直找到下游。

她不信。她一个人,又一直走到了青晏山。孩子饿,她由他哭。她一直走到先前和宁怀远去过的瀑布。瀑布没有了,水枯了。一滴水也没有。她坐下来,和孩子一起哭。一边哭,一边叫宁怀远的名字,然后又"瞎子""瘸子"叫了骂了一遍。天越来越暗,她索性喊起来。喊出来,才发现声音是干的。声音落在了远处,回音也是干的。

打这一年的深秋，昆明师范学院门口总是坐着一个妇人。昆师是新起的，以往是联大的师范学院。

这妇人很年轻，怀中总是抱着个幼儿。她一坐便是一天。这年月，乱离人不及太平犬，这种情形并不鲜见。可这妇人，一身不见褴褛，二脸上不见悲戚之色。相反，她的衣着十分齐整，即使坐着，身姿也挺拔。她有时面前摆了些应时的果蔬售卖，有时是一些针线织物。似乎也并不当真做生意，只为了将自己和路旁的乞儿区分开来。身边的孩子饿了，她顺手就捞起一只水果，剖开来给他吃。久而久之，便成了学校门口的一道奇景。她一时眼神涣散，可只要有人经过，特别是男人，目光立刻变得灼灼的，直勾勾地盯着那人仔细打量，直到人远走去。便有人笑说，这是不是一个花痴？但她并没有什么逾矩的举动，便都随她去，见怪不怪了。

荣瑞红带着宁生，就这样在昔日的西南联大门口，等了整个秋冬。待到开春的一天，她忽然站起身，拍拍裤子上的尘土。她走到翠湖边上，沿着堤岸一路走过来，每看见大棵的树，便停一停，辨认那新绿的、鹅黄的叶子。她一边走，一边慢慢看，直到将这偌大的翠湖走了一个圈。

待走完了，她定一定神，对宁生说，儿，回家去。翠湖边上哪有什么梨花树。他不会回来了。

九

荣宁生每被人问起"你是个匠人，还是个读书人？"，他总是回答，我是个读书匠。

他是龙泉当地的文胆，但不考学，也不出仕，就是个悠然见南山的性子。

这样的人，在一镇八乡，其实不太多见。小伙子生得十分排场，高个儿，白皮肤，又不是本地人的形容。十几年过去，对荣家的变故，镇上的人其实有些不记得了。但宁生的成长，让大家渐渐又回忆起了"猫先生"。换言之，这孩子日益清晰的轮廓，像是宁怀远的复刻。或者说，将定格在人们记忆中那个残缺的宁怀远，修复得完好如初。人们不禁感叹时间与遗传的力量。

但宁生本人，对于父亲自然了无印象，直到他在家里头一本书中，发现了西南联大的学生证。他翻开了，看到一张照片。上面是个和他长得几乎一样的人，但目光似乎比他怯些。他淡淡一笑，确信这就是被母亲诅咒为"死鬼"的父亲。他认真地看了看这张照片，觉得它并不比父亲的其他遗物更有吸引力。从幼时起，他的聪慧在龙泉远近皆知。在村里的资助下，他在父亲执教过的学校读完了小学。从此便不再升学。荣瑞红用鞋底追着他打，也没有打消他执意跟她学做瓦猫的念头。但这并不影响他在家中的自学。宁怀远留下的那些书籍，适时地派上了用场。他以强大的脑力吞吐着这些书，过目成诵。他和继续读中学的伙伴们玩的一个游戏，就是随意翻开《古文观止》的一页，从任何一个段落开始背诵。背完一页，便赢了一个馒头。错一个字，便输掉一个馒头。直到听者感到疲惫，打起了呵欠，他还在背，好像是没有倦意的机器。最终直至对方举手求饶。

当然这些书，在他长出唇髭的时候，就被母亲烧掉了。这时候兴起了叫作"破四旧"的风潮。让他看到了村里的许多变故。似乎以往的一些体面，都在光天化日之下，被凌迟与拨弄。他们家里，和"四旧"相关的，便是父亲的遗物。母亲关起院门，将那些书一本本地摊开，然后引火。这些书都很好烧，因为从未受潮。从他小时开始，每到梅雨季节，只要出了太阳，母亲就将这些书一本本地摊在院子里晾晒。母亲并不识字，可是将这些书整理得停停当当的，次序丝毫不乱。其实，荣宁生并不怕这些书被烧掉，因为书上的每一个字，都如同烙印一般，印在了他的头脑中。火光里头，他看见母亲迅速地将腮边的一滴泪拭去了。在这个瞬间，他也迅速将那本书里的学生证，藏进了自己的裤兜里。

后来上山下乡的年月，龙头街来了一批知青。这些外面来的年轻人，和镇上的同龄人互相吸引。但知青们的自矜，让彼此的张望与打量，隔着楚河汉界，并未付诸行动。为了帮助他们接受"再教育"，龙泉公社便筹划了一场背《毛主席语录》的比赛。司家营大队找到的青年代表是荣宁生。公社主任问起这孩子的来历，说是贫农出身，但一听只是个小学毕业生，心里又不免犯嘀咕。大队书记便说，您老不是常说，英雄莫问出处。

荣瑞红倒是紧张了。先前村里学习语录，这孩子有些心不在焉，这时倒是要打起十二万分精神来。她便手里捧着语录，要宁生一字一句地背下来。宁生说，娘，我说记住了，就是记住了。瑞红便说，你这孩子，不知厉害啊。

到了比赛那天，知青们摩拳擦掌。派出一个精精神神的小伙子，一开口，是厚实的播音腔，比镇上大喇叭放出的还好听。宁生也背，气势倒不如他，慵慵的，但字字也都在点上。那青年开口道："独坐池塘如虎踞，绿荫树下养精神，春来我不先开口，哪个虫儿敢作声。"宁生便对："自信人生二百年，会当水击三千里。"青年道："登山不怕高，只要肯登攀。"宁生对："无限风光在险峰。"青年道："管却自家身与心，胸中日月常新美。"宁生对："为有牺牲多壮志，敢教日月换新天。"青年道："不适应新的需要，写出新的著作，形成新的理论，也是不行的。"宁生对："新瓶新酒也好，旧瓶新酒也好，都应该短小精悍。"

知青昂扬道："世界是你们的，也是我们的，但是归根结底是你们的。你们青年人朝气蓬勃，正在兴旺时期，好像早晨八九点钟的太阳，希望寄托在你们身上。"

宁生对:"少年学问寡成,壮岁事功难立。"

知青不禁有些着急,大声道:"革命第一,工作第一,他人第一。"

宁生搔搔头,说:"毛主席教导我们,'吃饭第一'。"

有人不禁"扑哧"一声笑了出来。这赛场上的气氛便有些欠严肃。这时候一个女孩子站起来,说,看来背主席语录难分胜负。不如我们加赛,背"老三篇"。

她便开始背《愚公移山》,这么长的文章,声音琅琅的,音乐似的。听得宁生不由得恍神,他愣一愣,才跟上去,背的也是《愚公移山》。开始各背各的,但后来,宁生竟然追上了她。一个是标准的普通话,一个呢,是当地的龙泉口音。两个人的声音像是两脉泉水,汇聚一处,形成了和声,竟然是分外好听的。众人听得有些叹为观止。背完了这篇,又背《纪念白求恩》,似乎都忘记了比赛的初衷,像是对歌一样。

待最后一篇《为人民服务》背完了,女孩说,我们这叫不分伯仲。还是毛主席的教导,我们"友谊第一,比赛第二"。

宁生回了家里,头脑里头便一直回荡着这句话。瑞红说,孩子,你今天算是赢了还是输了? 宁生便脱口用普通话回她,友谊第一,比赛第二。瑞红张了张嘴巴,便笑了。

后来,宁生在路上又遇到了那姑娘。这时,他已经知道了她有个很洋气的名字,叫萧曼芝。她就问他,荣宁生,你会背的东西可多?

宁生说,不多。

曼芝就说,我听说,你会背全本的《古文观止》。

宁生说,嗯。

曼芝便笑说,什么时候背给我听听?

宁生说,不好背,是"四旧"。

曼芝便轻声说，背给我一个人，你愿不愿意？

宁生低下了头，过了半晌，也轻声应，嗯。

宁生和曼芝坐在金汁河边。他望着潺潺的流水，口中诵着《归去来兮辞》。他念道，"归去来兮，田园将芜胡不归？既自以心为形役，奚惆怅而独悲？悟已往之不谏，知来者之可追。实迷途其未远，觉今是而昨非。"

曼芝忽而打断他，慢慢开口道，"觉今是而昨非"，说的倒像是现在的我。

宁生便沉默了。

曼芝问，荣宁生，你说，我以后的生活会是怎样呢？

宁生想一想，便接口道，"木欣欣以向荣，泉涓涓而始流。"

曼芝笑了。这时候风吹过来，河对岸的杨树叶子簌簌地响，这女孩的头发也被吹起来了，散发着一种宁生从未闻到过的女性的气息。这和他母亲的气味是不同的。因为终日和陶土打交道，荣瑞红的身上是一种淡淡的温暖丰熟的泥味。和村子里其他的女人们也都不同。萧曼芝有着清凛的植物的气味，像是刚刚生长出的树叶，滋润了前夜的露水，在初升阳光下散发出的那种隐约的味道。

荣宁生不禁深深地吸了一口气。这时候，女孩将手指放在了膝盖上，那葱段一样细白修长的手指。她口中哼起了一段旋律，一边用指尖打着节拍。这旋律荣宁生从未听过，但听得出是跳跃欢快的。像是一匹小马驹，在草地上撒着欢。萧曼芝的唇舌仿佛是某种乐器，弹奏着这支乐曲。荣宁生看见女孩睫毛密而长，将闭着的眼睑盖住了。

待这旋律结束，她忽然张开眼睛，看身旁的青年人望着她。她并未躲闪，反而迎着荣宁生望回去，问他，好听吗？

荣宁生点点头。她说，这是个意大利人作的曲子。这支叫《春》，还有《夏》《秋》《冬》。以后你背《古文观止》给我听，我就都唱给你。

他们再见面时，荣宁生将一只陶土制成的很小的动物送给萧曼芝。萧曼芝放在手心里，很惊喜。她问，你做的？

荣宁生点点头。她看这动物像是猫，可又有勇猛相貌，像一只小而逼真的虎。她问，这是什么？

荣宁生回答说，瓦猫。

荣宁生要娶一个知青的事情，在龙泉很快地传开了。这孩子的执拗，唤醒了人们的记忆，这记忆也包括荣瑞红自己的。她想，难不成真是血里带来的？这孩子不声不响，却像当年的她一样有主张。

这女孩的美，以及外乡人的身份，都让她觉得不踏实。她不再是当年的少女，她懂得一个道理，是人拗不过时势。

她找到了大队书记，寻求帮助。然而，此时的龙泉公社，恰在寻找一个知识青年扎根农村的典型。他说，宁生娘，萧曼芝是成都的资本家出身。她有心嫁给咱无产阶级的孩子，也是帮了她进行自我改造。毛主席教导我们，"广阔天地，大有可为。"这不是喊喊口号。咱做父母的，可不能拖了孩子的后腿啊。

曼芝嫁到荣家这段日子，对于荣瑞红来说，是经得起咀嚼的。她甚至一度想，或许是自己过于狭隘，这其实是时日的补偿与成全。这孩子的温柔与贤淑，并不逊于当地的任何一个姑娘。尽管她举止中，有一种难脱去的令瑞红警醒的教养，是往昔生活的印痕。但她的眼睛里，总有安于命运的笑意，又让做婆婆的十分安心。

这个儿媳，除了有时作为扎根典型，被公社安排去周边大队宣讲经验，大多时间都在家里，向她学习家务农活、针线女红，甚至在她手把手下，学起做瓦猫的技艺，且很快就有模有样。瑞红看她砥砥实实将一块陶泥掷在木案上，不禁深深叹一口气。曼芝不解地看她，她便说，这一把好力气。可惜你曾爷爷去得早，要不看到这么个重孙媳妇儿，该有多欢喜啊。

过门的头一两年，曼芝接连生下了两个儿子。瑞红便更放心了。她想，老荣家是有祖宗佑着的，是时运回来了。

儿子和儿媳都是安静的人。曼芝进了门来，宁生仿佛更安静了些。但他多了一种爱好，不知怎么，跟人学起了胡琴。可他拉出的调，外头的人都说没听过。瑞红便骄傲地说，你们懂什么？这都是我们家曼芝教的曲，都是外国人写的。

有人告到公社去，说中国琴拉的外国的曲子，到底算封建糟粕，还是资产阶级情调？

大队书记说，啥也不算。人曼芝是扎根典型，旁的人少给我放屁！可他有次也听见了。对瑞红说，你当娘的，也让宁生拉一拉《东方红》。

到两个小子满地跑的时候，村里的知青渐渐少了。听说是都想办法陆续回城了。有招工的，有病退的，还有独子回家照顾老人的。

瑞红心里又打起了鼓。她问大队书记，我们家曼芝不会走吧？

大队书记叹口气，说，唉，这孩子，是真典型，实心眼儿。你不知道，前两年，公社下来的招工、工农兵学员的名额，都点了她的名。人家家里头落实政策了，千方百计要她回去。曼芝一扭脖子，说，我男人孩子在龙泉，我家就在这里，哪也不去。她还让我不要和你说，怕你心里不舒坦。

瑞红听了，眼泪"唰"地就流下来了。

大队书记就说，这些年，我可看过了多少世态炎凉。瑞红，你到底是个有福气的人。

又过了一年，有天晚上，瑞红看小两口儿都不说话。吃完了饭，她收拾了，刚刚走到厨房，就听到儿子的声音。虽然是闷着声，但话语里却轰隆作响。

她听到宁生说，你这算什么，是在可怜我们吗？

曼芝不说话，静静地将两个孩子拾掇了，上床去睡觉。

她这才说，我不考。都荒下来十年了，考就能考得中？

宁生冷笑说，萧曼芝，你总明白什么叫身在曹营心在汉。

曼芝不说话。过了一会儿，她说，这算是刚熬出来了。老荣家的瓦猫也不是"四旧"了。咱这作坊，再也不用偷偷摸摸的了。

堂屋里忽然没声了。瑞红觉得蹊跷，擦了擦手，还没走进门，就听到"咣"的一声，一只大陶坛子砸到了地上。宁生涨红了脸，眼里头的光恶狠狠的。

那是只酒坛子，屋里头立时便充盈了米酒的味道。瑞红想，这败家子犯的什么浑！可惜了，九月才酿的新酒，刚出的糟。

她忙俯下了身子，将那碎片捡起来，慌里慌张，一不留神，将虎口拉开了一道，鲜红的血立时流下来了。

萧曼芝参加了一九七七年的高考，考上了昆明师范学院中文系，是整届考生的第一名。

宁生喃喃说，怎么可能考不上呢？听我背了十年的《古文观止》。

她去上学。毕业分配回成都，宁生硬生生地把婚跟她离了。村里人都说，荣家人做事，又不循例了。见的都是知青这边寻死觅活地要离婚。他倒好，一个乡下小子，硬是把城里的小姐给休了。

荣宁生说，你给我走，净身儿走，过你的生活去。你把娃都给我留下，净身儿走。

曼芝走那夜里，荣宁生拉了一夜的胡琴。

这些外国曲子，给他拉得分外锐利激越。到了湍急处，像是给人扼住了喉咙。这在龙泉人大约是最后一次，以后便再也没有听到他拉琴的声音了。

半年后，有天回到家的只有老大，老二不见了。问起弟弟，只是哭。再问起两人干什么去了，老大说，出去找娘……弟弟走丢了。

宁生出去找，找着找着下起了雨，越下越大，雷电交加。天像漏了似的，先是雨，再是冰雹。

瑞红坐立难安。天麻麻亮，雨停了。宁生回到家，摇摇晃晃的，肩膀上驮着孩子。

一大一小都发着高烧，躺在床上昏迷。两天后，孩子先醒过来，看着奶奶，张张口，却说不出话。瑞红问他，是饿了吗？

孩子点点头。

当爹的到下半晚才睁开了眼睛，也看着自己的娘，问，孩子呢？瑞红说，醒了，刚伺候吃了一大碗粥。谢天谢地，你们爷俩吓死我。

宁生微微笑一笑，说，娘，我还困。

瑞红给他掖了掖被角，说，困了就睡，娘看着你。

宁生就睡过去。半夜里头，瑞红打着瞌睡，忽然听到他大喊一声"娘"。瑞红跑到床跟前，看着宁生脸红红的，使劲握住她的手，手心火炭似的。瑞红跟老大说，快，快去央隔壁冯爷爷请大夫。

宁生抬起眼睛，看看她，又阖上了。大夫还没有来。她觉得紧握住她的手，渐渐没有了力气。手心也不烫了，一点点地凉了下来。宁生忽然又睁开了眼睛，直直地盯着她。那双瞳仁，大得要将她人吸进去似的。他嘴唇开阖了一下，有丝笑意。瑞红听见他说，娘，我走了。

瑞红心里头一沉，觉得宁生的手在自己手心捏了一下，倏然松开了。

十

  村里人都说，荣宁生留下的后，一个是读书人，一个是匠。

  荣之文考上了云南大学的新闻系，毕业后留在了昆明城里工作。陪在荣瑞红身边的是弟弟荣之武。小武小时候淋雨发了高烧，烧退后，人就哑了，能听不能说。脑子不知是不是也烧得不灵光了，读书再读不进。但是他却有一样好。家里不知怎么寻到了当年他爷爷宁怀远留下的一本字帖，《九成宫醴泉铭》。哥哥照着练，他也跟着练，竟然也练到似有八分像。瑞红就看出这孩子底子里是很灵巧的。是灵巧，而非聪慧，灵在学什么便像什么。带他去赶"乡街子"，看着路边的货郎拿着竹篾编蝈蝈。他入神地看。回家的路上，随手从河边抽了根蒲草，一边走，一边便将那蝈蝈给一式一样地编了出来。

  可临到上学，打着骂着，就是学不进。他十几岁上，瑞红便留他在家里，跟着学做瓦猫了。

  荣之文的摄像机镜头，对着司家营61号的老宅子，这宅子是正正经经的"一颗印"。从取景框里看见，那神兽端坐在屋瓦上，身上覆着青苔，颜色有些旧，鼓着眼珠，仍是气吞山河的模样。

  最后的景是在自家取的。那天天气特别好，阳光筛过树影，星星点点地落了荣瑞红的身上，小武从背后扶住她，另一只手帮她转动了石轮。她坐在凳子上，抱住一个泥团。转动中，那团泥渐渐生长出优美的弧度。她的手，与窑泥浑然一体。泥坯在她的手心，仿佛越来越圆润，圆润中现出了一种光泽，渐渐站立起来了。

  后来，荣家收到了一封信，没落款。信里头没有字，却夹了几张照片。照片是黑白的,看不出是在哪里拍的。信封上印着"迪庆藏族自治州文化馆"。照片的背景,有的仿佛是当地藏民的房子,有一些的是远方的皑皑雪山,还有的是经幡飘动的白塔。但是,他们看得很清楚,这些背景的前方,都是一只神兽。是一只瓦猫,形容清晰,是他们老荣家的瓦猫。

信封在荣瑞红手里抖一抖,掉出了一样东西。她屏住了呼吸,是一枚破碎的墨镜镜片。这镜片的式样,是久前美军飞行员的机师镜,如今已经不多见了。荣瑞红颤抖着手,将那镜片覆在自己的眼睛上,朝窗外看去。太阳就没有这么猛烈了,世间万物都被笼罩上了一层昏黄。

我合上了手上这本红皮的日记本。

猫婆看了我一眼,神色十分平静。她抬起头,目光落在了窗边的橱柜上。荣之武走过去,打开抽斗,拿出一只铁盒子。这是只月饼盒,上面画着神态喜庆的嫦娥,脚下是身形不成比例的玉兔。大概生了锈迹,哑巴仔打开得有些吃力。

终于打开,他从里面翻找,取出了一沓相片,递到我手里。又翻了一会,拿出了两本证件。翻开,其中一本已经泛黄,上面写着"国立西南联合大学入学证",注册日期因有洇湿的痕迹,已经看不清了。左页下方贴着一个青年的照片,头发茂盛,净白脸,目光柔软而青涩。另一本是个记者证,这证上的也是一个年轻人,他的神情则要昂扬得多,但那眼睛的形状、宽阔的额角,与先前的青年都如出一辙。我抬起头,见哑巴仔将这两本证件放在了自己胸前,"啊吧啊吧"地对我比画着。

是的,他们的脸、五官、骨相、每一个动与静的细节,叠合在了一起。

我将笔记本里的照片，一张张地摊开在桌面上，和哑巴仔拿给我的照片比较。终于发现，它们有着一一对应的、相似的景物。尽管因为季节，房屋修葺，公路、植被与地形的变化，造成了周遭环境的更变，但是你仍然能够辨认出那是世转时移，经历了岁月的同一处地方。或许，是因为那复刻般的摄影角度，和都有同一只瓦猫。

这瓦猫如我在德钦与龙泉所看到的任何一只，有着阔嘴、尖利的牙齿、硕大的肚腹，以及勇猛如虎的神情。

尾 声

回到香港后，我曾给拉茸卓玛打了一个电话，问起她仁钦奶奶的情况。她说，仁钦奶奶去转山了。她和村里的大多数人不同，每年村里梨花开放，她都会去外转卡瓦格博朝圣。

我问，那她什么时候回来呢？

卓玛想一想，回答说，转到她心中的圈数，她才会回来。那时梨花应该还开着吧。

原刊《当代》第1期

刺客爱人

双雪涛

一

太阳出来了,李页还没有睡着。他倚在床上,十分惊诧。梦里的人他已多年未见,可她似乎比当年还要鲜活。他试着用自己的嘴轻轻说出这个名字:姜丹,姜……丹。他已经十几年没有说过这两字,说起它们的时候就像口中进了一块不大不小的石头。姜丹是他的女朋友,前女友。他们谈了六年恋爱,分手,之后再没联系过,就像一场雨突然停了,太阳出来,很快地上也干爽了。当时李页爱上了别人,准确地说,是和别人上了床,那个女孩他见过两次,第三次就去开了房,他没有犹豫,做了几次爱从床上醒来之后,也没有后悔。他炽热地爱上了那个女人,她的吸引力对于他来说完全是动物性的,因为其彻底,所以也变成了某种精神性的东西。他们两个交往了大概一年的时间,那几乎是李页人生中最快乐的一年,既堕落,又充实,床上功夫突飞猛进,剔除了庸俗的事业心。一年后,女人开始和别人约会,他患上了严重的抑郁症，几乎死去，全仗了母亲的陪伴才活下来。

李页的母亲是个会计，退休之后还在帮别人代账。他生病之后，母亲就来了北京，睡在他出租屋的沙发上，晚上对他严防死守，白天还要做账。当时他已几乎失去人的基本情感，也丧失了很多记忆，但是奇怪的是，幼儿时的记忆时不时地浮现出来，那些最初的黏稠的记忆。他想起在他四岁的时候，腰部生了一个巨大的疖子，核桃那么大，枣那么红，母亲烧了一锅热水，把手巾丢进去，用筷子挑出来，稍微晾一晾就敷在他的疖子上。他疼得死去活来，母亲用手捶击他的脸，那凶猛的肉拳头，打得他几乎晕过去。突然一声巨响，他确信他听见了那个声音，就像西瓜，熟透的西瓜，谁的手指轻轻一点，西瓜就炸开了一道裂纹。他的疖子爆开了，脓血喷溅在白色的手巾上。他感觉到巨大的快感和透支的空虚，像是有人从他的身体里抽走了签子，他的其他部分于是散落在地。他睡去了，感觉自己还在流淌着，但是同时也睡着了。醒来时发现母亲睡在出租屋的沙发上，已经老了，身体散发着老人微弱的臭味，因为北京的酷暑而频繁翻着身子，这完全陌生的生活因为母亲的身体而与过去的一切产生了关联，就像新书里一片古老的叶子。我挺过来了，他对自己说。他发现自己在出汗，汗水顺着他的脚趾缝流到地板上。我活下来了，他的脑中泛起这个声音，没有过多的喜悦，他丢失了那个能够杀死他的东西，仿佛一个人爬过一座陡山，扔掉了最宝贵的行囊，面前还有漫长的道路等着他。他回到自己的房间，关上房门，继续睡。一周之后，母亲回了老家，他每年除夕都会回去一次。

母亲一直对他十分严厉。他在小学时便显露出绘画的天赋，初中时已在Ｓ市出名，许多学画的孩子家里都有他的照片，报纸上剪下的。可是他觉得自己生不如死，母亲折磨他，认为他的天赋继承自她而不是在工厂负责板报的父亲，因为她的算盘打得极好，手巧。她经常痛殴他，要他画得更好，狭小的家里堆满了他用废的画笔，墙角放着一根竹棍。后来他想通了，只有画出去，考到北京去，才可以逃脱这无止无休的少年时期。他做到了，然后失去了对绘画的所有兴趣。寂灭，他当时想到了这个词，与姜丹分手也是那个时期，过去的一切丧失了活力，想要继续生活下去，就要找到新的乐趣。他后来稍感宽慰，因为他与姜丹分手时，姜丹还是处女。他曾发动过几次猛攻，都没有得手，最激烈的一次是在他的家里，两人几乎厮打起来。姜丹狠狠地咬了他的肩膀，血马上流出来，滴到床单上。李页说，你疯了？姜丹喘着气说，我爸死了。李页说，什么意思？姜丹说，我爸死了。李页说，那不是几年前的事吗？和现在有什么关系？姜丹说，我也不知道，就是有关系，你娶我，然后保护我，我就给你。李页说，我年龄没到啊，把手拿开。姜丹说，我知道，那就等着，快把衣服穿上，你妈马上回来了。

现在他是一个平面摄影师，在圈子里享有不错的口碑，收入和名声都不错，他唯一的问题是过于严苛，有轻微的暴力倾向。曾经有一次，他把一台崭新的哈苏X1D照相机扔到了墙上，摔成了废铁。还有一次，他踢了一个模特的屁股。模特的屁股很小巧，他的大脚踢上去，模特马上扑倒，头磕在灯架子上流了血。那是一个相当有名气的女人，第二天就给他发了律师函，过了几天，又把律师函撤销了。

这天的上午十点，他应邀给一个新人女演员拍照。当他在调试机器时，女演员到了，被经纪人带过来跟他打招呼。在这之前他已经拿到了这个女孩的照片，对她的面部和形体做了一些研究，为她挑选了一种光，这种光打在她的脸颊上，会使她像一个女法老。他回过身，发现来的女孩是另一个，他吓了一跳，相机差点掉在地上。女孩长得很像姜丹，相似度大概有百分之七十，他的脑海里已经多年没有出现过姜丹这个人的样貌和名字，眼前这个人是一个再明显不过的提醒，只能又想起来。仔细看当然会发现诸多不同，因为姜丹是一个普通人，而女孩是一个依靠相貌谋生的演员，要比姜丹美得多。概括来说，姜丹长得更像男人，女孩长得更像女人，不是因为某一个五官的差异，而是每一个五官都有微小的差别，就像用两种铅笔画的素描。两人的主要相似之处是一种神情，具体内容是什么，很难描述。另一点差别，不能算差别，而是时间的客观性决定的，女孩像高中时的姜丹，姜丹现在应该已经三十六岁，跟他一样大。女孩三十岁，不算太年轻，但是看上去要比实际年龄小很多。女孩说，李老师好，今天换我了，原来那个女孩临时接了个广告。李页说，你好。女孩右边眉毛的上面起了一个疙瘩，一个红红的青春痘。她不好意思地用手摸着，说，我这两天没睡好，昨天又吃了火锅，昨天上午还没有的。李页说，没关系的，一会儿化妆师可以帮你盖一下。你不要挤它。女孩把手放下来说，我叫马久久，原名叫马晓童，公司让我改个名，说马晓童太像二十世纪九十年代的艺人。我说就叫马久久吧，九九归一，长长久久，还骑着马。昨天刚把这个名字定下来，就起了一个痘痘，你觉得这个名字怎么样？李页说，我觉得不错，就是有点像那个拉大提琴的。马久久说，什么拉大提琴的？李页说，有个拉大提琴的，很出名，叫马友友。马久久回头问经纪人，有这个人吗？经纪人说，有。马久久说，那你昨天怎么不跟我说？你是猪吗？经纪人说，昨天没想到，李老师一说我才想起来。马久久回过头对李页说，其实我原来也不叫马晓童，马晓童是我上表演夜校的时候改的，我身份证上的名字是马小千。我的身份证呢？给李老师看一下。李页说，不用看，我觉得这个名字不错。马久久说，不会让人想起来打牌作弊吗？李页说，不会。马久久说，那就改回去，叫马小千。李页说，我只是随口一说，你们还是要好好研究，改来改去会让观众疑惑。马小千说，不疑惑，我还没有观众，就叫马小千了，你好，我是马小千，请多关照。李页也伸出手说，你好，我是李页，今天要辛苦你。

这一天的拍照很顺利，李页没有发火，他拍得很高兴。摄影者和被拍者的关系有时候像舞伴，两个顶级的舞者也不一定能成为好的搭档，搞不好会因为都要显本领而把对方绊倒；过于默契也不好，会像老人之间的交谊舞，好像随时两人就要粘连。最好的关系是，既要有对抗、挑衅甚至抗拒，又要有心意相通的一刹那，前者再漫长、后者再短暂都没有关系，只要在前者不停做功的累积下，后者乍现，然后抓到，就算是一切没有白费。马小千很有性格，李页拍了一会儿就发现了，她默默无闻，但是相当自信，对自己的身体和脸形非常了解。最重要的一点是，她明白，拍照不是为了拍得美，而是把她内心里的某个部分形塑出来，这个部分不一定总是好的，但是她接受这一点，虽然她在拍照过程中很少说话，跟拍照之前的寒暄相比，工作的时候她非常沉默，但是李页知道她知道。

差不多傍晚五点，天光依然大亮，酷热还未散去，两个人的工作已经做完了。马小千卸了妆，走过来对李页说，你今天拍得挺好。李页说，是吗？马小千说，别装傻好吗？李页说，是，我也觉得今天拍得不错。马小千说，这是我第一次拍杂志，虽然不是封面，但是我很开心。多亏那个傻×接了广告，洗衣液的，谢谢洗衣液。李页说，我得走了，晚上我约了人吃饭，希望有机会再合作。马小千掏出手机说，交个朋友吧，你扫我，不一定哪天我就不当演员了，不过交个朋友吧，不是因为别的，你挺虚伪的，但是你长得像我表哥。李页吓了一跳，马小千接着说，我哥是个弱智，不是逗你，是真的。你俩长得挺像。说完她自己笑了一会儿，转身走了。即将走出摄影棚时，她回头大声说，我没有表哥，别做伪君子行吗？然后大步走了出去。

李页晚上确实有饭局，但是并不像他说的那么紧迫。他大概提前了一个小时来到饭店，自己一个人喝茶。下午的经历很有意思，一个有趣的拍摄对象，他静下心来回忆，这样的女孩并不是第一个，有些人就是用这种略微失礼的方式引起你的注意。你生了她的气，又因为她的年轻貌美原谅了她，因此你就记住了她，这是一个平淡工作里一个故事性的隆起。喝了几杯茶之后，李页心想，确实没有什么特别之处，几年前有个女孩，也是如此，两人还约会了几次，之后他感到无聊，就像是树叶覆盖在水面，很有美感，风一吹，树叶散开，水是臭的。只不过这个马小千长得像他的前女友罢了，要说像也没那么像，说不出哪里像的一种像，也许是他们之间的默契引起了他的回忆，也许是一种非常主观的认知，一个人如果一直盯着瓷砖看，也能看出一个人形来，揉揉眼睛，人形就不见了。

过了一会儿，一起吃饭的人来了，这人叫宋百川，是一个无业的中年人，确切地说，是一个潦倒的中年人。他曾经是一个收藏家，据说还有不少工厂，后来因为酗酒，门牙脱落下来，厂子荒废了，被人侵占或者倒闭了。从某一天起他开始四处赠送自己的收藏，开始是送给身边的朋友，后来送给家里的保洁阿姨，阿姨辞职之后，他把一个明代的鼻烟壶送给了园区里的一个房产中介。李页之所以跟他成为朋友，是因为在李页刚从美院毕业的时候，宋百川买了他大学时期的一幅画，当时给了他不小的一笔钱，这笔钱使他在北京熬了下来，直到把画画放弃了。李页一直很感激他，他潦倒之后，李页隔三岔五就约他出来，陪他喝一点酒，两人话题不多，但是每次都到天亮。在他送东西那阵儿，他送过李页一个五代的佛头。宋百川很随意地告诉他，这佛头会变脸，别看现在是红的，像是喝多了，其实脸的颜色有好几层，随着时间褪变，里面的颜色就会露出来，没人知道到底有多少层油彩。这是意外收获，李页很喜欢这个佛头，他给它换了一个更好的木托，把它放在书房里，每天都能看见。他知道也许等他死了，红脸佛的脸可能还不会变色，或者宋百川根本就是胡扯，但是这并不重要，重要的是有这个可能。

宋百川总背着一把古剑,穿着布鞋,嘴唇向里凹陷。剑没有剑鞘,用一个木匣子装着,外面再套一个特制的皮袋,背在后背。这可能是他唯一没有送出去的藏品,无论什么时候见他,他都背在身上,吃饭时摘下来放在桌子上,困时还会枕着它睡觉。李页有几次提出看看,宋百川都拒绝了。这东西就像恋人的裸体一样,别人看不得,他说。但是他说这是战国豫让的剑,行刺未果,流落民间,后来属于他一个朋友,现在与他永不分离了。

宋百川迟到了五分钟,到了之后他把剑套放在桌子上,给自己点了杯威士忌。他看上去半个月没洗澡了,手和脸都是黑的,比之前更瘦。你的佛头怎么样了?他喝下一口酒问。李页说,还那样,没变化。宋百川说,不急。他的左手少了小拇指,第一次见他李页就注意到了,每当他喝到一定程度,就会用另一只手的大拇指磨蹭小拇指的断处,好像给台球杆上枪粉。宋百川兀自喝着,好久没有说话,李页自己喝着啤酒,马小千的脸偶尔在脑海里闪过。今天的宋百川虽然脸上还带着酗酒者的浮肿,看上去却格外地精神,双眼发亮。突然他说,我今天有事托你。李页说,你说。他用手指弹了一下剑匣说,这剑我准备送你。李页说,别开玩笑,加点冰块。宋百川说,我已把房子卖了,钱我送了人,这世上我什么也不剩了。李页说,只要你想,你很快就可以振作起来。宋百川说,这剑我背了十几年,后背起了膙子,我以为它会陪着我直到结束,我最近想了想,似乎不用非得如此。李页说,那你住哪儿?他说,不用担心,我还有个院子,我就是从那儿走出来的,现在准备回去,剑你愿意留着还是卖了都可以,全由你做主。我今天看你的脸,觉得你好像爱上了谁。李页说,没有。宋百川说,我记得当年你爱上了一个人,得了抑郁症,画的手艺也丢了,今天如何?李页说,今天的事一句两句说不清楚。宋百川说,如果你去找人,把剑背着，会有好运气，我是个例外，不足为训。李页说，我确实不能要，太贵重了。你应该送到博物馆去。宋百川摆手说，这剑的真假没有找人鉴定过，如果你觉得压力大，就当它是假的好了。我一直觉得你是了解我的，别人都劝我戒酒，你陪我喝酒，也不打听我的事，多谢，我现在感觉很好，很好。说完宋百川站起来，李页还没反应过来，他已经头也不回地走出门去了。

晚上李页背着剑回到家，心想今天出了两件咄咄怪事。

当天晚上，李页就梦见了姜丹。姜丹还是高中时的模样，短发，平胸，来他家做客，李页的母亲很喜欢姜丹，觉得姜丹虽然脾气有时候有点直，但是本质极好，而且深深地爱着李页，对李页的一切都非常上心。两人亲热地说着话，母亲给姜丹切了一块西瓜，姜丹大口吃着，西瓜子粘在了嘴唇上面还不自知，李页把她嘲笑了一番。这非常接近真实的记忆，本来母亲是反对他高中谈恋爱的，但是见了姜丹之后改变了看法，这是极为罕见的情况，母亲一直是一个固执的人，难以说服，难以感动。她见了姜丹两次之后，就对姜丹产生了很深厚的感情，一种难以抑制的喜爱，似乎提前多年就进入了婆婆的状态，每到周末就催促李页请姜丹来家里吃饭。这让李页很不舒适，他还没想好，两个女人似乎已经想好了。第一幕的梦突然结束了，第二幕开场就是姜丹的一张脸，两滴清晰而干净的眼泪挂在她的脸上。这张脸占满了他所有的视域，没有对话，没有声音，但是姜丹的眼睛肯定是看着他的。他张嘴想为自己辩解，却发不出声音。他忽然意识到自己的手里拿着照相机，是另一个女人给的，他是一个穷小子，根本买不起相机。相机里存有成千上万个女孩的照片，他占有她们很久了。那个女人的名字就在嘴边，他怎么也想不起来。他举起相机给姜丹拍照，闪光灯一闪，姜丹的脸就不见了，他也醒了。他从床上坐起来，看了看自己的右手，没有相机，但是攥成了一个拳头。他心潮起伏，一动不动，生怕刚才眼前的一切消失了。那么清晰，真是幸福，好像他们两个还在一起，只是闹了别扭，只要他收回他绝情的话语，姜丹就会回到他的身边，周末继续来他家吃饭。李页忽然憎恨起自己，他走了一大圈远路，得到的却不如原来的好。操你妈，李页，他缓缓摊开手掌，对自己说，操你妈，快四十岁了，你就是一条瞎了眼的公狗，现在你该怎么办呢？

  第二天他没有外出，在家里的设备上处理前一天拍摄的照片。他没有睡好，情绪不佳，不过他总能在这样的状态里完成工作。不出所料，马小千的这一组照片非常好，即使化妆师不是十分认真，时间也稍显紧张，拿到的东西还是有很高的质量。几乎不用怎么修饰，马小千的特点就是不修饰，也许这是一种更高级的修饰，果真如此的话，她更加前途无量。自从放弃画画之后，他第一次有了又画了一幅好画的感觉，这种感觉既新鲜，又苦涩。中午的时候他跟杂志的编辑通了电话，认为马小千应该获得更多的版面，对方显然对此不屑一顾，又碍于李页的面子不好直接回绝，就把话题岔开去说别的事情，说她的老家最近李子丰收，要给李页寄一点。李页说，我不需要李子，我也不是要捧这个女孩，是好东西就应该放在好的位置，如果你们页码已经定死，就把她的位置往前挪挪。对方说，李老师，你说的道理我都懂，她遇见您是运气好，只要您想着她，她未来一定会有很多机会，但是我有话直说，我不喜欢这个人，我之前跟她打过交道，她是个破鞋，这点你不用怀疑我，也没什么大不了，我们主编睡过她，要不然她也不可能抢到这个机会。但是我觉得她是个品质败坏的破鞋，为了往上爬，她可以当狗，这不是什么比喻，是真实情况，一旦她得手，她就把别人当狗，我是女人，对女人看得更清楚。因为我们合作了好些年，是朋友，你这样的要求是第一次，我才提醒您，有些人看着娇艳欲滴，其实有剧毒，睡她可以，不要帮她。您还是原来那个地址吧，我把李子寄给您。李页放下电话,感到十分沮丧,不是因为对方拒绝了他的建议,而是他感觉到对方说的似乎是实情,在广阔的外部世界有很多他不知道的信息。他只是一个技术工人,永远在状况之外,一旦越过了自己的专业界限,就会发现自己是个傻子,这种感觉实在不好。真的不高明啊,他对斜前方的变脸佛说,变脸佛面带微笑,不置可否。大概半个小时之后,主编来了电话,说看了他拍的照片,非常震惊,实在太好,他觉得应该可以破例将其放在封面上,问问李页什么意见。李页说,我没想法,你决定吧。他关了电脑,穿上鞋子准备出去散步,站在穿衣镜前,他发现自己的胡子又白了两根,你真的不高明,他又在心里说了一遍,想在脑海里把马小千去掉,可是马小千说过的话,每一句似乎这时候都违抗他的意愿,一个一个跳出来。不要做伪君子啊,这句尤为突出。小区里都是盛开的花和翠绿的树,他坐在一条长椅上,看着一个孕妇推着婴儿车从他面前走过,车里的孩子因为强光眯缝着眼睛,手里玩着一只小海马。他下定了决心:如果再梦见一次姜丹,我就去找她,看看她过得怎么样了。没有别的意思,就是看看她过得怎么样。

二

距李页所住的小区二十七公里处,有另一个小区,远比李页的小区破旧,可是租金并不便宜,房价可能还要更贵一点,原因是这是一片学区房,姜丹就住在这里,带着她六岁的儿子。她的儿子名叫褚旭,极为聪明,性格霸道,姜丹为此十分头疼,不过她也明白,既然家庭里没有父亲,孩子的性格强硬点总比软弱好,至少不受欺负,不会让她内疚。姜丹的前夫和她是半个同行,他是证券法的律师,她是法理学副教授,本来他们是大学里的同事,后来他把工作辞掉,去律所工作，薪水大增，在家里的时间骤减。姜丹对此是接受的，在北京生活，有钱和没钱简直是天差地别，何况又有了孩子。一年半之后，丈夫提出离婚，孩子和存款都给她，他净身出户，去跟别人结婚。姜丹没有问那个女人是什么样的人，也没有问他们是什么时候开始又什么时候走到了这么实质性的地步。既然她一直没有发现，她觉得自己也没有必要问。她相信以丈夫的智力，他应该很早就开始部署，在外面存了一些钱，甚至已经有了房子、车、定期的出国旅游。一个新的完整的家庭配备已经形成，他就在两个家庭之间面不改色地生活，直到另一个家接近完全成熟，他这条鱼就要跳到另一个鱼缸里去，把她搁浅在原处。姜丹迅速心算了一下存款余额和孩子成长所需花销，她自己平时没什么花费，她不怎么化妆，也没有买包的爱好。她有一辆斯巴鲁四驱的吉普车，是她结婚之前买的，因为她幸运地抽到了名额，自己出了一半的钱，父母拿了一半。现在住的房子租金不菲，因为在海淀的中心，离她的大学近，孩子将来上大学的附小也方便，这笔钱一直是她先生付的。她完全没有买房子的想法，因为那实在不在她的能力范围。褚旭在上一些兴趣班，有网球、绘画、游泳、国际象棋，都不便宜，效果也都不错，他精力充沛，敏于学习，如果因为钱的关系给他切断，对他不公平。姜丹说，你走吧，每年给我三十五万。丈夫说，就这样？我确实很抱歉，人家把柄在手，我已回不了头了。姜丹说，每年给我三十五万吧。丈夫说，我每年给你四十万，从离婚那天开始算。姜丹说，好，我准备去上课了，我这两天带孩子住宾馆，你把你的所有东西运走。如果有东西找不到，你给我发微信，你有几件衣服在门口的干洗店，你自己去取，报我的电话号码就行。姜丹说完走出门去。在去民政局办理离婚的当天，两人又见了一次，说了几句话，关于协议的细节。之后每个月她把孩子送到他的车上，他带出去玩两天，但是她就不再跟他说话了，无论他说什么，她都不回答。

办完离婚手续三个月后，一天晚上，褚旭惹了事。褚旭马上就要上小学了，于是就上了学前班，学前班颇多束缚，褚旭很不适应，过去在小区里，年龄相仿的孩子都听他的，大家一起骑车，枪战，褚旭都是头领，制定规则的人。哪里是终点线，哪里是掩体，每人几发子弹，都是他说了算。在学前班，每一秒钟都在老师的注视之下，孩子们都听老师的，褚旭感觉很失落。那天下午，趁老师出去接电话的当儿，他就把一个比他小两个月的男孩狠狠揍了一顿。凶器是他爸送给他的铁质文具盒，他用文具盒猛击那个男孩的脸颊，把对方一颗已经松动的乳牙打掉了，血流了满地。起因是他邀请男孩陪他上厕所，男孩说马上就上课了，迟到老师会批评。褚旭说，那你有尿吗？男孩说，尿是有的，可以憋住。褚旭说，有尿就赶紧尿啊，快去快回。男孩说，来不及了，我可以憋住。褚旭忽然急了，觉得对方温顺到自我摧残的地步，他看不下去。他抄起文具盒向对方脸上打去，对方掩面而逃，他追上骑在男孩身上猛打。最后血流了出来，尿也尿了出来。事情当然不小，姜丹在学校上课的时候，学前班的老师就打她的电话，因为静音她没有听到，课间的时候她发现有五十几个未接来电，就知道大事不好。赶到学校时，对方的家长已经到了，孩子也已从医院回来了，多亏那颗牙已经松了，几天之内就会自然脱落，褚旭的袭击只是加速了这个过程，没有形成实质的伤害。但是此事性质的恶劣程度并不能因此减弱。男孩的家长和她住一个小区，是一对教师，两人涵养不错，这是姜丹的又一幸运。即便如此，男孩的妈妈还是说了几句难听的话，其中一句是：如果孩子有暴力倾向，就应该赶紧去找大夫治，不能混到正常孩子堆里，狼入羊群，今天是这只羊被咬了一口，明天就可能是另一只。自己的孩子被比喻成狼，姜丹的羞恼已经到了脑门，可是事实摆在眼前，她什么话也说不出来，而且对方对于伤人性质的判定，也符合刑法的精神。姜丹诚恳地道了歉，也提出给对方微信转账赔偿，对方没有接受，最后倒是被打的男孩解了围，说他一直喜欢褚旭，两人还是朋友，希望褚旭不要因此以后就不跟他玩了，他憋尿确实是一绝，褚旭不了解而已。褚旭也说了自己恨铁不成钢的心路历程，保证以后还跟对方玩。两个孩子拉了拉手，此事算是过去了。

　　回到家里，姜丹把褚旭关到了洗手间。她不会打人，甚至都不会骂人。对孩子最大的惩罚手段，就是关洗手间。褚旭毫无怨言，没有挣扎，进去之后还自己把门锁上了。姜丹从超市买了几罐啤酒，坐在餐桌前面喝起来。她几乎从不喝酒，婚礼的时候喝过一点，硕士毕业、博士毕业喝过一点，今天她无论如何也要喝一点。喝了五罐啤酒，姜丹觉得跟没喝一样，身体没有任何反应，她伸手一摸，发现不知什么时候眼泪流了下来，好像身体里有另一个自己在哭泣，而她无法感觉到。又喝了几罐，她找到了那个人，那个人有太多的委屈，太多的愤怒，太多的对未来的担忧，她的一双手抓住自己两只胳膊的外侧，指甲都嵌进肉里，无声地大哭起来。又喝下两罐，她平静了不少，趁自己还没有完全喝多，她把褚旭放了出来，褚旭在洗手间并没闲着，他给自己洗了个澡，头发湿漉漉，看上去崭新崭新的。褚旭说，妈妈，你睡一会儿吧。姜丹说，你饿吗？褚旭说，我不饿，我回房间做作业了。姜丹说，好。褚旭说，妈妈，我刚生出来的时候第一眼看到的是你还是爸爸？我过去是记得的，刚才我仔细想了想，好像又给忘了。我记得我在游泳，突然就见到了光。姜丹说，是我，你睁开眼睛的时候，我正好看着你，你就看见了我。褚旭说，好的，这样就对了。说完他就走回了自己的房间，没再发出声音。

　　姜丹觉得胃不舒服，到洗手间吐了一阵，吐到整个人都要变成胃收缩起来，然后回到自己的房间躺下，押长。她的脑袋清醒异常，听觉比平时还要灵敏，她听见褚旭在他的房间玩着魔方，发出咔咔咔的脆响，听到窗外驶进小区地下车库的汽车的喇叭声，但是四肢不听使唤。她知道自己今晚没法做饭了，不过好在再过一个小时阿姨会来。阿姨做饭褚旭不爱吃，因为阿姨有一套养生哲学，做饭老是不爱放盐，而且改不掉用勺子从锅里盛汤品尝的毛病。如果她睡着了，阿姨至少可以帮褚旭点外卖。阿姨是她的老乡，也是东北人，比她大十岁，来北京已经十五年。十五年真是一个很长的时间，十五年就像是一页纸，一下就翻过去了，十五年的时间绝对是不短的，十五年就像是一条胡同，走着走着一拐弯，就在了身后。谁把无边无际的时间切割成了无数的十五年呢？谁在用十五年计数？远处似乎传来雷声，要下雨了吗？还是保姆在敲门？有那么一个夜晚，她曾经在雨里走着，没有打伞，北京的雨比 S 市沉，噼里啪啦地砸在她头顶，她就沿着一条阔路走着，那条路她不知道名字，那时候她已来到北京三年，但是还是哪儿也不认识。她怎么这么傻啊，在大雨里走，像是言情小说里的女主人公。她忽然记起了一个人，她很奇怪这时候为什么想起了他，不是褚旭的父亲，不是自己的父亲。她已经太久没有想起他，好像这个人在她生命里从来没有存在过一样，或者是因为她在某一个时刻奋力一扔，便把这个名字扔下了山崖云海。

　　没错，她是因为李页才来到北京的，她的成绩本来可以保送到武汉大学法学系的，因为李页要来北京学画，她放弃了保送的名额，去参加高考，考取了北京的大学。大三那年，导师让她读研究生，她拒绝了，她想先去律所工作，这样两人的生活还能有些保障，李页肯定是没有什么赚钱能力的，他在大学期间没有认真画画，要么在寝室蒙头大睡，要么去图书馆看看书，偶尔画一幅，同学们都啧啧赞叹，他之后的半年又一幅不画了。她怀疑李页无法毕业，那样的话总得有人养他。他与母亲的关系很差，放暑假也不回家，管家里要钱几乎是不可能的。她甚至偷偷坐着公交车去看了一些房子，大多在近郊，她这几年拿了一些奖学金，如果去律所实习，前面几个月应该可以撑下来。

如果住在一起而没有结婚，李页的性欲怎么解决？她也认真地考虑过这个问题。那就结婚吧，她暗自有了决定，只要李页提出来，她就同意。她不是因为李页的才华而爱他，但她相信李页的才华，这几年只是逆反情绪占了上风，就像一只气球脱离了一双手，向天空飞去，摇摇荡荡很自在，但是没可能飞到外太空的，总要爆炸，变成一块胶皮落下来。她相信只要他回到画板前，认识到这是他唯一的命运，他就可以走出一条属于自己的路，即使没有拿到毕业证也没关系，这是这个行当的优点，虽然她对北京的艺术圈子毫无了解，连一个人怎么把画卖出去都不知道。

在她大三那年临近暑假的一天，两人相约去颐和园游玩，李页看上去疲惫异常，心不在焉，天气酷热无比，她从小贩那儿拿了一顶草帽戴在头上，小贩举起了一柄小镜子，她从里头看到自己，觉得自己很好笑，一顶帽子就可以让一个人变成另一个人。李页抢着付了钱，她挺高兴，李页总是这样，无论再穷，只要兜里还有一点钱，就绝不会让她花钱。两人走过十七孔桥，李页落后了几步，她回头看，李页被晒得睁不开眼，T恤衫从胸心处湿了一大块，好像正有什么东西从他的身体里流出来，她忽然后悔当时光顾着照镜子没给他也买一顶。他大走了几步，走到她旁边，说，我想出趟门。她说，去哪？去写生？他说，算了，不去了。她说，想去就去吧。他说，算了。他往前走，速度之快，像后面有人追他，突然他停下来，转头说，姜丹，我爱上别人了。她感到天气凉了，汗都退回到毛孔里，皮肤一下子干爽得像新买的凉席。李页说，我和她睡了，我以后就和她在一块了，我的决心已下，你说什么也无法更改了。姜丹注视了他一会儿，他还是过去那个人，没有因为这几句话一下变成另外一个，她还是爱他，她为自己感到难过，她想说几句话劝他一下，张嘴时发现发不出声音，从喉咙里流出一些干巴巴的气体，周围的声音也听不见了，刚才还有鸟叫，有蝉鸣，有树叶沙沙的声音，现在全都不见了。李页说，我回了，再见。他的语速比平时快了两倍，在她的耳膜里变得十分尖厉。李页往前迈了两步，拥抱了她，像要逮捕她一样把她的全身跟自己贴在一起，她的身体像纸片一样轻，双脚都离开了地面。他突然松开了手，转身撒腿就跑，他一直不擅运动，跑起来的姿势十分难看，后脚跟不自然地一下下撩起来，她忽然想笑，但是他速度不慢，一会儿就从她的视野里消失了。

傍晚下起了雨，她在雨中走回了学校，中途草帽丢了。在两个室友的注视下，她爬向自己的床铺，用夏被盖上湿透的身体，马上睡着了。醒来时发现还是黑夜，她不知道她已经睡了一天一夜，她闭上眼睛又睡着了。她生了一场大病，找不到病原体的病毒性感冒，之后演变成支气管炎，再之后又在肺部发现了积水，住进了校医院。康复之后，她的体重从九十七斤下降到八十五斤，脸上的几颗青春痘完全干瘪脱落。她走到导师的办公室报名考研，七年之后她以最优异的成绩从博士毕业留校任教，体重一直在九十斤以下。

这些并不遥远的记忆竟变得十分遥远，甚至比儿时的记忆还要遥远。姜丹从床上坐了起来。她的父亲曾见过李页两面，一次是跟她一块儿，李页来家里吃了个午饭，那是他们上大学以后，两人没说几句话，但是气氛还算融洽，父亲还给李页拿了一罐啤酒。一次是他单独去找了李页一次，那是他们上高中的时候，父亲去跟李页说，离姜丹远点，现在还不是想这些的时候。李页没有接受她父亲的建议，他跟姜丹说，他也并没有生他的气，这非常正常，在这种关系里头，那个学画的男孩通常要多受一些指责。他对她父亲的印象很好，他说那天她父亲穿了一件棕色的皮夹克，穿黑色皮鞋，头发打理得很精细，有一副宽阔的肩膀。他们两个推着自行车沿着学校后面的小路走了一会儿，两边是干枯的杨树，衰落的叶子铺在地上，北风从小路的这头吹到那头。他不知道她父亲为什么知道学校附近有这么一条偏僻而美丽的路,这是他们几个男孩偷偷抽烟的地方。她父亲具有一种独特的威严,某种坚定的东西在他身上散发出来,让人觉得值得信任。李页说,他想掏出一根烟给他,想想还是作罢,两人想成为朋友还有很长的路要走。姜丹当时很奇怪,李页才见了父亲一面,对父亲的了解几乎就与她一样多。

李页后来才从姜丹处得知他见到的是她的继父杨道林,一名警察。姜丹的生父是S市拖拉机厂的保卫科科长,在她十二岁那年失踪,在她十三岁那年被发现,人已经死亡,死在湖底的烂泥之中,失踪当天的衣物都在身上。她的继父就是因为侦办此案,才和她的母亲走到一起的。这个复杂的故事她并没有告诉李页,她下意识地使李页认为她的生父是自然死亡,不因为别的,是因为她自己承受这些已经足够了,李页知道此事对他一点帮助都没有,只会让他对人生的看法更加混乱。

三

杂志出刊的那几天,马小千心情很好,本以为是在中后,没想到竟然是封面,而且奇妙的是,无论谁待在封面上,都像是大明星。北京报刊亭的数量虽然在锐减,但是但凡有一个,杂志的种类就会极全。她连续两天都在一个巨大的像翅膀一样展开的报刊亭前面站了二十分钟有余,目睹自己跟其他著名人物并列在一起,就像是一个星座里的星星。她不买,只是看,因为她觉得如果买回家别人就看不见了。

这天白天的工作结束后,马小千回到家里洗了个澡。浴室是她每天最喜欢待的地方,里面有一个巨大的浴缸,比例与公寓的总面积颇不协调,她就是因为看中了这个才把它租下来的。其实这个房子有许多其他的问题,比如楼层有点矮,三楼,经常能听到街上人说话的声音,并且在院子里,就在她的窗户底下,有一棵树,冬天的时候还好,叶子掉光了,像一株直挺挺的没有生命的建筑,春夏的时候叶子茂盛,就会挡住她的窗子,即使在一天中阳光最强的时候,她房子里也没有什么光线,在客厅的地板上只能看见斑驳的树影。楼上住了一户韩国人,有时候在电梯里遇见,对方会热情地用不怎么熟练的中文跟她打招呼,但是韩国人有四个孩子,两男两女,每天晚上都在她头顶上跑来跑去,最严重的时候,她的挂灯都在摇晃,然后从天花板肉眼无法看见的缝隙里,落下一些灰尘。浴缸确实是好浴缸,硕大,光滑,躺进三个人也没有问题,热水极热,冷水极冷,两把水龙头都非常通畅,无论什么时候拧开都会准确地流出冷和热的两种水来,如果你不关上,它们就一直不停地流下去,没有丝毫愧疚地,淹没整个城市也不足惜地流下去。

马小千脱光衣服之后先洗了把脸,把白天残留的妆容洗净,然后点上一根烟上厕所,她把烟灰从两腿之间弹进坐便池,最后把烟头也扔进去,冲掉。她弯腰给浴缸放水,像是一个调酒师一样小心地安排两种水的分量,最后她躺进去,把后脑勺搁在坚硬的边缘,两腿伸直。水卡住她的喉咙,压迫她的全身,她感觉到自己就像在一个秘密的舱体里,向着遥远的太空飞行。她回忆起那天跟李页一起的拍摄工作,真是顺利啊,她对自己说,她以为是在思忖,其实她会轻微地发出一点声音,但是她自己听不见。摄影师挺有意思的,她想,他喜欢我,但是他好像有点强迫自己冷淡。他拍照的技术很好,他的相机就像他的眼睛一样,不过是长在手指上。他的外表很平庸,虽高但走路像个骆驼,四肢很不协调,还一直戴着鸭舌帽,估计是头发不多,已经开始谢顶了。她迅速地辨别出了李页的口音,李页却没有听出她的。通过几年的训练,她的普通话已经非常标准,标准到毫无根基的程度,就像一个不出生在任何地方的人一样。他是S市人,他们是老乡,他的口音明显带着二十世纪的味道,保留着一些已经消失的土语,急迫的时候就会说出来,比如"别屈眼睛",意思是不要把眼睛眯起来,她已经好多年没听到过这样的动词,她自己也不会说。她出生在 S 市,九岁的时候搬走了,但是她完全明白他的意思。他应该也觉得拍得挺顺利吧,但是他肯定没意识到这里头隐藏着同乡的默契。

水在变凉,马小千用脚指头拧开水龙头,放出一点热水,又用脚指头关上。她的脚比过去老了,关节处多了皱纹,趾肚也不如过去饱满。可能跟时间没有关系,是她走路的姿势不对。初中毕业之后她没有念高中,来了北京。她已经来到北京十五年,前两年的很多个夜晚她是在网吧里度过的,她的前两任男朋友都喜欢打游戏,都长得细瘦,她就在旁边看电影直到天亮。她演过小剧场的话剧,在破烂的布景里大声说着空洞的台词,关于存在,关于交通堵塞。观众本着好奇之心走进剧场,很快发现台上发生的事情与自己没有关系,有人开始大声聊天,有人把吃剩的零食扔到台上来取乐。她也在酒吧唱过歌,跟着一些乐手在午夜的街道闲逛,因为喝了太多啤酒,她蹲在路边的草丛里尿尿。两个男人挡在她身前,抽着味道很大的进口香烟。她参演过成本很低的艺术电影,她看中了那个剧本,导演是个严肃的艺术工作者,没有性方面的要求。他运气不好,他太执着于电影本身,以至于什么也没有得到,也浪费了她掏心掏肺的表演。后来有一次在席间,一个她不认识的人提起了这部电影,她马上把目光投向他,他们离得很远,环境嘈杂,每个人都在说话,她听不清那人说什么。她假装去洗手间走到那人身后,那人已经说完了。她等了一会儿,因为听他说话的人不感兴趣,那个男人已经转换了话题,谈起了文学。马小千有种幻觉,十四岁之前的她也是她扮演过的一个角色,只不过用时较久,后来她又演了一些别的,这些人物都在她身上留下烙印,一些手势,一些触碰,一些说话的方式,还有那些鬼天气,那些凝视她的目光,那些失败，都使她成了今天的自己。她曾想把自己从她们中解救出来，随着年龄的增长这样的欲求越发困难，因为她们的数量越来越多，她自己已缩小到不够一个。

李页正在找她。不知为什么，她突然有此感觉，她马上从浴缸里站起来，擦干身子，跑到客厅拿起手机。没有，李页没有找她，几个无聊的群里有人在说话，经纪人在跟她抱怨她随意改名的事情。她找到李页的微信写了几句话，前后改了几次，然后按了发送，把手机再次扔到一边。她忽然想起来今天晚上十点她有工作，一个男人要来她这过夜，是一个可靠的朋友介绍的，她开价六万元，对方接受了。她才想起来为什么要洗澡，还请了保洁到家里打扫了卫生，以至于她刚才差点被挪了位置的脚凳绊了一跤。她的朋友名叫刘一朵，比马小千大十岁，过去也是一个演员，很早就不再演戏了，她发现了自己身上其他的天赋，演戏说服不了别人，做事却让人信任。她和马小千认识之后，曾给马小千介绍过几个男朋友，但是每次马小千和男人的关系都无法长久，有的只持续了一个晚上，有的甚至只在她家里待了两个小时，她就让男人走了。有一天两人聊起此事，马小千开玩笑说，朵姐，下次得让他们付钱。刘一朵想了想说，这事不难。马小千看了一眼刘一朵的脸，那张脸在她眼中马上变得肃穆起来。马小千说，我就是一说，那点钱我还是能挣的。刘一朵点点头说，我们是朋友，跟我和其他女孩的关系不一样。我真心希望你好，如果你缺钱，我可以借你，开个咖啡馆或者饭店，面包店也不错，我有个朋友已经开了两家了，钱我也不要了，就当我入股。有时候你当着我的面撒谎，我也挺生气，还有些时候你假装天真，不该坦诚的时候你过分坦诚，以显示自己挺有性格，这我都能接受。谁不在演戏呢？我喜欢你，混了这么多年也没什么出息，我也挺同情你。你就当真那么想演电影吗？我看未见得，可能你就是想找个方式实现你的价值。你有多少价值？这才是一个问题。你演戏比我强，我承认，但是强多少？ 也是个问题。马小千拿起面前的咖啡喝了一口，有一瞬间她很想把咖啡泼在刘一朵脸上，她用牙齿轻轻咬着咖啡杯的边缘，愤怒快使她流泪了，她迅速在脑海中找到南极冰天雪地的画面，一片白茫茫，企鹅嘴里长着锋利的牙齿笨拙地走着，她需要赶紧平复下来。刘一朵没有看她，也许是故意的，她掏出自己的手机看了看，手机的背面写着"恶灵退散"几个黑字。她说，我下周去日本，你有什么要带的吗？ 马小千说，给我带一件巴黎世家的大衣吧。刘一朵说，今年他家没出什么好看的大衣，我看着给你买吧，牌子我挑一挑。关于价值的事你别生气，我也问过自己同样的问题。马小千说，我生什么气啊，我相信你的品位。

　　两天之后，马小千在家里的客厅给刘一朵打电话，她说，你到日本了吗？ 刘一朵那边有些嘈杂，她听见有人跑来跑去，还有孩子在尖叫。刘一朵说，我刚落地，过海关呢。马小千说，通常你抽多少，我是说，通常情况。刘一朵说，你等我一下，我找一下护照。几秒钟之后她说，通常我抽百分之二十五。我们的关系摆在这儿，但是这个比例我不能改。我可以保证给你挑的人都是好的。马小千说，什么叫好的？ 刘一朵说，你为什么非挑这个时候跟我说这个事呢？ 马小千说，你就跟我说说吧，行吗？ 刘一朵说，好的，就是好人，没了。马小千说，你怎么知道他是好人？ 刘一朵没有回答就把电话挂了。

　　过了两周刘一朵给马小千寄来一部手机和一件CELINE（思琳）的大衣。刘一朵告诉马小千，以后她们的业务通过这部新手机联系，新的微信号要换个八竿子打不着的名字，而且不要发朋友圈，一条也不要发，手机要随身带着，一旦丢了要马上告诉她，遇到特别紧急的事情要给她打电话，不要通过微信说。马小千琢磨了一下，给自己起名叫阿波罗，那是她小时候养的一条狗的名字。

　　又过了一周，刘一朵给她介绍了第一个客人，对方当天晚上只有两个小时时间，刘一朵开价三万，对方答应了。晚上十点整，男人准时到了她家楼下。马小千开了门禁，打开房门，她发现自己没有丝毫紧张，也没想退缩。她之前已经下了决心，如果这个男人让她恶心或者十分野蛮，她就把他杀了，然后去自首。马小千对自己的想法信以为真，她确实在床头的抽屉里准备了一把水果刀。电梯门开了，走出一个大约三十岁的人，穿一件天蓝色的棉质衬衫，手拿一束百合，头发像二十世纪九十年代香港电影里的明星，梳着三七分。马小千说，你好，咋还带花了？进来吧。男人说，谢谢，你家有花瓶吗？马小千把门关上说，没有。男人说，矿泉水有吗？马小千说，有，都是冰镇的。男人说，可以给我一瓶吗？男人接过矿泉水拧开，喝了一大口，马小千注意到他的手腕特别纤细，好像鼓槌。男人把百合花插进剩下的矿泉水里，水实在太凉，马小千感到花瓣似乎颤抖了一下，然后伸展开了一些，房间里飘起花香。两人简单交流一会儿，男人说他从事互联网行业，最开始搞的是测算，后来发明了一个算法，有了自己的公司。其实我是个数学家，他说，我在美国待了三年，那日子太苦了，就回国了。马小千忍不住说，我演过电影。男人说，应该应该。但是没有问是哪部电影，也没有问她现在还演吗。男人忽然拉住她的手，说，你这儿很舒服。马小千说，没有吧，很简陋。男人说，很舒服，我之前也有个这么小的房子，后来没有了。如果一会儿我睡着了，你能让我睡一会儿吗？如果超过了时间，我会按照比例跟你结算。然后两人上床发生了关系，男人一直很安静，马小千也没有怎么发出声音，男人突然号叫了一声，吓了马小千一跳，她睁开眼睛，看见男人的牙床都露了出来。他翻倒在她旁边，很快睡着了。马小千从床上下来，去浴室洗了个澡，男人自己戴了避孕套，也没怎么出汗，所以很干净。她忽然想，如果自己不要钱，这件事情就毫无问题，一点问题也没有，就像所有在大自然的森林里发生的事情一样。她从浴室出来，男人已经醒了，光着身子在床上看手机，她意识到自己的想法非常愚蠢。男人看见她，冲她笑笑，从床上下来穿好衣服。男人说，我已经把钱转给朵姐了。你还想再见到我吗？马小千说，说实话吗？不想，但是如果你想，我可以见，还在这里。男人点头说，朵姐说你经验很丰富，我感觉不是如此，使我有点分心，但是我还是按原价给你付账。男人走后，马小千把花和矿泉水都扔进了垃圾桶。然后买了一个鞋柜放在门口，所有来找她的男人必须把鞋脱在外面。

她又拿起手机看了看，李页没有回复。她把光着的双脚放在茶几上，整个人松在沙发里。刚开始每当距离客人还有一个小时来到的时候，她都会有些焦躁，她小时候学习成绩不佳，每当考试之前都会紧张。到了今年，这种紧张感逐渐消失了，一是因为刘一朵言而有信，委派给她的客人基本都是比较好相处的，有些人甚至非常内向。她的第三个客人，一个瘦高个儿，几乎全程没怎么跟她说话，但是他带来了一个音箱，十分小巧，品质一流。在他们上床之前，他播放了一首乐曲，马小千觉得无聊，但是也只好跟他一起听下去。曲子相当漫长，他在浪费自己的时间，马小千心想，但是她也承认，她逐渐听了进去，她几乎听出了曲子里包含某种自我责备，某种阴暗的反省。曲子结束了，她礼貌地问，这是什么歌？男人说，《第八弦乐四重奏》，一个叫肖斯塔科维奇的音乐家写的。她说，我听过，但是不知道叫什么名字。男人眼睛一亮说，真的吗？她说，真的，挺巧的。这当然不是真的。男人点点头，把手轻轻伸进她的裙子底下说，肖氏说自己在谱写过程中流下的眼泪，跟一个人喝了大量啤酒后撒的尿量一样多。之后马小千自己买了音箱，也买了这张碟片，但是自己听的时候感觉差了好多，她搞不清楚为什么，也许那个男人的存在如同一个注脚，或者这首曲子只适合在做爱之前听。另一个原因是马小千的经济状况改善了，大幅度地，她的家里多了很多精致的家具和摆件，重新粉刷了墙壁。她小心地控制它们的量，不让家里显得太过拥挤。随着购买经验的累积，她的品位也进步了，她也不用再为了一点小钱演戏，她挑选的工作都是她喜欢的，她的表演也更自如了，因为她见过形形色色的人，也不担心自己发挥失常丢了工作没有饭吃。她签了一家新创立的很小的经纪公司，有了一个毫无经验的经纪人，总比没有强，表面上的业务她可以省心一些。但是她的曝光度还不高，像她这样的人有成千上万，她和刘一朵商量了一下，提高了她的价码，两周才上一次工。她计划如果她再红一点，就洗手不干了，但是现在还不行，她过去的经济积累太少了，还是不够安全。最后一个重要的原因是，她不想谈恋爱，受有钱男人的管制。略微让她遗憾的是，自从她接受了这个工作，就再没跟刘一朵见过面，刘一朵主动提出了几次，她都找理由回绝了，她也不知道自己怎么回事，不过这没有影响到刘一朵的职业性，客人跟她结算后的第二天，她都会把钱打给她。

她把玩着手机，看自己买的东西什么时候送到。李页的微信名叫作长夜里，她觉得这个谐音还挺好玩，是不是这人有失眠症？他看起来有点认真过头，也许会有这个毛病。马小千自认为也是一个认真的人，面对自己的两份工作她从来都不会懈怠。这有时候会让她痛苦，她不知道李页是不是也有同样的感受，人大不了一死，只要稍微想一下就会知道，但是还是忍不住要在活着的时候努力向上爬。这一点她觉得她和李页有不同之处，李页已经到了一个不错的位置，他的敬业也许是他的习惯而不是手段，听说他拍得不满意的时候会打人，还因此惹了官司。这相当奇怪，通常被拍摄者的要求会更高一些，因为是照片里的主人公，李页毕竟是一个服务者，就像一个厨师当真把自己的菜当成了作品，食客吃得漫不经心时他会从厨房冲出来动手。这还挺好玩的。最近她研究了李页过去的作品，大明星在他的镜头前面会变成一个普通人，充满了胆怯和犹疑，有的人服饰暴露，可是感觉不到一点色情的成分，倒像是在洞穴里的衣不遮体的原始人被偶然拍到，散发着单纯的身体的美感。有些她不认识的人，拍出来却像是大人物，野心勃勃，顾盼自雄，性欲丛生。马小千看了一眼手机右上角的时间，站起来去衣帽间找了一件长袖衬衫穿上，底下没有更换，还是一条牛仔短裤。

晚上九点五十八分，门禁响了，她遥控打开了底下的大门，然后把窗帘拉好。人迟迟没有上来。又过了大概十分钟，有人敲门，她打开门，门口站着一个中年人。也许是她见过的外形最好的中年人，身高一米八左右，身材匀称得好像石膏像，头发浓密，鬓角花白，长了一只跟阿兰·德龙一模一样的鼻子，眼睛周围有些自然的皱纹，双眼像少年一样年轻。他穿了一件纯白的T恤衫，上面没有任何图案，一条牛仔裤，脚上一双黑色的旧皮鞋，没有图案。右手拿着一瓶红酒，背后背了一只挺大的黑色双肩包。男人说，不好意思，我刚才走错了。我以为是五楼，按了门铃等了半天，没人开门。马小千说，请进，请把鞋放在鞋柜里。男人说，好的，谢谢。他放好鞋子走了进来，把红酒放在餐桌上，说，你的沙发可以坐吗？马小千说，当然，沙发就是给人坐的。男人坐下，背包放在身边，双手抱拳放在膝盖上。马小千一时有点不知道说什么好，她走到厨房去拿开瓶器，没有找到，她才想起来她家里没有开瓶器，她偶尔会喝一点酒，为了保持身材，啤酒是无法喝的，她就喝一点白葡萄酒，盖子一拧就开。她也喜欢喝红酒，但是她永远学不会用开瓶器，每次都会把橡木塞子弄碎，钢尖穿出来，酒里都是木屑，后来她就不喝红酒了。

她从厨房走出来说，不好意思，家里没有开瓶器，我叫一个。男人拍了拍自己的黑包说，我自己带了，晚点再喝，我们先聊聊天？马小千坐在男人旁边的单人沙发上，这个沙发自从买来她就没怎么坐过，当时图了它的造型和颜色，墨绿色，椅背高得离谱，坐上去不怎么舒服。男人说，我在杂志上看到过你，是你吗？马小千说，是，你觉得照得如何？男人说，很好，你开的价钱低了。马小千笑了，说，那我可以重新报个价。男人说，好啊，你报一下我听听。马小千说，我想减点钱。男人说，我没有开玩笑，你可以重新报个价，郑重的，一个人首先要尊重自己，这一点很重要，因为很多人没有判断能力，你自己的定位有时候就决定了你的分量。马小千说，你是大学老师吗？男人说，不是，我是无业游民，专业的无业游民。马小千说，十万可以吗？你可以待到明天早上九点，因为我明天上午还有工作，晚上你可以再来。男人说，你明天的工作给你多少钱？马小千说，明天是去试镜，还没谈到钱的事情。男人说，我把你明天也买下来，你再重新考虑一下。马小千说，明天确实不行，我答应了人家，我得去。男人说，一个承诺？马小千说，差不多吧，一个机会。男人说，我把你一周都买下来，多少钱？马小千说，这和钱没有关系，你可以问问朵姐。男人说，她也不重要，你觉得她重要吗？马小千有点不舒服，她不想持续地谈跟钱有关的事情，她也不想回答这么多问题。

马小千说，还是按原来说的吧，你待到晚上十二点，等我空了，我们可以再约。你确实很帅啊，你自己知道吗？男人说，你看见我的白头发了吗？马小千说，我怀疑你是染的，因为从你的整体造型来说，没有白头发还真的不行。男人说，我越来越喜欢你了，一周真的不行吗？马小千说，哥，真的不行。我有一个大浴缸，除了我没人用过，你想用一下吗？我可以给你弄很多泡泡。男人说，我的血压有点高，不好泡澡，既然时间紧张，我说话就直接点了，如何？马小千说，当然，我最讨厌伪君子。男人说，你放心，我不是。那我们现在就开始吧。马小千说，好。她背对着男人脱掉衣服，爬上床。然后她听见拉链拉开的声音，几秒钟之后，男人从后面拥抱了她，她感觉到无比舒服，男人的身体有着怡人的温度，她明显感觉到男人带着深厚的感情，似乎要把她哄入睡眠中。男人把她双手拧到后面，她说，你轻一点，我胳膊演戏脱过臼。突然一块胶布封到她的嘴上，她想喊却发不出一点声音。二十分钟后，她的四肢被绑在床的四角，男人从黑包里掏出了一个方形的电子产品放在她床头柜上，又掏出一把不大的水果刀。因为她的挣扎，他出了不少汗，他去洗手间洗了一把脸，回来时比刚来的时候看着更干净。他说，你不用害怕，你害怕了吗？别害怕，这个东西是一个分贝仪，我现在把你嘴上的胶布揭下来，只要你的分贝超过三十，我就把你的舌头割下来。如果你听懂了我的话，你就点头。马小千感到自己耳鸣，她希望自己能冷静下来，可是全身正在无法抑制地抖动，脖子僵硬得像树根，她奋力动了一下，想要点头，整个后背都被牵起了两厘米。

  男人从包里掏出一双白手套给自己戴上，随后他又从包里拿出一个小巧的摄像机和一副三脚架。摄像机的牌子是"虹"，马小千认识，那是一款相当专业的电影摄像机。他拉开窗帘看了看，黑夜里的树叶子几乎贴到窗户上，今年这棵树格外茂盛，把窗户整个挡住了。他把窗帘重又拉上，回来开始调试机器，然后熟悉了一下马小千房间里的电灯开关，研究了大概十五分钟后，他把机器架在床尾，正对着马小千的裸体，高度大约一米半，完全可以覆盖她的脸庞。然后他走到床头，伸手撕掉了贴在她嘴上的胶布。马小千使劲用嘴呼吸了几下，她的楼上住着韩国人，如果她大声呼救，也许他们能听见，但是他们不一定能听懂，即使听懂了，赶到时估计她也已经死了。这个公寓是一梯四户，以电梯间分界，东西各两户。她的隔壁一直空着，没有住人，据她的中介说，这户人家已移民去了国外，房子一直想卖，但是找不到买主，又不想出租，怕破坏了卖相。她知道求他放了她是毫无意义的，他有备而来，从容不迫，整个过程中没有一丝慌乱。她说，我想喝水。男人说，可以，但是你只能喝一点点，这种情况你上厕所比较麻烦。她说，明白，饮水机在厨房，杯子在水池上面的橱柜里。男人说，你有薄一点的被子吗？她说，有的，就在你后面的衣柜下面，第二个抽屉。男人找出被子给她盖上，接了水喂她喝，他扶住她的后脑勺，动作非常温柔，像对待一只小动物。马小千说，我不知道你想干吗，其实我遇到过不少恶作剧的人，人都有自己的癖好，你想这么玩我可以配合。男人说，你很聪明，跟小时候一样。你不要再出主意，如果你听我的，你就能活着，如果你做不到，你就活不了。你明白吗？我会割断你的动脉，让你的血流尽，然后把你切成小块，放在冰箱里。马小千说，你想让我干吗？你把我都绑上，我什么也干不了。男人说，我刚才说了，我们聊聊天，但是你有点急躁。马小千说，聊什么？男人说，回想一下，你最开始的记忆是什么？我是说，作为一个人的最开始的记忆。马小千说，我想不起来了，这跟现在有什么关系？男人说，肯定有一个起点，你想一下。马小千说，可能是三岁还是四岁，我妈在哭。好像是因为她的什么东西丢了。男人说，你有爱的人吗？马小千说，我爱你行吗？我爱你，你一进门我就爱你了。男人笑了，说，你为什么爱我啊？马小千说，直觉，我一直用直觉。男人说，谎言。还是从你的记忆开始吧，如果你讲得不好，我们就结束。你知道结束的意思吗？马小千说，我真的已经把大部分的事情忘了，我的故事对你有什么意义？我他妈就是一个普通女人，我混得挺不容易，这几年想挣点钱。我卡里有大概一百七十万存款，我都给你。密码是六个八。她的眼泪止不住地流下来，一直流到枕头上。男人说，你准备好了我就把机器打开。不瞒你说，你肯定要死的，因为你堕落，你将我的所有期望都辜负了，不过我也感激老天又让我找到了你，我以为再没有机会见到你了，你变得这样美，像所有人一样长大了。说到这里他停顿了一下，注视着马小千的眼泪，似乎在犹豫是不是帮她擦掉。

这些年里我经常后悔，我活得不好，现在我终于有机会把遗憾弥补了。不要怕死，这些记忆我都已经录了下来，在以后的日子陪伴着我，跟你活着没什么区别。你准备好了吗？

四

宋百川有一个仓库，位于东城区东北角，比邻烟袋斜街，在协作胡同的紧里头。那是他家的族产，"文革"的时候被抄没，一九七七年冬天返还给他。那年他十六岁，父母都已在运动中去世。他的父亲是画家，死于伤口感染引发的败血症，母亲是杂志社美编，死于悲愤。两人都是满族，在旗，事实上，两人都是皇族，尤其父亲，原名很长，一九四九年之后改姓为"宋"，胡乱起的，据父亲讲，大多满人的汉姓都取满姓里的一字或者一字之谐音，他却选了一个完全没关系的"宋"字，一是想跟过去彻底划清界限，二是宋朝虽军事孱弱，画家倒是不少，文人境遇尚可，就改了这个姓。十二月的一天，宋百川接到通知，让他去领钥匙。他的家已经被抄得干干净净，就剩下一点餐具，他自己也刚从外地回来。父母已殁，他就以串联的名义去各地游玩，火车上遇见有趣的朋友就去人家住下，击鼓传花一样一路南下，待了一阵后又折返北上，途中突然听闻伟人逝世，宋百川马上意识到，应该回家了，至于到底为什么，他自己也说不清楚。

那个仓库说是仓库，其实是一个四合院，只不过跟一般过去的四合院不同，是铁门，不是木门。宋百川拿着证明材料去仓库所在街道办了登记，就拿着钥匙去开门。捅了半天锁也打不开，已完全锈死，变成了一块铁疙瘩。宋百川看路上没人，就翻墙爬了进去，这几年的漂泊练就了不少本领，身体比在北京时强壮了很多，头脑也灵活了，知道了变通。里面一片破败景象，水缸里漂着碎冰，窗棂上挂着蛛网，院里的两棵桂花树叶片凋净，地上一片平整的雪，像婴儿的皮肤一样细嫩。父亲活着时跟他讲过，他们家族有一个库房，不属于个人，不属于某个家庭，属于宗族，百年来都是族里的人轮值打理，被抄走时才中断。运动开始时宋百川正要上小学，之后几年里学校的教育几近于无，但是生在这个家庭，耳濡目染，他不但看了不少书，对于书画的东西多少也有些了解，也帮着父母烧过不少东西。父亲边烧边讲，这是董其昌，这是徐渭，这是沈铨，来龙去脉，如何如何，然后就扔进火里。宋百川开始也心疼，父亲流泪，他也跟着流泪，后来都平静下来，烧起来没什么感觉，最重要的是抓紧时间。

他从墙头跳进院子里，膝盖一屈，脚踩在雪上。影壁墙被砸过了，但是没有坍废，还站在那里，像颗烂牙。四围的矮房都没有上锁，他随便推开一扇门进去，发现里面还很整洁，这是一间厢房，窗户纸都还在，一床铺盖卷起来放在侧面的榻上，他走近一看，铺盖还挺新，上面没有灰尘。在应该是正房的位置，被改造成了一个祠堂，父亲说过，说是仓库，重点就在这里，祠堂的底下是空的，家族的一些东西就放在里头，机关在供案底下，有一个菱形的石砖可以挪开。宋百川推门进去，发现有一个人坐在火盆旁边烤火。这把他吓了一跳，那人抬头看了他一眼，没有惊慌，说，你是哪个单位的？是一个光头少年，穿了一件破黑袄，估摸有十六七岁，和他年纪相仿，面貌清秀，脚边放着一把尖刀，刃大概有三十厘米长。宋百川说，这是我家的库房。少年说，有介绍信吗？宋百川说，当然有，我凭什么给你看？我能进来就说明这是我家的地方。少年说，我也能进来，这也是我家的吗？你是翻墙进来的，我都听见了。少年拿起刀把火拨了拨，说，我在这儿住了两年了，你再找个地方吧，我不想伤你。宋百川从兜里掏出钥匙伸到他眼前说，这确实是我们家的地方，今天刚还到我手上，大门的锁锈了，我估计你也看到了。少年看了一眼钥匙说，你姓什么？宋百川说，我姓宋，之前姓伊尔根觉罗。你叫什么？少年说，我叫霍光，我一直都姓霍。我爸是这儿的门房，我爷爷也是。我爸几年前死了，他临死前让我待在这儿看门。本家来了，我就走了，如果你不来，我不知道要看到什么时候。说着站了起来。宋百川说，你去哪儿？霍光说，我还没想好，我挺爱看电影的，这边放露天电影我老去，我会点把式，也许可以当个电影明星。有人说我长得像王心刚。宋百川笑了笑说，你把手伸出来我看一下。他听人说，如果一个人的掌纹乱七八糟，就说明心眼儿多，如果掌纹只有三条，清晰又不分岔，就说明是个可靠的人。霍光伸出手，只有一条粗壮的掌纹贯穿手掌，不但没有乱纹，连另两条纹路都非常浅，几乎看不见，像用橡皮擦过。他的手比一般人小，掌心雪白，四周红润，猫爪子一样。宋百川说，我家人也都没了，如果你愿意，以后跟着我吧。霍光说，你指着什么吃饭？宋百川说，我刚回北京，还没想好，听说恢复高考了，但是我没念过什么书，肯定考不上的。你呢？你有什么计划？霍光思考了一下，从兜里掏出一块手表和一枚金戒指，说，这些东西应该够我们活半年。宋百川说，哪儿来的？霍光说，抢的。宋百川说，别吹，你爸给你留下的吧。霍光说，我爸就给我留了一副铺盖，他死了，跳蚤还活着。手表是一个女的的，她很听话，我要就给了我。戒指是一个男的的，他不想给我，我就捅了他两刀。火盆里的火快灭了，他又放了两根木柴进去，说，其实也没什么大不了，我不杀他，我就要饿死。他抬起头对宋百川说，我不能去扛大包，看门也是暂时的。我是个人物的，知道吗？很多事情我一想就明白，你想吃肉吗？宋百川说，不想。他忽然想起他爸，死时不住地喘，母亲嗓子已经哑了，发出咝咝的声音，其实是在叫他爸的名字。他说，我们握个手吧，做朋友，相互间只说实话，如何？霍光把刀放下，说，你大名叫什么？宋百川说，宋百川。霍光说，你有住的地方吗？宋百川说，有，这院子也是我的啊。霍光伸出手把宋百川的手握住说，以后我们是朋友了，能不能同生共死不知道，但是我们是朋友了。宋百川说，我问你几个问题。霍光说，行。宋百川说，你不是北京人吧？口音不像。霍光说，不是。宋百川说，你爸不是我们家的门房吧？霍光说，不是。宋百川说，你真的杀过人吗？霍光说，杀过。宋百川点头说，我家有些东西在这里头，我们一起拿出来，具体有什么我也不知道，看运气了。霍光说，在哪里？宋百川说，就在你屁股底下。

两人挪开火盆，霍光用刀柄敲了敲，确实有一块地砖底下是空的。他顺着石缝把刀刃塞进去，撬开石头，露出一人宽的一个窟窿，能看见几级石阶，极陡，再往里面就看不清了。霍光说，别忙，我有手电。他跑到厢房拿来手电筒，宋百川说，你给我照着，我下去，上面要留一个人。霍光说，我瘦，我下去，你在上面等我，我最烦等人。他一手提刀，一手拿手电，后背冲前把自己顺下去。如果我老半天没上来，你就走，也许有埋伏，他说。宋百川说，谁埋伏你？霍光说，我说万一。他头进去之后，转过身来向下走。宋百川等了大概半个小时，霍光爬了上来，身上一层灰尘。宋百川说，怎样？霍光说，好玩。宋百川说，什么好玩？霍光说，底下才是祠堂，你列祖列宗的牌位都在底下。宋百川说，就这个？霍光说，有三箱字画，有的受了潮，大部分还很好，我看大概有一二百张。宋百川说，是谁画的？霍光看了他一眼说，我不识字，你自己看吧。墙上还有壁画，画的是和尚的故事，一小半掉了，大部分能看得清楚。还有十二尊石佛，都有半米高，我看每个都有两三百斤，运走需要点工夫。宋百川说，我去弄个板车。霍光说，板车太显眼，石佛不怕潮，壁画你也弄不走，只能让它先这么着。这些画我们放在包袱里背走，只要这个院子在你手里，别人进不来，石佛我们慢慢运就行。宋百川说，壁画其实也可以弄走，就是需要专业的工人。霍光说，多一个人知道就多一条命，弄完壁画我不会让他活着。你决定吧。宋百川说，其实过两年弄也来得及，剩下多少弄多少。我们不说,别人不知道地底下有东西。霍光把刀别在后腰,用衣襟盖住说,其实我现在杀了你,这些东西就都是我的。宋百川说,说得没错。霍光说,你去找包袱吧,回来时别翻墙,把锁砸了,换个新的。天黑我们就开始运。宋百川转身要走,霍光说,别着忙,评书里说越是这时候越要沉着,面不改色。我在这里等你。宋百川没说话,他跳墙出去,撒腿开始狂奔。

一九八四年,他们各自买了一台夏利车。一九九六年,宋百川名下的三家酒店和两家画廊都运营得很好,除此之外,他还控制着十几家服装厂,仿制国外的运动品牌,每个厂子都不大,分布在广州、福州、深圳周围的县市,思路灵活,生产力极强。他养着一支盗墓队,常年在全国各地的乡镇山岭游荡。此时的霍光已经认字,不但认字,还有了近视,戴着一副轻便的眼镜,他是宋百川的多家企业的隐形股东,但是他从来不坐办公室,对经营企业毫无兴趣。二十年间,因为经济上的冲突,宋百川有几个不可化解的仇家,在一次谈判中他被剁掉了左手的小拇指。后来霍光杀了其中两个,另外几个有的逃到了国外,有的彻底归隐,不再出现了。霍光把这两个人肢解,装袋,扔进了南方荒僻的野湖里。宋百川知道霍光动了手,但是具体方法和时间地点他不知道,也没必要知道。两人有时候争吵,有时候彻夜长聊,有时候去日本箱根泡温泉,有时候赌气一个月不再见面。但是两人有个共同的爱好,就是收藏。当年的石佛两人一人六个,摆在家里都没卖掉,壁画后来救出了三分之一,宋百川单独买了一栋房子,装上了最好的调节温度和湿度的控制系统。他把壁画镶在墙上,石佛摆在两边,祖先的牌位摆在画前的桌案上。他找人仿制了两个牌位,写上父母的名字也摆在上面。这个地方只有他和霍光知道,是他们沉思的空间,心灵的密室。

宋百川发现，因为涉足收藏，霍光的气质在变化，跟当年他们偶遇时已大相径庭，脸上的冷光消去，看上去像个读书人。霍光每年都会有几个月带着盗墓队在野外工作，他们设备精良，经验丰富，几乎每年都有不少收获。他也做古董交易，听说哪里有好东西，他就马上飞过去看。开始的时候他买过一些假货，后来这种情况就越来越少了，有时候他会故意买些假货放在家里，觉得好玩，因为宋百川有时候分辨不出。虽然出身世家，宋百川的水平已经远远落后霍光了，他知道一方面是那几年他忙于经营企业造成的，另一方面当年霍光的屁股就坐在无数古玩之上，这是缘分，不只是靠专注和努力就可以达到的。两人都没有结婚，宋百川的女人相对固定一些，他会认真谈恋爱，爱情消失了，两人就分手。霍光没有谈恋爱的能力，所以他的女人极多，是宋百川的很多倍，分布在全国各地，隐藏在三教九流。这是十分危险的游戏，两人因此大吵过几架，但是宋百川也知道，这正是霍光的性格，即使女人知道了一些不该知道的事情，他相信霍光也会处理好的。

一九九六年四月，清明刚过，霍光在S市的朋友小马给他打来电话，说他们得了一件东西，问他有没有兴趣来看一看。霍光问是什么东西，小马说是一把战国时的青铜剑，建筑工人在拆迁过程中挖出来的，现在到了他们手里。霍光问，品相如何？对方答说，一等一的，剑柄刻有一个"让"字。霍光说，我明天就到，到了呼你。晚上霍光来找宋百川吃饭，跟他提了一嘴第二天要去S市出趟差，宋百川跟他说S市这两年弄国企改革，不是很太平，万事要小心。霍光说他跟小马做过几桩买卖，基本还是可靠的。宋百川问，"让"，可能是啥意思？霍光说，运气好的话就是豫让。宋百川说，豫让是谁？霍光说，战国时的刺客。他的这把剑应该落到了赵襄子手里，后来怎么到了S市，难考，他的故事很有意思，你回头自己看看吧，《史记》里有。第二天白天，霍光从银行提了十万现金，又从家里保险柜里拿出一把六四军用手枪，到郊外简单试了试，性能没有问题。晚上坐 K9J 次卧铺，隔天早上八点到了 S 市。

　　S 市八点的早晨还是灰蒙蒙的，好像还没有亮透。出站的广场上一座高高的尖塔，最上面顶着一辆纯钢的坦克。霍光提着行李包在街上走了一会儿，温度很低，走了一会儿就暖和了一点，他在站前找了一家回民馆喝了一碗羊汤，然后出来打车到了候成宾馆。他每次来 S 市都住这个宾馆，位置在使领馆附近，是 S 市绿化最好的一片区域，价格昂贵，环境幽静，原来是领导人的住所，改革开放后对民众开放，牌匾是当地的大书法家沈延毅题写的，很见功夫。霍光打开电视看了会儿当地的新闻，然后用房间的电话打了小马的传呼，说他到了，小马回电话说他一个小时之内就到，带他去看剑。霍光问，今天就能看？小马说，能，下午就可以看。霍光说，东西在谁手里？小马说，在一个姓姜的保卫科科长手里。霍光说，在哪儿看？小马说，在他们厂，小型拖拉机厂，很安全的，工人都回家了，没什么人。霍光放下电话，拿了两万块放进包里，剩下的钱用纸包好，放进抽水马桶的水箱里。他躺在床上，想了想 S 市有什么女人可以会会，还真没有什么具体的人，之前有一个挺好的女人已经跟着丈夫南下去了海口，给他打过电话，他觉得实在太远，之后就再没见过了。

　　十二点刚过，小马到了，开了一辆白色的桑塔纳，两年没见，他发现小马比过去成熟了，之前他在小马这儿买过一个很贵的笏板，是从长春那边流出来的，他一直很喜爱，时间证明了它的成色，现在比那时更贵了，他也没有转手。那时小马是个话很多的人，生怕你不识货，说一串一串的话。这天他的话少了些，稳稳地操控着汽车，偶尔介绍一下经过的街道。这是艳粉街，他说，这地方你来过，有印象没？霍光说，有。他们的车从艳粉街中间穿过，霍光记起来了这个地方，上次来的时候比这晚,已经开化,路上都是烂泥,他们徒步走了好长的时间,鞋底子越来越厚,才到了一个自行车车库。小马的母亲就在看车库,戴着一顶白色的绒线帽子,小马从床沿的一卷棉花里拿出那个东西。老太太正就着炉子喝苞米面粥,并没有看他们。霍光说,你妈现在怎么样?小马说,傻了,我给她送到阜新我姐那儿去了。后来就知道喝粥,你给她吃别的她认为你下毒。霍光微微点了一下头。一路上小马都没怎么提剑的事,他也没问,他知道这事小马就是一个联系人,能分到一点钱,但是对东西了解不多,甚至他可能都没见过。霍光觉得很有意思,他已经很多年没有这种感觉,就是心脏在不规律地搏动,就好像有什么东西在发出电磁波,这种电磁波只有他能接收到,而且越来越强烈。

他们开过一泊野湖和一处铁轨,面前出现了一片厂房,面积十分巨大,周围却十分荒凉,感觉艳粉街已经在身后十几公里的地方。小马停下车说,这就是小拖,当年单批的地,盖完小拖盖大拖,后来大拖迁到了合肥,这块地就空下来了。试拖拉机方便,有时候他们还在这儿比赛。十年前的事了。工厂门口站着一个人,感觉是站了挺长时间了,整个人缩着,脖子给压到了最短。他们下车之后他就走了过来,小马问,姜哥他们到了吗?那人伸出头来说,刚到,你们前后脚。说完走过去打开了工厂大门里面套着的小门,小马和霍光走进去,他反身把门锁好,引他们往前走。

阳光大好,把厂子里的树和房子都照得清清楚楚,只是宽阔的厂路上一个人都没有,两边停着数不清的拖拉机,崭新的,又似乎已经陈旧了,落着残雪和灰尘。走了大概五百米,那人一拐,进了一个车间,霍光跟着走进去,发现车间的面积很大,足有两千平方米,设备很少,只有一两台车床靠在一边,露出一大片空场,阳光从三米高的落地窗照进来,地上一块块已经干透的油渍反射着流动的光。两个人站在空地的中央，面前一张木桌，上面放着一个长条木匣，霍光远远看去也知道木匣是新打的，木头还挺生。两人走上前去，小马说，姜哥，这是北京来的光哥。一个穿黑色皮夹克的中年人，从桌子后面走出来伸出手来说，老听小马提你，终于见着了。中午吃饭没？霍光说，东西看看？姓姜的说，没废话，挺好，看吧。他转身把匣子掀开，里面是空的。霍光说，什么意思？那人说，你带了现钱没？给我们也看看。东西肯定是好的，交给国家我们立大功，交给你，我们要一百万。霍光说，这个钱有点多了。那人说，这几个都是我厂里的兄弟，厂子不行了，就去了建筑工地，东西是他们几个得的，钱都要有一份，实话说兄弟，大伙指着这个钱翻身。霍光说，理解，换我也一样，但是我不可能带这么多钱在身上。他从怀里掏出两万放在桌子上，说，这两万我买看一眼，无论东西是新的旧的，我买不买得起，这两万都是你的。那人说，可以，不俗啊不俗，不愧是北京来的。我看可以，嘎子，你去把货拿来。领他们进来的人点点头，从车间后门出去，等了好一会儿，抱着一个细长的黑色塑料条走回来，塑料上缠着一圈一圈的透明胶条，看分量不轻。叫嘎子的人把塑料拆开，里面是一个花梨木的剑匣，上面略有坑洼，但是不多，似乎还有点香味。剑匣平放在桌子上，打开，里面是一把青铜剑。全长大约七十厘米，剑体有五十厘米，锋利如新，阳光底下，霍光能看见自己的脸，剑柄上刻着一个"让"字，嘎子戴上线手套，把剑翻过来，剑柄的另一面刻着一个"智"字。霍光的心跳如雷声，他点点头说，好东西。姜把匣子合上说，现在怎么讲？霍光说，值这个钱。我带了卡，这两天我提给你们，东西别给别人看了。姜说，好，那就一百五十万，我找人带你提钱去。霍光说，不是一百万吗？姜说，兄弟，别谦虚，能拿出一百万，一百五十万你也没问题。卡拿出来。霍光笑了说，是不是我提了钱，这东西也不给我？他回头看了看小马说，是不是？小马摇头说，光哥，我完全不知道，不知道。霍光说，我把钱给你们，我能活着出城吗？姜说，想多了，钱到位，东西就是你的。宝剑配英雄。霍光说，我不是英雄，我是生意人，愿意按规矩办事，你挖个坑等着我，我不愿意跳。姜说，嘎子，帮他把卡拿出来。嘎子走上前来，手里拿着一把磨尖了的改锥。小马说，姜哥，要不咱们算了，光哥是个文化人，这么多年挺照顾我。嘎子说，你他妈别当秦舞阳。这时霍光从后腰拔出手枪，顶在嘎子肚皮上开了一枪，然后看他也没看他，连跑两步，再垫半步前冲，一枪打在姜的胸口。剩下一人转头就跑，霍光一枪没打着，他紧跑两步，稍微镇定了一下，双手握枪又开了一枪，这枪打在他的腰间，他走过去把他翻过来，照着他的脑门一枪，血溅在他的皮鞋上。霍光转过身来，看见小马一动不动，好像休克了一样直翻白眼。他拍了拍他的脸说，没想到？小马突然尖叫了一声，光哥！霍光说，你刚才劝了一句，说的是事实，按理说我应该放你走，但是我们认识，你又在场，我不能让你活。你妈在阜新，我会找到她给她一笔钱，如何？小马的眼神聚焦了，看着霍光的脸说，哥，饶了我。霍光说，认识我这么多年，你算白认识了，我心里挺难受。他一枪打中小马心脏，小马一声没出，跌倒死了。他转身发现姜还没有死透，一手捂着胸口，另一条胳膊在地上上下摇着，像出了故障的指针。他从木匣里拿出青铜剑，分量不轻，五斤往上。他蹲在姜的身边，听见姜说，哥们儿，我有个女儿，帮我叫个救护车。霍光说，来不及了，你知道问题出在哪儿吗？你没规矩。你要是上来卸我一条腿，我把卡也给你了，你还没这个胆。挺可惜的，本来你要发了。姜哭了，说，我就想……霍光挥剑把姜的脑袋砍了下来，脖子上一条浅浅的线，似乎两厢还没有分离，姜的眼睛还在转动，话没有说完，血就流了出来，极多的血流在地上，像一摊机油。霍光摸了摸剑锋，一点血也没有。他脱下自己浸血的皮鞋，把几个人的鞋都脱下试了一遍，小马的鞋跟他的脚完全合适，好像定做的一样。然后他拾起了所有的弹壳，把脱下的血鞋揣进怀里。

半个小时之后，霍光用小马的桑塔纳拉着四具尸体来到了刚才经过的湖边。一个老人在垂钓，霍光停车等了一会儿，四周是初春的景象，枯草已经泛绿，刮着轻柔的南风，一只肥胖的野猫从树丛里钻出来，过了一条窄窄的土路，钻到了另一片树丛里。天色将晚，老人收拾渔具离开，似乎收获一般，意兴阑珊。霍光看他走远，下车，捡了一些石头放进车的后备厢，然后把车推入湖中。落日照在湖面，使湖水看上去稠密了一点。他等了一会儿，看车沉下去，又等了一会儿，看车没有浮起来，便用胳膊夹着包好的剑匣从艳粉街穿过，当晚就穿着小马的皮鞋上了回北京的火车。

五

当天晚上褚旭睡得很好，姜丹也睡得很好，褚旭在睡前自己听了一会儿小布机器人播放的评书《三国演义》，听到典韦为护曹操力战张绣而死，他觉得睡意来了，就让小布关机并与其道了晚安。姜丹是昏睡了过去，衣服也没脱，醒来时感觉身体极干，喉咙到胃好像被人用扫帚扫过，但是因为睡得实，所以头脑极清醒，她好久没有睡过这么好的觉了。昨晚窗帘没拉，天光已经大亮，但是尚在清晨，阳光显得净又新，像第一次穿的白衬衫。她打开手机，看见保姆一个小时前发给她的微信，她已经把褚旭顺利送到学前班，让姜丹不用担心，晚上她还会去接他。姜丹回复了感谢，给她发了一个八十八块钱的红包，然后爬起来洗漱。镜子里的眼睛还是有点不自然，眼袋比平时大，眼角比平时红，眼皮也比平时肿，眼睛就显得比平时小了。她给自己化了一点淡妆，到书房里简单整理了一下课件。今天是案例分析课，要讲的东西相对没有那么多，学生讲的要多一些，这种课有故事性，很多跟死亡有关，学生的积极性要好一些。她带了六个研究生，两个研一两个研二两个研三，男女各三个，就像是命运故意追求某种对称一样，其中两对还谈起了恋爱，而剩下两个，因为那个男生不喜欢女生，所以留下了一个巧妙的单数。这些孩子都非常聪明，这是姜丹最大的感受，由此她也相信了一点达尔文的理论，人的大脑是在向着更精密进化的，吸收知识对于他们来说就像是某种天性，像呼吸一样，不需要刻意的努力。另外一点是他们都非常清醒，明确知道当前的学业和恋爱都是为了什么，这一点又让姜丹有点怀疑进化的理论，在谋求幸福方面，灵魂和天意都在其中起着举足轻重的作用，而这两者都是很难说清的。学习法理就要了解一点苏格拉底和亚里士多德，姜丹不得不知道一些这种东西，某种程度上这也是命运的安排。

　　走到校园里，太阳已经完全升起来了，太阳越高，看着离自己越远，天气越热，姜丹感觉一阵子眩晕，出了一身的汗，她赶紧找了一把长椅坐下来，包放在旁边，休息了一会儿。长椅在树荫底下，一片巨大的草坪旁边，头上的树叶相互摩挲，沙沙作响，几个学生穿着黑而漫长的毕业礼服拍照，两个女孩把一个男孩抱了起来，男孩的双手勾在两个女孩的脖子上，帽穗冲前，好像一绺多余的头发。她发现有个戴着黑色前进帽的人坐在草坪另一侧的长椅上，双肘支膝盖上，一个灰色的看上去质地很好的背包放在旁边，几乎与她的位置完全正对，人对着人，包对着包。她心想，他是谁？这人衣品不俗，帽檐遮住了他的脸，像在发呆，又像在默祷。烈日照在他的黑色帽子上，应该非常热吧？难道高温能帮助他大脑思考？姜丹盯着他看了大概五分钟，他的脚是正常大小，尺码四十一左右，他一动不动，好像知道有人在看他，要显示一下自己的耐力。姜丹也搞不清楚自己为什么要看他，一般情况她看一眼对方的脚，不对就不再看了。也许是她酒还未醒，精神恍惚？也许是角度问题，无处可看？为什么要看他？她挪开了自己的目光，站起身来，忽然感觉精神好了不少。她迈开步子走向自己的教室。

　　一九九六年父亲失踪后，姜丹立志要找到他，甚至比她母亲更为坚定，她在厂区和艳粉街张贴了无数的寻人启事，跟着母亲去公安局敦促警察破案，后来母亲不去了，她就自己去。S市刑侦大队的人都认识她，知道这个案子的家属里有这么一个倔强的小姑娘。最开始几天姜丹担心是父亲抛弃了她，因为从一九九五年开始，父母亲的关系就紧张起来，母亲在区交通局做文职工作，父亲是转业军人，分配到小型拖拉机厂保卫科，两人通过介绍认识，很快就结婚了。一九九五年父亲虽然已是保卫科科长，但还是面临着失业的风险，母亲的工作相对稳定。两人对未来的规划出现了分歧，父亲想包辆货车，搞搞运输，母亲认为街面上不太平，开长途又聚少离多，不如在街边做点小买卖，或者干脆在家里待一两年，照顾一下姜丹，也观望一下厂子进一步的发展。父亲又提出要开个饭店，也被母亲否决了，饭店投资大，需要借钱，照应起来又要求细心，父亲平时对吃完全不在意，她觉得父亲不是这块料。其实两人的矛盾由来已久，姜丹虽小，早已意识到母亲的生活不那么简单，因为父亲的工作使他经常整夜不归，一周七天至少有三天住在厂子里，他也喜欢那种生活，有朋友，有漫长的夜晚，有炉子上的吃食和便宜的散装白酒。姜丹很喜欢父亲，她觉得父亲非常幼稚，一方面自命不凡，一方面又懦弱无知，对朋友之好要远远超过对自己的家人，好像那些人身上存放着他某种乌托邦的理想，是朋友就一生一世在一起，即使总是聊着那么几个话题，总是谋划着要干点事情，其实什么也没干过，都是靠工厂养活，但是还是不失对对方的尊重和迷信。姜丹认为父亲也喜欢她，只是找不到好的方式跟她相处，她相信如果她是个男孩子，即使父亲经常揍她，肯定也比现在更加亲密。她的成绩很好，父亲深以为傲，母亲倒觉得没什么，她甚至感觉到父亲有时候在她面前会有点拘谨和惭愧，她将其理解为一种对卓越的敬畏。很快她就松了一口气，父亲没有抛弃她，跟她父亲一起失踪的还有三个人，除了她的父亲姜卫刚，还有他的朋友王旭升，外号嘎子，七车间的焊工，他的朋友赵全，保卫科干事，还有一个社会上的人，叫作马连众，与他们不是同事，几年前干了个体，离异，一直在搞古董买卖。一天晚上母亲把她叫到餐桌旁边，跟她说，小丹，你父亲生还的可能性已经非常小了。姜丹说，他们凭什么这么想？母亲说，他们在你爸厂里七车间的地上找到了血，有一部分是你爸的。姜丹说，人流一点血就会死吗？说完就回到了自己的房间。

半年之后，姜卫刚和其他几人的尸体找到了。又过了一年，姜丹初中二年级的时候，母亲再婚。搬家的当天晚上，继父跟她做了一次长谈，他先保证自己会照顾好这个家庭，虽然家庭的情况有点特殊，但是所有家庭的核心都是一样的，父母要相爱，对孩子要上心，经济上要有保证。这些他都能做到。因为父亲的案子，她和杨道林早就认识，她对他有这个信任。她还是哭了，她知道这样没什么不好的，父亲已经死了，无论因何而死都不能活转了，这样没什么不好的，杨道林的家比原来的家大十几平方米，她的房间也布置好了，都是她过去用的书桌和床。确实没什么不好的，她哭得非常厉害，也许如果有什么显著的问题她倒不会这么哭。她在心里呼喊着父亲的名字，那个名字不再属于一个活着的人，阻止不了任何事情，可是那个名字在很多年里是多么的重要啊。

杨道林等她哭完，说，如果你愿意我可以跟你详细讲一下这个案子，这是我们共同在意的事情，我觉得我有义务跟你说一下。有什么问题你尽可以问，也可以帮我分析，我尽量客观一点，提到受害人的时候使用他们的全名，你能承受吗？姜丹说，能，我想听真话。他点点头,先陈述了一下案子的概况。那天厂里没人,原来两万人的工厂只有他们几个人,受害者的家属都不知道他们出门要干什么。马连众有一个女儿,八岁,那天她被锁在家里,无法提供有效的证言,现已被送到阜新她姑姑和奶奶那里,不过在马的家里搜出了十几件古董,有真有假,大多来源不明,也搜出了包括洛阳铲在内的一些盗墓工具。初步认为这起案子跟古董交易有关。所有人的尸体上都有枪伤,但是在现场没有找到弹壳,说到这里他停顿了一下,说,只有姜卫刚的身上还有一处刀伤。姜丹说,在哪里?他说,在脖子上,他的头被砍了下来。因为腐烂太严重,对于是一把什么样的刀我们无法确定。姜丹说,他的头和身体是被分开扔进水里的吗?他说,不是,都在车里面。那台白色桑塔纳就像一个大棺材,所有尸体都在里面锁着。姜丹说,嗯,你继续说吧。他说,我们认为姜卫刚、赵仝、王旭升、马连众几人应该是来到工厂跟一个或者几个陌生人做文物交易,中途产生了矛盾,凶犯杀了他们几个,沉尸湖中,把古董抢走了。具体是什么古董我们也不知道,因为知道的人都已经死了。姜丹说,你们知道什么?杨道林说,我们也不敢说自己知道,只能是一些推测,可能性。有时候办案需要直觉,我也跟你说说我的直觉,虽然有些同事不赞同我的直觉。姜丹说,你娶了我妈,你的同事怎么看?你觉得你会幸福吗?用直觉。杨道林说,我们虽然关系特殊,但是经历了从陌生人,到朋友,到恋人,到夫妻的过程,我觉得也并不怎么特殊,其他人怎么说我也不在意。我今年四十岁,一直没有结婚,现在结了,说明了一些问题。姜丹说,这不是直觉,继续说吧。杨道林说,所有尸体身上的钱物都没有丢失,衣服也都完整,只有马连众丢了一双鞋子。姜丹说,是不是搬动的时候中间掉了?杨道林说,我们把工厂到那个野湖附近的路全都找了一遍,没有找到。一个人出门是不可能不穿鞋子的。有人认为这不是一个重要的线索,我觉得不然,这个杀人者把弹壳都捡走了,说明做事非常严密，怎么可能把鞋子弄丢了呢？姜丹说，我懂了。杨道林说，你说。姜丹说，他换了鞋。杨道林说，嗯，我也这么想。他为什么换鞋我不知道，但是我比对了所有人的脚，马连众的尺码最大，四十四的。姜丹说，他可能是本市人吗？杨道林说，我认为不是，我们这两年已经排查了大量可能跟古董有关系的人，没有结果，我觉得这人不是Ｓ市人，是外来的，现在已经回去了。还有一个线索，姜卫刚除了枪伤，还有钝器伤，怎么回事？姜丹想了想说，哦，这个文物可能是一把兵刃。杨道林端详了一下姜丹说，你为什么这样想？姜丹说，如果致命伤是枪伤，他没必要再砍，如果是外来人，跟姜卫刚也没什么过节，只是来交易古董，很可能是第一次见面。唯一的可能性是试这个东西。杨道林说，我们想的一样，我觉得东西是一把刀斧或者剑，虽然古老，但是非常锋利。鞋和凶器，我们掌握的东西差不多就这么多。姜丹说，据我所知，姜卫刚对古董一窍不通，他连唐代和宋代都分不清。杨道林说，这不是问题，东西落到了他手里，有人告诉他这东西很值钱就可以了。另外他在保卫科工作，这点也很重要。

两人相对沉默了一会儿，杨道林站起来伸出手说，谢谢你对我们工作的支持。姜丹说，以后我叫你什么？杨道林说，你叫我大林或者老道都可以，我的同事叫我老道，我妈和我姐叫我大林。姜丹说，那我叫你大林吧。杨道林说，好，我们是朋友，你有任何事情都可以找我。睡吧。姜丹说，姜卫刚是个好人，我了解他，他是我爸。杨道林说，嗯。姜丹说，如果你已经放弃了这个案子，你也想着点他，可以吗？杨道林说，正相反，他是什么人不重要，案子我不会放弃。睡了。

学生已经到了教室，临窗的座位太晒，姜丹让学生拉上了窗帘，房间骤然幽凉。今天讲敲诈勒索罪的定罪依据和法理原则，尤其是涉及两人是情侣，准确地说是婚外情中形成的敲诈勒索案例的流变。姜丹的授课风格是言简意赅，不苟言笑，她会提醒学生，所有案例都不是故事,而是一个个活生生的人通过言行形成的,记住这一点,才能明白法律的精神,最终的精神是要通过裁制人而拯救人的,即使要对一个人处以极刑,也是为了救另外的人。讲得久了,这样人道的灼见也会通过重复变得僵硬,但是她也没什么办法,她是教师,是社会详细分工底下的一员,分工和人道似乎在某些方面总是略有冲突。私下里她和学生的关系都很好,因为她年纪不大就已是研究生导师,跟弟子的年龄差很小,有的学生曾是律师,有过社会经验,年纪和她相仿。他们会相互推荐电影、美剧,还会一起追星,在微信群里分享明星的新闻。姜丹对昨天的醉酒很内疚,婚变之后她其实是依靠着这份工作生存了下来,依靠着面前的这些学生,当然他们并不知道这些。她也不知道为什么最近几天她的情绪如此不稳定,经常溜号,感怀世事,原先是一棵树,这几天她似乎变成了一片叶子。她看了一眼教室后面的圆钟,得下课了,她听完了最后一位学生的发言,事实上她没听清他说的内容,只是在听他说话。说完了。她说,说得很好,就是如此,下课吧,作业我在群里说。学生窸窸窣窣站起来,和她打过招呼,走出去,她看见一个人站在门口,是刚才坐在草坪对面的那个人,背着灰色双肩包。她一下把他认了出来,那人没有回避她的目光,直挺挺地站在那儿。姜丹感觉到自己的嘴动了一下,没有发出声音,她稍微活动了一下脸部肌肉,感觉没什么问题,目光回到教室,教室里已经没有人了,她看着那些桌椅,第一次发现教室这么拥挤,中间的过道这么窄。

李页走进来,站在距离她两步远的地方说,打扰你了吗? 姜丹说,没有,已经下课了。李页说,我来这儿找个朋友,没想到在草坪那儿看到你了。你后面还有课吗? 姜丹说,没有,我去院办办点事情。她忍不住说,你戴帽子不热吗? 李页把帽子摘下来说,主要是我今天没洗头。姜丹看了一眼他的头发,比过去短了点,依然浓密,额尖的部分略微少了一点,但还是乌黑发亮的。她记得之前她就非常羡慕他的头发,曾经开玩笑要移植一点过来,因为她的头发发黄,太阳一照像枯败的杂草,李页常说她有匈奴的血统。李页说,院办远吗?我陪你过去,正好我就走了。姜丹说,好。她把书和电脑装进包里,她忆起当年对他的恨意,浑身发抖。她说,十分钟路吧,在东门附近。李页说,我们现在往东走吗?两人走在路上,没有说话,有个骑自行车的学生认出了姜丹,跟她打招呼,她没有反应。姜丹原以为她会突然发作,没有,两人的步频基本一致,她不得不承认这几分钟的路她走得很舒服,没有感觉累也没有感觉热,风似乎在他们后面辅助着他们的运动。到了院办楼下,姜丹说,我到了。李页说,好,东门是继续往东吗?姜丹说,你走到这个篮球场后面,旁边有条大路,你上大路就看见了。李页说,我再等你一会儿吗?我今天没什么事。姜丹说,好。

  我为什么要这么说呢?她走进大门,不自觉地加快了脚步,她想起了褚旭,我应该现在回去把他赶走,可是她的双腿已经走进了电梯,一手拎包,一只手迅速按了楼层按钮。也许我下楼时他已经走了,我三十六岁了,头发短了,眼睛也肿了,比大学时胖了。我为什么要评判自己?她再次想起了那个雨夜,她高烧不退,在被子里战栗,以为自己会因为心碎而死,眼泪的温度比体温还高。跟大多数男人一样,这是一个邪恶而没有人性的人,他只是欺负我有涵养。她感觉随着电梯的上行自己的体温也升了起来,走出电梯时伸手摸了摸额头,只有一层汗水,因为空调而变得温凉。院办的办事人员是一个小姑娘,态度良好,身材娇小,姜丹盯着她看了一会儿,小姑娘说,您在这里签字。她看着她的脸庞,毫无修饰,平整而美丽,小姑娘又说了一遍,您在这里签字。她说,好的好的。她的前夫喜爱音乐,褚旭从四岁开始学习钢琴,现在已经颇像一点样子,可以弹李斯特的《b 小调奏鸣曲》了,这几乎是他留下来的唯一有益的东西。她看了一眼手机,今晚七点钢琴老师要来家里上课，她标注在日程上了，关于自己的工作她不会忘记，关于褚旭的事情她都记在手机上。她走出楼门口，看见李页还站在刚才的位置，在一片白色的日光里，像一株旱季的庄稼。她走到他身边，说，你来找我干吗？你凭什么想来找我就找我？你凭什么想在这里等我就在这里等我？李页说，我就是想来看看你，如果可能的话，跟你说说话，如果你想让我消失，我现在就离开。姜丹说，你想跟我说什么？李页说，你结婚了吗？姜丹说，结了。李页说，哦，你们生活得怎么样？我没别的意思，算了，我有别的意思，你们生活得怎么样？姜丹说，你现在就从我眼前消失，我没记错的话，你可以跑得很快，现在消失。李页说，你有孩子吗？姜丹说，有。李页说，好吧，我现在是摄影师，如果你孩子过生日想拍些照片可以找我，我不收钱。我拍得挺好的。说完李页转头走了，姜丹看他走出了大概十几步，她意识到他就要再次从她的生活里走出去了，她忽然想尖叫一声，那是一种死亡的感觉，可是她已经不是过去的那个女孩子，她一动不动，毫无作为。

　　李页忽然转身走回来，说，你可以跟你丈夫离婚然后跟我结婚吗？孩子应该跟着妈妈，我会把他抚养得很好。如果你觉得对他不公平，我们可以不要孩子，就他一个孩子。我这些年赚了一些钱，不是很多，都交给你打理。我还在租房子，也没有车，我有很多镜头，也许你不关心我有多少镜头，但是我确实有很多镜头。我大概的意思就是这样吧。我为什么要说镜头的事情？我的意思你能明白吧？姜丹说，你为什么这样不要脸？你想过拆散一个家庭是多大的罪吗？把孩子的父亲从他的生活里驱逐出去，你知道对孩子的影响有多大吗？你真是道德败坏，真是恶心。李页说，是的，你能考虑一下吗？姜丹说，我昨天晚上想起了你，都是你做的坏事情。没想到你比那时候还要恶。李页点点头说，这可能是我对生活钻研的结果。姜丹说，什么结果？李页说，在有些事情上，善是全部意义，在有些事情上，通过善什么也得不到。姜丹说，我已经离婚了，但是我不能接受你，因为你不要脸。当初那个女孩呢？你可以为她死的那个女孩呢？李页说，不知道。我现在有竞争者吗？姜丹说，有，很多，我儿子今晚有钢琴课，我得走了。李页说，我能跟你一起去吗？姜丹说，做梦。姜丹产生了一种幻觉，她并没有在撒谎，确实有很多人在追求她，他们都把她当作人生的最终目标，就像一个方程式，看上去很严密，只要改动其中一个数字就可以得到她想要的结果。如果他再坚持一下，我就把钢琴课取消，让孩子休息一天也好，她心想，然后跟保姆说一声请她今晚多待一会儿。我需要再了解他一点，如果他没变，他还是会伤害我。如果他变了呢？那我还会爱他吗？他已经变了，他不再画画了。也许我也改变了呢？我改变了吗？

太阳烘烤着他们两个人，姜丹感觉到世界在转动，由近及远，越是遥远的地方转得越快，只有他们两个是静止的。

你开车了吗？

六

第二年冬天，也就是一九九七年冬天，霍光又回了一次S市。

前一年发生的事情他没有跟宋百川说，但是宋百川感受到了一点异样。剑他看了，确实是旧东西，但是旧的程度他分辨不出，是战国的东西还是汉代仿制的，很难说，上面写的"让"字是不是代表豫让，也很难说。没过几天霍光说，剑放你那儿吧，就是那个小祠堂。宋百川说，你不要了？霍光说，不是不要，是放你那儿，我想看就去你那儿看。宋百川说，你咋回事？霍光说，啥事没有，我就是觉得放你那儿好。宋百川答应了，把剑接了过来，霍光的性格如此，很多话不说透，可能过一阵子就清楚了。过了一阵子，他发现了另一个问题，霍光在大半年的时间里总是穿着一双米色的旧皮鞋。霍光是一个颇注重仪表的人，尤其是三十岁之后，衣服的搭配都很适宜。有一天宋百川忍不住问，光，你为啥老穿这双鞋？霍光说，是吗？我什么时候老穿了？宋百川说，你没注意吗？你天天穿，我怀疑里面都臭了。霍光说，里面干净得很。明天换一双，你怎么还注意这个？第二天他并没有换，只是把鞋擦了擦，打了打油。宋百川觉得越发奇怪，但是他知道再问也没什么意思，朋友之间要有个浑浊的地带，尤其是跟霍光这样的人做朋友。其实宋百川问过之后，霍光也注意了这个问题，这双鞋确实穿了好久了，帮子都开始变形了，但是不知道怎么回事，就是脱不下来，不穿着这双鞋出门就感觉浑身不舒服，好像没穿衣服一样，每天早上挑来挑去，总是把这双鞋挑出来穿在脚上。里面确实没臭，清爽得很，似乎有鳃在呼吸。他找人把鞋帮子加固了一下，还是穿在脚上，到了第二年冬天，在他的精心呵护下，这双鞋没有损坏，还能穿，只是好像变薄了，由皮鞋变成了布鞋。这是小马的鞋，他当然知道。也许我杀他之前说的话太直接了，他想，或者完全不交谈，干脆一点也比现在好。他觉得这样下去不是办法，需要回一趟S市，把鞋扔进湖里，也许小马这样就穿上了鞋子，也就走远了。

  北京没有下雪，S市已下了不少，他走出车站的时候路边有不少积雪，堆得像沙丘。地上有一层新雪，应该是刚刚下的，现在停了，还有光泽。高处的坦克也顶着一顶雪盔，炮筒像包了一层棉花，指向天空深处。霍光上了出租车之后跟司机聊了聊天，司机在谈论自己的人生，继而又说了说中央的政策，没有提到去年的凶案，只是觉得自己有点生不逢时，开饭店兑床子都赔了。霍光让他开到距离艳粉街大概一公里的地方下了车。他在路上走了一会儿，想要找到一家小旅馆住下，转念一想没有这个必要，便径直从上次的路口走进艳粉街。街面上的积雪更厚了，正是清晨，似乎大部分住户还没有出来打扫，他就深一脚浅一脚地走着。霍光的记性和方向感都很好，上次跟小马开车走过一次，虽然完全是另外一个季节，景色大异，当时两人还在说话，他还是能够大致分辨出方向。走到一处铁轨，远处传来隆隆的火车声响，他等了一会儿，一列运煤的火车驶来，通体漆黑，像一股浑浊的黑水在他面前流过。他想起多年前的自己曾扒着这样的火车驶过一段铁桥，脚下就是滔滔的河水。也是一个寒冷的时节，他快冻僵了，使出最后一点力气攥住把手，手指在折断的边缘。绝不能脱落，即使有一天死去，也不能这样从火车上脱落而死。穿过铁轨，又走了大概一公里，他来到了那个拖拉机厂，他没有走近，只是远远地看了看，空地，大门，跟去年一模一样，不同的是去年门口有一个人等他，现在一个人也没有。他驻足等了一会儿，还是没有一个人进出，也许这个厂子彻底废弃了，他又等了五分钟，两个人从里面走了出来。是两个小姑娘，一个大概十二三岁，一个大概八九岁。两人穿得很厚实，但是都没戴帽子，边走边说着话，距离太远，霍光听不见她们说什么。她们出门便向右拐。霍光等她们消失在视野里，便向着他记忆中野湖的方向走去，走了大概一个钟头也没有找到。他走过了三四个小卖部、两个公共厕所和一个煤场，还是没有找到那个湖。霍光折返，在一个小卖部买了一个面包吃了，他问老板，我记得这附近有一个野湖，在哪儿？老板是一个中年妇女，文过眉，但是脸上的其他部位都没有化妆。她说，我看你来来回回走了好几圈，你是干吗的？霍光说，我不干吗，我就是找一下那个湖。老板说，你完全走反了，你刚才来的方向再往西，一直走就看见了。你没带冰刀，你找湖干吗？霍光说，我和人约在湖那儿见面，我已经迟到了。老板说，哦，那你赶紧，往西，一直走别拐弯。

霍光这次走得很快，湖已经结冰，有几个人穿着冰刀在上面溜冰，霍光意识到这湖比他记忆里的大，也许是变成固体的缘故。他觉得自己很蠢，鞋子是不可能在这个季节扔进湖里的，除非开一个冰洞。几个人都是中年男人，戴着帽子背着手，溜得都很好，无所事事地高速转圈，不交谈，除了冰刀划过冰面的声音什么声音也没有，似乎是让一双手撒到冰上来的，蛮不情愿，但是也没有别的事情可以干。他忽然看见了那两个小姑娘，就在距离他大概三十米外的湖边，也在静默地看着。高一点的女孩用手指了一下冰面，矮一点的女孩走上去，用脚跺了跺，然后蹲了一下，下巴贴在膝盖上。高一点的女孩走到她身边，小声说着什么。霍光看了她们好一会儿，然后走了过去，走到她们身后，两个女孩并没有注意。矮个儿的女孩说，我奶奶觉得他只是出差了，迟早会回来。高个儿的女孩说，我觉得死了就死了，要么我们记住他们，要么我们忘记他们。跟他们已经没关系了。矮个儿的女孩说，我还小，过两年我可能就把他忘了。高个儿的女孩说，那也行，我是不会忘的，只要我活着，他就在我脑子里。我会做最后一个忘记他的人。你跑出来他们没找你吗？矮个儿女孩说，我经常乱跑，他们也都挺忙的，记不住我回没回去。霍光走了两步，绕到她们侧前方，说，你们是迷路了吗？高个儿女孩看了他一眼说，没有。矮个儿女孩抬头看他，霍光也看了她一眼，她的眼睛很大，并不十分聚焦，鼻子不高，嘴巴不小，两个嘴角有稍稍向下的趋势。霍光感觉有人在他后脑勺打了一下，他的脑袋嗡了一声，回头看，并没有人。矮个儿女孩说，他们说我们俩的爸爸是从这里被捞出来的。高个儿女孩说，你别跟谁都乱说。矮个儿女孩说，我觉得这个叔叔能明白。高个儿女孩说，你是来找人的吗？我好像在工厂门口就看见你了。霍光说，是，来找人，没找到，他想了一下说，我儿子，他跑到艳粉街玩了，该回去吃饭了，我来找他。高个儿女孩说，他几岁？长什么样？霍光说，他七八岁，七岁，头发很短，穿蓝棉袄，长得跟我很像，眼睛很像。高个儿女孩说，没见过。听口音你不像本地人，你住几马路？霍光说，我不是这里的人，我来这儿串门，把我儿子带着了，是这么回事。矮个儿女孩说，你这双鞋我爸好像也有一双。高个儿女孩马上低头看了看他的鞋，又抬头看了看他的脸，霍光感觉到她的表情变了，身体都收紧了，好像有一个磁铁把她的四肢和思绪贴到了某个中心。霍光说，你再仔细看看，这双鞋是我在广州买的，你爸也去过广州吗？矮个儿女孩蹲在地上歪着头看了一会儿，说，好像不是，刚才感觉像，仔细一看又不像了。但是叔叔，你的脚真是很大。霍光说，是的，我爸爸和我爷爷都是大脚，睡觉的时候，他们的脚一半都在外面。矮个儿女孩笑了。霍光说，你们两个小姑娘跑出来，有点不安全，我把你们送回家吧。高个儿女孩刚才也有了些笑意，听他这么说，好像更放松了一些，不过她还在仔细看着霍光的脸，霍光带着一点点微笑，回望她的目光，没有躲闪。

　　一个人飞快地滑过来，单腿支撑，另一条腿跷在后面，像一架灯盏，霍光伸手把高个儿女孩向自己身边拉了一拉。她的头在他的下巴处，她仰头看他，霍光也看她，霍光心想，如果她叫出来，我就不能心软了。女孩说，你不去找你儿子吗？他说，我儿子的方向感比我还要好，我突然想了起来，他也许自己已经回去了。矮个儿女孩说，你说话有点前后矛盾，你是傻子吗？霍光说，是吗？傻吗？我觉得你有点早熟。矮个儿女孩笑着说，我奶奶是痴呆，老说我说话颠倒。是早熟吗？霍光突然意识到了某种东西，他在她脸上看到了他，那个故人。我妈已经傻了，他那时说。

　　时近中午，太阳高了起来，照得冰面闪闪发光，三个人的面容都被冰面的反光打亮，寒冷的空气并没有因此退却，依然把他们包裹着，粘着他们裸露在外的皮肤。高个儿女孩说，我们要去汽车站，你去吗？长途汽车站。霍光说，好。三人离开冰面，临走时矮个儿女孩把冰面摸了摸，霍光假装没有看见，走在前面，虽然他不知道去长途汽车站应该怎么走。很快两人赶上了他，他们边说话边向前走，走出了艳粉街，走上了公交车。公交车上的人们都很蓬松，厚厚的棉袄，各式各样的帽子，有人嘴里还叼着烟卷。三个人挤在一块儿继续说着话，矮个儿女孩让他讲个故事，霍光说起自己小时候特别喜欢吃糖，但是没有糖吃，他就在冬天把舌头贴在冻透了的铁门上，舌头和铁门马上粘在一起，等三秒钟，他把舌头一下撕下来，就能感受到糖的味道。矮个儿女孩说，是真的吗？霍光说，是的，很甜很甜。高个儿女孩问，你去过很多地方吗？霍光说，去过。没计算，但是应该很多。高个儿女孩说，哪里最好玩？你去过北京吗？北京好玩吗？霍光说，北京很大，但是不怎么好玩。太大的地方一般都不太好玩。高个儿女孩说，你念过大学吗？霍光说，没有。我十七岁的时候才学会写自己的名字。高个儿女孩说，真的？霍光说，真的，我现在认识很多字了，那时候不行。矮个儿女孩说，你结婚了吗？霍光说，你确实早熟，你几岁？矮个儿女孩说，九岁，九岁零四个月。霍光说，我当然结婚了，我都有孩子了。矮个儿女孩说，啊对，我都忘了。

到了站，三人下车。长途汽车站人很多，人的行李也很多，声音很响，人们不知因为什么相互呼唤着，叫嚷着。有不少蹲在路边吃东西的人，嘴里冒着热气。高个儿女孩去给矮个儿女孩买了票，她要回阜新了，她说。霍光说，你一个人从阜新来？矮个儿女孩说，是啊，我给丹丹姐写了信，她就来接我了。高个儿女孩说，她的信里有不少错别字。矮个儿女孩说，是你先写信给我的。车快来了，他们排在队伍的末尾。矮个儿女孩对霍光说，你也给我写信吧。霍光说，我没写过信。矮个儿女孩说，你说你现在识字了，一定可以写信。霍光说，我认字，但是很少写字。高个儿女孩说，你别理她，她会写信之后，见人就让给她写信。矮个儿女孩说，我经常写错字，只要对方能懂就行。我的地址，你背一下，阜新市岐山西路二里三号，马小千收，邮编110035。霍光没有回答。马小千登上了长途汽车，坐在了自己的位子，她从窗户看着他们，窗户冻死了，拉不开。她冲他们摆了摆手，车就开动了，她笑了笑，然后把脸扭向前方。

  霍光说，我也走了。高个儿女孩说，你会给小千写信吗？她见过他，也许有一天她可以把他画出来，他不应该让她活下去。只需要一会儿跟着她，找到她的住处，再耐心地等待一个好时机就可以清除危险。还有另一个女孩，一分钟之前他让她上车走了。他说，我走了。说完他转身走开，他越走越快，把脚下的雪踩得吱吱作响。他感觉到风已把他彻底吹透了，心里有一种令他舒适又苦楚的东西在向外翻腾，他不知道那是什么东西，怎么会产生这种东西。拐过一个路口，他飞跑了起来。

七

  剑在花梨木匣子里，匣子在保险柜里，保险柜是黑色的，靠在墙上，里面只放了这一把剑。宋百川冥想的时候总感觉心神不宁，这是从未有过的情况，过去他只要来到这个密室，内心很快就可以凉爽下来。他和霍光还偶尔见面，但是这个地方霍光再也不来了，他觉得奇怪，也问过霍光，什么时候把宝剑拿回去？霍光经常不予理睬，尤其是霍光第二次从S市回来，关于剑的事情就更加不提了。又过了大概八九个月，密室里的佛像开始脱皮，有的从佛身开始，有的从佛头开始，佛像的里头竟然颜色各异，原来它们是一层一层的，这是太令人兴奋的发现，好像过了上千年，它们终于感到了热。人有千面，佛有千层，此前他听过这样的说法，没想到真是如此，他不知道是最开始泥造之时古代的匠人掌握了这种工艺，还是随着时间的流转，佛像自己产生了变化，是一种物理现象，还是一种生命现象，他搞不清楚。

蜕下来的石层很快就变成了粉末，里面的颜色光艳如新且有着不同的纹饰。他把粉末分成几组，编号，对应着原来的佛像储存起来。他给新佛拍照，因为他相信它们还会脱落下去，每一层都需要记录下来，要不然就失去了珍贵的证据。

  一天晚上，宋百川从一个应酬上回来，喝醉了酒。之前他的酒量一直很大，喝得再多也不会失态，也不会多言，只是感觉到兴奋，身上有使不完的劲，人生还有许多事情可以做，很多地方可以去。现在他的酒量下降了，之前他选择酒会很谨慎，无论是威士忌还是茅台，都要看一下年份。现在只要喝了一点之后，他就什么酒都喝，一直喝到后脑勺发麻。他叫来司机，让他把自己送到密室。他已经大概一个月没有来了，他开门进去，把所有佛像检查了一下，没有丝毫变化。他坐在地上想要休息，可是脑子不停地转，不让他休息。他感觉到自己不是自己，他很奇怪自己陷入了一种恍惚的状态，眼前出现了一座石桥，相当古朴，相当坚固，是中午时分，艳阳高照，现在已经绝种的植物密布在河两岸，他叫不出名字，风一吹倒伏在地。一条龇牙咧嘴的大狗从树丛中跑过，身上刻着金色的铭文。他意识到自己躲在桥下，准确地说，是悬挂在桥的底部，清澈的河水从他的身下流过，河底的泥沙都清晰可见，鱼儿发出嘤嘤的叫声。他在等待什么人。宋百川站起来走到厨房，喝了点水，然后洗了一把脸，他走回原来的房间，躺在地上，桥底就在他头上，温润的青石间有一些苔藓，像肺叶一样张合。他听见一列车辇行过桥上，有一个伶人走在队伍最前面，唱着曲子。他听不懂歌词。他想打电话给霍光，问问他该怎么办，他在这里干什么。他开始攀爬，然后翻身上桥，拦在车队前面。车队缓缓停了下来，伶人还在唱着，腰间挂着一只鼓，就在他的面前。

  一个人从车上走下来，他知道此人应该是这一队人马的核心人物。他认出这人是衰老的自己，这可把他吓了一跳，这个自己看上去已经八十岁了,脸上的皱纹像菊花瓣一样密集,脖子上也是,还有不少褐色的斑点,白而枯的头发盘在头顶。他想起为什么他今天会喝醉,是他意识到他和霍光之间有了隔阂,这个隔阂产生于霍光第一次去 S 市之后,霍光莫名其妙地把剑送给了他,至于在 S 市发生了什么霍光语焉不详,然后他开始频繁穿着同一双皮鞋,好像老鼠粘上了捕鼠器一样,那双米色皮鞋永远在他脚上。他第二次从 S 市回来之后,他们之间的隔阂加重了,他们见面的次数开始减少,霍光似乎变得年轻了,或者准确地说,是在向着他们认识之前的那个他完全不了解的人回落。他待在北京的时间越来越短,但是宋百川并不知道他去了哪里,见了什么人。他似乎在周游,他曾想找人跟踪他,看他是不是有了女友,但是这种方式太过危险,一旦被他发现,后果将相当严重,而且似乎情况并非如此。但是这两年他明显感觉到霍光衰老的速度减慢了,而他自己的白发开始增多,睡眠不好,开始酗酒,有些熟人的名字到了嘴边就是说不出来,让他干着急,视力也不如以前,他不知道是因为他的老去从而跟霍光疏远了,还是反过来,跟霍光的疏远导致了他加速老去。过去那么多年太依仗他了,宋百川心想,早知如此当年在四合院就应该把他赶走,或者在后来的某个节点,找一个不知天高地厚的马仔把他除掉。现在我已投入太多了,来不及了,就像一匹老马已经熟悉了自己的辕。老去的自己说话了,你是谁?为什么要挡在这里?宋百川说,我是你啊,你仔细看看,你要干什么去?为什么要从桥上经过?那人说,哦,我要去赶一个集市,那里非常热闹。宋百川说,我怎么不知道这里还有这么一个热闹的地方。那人说,有的有的,你看我的戏子,他已经等不及了,磨了我一个月的时间要去那里看看。你背着什么?宋百川回头看了一眼说,一把青铜剑。那人说,原来是你,我上了桥就听见了。宋百川说,你听见什么?那人说,一把剑。这把剑跟你没关系,扔到水里吧。宋百川有点生气,他说,怎么跟我没关系？过去几年它一直在我的保险柜里。那人说，你看见我还不明白吗？你过去是个平庸之辈，老了也是个平庸之辈。看热闹可以，热闹是别人的，不是自己的。宋百川说，放屁，我干了多少事，养活了多少人，你摸摸我的衣服，一点汗水都没有。我活得热闹极了。那人说，你还记得霍光吗？宋百川说，怎么不记得？我的跟班。那人说，是你在跟着他，他走了，你就会变成我。宋百川说，他是我捡来的无名氏，我让他活着他就活着，我让他死他马上死。那人说，顽固不化，躲开，不要挡我的路，集市就要开始了。伶人附和道，是啊，集市就要开始了，有酒，有花，有鼓，有糖，有姑娘，有小伙子，还有一伙唱经的大和尚。宋百川拔出青铜剑说，我先杀了你，再杀霍光，看我之后活得多快活。说着他冲过去一剑把伶人劈成两半，又一剑把那人的头砍了下来。那头"咚"一声掉在桥上，滚了一米多，不动了。

宋百川睁开眼睛，发现身上的衣服已经湿透，大腿内侧粘着一团精液。他感觉到一生的力气用完了，手上拿着青铜剑，自己已忘了什么时候从保险柜里取出的，怎么输入的密码。拿剑的胳膊还在发抖。面前倒了两尊佛像，一尊佛像身上多了一道剑痕，但是没有被劈开。另一尊佛像的佛头掉了下来，在他脚边停着，因为滚了半圈，所以双眼成了一条竖线，好像歪头看他。它抿着嘴唇，面带微笑，当他看它时，它"哗啦"掉了一层面皮，里面的那张脸相当严肃，没有表情。

宋百川抑制不住，哭了起来。

八

褚旭的琴快要弹完的时候，姜丹回来了，跟她一起回来的还有一个男人。褚旭用余光看了一眼，没有说话，老师坐在旁边轻轻哼唱着。褚旭比李页想象的要强壮一些，肩膀挺宽，家里开着空调，他还是只穿了一件背心，露出两条圆粗的胳膊。在路上时，姜丹和李页一直说着话，突然她说起了父亲姜卫刚和继父杨道林，她一点点都跟李页讲了。他没有想到姜丹的人生里有这样的故事，尤其令他意外的是，当年跟他在一块儿的时候，她也并没有告诉他她的生父死于凶杀，而重逢的第一天却讲了出来。他说，你为啥今天告诉我？姜丹说，就是觉得你应该知道一下。我设想过，如果我还有机会见到你，就跟你说这件事情。过了一会儿，他开始讲他跟她分手之后的生活，包括抑郁症，包括卖画，包括漂泊，包括后来做了摄影师。在等一个红灯的时候，李页吻了姜丹。姜丹迅速把头转向他，接洽了他的吻。他感觉到姜丹口腔的热度和香味，过去也是如此，姜丹的嘴里总有一种香味，吃了什么东西都掩盖不住，像是有一片新抽的叶子捣碎了，一直在嘴里嚼着。他用舌尖碰了碰她的舌头，她也碰碰他的，后面的喇叭响了一下，她扭回头，汽车驶过了斑马线。之后两人半天没有说话，李页激动的心情逐渐平复下来。这是他要永远在一起的女人，无论如何也要跟她一起度过余生，他希望自己先死，这样就不会遭受再次失去她的痛苦，也不会因为孤独死去而怨恨生活跌入地狱。

  姜丹说，去哪儿？李页说，听你的。姜丹说，你可以见见我的儿子，他今天在家。李页说，好，找一个商场，我给他买个礼物。姜丹说，不要太贵，意思到了就行了。李页说，我不知道他喜欢什么，你帮我参谋。两人把车停到商场的地下车库，在商场里逛了一会儿，一边逛一边闲聊，每当李页说出前半句，姜丹总是能领会后半句的意思，反之亦然。上扶梯的时候，姜丹挎住李页的胳膊，李页忽然想起他曾经给姜丹买过一顶草帽，他的心揪紧了，眼泪差点流出来，他努力使自己平静下来，身体放松，感受姜丹步伐的节奏。李页给孩子买了一个美国队长的盾牌，可以变形成为激光炮，他从来不看超级英雄电影，但是美国队长和他的盾牌他还是知道的，三百多块，姜丹对这个选择很满意。两人又推车在超市里转了一圈，买了些吃的和日用品。姜丹在超市的门口看到了一个卖朝鲜红参的柜台，说要买一盒送给李页的母亲。李页说，她不会吃的，她觉得自己身体很好。姜丹说，你寄给她，她不吃也会高兴的。等天气凉快点，你让她到北京来住几天。自己一个人很没意思的。李页说，她每天跟邻居打牌，自己记账，安排得很满。姜丹说，打牌就是没意思才会干的事儿，两边住住好一些，人老了，身体每天都有变化，摔倒了别人都不知道。结账时姜丹没有让李页付钱。

两人回到车上，李页说，你妈和你后爸现在咋样？她说，两人几年前就基本分开了，不在一起住。李页说，为啥？姜丹说，没啥，就是不在一起住了，我后爸在家的时间很少，他退休之后到处走，老是在路上。李页说，旅游？她说，不是，找人，找当年杀我爸的那个人。李页愣住了。姜丹说，他当年答应我一定把这个人找到，你把安全带系上。李页说，你们还联系吗？姜丹说，偶尔打个电话，他跟我说一下进展。其实进展很微小，现在 DNA 的技术发展很快，当年的案犯没留下什么东西，所以基本无法比对，只是知道他的脚比较大，在四十四码左右。过去我和他都有一种感觉，这个人在我们心里萦绕太久了，即使不知道他长什么样，但是只要见到，就会认出来。后来我意识到这是一种幻觉，是一种自我蒙骗。他不这么想，他一辈子抓过不少人，但是最想抓的人没有抓到。你是不是觉得他疯了？李页说，没有。姜丹说，我也觉得没有，他非常正常，只是有点固执。他说有一次他几乎已经找到了凶手的住处，就在北京。你记得侯成宾馆吗？使领馆旁边那个，现在拆了。案发前一天有一个人在那儿住了一晚，用的身份证是假的。有一个受害者，倒卖古董的，家里有一个电话本，上面有一个人叫光，传呼机号是北京的。他把电话本上所有人的传呼机号码都打了一遍，只有这个呼机号作废了。他认为这两个人是一个人，他在北京转悠了好几年，没收获，现在又去别的地方了。李页说，你记得也很清楚。姜丹说，实话说，如果现在有人可以烧毁我脑中的这段记忆，我马上接受。现在我不爱接他的电话，他也知道，但是只有我能跟他聊一聊了。我经常想，就当我爸在我十二岁那年病死了，谁也怨不着，这样想就好多了，所以我当年也不算骗你。

褚旭的钢琴老师是个中年女人，面相慈祥，其实非常严格，笃定自己的学生要超过别的老师的学生，恰巧褚旭也是一个非常要强的孩子，两人碰到一块儿，总是从争执开始，从讨价还价开始，然后平稳，最后进入一种疯狂的操练。李页看见褚旭的脖子后面都是汗水，剪得很短的头发一根一根亮晶晶的，他的双手时而抚摸着琴键，时而用力按下，身体前倾，好像要跳到钢琴上，老师的身体也随着他的节奏摇摆，两人好像在同一场惊心动魄的龙卷风里。进门时，姜丹示意他把礼物藏进门旁的衣柜。姜丹说，家里有啤酒，你喝吗？李页说，不用，我喝点水就行。他坐在餐桌旁边，没有坐在更远的沙发上。姜丹简单换了一身运动服，站在褚旭后面看他练琴。褚旭回头说，妈，我也想喝水。姜丹给他倒了一杯，他拿起来一口气喝完。李页心想，这是她跟另一个人生的孩子，但是我为什么这么喜欢他呢？他看起来真的不错，虽然他跟姜丹长得一点不像。这个房子不大，很舒服，家具的数量和距离都刚刚好，李页接着想，也许是没有成年男人的缘故，家里气味清新，更像家一点。餐桌上方有一幅画，画的是两只石榴，成熟的石榴，敞开着，是印刷品，李页盯着看了一会儿，画得真差，但是放在这里非常合适。最后再完整地弹一遍，老师说。李页想，如果他不喜欢我，我就走。姜丹会解决这个问题。下次来我可以带上我的照相机，让他玩玩。他不会喜欢，真蠢，你的破相机算什么玩具，李页努力回忆他在这个年纪喜欢什么，送他一只小狗，我小时候一直想要一只小狗，一直没有得到，一直到有一天觉得养狗麻烦了，再也不可能养狗了。送他一只小狗准没错，一只拉布拉多，大鼻子，小眼睛，有劲儿的尾巴，浑身黑得像泥鳅。我也有父亲的，李页心想，要不然我何以存在呢？但是他想不起他父亲的样子，在他很小的时候，父亲就离开家了，再也没回来过，跟姜丹的父亲不一样，他父亲还活着，现在是不是还活着，他不知道，应该还活着吧，在某处生活着，衰老。他就是受不了这一切，然后离开了。是他小时候惹人厌了吗？还是母亲的性格太强硬？还是他爱上了别人？没人跟他说过。母亲从来不提父亲，他记得他懂事之后问过一次，母亲的回答是，他就是走了，带走他所有的东西，不回来了，如果再问就揍他。他下定决心长大绝不做父亲，其实最近几年，他注意过养老院的广告，他也相信养老院发展的速度，未来他住进去的时候条件应该会是不错的，就像是小时候住校，像一个大家庭。这是之前的想法。

你给我买了什么礼物？他抬起头，褚旭站在他面前，几乎跟他坐着一样高。我妈说你给我买了礼物，在哪儿？李页说，你给我背一首诗，我就给你。褚旭说，那我不要了。说完他转身要走，李页说，别忙，我拿给你。他从衣柜里拿出盾牌递给褚旭，褚旭马上打开玩了起来。能变形，他看了一眼李页说。李页说，可以变成激光炮，只要被打到就会变成粉末。姜丹把老师送出门，然后切了一盘西瓜放在他们旁边，看着他们。褚旭说，你的武器呢？李页说，我没有武器。褚旭说，你没有武器我们怎么对战？李页说，我家里有把宝剑，切金断玉，但是我没带在身上。褚旭说，吹牛，你现在去取来。李页说，我家离这儿挺远，要不然你借我个武器。褚旭想了想说，也行，你等一下。他跑到自己的房间给李页拿了一把小巧的玩具手枪，感觉是他三岁时的玩具，褚旭说，你用这个吧，我爸给我买的，别看它小，其实威力很大，能打穿甲弹。李页说，好，各自找一个基地，现在开始？褚旭说，我挑厨房。李页说，那我在厕所，厕所在哪里？姜丹用手一指说，那个门就是，厕所滑，你小心点。两人隐蔽好，开始对射，由远距离射击逐渐演变成近距离肉搏，满屋子跑，褚旭大笑着，声称自己从未被击中，而李页已经千疮百孔。李页后来跑不动了，开始装死，非常逼真，褚旭怎么挠他他都不动。李页学着机器人的声音说，我已变成粉末。褚旭说，你骗人，你还很完整呢。李页突然跳起来要抓他，他用力过猛，把褚旭一下拉倒在地上，后脑勺结结实实撞在地板上。李页吓了一跳，看了一眼姜丹，姜丹正在做饭并没有看见。褚旭站起来撒腿就跑，又跑回了自己的基地里头，好像完全不疼。

吃完晚饭，褚旭要做作业。李页说，我走了，改天再来找你玩。褚旭抬头说，你别走。姜丹说，叔叔明天要工作，今天要早点休息，你写完作业就得睡了。褚旭说，我睡了你再走。李页说，好。写完了作业，姜丹给褚旭洗澡。李页轻轻在屋子里走了一圈，走到阳台从窗户往外看，阳台的晾衣架上晾着姜丹的胸罩和褚旭的游泳衣。楼层很高，底下的园区看不清，对面的楼上还有灯在亮着。他从来没有过像今天这样的感觉，生之喜悦，伴随着微醺一样的倦怠，也许小时候有过，但是他忘记了。他意识到自己快要四十岁了，大部分时间过得很苦闷，就像是一个人在黑夜走着，看见亮光就马上跑过去，是一堆篝火，可是人已散，火马上就要熄灭了。他哆嗦了一下，转身坐回到餐桌旁边。过了大概二十分钟，姜丹从卧室走了出来，说，他有句话要跟你说。李页走到卧室门口，褚旭穿着一件裤头站在床边，手里拿着盾牌，说，我想看看你的宝剑。李页说，宝剑不好玩，我送你一只小狗怎么样？褚旭说，不要小狗，就想看宝剑。李页说，还有小朋友不喜欢小狗的？褚旭说，我就不喜欢，小狗很臭。李页说，好吧，改天我拿剑给你看。褚旭说，哪天？李页说，明天如何？褚旭说，说话算话？李页说，说话算话。褚旭不再看他，抱着盾牌跳到漆黑一片的床上去了。

褚旭完全睡着的时候已经将近夜里十一点，姜丹也同他一起睡着了，讲到一半的绘本还拿在手上，衣襟散开，露出一截腰部。李页把他们房间的灯关掉，又检查了一下厨房的水龙头和卫生间的喷头，都拧好了。他坐电梯下楼，打车回到家，从房间里拿了一瓶冰啤酒大口喝下，然后洗澡上床。他马上睡着了，一点也没有耽搁。

九

小千你好：

  见面时我跟你说了，我认字不会写字。我没给你写信，因为我在练习写字。我学会了一些，但是写得不太好，这种东西好像不能一下子就写得很好，所以这里头有一些错字，如果不影响你里解我的意思，那就很好了。信这种东西很难让别人帮我检查。

  我姓霍，很高兴认识你，如果你收到了信，请你给我回信，地址在信封上。

霍

霍你好：

  我太开心了，你给我写信。你多少岁了？我觉得太有意思了。我有两个姑姑，一个奶奶，我爸死了，我妈妈早就不见了。希望你能做我的朋友，我还跟你见过的那个姐姐通信，可能是她最近学习忙了，不再回我的信了。她的爸爸也死了，跟我爸爸一起，所以她找到了我，给我写信。我这里有一座大煤矿，我的两个姑姑都是矿上的，但是她们不挖煤。你是做什么工作的？你有爸爸妈妈吗？他们会给你讲故事吗？我喜欢听故事，没有人给我讲，我就自己在脑袋里想。想的时候很好，想完就忘记了，如果有人讲我可能就可以记住。

  我查了字典，你只有两个错别字。你的"理解"两个字写得不对。

下次加油吧，我不会的字就先用拼音，然后再查字典。你也可以试试。这是我写过最长的信。

马小千写的

小千你好：

　　你喜欢读书吗？我像你这么大的时候，没有书读。现在我又开始读书，为了学写字，我还买了教材。上次我说不要把我们通信的事情告诉你那个姐姐，长大了你可能就会知道，人都有不想告诉别人的事情，可能没有什么特别的原因，就是不想让别人知道自己的事情，相信答应我的事情你是可以做到的。北京越来越热了，到处都是柳絮，飞到人的嘴里，很让人恶心，但远看是觉得很美的。北京的春天是一个可有可无的季节，就在夏天的嘴里头，我没有找到更合适的描述，不知道这样说你能明白不。我的工作比较清闲，你不用怕耽误我的工作，给你回信是一点也不浪费时间的，不是每一个大人都像我一样，每个人都不一样，所以不用担心。这次我给你讲一个游泳的故事，它是真的，我尽量把它讲得更像真的。有一次我走到一个地方，有一个水塘，那天很热，周围一个人都没有，我就脱光了衣服下去游泳。游了一会儿下起了暴雨，雨越下越大，我游得更舒畅了，这时不知从哪里跑来一条狗，也跳进来游，好像它也挺长时间没有洗澡了，我们俩就一起游了一会儿，那条狗很大，我还趴在它背上，它驮着我游了一会儿。游了挺久，我们都没劲儿了，雨也停了，我俩就都上了岸。我想烤火，找不到干的树枝，那条狗好像明白我的意思，不知从哪儿叼来了干树枝，我就生了一堆火，不一会儿就把我们都烤干了。我好几天没吃东西了，又游了泳，我想应该把这条狗吃了。我就从包里拿出刀子，把它按在地上，准备把它的脖子割开。它看着我，我不知道你明白不，它看着我，以为我在跟它玩，一动不动等着。我就打了它两拳，把它放了。之后我又饿了几天，差点饿死，我吃了松鼠和泥鳅，才活了下来，我差点饿死，但是我没吃那条狗。快到走出那片林子的时候，我又看见了那条狗，可能它一直在跟着我，我把它叫过来，把它吃了。那是一条棕色的大狗，毛很长，一处都没有打绺，有四十斤。这就是游泳的故事。

  信里这三百块是给你买书和衣服的，如果你看见什么好看的衣服就买吧，如果你姑姑问你钱是哪儿来的，你就说是你爸爸的朋友寄给你的，如果她们想拆开我们的信，我就不会再寄钱，如果她不拆，三百块里可以给她们一百。如果她们告诉别人，我也不会再寄了。

  信里的邮票是给你用的，回信时可以多贴几张邮票。

霍

霍你好：

  你的故事很吓人，跟我脑子里想的故事不一样。我能明白你的意思你相信吗？有时候我奶奶忘了给我做饭，我饿了一天，就想偷东西。我跟你说实话，我偷过几次东西，我的邻居玉奶奶她卖雪糕，就在我们家的胡同口。她会睡着，我觉得可能还是她起床太早了，她就坐在板凳上睡着了，她的钱匣就在雪糕箱的旁边，也是木头的，有两个小门，一边是十块，一边是零钱，我从来没拿过十块的，我只拿零钱。我能想明白你的意思。这是你给我钱之前的事情了，现在我不偷了，我拿钱去她那儿买雪糕，有时候一次买两个。我昨天在学校里打架了，她们三个打我一个，我把其中一个人的衣服抓烂了，还把另外一个人的眼睛捅伤了。我还想用笔扎她们，但是笔后来掉在了地上。我考试总是考不好，我经常溜号，我控制不住自己，总是溜号，老师也不喜欢我，因为我考试不好，还喜欢打架。她叫我的家长来，她们也从来没有出现过。你知道吗？有时候我觉得自己挺孤单，我爸爸活着的时候，我不孤单。他会给我做饭，给我洗衣服，给我讲故事，有时候还会陪我跳皮筋。他不是很喜欢说话，但是很勤快，现在我住的家里太脏了，我爸爸很爱干净，出门的时候总是梳头。他死了两年了，我还记得他的样子，一点也没有忘。他要是活着该多好啊，我就不需要任何人了，我不明白他为什么会死呢？那天他出门的时候还活着啊。

如果有一天你也消失了，不再给我写信了，我也能明白的，你为什么要给我写信呢？我要是你我就不写，我去干别的更有意思的事情。如果你还想写请接着给我写信，写到真的不想写了为止，行不行？

小千

小千你好：

听说你要上初中了，我为你高兴。你问我上初中会是什么样，我不知道，我没上过，所以无法告诉你。但是我告诉你，初中会比小学好，因为初中只有三年，三年之后就可以上高中，高中也是三年，之后就可以离开家上大学。如果不想上大学，就可以去做别的，因为那时候你已经长大了，谁也不能控制你了。不过我还是觉得上大学比较好，我认识一些上过大学的人，他们看上去都比较好，他们在大学的时候会认识很多朋友，将来大家可以互相帮助，他们会有一个通信录，上面写着电话号码，如果有困难就打上面的电话号码。因为给你写信，这些年里我长了一些知识，不写信的时候，我自己也会看书，我感觉很好，跟过去的感觉完全不一样，知识是很好的东西，写书的人他有知识，看书的人即使没有，也可以通过书跟他交流，他不会瞧不起你，或者摆一个架子，因为他的东西就写在书里，今天看，明天看，他都在那里写着，态度不会变。书里还有很多故事，比我跟你讲的精彩很多，我之前一个人待着的时候就是待着，我可以一动不动地待着，现在我看书，我有很多时间干这件事情，这种感觉很不错。书店来了新书好书，我就排队去买，在之前我不敢想象我会做这种事情，我现在会做。这是因为你的帮助，具体怎么回事，我也说不清楚。你现在很反感书本，将来有一天也许你会喜欢的。前两天我整理了你给我写的信，有好多，这三年你的信越写越好了，你长大了。我也长大了，只是是往小里长大。我不能再给你讲故事了，因为你已经马上上初中，是个大孩子了，你应该自己去看故事了。这次给你的钱，我希望有两种用途，一是给你买一辆自行车，因为你跟我说过，初中要比小学远很多，你买一辆好一点的自行车，永久或者凤凰的都可以，不要光看外表，要骑一下试试。不要买变速的，变速的很容易坏，尤其在冬天。二是你去你们市的图书馆办一张借书证，想看什么故事就去借，借书证很便宜，押金需要一些钱。

刚上初中的时候可能会有一些不适应，所有人你都不认识，也许你还会跟人打架。这没什么关系，如果打架的话，你往对方的脸上打，把自己的脸尽量躲开，身上挨了多少拳都不要紧。因为第二天脸上受伤的人就会被别人认为挨了打，身上的伤别人是看不见的。吃了亏也不要去跟老师告状，不要做一个告状的人。文具盒买一个铁的，不要塑料的，有时候会用得上。

我最近会出差几天，你的信到了我可能不在，所以回信可能会晚两天，不要担心，我一回来就会给你回信。

霍

霍你好：

今天我奶奶去世了，她们把她从医院拉回来，她死在了家里。住院的时候医药费我出了三分之二，她们出了三分之一，她昏迷了一个月，都是我在花钱。我觉得只要她活着，就有意义，可是后来她的屁股出了一个大窟窿，死的时候跟床单粘在一起了，我不知道自己这么做是不是对的，是我太自私了吗？我的两个姑姑继承了她在S市艳粉街的那个小房子，肯定不会有我的份，我也不会去问她们要。她临死前把眼睛睁开了一下，看了我们一眼，看了看屋子，我觉得她很失望，这不是她真正的家，但是她只能死在这里，我知道了，当人死的时候，她的选择就很少了，除非她是一个很重要的人。我还活着，我还能选择。我不想待在这个地方了，你让我等到高中毕业，我等不了那么久了，如果奶奶活着，即使她是糊涂的，可能我也能等下去，她会给我讲我爸爸小时候的事情、我小时候的事情，她只记得这些，对我已经足够了。我没有告诉你，有一件事情我一直没有跟你说，其实我一直在上夜校，教表演的，表演培训班。你让我看书，我真的看不进去，我不是念书的料，我只爱看电视剧，看电影，我喜欢王姬，喜欢江珊，喜欢小燕子，我做梦就是她们，我跟她们一起吃盒饭，一起拍戏。我怕我告诉你，你就不给我寄钱了。我不想再念书了，我想去北京，我能吃苦，老师也说我有表演天赋，不管你信不信，我真的有。你能接我一下吗？帮我找一个住的地方。或者如果你方便的话，我先睡几天你的客厅？我想你家应该挺大的吧。距离上次见面已经六年过去了，也许你接我的时候认不出我，我在这封信里放了一张我现在的照片，是我在夜校排《日出》时照的，我演的人物叫小东西，不是最主要的，但是很重要，你看了很多书，应该知道这个故事。我没有化妆，所以你应该可以认出我。

　　我确实挨不住了，请你尽快回信给我，我就买票了。我想你也应该愿意见到我吧，是我的幻想吗？如果你没时间接我，我可以直接去你家找你，我有你的地址，毕竟我们是朋友，对吧？

小千

小千好：

　　我的地址已有变化，我搬家了，勿来。你瞒着我的事情，我没有生气，但是确实出乎我的意料。我没法接待你，我的工作很忙。我不会再给你寄钱了，过去寄的钱也不需要你还给我。

霍

霍你好：

　　之前写的几封信都没有回音，我知道你确实搬家了，不会再给我回信了，或者说，我们就这样失散了。这是我给你写的最后一封信，当然你是不可能收到的，不过我还是要写，寄到原来的地址。我来北京了，我现在刚刚出站，我找了一家邮局给你写信。我期盼的奇迹没有出现，你没有在月台或者站外面等我，我记得你的样子，我找了一大圈，又等了挺长时间，你没有出现。我明白了，往下就靠我自己了，谢谢这么多年你一直在帮我，没有你我不会是现在的我，我一直依靠着你的信活着，其实你不知道，你的信比你的钱重要一百倍。现在你没有了，我还得活下去，不是吗？我失去了身边的一个个人，我还得活下来，北京这么大，有这么多人，我应该可以找到一个自己的地方。我哭了，我喜欢的人为什么都要离开我呢？是我有什么问题吗？是我爱别人爱得太多了吗？你给我一点点东西，我可以回报你很多，为什么你还要消失呢？算了，没关系的，如果我们还能见面，我会原谅你的，真的，在之前我会自己努力，我会非常努力的。

小千

十

　　快到晚上的时候，李页醒了。前一夜他睡得很好，没有做梦。上午处理了一些手头的工作，定了几个拍摄的时间和地点，多年来他都没有助手没有徒弟，所有事务性的工作都由自己打理，工作时设备也全由自己背着。然后他回了几封邮件，马小千的那期封面反响非常好，在几乎已经完全商业化的时尚杂志圈子里引起了一些波动，一个常年默默无闻且年龄已不小的女孩登上了重要杂志的封面，散发出令人惊奇的魅力。她是谁？她做过什么？她下面的时间怎么安排？很多人在问这几个问题，她为什么如此美丽？她的皮肤不太好，瘦小不性感，面容也有些悲戚，眼神里散发着难以捉摸的戏谑，为什么无法把视线从她身上移开？下午的时候李页躺在书房的躺椅上看了会儿画册，跟姜丹通了几个微信。今天姜丹学校没有课，但是下午要带褚旭去顺义参加一个钢琴比赛，大概晚饭时候可以到家，李页跟姜丹说他们比赛结束时告诉他一下，他就从家里出发，大概四十分钟就可以到。姜丹说他忙的话，她可以在褚旭睡后，到他这里来找他，李页说他不忙，他一天的工作已经基本做完了，而且他答应了褚旭今天要再见面，他会在他睡前赶到。姜丹询问了他对褚旭的印象，当然是从对褚旭的批评开始的，以此诱导李页说几句。李页诚实地说，他很少跟孩子打交道，但是他很喜欢褚旭，褚旭让他想起了自己的小时候，他看褚旭弹琴的样子就想起了自己小时候画画，经常也光着脊背。之后姜丹问了问他晚上想吃什么。李页没有思路，他让姜丹自己决定，两人商量了一下，决定用电磁炉吃火锅。下午四点左右，李页在躺椅上睡着了，通常他会在这个时间小睡一下，这天也不例外，醒来时已经五点多了，他看了一眼手机，姜丹没有微信来。这个时间从顺义回来应该是非常堵车的，李页突然感到有些焦躁，他喝了点水，在屋子里转了转，决定提前出发，平时这个时间他会在园区里跑步，今天他决定骑共享单车去姜丹家，他看了一眼导航，骑车大概需要两个多小时，挺好，他心想，那个时间也许姜丹和褚旭正好到家。

李页开始整理自己的背包，这个背包他背了好几年，每个东西应该放在什么位置他非常清楚，但是临出门之前还要用手摸一遍。他想起跟褚旭的约定，他站在客厅里想了一会儿，把宝剑从书房里找了出来。这是他第一次仔细看这个东西，剑套是特制的，上好的黑牛皮，因为用得久了，皮子已经非常绵软，但是没有一点破损之处或者磨得发白的地方，依旧有光亮。剑匣比剑套更古旧一点，应该也是后人所造，花梨木的，有钢铁的折叶和锁扣，打开剑匣，宝剑就在其中，比他想象的短小、宽阔。在他脑中青铜剑总是狭长的，这把剑不然，全长大概七十厘米，剑柄占去了大概三分之一，剑身比一般的长匕首长不了多少，最宽的地方有十厘米，以非常柔和的曲线收紧在剑尖，厚约一厘米，像一块上好的牛排。拿在手里，握感极好，重量在三公斤左右。剑柄一面有一个"让"字，另一面有一个"智"字，都是篆书。他把包里的东西整理了一下，身份证和门卡揣在兜里，其他东西不带，然后把剑背在身上，下楼。他在小区门口扫了一辆黄色的单车，调试好车座的高矮，骑上出发。从酒仙桥，他骑到了霄云路，然后右拐，向西骑去，沿着东风北桥，骑往海淀方向。太阳正在西垂，但是还是很热，他的汗一直从鼻子流到胸口。夏天正在流逝，到了这个时间，就像有人抽走了夏天的鱼骨，肉固然美味，已不是那么劲道。北风带着一点凉意吹拂着李页的身体，他已经好多年没有骑车了，觉得骑车极舒服，甚至可以一直骑到香山去。到了一个路口，他停了下来，等了两个信号灯也没有走。昨天晚上马小千给他发了一个微信，微信的内容是：李页老师好，前阵子一起工作特别愉快，谢谢你给我的帮助，我都明白。不知道你这两天方便不？到家里来坐一坐，我明天后天晚上六点之后都在家。地址在国贸新城29号楼7单元301。拍摄那天我可能有点不太礼貌，那也是因为我觉得你挺有意思的，你明白不？

　　李页掏出手机看了一下，姜丹还没有给他发微信，这个时间她应该坐在一个大厅里,听一个一个孩子弹琴,等待褚旭上场。她的心里应该全想着这件事情。他感到自行车车座的坚硬,心脏剧烈地蹦跳了一下。他给马小千回了一个微信:我半个小时之后到。发完之后他重新设计了手机的导航,继续骑行。大概二十分钟之后,他到了国贸新城的门口,锁好车,进入了小区。29号楼的位置比较偏里,需要走过一片小草坪,他走了一会儿才找到,楼旁有一棵高树,枝叶茂盛,几乎倚在住户的窗户上,目测大概有十米。他按了门禁呼叫,没有人应答。有点奇怪,李页心想,微信她也没有回。也许她睡着了,那贸然上去是不是有点不妥当?几个韩国人出来了,好几个孩子在前,两个家长在后,大声说着韩语,一个孩子跑得太快差点摔倒。李页拉住门让他们走过,男主人用中文说了一声谢谢。李页点点头走了进去。电梯挺宽敞,楼道也非常整洁,一看就是一个非常成熟高效的小区。李页按了门铃,没人开门。他又敲了敲门,趴在门上听了听,一点声音也没有。可能是她的安排临时有变,现在出门了。他准备离开,忽然发现门口有一个棕色鞋柜,三层,简易的拉门,他拉开了最上面的一层,只有一双鞋子,一双男鞋,黑色皮鞋,尺码很大,看上去不是四十四码的就是四十五码的。他用三根手指拎起鞋的后帮看了看,这双鞋穿了有一段时间了,鞋的前部形成了自然的脉纹。鞋底子上有泥,他用另一只手摸了一下,是新泥,还有一根草。他抬起自己的脚看了一眼,然后把皮鞋放回原处。

  李页趴在门的底下往里看,什么也看不到,房间里的门口有地垫,把缝隙完全挡住。他站起来敲门,用了不小的力气,声音回荡在走廊里,马小千在家吗?马小千你在吗?他大声问。门开了,一个中年男人站在里面,穿着白衬衫和牛仔裤,身材高大,他说,您是哪位?李页说,我是马小千的朋友,她在家吗?男人说,她下楼买东西去了,马上回来,您请进。李页犹豫了一下,然后走了进去,客厅不大,布置得很精心，一瓶没有打开的红酒放在餐桌上，上面还系着彩带。厕所在他的对面，厕所左边应该是卧室，门紧闭着。客厅的窗帘没有拉开，屋里亮着灯。李页努力让自己冷静下来，能够思考。他把剑套摘下来放在餐桌上，男人在盯着他看，又看了看剑套。他知道如果这时候他拿出手机，可能他预感要发生的事情就会提前。男人说，你是小千的哪种朋友？李页说，不好说，你呢？男人说，我们认识很多年了，中间一度失散了，最近又联系上了，挺幸运。男人长了一副沉思的脸孔，以摄影师的角度看，他的四肢比例完美，胖瘦适中，如果说中国有绅士，就应该是他这种样子。李页说，她下楼没带手机？男人说，好像是吧，好像是。李页说，没带手机怎么买东西呢？男人说，她这么聪明，总有办法解决吧。我给你倒杯水。说完他转身进了厨房。李页使劲喘了几口气，他的脑海中浮现出褚旭在台上弹奏的样子，他迅速打开剑匣，把剑拿在手里。厨房的门开了，男人手里拿着一把水果刀，男人说，这剑哪儿来的？李页说，马小千还活着吗？男人说，我问你，这剑怎么在你手里？谁派你来的？李页大喊，马小千！你在哪儿？有人吗？救命啊！他一手拿剑，另一只手掏出手机，男人扑过来，用刀刺他的肚子，他一闪，手机落在地上，这一刺其实是虚晃，男人的刀接近着横动，李页没有躲开，他感觉自己的小腹一痛，被刀划开了，血马上流出来。李页抱着剑滚向厕所，男人追上来，他回头冲着男人挥了一剑，男人躲开，手里的水果刀立起，刀刃向下，扎向他的前胸。李页觉得像是一块冰掉到了自己的肺里，他被刺中了。他仰面朝天，男人的脸就在他的鼻子前面，他看见男人面无表情，或者说表情跟迎他进门时没有分别，只是在专注杀他。李页忽然一把抓住男人拿刀的右手，使男人不能动弹，另一只手将剑刃挑起，刺进男人的肚子，那一瞬间他感觉不是他的手在操持着剑，而是剑在引诱着手，刺进的一下如此地顺滑，像是切开一块奶酪。他翻身把男人压在身下，剑还在前进，刺穿了地板，把男人牢牢钉在了地上。男人说，稍等。李页觉得自己气短，张开嘴拼命吸气。男人说，火车开了。李页说，什么？男人死了，没再说话。

　　李页爬到卧室门口，拧开了卧室的门。他向里爬，看见了一双洁白的脚，他爬上床，看见马小千四肢都被绑住，嘴上也有封条，一台摄影机在无声地运转着，房间里有微弱的电流的声音。他撕开了封条。她还活着，因为她在均匀地呼吸。跟他想的一样，她睡着了，睡得很沉。李页掏出手机，发现姜丹给他打了十五个电话，他用微信给姜丹发了一个位置和一个语音：来找我，我爱你，再给我一次机会。他抱着马小千闭上了眼睛，感觉到自己躯体里的生命前所未有地高涨，血在床的凹陷处形成了一个湖。

原刊《收获》第1期

天 物 墟

孙 频

一

去年秋天,我终于回了一趟磁窑。

磁窑是地处晋西北深山里的一个小村庄,据我父亲说,那是我们的老家。只是村庄早已废弃,现在已经没有人住了。所以他从来没有带我回去过。不过他时常对我提起老家,说村口有棵千年大槐树,村边有条河,古代叫塔莎水,后来不知为什么被改成了磁窑河,说他小时候在山里经常能摘到各种野果和蘑菇。他还对我说过,磁窑村的历史说起来怎么也有四千多年了,在古代曾是烧制瓷器的官窑;在他小的时候,村里还发现过唐朝的月斑彩釉和铜红釉的瓷片。

父亲原是县五金厂的一名车工,后来五金厂倒闭了,他就去和别人合伙做生意,结果生意赔了,他又跑去内蒙古贩羊皮,在内蒙古待了两年,又是失败而返。此后他就在家里赋闲了一年多,在院子里养了一只八哥,一只狗,天天教那只八哥怎么骂狗,又教狗怎么跳起来恐吓八哥。时间久了,那八哥能说一口极其娴熟的脏话,张口就是,你妈个×。那狗则练出了一身上好的弹跳功夫,一蹦多高,简直像长出了两只翅膀。此外就是精心伺候他的两棵葡萄树,他给它们搭起了拱形的棚子,像服侍残疾人一样把它们的手脚都扶上去,由着它们慢慢爬上架子,舒舒服服地躺在了上面。

等到葡萄刚开始发紫的时候,麻雀和喜鹊都闻讯赶过来抢葡萄吃,他便在葡萄架下立了个稻草人,穿上他的旧毛衣,戴着他的草帽,手里拿着一把蒲扇。可是鸟儿们一眼看穿了蠢笨的稻草人,吃饱的间歇还在稻草人头上休憩片刻。他便把自己装成稻草人,手里拿着蒲扇站在葡萄架下,一见鸟儿过来就使劲摇着扇子,跳起来吓唬它们。

可是冬天葡萄都要入窖冬眠,叶子彻底落光之后,它们谢幕而归,沉睡在了温暖黑暗的葡萄窖里。他连葡萄树都没得伺候了,越发孤独。那只八哥竟然得了抑郁症,终日站在笼子里一言不发,也懒得再骂人。狗没有了对手,只好在大街上到处找野狗玩。他在母亲的训斥下,忙着做煤糕和照顾大白菜,把煤糕做得四四方方的,整整齐齐地摞起来。怕大白菜冻着了,又给它们加了床破棉被,还要不时下地窖去看望一下土豆们。万一发了芽,就不够撑到来年了。

第二年开春后,冰雪消融,那只八哥郁郁而终,他咬着牙把狗送了人,把苏醒过来的葡萄树重新搀扶上架,忽然就一个人回了老家,只说是回老家做生意去了,并没有详细告诉我们做的是什么生意。此后他就很少回家,只在过年的时候才回来住几天,给家里带回来些钱,扛回来十几斤羊肉,顺带一个羊头,羊头上的眼珠子还没摘,灰蒙蒙地瞪着人。一过正月十五,大红灯笼还挂在门口,他就又匆匆赶回去了。

前年过年他回家的时候,我发现他身上忽然多出块玉璧。从小到大,我从未见我的家人们玩过这种风雅的玩意儿,看着十分扎眼,觉得不像是他的东西。但他像个古人一样把那玉璧随身带着，走到哪里都握在手中反复把玩，看着更是扎眼。一天中午，我随手翻着一本书，母亲在厨房里做饭，他缩在窗前的阳光里，温柔地抚摸着那块玉。冬日的阳光留在窗台上的脚步毛茸茸的，像一只猫正在那里无声行走。破碗里栽的蒜苗刚长出来，头发丝一样柔软，玉璧上的饕餮纹却看上去多少有些狰狞，这块玉璧使他整个人看起来忽然有了几分远古时代的巫气。他还故意当着我的面翻看一本书，是一本关于玉器鉴赏的书。我已经很多年没见他翻过一本书了。只见他戴着老花镜，端坐在椅子上，用指头指着，一个字一个字地往下看，一边还低低读出声音来，好像小学生在认字。看了几页，书合上了，眼镜还舍不得摘，一直挂在鼻子上，直到睡着。

  我九十年代技校毕业后就进了工厂做检验员，结果刚工作了两年多工厂就倒闭了。此后我就成了个无业游民，一直找不到正经事情做，只能到处打些零工。因为没有一份正式稳定的工作，又不肯将就，高不成低不就，导致我一直没有结婚，转眼就晃荡到了四十出头。想想自己从小也算个爱读书的人，写在日记本上的理想少说也有十几个，不是作家就是植物学家；有段时间在冬夜里认识了天狼星，第一次看到了壮丽的银河，被震住了，还幻想过将来当个天文学家。当年考技校的时候，也是班里拔尖的学生。父母亲说，还是考技校吧，技校毕业了早点工作，就是大学毕业了不一样也要工作。结果，工作是挺早的，我十九岁就参加了工作，却在二十二岁就失业了。后来只要想想自己的学历，就觉得心里窝着一股火，这种委屈又没法和人说，所以我和父母的关系也不是很好。

  看着他忽然摆出一副玩玉的风雅派头，我不由得来气，再看看镜子里的自己，头发长了也不剪，指甲已经被抽烟熏黄，活脱脱一个邋遢的中年男人，又想到父母亲近两年里老是在偷偷观察我的脸色，不由得对自己一阵厌恶。我没好气地说，你又不懂玉，还每天摆弄这个。他犹豫了一下，支棱起耳朵，问，你说什么？我想，他并不是真的听不见，他只是需要时间来反应一下。我没有搭腔，果然，过了半天，他才有些心虚地说，你不知道，玉这个东西就得靠人养着，越养越好。顿了顿，他还想说点什么，但偷偷看看我的脸色就没再多说，只点起一根红塔山烟抽上了。

晚上，他自斟自饮了二两小酒。我酒量其实还可以，但从不陪他喝酒，他也从不叫我。喝完酒，他红着眼睛，伸手在脸上慢慢搓了几把，像刚睡醒一般，又在椅子上呆了一呆，然后便独自进了里屋，连灯也不开。我以为他真去睡了，不小心闯进去，忽见黑暗中只浮动着一张满是皱纹的脸，灯笼似的飘着，吓我一大跳。他正用手电筒照着那玉璧反反复复地欣赏。见我进来，他一把抓住我的胳膊，因为喝了酒，我再摆脸色他也看不见了。他举着玉璧的手在微微发抖，目光也随之缓缓举起来，手电筒光穿过玉璧，在墙壁上浮动着一层涟涟的光华，好像有月亮正在屋里升起，月光静静地落在了墙壁上。

他说，我教你怎么认玉吧，学会了也是个本事。

我说，我不学，用不着。

他不管，抓着我的胳膊不让我走，你看啊，真玉都是透光的，里面还有道水线，要是在里面能看到小气泡，那肯定是用玻璃做的。比如那种阿富汗玉，是用方解石做的，但做得再怎么像，那也还是假的。要是古玉的话，上面一般都有沁色，要学会看上面的沁色，黑的是水银沁，红的是血沁或朱砂沁，绿的是铜沁。玉器埋在地上能吸人血变成血沁，所以造假就能造出狗血玉。我给你讲讲狗血玉是怎么做出来的啊，你可要长个记性。

我不耐烦地说，不用给我讲。

他像没听见，抱着我的胳膊大声说，把假玉烧得通红，再把活猫活狗的肚子上划一刀,趁热把假玉塞进猫狗的肚子里,然后再把猫狗埋到地下。过一年再挖出来,你看吧,假玉上面就有了血沁,看上去和真的也差不多,骗人说是古玉,一卖卖个大价钱。以后你可千万不要上这个当。

我说,哪来那么多当可上。

他向我支起一只耳朵,你说什么?见我不吭声,便慢慢放开了我的胳膊,又有些不放心地站在我旁边,似乎怕我会跑掉。沉默了一会他忽然自言自语道,你是不知道,现在假玉多着呢,多个本事总不是坏事。

过了几天,黄昏时分,阴沉的天空里飘起了大团雪花,天地间一片苍茫。我一边等货,一边蹲在雪地里抽了几根烟,把烟头一根根插在雪地里,烫出一排整齐的小洞来。一个刚补完课的女学生背着一个巨大的书包,骑着一辆旧自行车冲了过来。在漫天的大雪中,她忽然放开了双手,快乐地大笑着,迎接着漫天的雪花,然后便轰隆一声摔倒在地上,却还是笑着爬起来,拍拍身上的雪,接着骑了上去。我久久看着她远去的背影,忽然想起了年少时候的自己,那时候,一切都还来得及吧。大雪很快覆盖了小洞,大地上的一切都在迅速消失,包括所有的往事。夜晚乘着风雪再次降临,我终于顶着一身雪花回了家。

屋里的炉子烧得通红,碳在里面噼啪炸响,父亲戴着眼镜,就着一盘花生米正在窗前喝酒。见我回来了,他忙把两只手在衣服上来回搓了搓,站起来摇摇晃晃地抓住我说,你可回来了,快过来,我教给你怎么认玉。我没有理他,把身上的雪掸了掸,然后站在炉边烤着两只手。他小心翼翼地凑了过来,想说话又不敢说,一边看着我的脸色,一边还是断断续续地说,古玉上面的花纹都是有讲究的……有兽面纹的玉,一看就是商周时候的……蝌蚪纹一看就是西汉时候的玉,记住了吧,是西汉时候的玉。

他可怜巴巴的目光落在我身上,我不忍心看去他,这不忍心又让我忽然变得愤怒起来,我说,能不能把你的眼镜摘掉再说话。他好像被火光烫了一下,猛地往后退了一步,却又习惯性地支棱起一只耳朵,问,你说什么?我抬起头,看到窗外的雪越来越大,天地好像都要被缝到一起去了。屋里没有开灯,他放在桌上的那块玉璧像夜明珠一样,在昏暗中吐出了水波似的光芒。他在那里呆呆站了半晌,没有再说什么,只默默地把眼镜摘了下来。从初一到十五,他在哪里,那玉璧就跟着在哪里,他看起来陷入了一种前所未有的痴迷。他吃饭养着它,睡觉养着它,他和这玉璧几乎已经长到一起了,这玉璧像是他身上新长出来的一件器官。

那段时间母亲刚从街上打了一口铁锅回来,怕铁锅生锈,成天小心伺候,专门炼了一罐雪白的猪油,日夜用猪油养着。这使得这口铁锅即使闲卧在灶台上的时候,也散发着一种强大的气场。

家里自从养了这些没有生命的物件之后,不同于从前养狗养八哥的热闹,倒像忽然住进来几个会隐身的远方亲戚,就算看不到人,仍然会觉得家里多了几个人,有一种阴森森的拥挤。

很快正月十五也过去了,日子照旧,我仍是每天骑着电动车给人送货。那天晚上,我很晚才到家,回家一看,母亲已经睡下了,父亲居然还没走,正坐在桌前慢慢喝酒,就着一碟油炸花生米。他坐在椅子上,像小学生一样把两只手搭在膝盖上,有些怯怯地招呼我,要不,过来喝点吧?

我想了想,顾不得洗把脸便闷头坐下,他给我倒了一杯酒。我们什么话都没说,闷坐了一会儿。喝下几杯酒,他才终于看着桌子说,当年让你去上技校的事,不要怪我,这个社会变得太快,是我老了,跟不上了。我心里忽然就伤感不已,也没有抬起头去看他,又默默喝下去一杯。他忽然从怀里贴肉的地方掏出一样东西递给我,我一看,还是那块玉璧。但它忽然就让我吃了一惊，在灯光下，它散发着一种奇异的光芒，像是被什么东西唤醒了，我感觉到有一双眼睛正与我对视着，明净神秘，它居然长出了目光。

　　他的那只手一直向我伸着，我看到他的指甲很久没剪了，指甲缝里有很多污泥，还有个指甲已经从中间裂开了。我听到他对我说，这是给你的，我把它养好了。声音竟有些欢快。我还是不敢抬头看他，也不敢把那玉璧接过来，心里只觉得有种说不出来的害怕。然后我借口说已经喝得头晕，要睡了，便起身回屋，忽听见他在我背后说了一句，抽空回趟老家吧，回去看看。声音还是很欢快。

　　第二天早晨一醒来，我便闻到屋子里弥漫着刚劲结实的酒气，好像有很多金属兵器正埋伏在空气里。我走到窗前打开窗户，呼吸了几口早晨清冷的空气。转身却看到父亲已经趴在那张桌子上睡着了，睡得很死。瓶里的酒喝得一滴不剩。那块玉璧端端正正地摆在桌上，安详而诡异。我想起父亲昨晚莫名欢快的声音，心里忽然就一阵突如其来的难受，好像麻药的力量终于过去了，疼痛却加倍袭来。我走过去轻轻推了推父亲，想把他叫醒，他的身体却已经开始发僵发硬。他从我的手里缓缓滑到了桌子底下。

　　父亲的骨灰在家里陪了我和母亲半年之后，我决定把他带回老家，那个叫磁窑的小山村。我记得父亲对我说的最后一句话是，抽空回趟老家吧，回去看看。

　　村口果然长着一棵老态龙钟的虎头槐，实在太苍老了，估计要十来个人才能抱得拢。树根如巨型龙爪牢牢扣在大地上，树冠高大却枝叶疏朗，能看到枝叶间最少筑了七八个鸟窝。鸟窝都很大，看样子也是鸟中的豪族，避在这世外的地方逍遥。不时有一只肥硕的大喜鹊忽然从枝叶间窜出，剪开黑白的羽毛滑翔而过。我特别喜欢看那些冬天的树，原因之一就是，树叶全部落尽之后，骨骼般的干树枝上却不顾一切地挂着一只小小的鸟窝，像大树在寒天中坦露出了自己的心脏，温柔极了。

槐树旁边卧着一块大石头，上面刻了四个字，华夏磁窑。我忍不住倒吸了一口凉气，这口气，真不小。槐树后面是个破旧的古戏台，三面观山门，戏台下埋有几口大瓮做回声器。屋檐上长满荒草，两边的厢房上面，一边刻着"日光照"，一边刻着"月亮明"，腐朽的木柱上隐约可见几个斑驳的字"击鼓鸣琴歌……"。

整个村庄坐落在快到山顶的地方，旁边绕着一条小河，这应该就是父亲说过的那条磁窑河。一片用石头垒起的房子参差错落在枣树间，不知是哪个朝代留下来的。院墙都是用碎石、瓦片和大大小小的陶罐砌起来的，一只只完整无缺的陶罐像海洋标本一样被封存在墙里。上面的花纹都还清晰可见，有刻花、剔花、印花，有吉语，颜色有黄、绿、红、酱。有的院墙已经彻底坍塌，只留下一扇孤零零的院门悬立着，像连着另一重神秘的时空，院门上多雕刻着祥禽瑞兽、花鸟鱼虫。沿着石阶而上，我才慢慢发现，连村里的厕所、猪圈、羊圈都是用各种陶罐砌起来的。路边随处可见陶器和瓷器的碎片。

等走到村子尽头，便看到一处早已废弃的古窑场，窑场附近铺着一层厚厚的碎瓷片，在阳光下闪闪发光。然而整个村子里看不到一个人影，一片久已干枯的死寂，好像所有的人在某个神秘的瞬间集体消失了。我踩着厚厚的碎瓷片，在巨大的寂静之下，竟能感觉到这个无人的村庄里藏着一种过节般的陶醉和快乐，如喝多了酒，整个村庄都沉睡在这种奇怪的陶醉之中。碎瓷片像花朵一样开满了整个村庄，在阳光下几近于要燃烧起来。

踩着碎瓷片再往上走，是一面峭壁，在这峭壁上居然有六孔废弃的老窑洞。走近了仔细一看，没有门窗，窑洞里面很粗糙，穹顶和地面上都抹着一层厚厚的白灰,坚固如花岗岩,这可能也是老窑洞能保存下来的原因。窑里有火炕,灶里似乎还有残余的灰烬。

我从窑洞出来环顾四周,发现左侧有一座小小的破庙,已经几乎被草木吞噬殆尽,只露出一角诡异的飞檐。我想走过去看个究竟,但路径早已经消失不见,只能小心拨开树木草丛。走到跟前只见门窗朽坏,挂满蛛网,一推便嘎吱一声开了。庙极小,里面只坐着一尊孤零零的红脸泥塑,颜色脱落大半,正猝不及防地蹬着我。

从庙里退出来又原路返回,忽见前方多了两个人影,竟把我吓了一跳,在这无人的村庄里,不知他们是忽然从哪里冒出来的。走到跟前才发现是一老一少,老人手里提着一只尿素袋子,正在地上挑拣碎瓷片,孩童跟在后面帮着拣。他们看见我这么大一个活人立在那里,竟像没看见一样,继续低头捡瓷片。我凑过去,看到这二人都衣衫褴褛,老人脚上穿着一双发黄的大头解放鞋,孩童脚上穿着一双巨大的旧球鞋,但两人都气质异然。我问,老伯,捡这个有什么用?他捡起一块瓷片,眯起眼睛,对着阳光端详了半天,轻轻扔进了尿素袋子里。然后头也不抬地说,拿到鬼市上去卖,这里面有文物。我大惊,哪里有鬼市?他放下袋子,在一块石头上坐下歇息,不慌不忙地点了根烟,身后的小孩也丝毫没有孩童的天真状,静静立在旁边,沉稳得吓人。老人微微笑了一下,看着我说,外地人吧?我忙说,也不算外地人,这里就是我老家,我家祖上的老人们都在这里埋着。

他点点头,一手夹着烟,一手从尿素袋子里掏出一块瓷片,放在手心里说,过来看看,上面写的什么?我看了半天,说,不认识。他稳稳一笑,徐徐喷出一口青烟,这两个字是玉堂,这是顺治年间造的玉堂美器。又随手拈起一块青花瓷的碎片,问我,知道这是什么年代造的?我老实说,不知道。后面的孩童半笑着答了一句,永乐年间的。我扭头看他,问,上几年级了?他微微一笑,并不搭话,动作轻雅，穿着不合脚的球鞋，走路却没有任何声音。我心中一时有些惊惧，这时只见老人掐掉烟头，起身说，二十里之外有个庞水镇，每个月的十五，镇上都有鬼市；要是想买文物，可以过去看看，可是不要去太早，半夜三点钟以后，摆摊的就都出来了，天亮收摊。

我连忙问道，这村里的人都哪去了？他说，死的死，搬走的搬走，都散了。我说，山上的那几孔窑洞是什么时候留下的？他淡淡说了一句，龙山文化时期的。我越发吃惊，又问，那边，那是什么时候留下的古窑？他头也不抬地说，唐朝。我惊异更甚，又赶紧问了一句，那个小庙里供的又是什么菩萨？这回，他不悦地看了我一眼，还是说，那是狐爷庙，狐爷是这里的窑神，你尽量不要冲撞它。我说，狐爷就是狐仙吧。那孩童在后面恭敬地说了一句，是晋国的狐突大夫。我正暗自叹息，只听老人又道，各个地方的窑神其实都不一样，比如景德镇的窑神叫童宾；还有的地方供的是雷神，因为雷神掌管风雨，烧瓷必须要好天气，不能下雨，也不能响雷，晒出的瓷器要是遇上响雷，立刻就变成一堆烂渣渣。

尿素袋子装了小半袋，老人轻巧地把袋子扛在肩上，好像没有一点分量，迎着夕阳，带着孩童飘然远去。他们二人竟然都没有任何脚步声。

黄昏来到。巨大的夕阳即将沉没于群山之间，天空变成了鲜艳的血红色。山林、村庄、古窑，还有那座诡异的神庙，都在这血色里变得分外肃穆庄严。天边的晚霞很快消逝，取而代之的是星辰从那里升起。星辰变得越来越明亮，越来越坚固，夜空渐渐变得深邃、灿烂，河水在星光下静静闪烁着璀璨的银光，山林里传出悠长的鸟叫声。在天黑下来的那一瞬间里，我忽然在天地之间感觉到了一种之前从未曾见过的空间，人世之上和苍穹之下的一重空间，苍茫，辽阔，巨大，大得足以庇护万物。也使得身在其中的一切看起来都微茫不足道了。

我开始有些理解，父亲后来为什么情愿独自待在一个已经废弃的古老村庄里。人都需要躲进一个更大的东西里来庇护自己。

我在废弃的村庄里找到了一间略有人迹的屋子，屋里有炕有灶，炕上铺着油毡，油毡上有卷被褥，灶上有锅碗，有一只烧水用的三足陶罐，还有半袋小米，几颗土豆。窗台上立着半截蜡烛，灶下扔着几只烟头，我捡起来仔细辨认，都是红塔山。熏黑的墙壁上贴满了报纸，还有一张娃娃年画，年画下面带着去年的日历，有几个日期下面打了勾，仔细一看，是有规律的，都是每月的十五。我猜测这就是父亲生前住过的地方。只是，在这样一个早已荒无人烟的山村里，他又有什么生意可做？看来也不过是一种对我和我母亲的托词。

那晚，我就住在了父亲曾住过的那间房屋里。我抚摸着父亲留给我的那块玉璧，在烛光里，它散发着一种沁凉的光芒，饕餮花纹神秘悠远。细细端详，便能看到里面有丝丝缕缕的血沁。我想到父亲生前日夜玉不离手，便觉得这也许是父亲的血液已沁入了玉璧。此时把这玉璧捧在手中，竟像是童年时牵着父亲的一只手，那只大手干燥温暖，曾带着我步行几里路去看露天电影；带着我去买图画书和水彩笔；带着我去省城公园里看人家划船。那年我七岁，生平第一次见到了公园，见到了划船。他最后也没舍得买一张船票，只带着我坐在河边的长椅上，久久看着那些来来去去的船只。秋风吹过的时候，公园里金黄的银杏叶几乎要把我们两个人埋没在那张长椅上。那个下午，他一直拉着我的手，似乎怕我会掉进河里，怕我被这些来来去去的小船带走。

二

第二天早晨，我用河水洗了把脸，用三足陶罐煮了些小米粥喝，又吃了一张母亲给我带的凉火烧。然后，我决定先找个地方把父亲的骨灰安葬好。

村庄附近不见有墓地，倒是在昨天夕阳即将落山的时候，隐约看到西边的山谷里有一片尖顶的建筑。在一天当中最后的光线里，那片建筑散发着奇异的银光，不知是个村庄还是什么，我背着父亲的骨灰向西走去。

正是秋天，山林绚烂，金黄的山杨叶拼命吞吐着阳光，血红的楸树叶在大地上猎猎燃烧。黄红绿又一层一层繁殖出了无尽的过渡色系，朱红、妃红、暗红、虾红、鲑红、亚麻黄、蓍草黄、纤绿、黛绿、油绿、墨绿，所有的颜色都搅在了一起，反而有种更为可怖的孤寂的蛮力。在山林间行走，我看到两边的树上结出了各种各样的野果，无一例外都是美艳而瘦小，鲜能看到大个儿的野果。有一种野果红得很是炫目，玛瑙一般挂满整棵树，我试着吃了一颗，味道有点像山楂，只是要比山楂小，心里便怀疑这其实是山楂的祖先。水果店里的那些水果的祖先们，估计都还活在这无人的深山老林里，无人问津，春天一树繁花，秋天便成了鸟儿们和松鼠们的美食。我还看到一棵巨大的野玫瑰，玫瑰居然也能长成树，有点成仙得道后的妖气。玫瑰花早谢了，枝上长满了花瓶形状的果实，粉红色的，俊俏可爱，心想这可能就是父亲和我提起过的玫瑰瓶儿，也是一种野果。摘了一颗放到嘴里，不是很甜，但很脆，满嘴都是玫瑰的清香。

走着走着，前面的山林里忽然冒出了一片奇异的尖顶建筑，仔细一看，居然是一片古老的塔林。墓塔高矮不齐，有六角形的，有圆形的，还有锥形的。塔尖齐齐指向天空，肃穆地错落在山林中。根基上爬满了暗绿色的青苔，有的墓塔已经坍塌了一半。古老的时间游荡于塔林间，脚步迟缓庄严。我抬头看了看天空，头顶的一方天空和脚下的土地都静极了，塔林间铺着厚厚的落叶，看不出有任何人迹。我回头张望了一下磁窑村的位置，村庄已经隐匿于山林间，我在村里看到的那片建筑可能就是这片塔林。极乐世界位于西方，正是太阳落山的地方。

把父亲葬在塔林显然不合适，毕竟俗僧有别。我便继续往前走，走着走着，便看到山林里隐藏着一座破败的寺院和半截白塔。我心想，怪不得深山里会有塔林呢。走近一看，寺院的门上挂着一块腐朽的木匾，隐约有圆明寺三个大字。走进寺院，只见三间正殿已经基本坍塌，还能依稀看到墙上的几处壁画。秋风过处，一地落叶簌簌作响，好似众多魂魄挤在一起私语。寺院中央立着几块石碑，有几块已经只剩下了石基，石碑被人敲掉了。只有一块不知何故保存了下来，被一只石龟稳稳驮在背上。上前仔细辨认一番，里面提到了一个和尚，叫万松行秀，还提到当时朝廷的中书令耶律楚材。

我在半截残碑上坐着抽了根烟，那石龟驮着石碑驯顺不语，龟头昂起，默默看着天空。我看着它，心中有些怜悯，这一驮就是几百年几千年，永无脱身之日，也不容易。又忍不住感叹这些石碑的妙用，用一块石头就把这么久远的事情保存了下来。寺里的僧人们来来去去，人事代谢，渺若浮尘，一阵轻风便可吹散几百年的时光，唯独这孤独的石碑还孑立于深山里。

一低头，忽然看见石砖缝隙里扔着一只烟头，我心里一惊，略一踌躇，还是慢慢把那烟头捡了起来。果然，又是红塔山。我扔掉烟头环顾四周，四下里没有一点人迹。这里离磁窑村并不远，很有可能我父亲也来过这里，就坐在我现在坐的位置上，抽了根烟才离去。此时他安静地蜷缩在一只黑色的小盒子里，就放在我脚边。我又点了一根烟，放在他的骨灰盒上，等着它慢慢燃尽。从寺院出来才发现，寺院右边的石壁上还凿有十几眼石窟，里面的石像大多已经风化不堪，只有两个窟里的石像还在。但奇怪的是，石像的头都不在了。

我背着盒子里的父亲继续向西行走，阳光穿过密林，筛落下了大大小小的光斑，羽毛一般，轻盈地落在地上，落在我身上。山林看起来更加华美也更加可怖了，树林和灌木越来越茂密幽深，好像静静地张开了血盆大口，欲吞噬掉一切。前方不时跳出一两朵血红色的野花，花朵奇大，凶悍妖媚地看着我。我心中不免有些害怕，但一想到父亲曾经也一定来过这些地方，便感觉与这山林又亲近了些。如果把父亲随便葬在这大山里，又怕他太孤单了，连个做邻居的坟墓都没有。我这才发现，其实我早就知道他很孤单。但我把这孤单当成了一种对他和对我的惩罚，就像握在我手里的一件武器。走着走着，我忽然就号啕大哭起来，我抱着一棵松树，哭了很久很久。哭累了，我又坐在树下抽了一根烟。

等到重新上路，我发现自己已经分辨不出东南西北了。我觉得自己已经走出很远了，却突然发现，自己又回到了刚才的那棵大松树下面。因为我在那棵树下抽了一根烟，抽完把烟头塞进了一个树洞里，我正惊诧地看到大树上居然长出来一只烟头，却忽然发现，这烟头正是我自己的。我背上掠过一阵阴凉的感觉，在树下呆坐了一会，一条蝮蛇从我脚边游过去了，我一动不敢动，目送着它走远。四周静极了，一种巨大而可怖的安静，像史前怪兽一般矗立在我眼前。过于强烈的安静反而会把一些微弱的声音举起来，高高举在一切之上。我隐约听到了林中有流水的声音，若远若近，这柔软的声音被包裹在山林的最深处。我循着流水声找到了那条隐蔽在林间的小河，河边的草丛浸泡在河水里，像女人的头发一样漂出很远。河流清澈见底，状如透明无物，有树叶飘入河中，竟像是脱离尘埃，静静悬于空中。

我想起父亲曾和我说过，在山里，有河流处就会有人家。我便跟着河流继续往前走，它只顾欢快地向前奔跑，并不回头看我一眼。我逐水而行，感觉自己好像骑在一条白龙身上，倒也不觉得疲惫，河水蜿蜒，明灭可见。走了一段路，密林戛然而止，树林灌木骤然疏朗下来，前方竟出现了一座平缓的山丘。我试着爬上山丘，发现这座山丘十分奇异,上面竟看不到一棵树,视野开阔,覆盖着一层毛茸茸的青草,草丛可淹没小腿,有些地方的草已经开始枯黄。山风吹过的时候,草丛齐齐倒向一边,露出了十几只正在吃草的绵羊,好像把一大块牧场从草原上切割下来,整齐地搬到了这深山里。

四下里张望一番,看到山顶处有一座小庙,我便走了过去。看样子也是一座狐爷庙,推开庙门一看,果然,里面又是孤零零地坐着一尊红脸狐爷的泥像。我心想,这狐爷不知是什么神仙,在这山里还真是神通广大。又绕到狐爷庙后面,发现那里居然站着一座石碑,立刻来了兴趣,便又凑过去辨认一番。石碑风化严重,只能勉强认出"伯安僖骠骑大将军"几个字,在碑首还能认出"乌丸洪敬"四个字。

我愈发感到了这山林的神秘与不可测,也愈发奇怪父亲在这大山里究竟以什么为生。我坐在山顶上吃了块随身带的凉火烧,四周看去,皆是茫茫林海。有风吹过时,便会在林海之上划出一道悠扬的波纹,一直荡向天边。这时,我忽然看到不远处的石头后面竟躺着一个人。走过去一看,是个放羊的老汉正在睡觉,羊铲就放在一边,饭盆也放在一边,硕大无比,比人头还大出两轮。这深山里的草原本就有几分魔幻,使得一切看起来都不是那么太真实。我忽然想和他开个玩笑,就凑过去大喊,老伯,你的羊都跑了。

老汉猛地从地上跳了起来,抓起羊铲问,跑哪旮了?一看他的羊群还在乖乖吃草,便扔下羊铲,看看太阳,又很高兴地看着我,说,吃了?我说,吃了。他说,吃的啥?我说,你吃的啥?他说,吃的馍馍,你吃的啥?我又打岔说,老伯,你家离得远不远?他说,不远不远,就在跟前,也就十五六里地吧,你到底吃的啥嘛?我说,十五六里地呢,怎么跑这么远来放羊?他说,哪里远了嘛,明明就在眼跟前。我说,这是什么地方?他说,四十里跑马堰,以前没来过?我说,没,看着是个好地方。他得意地说,可不是,元朝时候,这里就是皇帝的牧马场。

我惊叹，老伯，你怎么知道的？他笑眯眯地说，连山里的娃娃都知道，我还是个娃娃的时候就听老人们讲过，以前这里住的都是少数民族嘛。哎，你为啥不说你吃的啥嘛，告诉我一下子嘛，我一个人放羊太闷人（孤单），就天每（每天）给自己想点好吃的。我想吃过油肉、肉丸子、红烧肉，烧肉一定要切成薄薄的，和油豆腐放在一起炖，八角大料放上，葱姜蒜放上，慢慢炖，炖得都不用牙咬就能直接咽下去，你说好吃不好吃？以前磁窑村有个老汉知道我在这里放羊，时常还过来和我坐坐，分我两支烟抽，后头也不来了。

我说，他抽的是红塔山吧。他又高兴地说，你们也认识？那老汉呢，怎么就不过来了？让他过来嘛。我站起身来，拍拍屁股上的土，他急忙说，这就要走了？着啥急？再坐一坐嘛。我说，老伯，我还有事要办，得走了。他跟着我走了几步，说，你这人，还说走就走，再坐一坐嘛，坐坐嘛。我继续往前走，他还是跟着我，说，真不坐了？你这人，着啥急嘛，你背上的盒子里背的啥好东西？是不是有好吃的不敢告诉我。

我回头对他笑笑，说，是我爸的骨灰，我想找个好点的地方把他埋了。他一愣，倒退了几步，然后叹了一口气，指着山林中的一个方向说，看见没？你就往那旮走，前头就是西塔沟，沟里有块风水宝地，长的都是一千多年的老柏树，山里人死了都愿意埋到那里，对后人好。山外头的人听说了这么一块风水宝地，也都抢着想埋进来，人还没死就先把地方占住了。你往过走吧，走着走着就看见了。

走下四十里跑马堰，即将再次进入密林的时候，我回头张望了一下，放羊老汉已经变成了很小很小的一个黑点，还孤零零地立在山头看着我。

这片林子里的树木好像更加高大阴森了，有一段路几乎看不到阳光，茂密的枝叶在我头顶上方搭成了不透光的穹顶，白天变成了黄昏。不知是不是因为阳光少的缘故，走着走着会忽然看到前方的树下站着一丛巨大的蘑菇，足有雨伞那么大，因为过于庞大，看起来有些狰狞。有什么野兽从我身边的草丛里一闪而过，并不攻击我，只看到了两只倏忽而过的绿色眼睛。

阴森的密林渐渐稀疏下来，再次听到了流水的淙淙声，河流冷不丁又拐了出来。我继续沿着河流往前走，看到两边都是高山，知道自己是走进山谷里了。苍鹰从头顶的天空里滑翔而过，金色的夕阳从山顶上斜斜照落下来。有清幽的柏香阵阵袭来，河谷两边的柏树越来越多，我开始明白，这应该是走进放羊老汉说的西塔沟了。

又往前走了一段路，前面的树林里隐隐出现了一角房檐，我心想，莫不是在这沟里还能遇到村庄？眼看夕阳已经渐渐落山，我便快步向那房檐走去，走近了才发现不像是村庄，倒像是一个雅致幽静的园林，红墙黄瓦，里面有柔顺的垂柳拂过墙头。大门虚掩，一推就开了，果然是个很大的园林。它按江南园林布置的格局，把河水引入园中建了个小湖，湖边亭台楼阁，泉流环绕，怪石林立，廊庑之间有阁道相连。一座水榭半跨入湖中，凭栏可以观鱼赏荷。一道长廊曲径通幽，直通往湖中央的一座八角凉亭。沿着湖堤上烟雾般的垂柳一直往里走，又看到一座二层重屋式楼阁，正中间是客厅，两边是东西房，上面分别写着"和容""拾翠""藏春"。楼阁前立着一块奇石，楼后是一丛青翠的凤尾竹。

我发现，这偌大的园林里竟然没有任何人迹。这时候阳光又西斜了一点，身上顿时凉飕飕的，整个园林开始变得昏暗诡异起来，骤然间多了些阴森之气。我推开楼阁中间的那扇"和容"，却发现里面只坐着一座泥塑，连件家具都没有。再推开东西两边的房门，里面竟空无一物。我一低头，却发现方砖地上铺着一层羊粪。我开始有些胆战心惊，却还是忍不住往前又走了一段，期待能忽然看到一个守园子的人。穿过一座怪石嶙峋的假山便进了后面的花园，花园里种了很多树木花草，却因为长期没人打理而疯长成一堆，披头散发地拥挤在一起。这些植物都散发着一种奇怪的气息，仿佛都长着眼睛和牙齿，有的还长出了长长的手指，在我身上轻轻拂过。我不敢再往前走，正四下观望，就看到草木中间包裹着两座墓碑。墓碑后面是两座寂静的坟墓，坟头都已经长满荒草，不仔细看还真看不出来是坟墓。

我忽然明白了过来，这其实是一座陵园。而我在楼阁里之所以能看到羊粪，是因为有时候放羊的会赶着羊群来这里歇息打尖。

从陵园里逃出来再往前走，便不时看到山谷里有各种各样的坟墓和墓碑。有的墓碑十分豪华，墓前守着石人石马，简直像皇陵一样气派。有的则很简陋，只在坟上插了棵柳树。有的坟墓前还盖了间小庙，庙里供着墓主的泥塑，还摆着供品。有的坟墓久没有人上坟，已经瘦小得几近于消失。有的坟墓则肥硕雄壮，卓尔不群。我想，这应该就是放羊老汉所说的那块风水宝地了。把父亲葬到这里倒是也不错，环境清幽，古柏参天，有这么多邻居陪着，起码不孤单，旁边还有那么奢华的一座陵园，没事还可以进去游园观鱼。

于是在即将天黑之前，我把父亲安葬在了这处热闹的坟地里。

月亮上来了，高悬在黑黢黢的山林上空。漆黑的山谷里唯有那条小河闪着银光，月光像银鳞一般洒满整个河面，我又冷又饿，不敢停留，沿着河流一直往前走。两边的高山像黑色的神像默然耸立着，整个山谷幽静极了，只能听到哗哗的流水声，流水声回荡在整个山谷里，我自己似乎正飘然行走在水面之上。虽说此番回老家的任务已经完成，但想想自己四十岁出头，一事无成，又有些惧怕再回去，走在这黑暗的山林中反倒有种畅快感。该到来的总会到来，该受惩罚的也迟早会被惩罚，这么想着，心里也不那么害怕了。抬头一看，月亮更大更亮了，看上去离我只有咫尺之遥。

跟着河流走了不知道有多远，忽然看到前方飘一灯如豆，萤火虫似的，在大海一般的黑暗中若隐若现。我疑心那是什么山妖或鬼魅幻化出来，专门用来诱惑山间行人的。可是茫茫黑暗中只有那一点灯火，又不由得把我吸了过去。越来越近了，我终于看清楚，是从一扇窗户里飘出的灯光。

银色的河流继续在月光下赶路，我站在河边与那盏灯光久久对视着。看轮廓，这好像是一个蛰伏在大山里的小村庄，大概有十来户人家，但只有其中的一间屋子透出灯光，其他房屋则悄无声息地沉入了黑暗之海，犹如海底的礁石或贝类，一动不动。夜晚的山林温度骤降，我冷得浑身发抖，犹豫了很久，终于下决心走了过去，敲了敲门。木门嘎吱一声打开了，昏暗的灯光随之泻了出来，一个高瘦的老人背光站在门口。

我随老人进了屋，屋里没有别人，看来是个独自留守在山间的老人。只见屋里有张炕，炕上摆着一张四方炕桌，炕上堆满书和瓶瓶罐罐，桌上放着一支钢笔，一瓶墨水。灶里已经烧了柴，屋里暖烘烘的。地上有只描着仙鹤图的樟木箱，箱子上也摆着一堆瓶瓶罐罐，正中供着一尊威严的佛像。佛像前点着两盏油灯，随着木门一开一合，灯焰无声地跳动着，投在墙上的阴影忽大忽小，使这屋子看上去有些寺庙里的诡异之气。箱子旁边是一只古色古香的绛色书架，里面塞满了乱七八糟的书和本子，最上面摆着一只老式座钟，正咔嚓咔嚓地走着。书架右面是一张桌子两把椅子，桌子和椅子看上去都不太寻常，上面雕刻着繁复精致的花纹，很有年代的样子。一只巨大的红木柜子靠墙立着，柜门上刻有山水浮雕，山水间还镶嵌着亮晶晶的螺钿。墙上挂着一只雕花大葫芦，看着像是酒葫芦。

老人端上来的烤土豆我一口气吃了三个，又喝了一大碗小米稀饭，这才缓过来一点。我问老人，老伯，这是什么村？老人摘掉了鼻子上的老花镜，正坐在一把椅子上静静打量着我。我这才发现这个老人略有些高鼻深目，头发花白，在灯光下看上去，眼珠竟像是蓝色的。实在太瘦了些，胳膊和腿极细，看起来都不大像是真的。他跷着二郎腿，把一只腿完全压到另一只腿上，一个人竟可以把腿弯到那种程度，看起来更不像真的了。大概是因为山里的晚上温度低，他已经在身上穿了一件薄棉衣，棉衣里看上去空荡荡的，都找不到人在哪里。他的两只手扣在一起端在腿上，半天才慢条斯理地说了一句，佛罗汉。

我心想，这村名怎么这么奇怪，难不成与佛教有关系。便又问了一句，这村名可有什么来历？他微微笑了一下，没有说话。我只好又问，怎么就你一个人，村里的其他人都到哪去了？他把眼睛垂下，看着自己叠在一起的两只手，他睫毛很长，像两把小扇子，在灯光下扑闪扑闪的，我想他年轻的时候应该是个很漂亮的小伙子。只听他不慌不忙地说，老人们慢慢都去世了，年轻人都下山去了，村子慢慢就空了，现在村里就剩下我一个人了，我在这里住习惯了，不想走。

我还想问他点什么，但因为屋里很暖和，加上劳累，一阵困意袭来，连连打起哈欠来。老人起身，在炕上的一堆书和瓶瓶罐罐中间给我刨出一块地方，说，你就睡这里吧。我疑惑地打量了一下周围，说，那你睡哪里？他立在地上，用手指了指那只红木柜子，说，我睡柜子里，我从来不在炕上睡觉的。

我被吓得困意立刻跑了一半。这时候，油灯的光焰忽然黯淡下去了，变得只有黄豆大小，屋子里的阴影迅速从各个角落里长了出来。只见他从灶上端起一把长嘴油壶，走到木箱前，往两盏油灯里各添了些胡麻油，光焰立刻又蹿了起来。

三

　　第二天早晨醒来，恍惚记得昨晚梦见了一个老头，头发花白，眼睛却是蓝色的，说他睡在一只巨大的柜子里。睁开眼睛一看，屋里静悄悄的，只有我一个人，但那些家具都清晰地从梦里浮了出来，就立在我眼前，包括那只大柜子，竟然都是真的。我战战兢兢地打开柜门，往里一瞅，里面是空的，只堆着一床被子，还有几本书和一只手电筒。炕桌上放着两个热乎乎的土豆，一摸，也是真的。我定了定神，吃了土豆，出了屋子。

　　耳边全是清幽的鸟叫声，放眼一看，果然是个很小的山村，一片死寂，连犬吠声都听不见。有几家门口的荒草已经一人多高，有些门窗已经完全被野草吞噬，在没有人的地方，那些安静的野草就会很快长出牙齿和手脚，占领废弃的房屋。出门走了没几步，我就看到昨晚那老人正独自立在村口东面的断崖边。他双手背在身后，空荡荡的衣角被山风吹起，那衣服里看上去好像什么都没有。

　　我走过去和他并肩立在悬崖边。清晨的山中，大雾尚未退去，山林还未显形，我们脚下的断崖宛如仙境，雪白的云雾间漂浮着一丛丛岛屿般的黛色，偶见一株巨大的云杉刺破云雾，正孤独地四下张望。他没有扭脸看我，只慢慢问了一句，你，姓什么？我说，姓刘，我老家是磁窑村的，也在这山里；不过我是在县城里长大的，这是我头一次回老家。他微微颔首，说，我年轻的时候经常去磁窑，那是个好地方，我曾在那里见过珍贵的鹧鸪釉和兔毫釉；现在我老了，它又在山顶上，要上去一趟都不容易，古老嘛，越古老的村庄海拔越高，像佛罗汉这种山谷里的村庄其实都比较年轻。

　　他说话声音不高，慢慢悠悠的，喜欢垂下眼睛，尽量不去看对方的眼睛。有一种深不见底的安静从他身上看不见的地方散发出来，像是他已经在这深山里独自隐居几百年了。我等着他问我为什么一个人跑到这里来，但他只是眺望着远处的山峦，微微叹了口气，你路上经过了几个村庄？这阳关山上的每一个村庄我都跑过，那时候年轻，精力好，骑着一辆加重自行车，总是天还黑着就出发，半夜才到家，两头都是黑的。有时候去远一点的村庄，就背上干粮和水壶，骑车要骑好几天才能到，晚上就在山上找个山洞睡一觉，或者爬到树上去睡，现在年龄大了，跑不动了。

我说，村庄没见到，倒是看到不少狐爷庙，还看到一座寺庙，叫什么圆明寺，寺里有座石碑，石碑上提到的万松行秀不知是谁，名字像个日本人。

他静静看着远处说，万松行秀是金代的高僧。他当年在圆明寺当住持的时候，耶律楚材是居士，经常去圆明寺向他请教问题。耶律楚材是辽太祖耶律阿保机的九世孙，是个精通汉族文化的契丹贵族，和万松行秀的交往就是他不断汉化的过程，少数民族的汉化是很有意思的。

我心中有些惊异，又说，我还到了那个叫什么四十里跑马堰的地方，那里也有块石碑。

他依然背手眺望着远方，并没有扭脸看我一眼，慢慢说，你看到的石碑上面写的乌丸洪敬，是古代的西域国名，是东胡乌桓的后代。建安十三年的时候，有一万多乌桓人迁到了中原。石碑上说的伯安僖是北魏孝文帝的儿子，从那块石碑上可以知道，北魏时候，四十里跑马堰曾是皇家牧场，是孝文帝封给儿子伯安僖的封地。

我心中不免有些惊恐起来，不知道这躲在深山里的老人到底是谁。这时候太阳渐渐升起来了，一缕金色的阳光从东方照过来，把我们的脸也都照成了金色的。脚下的大雾正在渐渐散去，苍青色的山林渐渐浮现出来。他依然一动不动地立在悬崖边，看起来极瘦极轻，随时会被山风吹走，仿佛连骨头都是没有分量的。我有些战战兢兢地问，老伯，还不知道你怎么称呼？

他说，我姓元，就叫我老元吧。

我说，是元气的元还是原来的原？

他说，元气的元。

我犹豫了一下，又问，不知你今年多大了？

他并不回答，好像略微沉吟了一下，忽然把脸慢慢扭了过来。猛然看到他的眼睛，把我吓了一跳，忍不住后退了两步。我发现他脸上没有一丝血色，连嘴唇都是苍白的，眼睛却比一般人要深，睫毛很长，从某个角度看过去的时候，会发现，他的眼睛确实是蓝色的，并不是我昨晚的幻觉，目光里还微微透着些寒凉之气。他背着手，气定神闲地看着我，身后飘忽着将退未退的大雾，使他看起来并不像一个人间的凡人。我心里不由得一阵害怕，却听见他慢慢问了一句，你做什么工作？急着回去吗？我连想都没想就说，我就是个闲人，根本没工作。说完才发现自己言语之间居然带着一种奇怪的快感，好像存心要报复自己一般。

他不再看我，又垂下眼睛，脸上看不出更多表情。只听他说，我看你对文物好像还有些兴趣，要是手头没有什么正经营生可干，愿不愿意暂时给我做做帮手？这山里的空气很好，你不妨住一段时间。我正需要找一个帮手，我管你吃住，每月给你发些工资，你就把我的口述记录下来，再帮我把资料整理好编进书里，时间不会太长的。我正在写一本书，想把这些年我在阳关山里见过的文物古迹都写进去，可是我老了，精力已经不够了。

我踌躇一番，最终还是答应了下来，倒不是为了一点工资，好像有一种神秘的力量推着我，让我留在了这大山里。我想起父亲临终前的最后一句话，抽空回趟老家吧，回去看看。事后回想，总觉得他是想告诉我什么。如今，他再也不可能亲口告诉我了。

　　晚上，我睡在从炕上刨出来的那块空地上，瓶瓶罐罐像陪葬品一样摆在我身边。他则睡在柜子里，他躺进去以后，再把柜门合上，然后便悄无声息了，根本看不出来里面竟然有人。佛像前的油灯彻夜不熄，时常让我生出一种身在寺庙中的错觉。我忍不住好奇，问过他一次，为什么不睡在炕上？其实这么大的炕睡五个人都绰绰有余。他淡淡说，习惯了，他已经在柜子里睡了好多年了，挺好，比在炕上有安全感。他说挺好，我也就不好再多问。但他似乎很少睡觉，也很少吃东西，晚上我困得快要睡着的时候，他还坐在炕桌前，猫着腰整理他那堆山一样高的资料；等我早晨醒来一看，他早已经坐在桌前开始看书了，两条秸秆一样的细腿盘在炕上，好像一夜不曾挪动过。吃饭则每天都是烤土豆，小米稀饭加咸菜，偶尔吃一顿酸菜炒擀面。我一边啃土豆一边说，元老师啊，你怎么像个神仙，每天不用吃不用睡的。他微微点点头，说，人老了就这样，睡不着，吃多了也不消化。

　　他酷爱读书，吃饭的时候手里都要翻着一本书，我又忍不住惊叹道，元老师啊，想不到山里还有你这么爱看书的人，真是可惜了，你莫不是还上过大学？他朝我摇了摇手，手指又长又细，竹枝一般，说，快不要说什么大学，也就把初中上完了。我说，那你怎么就开始研究文物的？他用蓝色的眼珠子盯着我看了半天，把我看得心里直发毛，心想，自己是不是说错了什么。却忽听他说，小时候跟着大人去种地，动不动就从地里挖出东西来，陶罐啊，碗啊，石斧啊，那时候就觉得先人们留下的这些东西真有意思。谈不上什么研究，就是个兴趣爱好，人都得有个精神寄托嘛。

　　他有时候从炕上抓起一只青铜器，盯着一看就是大半天，两只手在饕餮纹上细细摩挲，戴着老花镜，几乎把眼睛贴到了上面。还有的时候，他闭上眼睛，像抱婴儿一样把一只陶罐抱住，坐在一堆陶罐中间一动不动，我心中不免惊慌，不知道他是否还有气息。正想过去看个究竟，忽见他又徐徐睁开了眼睛，目光清澈，略带寒气，倒把我吓了一跳。他手上日夜戴着一只玉镯，但和女人们戴的玉镯又不大一样，手镯是扁的，比寻常手镯要大出一圈。有一次我壮着胆子问他这是什么玉镯，他先是默默地盯着我看了几分钟，然后竟把玉镯摘下来给我看，说，商代的玉镯多是扁的，汉代才有圆镯。我仔细一看，只见玉镯上雕着三只狰狞的神面，还有三只蝉，在玉璧内侧还刻着一个字。他指了指那个字，说，这是甲骨文的"辛"字，说明这是妇好的陪葬手镯，蝉象征着人死后破土重生之意，这上面的人面是石家河文化神面像。我大吃一惊，妇好墓出土的？他微微一笑，不再说话，只把手镯又小心翼翼戴在了左手上。

不光是玉镯，他脖子里还戴着一块龙凤纹玉佩，上面刻着三个字"宜子孙"，裤带上还挂着一块饕餮纹玉腰牌，吊着一块玉璜。我和他开玩笑地说，元老师，你这装备真是够齐啊，都挂在身上沉不沉？他正色说，君子无故，玉不去身。古代的君子们身上必佩玉，佩玉只有在不快不慢且有节奏的步伐下，才能发出清脆悦耳的声音，时刻提醒君子们一言一行都要温文尔雅、不紧不慢，玉佩撞击的声音也可以显示君子们的光明磊落。那时候君子们出个门，身上戴着玉佩、玉觿、玉带钩、蹀躞；如果佩剑，还要戴上玉剑首、玉剑格、玉璏、玉珌。我惊叹道，那还能走得动吗？他不悦地说，古代的君子们本来就没打算要走快，站有站姿，坐有坐相，比现代人有尊严得多。

此外，我还发现，他怀里每天都藏着一件玉器，像宠物一样养在身上，一有空闲就掏出来把玩。有时候是一个玉跪人，有时候是一只鸡心佩，有时候是一块玉剑首，有时候是一只长着蘑菇角的玉龙，头极大,尾巴又极小。有时候我故意问他,今天身上又藏着什么好东西啊?他摊开两只手,无辜地说,你看什么都没有啊。过了一会儿,却笑眯眯地从怀里摸出一只玉蝉给我看,他吓唬我道,这可是一只含蝉,以前是含在死人嘴里的,怕不怕?我一听这话,吓得往后退了两步。他却哈哈大笑起来,边笑边说,不要怕,古玉是通灵的,通过古玉人能和鬼神相通。古玉也都是有性格的,你要是总不理它,它就会生气,就会吐灰,必须得爱护它,经常抚摸它,它才会长出光晕。

晚上,他回柜子里睡觉的时候,还要像小孩子抱着布娃娃一样,把这些玉器抱在怀里才能睡着。

一天深夜,我草草洗漱一番,正准备睡觉,忽听到外面有几声若有若无的敲门声,我看了看老元,他正坐在炕桌前翻看一本书,像是压根儿没有听见敲门声。我担心是像我一样在山里迷了路的夜行人,便过去开门,打开门一看,外面空无一人,寒风裹着夜色窜了进来。我只好又把门关上了,等了半天,外面的敲门声再没有响起。我正在疑惑,老元忽然抬起头慢慢说了一句,不用管它,它不敢进来的,这屋里住的魂魄太多了。我大吃一惊,四处看了看,屋里只有我和老元两个人,但那些灯光照不到的暗处,似乎确实站着很多阴森的黑影。

我打了个寒战,低声说,元老师,你不要乱开玩笑。老元淡淡一笑,抚着炕上的那些瓶瓶罐罐说,这每一件文物里其实都住着一个它们原先主人的魂魄,只是你看不见罢了。你觉得我是一个人住在这深山里,孤闷得很,我自己却不觉得,你看我的伴儿还少吗?我吓得倒退几步,几欲跌倒,说,元老师,你还信这个?却又听见老元慢条斯理地说,什么是信?什么是不信?世上的万事万物就是个缘分。年轻时我得了一件文物,爱不释手,但是自从拿回家里后,我就开始生病,后来把它送走,病自然就好了。这就是我和它没有缘分,缘分是什么?

就是你能不能留住它，能把它留住并养起来，它就是活的嘛。

果然，我发现这屋里的很多文物都以自己的方式活着。我们每日盛土豆用的是一只笨重的大碗，偶尔一次，我洗碗的时候，看到碗底刻着一个蓝章，德馨堂制，是乾隆年间的青瓷碗。我们洗脸用的那只脸盆，我总觉得造型丑陋古怪，长着三只脚，上面刻着青铜的兽纹，看起来很是不祥，后来才知道，那根本不是什么脸盆，是一只周代的匜。一旦知道了它的身份，吓得我连洗脸都战战兢兢。我看老元的肥皂盒很脏了，想着帮他刷洗一番，洗着洗着竟发现是一件凤头形状的玉器，连忙翻过来一看，背面刻着一行字，乾隆三十七年内务府督造。我喝水的杯子是一只汉代的承露杯，据说是古人专门用这种杯子来接清晨的露水，并视为琼浆。门框上还挂着一只亚丑钺，亚丑钺是一种商代兵器，看上去像一种凶悍的面具，他把它挂在那里，让它帮他看门。他说，古人特别可爱，喜欢做一些玉兽来帮自己看管东西，而且这些玉兽的嘴巴都特别大，以显示它们的凶猛，好让偷东西的人不敢靠近。比如他们会把装丹药的瓶子做成熊的形状，在熊的头顶上再放一只老鹰，让它们替主人看管丹药。

我慢慢想明白了，怪不得我总觉得这屋子里有种神秘莫测的东西，好像除了我们俩之外，屋里还住着什么别的无法看到的东西，可能就是因为与这些古老的器物共处一室的缘故。它们端坐在屋里的时候，即使无声无息，也让人感觉好像与很多古老的庞然大物共处一室，到处是它们身上腐朽的气息，还有它们阴凉远古的目光。

有一次，我发现他把天顺成化款的彩粉瓷盆做了花盆，里面养了一株呆头呆脑的绣球花。我忍不住说，元老师，拿这彩粉瓷做花盆是不是可惜了点。他把脸慢慢从书里抬起来，蓬着一头花白的头发，面无表情地朝那花看了一眼，说，做花盆不是也挺好？把它放起来不闻不问，它更不高兴。正说着，一只陶罐忽然从炕上滚落下去，我大骇，迸射出去想接住罐子,但还是晚了,陶罐落在地上摔成了几片。我惊慌失措地呆立在那里,半天说不出话来,却见老元坐在那里动都不曾动一下,听到响声只说了一句,碎就碎了嘛。我说,这可是文物啊,很值钱的,也太可惜了吧。他脸上的表情纹丝不动,目光冷冷地瞥了我一眼,说,你知道它是什么朝代的?它上面刻的是什么花纹?我茫然地呆立在那里,只听他又说,这上面是西周特有的一面坡饰纹,你都不知道一只陶罐里到底有多少文化,那你看到的就是一只不值钱的装水罐子,怎么就说它值钱了?我最讨厌你们见到文物就想它值不值钱。文物的身上留着古人的余温,文物上面的每一道花纹都是古人的感情和寄托。每一件小小的文物背后都是你来我往,是人类早期的文明,是古老的社会制度,它们记录着国家的形成,朝代的更迭,礼仪的教化,这才是文物的价值。

  他的神情让我都忍不住有些怀疑,是他故意把陶罐滚落下去的。他身上的什么地方总让我觉得有些害怕。

  深秋到了,天气一天天转凉,上午的阳光斜射进玻璃窗,落在炕上,灰尘纷纷长出翅膀,奋力游动在金色的光柱里。他穿上了厚厚的绒裤,裹着那件旧棉衣,脸色越来越苍白,躺在一堆瓶瓶罐罐里的时候,他和它们混为一体,几乎难以区分。他的身体时好时坏,有几日连看书都力不从心了,他便不停催促我看看油灯里的油,一再嘱咐不要让油灯灭了。眼看油灯的光焰小下去了,他又赶紧让我剪灯花,等油灯重新亮了起来,他会呆呆盯着那油灯,一看就是半天。他没力气整理资料了,就在炕角里缩成一团,半闭着眼睛,缓慢地口述。即使身体如此虚弱,他的语气仍然是不容置疑的,要我每一个字都要按他说的来写。他骄傲地说,没有人比我更了解这阳关山了。我研究了五十多年了,有时候为了研究一点点东西,就要往一个村里跑十几趟。

就我一个人,在这大山里跑来跑去,吃着干馍馍,喝着山里的泉水。我年轻的时候,别人不信我说的,以后他们会知道的,只有我说的才是对的。

他用手抚摸着一只陶罐,断断续续地说,那年听说大陵村一下挖出了几百件文物,我就赶紧骑着自行车过去看。都是战国时候的陶器呐,上面都压着章,那些章上面写着太陵、泰亭,说明当年这些陶器都是在你们磁窑村里烧的,因为古代泰亭的窑址就在磁窑村。你看这只陶罐下面就刻着"太陵"两个字,这太陵其实就是今天的大陵村,也就是古代的大陵古城,这都是我自己琢磨出来的,因为在古代,"大"和"太"是不分的。你知道我还发现了什么?这比发现了文物还让我高兴,春秋时候,阳关山一带根本就没有山,而是一大片古泽,浩浩荡荡,水天一色。你能想见吗?汉代的时候大陵竟是一个旅游城市,士大夫们经常坐着船在湖上游玩赏月。几千年过去了,这里的海拔逐步抬高,逐步抬高,变成了如今你看到的阳关山。现在在大陵村打井,往下打几百米就能打到海蚌的化石,我亲眼见过那些海蚌的化石。海都变成了山,你说,这世上还有什么东西是不能变的?

我只是默默记录,他闭上眼睛沉默了片刻,又拿起另一只不起眼的陶罐给我看,只见陶罐底部刻着四个字,是篆文。他说,你看,这也是从大陵村挖出来的陶器,这四个字是"祁氏之邑",我当年看到这个罐子真是吃惊呐,连忙问村民买了下来。村民们不知道这么土的一个罐子能有什么价值,差点把它当了夜壶,只有我一个人知道它到底是什么,我把它保存了这么多年。昭公二十八年,分祁氏之田为七县,就是平陵县、邬县、祁县、马首、盂县、梗阳、涂水。这七个县可是中国历史上最早出现的七个县呐。我们阳关山在古代就属于平陵县。

我叹道,真是想不到。

他把两条细腿折叠起来,蜷缩成一个更小的团,又闭上了眼睛,久久没动,好像是睡着了。在阳光里能看到他极苍白的皮肤下面流动的一道道蓝色的血管,我甚至能看到血液在里面无声流动。忽又听他声音异常清晰地说,那时候县文物局的人根本不相信我说的话,说我是野路子。对,野路子说话不管用,可是你记住,历史是骗不了人的,不管过多少年,真的就是真的,假的就是假的。文物就是最好的见证,它们是不会说假话的。

我正盯着他看的时候,他忽然睁开眼睛,与我对视了一眼,目光凉飕飕的。我吓了一跳,只见他重新又闭上了眼睛,依然蜷缩在那个角落里,对我说,快去看看油灯里有没有油了,不要让油灯灭了,我该干的事情还没有干完,还不能死。

我忙说,元老师,你瞎想什么呢?

他又睁开眼睛,目光炯炯,笑着对着周围的空气说,老哥儿们别着急,你们先玩着,到了时候我就跟你们走。

过了几日,身体又好转了些,他的兴致也高了一些,偶尔还会摘下墙上的酒葫芦,和我喝两杯。他说酒是个好东西,驱寒驱阴气,他年轻的时候酒量可不是一般的好。那时候去深山里的那些村子上找文物,晚上经常就睡在山林里,山里多冷的,就是靠喝酒来取暖。他从板柜上的那堆瓶瓶罐罐里随手拿了两只酒杯,用嘴吹了吹里面的灰,倒满酒,摆上一碟盐水煮花生。我们在炕桌两边盘起腿,相对而坐。他很有兴致地说,你叫我一声元老师,不能白叫了,喝酒前我先教你点东西吧,想不想听?你这只酒具叫角,我这只酒具叫觯,这些酒具一看就是商代的青铜器。商代的人特别喜欢青铜酒器,因为他们觉得青铜酒器能显示权力和地位,就像文物局的人觉得他们就是权威一样。但是到了周代就不一样了,周代的人喜欢青铜食器,所以周代出土的都是什么鼎啊、鬲啊、簋啊,酒器倒不多。周代也没有人殉了,改成马殉了。所以你看,时代越往前发展就越重视人的生存权利,这从文物上就能看得出来，这也是我喜欢文物的原因，它们太诚实了。所以嘛，不管是什么世道，都不要怕它，好好坏坏，都会过去的。

我们拿青铜酒器碰了一杯，然后一饮而尽。我心中感慨万千，觉得自己误闯进了一个并不真实的时空里。这是一块包裹在时空里的时空，我们两个人衣衫褴褛地守着一堆珍贵的文物，每日吃着土豆，拿文物喝酒，拿文物栽花，拿文物做洗脸盆。夜已深，万物隐遁，一轮巨大的明月从山间升起，在长空和月光之下，我们那扇破败的窗口越发透出一种沉穆野逸之气。喝了几杯酒之后，我说，元老师，你怎么也没个老伴？一个人在这山里还是孤单了点吧。他盘着两条细腿，垂下眼睛说，我老伴已经去世了十年了。顿了顿，他干瘦的脸上忽然笑了一下，长长的睫毛扑闪着，看着桌子说，不过我不怕，有这些文物陪着我，我也不觉得孤单，它们都是我的伴儿，都能和我说话。我早就想明白了，怎么活都是一辈子，有人当官，有人讨饭，我一辈子就这么过，也挺好。

我悄悄看了看他，犹豫了一下，才终于开口道，元老师，这些文物，你怎么不好好保存起来，不怕被人偷了？

他依然垂着眼睛，两排睫毛在脸上投下两道扇子般的阴影，越发像一座古代的陶俑。他慢慢呷了一口酒，半天才说，那种得件文物就到处藏的人，都是道行浅的人，道行浅便听不懂天机，也不一定能留住文物。真正有道行的人能摸透文物的性格，爱护它，尊重它，还能留得住它。不过，就是留也只是暂时的，这些东西终究都不是自己的，生不能带来死不能带走，今天还在你手里，明天就去他手里了。你看看，这青铜酒器的主人死了都几千年了，如今却被我们拿着喝酒，说不定明天就又到别人手里啦。所以它们在的时候，就好生养着它们，有一天它们要走了，也留不住，它们只能是陪你一段时间，就是跟着主人去了地下，过几百几千年，也会被人再挖出来。

我借着一点酒意，还是把那句反复按捺的话说了出来，你把文物卖掉两件啊，好歹也改善一下自己的生活，你看你过得多寒碜。他忽然抬起眼睛看了我一眼，在灯光下，他目光幽深虚静，眼睛在一瞬间里又变成了蓝色。他冷笑一声，说，你真以为人一辈子需要多少钱？

我承认，在深夜的那么一两个瞬间里，我也不是没有过别的想法，他这样一个手无缚鸡之力的老人。我也知道自己其实随时可以离开这里，他也无法再找到我。但快两个月过去了，我一直没有离开，分明有一种更大的东西吸引着我。

一次，我正在把玩那块玉璧的时候被他看到了，他很有兴趣地说，你小子也玩玉？说罢要过去，就着阳光仔细看了看，看了半天，只问了一句，从哪来的？我说，是我父亲送给我的。他又问，你父亲现在在哪？我说，他已经不在了。他便只说了一句，臣字眼，双阴起阳线，典型的商代高古玉，质地好，所以沁色不多，只有一点点水银沁，玉色极好，千年白玉变秋葵，说的就是这种玉色。说罢便把玉璧还给了我。

遇到天气好的时候，他就想出去到处看看，但他已经骑不了自行车了，我便开上一辆小三轮车，他坐在后面的车盒子里，我带着他漫山遍野地闲逛。一天，我们正走在一条山沟里的时候，他忽然使劲拍着车盒子，我停下来扭头看他，只见他正手忙脚乱地往出爬。我大惊，停下车问，元老师，你这是怎么了？他也不说话，爬出车盒子便跌跌撞撞地向路边的荒草丛跑过去，然后跪下来抱住路边的一块石头。我赶紧过去一看，原来荒草丛里有一座不大的石狮子。他摸着石狮子端详了半天，然后便伸手往下挖，我也过去帮忙。我们两人挖了半天，渐渐看清石狮子下面连着一根方柱，只是柱子已经全部埋在土里了。

挖了好半天，石柱也只看到一截，他趴下看了看，肯定地说了一句,这旁边有清代的古墓。我吓一跳,环顾四周,并没有看到坟墓。忽然见他拍了拍两只手上的土,跌坐在地上大笑起来,边笑边说,你知道我为什么喜欢在这山里转?在这山里转着转着就碰到文物了,只要能看到文物,我就高兴啊,像碰见老朋友一样。我年轻的时候,要是看到这样一座石狮子,就是用平车推几天几夜,也要把它带回去。现在不了,让它们就在它们该在的地方吧,我要能多活几年,就时不时过来看看它们,像走亲戚一样。

我一边扶他起来,一边说,元老师,这山上空气好,你活个一百岁都不成问题。

老元笑呵呵地说,老得像个妖怪了也没啥意思,人还是该死就得死。

天气渐渐冷了,我在车把上缝了两个棉套袖,在车盒子里铺了一床厚棉被。车盒子极小,简直像个饼干盒,但老元竟然能把他的高个子很容易地就折叠进去。他一钻进那厚棉被里,就立刻找不到人了,像变魔术一般,只露出一颗花白的脑袋在外面。

这天,阳光煦暖,我又用三轮车带着他,沿河一直向东边溜达。河流在山谷间甩出一个极优美的弧度,岸边的芦苇已经衰败,雪白的芦花在阳光里闪着银光,与枯黄的河柳一起在风中摇曳。河流两边的高山已经渐渐变成了苍冷的黄褐色,夹杂着一团团的红叶,火焰一般,再过些时日,等叶子落光,便只剩了松柏。有几只巨大的苍鹰在山顶上静静滑翔。在河道转弯处,我看到岸边有一块白色的巨石,石头极其平整光滑,而且出奇的干净,简直像个搭在荒野中的戏台,可供十几个人或坐或卧,曲水流觞,饮酒作歌。我在巨石上呆坐了片刻,抽了一根烟,又想起了父亲,不知道他当年一个人住在这山里的时候,是不是也会经常坐在这巨石上看着流水流去。我意识到我现在所经过的每一个地方都可能是他走过的。

我们继续上路，三轮车走着走着便走出了山谷。一出山谷，眼前便豁然开朗起来，河道忽然变宽变开阔，水声也渐渐喧闹起来，像小孩子忽然长大，竟一下子雄壮魁梧了不少。我停了三轮车，把老元从饼干大的车盒子里扶了出来，他手搭凉棚看看四周，说，到龙门了，好久没来这里了。我说，这样一个地方怎么就叫龙门？他指指流水，这是河水出山谷的地方嘛，你看多有气势。

又往前走了一段才发现，原来这里还有另一条河，是从另一个山谷流出来的。两条河在此地碰面，互相施礼之后便嬉笑打闹在一起，于是河面猛然变宽，一时竟浩浩荡荡起来，连流水声都是粗声大气的。只见满河都是阳光洒下的碎金碎银，两岸地势逐渐平坦，有一块块开垦出来的田地，种着莜麦和土豆，居然还有好几座小庙。我心想，莫不是又是那无孔不入的狐爷庙，这大山里简直是狐爷的天下，这大约是几千年前的狐突大夫怎么也没有想到的。

老元背着手静立在河边，对我说，你要是心里不高兴的时候，我告诉你个好办法，就这么在河边站一会，站一会就好了。我以前经常这样，来河边站一会，心里就好受不少，流水会把什么都带走。我问道，这条河叫什么名字？他说，文谷河，知道为什么起名叫文谷？就是说水在这里流得慢，波纹多。那条叫西冶河，是从西冶川流出来的，两条河汇合的地方就会形成截岔地带。截岔地带往往土质肥美，灌溉充足，适合长庄稼，都是一年两熟的地，差不多都能旱涝保收。不过截岔地带的人一般都性情彪悍，这是因为截岔地带人比较杂，人们为了生存就慢慢形成了这样的脾性。我以前来收购古董的时候，就截岔地带的人最难缠，有个人卖给我一只明朝成化盘子，没两天又要出更大的价钱买回去，说不卖给我了。我说这不是钱的问题，我是研究文物的，又不是商人，说卖就卖，说不卖就不卖？那怎么可能。

我说，后来也没卖？

他冷笑一声，说，他出再多的钱我也不卖，我又不是文物贩子。

我们朝那几座小庙走去，走近一看，好像不是狐爷庙，那红脸的狐爷我都能认下了。这里都是一些很奇怪的庙，什么关帝庙、孝文庙、老爷庙、观音庙、龙王庙；还有一些道观，什么崇真观、栖霞观、寿龙观；还有一座四圣宫，里面居然供着尧、舜、禹、汤四个圣人。这些寺庙和道观密密麻麻地挤在这窄窄的河岸上，赶集似的，热闹非凡，阳光照下来，庙顶上的那些黄色琉璃金碧辉煌，周围却愣是看不到一个人影。然后，就在这一大群寺庙里，我看到居然还夹杂着一座古戏台，挑着鸟翅一样的大飞檐，出将入相，十分威严。好生奇怪，连人都没有，居然还有戏台，难不成是给这些寺庙里的各路神仙准备的？心里正想着，又在一群寺庙里看到一座更奇怪的建筑，过去一看才发现，居然连墓塔都赶到这里来凑热闹了。

我跟着老元粗浅地学到了一些文物知识，便围着墓塔左看右看，希望能看出些门道来。老元背着手轻咳了一声，说，不用看了，这是昙鸾祖师的墓塔。昙鸾祖师就是净土宗的初祖，古籍中说他死后葬于"汾西泰陵文谷"，说的正是这个地方，文谷河边。我叹道，元老师，这阳关山上真没有你没去过的地方啊。他手搭凉棚看看阳光，微微有些得意地说，你应该这样说，阳关山上没有我不认识的文物。

我们两个又沿着渐渐开阔起来的大河继续往前走，两岸荒草萋萋，金色的沙棘树上落满鸟儿，看上去简直像鸟树，一走过去，鸟儿们便轰的一声炸开，倒像是忽然盛开的烟花。河水还在继续变宽，像个巨人一样还在不停地长高长胖，搞得我心里都忍不住担心起来，害怕它这样长下去会变成什么样子，总不会胖成一面湖吧。心里正想着呢，忽然前方就耀眼地跳出了一面湖。

原来是文谷河水库。文谷河从深山发源后，本是一条小溪流，一路上汇合了沟里的无数条川流，渐渐长成大河，一路跋涉，出龙门后吞并西冶河，一直到这里才被彻底收编。那条河静静地从我眼前消失了，取而代之的是大镜子般的水库平躺在群山之中。远处是苍苍黛色和连绵群山，湖面似蓝色琥珀，一丝波纹都没有，里面封存着流动的天光云影。

四

一个老人正坐在水库边钓鱼，只见他满脸皱纹，眼珠子灰蒙蒙的，抖着一把雪白的山羊胡子。身上披着一件油光锃亮的羊皮袄，不知道有多少年没洗过了，衣服的前襟完全可以当镜子来使。里面是一件用碎毛线拼接起来的毛衣，彩虹一样。裤子用一条布带随便绑在腰上，脚上两只翻毛大皮鞋，像两只小船似的套在脚上。

老人看见我们走过来，远远地就和老元打了个招呼，元老师哇，好些日子没过来了，这是有空过来走走？身体可好些了？老元透出些倨傲之气，微微颔首，像把剑一样孤立在岸边，背起双手，静静看着湖面。老人忽然大笑起来，一边笑一边连忙拔起钓竿，下面却只是一块腐朽的木头，缠满水草。他扔了木头，朝着湖面大声骂了一句，重新又把钓竿抛了进去。

这时候，湖面上忽然冒出三颗人头，都慢慢朝岸边游过来，原来是在湖底潜水的人。其中一个看到老元站在岸上，还来不及上岸就在水里举起一块石头，一边胡乱挥舞一边哈哈大笑。三个人像水妖一样湿漉漉地从水里升了起来，那个捧着石头的一边浑身滴水一边几步冲到了老元面前，元老师过来啦？快给咱看看，这是哪个朝代的东西？值不值钱？其他两个人也呼啦一声都围了上来，老元慢条斯理地摸出兜里的老花镜，架在鼻子上，又慢条斯理地接过那块石头端详，看了几眼，不屑地说，就是一块清代的青砖而已。

话音刚落，湖中忽然又爬出一个湿漉漉的人，尽管冻得直打哆嗦，此人还是高举着什么东西，一路狂笑着奔了过来。他手里拿的是一只完整的瓷碗。只见碗底的款识是一朵莲花，老元戴着眼镜看了一眼碗底，冷冷地说，康熙款，康熙年间的。那人听闻又响亮地大笑了几声，然后小心翼翼把碗放在地上，拿起了和衣服放在一起的酒瓶，打开瓶盖，咕咚咕咚灌下去大半瓶烈性白酒。空气里全是白酒的气味，喝过酒的人嘴里直嘶嘶冒气，好像吞吐着火焰，而五脏六腑里已经生起了一盆火，正炙烤着全身的寒气。那人喝完酒对着老元说，元老师哇，像你这样的人才就应该到北京去，怎么也不见北京有人来请你？把你老人家可惜了。说罢又重新跳回到湖里去了，似乎那湖底才是他的家。老元背着手，对着湖面微微笑着，看起来心情还不错。

钓鱼的老人再次扯起鱼竿，还是一无所获，他朝着湖面吐了一口唾沫，叹道，武元城里的东西是越来越少了。我忍不住问了一句，武元城在哪？他上下打量了我一番，说，外地人吧？我说，也不算，我老家就是磁窑村的。他好像懒得和我说话，过半晌才用下巴勾了勾湖面，说，武元城就在这下面。我看着无比平静的湖面，一句话都说不出来。

可能在这样的深山里找个人说话也不容易，见我不说话了，他便又自顾自地往下说，这里在明朝就是武元城。五六年建的水库，水库建起来后，武元城就被淹到下面去了。以前这里可热闹着呢，有饭店有旅店，不少生意人都来这里开店铺，来来往往的人多着呢，四面八方的人都来这里买木料卖木料，卖了钱再下山换粮食。你不见这里还盖了戏台？三天两头有戏班子来唱戏。我小时候，一听有唱戏的来了，我外外（外婆）迈着两只三寸金莲，抱着板凳，就带着我来看戏。那时候这里多热闹啊，卖瓜子的，卖莜面切条的，爆爆米花的，咣一声，像放大炮，吓得我们直捂耳朵。我十几岁就在武元城里贩木料了，早些年也挣了几个钱,后来慢慢就不行了,都没人来买木料了。

他又一拉钓竿,拉上来一块长满青苔的窗棂,他连忙站了起来,一边忙着看裤子上的拉链拉上了没有,一边招呼老元,元老师,元老师哇,快帮着看看,看这是什么朝代的东西?老元没动,依然背着双手立在那里,慢条斯理地说了一句,是不是手头又没花的了?老人又不放心地看了看自己的裤链,半笑着说,我们不能和人家你比,有人出几十万买你的文物你都不卖,也不知道人家你想留到什么时分去。我家就我和我老婆子,本来也花不了几个钱,衣服穿十来年也穿不烂,吃的嘛,土豆管够。可是人在世上总不能什么花销也没有吧,打针吃药要花钱,过年给孙子压岁钱要花钱,就是买卷卫生纸都要花钱。第明(明天)是十五了,想去鬼市上再打捞点花销嘛。

我想起在磁窑村碰到的那一老一少,捡瓷片也是为了去赶这个鬼市。我倒有些明白过来了,这大山里因为地处偏远,人迹罕至,遭的破坏少,倒得以保留下来不少文物古迹。这些散落在深山里的山民们不愿下山打工,为了讨生活,就时不时在山里找点残留下来的文物去换钱。只是,过了这么多年,那些露在明面上的文物古迹已经基本被搜罗光了,只剩下那些笨重的大石碑没法抱走。就连这沉在水底的武元古城也被搜罗得不剩什么了。

老元看都没看那窗棂一眼,只从身上掏出几张钱来,塞到了老人手里,然后便扭头往回走了。那老人穿着两只翻毛大皮鞋,像划船一样紧跟着跑了几步,嘴里喊,元老师哇,这就走了?不再看看了?不急着走嘛,去我家里吃顿饭,吃了黑夜饭再回嘛,前些日子我捡了一块石头,还想让你帮着看看呢。老元背着双手,轻声说了一句,你先保存着,下次来了给你看吧。他依然神情倨傲,走路的时候没有一点脚步声,像是飘着过去的,顶着一头花白的头发,颇有些仙风道骨之气。往前走了一段路,快走到三轮车跟前的时候,四下里无人,他忽然就猫下腰，蹲在草丛里慢慢捂住了脸。我连忙走过去，却听见他蹲在那里，正发出古怪的声音。他正蹲在那里小声抽泣。我吓了一跳，上前欲扶他，他却推开我的手，坐在地上，对着地面说，我看见他们就不好受，你知道吗？我本来和他们是一样的，我差一点就成了他们。我小的时候，家里姊妹众多，常常连饭都吃不饱，有时候为了抢口吃的都能打起来，就像他们这样，为了一口吃的就争就抢。你知道我从什么时候才开始和他们不一样了？就是从我喜欢上文物之后，每研究透一件文物，我都能感觉出来，那文物的魂魄去了我身上，我开始和他们不一样了。其实不是我研究文物，是没有文物就没有我。

我开着三轮车沿原路返回。来的路上眼见河流越长越宽阔，回去的路上却眼见河流又倒了回去，河道越来越窄，声音越来越低，徘徊在河柳丛中，蛇行一般诡异，倏忽之间又看不见了，耳边却满是河水叮咚之声。我恍惚间有一种时光在倒流的错觉，觉得自己正朝着过去走去，也许在这深山里走着走着便碰到了过去的自己，还或许走着走着便碰到了我的父亲，他那么年轻，还没有受到生活的任何摧残，而我还只是那个七岁的小孩子，一切都还来得及。如果真的碰到了他，我应该和他说句什么呢，是不是应该说句对不起。那块玉璧在贴身的地方蹭着我，就像父亲的一只手。这时候我又想起了父亲对我说的最后那句话，抽空回趟老家吧，回去看看。

我忽然明白了他的用意，在磁窑村捡碎瓷片的那一老一少，在水库边钓文物的老人，还有那些在水底打捞文物的山民。父亲其实是在告诉我，回到老家，遍地有文物可寻，这或许也是一条活路。

黑暗笼罩四野，一轮明月高悬在头顶，马上又要满月了，月圆月缺，时光如水。已经干枯的草丛在月光下闪着银光，三轮车后面轻飘飘的，我疑心他是不是已经不在里面了，回头一看，那颗花白的头颅正低低地垂着，他像个婴儿一样裹在棉被里，不知道是不是已经睡着了。

回到屋里才发现，双脚已经冻得发麻，我连忙往灶里扔了几把柴火，一边烤火一边往柴灰里埋了几个土豆，屋里弥漫出烤土豆的香味。老元回到屋里，坐在炕上，从怀里摸出一块司南佩，默默地把玩了半天。我发现，片刻之后，他便同路上两样了，他好像从那古玉身上可以汲取到某种奇特的能量，那种世外高人的清冷和倨傲又重新回到了他身上。他把酒葫芦摘下，倒了两杯酒，一杯递给我，说，喝点吧，驳驱寒气。我连着饮下几杯酒，竟然有了一点眩晕的感觉，便颓然卧在炕上。却见他盘着两条细腿坐在炕桌前，上身端得笔直，口气不容置疑，你暖和过来了吗？手要是不冷了，咱们就开始工作吧。

灶洞里的火烧得通红，不时有火舌从里面吐出来，屋里渐渐暖和起来，我卧在那里，颓然看着窗外无边的夜色。我来到这大山里已经两个多月了，不知道自己还要在这里躲多久，也不知道离开这里后自己还能干什么。我又给自己倒了一杯酒，慢慢喝完了才说，今晚就不写了吧。他端坐在那里，表情威严地说，我像你这个年纪的时候，为了写点东西能熬几个通宵。我接口道，你是阳关山上最厉害的文物专家，可惜被埋没在这大山里了。我和你不一样，我本来就什么都不是，我也不知道自己到底能干什么。

他愣了半晌，说，那你走吧。我一惊，呆在了那里。只见他下了炕，走到门口把门打开了，寒风立刻扑了进来，我的酒意醒了一半，回头一看，他正站在那里看着我，脸上清冷倨傲。他说，你要是想走早就走了，我家里这些文物，你要是想拿也早就拿了，我就是看中你这点品性，有耐性，不贪财。你和我年轻时候还真有点像，我年轻的时候也不知道自己到底是谁，年龄大了就慢慢知道了，总会知道的。

我一时呆在那里不知道该说什么，只见他又关了门，往油灯里加了点胡麻油，然后便背着双手在屋里慢慢踱步。他边走边说，从我喜欢上文物之后，我就有了使命感，觉得它们都在那里等着我，都需要我的照顾，就像小孩子一样，需要大人的照顾。我们开始工作吧，不要让这段历史就这么淹没在水下。有些事情不是做给别人看的，是做给自己的，自己就会看得起自己。武元城最早建于宋朝，本是朝廷设的税关，渐渐发展成一个小镇，控制着文谷河山口的交通，起到镇守山口的功用。一九五六年水库建成以后，便沉入文谷河水库。武元城这一带属于截岔地带，因为地形不宽，所以这一带重叠了很多文化层。早在四五千年前、两三千年前的文物古迹都在地下层层叠叠，就像树木的年轮一样，留下了各个时代的痕迹。最早的古迹属南堡村的新石器时期遗址。这一带的每个村子里都能找到孝文庙，山顶还有一座孝文碑，这可能与当年魏孝文帝曾来过阳关山避暑有关。虽说这一地带土地肥沃，古迹遍地，但自从有了文物的概念，当地百姓便纷纷以倒卖文物为生，导致当地的很多文物遭到了破坏。

夜很深了，月华如水，从窗户里进来，汩汩流淌了一屋子。屋里积水空明，水中藻荇交横。那些古老的器具静静站着，拖着长长的影子，散发着神秘的气息，它们身上的饕餮花纹阴森地浮动在月光里。柜子里静悄悄的，看来他在里面已经睡熟了。我却失眠了，在这样万籁俱寂的深夜里，我忽然想到，确实，从一个老人身边拿走几件文物太容易了，可是，我一直没有这么做。看来，我确实小看了自己。最重要的是，他明明知道有这样的危险，却依然把我留了下来。这么想着想着，心里渐渐清宁下来。我学老元的样子，盘腿端坐着，伸出手去，拿起一本放在炕桌上的书，就着月光轻轻翻了两页。虽然看不清上面的字，但能感觉到一种来自人世之外的澄静，悠远安宁。

第二天醒来一看，已是上午时分，老元正趴在炕桌上整理资料，他淡淡问了我一句，睡醒了？我想起昨晚的情境，仿佛进入了一种奇异的场域，恍如梦中，但又觉得自己身上，不知什么地方，终究是和从前有些不同了。

吃过晚饭，他忽然对我说，今天是农历十五，我带你去看看鬼市，你先稍微睡会吧，不急，咱们到半夜再走，鬼市要到后半夜才开张。

我们出发的时候，我看了看柜子上的老座钟，正是半夜两点。半夜的大山里寂静黢黑，天地紧紧相扣在一起，只在交界处能看到朦胧的山的剪影。就在这一片混沌之中，却有一轮巨大的满月高悬在天空中，明亮、洁净、冰凉，散发着白骨般的光泽。满月有一种可怕的磁场，无论是山顶上传来的狼嚎声，还是近在我们身侧的流水声，好像都在磁场中向着这轮明月而去，宇宙间的一切都会被它吸附到其中，又似乎一切都不过是它投下的幻影。我们小小的三轮车在无边无际的天地间浮游着，被无处不在的月光碾压着，随时都可能化作齑粉，随时都可能会消失。我被这样浩大的月光镇压着，几乎喘不过气来，心里却又奇异地兴奋着。

坐在车盒子里的老元忽然在背后叫我一声，永钧啊。这是他第一次叫我的名字，我不由一愣。只听他又说，你昨晚就没睡好，今晚又睡不好了，等明天白天再好好补一觉吧。我想起昨晚睡不着的时候还留意柜子里的动静，只以为他睡熟了，没料到他也是彻夜不眠。我说，元老师，你睡不着的时候会做什么？他说，玩玉啊，只要有玉陪着我就行。

我们到了庞水镇的时候是半夜三点，鬼市已经陆陆续续地开张了。庞水镇也是三条河流汇聚而成的截岔地带，整个镇子上只有一条主街，街道两边林立着很多小店铺。鬼市就是在这条街上开张的，半夜开张，天亮前即散去。

镇上没有路灯，但远远便看到，街道两边明灭着一些微弱的灯光，闪烁不定，鬼火一般。等走近了才发现，路两边摆着不少零零散散的地摊，地摊上摆的都是些文物玉器，微弱的光亮在黑暗中撬开了星星点点的缝隙。有的用手电筒照着，有的点着一根蜡烛，有的点着一盏马灯，还有的在树枝上挂了一盏红灯笼，红灯笼的光晕像血一样泼在地上。地摊的主人们坐在后面，无一例外都把脸藏匿在无光的暗处，或把帽子压得低低地挡住脸面，只能听到讨价还价的声音。来买东西的顾客也神秘莫测，没有脚步声，都悄无声息地游荡在这条街上，问价的时候也是尽量避开灯光，压着嗓门。于是便看到很多无脸人鬼影幢幢地低声交谈着，暗暗成交着生意。还有更多的人渐渐从黑暗中走出来，走进鬼市，也都看不到脸。

我们站在无光的暗处看着人来人往，老元悄悄对我说，这是个文物市场，有很多山下的人都来这里买文物，这鬼市上卖的东西有一半是假的，一半是真的。像玉器吧，作假的办法实在太多了，比如羊玉，是把玉石埋入活羊腿中，用线缝上，几年后取出，玉上就会出现血纹理。梅玉是把质地差的玉石用乌梅水煮，煮过的玉石有水冲过的痕迹，再用提油法上色，能冒充"水坑古"。鸡骨白有可能是用火烧出来的。血沁也能做出来，把猪血和黄土混合成泥，放在大缸内，把玉器埋入其中。但在清朝咸丰、同治之前是不看重斑沁的，即使有上好的斑沁，一般也会磨掉，所以在咸丰、同治之前，斑沁玉器极为稀有。不过真货也不少，就看你眼力如何了，按规矩，这里不能多问卖家的姓名和电话，不买也不要多啰唆。

我在鬼市上转了一圈，蹲在一个地摊前看了看，货物并不多，两只司南佩，一只大的一只小的；一只玉龙，刻有折铁纹，看着像商代古玉；一只钙化严重的玉剑璏；一只寿面纹玉琮；一只蟠桃献寿图的粉彩瓷瓶。摊主打着手电筒，脸藏在阴影里，问了一句，吃玉还是吃瓷器？我指了指那只玉琮。他说，汉代的东西，已经沁成鸡骨白了，有一处还开着窗，是青玉。然后就不再说话，依然藏在黑暗中。我假装看了看，赶紧走开。

月光惨烈，遍地银光，没有什么可以遁形，鬼市看起来就像一个从地下浮起来的世界，阴森神秘，鬼影幢幢。我和老元重新碰头，站到没有月光的暗影里，他手里也是空空的，并没有买到什么。我说，没看中的？他在黑暗中笑笑，你觉得到我这个份上，还会再买卖文物吗？我说，也是。我在身上摸烟的时候摸到了父亲送我的那块玉璧，不知为什么，在触到它的一瞬间，我心里忽然有一阵莫名的恐惧。我摸出一根烟叼到嘴上，手竟然在发抖，点了几次才把烟点着。直到大半根烟快抽完了，我才装作很不经意地问了一句，元老师，鬼市地摊上的那些真货都是从哪来的啊？

他高瘦的身影伫立在阴影里，依然背着两只手，并没有说话。我以为他没有听到，便踌躇着把烟头掐灭，又试着问了一遍，地摊上的那些真货都是从哪来的？一阵阴冷的夜风穿过街道，落叶在我们脚下沙沙作响，后半夜了，大雪一样的月光覆盖了一切，一切看起来更加惊心动魄了。这时我在黑暗中听到了他平平静静的声音，一小部分是从农村收购来或是家传下来的；一大部分，尤其是古玉，基本都是从古墓里挖出来的。这些卖货的摊主里有些是专门以盗墓为生的，所以做买卖很谨慎。

我浑身打了个激灵，几乎站立不稳。

五

我们的三轮车慢慢沿原路返回。月亮西斜，即将落山，弥漫于大地之上的黑暗正渐渐褪去，山林和河流的轮廓重新浮现出来。走着走着，前面山与天的交界处便孵出了一层青白色的光亮，这点光亮蠕动着迅速长大，不一会儿，铁锈红的朝霞便铺满东方，黎明到了。

我说，其实你早就知道了。

沉默了片刻，他说，知道什么？

我说，你早就知道了。

他说，你也迟早会知道的，知道了也没什么不好。

我说，所以你要带我来看鬼市。

缥缈的晨雾还未退尽，清亮的晨光迎面扑来，在一个瞬间里穿过了我们的身体，然后继续向前奔跑。山林逐次地，一截一截地被点亮，整个森林变得金碧辉煌，太阳就要升起来了。我听见他在我身后说，我是想让你知道，古玉虽美，但大多来自枯骨和腐尸身边，有的古玉进过地下不止一次，出来，再进去，再出来，再进去。有的还沁有人血，不要对它们太过痴迷，就能破除迷障。古玉的美其实是很可怕的，是用幽玄之气和漫漫时间一点一点堆出来的，像古玉上的牛毛纹，很是珍贵，可那需要几千年的时间才能缓慢形成。器物本身不过是一种障眼法，不要想着用这些器物来换钱，因为值钱的其实并不是器物，是住在它们里面的魂魄和时间。破除了迷障才算真正和它们有了缘分，你养它们，它们同时也在养你，就是有一天它们离开你，去了别人手里，你们之间养出来的气息还在。它把你养出了一点尊贵气，你把它养出了最温润美好的玉色。

我去看望父亲的坟。他的坟头上已经长满荒草，和其他大大小小的坟一起挤在狭窄的山谷里，不再像一个初来乍到者。这些坟墓都安详极了，好像已经在此安居乐业惯了。我在墓地里慢慢徘徊，发现这墓地的左侧就是狐爷山，也就是说晋大夫狐突的墓就在这山中。这座山确实奇特，尽管阳关山上林木繁茂，但唯独这座狐爷山上长满了参天古柏，蓊郁森然，柏香清幽。很多柏树都在千岁以上，错节盘旋，长成了各种奇特的形状，有蛇形，虎形，绣球形，牛角形，盘龙形，恍惚是一座动物园。柏王是一棵三千多岁的老柏树，龙爪形，树皮皲裂，老态龙钟，粗大的树根都已经暴露在外面，光树根上就能坐几十个人。整棵大树摇摇欲坠地抱着一块崖边的巨石，俯视着群山，张牙舞爪的样子真像极了一只巨大的龙爪。在山顶上，古柏之间还掩映着一座千年古刹，只是早已废弃，残垣断壁间堆积着厚厚的枯叶，只残留下半座石门，门楣上模糊可见三个大字"登彼岸"。

怪不得放羊老汉说这里是一块风水宝地。果然不假。

能看得出，越是靠外面的坟墓就越是年轻，有几块墓碑还是崭新的，显然下葬到这里还不是很久。一座墓前还摆着五颜六色的纸花，看上去喜气洋洋的，过节一般。越往里走，古墓越多。有一座墓是夫妻合葬，墓碑立于一对石鼓之上，上面爬满藤萝与褐色暗苔。石碑很是气派，碑上刻着仙鹤与凤凰，隐约可见"乾隆四十九年"几个字。一座古墓没有墓碑，却在墓前立着两个翁仲，还有两匹石马。还有一座墓前立着两尊奇怪的石人，石人头戴尖帽，瘦长脸，两只极大的眼睛深凹进去，双手握于腹前，端坐在一只刻有水波纹的方座上。这对石人看起来不像汉人，应该是当时的胡人。又想起老元说这一带在古代曾有不少少数民族的部族，像什么狄族、戎族、孤氏大戎、鲜卑族，心中不由得暗暗惊叹。再往里走，又看到一座古老的墓碑，上面刻着一些奇怪的文字。我帮老元整理资料时见过这种文字，大致能猜测出，这应该是元朝的八思巴文，但碑文里具体说了什么，就没法看懂了。我在那块石碑前坐了很久，元朝之后，八思巴文就已经是死文字了，并没有传下来，现在在这深山老林里猛然遇见这些枯骨般的文字，不免有些心惊肉跳，好像看到了死去文字的尸骸。

再往里走便是那座豪华的陵园，也不知是何人所建，大约是在生前就已经为自己选好了地方的，还不时过来参观游览一番，提前熟悉一下死后的去处。等到死后，果然就彻底搬了进来。八成是从这山上发家的某个煤老板。站在山坡上望着这片墓地，竟觉得像个藏在深山里的繁华小镇。想来住在这镇上的鬼魂们倒也不算寂寞，老老少少，男男女女，有汉族有少数民族，大家死后都没了差异，即使年龄上相差一千岁，也不影响它们在半夜打着灯笼互相串门聊天。

夕阳开始西下，山谷里的光线开始慢慢变暗，整个墓地看起来静谧而阴森。我在父亲的坟前坐了一下午，在他坟头上点了一根红塔山，自己也点了一根，陪着他默默抽了一会儿烟。林中光线转暗的时候，我抬头看看天光，从怀里掏出了那块玉璧。它在昏暗的光线里发出一层柔和璀璨的光芒，像轮月亮一样卧在我手心里。我无法想象它居然在最黑暗最幽深的地底下呆过上千年。对着夕阳举起这玉璧，果然可以看到里面有丝丝缕缕的血沁，像玉璧自己长出的毛细血管。

我在父亲的坟前挖了个很深的洞，把那块玉璧埋入其中。因为佩戴了这块玉璧，他的坟墓看起来瞬时变得光彩照人，卓然不群，如古代的君子出门，言行皆以玉佩为圭臬。再起身时，夕阳已经入山，黑暗从最深的林海中长出来，墓地和陵园渐渐被黑暗所吞噬，鬼魂们出来游玩的时间要到了，我该离开了。忽然想起父亲当时那句小心翼翼的话，养好了，送给你。不觉已是满脸的泪水。

告别父亲，我在夜色中向西而行。

自从把那块玉璧还给父亲之后，我周身便有了一种奇怪的轻盈感，好像从身上忽然卸去了很多重物，又像是亲手为自己揭去了一道命运的符咒，总之就是感到没有缘由的轻盈。一天中午我坐在门口晒太阳的时候，一低头，发现自己落在地上的影子分外沉静，它也正看着我，目光里有一种奇异的安宁。我变得忧惧渐少，言谈举止之间开始变得与老元有些神似，直到有一天，我发现连我们走路都变得如此相似，都是无声无息地没有了脚步声。

老元的身体时好时坏，有段时间病情忽然又沉重起来。他嘱咐我在佛像面前又多添了两盏油灯，四盏油灯跳跃着，然后他在炕上撑起身子，对着满屋的文物古董作了个揖，说，诸位在里面可是住得不舒服了？是不是又想出来溜达溜达？出来溜达也没事，只是你们迟些叫我，让我把这本书写完了，心愿了了，就跟着你们云游四海去。

他这么一说，我便立刻觉得周围熙熙攘攘的，住满了大大小小的鬼魂。他病情继续加重，我便把他从柜子里抱到炕上，结果他百般不适应，还是要挣扎着爬回柜子里。我只好又把他捉到炕上，如此折腾几回，直到他精疲力竭再动弹不得，便静卧在炕上。我擦了把头上的汗，问道，元老师，你说好好的炕就不能睡？为什么非要睡到柜子里？他身体动不了，只有表情还能动。他缓慢地对我笑了一下，小声说，年轻的时候，不敢睡在炕上，是怕被人闯进屋杀了，抢走文物；后来就睡习惯了，只有在柜子里才觉得安生，才能睡得着。我犹豫了半天终于还是问了一句，元老师，你怎么就那么信任我？他歪在炕上，垂下眼睛，不去看我的脸，只听他说，我研究了一辈子的文物，从不需要借助任何仪器，好的坏的，基本上一眼就能看出来，这就是本事。

他拒不吃西药，也不肯下山去医院，只把自己在山中采来的一些草药煎了，每日服用。他显得很是焦虑，不停催促我加快进程，他把他多年来积攒下的所有资料都摆在了我面前。我除了做饭、煎药，就是没日没夜地整理资料，然后一一编入书中。日子寂静极了，从没有人过来打扰我们，好像整个大山里只有我们两人相依为命。虽不免枯燥，但我发现我竟越来越喜欢这件工作了，就好像，它把我早已埋葬掉的某种尊严感又唤醒了，我居然有机会变成了我曾经假想中的那个人。

他还有厚厚的几十本日记，详细记录了他在几十年时间里去过哪些村庄、考证过哪些石碑、发现过哪些文物古迹，还搜集了当地的一些民歌和鬼故事。他指着那些鬼故事说，我原先还想着写一本阳关山上的《聊斋》呢，你说是不是也挺有趣？我说，是有趣，等你身体好了，你自己来编。他便卧在炕上，久久不再说话。

还有厚厚一沓资料全是阳关山上各个村庄的柱状打井图，在这些图上能清晰地看到每个村的地质结构，从泥岩到大颗粒砂到细砂到淤泥层。还有一张阳关山上的手绘地图，很详尽，上面标着大大小小的山脉、河流，各个山村的村名，还标注出了山上的每一座寺庙，如今这些古寺大部分都已经不在了。再细看才发现，地图上还标注出了不少古墓，每一座古墓旁边都画着一个暗红色的三角形。

我看着地图微微发了一会儿呆，不知为什么，心里忽然莫名地跳了一下，继而便感慨道，元老师你真是可惜了，要把你放在大学里，当个教授都绰绰有余了。他缩在窗户边，枕着一卷被褥，半躺着，一柱阳光斜射进窗户，罩在了他干枯的身体上。在金黄色的阳光里，他看起来周身静穆剔透，似乎皮肤正渐渐变得透明，甚至都能看到里面的五脏六腑。他极其安详地躺在那里，如沉在井底，一动不动，两只眼睛很虚很静地看着屋里的一个角落，长长的睫毛垂下来，在脸上落下两扇阴影。我以为他并没有听见我说了什么，便埋下头去继续翻资料，却忽然听见他冷冷笑了一声，继而不紧不慢地说，你以为，真正的高手都在大学里？

六

冬天到了，山中下了一场薄雪，苍山负雪，巨蟒般绵延千里，青松白石间随处可见晶莹剔透的冰瀑冰河。雪停之后，太阳出来了，整个山林在阳光下闪闪发光。老元的身体看起来又好转了些，能下炕走动了，他便把油灯撤掉两盏，剩下两盏，然后朝着屋里的那些文物连作了三个揖,嘴里说,谢过诸位了,你们回去了就好好的,想再出来走动时就说一声,我候着你们呢。我在一旁看得目瞪口呆。

这日他又说想去山里转转,于是我把他抱到三轮车里,用厚厚的棉被把他捂起来,带着他到山中闲逛。

我开着三轮车沿着冰封的文谷河一直往下游走。荒草和河柳被冻在冰里一动不动,站在白色的冰面上,还能看到冰下有磨砂般的小鱼在游来游去。在快出龙门的地方有条岔道,他说,我们今天走走那条岔道。拐进岔道,是一条不宽的土路,我从没有走过这条路,在山谷里忽隐忽现,状如蛇行,不知是去往哪里的。我说,元老师,你是不是对这山里的每一条路都很熟啊。他呵呵笑着说,在这山上就像在我自己家里一样。

在我们前面还跑着一辆小面包车,在这无人的深山里能看到面包车,我觉得很是新奇。只见那面包车屁股后面跟着一团土雾,浩浩荡荡地往前奔跑。跑着跑着忽然就不见了,等我们的三轮车又往前挪了段路,它忽然又在前面出现了,像从地下忽然冒出来的一样,继续一颠一颠往前跑。等走近一看我才明白过来,原来是这路中间突然凹下去一个大坑,我们的三轮车也只能先跳进坑里,再慢慢爬出来。

走着走着,猛一抬头,忽然看到那面包车怎么又跑到我们头顶上去了,原来前面是个很陡的山坡,必须得爬上去,于是我又跟着面包车冲上了山坡。冲上山坡一看,前面是一大片枣林,都是上了年纪的老树站在雪地里,树干漆黑,叶子早已落光,铁画银钩的枝干直刺向冬日的天空。那辆面包车拍拍屁股上的尘土,欢乐地开进了枣树林,我也开着三轮车尾随其后。穿过枣树林,一个村庄忽然出现在眼前。

那面包车大概是到山下采购东西去了,两个男人跳下车,一人扛着一个蛇皮袋进了村。

村口有个戏台,修得崭新,描得花红柳绿,戏台上有两个小孩正在玩耍。戏台对面是个祠堂,也修得崭新,简直是纤尘不染。这个村庄和我在山里见过的其他村庄都不大一样,怎么说呢,就是看起来太过崭新太过整洁了,很是讲究,整个村子都散发着一种明晃晃的气息,好像是它不小心走错地方才来到了这深山旮旯里,来到这种角落还时时不忘揽镜自照,整理衣冠。

祠堂上写着周氏祠堂四个大字,祠堂旁边立着一块石碑,石碑上刻着三个大字,天心兮。好有气派,我心里暗叹。这村子共有三条街道,每条街道中央都有座石牌坊。我一看,中间的牌坊上写着"锦龙步泽",东面的牌坊上写着"星聚高阳",西面的牌坊上写着"洗心饮光"。村里的房屋和院门大部分都是后来修葺过的,所以几乎看不到老房子。尤其是那些刚刚翻修过的院门,都用红色瓷砖贴出来,在阳光和雪光的映照下闪闪发光,顶上还贴了绿色的琉璃瓦,左右各一滴水兽头。大铁门上扣着铜环,十分气派。一进院门都是一座大屏风,或是牡丹图,或是蝙蝠寿星图,或是一幅黄果树大瀑布。

我们正在街上四处溜达的时候,迎面碰到一位老人,也是瘦高个,拄着根龙头拐杖,昂首挺胸,一部干净漂亮的白胡子飘在胸前;虽然穿着一身旧衣,但十分整洁,整个人看起来气度不凡,简直像个蛰居在深山里的隐士。

老人看到我们,立刻扔掉拐杖,伸出两只手,哈哈大笑着向我们走来。我心想,原来拐杖是装饰品啊。只见老人用两只手使劲握住老元的一只手,不停地说,元老师哇,你可来了。老元倨傲地点点头,并不多说话。他又握住手不放,连着重复几遍,你可来了,可来了。然后带着我们进了他家院子里。院子里一排瓦房,干净整洁,有一棵大枣树,墙上挂着红辣椒和几串干吊瓜,一只黑狗卧在屋檐下,也不叫,只是安静温和地看着我们。真是奇怪,这村里的狗都这么有风度。

老人一定要留我们吃午饭,我们也不便推辞。他老伴麻利地扯下墙上的吊瓜和辣椒,从雪地里挖出一块冻肉,又下菜窖抱出大白菜。山里人家不习惯用相册,照片都挂在墙上的玻璃框里。我进屋一看,家具只有简单的几件,但墙上黑压压地挂满了照片,显得这屋里热闹异常,人头攒动。老人忙着给我们泡茶,我便四处看看照片,问他照片里的人是谁,他瞥了一眼,有点不情愿地说,那个是我大儿子大学毕业时候的照片,后来就留在北京了。我看到一张照片里有埃菲尔铁塔,便惊奇地问照片里是谁,他又不是很情愿地说,那是我二儿子,到法国工作去了。我看着照片里的年轻人,他们也纷纷回看着我,他们身上已经没有了任何山民的痕迹,看上去又冷又远。

我心中奇怪,要是一般的农村老人,对有些出息的子女炫耀都来不及,难得他这般淡定。然后我又看到一张合影,照片上有三个人,他和他老伴,正努力地笑着,他们身后站着一个相貌平常、穿着黑色大衣的姑娘,头发随便扎着,眼神散淡,两手插兜。三个人站在外滩的东方明珠前合了个影。我说,这是你女儿?他略略点头,我闺女,在上海工作。老元边喝茶边问,闺女是不是已经博士毕业了?他淡淡说了一句,你记性就是比别人好,毕业有三年了,都工作了。老元说,你把你的三个子女培养得真是不错哪。他呷了一口茶,不好意思地笑了笑,你满腹的学问比培养多少个子女都强,我们这些人也就是过过自己的小日子,对国家没什么贡献,不能和你比。老元淡淡一笑,我能有什么贡献,不过就是点爱好罢了。不知为什么,我感觉他那一刻的笑容稍有凄凉。

他老伴炒了三个菜,鸡蛋炒木耳,吊瓜炒肉片,白菜炖豆腐,又炸了一大碗金黄的素糕。大山的冬天,家家户户都会做一大瓮素糕存着,吃的时候拿出几条,铁一样硬的素糕,往油锅里一炸,立刻变得金黄绵软。看吃食,也是山里寻常的饭菜,但老两口看上去却都有几分风度,不似别的山民。包括他们家门口的那条狗,从头到尾都没有吭过一声，只在进门时淡定地打量了我们一眼。喂给它剩饭的时候，它居然吃得很雅致，一小口一小口，无声无息地都吃干净了。吃完还不忘把爪子和下巴都舔一遍，竭力保持着仪表。

从这个村庄出来之后，我连忙问老元，这叫什么村。他说，岭底村。我说，这村子气度不凡，是不是有什么来头？在枣林间沉吟一番，他才道，三十年前我第一次来这个村子的时候，这个村子是全阳关山上最穷的村子。因为这里太偏僻，交通不便，要不怎么叫岭底呢，光听这地名就知道有多偏僻。那时候我挨个村挨个村地走，山上每个村的石碑、古庙、戏台、打井资料，我都有记录。那时候就见这个村子实在太穷了，外村的闺女们都不愿意嫁过来，本村的姑娘又都想嫁出去，所以村里到处都是光棍汉。光棍们娶不到老婆，又没钱，就四处偷鸡摸狗，经常去外村的小卖部里赊账，干活挣了两个钱就聚在一起赌博。我当时眼看这个村子就快不行了，便告诉他们一个秘密，他们这个村的人其实都是鲜卑贵族的后裔。历史上北魏孝文帝从平城迁都洛阳之后，就开始推行对鲜卑族的汉化，他取消了鲜卑语，让鲜卑人一律说汉话，又改鲜卑姓氏为汉姓，把宗室十大姓氏都改了。纥骨氏改为胡姓，普氏改为周姓，拓跋氏改为长孙姓，达奚氏改为奚姓，伊娄氏改为伊姓，丘敦氏改为丘姓，侯氏改为亥姓，乙旃氏改为叔孙姓，车焜氏改为车姓。后来拓跋廓退位，西魏从历史上结束之后，有的鲜卑贵族就逃到这一带的深山里躲了起来。因为这个村里的大部分人都姓周，我就告诉村里人，岭底村其实是鲜卑贵族的隐身之地，他们都是鲜卑贵族普氏的后人。后来有十几年我再没来过这村子，等十几年之后我又来了这里一趟，结果把我吓一跳。这个村现在是阳关山上出大学生最多的一个村子，还有几个出国留学的，还出了好几个企业家。别的村的人只要下了山，一般就不会再回来了，他们村的人，在山下赚了钱还要回来修村里的老房子。你看他们村的房子修得多好，一家看一家，后来还修了周氏祠堂。他们是为自己的身份自豪，鲜卑皇室的后人，虽然不小心流落到了这阳关山里，但血液里还是贵族。

我们穿过那片枣林，站在断崖边望着远处。天地洪荒，白色的山峦如象群在大地上缓缓迁徙，暗青色的松树上闪耀着晶莹的积雪，偶见光秃秃的树干上还挂着几只风干的酸枣，血滴一样，在雪地里分外耀眼，几只大喜鹊俯冲过来，争相啄食。我问，他们真的是鲜卑贵族的后人吗？对着群山静默半晌，老元淡淡说，他们是不是真的并不重要，重要的是，他们真的信了。我也望着远处静默下来，伫立良久，他忽然扭过脸来，微微笑着对我说，你现在看明白了吧，一个人的出身其实没有那么重要，重要的是，你愿意把自己看成什么。

我看着群山说，元老师，你这辈子也算值了。

他对着远处那些山峦说，我这辈子无儿无女，可我不遗憾，那些文物就是我的子女，我能听懂它们要说什么。人这一辈子，不能贪心，有了这个就不能有那个。

我们又默默地在崖边立了一会儿，起风了，我把他扶到三轮车的车盒子里，刚要帮他拥上被子，忽然就听见他又对着群山叹息了一声，我还有个心愿未了，我真想有一天去看看雁门关哪，听说一过雁门关就是大草原了，我还想去看看大同的云冈石窟，那可是北魏文成帝时期修建的。

我说，等你身体好了我陪你去。

忽然，他坐在车盒子里老泪纵横，眼泪顺着脸上的皱纹一直向下流去，流去。好一会儿他才对我说，永钧啊，你知道吗，我一辈子都没出过这座阳关山哪。

我心中惊讶，却不知道该说什么，只发动马达，骑着三轮车原路返回，走到岔路口，又顺着文谷河出了龙门，我们一路无话。文谷河水库结了冰，一面晶莹剔透的冰湖反射着阳光，千山似梦，残鸦数点，渐渐消失了在天尽头。有人正在冰面上砸窟窿，不知是为了钓鱼还是钓文物。我们在水库边呆立片刻，朔风凛冽，刮得脸上生疼，我对车盒子里的老人说，元老师，天冷，要不我们还是回去吧。他却指指西冶河说，沿西冶河往上走，再走走，好久没出来看看了，我想多看看这山。

我们便沿着西冶河一直往上走，能感觉到海拔越来越高，树木越来越少，渐渐变成了亚高山草甸。快到山顶才发现，原来西冶河的上游还有个村庄，叫西冶村，也是个萧索破败的小山村。我把他扶下三轮车，他说，研究文物还得了解它们的文化背景，这阳关山里的每一个村子都有来历，汉朝时期，全国有四十五处铁官，其中有一处就在这西冶村。八十年代的时候曾在这里出土过宋朝的铁佛，我当时还来看过。你看这西冶村留下的地名也大都和冶铁有关，那边有道沟叫苦身沟，因为曾是矿工们住过的地方。还有道沟叫大炉沟，是立炉的地方，至今还有冶铁遗址。电视里不是一天到晚说文化嘛，其实真正的文化都在民间。

我们在村里慢慢转了一圈，大部分人家的门上都上了锁，几乎看不到人影，估计也都是搬到山下去住了。村西的大枣树下有个小庙，在庙前终于看到一个人，一个干巴巴的老头正坐在石阶上晒太阳。老头远远地就死盯着我们看，眼睛都不眨一下，等我们走近了，他忽然咧开大嘴笑了一下，然后直盯着老元说，是元老师哇，身体好了？怎么有空过来了？老元只是背着双手微微点头，并不搭话。老头还是死盯着他，有些阴阳怪气地说，你的那些宝贝文物呢，我劝你还是早点卖了吧，老留在家里怕对人身体也不好，你真能服得住？老元只是静静立在雪地里，背着双手眺望远处，并不说话。

我感到气氛有些怪异，边打岔问道，老伯，这也是个狐爷庙？老头笑眯眯地看着我说，狐爷庙在村东头，这是黑爷庙，这两个神仙爷爷可不是一家的，搞混了，神仙会来找你麻烦的，你问元老师嘛，这山上可没有他不知道的事情，连地下埋了什么他都知道得一清二楚。过了一会，他又重复了一遍，连地下埋了什么他都知道得一清二楚。说完哈哈大笑，一边使劲挠着脖子，神情略带癫狂。老元又是微微一笑，并不理睬他。我兀自推开庙门一看，果然不是红脸，是一尊黑脸的神仙。我问老元，这黑脸神仙又是谁？他说，冶铁的窑神，就是老鼠。因为旧日的各行各业都有自己的祖师爷庇护着，唯独煤窑上没有，他们就给自己找了个祖师爷，这祖师爷就是老鼠。因为，煤窑里只要有老鼠，就没有瓦斯，就可以放心地挖煤，所以矿工们就供奉老鼠为窑神，乞求得它的保佑。

没想到这威严的黑脸神仙竟是一只老鼠，我一边觉得好笑一边又被这神秘的大山震慑着。我们离开的时候，那老头还坐在台阶上，笑容诡异，盘着腿，袖着两只手，冲着我们的后背大喊了几声，老元哇老元，我说你把该卖的都卖了吧，那些东西留在家里怕是对你自己也不好，要不你怎么一辈子无儿无女呢，连老伴也走了，就留下你一个孤家寡人，活得也怪恓惶，文物那东西可不敢留，你老人家还每天抱在被窝里，也不害怕，哈哈哈哈。

我隐约感觉他们应该是老相识，但也不敢多问，老元看起来却并没有任何不高兴的样子，他让我开着三轮车继续往河流上游走。告别西冶村的那个老人之后，他忽然就有些奇异的兴奋，话也一下多了起来，但每一句和前面的话都搭不上，一会儿问我母亲多大岁数了，一会儿又问我小孩多大了。我早就告诉过他我还没有结婚，但我也不好说什么，只是沉默不语。见我不说话，他的话反而更多了，一路上几乎都停不下来，看见什么就给我讲什么。

我们路过了荒野里的一座小庙的时候，他连忙说，停下停下，我给你讲讲,你看那座小庙,叫金姑奶奶庙,里面供的是一个十三四岁的小姑娘。那是明朝的时候,西冶村全村都靠冶铁为生,但那时候技术不行,铁和渣分不开,朝廷下的任务又重,完不成就要被杀头。有一次铁水开了之后,这小姑娘就跳进了铁水里,结果铁和渣就分开了,救了全村人。以后人们就有了办法,一到铁水开了以后,就往里面扔鸡扔鸭子。这其实是一种铸铁脱碳的新炼钢法,拿牲畜的脂肪来冶炼,因为脂肪冷却速度比水慢,所以淬火后的钢韧性就强。你看都过了多少年了,这小庙还留着,没人敢拆它,人还是有点敬畏好啊,你说是不是。

他说得上气不接下气,却唯恐停下,唯恐我们之间安静下来。我于心不忍,劝他道,元老师,你少说些话吧,说话多了也伤神。他却不顾一切地打断我,继续说,再往上走,我们再往上,上面还有文物古迹,好多年前我就来考察过,每一件文物我都研究过。他的亢奋让我感到心酸,我知道,只有这样才能遮盖住他心里巨大的悲伤。

我们继续往上走,前方隐隐又出现了一个村庄,我不知道在这山顶上居然还有一个村庄。这时候雪已经化去大半,露出一片片黑色的土壤和枯草,癫疮疤似的。也是一个很小的村庄,和磁窑村有点像,石头垒起来的房屋参差错落,屋檐上长满荒草,有的院门口还立着两尊石狮子,早已风化不堪,院门上依稀可见精美的木雕,雕梁画栋,却已经腐朽。只剩下的几个老人围坐在村口,默默枯坐着,两条老狗卧在老人脚下一声不吭,村里一片远古的寂静。老元下了三轮车,说,你知道这是哪里?这是光兴村,阳关山上海拔最高的一个村,也是最古老的一个村,怎么也有五千年的历史了吧。

如此古老的村庄多少让我有些敬畏,就像亲眼看到了那些史前的巨兽缓缓从时间深处走了出来,走到了我面前。站在山顶上向远处眺望,只见夕阳半山,明月欲上,林木敛烟徘徊,飞鸟远去,微风徜徉。

老元脸色惨白，连嘴唇都成了白色的，步履已经有些蹒跚，兴致却出奇的好，双眼发亮，像里面正燃烧着什么。我试着去搀扶他，他却一把推开我，蹒跚着说，我记得那是九二年吧，修路修到这里的时候挖出一堆彩陶碎片来，我听说了就赶紧跑过来，拿白面袋子装了满满一袋子回去，后来我从那些碎片里复原出了几件好东西，都是仰韶时候的彩陶，有只很珍贵的红釉靴形杯，是当时人们用的酒具。那彩陶里面居然还有不少鱼骨头，你猜是因为什么？告诉你吧，因为在古代，光兴这一代也是片大湖，人们是靠捕鱼为生的，家家户户都有小船。可你看它现在有多高，它在这么高的山顶上，比哪里都高，这就是沧海桑田，你说，人算个什么，你我算个什么，我们什么都不是，我们的痛苦也什么都不是，连阵风都不算。

我被这沧海桑田震撼着，一时无话，只站在荒凉的山顶上望着周围黑白相间的茫茫山林，忽又听他说，永钧啊，年轻的时候我也曾看不起自己，直到后来我从那彩陶里发现了鱼骨头的时候，我的感觉就开始变了，如果你发现了一个五千年前的秘密，而这么大的秘密只有你一个人知道，就像是，你是一个天地洪荒的证人，你说，换了你，会不会也开始高看自己？

我说，会。

他哈哈大笑起来，笑得左右摇晃，差点站立不稳，我连忙扶住了他。他在我怀里变得那么瘦，那么小，好像周身都没有一点点分量。

在我们身后不远处是一座残破的石碑，还有一座方形的土墩子，沟壑纵横，这是一座烽火台的旧址。我们两个人立在那山顶，真如大海之上的两只蜉蝣，随时会被淹没，随时都会消失。

老元蹒跚着走过去，抚着那座石碑再次流下泪来，他说，永钧啊，你看看，人最后能留下来的就只是石碑上的这几个字，可是这地底下到底埋藏了多少东西啊，七千年前的，五千年前的，三千年前的，一千年前的，就这么一层一层地被埋在了地下，人活几十年，能看到的就只是最上面的那一层皮，就那一点点。我年轻时候收购过文物，可我从没有卖过一件文物，它们是通灵之物，不是用来买卖的。你说，我是不是也不应该小看了自己？

我说，是。

他又流着泪说，如果我不把这本书写出来，我就对不起它们，就对不起它们陪伴了我这么久。

我说，元老师，你放心。

这次出门之后，老元的病情再次加重，却坚决不肯去医院，他又在佛像前多点了两盏油灯，倒了一杯酒，烧了三炷香，然后朝着满屋的文物作揖，他对它们恭敬地说，我知道诸位是想我了，请各位再宽限我些时日，让我把这本书写完，对各位也有个交代，你们闷了就出去走走，我这门出入自由，想喝酒我就给你们倒上酒，我再每日给各位点上三炷香，你们先享用着。

我在他身后说，元老师，你真的能看到它们吗？

他慢慢扭过脸来，用蓝色的眼睛看着我说，它们从来就没有离开过我，它们都是我的家人。

天气越来越冷了，眼看年关将近，我抓紧时间整理资料还有他的口述，想在年前把书编完，然后回家陪母亲过年，我已经很长时间没有见到母亲了。老元终日卧在炕上，艰难地向我口述，我每日只睡两三个钟头，终日蓬头垢面地趴在炕桌上写字，写字的纸不够了，最后简直是五花八门，有稿纸，有账本，有笔记本，有学生的红旗作业本，全被我拿来写了字。早晚各一顿饭，剩下的时间就全放到那本书里去了。我发现我已经不再考虑编这本书对我到底有什么用，一种更大更神秘的力量使劲推动着我，甚至在那么一两个瞬间里让我产生了离地飞翔的感觉。

在一个月明星稀之夜,我感觉太疲惫了,便走出屋子,站在寒凉的大月亮底下抽了根烟。月光落在我身上,万物已沉入黑暗,我再次在天地之间闻到了那种神秘的力量。像在黑暗中触到了一只巨兽温柔的鼻息,微微有些恐惧,却又忍不住想流泪。我明白,它正是我想要的那种来自宇宙间的巨大庇护。

大年二十九的晚上,书稿初成。我也最终得以定下行程,明天一早去庞水镇赶下山的班车,回家陪母亲过年。窗外,刺骨的寒风在旷野里低徊呼啸,一年中最冷的时候来到了,猎户座高悬于头顶,比一年中的任何时候都要壮丽明亮。在这大山的冬夜里,最令人畏惧的,不是狼群,不是孤寂,而是那种巨大,山外还是山,黑暗的尽头还是黑暗,仿佛全世界就只剩下我们这一盏小小的灯火。

书稿的完成使我感到了一种从未有过的虚空和快乐,我一时竟手足无措,不知道接下来该做点什么,该说些什么话,只呆呆坐在灶前,机械地往里添着柴火,脑子里却奇异地轰响着,似乎里面塞满了东西,连一丝缝隙都没有。通红的火光炙烤着我,我伸出双手去烤火,看到自己的十指在火光里变成了波浪形,像水波一样正慢慢流走,我竟向火光伸出手去,试图挡住这流水,明明一阵灼痛,却又忍不住笑了起来,坐在那里竟笑得止都止不住。

书稿完成了,老元看起来也很高兴,精神好了不少,居然能下地勉强走动了,他先是走到油灯前添了点油,烧了三炷香,然后对着周围的空气鞠躬道,书总算是写完了,我谢过各位了。之后又摘下墙上的酒葫芦,在那两只古老的青铜酒具里满上酒,我们两个像陶俑一般端坐在炕桌两侧,心中感慨万千却一时无话,过了很久,他才颤颤地对我举起酒杯,说,喝杯酒吧,快过年了。

他已经变得越来越枯瘦,盘起两条腿如老僧入定一般,那腿看起来和两只胳膊差不多粗细。他嘴唇干瘪苍白，眼眶深陷，眼珠子在灯光下又变成了神奇的蔚蓝色，湖水一般。我不忍多看，心里一阵难过，喝下一杯酒之后，我说，元老师，跟我下山去过年吧，你一个人在这里过年太孤单了。他把一杯酒倒进嘴里，咂了很久，才垂下睫毛说，我在这山里就好，我哪儿都不想去。我说，还是下山看看吧，你不是一辈子都没下过山吗？

他慢慢悠悠又倒了两杯酒，倒酒的手一直在抖，洒出来不少酒。他用袖子把桌上的酒一点一点都擦干净了，才微微叹息一声，说，山下的世界有多大，其实和我并没有多少关系，每个人都有一个自己的世界，你说是不是。你看我在这大山里住了快七十年了，连脚下到底有几层土我都知道，这地底下到底埋了多少东西我也都知道，三千年前的，五千年前的，我都知道。就算这世上根本没有人知道我这辈子到底研究了点什么，也没有人承认我是文物专家，我心里都是看得起自己的，我也算没有白活了。

我把他倒上的酒又一口喝干了，说，元老师你真是可惜了，要是把你放在大学里，恐怕早就是教授了。他淡淡一笑，用两只手恭恭敬敬地端起自己的酒具，朝空中举了举，对着空气说，快过年了，我敬诸位一杯酒，你们陪着我过了这么多个年，我谢谢你们，过年的时候，我照旧不放鞭炮不插柏叶，我怕你们会害怕，来，你们也喝点酒吧，这酒不错的。说罢他把那杯酒慢慢洒在了地上，我看到他的手抖得更厉害了。

我忽然像想起了什么，问道，元老师，我还不知道你的名字呢，现在书稿也出来了，我下山后就找家出版社，看他们给不给印出来，书上得印你的名字啊。

这时，我看到了他投在墙上的影子，一个巨大虚弱的黑影，能把我们两个都装进去，不知为什么，我忽然就一阵不寒而栗。又喝了一杯酒，他才慢悠悠开口道，在这世上留下个名字又能怎样，你看就是刻在石碑上的那些文字也迟早会风化掉，书能留下来就行啦，上面是谁的名字不重要，就写上你的名字吧。

我大惊，连忙说，元老师，这可是你的心血哪，你研究文物研究了一辈子，怎么能写上别人的名字。他摆了摆手，缓缓向我扭过半边脸来，另一半脸藏在阴影里，说，留我一个名字没有什么意义的，我也不在乎别人记住我一个名字，留你的吧，也许以后对你还能有点用。

我说不出话来，心里却更加恐惧了，我又看到了他落在墙上的影子，只觉得那影子越来越巨大神秘，几乎塞满了一堵墙壁。忽然，那影子动了起来，他慢慢下了炕，两条细腿蹒跚着，手里拿着一把手电筒，站在了那只红木柜子前，就好像他准备要进去睡觉了。但他没有，他转过脸来看着我，神情安详肃穆，他和他那巨大的影子一起对我招了招手，过来，帮我把这柜子挪开。

那种恐惧感更深了。我从炕上跳下来，却连自己的脚步声都没有听到，我忽然有一种醉酒的感觉，只觉得周围的一切都是恍惚漂移的，箱子上的那些瓶瓶罐罐都在水波中柔软地飘摇着，连那只大柜子都是轻飘飘的。我好像毫不费力地就挪开了那只柜子，与此同时，一扇长满青苔的木门一点一点地出现在了我面前。木门上挂着一把锁，他把锁打开，嘎吱一声推开了木门。这是一间就着山坡挖出的土窑，一间密室。

他用湖蓝色的眼睛深深看了我一眼，然后垂下长长的睫毛，举着手电筒走进了那扇黑洞洞的门。我站在门口犹豫着，然而，恐惧感好像已经到底了，心里反而平静了一些，我也终于跟着他走了进去。一股阴冷潮湿的气味扑面而来，就像走进了地底下的墓穴里。一道电筒光劈开黑暗，锋利地落在四面的墙壁上，能看得出，是一间不大的土窑，一个人勉强可以站直，土窑里并没有放什么东西，只在四面的墙壁上挂满了大大小小的画砖，猛一看，简直像个阴森逼仄的画砖博物馆。

一个声音从土窑某个角落里传了过来，这些画砖都是我早些年搜集起来的，那时候我很年轻，比你现在还要年轻得多，那时候家里穷，吃过很多苦，人在年轻的时候真是什么都不怕哪，不怕也好，只要不怕，你就能看到文物通灵的地方。我想，这应该是老元的声音。可是，又无端地觉得这声音很陌生，觉得不像是老元的声音，像是从一个陌生人身上发出来的。这时候我又听到那个声音说，你不用怕的，它们一点都不吓人的。我试图找到老元，却只看到那束手电光的后面隐约藏着一个身影，高而瘦，走动的时候无声无息的。

他的声音却在洞穴里继续游荡着，愈发清晰，仿佛它自己已经独立出来，长出了手脚，就站在我的面前。你知道这些画砖都是从哪来的吗？它们都是古墓里的画砖。

我猛地打了个寒战，就像看着一种传说中的怪兽渐渐地现出了原形。我几欲夺门而出，却站在那里动弹不得，那个声音拉着我，不让我离开，它正在黑暗中渐渐变得明亮温柔辽阔，我像误闯进了一出典雅辉煌的歌剧中。

"你看这些画砖，它们是一个被完整保存在地下的艺术世界，你能从这些画砖里看到那些早已经消失的时代，汉代，五胡十六国，唐代，宋代，明代，清代，一层一层地被保存在了地底下。你看这些画砖的内容，多么生动，多么有生活气息，有农耕、畜牧、宴会、庖厨、乐舞，古人把他们当时的生活详细逼真地画了下来，陪伴着死者，为了让死者在另一个世界里也可以应有尽有，也可以不孤单。你看这是汉代的墓砖，人物身上的衣服都很宽松，男人戴冠，女人梳着高髻，这个留着两条长长辫子的应该是鲜卑、羌族之类的少数民族。这说明，在当时，阳关山这一带就已经是五胡杂居了。而东晋南北朝的士族们则很讲究仪容气度之美，所以你看这张北齐的墓主画像，就深受这种风气的影响，仪容秀美，有士族风度。你再看这块西晋的墓砖上画的，骑马离去的男子身后，送他的女子并不是汉人，是少数民族，这是当时汉族与少数民族通婚的证明。这都是他们当年生活的场景，宴饮、进食、采桑、鼓吏、耙地，这是胡人对坐，你看，这是一个根本没有人知道的地下世界。"

手电筒的光柱从这些画砖上缓缓移过，一张接一张地连在了一起，到最后，竟恍惚连成了一部古老而神秘的电影，满载着那些尘埃般的时间，静静飞翔在我们四周。我的眼睛有些湿润，与此同时，那个可怕的想法却在我身体里飞快地生长着，直至要刺破我的喉咙。我终于听到一个可怖的声音在洞穴中响起，可你是怎么找到这些画砖的？

过了好久，我才明白过来，那竟然是我自己的声音。

他依然隐藏在那束光柱的后面，轻盈得像个幽灵。我看不清他的面孔，却能感觉到他的目光，正落在我的身上、脸上。忽然，他把手电筒熄灭了，周围那些绚烂阴森的画砖也随之熄灭下去了。在黑暗中，我异常清晰地听到他说了几个字，你觉得呢？

我怔在那里，动弹不得。这时，有一只苍老的发抖的手慢慢放在了我的手上，我听见他对我说，孩子，你真不用怕的，一切都还来得及。

七

我清晨出门的时候，天还黑着，老元睡在柜子里，没有一点声息。我没有去叫他，只把所有的书稿都装到一只包里，然后便拎着包悄悄地出了门。

凛冽的空气扑面而来，走到庞水镇需要走两个小时的山路。残月即将西坠，启明星已经升起，一颗好大的星星孤独地坐在天边，与残月为伴。整个山林还在沉睡中，负雪的松枝静悄悄地站着，偶尔能听到密林深处的猫头鹰在叫，叫声凄厉悠长。冰冻的河流如丝带散落在山林间，灌木上都是积雪，山路上有一层银霜闪着寒光。走到一处陡峭的山崖边，一侧是个幽深的山谷，我在山崖边伫立了片刻，抽了一根烟，看着那深渊在我脚下绽放。

走着走着，天空里的星辰和月亮都悄悄隐匿不见了，天边慢慢泛青，又渐次变白，太阳即将升起。半透明的晨光在空气里流动着，万物再次浮出了寒夜。

我和母亲过了个安静的年，除夕之夜，我一直守岁到半夜，我学老元的样子，对着周围的空气深深鞠了一躬，又把一杯酒洒在了地上。过完年，我待在家中把书稿又整理校对了一遍，因为书稿的前半部分是老元写的，我看的时候便格外认真一点。这天，在校对的时候，我在书稿中忽然读到一段话，"元朝，阳关山乃魏道武牧马之地，有马栏川、牛栏川、达奚、乞伏、破六韩等村名。其中达奚、乞伏、破六韩均为北魏鲜卑贵族后裔的隐身之地，破六韩之祖上即孝庄帝元子攸之后人，避难在此。早在公元496年，孝文帝为加快汉化，把拓跋皇族改为元氏，改拓跋宏为元宏。隐居在此山后，元氏子孙为避人耳目，一度以潘六奚为氏，后人伪作破六韩，写的是佛罗汉，实际还念破六韩村。"

我再次回到佛罗汉村的时候，却发现整个村庄里已经空无一人了，包括老元。他的门虚掩着，一推就开了。屋里没有人，那些家具还在原处，只是那些文物一件都没有了，那尊佛像也不见了，两盏油灯终于熄灭了。我挪开那只红木柜子，那扇木门没有上锁，我推开一看，那密室里也是空的，那些画砖也全都不见了。

我沿着已经融化的文谷河一直走到龙门口，出了龙门，眼前就是文谷河水库。水库已经冰雪消融，波光粼粼地躺在群山之间，有云影在绿色的水中缓缓流动。那个老人又坐在岸边垂钓，仍然穿着那两只大头翻毛皮鞋。我走过去坐在他身边看他垂钓，他并不理会我，我递给他一根烟，自己也点了一根。他一边抽烟一边全神贯注地盯着水面。

　　初春的阳光暖暖地照在我们身上，竟让人生出些许困意。一根烟抽完，我才问了一句，老伯，元老师去哪了？他还是没有看我一眼，把烟头扔在地上，用大头鞋慢慢踩灭，他脚下已经生出了一片嫩绿的草芽。又过了半晌，他才对着水面说，死了，一过完年就死了，他得癌症都一年多了，你不知道？

　　又沉默了很久，我听见自己轻轻问了一句，他那些文物呢？忽听见他仰天哈哈大笑了几声，笑完才正式看了我一眼，他说，你也惦记着呢？我看着远处的群山，没有搭话。见我不说话他便又说，你不是他徒弟吗？我还想问你呢，你都不知道，那谁还能知道，反正人死了东西就不见了，有人说他都捐出去了，有人说他又悄悄埋到地下去了，反正是一根线都没有留下。你说这个老元，攒了一辈子文物，死了几天都变臭了才被人发现，连个给他戴孝帽的人都没有，一辈子图了个什么？

　　我在阒寂无人的山林里独自行走。青草返绿，柳枝已经染成了鹅黄色，山坡上远远开出了一片粉色的杏花，如烟似雾，河流声如碎玉溅落，空气再次变得甜润起来。走着走着，忽然看到前面似乎有个人影，我紧走几步跟过去，看到前面飘然走着一个高瘦的老人，头发花白，两条腿极细，裤管里看起来空荡荡的，他背着两只手，正不紧不慢地走在山路上，他走过去的地方，连一点脚步声都没有留下。

　　我心想，怎么看着这么像老元。便赶紧追过去。等拐过一个弯却发现，前面的山路上空无一人。只有春日的阳光轰然落下，万物灿烂，重新开始抽芽的沙棘丛挡在路边，好像这大地上从不曾有什么发生过。

原刊《十月》第 2 期

身体是记仇的

须一瓜

一

十几年前,牙医小柴第一眼见到让他叫"小姑姑"的人,就尾骨发麻。那种怕,就像背对着悬崖边站立的感觉。他说,如果当时她在哭,或者脸上有哭痕,或者哪怕偶尔大哭过 —— 而不是始终在笑,他可能就不会那样从心底发怵。不过,在十几年前的当时,还未跨进祭奠大厅门槛,少年小柴就感到母亲有点怯场。母子之间互相传感着莫名忐忑,小心庄重地跨入灵堂。一进去,母亲就悄悄戳小柴的后腰,示意按她事先教的对那女子叫妈。灵台边,"小姑姑"仰着尖锐的下巴,转过半个脸,对着走向她的母子俩上下左右打量着。她笑着,轻慢的眼风就像评估毛重,还有一点"好戏又来了"的夸张兴致。那个生僻而持久的笑意,在灵堂台边,冒着白色的气雾,让少年小柴联想到冰窟里取出的冰块。

母子俩停在她身边。少年小柴乖巧开口,但几乎是话音未落,他的脸就被风雷所掠，那一掌甩击，手劲之重惊骇了所有人。少年摔在楼梯边，眼镜摔在远远的另一边。有一只手，像小柴希望的那样，马上把它捡了起来。母亲一声非人的怪叫，滑过少年的耳膜，就像在玻璃房子外面的叫，声音变形缥缈，少年听而不闻。他的注意力只在"小姑姑"那儿。一掌重击之后，"小姑姑"脸上依然是空姐式的微笑，鲜嫩而明丽。然而，极度的恐惧与愤怒，让少年汗毛尽竖，不知所措。

"小姑姑"目光乜斜，她的笑脸，缓释着古怪的耐心。她眼神飘忽，并不看地上少年更不看其母。少年防护性地死盯着她。那张雪白的、额角透出青筋的脸，已经被她的笑，搞得丑恶而疯魔。她却时不时斜睨窗外，就像和天上的什么东西较劲。……孩子？嘿嘿……我孩子……窗外或天边的什么东西，似乎一直牵扯着她的魂灵，连小小少年都感到她并不把灵堂，更不把灵堂里的其他人放在眼里——她只是享受着自己一脸叵测的春光明媚，那种兀自明媚的春光，散发着自虐而虐人的窒息感，令整个灵堂，恐慌而羞愧。

……还妈？妈呢，妈……她语气轻微地像自我推敲。

……谁是你妈——谁是？！她忽变得狰狞，并不比她的笑容更恐惧，但整个灵堂都接收到了遮天蔽日的盛怒，灵堂变得更为恓惶、更为声屏气敛。

睁大你的小桃花眼！谁是你的烂×妈？——小野种，再叫一声试试？

少年当时觉得她的牙齿又白又细又长，长到不像是人的牙齿，而是一种什么工具。少年不认识这个工具，但它的非人感让他害怕。整个灵堂的非人感，也让他不安。他觉得那些蜡烛火苗好像都不会动了。灵堂里大概有七八个人，也许更多几个，他们都像灯下剪影人似的，没有发出一点声音，就像着装整齐的影子。少年冷汗隐隐直冒。他脑中也空无一物，呆望着她又走近自己。走到跟前的"小姑姑"，把脚踏在了少年的肩头。小柴眼光下垂,就能看到自己的腮边,一个尖得像凶器的红色皮鞋尖,一转就可以戳他的下巴。他不敢把那只皮鞋推掉或耸动肩头抖开,做母亲的好像也不敢,她想扶持孩子站起来,避开二次伤害,但不知道为什么,那个十三四岁的少年,就是想拖宕在这个费解的恐怖时刻里。他倔强地下沉着小身子,拒绝爬起。

猩红色的皮鞋尖在少年肩头磨拧,像是打招呼:来……再叫一声,试试?我们再试试看?

少年垂下眼帘,看着腮边的尖头红皮鞋。他觉得它会踢穿他的腮帮。

做母亲的无助地大哭起来,她求助的眼神看向灵台遗像,但显然,活人死人都帮不了她。她用埋怨的神色推搡儿子,顺势把自己盖在孩子身上啜泣。她还是想保护少年,但是,少年愤怒地推开了她,他执拗地去迎对"小姑姑"的笑脸。这是孩子气的顽固和对抗,果然,他追盯的那张脸,笑容不谢,糯米牙森森。他们四目交接时,她还对他微微点头。她一边嘴角抽缩,这使她的笑,充满蔑视。少年隐忍的愤怒和悲怆,也许刺激了她。她回眸蹲下,端详少年,一边开始慢慢脱下两只尖头系着脚踝皮丝带的红皮鞋,随着她猛地转身,它们先后飞到灵台长案上。其中,有一只,准确地砸到了死者的黑白大照片上。遗像框倒在了百合玫瑰鲜花丛中。一个深色的剪影人急忙去扶正复位。

女子的笑牙,又白又长又细,它们是那么的整齐那么的意气风发。少年低下了头。他心里认输了。他感到屈辱,但不知屈辱从何而来,泪水占领眼眶,他勾紧脖颈,努力化解,泪水还是掉了出来。他再次抬头,是被祭奠大厅里抑制至极的群啸尖叫所惊:"小姑姑"光脚走了过去,人们以为她是过来取回鞋子,她却拿起刚刚扶正的遗像框,啐地——一口痰,吐在遗像上。她还想再吐的时候,死者遗像框被人夺走。

——只有这一瞬间,少年看到她脸上笑容离场。非常短暂。据说,之前和之后的整个丧礼期,她都在笑。这个后来被牙医小柴一直叫"小姑姑"的人,整整笑过了头七。遗像上的死者,第二天,就被人用油性黑水笔,隔着玻璃,加上了一撇上翘一撇下捺的大胡须,死者本来就是微笑着,这两撇风扇叶片一样的奇怪大黑胡须,使他的脸快乐滑稽,近似小品海报。来祭奠的肃穆人,忍俊不禁又羞愧不安,护持灵堂的人们,这才发现有人作恶。捣蛋使坏的人是谁,人们心照不宣,赶紧重新翻洗了三张,换上并备用着。

牙医小柴后来想,她在给他添加胡须的时候,一定在笑。遗像上的男人,会和她对着笑,那才是他们夫妻最后的告别。他的风扇胡须会东高西低,越飞越快。遗像上笑眯眯的圆脸男人,那时四十五岁,是她风华正茂、富可敌"邦"的丈夫。也是少年的生父。

二

亲历过那么样匪夷所思的葬礼的少年,其实弄明白的事,依然非常有限。他浑浑噩噩地去了,懵懵懂懂地回了。最终,他只对女主人,也就是后来被要求叫"小姑姑"的人的笑脸,刻骨铭心。还有遗像上的笑脸也在记忆里沉淀下来了。他看到的都是没有两撇风扇胡须的端正遗像,有意思的是,那个作为他生父的遗像主人,少年还是颇为接受,甚至可以说,挺喜欢他的笑模样。十多年后,牙科专业学校毕业的牙医小柴和"小姑姑"再相遇时,"小姑姑"揭穿了他亲近他"混蛋"生父的谜底——不就是那一堆野种里,只有你长得最像他!牙医小柴从小就知道自己不像母亲,母亲也一直说他比较像父亲。但是,"小姑姑"的揭批,还是让他有点不自在。这里其实就是隐含了自己对父亲的负面评价。成年后的小柴,比参加葬礼的少年,更加忠实呈现了死者的外形：结实圆润的矮壮身材，高弹力的厚臀，饱满的、有点歪的天灵盖，随和的圆脸上有明显的眼下卧蚕。这种卧蚕痕，无须笑，就春意融融，花见花开。一样的偏厚嘴唇，一样的唇痕不清晰，一笑，一样地露出微微内凹的门齿。和牙医小柴不同，父亲爱笑，他有事没事，都能让自己脸上笑嘻嘻的，正如小柴在遗像上看到的积极容颜：那没有唇尖的上唇，圆润厚实的舒展弧线，既乐观又安康。这种笑容会暗示你：没事，有我啊。

也许，这个早早就辞职下海的捞金者，就凭借这海纳百川的快乐笑容庇护，一路佛助魔爱、吃苦耐劳、坑蒙拐骗，不断从胜利走向胜利。

"小姑姑"厉声否认十几年前，她在那场"混账葬礼"上曾"一直笑"，她认为她根本不可能笑。她说我半夜鞭尸都来不及，哪里来笑的心情？而牙医小柴，也从不抗辩。即使十多年后，他几乎成为"小姑姑"的恩人，但见到她，甚至仅仅是想到她，仍然如背对悬崖边而立，他依然发怵。牙医小柴一度认为，这内心的空虚慌张，不是他由心而生的自然情感，是遗像上的父亲，在葬礼上传递给他的。他一直在传递，儿子一直在被动地接收。这是，父亲的遗产。

母亲说话不讲逻辑，只讲感觉，还总被突如其来的情绪牵引。一直到他湖北专科学校第二学期假期归来，母亲可能预感自己来日无多，才断断续续有一搭没一搭地主动对儿子"忆了往昔"，即使有这样完整讲述的强烈意愿，她的陈述还是被各种感言、臆想、分析与评价切得鸡零狗碎，甚至话头开放到不知其源。当时，病榻前，她的哥哥、妹妹，也就是牙医小柴的舅舅姨姨们，一直简约粗暴地阻挠反对她对儿子说那些"没意思、没屁用"的无聊过去。但是，母亲，还是不懈努力，见缝插针，给了牙医小柴一个大致轮廓。

其实，十几年前，头七过后，少年就把直接看到听到的信息，做过一个有关父亲的历史拼盘。尤其是奔丧回程前夕，母亲在酒店打出一个涕泪交替的长途电话，假装看电视的少年，就此获得了许多骨干材料。当然，通话双方，对于事情背景的熟稔，导致对话的跳跃过大，少年听来十分吃力。

这个轮廓拼盘已经不算孩子气的出手了。概括起来就是，父亲车祸暴死，一下子冒出了五个来凭吊的单亲小三——都拖儿带女，据说，还有两三个没有孩子的女人来闹，当时，治丧委员达成共识——大部分按"碰瓷"处理了。另外四五个被母亲闻讯带来奔丧的单亲孩子，最大的二十岁，女孩，是父亲二十四五岁时生；最小的两岁半——这个小男孩，出生于四十二岁的二婚父亲和二十五岁的"小姑姑"的甜蜜婚姻的次年。太造孽了，这个时段。这让"小姑姑"尤其怒不可遏。牙医小柴的出生，是父亲初婚两年后的私生子。他的初婚，从他三十一岁持续到三十九岁，那时，还没有"小姑姑"，作为陌生的女孩，她甚至可能还没有发育。这八年的第一段婚姻关系里，合法生产了两个比小柴大一岁的双胞胎女孩。少年自己统计下来，在那个非人感的魔幻灵堂上，父亲冒出了有名有姓、婚生、非婚生的后代，有五六个。那些孩子们，彼此也是沉默的。

除第一个女孩还在澳大利亚读书外，其他四五个还是五六个，好像都到了。他们有的比小柴到得早，有的来得晚。还有半夜赶到的。牙医小柴以为自己经历了最恐怖的葬礼一刻，但母亲在电话里对旁人说，最吓人的是"小姑姑"和两岁半男孩母亲的对仗。那个夜场出身的单亲母亲即使生了孩子，也依然像个紧致的大学生。她的美丽自信足以挑衅"小姑姑"的骄傲，最致命的是，她竟然是在"小姑姑"和我父亲结婚后的第二年，就有了关系。这个陈述，当众颠覆了"小姑姑"的爱情，嘲弄了"柴邱配"人间仙境的婚姻。"小姑姑"可以不屑、不在意在她之前存在的乱七八糟的女人们，但是，她绝不相信，在她和少年父亲"王子公主"一样的幸福生活里，居然有蛀虫进入。她拒不承认 —— 骗子！都是碰瓷谋财的骗子！

她只承认少年父亲前婚史里的一对双胞胎女孩。她在灵堂上有过非常失态的嚎叫，夸张炫耀父亲对她的宠溺。她歇斯底里地反复宣称，是她，专享了父亲高天厚地的甜蜜爱情。她当庭铺陈的、民政公章确认的第二段美好婚姻，使祭拜的人们一边偷瞄遗照上父亲纯真无拘的笑脸，一边很不礼貌地悄悄研磨那串爆米花一样的爱情奇闻。而"小姑姑"当堂颂扬的，受死者专宠的爱情往事，成为牙医小柴母亲眼里最天真的笑话。比如：

—— 如果，我和她掉水里，你先救谁？小姑姑说。

—— 救你。死鬼曾这么说。

—— 如果我和那俩双胞胎掉水里，只能救一个，你先救谁？

—— 救你。

—— 你撒谎！

—— 干吗撒谎，她们还会帮我救你，我给她们请了最好的游泳教练了啊。

—— 那不要水了！改火灾。在火里，只能救一个，你救谁？

—— 救你。

—— 为什么不救小孩？

—— 你也是孩子啊。

—— 说心里话！不许骗人！

—— 她们有妈妈，你没有啊。

—— 柴、永、煌！

—— 真的啦。我对天发誓，如果我骗人，不得好死。

这个对话，是母亲在酒店学给电话那头听的，不知道是否夸张，因为她也是听人们的主观转述。但是，母亲幸灾乐祸的样子，让小小少年确定，母亲并不像她自己以为的那样难过。

牙医小柴没有目睹那个两岁半娃在场的惊魂一刻。据说，"小姑姑"动了刀。众人围抢，末位小三没有被刀伤到，但是，被小姑姑突然抄起的祭拜玫瑰花束，横扫了脸和脖子。很多条玫瑰刺血痕，让那女子短时破相，次日涂抹的条状碘伏，让她也有点像丛林战士；最可怕的是，"小姑姑"一度抢过了那个两岁半的小男孩，她要掐死那个"骗子小道具"。即使末位小三，拿出柴永煌抱孩子、柴永煌和小三互喂荔枝等多张亲密合影，"小姑姑"也照样蔑视他们的"狗屁关系"。那个还不怎么会讲话、老是摇头、满嘴"搭搭搭搭"的小男孩，凭心说，真的不像我父亲 —— 我在不知情的前提下，在灵堂外，见过她"丛林战士"一样的碘伏妈妈。当时，她捉住男孩，给他擦口水垫后背汗巾 —— 两个女人的对峙，据说非常恐怖，"小姑姑"阵阵狞笑，歇斯底里，要砸那母子俩出去；那个女子不慌不忙，拿着汉显传呼，给周围人看死者曾给她的各种情话；"小姑姑"再次指令手下打报警电话后，末位小三把小男孩抱到父亲遗像前，指问他是谁的时候，那个不会讲话的男孩，居然拍起小巴掌，清晰地叫"把把把"，一边口水直淌。

那一瞬间，全场安静。大家都瞪着眼睛看那小家伙的口水悬挂。这个静场，让末位小三忽然悲愤交加，她第一次失态尖叫，说，报警吧，报！我们做亲子鉴定去！

接踵而来的众小三及后嗣们，确实给灵堂带来巨大的震撼，给治丧委员会带来措手不及的混乱。急于恢复葬礼秩序的至爱亲朋们，不约而同地希望或暗暗齐心，共同逼迫"小姑姑"息事宁人、遵从死者入土为安的最高准则。相比那些张狂的小三们，牙医小柴的母亲，成为最通情达理的未亡人。而母亲临终承认自己有愧，说，我把他给我的一大笔流产补养费，偷偷拿去买了缅玉手镯。我生下你，他气得几个月不理我，后来，他还是来看我们了，笑眯眯地看着你，从此，每个月都给足生活费。但他说，逼婚的事，不要想。

三

牙医小柴在往后的岁月里，总是梦回那个恐怖的祭奠大厅。在梦里，他一遍遍、有如初历地重新感受那里的一切：所有的人都没有离去，他们都停在了那里等他。三壁落地的铁灰色墙布，白色的挽联，围绕长桌的、被人摘去黑棕色花蕾的百合花，红得发黑的玫瑰；又细又长又白的牙齿，那个非人感的笑容，猩红的尖头绑踝带皮鞋，一样会踏在他少年的单薄肩头；每一次梦回，都能让他浑身出汗；每一次醒来，都有好几十秒钟，他不能让自己迅速领悟那不过是梦。他的情绪总会被梦里的哀伤裹挟着，随波逐流好一阵子。

梦里，那座永远的灵堂，永远在等着他。那些笑脸，遗像上的笑，那个非人感的、过分明媚的笑脸，都在意识深处潜伏，有如下水道里的老鼠，随时会冒出来。

牙医小柴完成学业后就孑然一身了。求职艰难。他先是在老家旧矿区小医院，做了三年医师助理，自费完成正畸进修后，他就想下海到外面大诊所里干了。但因为文凭差、资历浅，又没有五年执业经历，他四处碰壁。

和"小姑姑"再度关联上，缘起于他的医专同学阿杜。阿杜拉他去老家一起承包一个牙科诊室。那正是牙医小柴当年为生父奔丧的陌生的省会城市。说是省会，承包的诊室，实际是一省城下辖的镇卫生院里的牙科室，后来景区开发，那个叫四盆水的小镇才有了大知名度。那小镇，自古以来，被一条美丽的山涧溪水围绕如内陆半岛，漫山遍野都是漂亮的竹海。牙医小柴去的时候，刚刚改名为四盆区。外地游客叫它四盆水景区。

镇卫生院是个陈旧的两层 L 形砖混平顶楼。虽然临街，但临的是一条破旧大街，来往的大都是为生计忙、为蝇头小利而开心的苦穷人。承包的牙科诊室，是承包人自掏腰包、自己动手装修的。它明亮简陋干净，却基本无人问津，长时间生意惨淡。牙医小柴和牙医阿杜，靠低价拉客、高质服务，苦撑苦熬到第二年的夏天，诊所才像终于长了根的水培植物，渐渐活旺起来。暑假过去，牙医小柴拿到了一万多的收入。秋天就突破了两万。到承包一周年的第三个月，牙医小柴的收入，是开张第一个月的十几倍。他还掉了承包金、诊室装修分摊款、X 光机等设备款和正畸进修费用。

有一天，牙医小柴接到一个电话。一个喑哑的女声。

"问一下，我不一定做。"

牙医小柴说，没关系，我正好有空。你慢慢说，看我能不能帮到你。

"我是估计你没那个本事。"

牙医小柴说没事你先说说看，能的话我尽力。

"有个鬼把你胡吹成华佗 —— 哼（或者是嘿）。华佗呢。"

牙医小柴连忙谦虚否认，他心里对这个喑哑声音，既好奇又嫌恶。

"没有一个医院敢接（诊）我，省里、市里、上海、北京、日本牙医。你个乡下卫生院的小牙医，那些鬼居然硬说华佗转世⋯⋯哈哈哈哈⋯⋯"

牙医小柴确定对方是个精神病。他放下电话。电话马上就愤怒地响了。牙医小柴狠狠抄起电话，声音却不敢不温和。果然还是那个喑哑女声：

"你挂我电话？！"

"⋯⋯呃，问你病情你又不说，我没有时间陪你聊天啊。病人在等。"牙医小柴保持的最后一点理性，挽救了这个不好的发展势头。

"你老实说，你敢接高血压、糖尿病的人拔牙吗？"

牙医小柴傻了几秒钟，耳朵里立刻传过来哧哧嘲笑声："不是华佗再世吗？我看你——也是个屁。"

牙医小柴在极大的忍耐中，和风细雨地解释了高血压、糖尿病的高危所在。也终于问明白了，她说的"那个鬼"——那个推荐人是谁？

暗沉女音的轻慢语气，嚣张自负的挑衅情绪，都没有让牙医小柴唤起少年的记忆。当然，暗哑的女声，只是按她自己的心情发声，她也不可能想起十几年前，在一个特殊场合，她给了一个可怜巴巴又倔强讨嫌的少年一记大耳光。

那个"鬼"是个搞水电还是五金什么的老板，小柴记不得了，反正是个老板。几个月前的一个晚上，牙医小柴要关门时，他进来了。手捂着腮帮，眉头皱着，一脸痛苦的吃人表情。一个像跟班的机灵的小个子年轻人，帮着解说，我们老板牙疼大发作，能不能赶紧帮他止疼？大医院里面现在没有值夜班的牙医。看到小柴没有马上说好，那个"鬼"骂了一句粗话，说，快给我弄弄看！人家说你好嘛！

牙医小柴还是暂缓关门接了单。那个"鬼"，真不是好鬼。口腔清洁度太差，可能刚撤离酒桌，张口就腾蹿出潲水缸的味道，一股尖锐的脓腐臭鸡蛋味，牙医口罩根本挡不住，小柴顽强抵抗住阵阵反胃，终于像探矿一样查明，那颗痛牙16，有个隐蔽瘘管。牙医小柴做了常规的扩根封药处理，收了十块钱。那个鬼，后来知道是姓邱的男人，回去说当晚就不痛了。几天后复诊，瘘管已经消失。

对于牙医小柴来说，那个患者给他最深的印象是，一张逼人的臭嘴，还有他的奇怪感谢。隔日复诊时，他进诊所连声高呼的不是谢谢噢谢谢，而是——十块钱！——十块钱！他的呼叫致意，惊扰到好几个就诊病人。这是个有点钱的个体老板，他完整的表达是，痛了我一个多月的牙，你十块钱就治好了它！不得了哇！他说，他在市里去过各种大诊所，看过各种名医、家传老牙医，吊过针、吃过药、煎服了六七帖中药，统统没有用。他家的保姆推荐他来这里，但是，他一直觉得保姆能推荐什么好东西，肯定是屁一样的乡下牙医。没想到，"你这个鬼，还真是神医啊。"邱总是一个忙碌的生意人，之后，他把自己所有的不良牙齿，都交给了神医小柴，而且再忙，复诊也基本随叫随到。

邱总是声音喑哑的女人的亲戚，有一天他向她推荐了牙医小柴，那时，她已经牙疼了快一个月，有颗牙（45前磨牙）欲掉不掉，近一个月来，没有一个医生愿意拔她的牙。但是，邱老板的建议和邱老板保姆当时的建议一样，在她听来也基本和放屁差不多，她根本看不起：那不起眼的破卫生院，那被人承包的小牙科室，那些穷得狗急跳墙的小牙医，算什么屁东西啊。

她的45牙，一直在疼，就是不掉落。平时钝痛，时不时会突然炎症发作，或者触碰不慎，就会痛得让人发疯。给牙医小柴的这个电话，就是45牙大痛发作时打出来的。

牙医小柴问明情况，也一口回绝，他拒绝了她——准确说，附带条件地拒绝：如果她不按他要求一一做到，那么，他也不敢给一个糖尿病、高血压的人拔牙。

四

通过声音，牙医小柴推断那个女人不年轻，但第一眼见到她，他没想到，那完全是个面目可憎的老太婆，等他明白这竟是他叫过妈妈的、后来改叫"小姑姑"的女人，简直有被雷劈的感觉。他难以相信自己的眼睛，无法理解眼前这阴沉而衰老的形象是怎么生化出来的，也不过就是十三四年的时间啊，当时她最多二十七八岁呀，怎么能有这样的断崖之变？要知道，小牙医一直在这十三四年来的记忆里轮回，那个灵堂，一直在他脑海里自动刷新。多少个深夜，小柴不断梦回那个祭奠大厅，那里的人一一在位，他们都没有老去。那只猩红色的尖头绑踝带的皮鞋，依然踩在他瘦小的肩头，依然刺眼地嚣叫着青春和愤怒。在梦里，它们也从来没有褪色过。也可以说，少年根本就没有离开过那里。所以，这个对比太震撼了。

十三四年，对有些人来说，真的可以是大半辈子吗？

学校毕业至今，牙医小柴也有四五年的从业经历了。职业使然，他对人们的笑容、表情状态，有着病态的职业敏感和研究习惯。他知道，牙齿的好坏，不仅仅影响容貌美丑，更掌控人的情绪表达，他甚至可以通过表情，反推牙齿的好坏。牙齿问题多的人，面部表情一般不自然，神情往往抑郁。甚至年纪还小，人的心理已经被牙齿好坏所左右。他见过一个断了门牙的十龄男童，不断地以手掩面才能回答医生的提问。在老师那儿，他还见过一个二十多岁因为牙周病，几乎失去了整口牙齿的小伙子，那个无牙的青年，委顿、抑郁、卑怯，一副欠揍的窝囊脸，开口或者不开口，他都那么小心翼翼。但他自己坚持认为，他天生不爱笑，牙只是一方面原因，更主要的是"外面没有什么好笑的"。老师对学生们说，别听他的，只要给他换一口好牙，他的人生就会发光，就对谁都容易笑。

老师有一篇关于笑的鸿文，据说灵感来源于梦境。在老师的梦里，所有的生命都亮如蛛丝的光。每个人就是一丝光。不笑的人，那丝光就不清亮不透明，就像捂了盖子，连通不到天光。而牙齿，就是那丝光的盖子。真正的、由衷的生命喜悦，会让光丝透亮、接千载、连万宇、和光同尘。老师还说，除了恶牙、恶念，没有东西能让生命不再透亮。梦的尾声，是看不见光丝，只有遮天蔽日的黑线，像漫天的黑雨。老师给的解释是，牙和恶念，制约了生命的光华。他勉励弟子，牙医有能力让人间发亮。

柴永煌的遗照上,他笑得很暖和,但是,他门牙微微内陷,犬牙13、23都偏尖,算不上一口好牙,不过,他应该算拥有一个不错的人生了。如果用路桥来比喻人生,那么,大部分人都是平面马路、草地小道而已,而柴永煌的人生,至少是一条丰富的立体交叉桥路。

牙医小柴一进入那个金丝竹篱笆围绕的小院子,窗帘边的"小姑姑"就认出了他。应该是他们父子长得太像。成年后的小柴,简直就是柴永煌的翻版。读书时,初上社会时,他还比较清瘦,承包牙科后,压力太大,小柴变胖了,这和父亲更是有如翻模拷贝的效果:结实圆润的矮壮身材,高弹力的厚臀,饱满的、有点歪的天灵盖,随和的圆脸上,有明显的眼下卧蚕。这种卧蚕痕,无须笑,就春意融融,花见花开。一样的偏厚嘴唇,一样的唇边不清晰,一笑,一样地露出微微内凹的门齿。

牙医小柴对着客厅茶桌边看他的老妇人礼貌地笑着。老妇人没有回应他的笑容。把他带进来的下人模样的人掩门退出,硬木底的拖鞋,在门外的石阶上"笃笃"远去。小柴一时尴尬不适,因为,照常理,作为患者和主人,妇人应该主动和他打招呼,告知自己的害牙情况,而那个老妇人只是扭头看他,她打量他的寡淡样子,就像看一个值不值得施舍的乞丐。她连起身的意思都没有。牙医小柴当时感到,她是对他的医术毫无信心。

看在出诊费很高的分上,牙医小柴只好自我热烈地进入工作状态。他笑着,指着窗前的躺椅说,那是我说的躺椅是吗——OK,请您躺上去吧,让我看看您的牙。哦插座在哪儿?我需要这个灯照明。小柴举着自己带来的灯。老妇人这才站起来,背倒不厚,两肩却窝着,看起来像一只松散羽毛的鹰隼之类的大鸟。她踱到牙医小柴跟前,并没有指明插座位置,而是偏着脸,更加仔细,也可以说是目光轻慢地扫视牙医。对于医生而言,这是非常不礼貌的病人表情。牙医小柴在尴尬中，抵御着接收到的蔑视和轻微的屈辱，医患双方就在这样的站位中角力。

老妇人就这样专注又充满蔑视地扫描着他。他以职业的敏锐，看到了老妇人眼眶里，浮起一层清亮近无的水光。老妇人没有任何脂粉的脸，像一块放久的老姜。她额头高宽，但不饱满；眉毛短促却不协调地兴旺，尤其是两边眉头的眉毛，逆生勃勃，几乎有在眉头打旋的气势，这使她脸上有一股不屈的犟气；两边眼袋不算大，但上面都有沟痕，就像蝴蝶上下翅膀分割，蝶翼状的眼袋之间，挺立着锋面锐利的瘦高鼻子，难怪给小柴鹰隼的感觉。此外，对于牙医小柴来说，很重要的，她的脸，右腮略大于左腮，软乎乎的垂坠感，这该就是45牙的炎症痕迹。

你父亲叫——老妇人说，柴、永、煌。

几乎就是妇人开口的同时，牙医小柴的记忆也连通了十多年前的祭奠大堂。是的，那偏脸看人的恶习，乜斜刻薄的鄙睨，那又细又白又长、非人感的牙齿，都在驱散岁月模糊的淡雾，呈现出记忆通道的指路标志。它们使灵堂比梦境更清晰。牙医小柴脸色发白。这个女人非人感的笑容，唤起他腮帮的少年之痛，不仅是大耳光，还有那只踏在肩上尖头的红皮鞋。面色青白的年轻牙医，控制不住由内而出的轻微战栗。身体的不适反应，让他更加难堪和愤恨，但他茫然地看着老妇人：周围的一切都有点变形，这一瞬间，时空虚幻而幽暗。

他还是点头了。但也因辨认出了对方且心绪黯淡，他压根不想再问什么。老妇人却一脸尖刻的自得。拿过老妇人给他的几张检查单子，他边看却边在开小差：十三四年吧，是什么让一个年轻的女人，直接变成风干的老妇人呢？

这个朝南的客厅，一下子安静下来。牙医小柴往插座插线的身影，在落地窗里的阳光下，佝偻着移动。仿佛识破妖精的成就感，让老妇人悠然地把自己放在躺椅上，空虚而满足的目光散看着天花板，令牙医小柴十分生厌。掌灯的临时助手还没有到，牙医小柴一手持灯，一手持镜，粗略看了个大致。炎症消退了，45牙松动得就像深秋树上的干枯残果，拔除它，应该没有问题。老妇人的心电图、血常规报告单、血糖检测报告，也都显示她的身体在五个月以内是稳定的。这是她和牙医小柴的第一通电话的医嘱结果。两个月前，第二通电话，牙医小柴说，如果这些指标，半年内都是稳定的，你到哪个医院，医生都会帮你拔掉这颗牙齿的。

声音喑哑的电话那头，传来几乎是幸灾乐祸的尖厉叫声：——就找你！

牙医小柴当然听出这邀约里，没有一丁点感激与信任。他觉得自己更像一个被猎捕的对象。可以想见，对方大概是个被害牙逼疯、仇恨所有牙医的变态狂。这么想着，医患连接也就由此莫名达成了。两个月过去了，这前一天，接到了她的期满电话，而牙医小柴承包的小科室，已经在一个月前被镇卫生院突然收回。院里倒是想收编他们，并承诺给他们干部指标，所有的设备也可以都按原价回收使用，但是，牙医小柴和阿杜，在承包的两年多里，品尝了艰难起步到蒸蒸日上的好滋味，再让他们回到领工资的身份，完全是不可能了。心野了，翅膀又般配地硬了。阿杜准备先去深圳，女朋友家族想让他过去帮忙，利用这个断片时间，他先过去看看情况，应付一下；而牙医小柴，一直有一个高端的个人牙科梦想。四盆水镇五星广场门口有一处，比较便宜；省城摩尔大商城，一个客户介绍的朝北朝湖的夹层店面，位置好，各方面条件也不错，就是大而贵，牙医小柴吃不动。所以，这些日子，在四盆水，他一边在考试，一边注意新址考察，基本上一周干之前两天的活，主要是针对那些复诊患者。X光机、牙椅等设备，都放在阿杜家，有约，就过去集中处理一下。其他时间，都在考察选址中。

声音喑哑的女人来电话时,牙医小柴说自己已经没有诊室了,他在婉转拒绝,让她去别的医院。那个女人嘶叫起来:——让我白等?!

牙医小柴屈从了。

奇怪的是,张大嘴巴,妇人嘴里的牙,并没有牙医小柴感觉的那么细、那么长、那么白。牙龈毫无萎缩,牙周整体情况尚好。临时助手从阿杜家带来了麻药针筒、消毒碘伏、卫生棉球等拔牙工具。拔牙的时候,老妇人基本算配合,麻药一起效,牙医小柴就三下五除二,眼明手快地把那祸害她半年的45牙,连根拔出。止血情况稳定。看着那颗害牙,小柴屡屡疑惑,即使连根而出,它也是正常的长度,可是,为什么这些牙,组合出她的笑容,或者说咧嘴露牙,总给他不安的非人感呢?

纳闷的感觉也不止于牙齿,处理牙齿的过程中,老妇人开始显得比进屋初见时年轻一点,仿佛有一种光,正在帮她剥脱岁月蒙上的尘灰褶皱,衰朽寡淡疏离排斥感,也像牙结石一样,被时光钻头瞬间磨去,也可能就是牙医自己少年时的眼光,重新把他引领向他少年时眼里的"小姑姑"。小姑姑仰躺头发后掠,她颞部和颧骨之间有一条蚯蚓似的条状鼓起,如蜡一般质感发亮;她的左手背手腕处有另外一条"粗蚯蚓",这一条更鼓凸,看起来手腕上像缝了一条小肠在皮肤上。牙医小柴脱口而出,你疤痕体质啊。

老妇人睁开眼睛,她听得懂小牙医所指。她重新闭上眼睛的时候说,我的身体记仇。

小助手有课,赶着先走了。牙医小柴和躺在椅子上闭目休息的妇人,依然默无声息。老式的方格子木地板上的阳光呈焦糖色。牙医小柴觉得小院四面的金丝竹,维护了一个令人不安的发黄时光,就像围住了一张旧照片。又测了血压,足够的观察后,确定没有问题,牙医小柴便交代了一二三四注意事项准备离去。那个硬底木拖鞋的声音从院子外渐近地传来,他来得正好。他进来时是空手的,但不知从哪里拿出了一个信封。牙医小柴接过的时候,里面的分量感,让他由衷表达了关切和谢意。

当然是微笑着,下眼睑的两道卧蚕,使他的笑温柔而光辉,就像从心灵深处的清泉边冒出的水仙花。这不只是礼貌,而是令人安适的祝福。就是这个时候,连那个穿硬木底拖鞋的人也想不到,已经起身的妇人、嘴里还咬着止血棉球的妇人,忽然,一个巴掌甩在牙医小柴脸上,这个位置,和十几年前一样,引发的脸涨耳热的疼痛,也和十几年前一样。

牙医小柴张着嘴,手慢慢捂在脸上。他眼睛睁得很大,张皇困惑地看那妇人,显然,老妇人也为自己的行为所困,她有点吃惊,但更明显的是局促与惶惑。牙医小柴拼命控制自己,忍住了还她一巴掌甚至两巴掌的冲动,最后,他只是狠狠抓住了她苍老内卷的干瘦肩头。

那个该叫小姑姑的人,不等他抓住她,一点老泪,眼药水一样流淌而下。但这只是她一瞬间的脆弱,马上,她扭脸走过他,径直往二楼而去,那个单薄的、双肩内卷的虚弱背影,依然布满傲慢与蔑视。这个恶毒的孤傲背影,蹂躏着牙医小柴的心。他咬紧牙关默默拿起工具,开门而出。金丝竹小院的院子铁门反锁着,他试着操作开门,竟然打不开。他有点躁狂,硬木底的拖鞋声,援助而来。那人行云流水般把三张百元币,又塞在牙医小柴手上,同时为他开了门。

在牙医小柴的脑子里,他已经把钱狠狠撕碎,摔在风里,再对屋子方向恶狠狠啐上一口,但其实,他没有,他只是把钱狠狠捏紧,再捏紧。尽管屈辱、费解和愤怒。他失态地吼叫了一声,用力踹了一脚铁门。

那个穿硬木底拖鞋的人对他略微点头,像是礼貌的道别,也像是对更多隐忍的理解。牙医小柴意犹未尽,又狠狠踹了一脚门。

五

牙医小柴从小就觉得母亲是个大嘴巴。回望童年到少年到青春初岁里，年年月月填满了她的声音。她很容易交朋友，也很容易对朋友丧失信赖，不过，她一生挥霍不掉的热情、贴心和轻信，依然使她还是会交结许多新的朋友。她一个普通单位的大龄小会计，因为车辆剐蹭（她的自行车和柴永煌的汽车剐蹭）就和一个男人有了一夜情，有了牙医小柴，简直莫名其妙，但小柴对此毫不怀疑。他母亲完全是可以这样打开人生页码的人。她说，她这辈子从没有见过，比他父亲更爱笑、更慷慨的男人。她把那个车祸，形容为幸福的人生撞击。好吧。好吧。写作业的小柴，喜欢集邮的小柴，寡言少语的小柴，被母亲和朋友们带去吃麦当劳的小柴，不止一次、不止十次，听到母亲的新朋旧友听了她的单亲浪漫故事，都会用"好吧""好吧"来喟叹她的幸福往事。

也不是说，母亲就丑到出嫁困难的地步，在牙医小柴两三岁的时候，母亲还差一点被一个退休工程师娶了。但是，他们家风不太好，几个成年子女都守约似的，不给小柴母子一个笑脸。即使柴永煌暗地里塞了一笔还可以的陪嫁费，也没有使那个婚姻更坚固。那桩婚姻维持到拿证后不到两个月时间，就吹了。母亲对自己家人说，无所谓，本来就不可能再遇到笑起来这么让人安心的男人。

噩耗传来，母亲带小柴赶往柴永煌家祭奠的时候，她也和主妇"小姑姑"一样，遭遇了顶级的情感霹雳。她也和"小姑姑"一样，从未想象过这"笑起来这么让人安心的男人"，竟然有这么多有子女的女友啸聚灵堂。奔丧的去途，她还是很单纯的。因为她从来就知道，柴永煌不可能娶她，这是第一夜就明确的事项。关于孩子，柴永煌铁板钉钉地说：这个孩子——我们说好流产掉、你拿了钱却违约偷偷生下的孩子，我再恼火，也会对他负责。这就是结果。没想到，牙医小柴一天天长成最像父亲的人，这让柴永煌措手不及地被吸引了。小柴后来明白了，母亲火急火燎奔丧，祭奠亡夫是一回事，但更主要的，是为了儿子的权利，是去讨生活，是去落实未来的。父亲几次说过，会培养他出国留学的。

一到祭奠前堂登记处，牙医小柴的母亲就陡转心虚。母亲后来在酒店里抱着电话，对那些知心朋友们控诉说：简直太可怕太疯狂了！人家说，又来一个！这个孩子比上一个更像。她说，她完全没有能力理解现实——她怎么也就成了一堆职业小三中的一个？我一个这么独立自爱、博览群书的女子，怎么就和那些轻浮女人一样，成了乱七八糟的入侵者？牙医小柴推想，那个荒唐的时刻，估计只有他母亲有那个想象力和胸怀，让儿子叫正房"妈妈"。她不切实际的天真烂漫、自以为是的换位尊重，正是自取其辱的原因。

不好理解的是，牙医小柴发现，母亲始终没有怨恨生父的任何话语，是死者为大，还是她早就知足死了心？临终前，在舅舅姨姨的反对下，她一个人坚持说完了给儿子的单身母亲的爱情童话版，最后一句依然是乐观向上的：承蒙老天厚爱，你虽然没有获得多少遗产，但是，他们任何一个，都没有你像他。他的笑容，是这个世界上最好的东西。儿子，你得到了呀。

大姨说，神经病。

二舅说，呸。

六

把牙医小柴瞎吹成华佗转世的那个"鬼"邱总邱来琦，最后一次来复诊，是一周后。也许是怜悯小牙医诊所被收回的落魄，也许是正好时间宽裕，他喝着阿杜母亲泡的老茶梗，满嘴陈香，对牙医小柴说了很多真假难辨的八卦。牙医小柴知道那老妇人是他的堂妹后，便把他的八卦当了真。挺明显的，大概他们邱氏族人，有一个共同的人生看法，并用同样的指代方式，表达出来。刚开始，老妇人说，"那个鬼"举荐他时，牙医小柴不知所指，后来几次邱来复诊，牙医小柴对邱张口闭口的"鬼"指称，也是脑筋频频短路跟不上趟，比如，他陈述一件事情，有几个人参与。他是这么表达的："那几个鬼都在场，某某局一个，某某水运公司一个，某某街道办一个"，或者"那个鬼，根本不值得信任"，又有"这是我他妈见过的最不要脸的鬼！"

老妇人叫邱美丽，是邱来琦唯一的堂妹，也是邱氏家族最漂亮的后代，说是当年以全省公开招考第一名的成绩，考进航空公司的头牌空姐。"那时候，哪有后门可走？一个鬼都不认识，就是硬碰硬。"

老邱说到一个黄段子，牙医小柴把刚送进嘴的绿豆糕笑得粉喷出来。他尴尬地寻纸巾揩拭。老邱却不笑，只把粗梗茶喝得吧嗒、吧嗒格外响，果然，放下茶杯，他又起一个故事的头：有些鬼东西，你不得不佩服，我有个朋友——老邱看了看手机时间，仿佛是由时间确定给牙医小柴是讲详版还是简版的故事——这个鬼呢，人不算坏。帮过很多人，也帮过我。他这一辈子，真是叫贵人多、桃花旺，我是彻底服了。矮矮的个子，老邱比画了一个与他同肩平的高度，肯定没有我帅，但是呢，他到处都有女人缘。酒店大堂那种旋转玻璃门，你知道吧，他和一个女大学生同时转进一个格子再一同转出来，好，搭上，开房；去医院割个盲肠还是痔疮什么的，小护士，又搭上一个；开车不小心撞了骑自行车的女人，才出急诊室，马上就搞上；这鬼去幼儿园接小孩——一辈子就接那一次，好，幼儿园老师又到手了——出门捡钱都没有他捡女人概率高！死的时候，哇哈！一大堆女人冒出来分财产!

就是有点钱嘛。牙医小柴悻悻地,语气有点阴阳怪气。他当然猜出"那个风流鬼"是谁了。邱总反驳说,也不能这么说,有个空姐为他放弃一个比他有钱的香港老板,就不是图他的钱。

那她图什么? 牙医小柴说。

唔这个,只能叫见鬼了。空姐说 —— 图他的笑。邱总笨拙地耸了耸肩,这个动作,出卖了他并不理解的态度。但邱总还是说,反正是跟钱没有关系,那空姐不是胡扯淡的人。说当时,女方家里坚决反对她放弃香港老板,找个二婚的矮子。空姐一根筋就不拐弯。家里人就偷偷托人把她和我朋友的照片,给一个看相高人看,高人一看就摇头,说男的下巴凸翘、卧蚕深刻,怕是风流债重,且人中平短,耳垂单薄,恐怕英年早逝。再看女相,眉毛逆生、眉头带箭,这辈子逆境多于顺境,前半生多在是非、失望中。婚事谨慎为好。但女的根本不信那些封建迷信。不过,后来看,好像全部说对了。

邱说他朋友是倒爷起家。二十世纪八十年代,摆过地摊卖衣服,后来就倒丝袜、电子表,再后来就倒录像机、影碟机。倒来倒去,暴利滚滚,几千块的录像机,倒到四川卖到两万。后来跟物资部门开除的什么人干,更是旺得不得了。他跟空姐说,都是她旺夫运强。邱是这么形容他朋友的兴旺的:他的死一下子成为特大新闻,才四十五岁嘛,刚刚评为市里什么十大杰出青年、优秀青年企业家什么什么的。那鬼长得也偏年轻,反正看起来就跟你现在差不多的样子。所以死的时候,没有人不震惊。男人啊,兄弟,成不成功,就看你死后多少女人来祭拜你。你不知道那灵堂场面的乱啊! 在野的女人,执政的女人,小一小二小三小四,国内的孩子,国外读书的孩子,最大的二十一岁,最小的两岁。那些傻女人,好像谁也不知道其他女人的存在,她们互相生气互相蔑视,个个都在证明自己的孩子才是正宗 —— 那一个祭拜灵堂，肯定是世界上出警最多的灵堂。警察都快气哭了。那些本来挺悲伤的兄弟朋友们，就像看小品一样，躲在卫生间里边撒尿边笑得发抖。看看人家短短的一辈子，却死得像帝王。兄弟们都快羡慕哭了。

所有的女人都在算计他的钱，只有他老婆，算计他的笑。

笑，也用"算计"这个词？牙医小柴很费解，但邱总把手包夹在胳肢窝下，站了起来。

最后这杯喝了吧。牙医小柴说，女人怎么这么傻呀……

不傻怎么当女人？女人要不傻，男人早都死光了！邱总一饮而尽，大步往外走，一边大度地挥挥手喊，别急，小子，你也有机会。女人都爱你这样有钱又爱傻笑的男人。

牙医小柴为新诊所弄得身心疲惫。他联系到了省城一个女同学，游说了很久，她决定向亲戚借钱，然后辞职，和小柴一起在摩尔大厦夹层合作开诊所。她名字都起了好几个，小柴却一直没有办法落实投资款。他急需钱，邱总很狡猾，在电话里说，我可以帮你搞点装修，但我缺的就是现金流。就在牙医小柴焦头烂额心灰意冷的时候，邱美丽打了他的电话，因为她右大牙裂了一小片，小片却没有掉下来，一触动，死痛。她要牙医小柴马上到。牙医小柴一口拒绝，说自己没有空。但是，他隔日一早主动去了，还带了一大捧花农在路边卖的茉莉花，一路嘴边都自然浮现着他父亲式的笑意。

在早晨田间剪下的一阵阵茉莉花香里，他满打满算能借到她的钱。怎么没有想到她呢，他甚至想，老妇人还会向他道歉。她打过他两巴掌，道歉是完全应该的，这是她亏欠他的地方。那样，他就可以提出多一点的借款，或者让她以投资的名义注资也行。这都是合情合理的，他有点理解当年他母亲让他叫妈的恢宏心意了。现在，如果她愿意，他完全做好了叫她妈妈的心理准备。

她当然是有钱的。她的钱是他父亲柴永煌挣来的。

在那个金丝竹院子里，他再次帮老妇人解除牙患痛苦。但那个叫"小姑姑"的女人，根本没有露出一丝道歉的意思，她只是让家里的老保姆给他端来了红枣莲子羹。这是上次没有的待遇。她似乎对给他的每一个巴掌，不是健忘就是心安理得。"小姑姑"显然丰润了一些，气色略好，应该是患牙清除后，能正常进食带来的改变。这当然归功牙医小柴。但老妇人既不说谢谢，也没有一丝道歉之意，而牙医小柴，因为心怀鬼胎，也因为天性随和，始终保持自发自动的热忱，和她积极聊天。他不敢贸然夸她变年轻变美了。而聊几句他就看出来，老妇人人鬼不分的混乱指代，比她堂哥邱总有过之而无不及。她基本也是把这个人、那些人，都替换成"这个鬼""那些鬼"。柴永煌更是"骗子鬼""短命鬼""恶心鬼""流氓鬼""贱骨头鬼"的大本营。

　　这一次，"短命鬼"柴永煌是回避不掉的话题。

　　牙医小柴自以为踩准了借款时机，当时，老妇人指着他说，长这种脸的，都该去死。牙医小柴厚着脸皮笑着说，我死了，谁来照顾小姑姑的牙齿？老妇人果然敏感，她像起了鸡皮疙瘩一样，狠狠啐了一口，而且，她拿茶杯的手臂已经微微抬起。牙医小柴惊惧地闪念，她又要给他一巴掌，也许，她想泼他一脸茶水。但是，她却闭上眼睛，单薄的胸口有了一下明显起伏。牙医小柴已吓得噤若寒蝉，他确实害怕了，想要逃走。

　　你家那个自作聪明近视鬼，现在应该更胖更丑了吧。

　　知道小柴母亲已去世多年，她嘴边浮起一道轻快的弧线，目光虚空却隐约哀伤。牙医小柴以为自己唤起了她的恻隐心，所以，他从母亲的话题巧妙拐到了自己的计划，请求她借款或投资。老妇人突然大声笑起来，夜鸟一样的刺耳笑声，让牙医小柴再次感到她嘴里又白又细又长的非人感牙齿。他终于意识到，它们所以给他非人感，是因为它们从来不是为了喜悦而展露，而是隐藏的凶器。

牙医小柴站起来，沮丧感和仇恨感，如烟雾一样满胀胸膛：这个恶妇，看来是不会支持他的。他准备离去，但是"小姑姑"却抬起二郎腿的足尖，游戏般，点踢着他的膝头：也可以呀，六十万无息借你。如果合适，我可能再追加投资。你们不是都很想叫我妈吗？！好，有个条件：你先拍一百张笑脸照片来。就用你父亲送你的照相机，你照去！一百个人的笑脸，真正开心的笑脸——绝不是柴永煌那样的，也不是你这样心怀鬼胎的——你给我拍真真正正的笑脸来，一百张，拍来，我马上打钱给你！

牙医小柴一时喜出望外——这算是什么条件？随便！牙医小柴笑得比柴永煌还柴永煌。笑脸照片，不是随手可得？求学求生行医多年，除掉坏牙，解除牙患，他见过多少开心的脸，还拍不到一百个人的普通笑脸？

"小姑姑"说，必须是陌生人的笑脸，自然的、真心的。被拍人认可自己的笑脸是由衷笑的，就签个字。如果不认可不乐意，被拍摄人可以"撤销笑脸"。牙医小柴马上就想到，可以到相声小品剧场展开拍摄，那里有多少人笑得前仰后合，开怀到爆炸，但是，"小姑姑"一眼看透了他：不许到讲笑话的地方拍，那里的笑，和胳肢窝胳出来的笑一样，它是临时的，空心的笑。笑完他自己都会忘了为什么笑。你要给我看真正的、心里面出来的笑。

理解。明白。没问题。牙医小柴如捣蒜的脑袋，一下一下被他控制得缓慢稳重。

其实，牙医小柴有点困惑，但他审慎地没有流露，他怕他不恰当的疑问，会让她不信任或不高兴。"小姑姑"看起来志得意满，仿佛设好陷阱的猎人。之后，她像赶苍蝇似的挥挥手，示意他走。牙医小柴走到门边，听到身后传来不无作弄感的轻快声音：去拍，去拍！拍好了，我直接加钱改为投资款，我可以写到我遗嘱里！

牙医小柴忍不住回看了她一眼,笑眯眯地甜腻腻地挥挥手。

——滚去,老妇人把嘴里的牙签啐了出来,少给老娘看你的鬼笑。

七

急于弄到钱的牙医小柴,行动迅速。父亲车祸前给的那个第一代数码相机,当时可能非常昂贵,现在也像古董了。这事是有点莫名其妙,但也符合老妇人的乖张品性。总归是一个弄钱的机会。牙医小柴觉得自己绝不能放弃。

麻烦的是,现在没有诊室了,就没有方便开展的平台了。思来想去,牙医小柴先去了西街。那里有三个女子合租的店面,她们分别在里面各居一角,一个卖女性内衣,一个帮人改衣服,一个专制窗帘、被套。因为先后两个女人的牙都治得非常满意,结果,她们就自动成了牙医小柴的义务广告员。三个女人人缘很好,都是乐观热情,极爱说话的话痨八婆。她们把他的名片贴在店墙上,顾客但凡有说牙疼不适,三个人立刻七嘴八舌、联手举荐小柴。牙医小柴很多顾客竟然都是由她们介绍来的。小柴后来还转了几次他自己也吃不完的、病人赠送的各种地瓜、玉米、橘子、笋干等土特产给她们。

牙医小柴在店里,抓拍了几张她们招呼顾客的笑脸照片。没想到,印出来,她们都不满意。一个说,这笑得比哭还难看,"自然"有什么用?一个说,我笑得太像奸商啦!一个年轻点的说,丑死丑死。三个女人问:你到底要照片做什么呢?牙医小柴又重新解释了一遍,最后,她们还是拒绝在照片后面签字。三个女人,就像传染病一样,一个不肯,个个不肯。小牙医有点生气,觉得她们轻浮敷衍。但她们安慰他说,照片是真的,笑也是真的。但是,这代表不了什么,所以,签字就没必要了。

就好像我们可以说话聊天，什么都可以说，但是，你不能录音。她们解释。

对呀，我们又不是大明星。录音签字好像打官司一样。

不签字我就白照了，就等于你们撤销笑容了。

三个女人一起说，那你就撤销吧。

牙医小柴在西街，还拍了几个人，他们的笑容稍纵即逝，只有一个小男孩抓拍成功。他让他妈妈写地址，年轻的母亲同意了，留下了龙飞凤舞的幼稚签名。但是他请求他们母子再合拍一张，母亲摇头了，说，我笑起来丑。小柴说，哪有啊，会笑的人都是美的。你笑起来非常美。

年轻的母亲抱着男孩子就走了。她的拒绝非常干脆。

这个时候，牙医小柴才明白，这个任务并不是他以为的那么简单。他终于隐约意识到，老妇人比一口拒绝还坏，她是成心作恶刁难他。恨意却激发了牙医小柴的斗志，必须拿到钱，何况，这本来就是我父亲的钱。必须挫败老妇人。他终于想到了一个大贵人，一个曾经找他畸正牙齿的小有名气的摄影师。摄影师说，他已经转行拍婚纱。他们约定了见面地点。牙医小柴就早早过去等他。

十字路口，镇邮局外面有个小夜市，晚上比较热闹，卤味红灯，人影憧憧；白天就冷冷清清，地面是清扫不净的油污痕迹。牙医小柴选了个方便看往来行人的交通遮阳伞的位置，恭候摄影师。

等人的时候，他有了大发现。之前，他以为人们不笑都是因为牙丑或者牙痛。等牙齿改善了，人们就爱笑了。正如老师说的，牙医使这个世界上的笑脸多了。但十字街头的长时间观察，他发现，南来北往、男女老少的脸，几乎没有笑的。有的人似乎刚刚受了气，拧着眉眼；不少人含胸驼背，赌气似的阴沉；有人勾着脖子犟着脸，感觉不是丢了钱包，就是没有钱包可捡而生别人、生地面的气；有的人不明就里地很不耐烦，暴躁着；有的人就是满目凶光，怒行着；有的人一副出门寻死的愁闷脸；有的人则像刚被人占了便宜吃了亏，一脸邪火……总之，看起来他们都不怎么快乐。除了两个手扣手的少女是嬉笑而过。牙医小柴后来数了一下，近百张脸中，有冷漠的、有尖刻的、有愁苦的、有怨愤的、有坚硬的、有麻木的、有沉郁阴鸷的、有警觉执拗的、有失落的、有明显哀伤的，就是没有一张欢乐笑脸。按照老师的说法，满目望去，世界没有光，这些来来往往的人们，就是一条条令人厌恶的黑线。好容易看到几个昂首挺胸、身形欢乐、咧嘴大笑的，走近，却是游客模样的四盆水傻老外。最让牙医小柴绝望的是一对老小爷俩。估计是爷爷来接小学生孙子，一大一小竟然清一色的沉郁，尤其那个小男孩，一张小脸，少年老成，比爷爷的老脸还要严肃。

牙医小柴这才有点想哭了：在街头，想找到几张轻松快乐的笑脸，原来是这么难啊。连孩子、老人眼里都满是愤懑与愁苦。他们在愁闷什么呢？老师曾经说过，牙病患者中，青壮年往往不太爱笑的居多；年纪大的人，反而很多爱笑，可能是他们活明白了很多。可是，这些形色阴郁的、本是活得更明白的老人，为什么每一个脸上都像个忤逆者仇恨者？

牙医小柴摸了摸自己的脸，才恍悟出，原来柴永煌的天生笑脸，真的十分宝贵。外人是要算计着，才能长时间拥有它的陪伴啊。就此而言，柴永煌的遗传基因看来好像比较弱势啊。

那个玩摄影的畸牙矫正患者，借给牙医小柴一个好相机。他说他已经放弃人像摄影了，现在忙着婚纱摄影，这比较能挣钱。他说，我没有时间帮你拍摄，但是，摄影师说，我有几十张不同人物打哈欠的抓拍作品，你要不劝雇主改用打呵欠的，这个很独特，很逗，比笑容精彩有趣得多，即使丑得不像本人了，但拍摄者一般也不生气，就像看漫画。

唉不行，牙医小柴翻看了几张打哈欠神作，非常丧气。她就是想难住我，不借我钱，才要拍笑脸的。她自己就不会笑。唉，真正的笑，可能比端正畸牙难多了。打哈欠算什么，连狗都会，她才不要。她是以为这世界上所有的人，都和她一样不开心，她是在断我的路！

摄影师想了想，说，也是，扣除听笑话的人，拍到由衷的笑脸真的难。要靠运气。

摄影师在自己的工作室，上天入地先为牙医小柴找出了十几张笑脸照片，并答应说会找被拍摄人签名认可。牙医小柴有了基础，信心恢复了一些。

其间，摄影师在自己的简陋工作室，用数码机抓拍了几张牙医小柴自己的笑脸，牙医小柴没想到，每一张照片，都经不住细察。他假以老妇人的眼睛，马上就能看出，他那些看起来在笑的照片上，眼神是心事重重的。哪怕他笑得整个脸皮都往上提升了一厘米。猛一看，真的很像灵堂里的柴永煌，尤其是眼下两道如小舟的欢乐卧蚕。可是，他却没有一点父亲笑容里的慰藉与宽广，更没有一丁点由内焕发出来的积极与快乐感。儿子的笑容里，只有挣扎与抵抗，策略与心机。

比十几年前的灵堂所占据的黑灰色时空，是更早的几年前的燃烧的天际线：一架飞机在降落时忽然故障，它急速下坠，在距地面三四十米的距离，突然直坠，尾巴撞到了海堤，后座的两个乘客从断裂的飞机尾巴里飞了出去，魂飞百米之外。飞机又打了三百六十度旋，硬生生用肚皮着陆，就像被人撤掉尾巴的巨大死鱼，贴在枯黄的停机坪草地上，随即，开始冒黄黑色的浓烟。柴永煌的笑脸，在那个黑中带黄、直上九霄的浓烟中，一直定格在乘务员小邱的脑海里。机舱一片鬼哭狼嚎的混乱中，空乘人员在紧急引导乘客逃生。机尾撞击时，小邱腰部已经被撞伤，引导逃生时，一个不听劝阻的、非要拿行李箱逃生的男子的狠狠推搡，把空姐小邱再次搨在椅边动弹不得。就在她以为自己要和飞机一起爆炸的时候，那个叫柴永煌的乘客——只有这个乘客，停下了逃生的脚步。他把她抱起，跳下了逃生充气滑梯。从死到生，没有语言，那个拯救者只是对她笑了笑。

安全的小邱，什么也看不见听不见了，她只看到一个男人卧蚕如细舟的笑眼，它穿越了连接天地的黑烟。安全后的空姐，动辄哭嚷尖叫不止。故事情节就那么走下去了，治疗、理疗、牵引、瑜伽。柴永煌好像一有空就送花安慰。拯救者夸赞空姐的勇敢，小邱则说乘客是英雄、是最好的心理医生。腰上康复了七成，她就嫁了二婚的柴永煌。然后，因为腰伤，因为大宠爱，她辞职了。柴永煌的笑脸，改变了一个鲜嫩女孩的一生。

这些八卦，都是过往信息拼接而来。信息源主要是邱家那个鬼——邱来琦，还有牙医小柴的大嘴巴母亲。小柴是在老妇人赏赐的第二巴掌后，痛定思痛，悟出了他挨打的原因：至少在形式上，他太像他父亲了，尤其是那个卧蚕如小舟的积极笑脸。

八

在畸牙矫正患者的指点下，牙医小柴开始假冒人像摄影师，混迹人群。他反戴棒球帽，身穿摄影背心，在街头粗鲁洒脱地寻找模特儿。但是，他遭遇的打击，比成功多得多。他在商场外，截获了一个提着蛋糕的小姐姐，出示摄影家协会会员的假证件后，牙医小柴请求为她拍几张。她信任并尊重地配合照了好几张。但是，没有一张在笑。无论牙医小柴怎么启发，她都不笑。

牙医小柴忍不住说，你张嘴我看看。

提蛋糕的女孩，就困惑地张了嘴。

一口好牙！你凭什么不爱笑？！

她对牙医小柴语气里的不满很敏感，立刻还以不耐烦的颜色：我不会笑！我十几年就没笑过！她几乎把牙医小柴怼哭了。

牙医小柴又找到一个像是导游的会议接待西服男人。男人配合他的请求，每一张都努力微笑，他不明白摄影师为什么一直反复地拍。够了够了，男人抱着腮帮子停了下来，说，够多了。我还有事。这是我的地址。

牙医小柴哀叹地接过他的名片，说，你是假笑知道吗，每一张都是。我在等你真笑啊，你看我不是一直在跟你说话，我等你真情流露啊。

服装整齐干净的男人并不生气，他说，我们一年接待上百个会议，我必须随时保持最友好的笑容。假不假我不知道，但是，笑多了，我的脸会抽搐。我现在就不行了，肌肉一直发紧。但是，我老婆说过，我的职业笑容比真笑更诚恳。再说，你看看满大街，那些笑得好的，哪个不都有职业培训背景？你天真了兄弟！

三个拿着篮球、肩上搭着运动外衣的高中生，三个人合影抓拍得都还不错，但是，单独拍他们的笑脸，全部失败了。一个真的嘴角抽搐，假笑得非常不自然；一个想用做鬼脸，假冒一个无羁的快乐脸，眼睛里却是掩饰不了的暗沉与疲惫；还有一个只是用力往两边拉扯嘴角，上庭、中庭依然严肃得像法庭辩论；三个少年还互相揭短：哈哈，老师早就说他笑起来像活死人；喂！红蜻蜓说你是面瘫好不好？还好意思说我，上次说谁的脸，一看就是葬礼进行曲……

年轻人打打闹闹着远去。

更多的人，直截了当拒绝了牙医小柴：

——有什么可笑的！艺术创作，不就是"真实"吗。

——现在人的笑脸，都太恶心人了！

——我也想笑一个，但是，我心肺这里，卡住了。

——我不配开心!

——我朋友说,我不笑时非常酷,一笑起来就很淫荡。

——好好地笑? 我又不是神经病!

……

但有一对摸奖摸到一件羊毛毯的六旬老夫妇,笑得非常动人。合照时,牙医小柴抓拍到老先生为老奶奶整理鬓角发丝的瞬间。两人嘴角的笑意,蜜汁流淌;他们各自的单独照,也拍得不错。拍老奶奶时,老爷子在镜头外,不知做了什么逗乐表情,让老奶奶笑得上齿龈都露出来了,不算美,还有点傻气,但是,真是快乐溢满镜头。

还有一个中年男子,也笑得好。一开始,牙医小柴都想放弃这自作聪明的混蛋了,因为一开始,他像警察一样审问他。

你拍这个干什么?

《城市表情》人像摄影大赛我怎么不知道?

你这会员证是真的吗? 有没有参赛通知书我看看。复印的也行。

我怎么知道我这张照片,有没有入选呢?

地址还是也给你一个吧。电话我不一定都开机。一等奖是三万吗? 我一年的工资呀!

如果你获奖了,作为模特儿,我有没有奖金分?

一般都没有吗? 哦,那你会额外给我多少,我是说,万一获一二等奖的话。

爱审查的男子,有非常好的镜头感,他的门牙,21号牙,有点翘,就像一扇大门微启的样子,但他的笑容显得非常自然随性,笑得亲切而春风微醉。小牙医忍不住说,你是我今天拍得最好的几个人之一。

——才之一呀。我可是非常努力了。情绪都酝酿得十分到位,对吧?

你真的笑得自然又感动人啊。看他认真签名的时候,牙医小柴心怀感激。

男子说，一看到你的镜头对着我，我就想，笑好点，半年的工资就到手了！你看我的眼睛，一点不空洞，它看到了一万五是很厚的一摞！数钱的时候，我不能伸出舌头用口水蘸，我得先靠近有水的地方……卫生。

九

省城的摩尔大厦夹层承租到了刻不容缓的当口。牙医小柴把合计四十七个人的笑脸照片，拿到了金丝竹小院。他知道"小姑姑"不会给好脸色，但是，他预计他哀求她，也许能先借一部分钱，剩下的笑脸照片，他会继续完成。

牙医小柴照例带给她了一大捧他从路过的茉莉花田买的花。因为上次她说，这个比玫瑰好闻。但今天进院子的时候，那个身份不明的、穿硬木底拖鞋的男人，开门就把花接了过去。牙医小柴说，插到大花瓶，搬到我姑姑房间去。

那个身份不明的人说，她不喜欢花。所有的花。

开局就不祥，照片的结果，果然更加不妙。

那个叫"小姑姑"的老妇人，今天一袭长及脚面的灰色薄丝袍，胸口挂着可能有一百零八颗的像菩提子一样的长链。这样的龙钟老态，按理是该配一副老花镜什么的，但她的视力好像不错，并没有拿眼镜，就把照片浏览了一遍，然后，像整理扑克牌一样，把它们在手里，颠来倒去地洗。无论怎么洗、怎么翻牌、怎么端详，她的脸上都是一副早已预料、不过如此的神情，她也会出现些饶有趣味的神态，但看深了，牙医小柴才感到，她只是在享受自己蔑视与傲慢的意趣。

连半数都没有，还有一大半假笑的脸。

做牙医的，你是不是更容易看到别人哭？老妇人的口吻，有幸灾乐祸，也有调侃的意思。牙医小柴被这个问题弄得发蒙，他太想借到钱了，他飞快地说，是 —— 呃，也不是了……

什么意思？

有，但不是经常看到，有的人哭得比较意外。比如，有一个很高大的男人磨牙，打了麻药的，磨着磨着，可能麻药失效了，他疼得把手机屏幕捏碎了，他真的哭了，他哭喊，你他妈把我的脑浆子磨出来啦！

老妇人的惊异兴奋表情，鼓励了牙医小柴。……还有一个女病人，没有哭出声，就是一直默默流眼泪的那种，弄得我很心慌。我说，你是不是很痛，她又摇头。无意间我忽然发现，操作盘上还有一支麻药，我的天！就是说，我打了一边，还有一边漏打了。我对她非常生气，我说，姑娘！你痛，怎么都不说呢？

她说，我以为做牙齿，都是这样痛的。

"小姑姑"第一次让牙医小柴看到她笑出声的笑。那个声音如清水滴玉。牙医小柴也跟着兴奋起来，又讲了几个职业趣闻。"小姑姑"突然打断了他，说，够了，我不会借你钱，我们言而有信。一百张笑脸照片一到，只要都是我认可的真笑，钱马上就打给你 —— 看在你是那个风流混蛋的龟儿子的分上。

牙医小柴当场泪水就出眶了。他掩饰地低下头，就势"扑通"一声跪了下来，没有抬头：

我真的……拼尽了全力……那个承包诊所，病人终于开始多的时候，我从上午开门，干到晚上十一点，三分钟吃一顿饭，那时又要考执业医师资格，我经常回去抱着书就睡着了，醒来，还是看的那一页……很多个早上我醒来，皮鞋还在脚上……小姑姑，如果不是承包的诊所突然收回，本来，我可以越来越好，不会麻烦到你，也不会……满街乞丐一样，给人拍照……现在，我拿不出合资的钱，那个市中心的夹层诊所就……

他吧嗒吧嗒一直说，并因为害怕"小姑姑"赶他走，而加快了语速。

老妇人并不在乎牙医小柴是否跪地。她站起来，像一只灰色的鹰隼，在房间里游荡，那衣服的动感，让牙医小柴觉得她随时会飞离。老妇人哼了一声：你可以不拍呀，谁逼你拍了？牙医小柴再也忍不住悲伤，交替而落的鼻涕与泪水，肮脏地滴在木地板上：被戏弄的感觉，让他口干，胸口发烫。

老妇人看到了他的泪水，她并不顺手递给他纸巾，她把身子转向了跪地的窝囊年轻人。

好啦，你能像那个短命鬼那样笑笑吗？

牙医小柴错愕。

笑一个好啦。

笑啊！笑一个试试。

牙医小柴第一反应就是，如果他笑得"很父亲"，必定要获得第三个大耳光，她干得出，她甚至控制不住自己。但是，不笑，一切也就结束了。这个狗急跳墙的年轻人太需要钱了，所以，他纠结的是，要不要死撑起胆子，问她"我笑一个，你是不是就能援手我？"尽管，他已经知道，自己永远也笑不像柴永煌。形似神不似。父亲那个天真的、宽广的神识，他永远也不具备。

老妇人鄙夷夸张地啐了一口干痰：现在你明白了吧——你父亲那个混蛋，糟蹋了世上最好的笑。

牙医小柴挣扎抵抗：……如果爸爸当初没有停下来救你，你早就和飞机一起炸成碎片了……

很好，你这么说，非常好，老妇人停在年轻人背后，谢谢你这么说，知道吗，这十四年来，我每天都在问自己，是宁愿和飞机一起爆炸，还是愿意看到笑脸后面长期的欺骗？弥天大谎，没羞没臊，还有成群结队的贱货！他身边那些管钱管账的鬼，一个个心知肚明，到处为他寄钱，却上上下下一起蒙骗我，还有你妈那个丑八怪，包括你！他们也一直在给你们这些吸血鬼打钱，这么多年啊——谁告诉我一个字了，没有一个混蛋告诉我真话！满世界都是见钱眼开、没有良知的混蛋们！

年轻人警惕着后背会不会遭遇一脚猛踹。

……每一个晚上，我都能看见你父亲的鬼魂，他还是那么无羞无耻地笑。我不知道一个撒谎成性的鬼魂，怎么还能保持那么好的笑脸，让你相信人间，相信爱情，相信友谊和男人。我只问一句为什么，你告诉我，究竟为什么？——为什么？！

老妇人声音变调，有令人恐惧的颤抖和滑音。牙医小柴不明确最后这句，是质问父亲的鬼魂，还是质问做儿子的他。他小心翼翼地扭转一点点身子，一方面是想看她哭泣，一方面也是防备挨踹。就在他转身的同时，那个叫"小姑姑"的脚，还是踹向牙医小柴的肩胛骨：听着！如果可以重选，我宁愿和飞机一起炸成粉末！

有防备的牙医小柴，一把抓住她的脚：刚才，我告诉你牙医故事的时候，你笑了。你忘记仇恨的笑脸，非常好看，非常美。如果我是我父亲，就会马上按下快门，收藏下它。但是，我不是他，我不敢造次，我从来没有他的勇气，也没有他的不节制。

"小姑姑"收脚，她转过身去。

牙医小柴感觉她落泪了。她垂臂不动，后来她动了动指头示意他走。隔天，她致电牙医小柴：也许……我可以帮你一点小忙。

原刊《上海文学》第 3 期

背风处

姚鄂梅

峡口常年大风。有时是季风,风从千里之外呼啸而来,在峡口上空揉搓一个季节,直到地上一切筋骨移位,变颜变色,方才悻悻离去。有时来自水上,风在水面上做花样滑翔,从上游到下游,又从下游到上游,所到之处,衣袂翻飞,寸心浮动。有时来自两岸壁立的山巅,那是正在往前疾走的风,冷不防跌下悬崖,瞬间张开数不清的翅膀,飞沙走石。

在南方,再没有比峡口更饱经风吹的城市了,祖祖辈辈的峡口人,额顶都长着反旋,那是被风吹的,峡口人眼睛都小,那是因为行走在风中必须眯着眼睛,峡口人多瘦削,风一刻不停地吹,刮走了他们身上的水分,风干了他们的体脂。峡口人大都不太高,因为树大招风……

峡口县改市的时候,有人建议趁机将峡口改称为风都,可惜上面未予批准,后来有人说,管批示的人正好是从峡口走出去的,认为"峡口"二字已经声名远播,不宜轻率变更。就这样,一个心怀家乡的游子,不动声色地拯救了一座险些消失的城市。

风是极具沾染性的东西，它路过加油站，就是汽油风；路过超市，就是柴米油盐风；路过饭馆，就是酒肉风；路过医院，就是来苏水风；路过学校，就沾满一身的尖叫和奔跑……只有路过生活小区时，风的味道最复杂，五味杂陈，百味难辨。

风在每家每户门窗前盘旋窥探，寻找进去的良机，每次都百发百中，满载而归。屋里的人不知道风来过，他们急匆匆关上门窗，拉好窗帘，以为自己完好无损。

风吹不进小魏的家

她叫魏妤青，很多人不知道"妤"字的发音，就很坦然地将她的名字简化为小魏。小魏！小魏小魏！他们一直这么叫。

有年"三八"，单位组织女职工春游，游完了景点，全体撤回商场，女人们眨眼间像水滴掉进了大海，幸好领队事先有交代，几点几分在某地集合。

到了集合时间，所有人都拎着大包小包回来了，唯独不见小魏，手机也打不通，领队一急，就去了服务台，请求广播找人，什么都登记好了，唯独呼叫姓名一栏，领队怎么也想不起来小魏到底叫什么名字，总不能就写个小魏吧？领队站在那里，羞愧得满脸通红，回去问任何一个同事，都有可能传到小魏的耳朵里，小魏会怎么想她。什么？一起工作这么多年，居然连我名字都不知道。后来领队终于想了个好办法，她在呼叫姓名一栏里填上了"某某单位的小魏"，总算蒙混过关。

小魏三十四岁了，家里依然只有她自己一双拖鞋，但她不急，笃笃定定藏身在峡口某个闭塞而安全的无名小弄堂里，那里是老城区里最老的旮旯，邻居们多数都没了牙齿，除了偶尔有收音机和电视机带来的噪音，其他时间安静得像墓地。

小魏也不是每天都要回到这个最老最安静的旮旯里来，她在单位集体宿舍里还有个床位，一周里去睡个一两晚，纯属占位，万一哪天单位对这些单身汉们出台个什么政策呢？一切皆有可能。

无名弄堂的房子是个隐藏很深的一居室小套间，看起来只是个一臂宽的小过堂，门帘一掀，里面别有风光，小魏把她的聪明才智都拿到布置房间上来了，不宜大兴土木，她就自己用一百多张砂纸把水泥墙面打磨成了损伤型壁纸。地面是水泥的，她自己动手刷了两遍清漆，夏天赤脚踩在上面，凉幽幽的，还带点不易察觉的弹性。因为房间太小，峡口著名的大风在门口只能一掠而过，无法侧身进入，所以小魏一般不大在房间做饭，以免排烟不畅污染了空间，大多数时候，她身边带着一只保温桶，中午去食堂，故意多打点饭菜，趁人不注意，拨出一部分，悄悄装进保温桶里，带回家里就是一顿晚饭。

对一个女单身汉来说，不支出就是在攒钱。要想尽一切办法避免支出。

无名弄堂的房子是冯医生提供给她的，从来没人找她收房租，她也不问，问了也付不起，一顿饭钱都想省掉的人，哪有付房租的气概。她原本就不是个骨感型的女人，近来越发圆润柔美，柔得连唇线都快没有了，脾气也一天比一天好，一想到自己正过着超出她支付能力的生活，她就觉得自己非常幸运，也非常幸福。

冯医生每周一到周四之间在这里消磨一两个晚上，但从不在这里过夜，走之前，趁她不注意，他会往她写字台的抽屉里放一小沓钱。这个抽屉，看似无意，其实是他精心挑选的，不是枕头下，也不是床头柜里，更不是衣服口袋里，那些地方都太轻佻，有下流的嫌疑，他从不用那种态度对待女人，那等于在贬低他自己。从青春期开始，他对每个女人都是认真的，认真到可以把灵魂交付给对方，唯一不能轻易付出的只有名分，尤其是结婚以后，他不想因为任何原因而离婚，因为他很小的时候，母亲就很失望地告诉过他，不管跟谁结婚，到头来都是一样的。

冯医生长着一张不近人情的脸，鼻子高挺，目光威严，下颌方正有力，但他不能笑，一笑就露出满口杂乱而淘气的牙齿，满脸威严全部崩坏，仿佛大厦将倾、大难临头。她没告诉过他这种感觉，她直觉他不会喜欢这种感觉。有时她想，如果他妈妈在他年少时给他戴戴牙箍，他可能会是另一个人。

他们在无名弄堂里过了近两年没有日常生活的生活。他说他喜欢这样的生活，不做饭，不养孩子，不应酬，不遵守一切常规，不问窗外，可以裸着身体在屋里走来走去，可以开着门上厕所，可以说些遭天打雷劈的话，有天兴之所至，冯医生拿出手术前备皮的架势，一举剪光了她的阴毛，她也反过来要剪他的，他几乎要答应了，又猛地醒过来：我回去怎么向她交代呢？这是她最佩服他的地方，看上去不管不顾，像个无道昏君，关键时刻，总能及时清醒过来。

他不在的时候，她把时间都花在打理家务上，一遍遍地擦地，擦到一尘不染，糍粑掉到地上都可以捡起来吃，她侍弄插花，多数时候并不是鲜花，鲜花太贵了，而且峡口的鲜花市场极其有限，买花容易被人注意，她把目光转到蔬菜市场，冬天的紫菜薹，能一直插到开满黄色的小花，水芹和芦苇叶子插在一起也很好看，还防蚊，闻起来也不错。总之，菜市场每个季节都能找到做插花的材料。

冯医生常常对着她的插花出神：你程姐只会把它们炒来吃！

程姐是冯医生的妻子，还是小魏的同事。

小魏替程姐说话：别这么说她，炒来吃才是正道。

说起来，还是程姐牵线让他们认识的，程姐得知小魏在书法比赛中获了个奖，立即尊她为青年书法家，一天三次做工作，把她请到家里辅导儿子冯一心练书法。冯医生在家里对小魏并未表现出过多热情，就像他对儿子的书法如何并不特别上心一样，他觉得一个学生把数学学好才是正道，但他对一个普通女职工却有一手不错的书法这个事实很感兴趣，上上下下打量她，像她哪里长得不对劲一样。大约是在第五节课后，冯医生在路上碰见了小魏，停下车，把小魏叫了上去，小魏以为冯医生想让自己坐个顺风车，结果他一口气把车开到了城外，停在一个僻静处，转脸对她说：一直想有这么个机会，今天终于得到了。

她完全没有防备，慌乱之余，倒也心生欢喜，算起来她那时已闲置了快半年没有新的男朋友了，任何一个主动走过来的男人都能惹起她的遐思，何况是端正沉稳的冯医生，中心医院的冯副院长，程姐动不动就要提起的令她骄傲也令大家羡慕不已的丈夫。她只是感到意外，除了那点书法，她浑身上下再无出众之处，竟然也能吸引住面前这个整洁而体面的男人。

几分钟后，他拿起她的手，她没抽回，他吻她的手，她既感动又惭愧，上车之前，她刚刚用这只手整理过失去了松紧的棉袜，它总是掉下去，一直褪到脚心。接下来，他直接探身过来吻她了。

她以为他会有进一步的动作，但他停止了，面色发红，呼吸粗重，他捋捋掉下来的头发，顺势捂了会眼睛。晚上还有点事情。他说。车子动了起来，他在往回开。

下车时，她脑袋发昏，必须缓行，才不至于摔倒。他向她点头，用眼神告别，她发现他的眼神里原来并不仅仅只有威严。

她在原地站了很久，终于慢慢将自己从心慌意乱中拉了回来，即便她已经三十多岁，经历了几次不愿提及的失败的恋爱，这种情况仍然让人始料未及，忐忑不安。太近了，同事的丈夫，学生的父亲，有身份的人，种种条件都在提醒她，这人碰不得，即使是对方先碰的她，她也应该躲开为妙。

她打定主意，忘了这事，只是一吻而已，就当握了一次手，就当公交车上被人揩了一把油。

事实证明她的想法是正确的,冯医生可能也跟她持有同样的想法,因为此后他一直没动静,她甚至在他家见过他一次,他像往常一样,点点头,客气了一两句,就进了自己房间,那份冷静令她简直不敢相信自己的眼睛。

大约过了三个星期,他再次冷不防在路上碰到了她,他把她叫上车,一直往北开,来到那个无名弄堂口。

他把她推进那间小屋,交给她一把钥匙,说她可以按自己的爱好稍稍布置一下,前提是不兴土木,安静低调。

甚至都不征求她的同意!她目瞪口呆。一直以来,她是多么渴望有一间属于自己的屋子啊,多少个夜里,她躺在集体宿舍气味复杂的小房间里,把自己塞进抽屉一般的小床上,想入非非:哪怕有个又笨又胖的家伙来包养我我都愿意,只要他能给我一个属于自己的空间。老天爷一定得知了她的心愿,老天爷肯定是在怜悯她这些年来受的苦,她那么勤奋,所有的加班来者不拒,那么好说话,不论哪个同事家里需要帮忙,她都随叫随到,她像她单位那个大家庭的公共小妹,谁都可以支使她。她不在乎房子是买的还是租的,不在乎它有没有未来,这么做是不是合适,也不在乎他有没有征得她的同意,她顾不了那么多了,很多人三十多岁就死了,如果她不幸也是那样的人,她至少要享用过属于自己的房间,就这么一个人生愿望。

他给了她一些钱,让她去添置些必需品。她强令自己不要害羞,这个世界上还有很多这样的秘密关系,她得到的不过是打了折扣的,房子是租来的,而不是买来的,更不是买给她的。给她的是现金,而不是银行卡,更不是金卡。他所给的钱,讲明了用于装饰房子,并不是给她本人的生活花销。她为到手的种种折扣感到心安。

她终于说出了她的担心,她想辞去一心的书法老师之职,她怕程姐看出来。

不，你得继续教下去，你不去她才会怀疑。

她的课定在每周五晚，他说他会在那天晚些回去，尽量减少她的不安。除了这天，除了应酬，一个星期里的任意一天，他都有权去那个无名弄堂的小屋里。

镇定些！你的镇定就是对她的最大尊重。

她利用一切可以利用的分分秒秒，默默搭建她的小窝，任何人，包括自己的父母都不知道她还有这个小窝，那里只属于她和冯医生。

周五晚上，上完冯一心的书法课，程姐问她：你平时下了班都做些什么呢？

她一脸的漫不经心：散散步啊，看看书啊，追追剧啊，然后就睡觉，我睡得早，十点多就睡了。

所以你皮肤好啊。程姐掐她的胳膊，挤压过后的皮肤迅速由白转红，程姐盯着那块地方说：将来还不知被哪个家伙享用了呢。

破窗而入的树

楼下有棵年代久远的樟树，五楼的家被树枝遮挡得严严实实，有一年，妈妈提议砍掉一根树枝，因为它若再长一厘米，就能戳破窗户玻璃，成为一心的室友。但一心阻止了妈妈。

这是我的房间，又不是你的，你只能砍伸进你房间的树枝。

一心一般不为自己发声，这还是头一次，虽然荒唐，也只得依了他。

事情果然像妈妈担心的那样，有天晚上，哐啷一声，窗玻璃爆了，一根树枝执拗地伸了进来。一心欢欣雀跃，如同过节，妈妈不得不拿掉一个窗格的玻璃，作为惩罚，一心的房间不能开空调，但一心不介意，宁肯冬天在房间穿得厚厚的，夏天光膀子只穿一条内裤。

树枝带进来的风有峡口的野气，还有江面上的水汽，像一只误入人类洞穴的小野兽，一心可喜欢它了，时不时就对着它说话：你说，我读文科还是理科？一个人发展太全面也不是什么好事对不对？难以抉择！

周五晚上，他早早地在学校完成了大部分作业，小魏进来时，他趴在桌上写那一小部分，他特地把这一小份留到这个时候做，他在英文书写方面很是自负，他希望她看到这一点。

果然不出他所料。

哇！你的英文写得太漂亮了，根本就是艺术品。哪天我找段文字，你给我翻成英文，我回去裱一下，挂在墙上。

小魏并不是一心的第一个书法老师，她根本就没有当过老师，一心一直在青少年活动中心学书法，有天晚上，老师一高兴，多喝了几杯，回家途中，一脚踏空，摔进了一个施工现场的大坑，第二天早上被人发现的时候，已经僵得没法穿寿衣了。事情太突然，以至于当妈妈把小魏带进来的时候，他几乎有种撞见了阴谋的感觉，他从没听说一个人会死于醉酒，不正常的死背后一定藏着阴谋。他当时真是这么想的，直到他看见小魏那双手。她的手指很圆润，每个关节上都有一个圆圆的旋涡状小坑，指头却红粉粉地尖削着。当他第一眼看到那些手指时，差点没笑出声来，一个成年人却长着这样一双小宝宝才有的手，即使世间真有阴谋，也与她无关吧。

她的字也让他目瞪口呆，没想到那么肉那么小的一只婴儿手，写出来的竟是如此冷峻飘逸的瘦金体。他再次细细打量那双手，手掌圆润肥厚，指尖幼细且微微发红，泛着一层淡淡的油光，似乎蘸点酱油就能吃。隔了一会，他忍不住去偷看她的脚，她穿着露趾凉鞋，脚指头也是同样光景，圆圆的，又红又亮，在厚厚的鞋底上整整齐齐站成一排，可爱极了。

他开始重新打量他的新老师，她还戴了一只玉镯，跟她擅长的书法倒很相称。汗毛可谓浓重，镯子几乎是躺在密密麻麻的汗毛丛里，妈妈说过，她年轻时汗毛也很浓重，随着年岁的增加，那些毛毛不知何时竟慢慢掉光了。看来阿姨还很年轻。

写呀！看我干吗？那只可以吃的手在他肩头点了一下，不像他想象的那么柔若无骨。

他练字的时候，她打量他的书柜：早就听说你是学霸，现在才知道你为什么是学霸。他猜她指的是那些课外书，他的确是班上阅读量最大的学生之一，这得益于小舅，小舅在书店工作，从小到大，一到寒暑假，妈妈就把他扔在小舅那里。

爸爸进来了，他是专门来见他的新老师的，他穿着西装，拿着公文包，他一穿上这身，一心就知道，爸爸又要出去了。

爸爸向阿姨伸出手：辛苦你了！他要是不好好练，你尽管打，书柜旁边就挂着他的专用戒尺。

短暂一握，旋即松开，爸爸一只手拿着公文包，一只手插进裤兜里，这是个不常见的姿势，一般来说，当他站下来说话的时候，公文包会夹在腋下，两只手会交叉在肚脐那里。他出去了，小魏老师抬手在脸上抹了两下，跟他打招呼的这几秒钟，似乎耗费了她很多精力。

上完书法课，妈妈的晚饭也准备好了，小魏老师被留下来吃晚饭。

不等冯院长吗？她有点不安的样子。

不用管人家，人家跟我们不是一个作息表，人家二十四小时都是国家的人。

一心似乎担心小魏老师会对爸爸留下某种印象，解释道：他在外面吃不好，光顾着说话，都没看清桌上摆了些啥，每次回来都要加餐。

话题不知不觉转到小魏老师的婚姻大事上去。

很矛盾,谁都想找个能干的人,但男人一能干,就变成国家的人了,就不再属于挖掘他的那个女人了。

小魏老师说:你说的是冯院长吧? 也不是每个能干的人都能达到冯院长这个程度的。

我倒很怀念他当医生的时候,按时上下班,回到家就做饭拖地,还辅导一心作业,自从当了院长,家里什么都不管,家就是个旅馆,我是保洁员,一心是门童,高兴就摸他一把,给点零花钱,不高兴看都想不起来看他一眼。

还不是因为你太能干,你把一切都担了下来,让冯院长没有后顾之忧。

我担什么呀,家里一团糟,你看看一心房间的窗户,一年多了,迟早哪天会连窗框都要掉下来的。总有一天,我要来个大罢工,大家都不管了。不说我了,说你! 你真的还没有目标吗? 也不小了。

目标? 有啊,我希望我未来的丈夫是个军人,这样我就不必每天都面对他,每天都做那么多家务了,虽然我没结过婚,但在我的想象里,两个人天天在一起,会不会很烦啊? 我尤其不能理解那些在同一个单位工作的夫妻,白天在一起,晚上还在一起,真的不会疯掉吗?

妈妈看了一心一眼:你吃完没有? 吃完了就进去写作业。

一心知道,接下来她要开启少儿不宜的话题了,而这恰好是他最感兴趣的,不过既然妈妈赶他走,他也没法强留下来。

人长大了真好,什么都能说,什么都能干。一心回到自己房间,关上房门时,他故意留了一道缝。

她们果然在说他最想听的话。

你喜欢两地分居啊? 千万不要,我告诉你,说到底人就是动物,分开太久肯定会出事。

出事就出事呗,靠绑在一起才不出事的,也没什么质量。

哪有你想象中的高质量的婚姻，都是靠绑的，金钱绑，孩子绑，房子绑，毫无捆绑能在一起一辈子的，我没见过。

你这么悲观，还这么幸福，为什么？

正因为悲观，才能幸福，你这么乐观，我还真有点担心你。不管怎么说，先嫁了再说吧，再不嫁，生育年龄都要错过了。

那你帮帮我啊，我现在完全没有机会结识外面的人，成天都跟你们这帮老面孔在一起。

这可不容易，我知道你很挑剔。公务员你不要，嫌人家唯唯诺诺媚上欺下。老师你也不要，说人家张口就训人。生意人你也不要。其实你那都是偏见。还有什么人呢？我好像把所有的类别都搜遍了。

医生怎么样？医生看起来不错哦，以后看个病什么的也不用跑医院了。

想找医生我可帮不上忙，我认识的医生都结婚了，没结婚的都是小青年，刚毕业的，有些连见习期都还没过。

前两天正好有人想要给我介绍个医生，我还没决定要不要去见面。

快说说哪个部门的？

好像是做理疗的。

做理疗的？妈妈的声音里有很明显的不屑：要不，你先不要做决定，我来帮你试试找个真正的医生。这不是工作的问题，是将来你的家庭经济结构问题。

小魏老师退缩了：还是算了吧，这么找太刻意了，不是说要么等要么碰吗？碰上了就碰上了，碰不上就这么晾着。我只是很纳闷，为什么人家毫不费力就碰上了，我闲置这么多年，一次也没碰到过。

一心！妈妈猛地转头，冲一心的房门喊：别以为我不知道你的诡计，锁门！

一心只好从桌边站起来，用力关上门。他不介意妈妈当着客人的面吼他,妈妈说,男子汉,接受打击和侮辱,跟争取荣誉一样重要。

风中的感叹号

程姐是那样一种人,喜欢画眉,却不喜欢眼线和眼影,喜欢用粉饼,却不喜欢用打底液,这让她的妆面有点像儿童画。

她还喜欢金丝绒和丝绸,喜欢旗袍,喜欢盘发。鉴于她的身材日趋发福,不得不走定制路线。她有自己固定的店,很多年前,政府部门有人出国公干,相关部门的人会把那些人叫到一个地方,量身定制出国西服。程姐找的就是那个店,那个店自知身份娇贵,平时不是半掩着门,就是索性不开门,生意全靠电话预约。

程姐的旗袍因此十分合体,且质地精良,与众不同。

为了与旗袍相称,程姐只梳一种发式,在头顶高高地盘一只髻,因为发量丰盛,髻子周边至少要卡上十五只以上黑色小钢卡,定位牢固后,再盘上一条珍珠发圈。

头发搞定之后,再松松地往旗袍上套一件白色羊毛坎肩,天热就换成真丝披肩。

与这一切相匹配的,必须是高跟皮鞋。

这样的装束不能骑自行车也不能骑摩托车,所以无论寒暑冬夏,程姐一直都是不紧不慢笃笃定定在路边盛装步行,远远看去,利索笔挺,像在风中平缓移动的感叹号。

作为院长,程姐的丈夫可以享用公务车,可他却连顺风车的机会都不肯给程姐。人家绝对不会认为你只是在搭顺风车。他说。

她理解,也支持。支持他,就是支持自己,支持自己的人生。

所以她一天几趟步行在多风的峡口,幸亏她有旗袍,把她的一切裹得恰到好处,既不张狂地飞舞,也不小里小气地躲进她的胯间,连头发似乎都看透了她的处境,特别支持她,乖乖地趴在发网里,纹丝不动。

在牛仔裤运动鞋武装起来的人群中,程姐异常耀眼。他们说,程姐你好像宋庆龄,程姐你像上海滩走出来的人。他们越是这样说,她就越是一日三省,生怕自己的言行配不上着装。她去春游,端端正正站在花花绿绿大声喊"耶"的同事中间,似万千花草簇拥着一块大岩石。她去上班,电脑上方,一尊丝绒与珍珠的旧时代肖像,既让人心生恍惚,也让人怀疑她的专业能力。她去开会,纹丝不动,后背笔挺,像某个大人物的正妻。她去菜场,卖菜的人说,您让保姆来就行了,何必亲自动手。

一年中总有一两个极其难得的时刻,她和冯院长走出家门,沿着小区外面的马路慢悠悠踱步,路过一家店铺,她扫了一眼,自己都惊呆了,一个穿着黑色金丝绒旗袍的夫人,头上戴着珍珠,走在一个身材高大面目模糊的男人身边,正式得仿佛要去人民大会堂开会,可他们明明只是晚饭后出来消消食。

惊讶之余,她有点担心,委婉地问他是否看腻了她的旗袍,他哦哦两声,说:挺好! 她追问他好在哪里,他说:起码不俗! 她再次试探:你不觉得太打眼了? 现在已经没人这样穿了。

那才是你呀。他望着前方说。

好像也太正式了,现在流行休闲风。

旗袍永远不过时。

你指的是张曼玉的那种旗袍吧? 她再次试探他,虽然句句都是偏向她的好话,但她还是觉得没采集到她想要的信息。

张曼玉只有一个,而且无法婚配。

进入旗袍大门后,她发现里面还有无数分野。这几年,她越来越往夫人旗袍的路线上走,那些轻薄的面料,包括昂贵的真丝,越来越不适合她日渐丰满的身躯，她寻求一种既柔软又挺括又透气的面料，她发现那种面料其实很贵，多半依赖进口。如此一来，她的定制就变成了真正意义上的高端定制，但她刻意不告诉别人价格，她直觉这样做是安全的。讲不清是她选择了旗袍进而选择了某种生活方式，还是旗袍裹挟着她，将她绑架到另一条路上去，她感到自己正在跳出原来的圈子，往广阔辽远的地方看去。她养成了看《新闻联播》和时事追踪的习惯，她的谈吐也在发生变化，有个很深的夜里，她终于等回了在外应酬或工作了大半夜的冯院长，她对他说：我一晚上都在担心，你必须跟那些医药代表彻底划清界限，最好让他们永远都找不到你。

他说：我先洗澡。

径直进了卫生间。

为什么爸爸回家第一件事总是洗澡？他是在外面捡垃圾了还是挖煤了？

她跟一心解释：爸爸在外面应酬多，光是握手，一天都不知道要握多少回，手上的细菌多得你无法想象，严格地说，他应该在进家门前先消个毒，但我们这里没这个条件，只能让他一进门就先去洗个澡。

尽管如此，她觉得她并没有彻底打消一心的疑虑。孩子一天天长大的坏处就是，大人会觉得自己越来越笨，藏了头，却露了尾。

她整理他脱下来的衣服，有的要送出去干洗，有的要手洗，家里的洗衣机，只属于她自己和儿子。她像所有的女人一样，仔细翻找他的衣服口袋，察看衣领袖子，拿到鼻子底下闻一闻，她从来没有在他的衣服上发现口红印和长头发，也没有陌生的香水味，一次也没发现过。

她既欣慰，又难过，一个无肉不欢的人眼睁睁变成了素食主义者，她觉得自己有责任。她太知道他了，在他们共同的年轻时代，尤其是儿子出生前的那几年，她私下里曾经叫过他冯生铁，许多个清晨，将醒未醒时刻，他迷迷糊糊进入她体内，瞬间元力勃发，硬得像生铁一样，这种情况持续了一年多，以至于他们总是没法吃早餐，洗脸刷牙都只能匆匆忙忙，因为床上动作再快，也比洗脸刷牙耗时。上天是公平的，你铺张浪费过什么，后来就会缺什么，之所以没有痛感缺失，是因为另一件事代替了那根生铁，他几乎连年提拔，从普通医生一步步走进院长办公室，这件事带给他们的兴奋感足以盖过一切生理体验，他回家的时间越来越晚，有时甚至不回家，打他电话，不是在路上，就是在会议室里、宾馆里，即使在家里，他的手机也是二十四小时不关机，常常在深夜有电话响起，他一接，整个人惊坐起来，急急地披衣起床，摸着黑往外跑。这中间她也经历了很多，她大病了一场，人人都以为她将死去，可她又活了过来，只是丢失了一些脏器，等她终于痊愈后，他们就分房而睡了，因为疾病给她留下了神经衰弱的后遗症，一旦她被他的晚归吵醒，后半夜就再难入睡。

有时她觉得分房睡是好事，有时又觉得错得厉害，两个人的被子冷了，好像什么都跟着冷了。作为弥补，一天当中，她多次随意进出他的房间，表面看起来那是她的特权，实际上是因为她要打扫，他则轻易不踏进她的房间。她不得不退而求其次，至少他进大门还是义无反顾奋不顾身的，她悄悄修改了防守线，其实也不叫修改，是额外加了一道防守线，一个没有了子宫、没有了卵巢、没有了月经、没有了青春的女人，她的一切都必须是双线强力防守，老天爷保佑可怜人，别人都不可以，唯独她，老天爷允许她启用双线防守。

其实她还有一道天然防护，但她不想使用，那就是儿子一心，无论如何，她都不能把一心当作自己的防身牌，她不想把儿子拖进这场不动声色的较量中来，更不想让儿子在父亲面前减分。每天晚上，不论多晚到家，不论一心是否已经睡熟，他都会去他床前看一眼，出来时，一个人笑眯眯地说：真他妈快呀！嘴上都有一圈绒毛了。她喜欢看到这样的场景。

他大概永远都不知道,每天早上,他上班之后,她是抱着怎样的热情在收拾他的房间。枕头,被子的皱褶,遗落的小纸片,超市的银小票,换下来的睡衣,唯有一样东西她只能在夜里检查,就是他的公文包,因为一旦他醒来,走出大门,公文包就像皮带一样跟他形影不离。

她在他的公文包里发现过现金,用信封装起来的,缠着银行腰条的,她知道那都是些小外快,多数是以车马费、评审费、讲座劳务费的形式用现金付给,未来即使有事,也够不上受贿腐败之类的标准。

她会把她发现的现金都收走,他从无异议,只有一次,他说:你总得给我留点零花钱吧。她说:你哪有机会花钱?

上次出差,几个人在车上为一件事打赌,我输了,开包一看,没有一分钱。

她笑笑,继续以主妇身份收缴他的现金,以及财物,都是价值不菲的好东西,名牌皮鞋,名牌西装,后来还有手表,以及新上市的手机,新的笔记本电脑,有时她会有种荒唐的感觉,他背后似乎还站着一个看不见的高段位的妻子,在奋力打扮他。当然,这个人并不存在,这一点她很有把握。

收缴归收缴,同时不忘警告,这也是她的角色职责。

这些东西有什么用?你又不赶潮流,别被那些人害了。

还是老婆好。

她冷不丁提起小魏的那个做理疗的医生。

也许已经见面了,也许还没有。

少管人家这些事!他在专心致志整理领带。

我是想问你知不知道那个人。她仔细观察他的表情。

医院有一两千人,我能记住十分之一就不错了。他的视线始终没跟她对接上。

他边说边走，等她发现他遗漏了他的茶杯时，他已带上门走了。

她冲向窗边，他在楼跟前转弯，他的车等在那里，司机早上会来接他，但晚上，他不用司机，他喜欢自己开车回来。司机正在替他拉开车门，他径直坐进车里，像皇帝一样无视司机的殷勤。她提醒过他，在下属面前要谦逊，但他似乎没往心里去。

他跟以前不一样了。在玄关换鞋的时候，她就有所发现，他没有弯下腰来，而是直着腰，踢开拖鞋，用力拱进去，他以前都是弯腰进行的，他说人必须对自己的所用之物有所感恩，尤其是鞋，鞋是人一生须臾不离的好伙伴。

也许在更早一些的时候就已经不一样了，只是不那么明显，没被她发现而已。

她整理好自己的地盘，回头审视一眼，锁上门，步行去上班。

走路的时候，她脑子特别活跃，她沉浸在自己的世界里，脸上盛着奇怪的表情，常常一不小心就走错路。她已经看见好几个人朝她回头了，她相信那些目光是她的新旗袍带来的，她今天穿了一件湖蓝色改良旗袍，在店里试穿时，头发雪白的老师傅望着她，慈爱地说：像个女教授！

一个很老的老头，十米开外就一直盯着她的脚，鞋并无新意呀，她顺着他的视线低头一看，终于明白一路上那些目光是什么意思了，她穿错了鞋，一只脚是红皮鞋，一只脚却是黑皮鞋。她脸上一热，马上转向，脑子里轰轰响着往回走去。

六张篾席大的房间

星期四，天刚黑定，冯医生就像从地底下冒出来一样，突然出现在无名弄堂小魏家门口,连一秒钟的停顿都没有,如同踩上了电子感应器,大门无声洞开,冯医生掉进了那个洞里。

他从来不用钥匙,直接用密码一样的短语给她打电话,她接了电话,就在门边候着,数着他的脚步声,直到最后一秒,提着门把手,把他迎进来。

她关好门,会在猫眼里观察一小会,看有没有人尾随着他。

都是他教给她的,她学会一样,就添一分紧张,之前她什么都不懂,反而什么都不怕。

他进来就往地上一躺,孩子般摊开手脚,踢掉袜子,扯掉皮带,踢掉裤子。

小客厅兼餐厅的地上被小魏铺满了从乡下收集来的篾席,因为他说过他最喜欢赤脚踩在篾席上的感觉。房间不大,六张篾席就铺满了。

小时候,从春到秋,我都睡在这样的篾席上。

小时候你在哪里?

离这里六百里的冯家坳。

现在还回去吗?

不回去了,亲人们不是死了,就是跟我一样搬到城里来了,我已经没有故乡了。

那就把这里当故乡吧。她也在篾席上躺下来。

你真的去见了那个做理疗的医生?

还没有,没兴趣。隔一段时间就有人来做媒,但我都没兴趣。

不见也好,见了我就得被甩了。

她推了他一把,他就势拉住她不放,她提醒他先去洗个澡,他果断拒绝。

我不!谁知道待会又有什么事。再说,回去我又得洗,我一天当中到底要洗几次澡啊?

他没夸张，的确有好几次，他刚到没多久，就接到电话，不得不气急败坏地穿好刚刚脱下的衣服，闪身走人。

他把手机放在伸手可得的范围之内，一旦进入程序，从不浪费时间，以免被人中间打断，刚一完事，就迫不及待往卫生间跑，手机放在马桶盖上，这样就不会错过电话。

他洗澡的时候，她也不能闲着，仔细整理他的衣服，看上面有没有粘上她的头发，她的口红，一经发现，立即采取措施，免得他带上罪证回家。

如果洗完澡还没接到任何电话，他会去她床上小睡片刻，她则去准备晚饭。首要任务完成之后，小睡和晚饭他就不介意被打断了。

因为事先练习过，而且筹划已久，她的晚饭总是上得很快。

他喝着她斟上来的酒，吃着她盛上来的饭，呵呵地发出包容的笑声。

你不管怎么做，做出来的都是单身汉味道。

她有点气恼，明明已经用了很多心思，费了很大力气。

别生气，这是夸你呢，这样做饭才是你呀。

后来她终于知道，她做菜既没有章法，也没有底蕴，她一瓶酱料都没有，而程姐的厨房，光辣酱一项就有五六个种类，各种调味瓶高高低低摆在一起，就像个药铺。

她没办法武装起一个程姐那样的厨房，毕竟她并不是天天做饭，而他也说：我来这里的主要目的并不是吃饭。有一次，他甚至自带了一大块卤牛肉过来，并且说那是一块很有来历的牛肉。她尝了，觉得从未有过的好吃，但他再也没有带过第二次。

她问他，如果那个做理疗的小伙子约她，她要不要去赴约，她本想避开不谈，但又觉得这是她必须正视的现实，就算没有这个做理疗的医生，也还会有别人，毕竟她正值这个年龄，又是单身。她觉得正好可以试探他一下，她要不要撇开一切，把希望寄托在他身上。他沉吟了几秒说：还是去见吧，既然你程姐也知道了，断然拒绝她会觉得奇怪。

她马上一脸受挫的表情，他在她身上到底是没有别的想法的。

我宁愿一个人、一辈子住在这间小屋里。她的声音顿时颓唐不堪。

瞎说！你会搬很多次家，搬一次房子就大一次，最终，你会住进一个高门大院里，你会在那里结婚，生孩子，练一手好厨艺，你会彻底忘掉我，别否认，谁都逃不脱自然规律。

要不，我调到你们医院去吧，这样我就可以一直在你周围，不管我将来怎么样、你将来怎么样，一直到老，我们都可以很近很近。

别说傻话了。我肩上的担子太重，医院里有两千多号人，身后还有一大家人，你程姐身后也有一大家人，还有孩子，工作上也是一言难尽，太沉重了。天天面对这么沉重的我，你会厌烦，还会被传染，而我只想让你活得轻松些。

我看你，还有程姐，并不沉重啊，而且程姐以你为荣，三句不离"我们家冯医生"，你们俩简直就是模范夫妻范本。

我不能说太多，这对她不公平。好好过你的生活吧，该怎样就怎样，不要对我抱有任何希望，我这辈子就这样了，再过几年，一退休，万事休，你还这么年轻。将来某一天，你在大街上碰到一个弓腰驼背的老头子，不要狂按你的汽车喇叭吓他就行了。

她打了他一下，说不出更多的话来。

我不想再去你们家了，周五一心的书法课我也不敢再教了，每次看到程姐的笑脸，我就无地自容。

不要这样想，一切存在的都是合理的。

你想要我一直装下去？装一辈子？

我倒是想呢，不过那个做理疗的医生怎么办？

辣椒酱与避孕套

午餐后半小时里,大多数人会选择去附近溜达一小会,除非是下雨。小魏从不出去,因为上班时间不能玩手机,中午那会她得捧着手机把耽搁的时间全都赶回来。

但这天她玩不成手机了,她被程姐叫去了办公室。

程姐的办公室拾掇得像个小家,她把百叶窗帘理得整整齐齐,挽起一半,办公室立刻光线适宜,充满凉意,不像其他办公室,要么窗帘全开,光线刺眼,容易疲累,要么全部拉上,须终日开灯。她在窗台上摆满绿植,在办公桌上摆一只卡通文具盒,座椅上搭一条小毯子,办公桌下,一个不起眼的地方,放着一个红外线理疗器,说是可以保护踝关节和膝关节,长期使用,可以一辈子不得关节炎。

小魏奇怪,就快夏天了,还担心踝关节着凉?

我年轻时也跟你一样,嘲笑过心疼关节的中老年人。

不过程姐不是叫她来谈关节炎的,她打开文件柜,从某个角落里拿出一瓶辣椒酱来。

专门带给你的,我托亲戚帮我做的,自己种的辣椒,没打过农药没施过化肥,生姜大蒜花椒都是本地野生品种,一定要吃本地品种,一方水土养一方人晓得啵?菜籽油也是土榨坊里榨出来的,样样都是自产的好东西,你拿去炒菜用,也可抹馒头吃。

满满一瓶,装在大号念慈庵枇杷膏的玻璃瓶里,程姐每说一句话,瓶子里的红油就顺着辣椒酱的缝隙移动一点。小魏接过来,两手一沉,分量超出她的想象。她想起冯医生的评价,说她的饭菜有种单身汉的味道,这下好了,她可以丰富一点了。马上又脸红心跳起来,当心啊,程姐有双犀利的眼睛。

犹豫片刻，她又放回桌上。你还是自己享用吧，我一个住集体宿舍的人，没有机会做饭。

我知道你们集体宿舍也是有厨房的，什么叫没有机会做饭？就是懒，来了客人来了同学怎么办？下馆子？经常下馆子，你那点工资也吃不消啊。再说，一个女人，总得练一两样拿得出手的家常菜。

我没有客人。她急忙打断程姐。

我就不信，你一个客人也没有？程姐盯着她。

她的眼神下意识地游移开去，马上又命令自己收回来，理直气壮地面对程姐：没有。

程姐笑了起来：反正你得收下，我专门为你带来的。你知道怎么用吗？

于是免费上了一堂厨师课，烧荤菜何时放酱，炒素菜何时放酱，半荤半素又如何放酱，以及为何要有这些区分，小魏才知道，小小一勺酱，学问竟这么大。

菜跟人是一样的，都是那几样东西，有些人就是好看，有些人就是不好看，还有些人看上去也不错，但人家就是不喜欢。可惜呀，我只懂得把菜炒得好吃，其他什么都不行。

小魏心里又一阵跳荡，不过她叮嘱自己别多想，也别主动挑起话头。她低头盯着辣椒酱，似乎想要数清里面有多少片辣椒，多少片生姜与大蒜。

你比以前更漂亮了。程姐突然说。

小魏抬起头来：怎么可能？只会一天比一天老嘛。

你正在花期，老离你还远着呢。我刚见你时，你皮肤没这么好，也没这么白净，现在又饱满又水嫩。程姐突然凑上来，压低声音：男人最喜欢这种皮肤了。

小魏打了她一下，正要说话，程姐电话响了，电话很短，嗯嗯两声就放了下来,程姐说一会有人来她这里领工会福利,小魏趁机要走,程姐却留住了她:我还有要事跟你商量呢。

一个女人敲门进来,是本单位员工,但小魏不知道她名字,就低下头去不看她。

程姐拉开抽屉,拿出一盒东西,问那个女人:你要大号还是中号?或者小号?

女人果断要了大号。

程姐让她签完字,才给她东西。女人刚一走,小魏就扑过去:什么东西?还大中小号。

程姐似笑非笑地望着她:你也可以领的,工会福利,人人都可以领。程姐把盒子递到她眼前,原来是避孕套。

这东西也发?

计划生育产品嘛。

小魏吐吐舌头。

程姐突然哧哧地笑起来:真有意思,每个女人来我这里,都说要大号,我记得只有一个人拿了中号,小号一个也没领走。什么生产厂家,一点心理学都不懂。

小魏想笑又不敢笑,站起来说:我走了。

喂,喂喂,我话还没说完呢。

程姐一把薅住她的胳膊,塞了一个小盒子在她口袋里:拿着,你也是工会会员,不要白不要。

我不要,我要它干吗?

给你就拿着!都成年人了。

程姐到底还是把东西塞进了小魏的口袋里,小魏无论如何也没法停留了,一溜烟下了楼。

回到办公室坐定,小魏突然一惊,程姐不是说有事跟她商量吗?

结果什么也没说，就给了她一瓶辣椒酱，一盒避孕套！她听到自己的心跳声猛地高昂起来。

滨江公园里长风浩荡

狭长的滨江公园里长风浩荡，中段有一片高高低低的亭子，风势被回廊减弱不少，是个聚会吃饭的好地方。下午三点，那个做理疗的医生会在那里等她，媒人告诉小魏，他会穿一件红T恤，胸前印有耐克钩。然后又把小伙子的照片给她看了几张。

小魏到底不太积极，就说：我肯定找不到他，我最不善于认人了。

我都说得这么详细了，你们要是还找不到对方，那就真是没缘分。

小魏迫不及待地把这个决定告诉了冯医生，炫耀忠心一般。

见就见吧，聪明点，不要两三句话就被人家拿下了。

拿我？应该是人家两三句话就被我拿下了吧。

你敢！有情况随时打我电话，我来救场。

小魏满足地笑出声来，这才愉快地朝滨江公园赶去。

人很多，也很嘈杂，与她想象中的约会场面相去甚远。她一进去就看到那个红T恤了，人偏瘦，除了他的红色上衣，没一点抢眼的地方，他正专心致志低头看手机，丝毫看不出在等人的样子。

小魏躲在一丛冬青树后。

从上往下看，小伙子脸形不错，鼻子突出，跟这样的人生个孩子的话，鼻子肯定能得到遗传。手指也不错，瘦长，灵活，不过这灵活也许仅仅体现在使用手机上。发型不行，一看就是出自十五块钱的里弄师傅之手，也不够顺滑，肯定是没洗头的缘故。既然是相亲，居然连头都不洗一个，也太不当回事了。小魏正要回身就走，冷不丁地，小伙子一抬头，两人视线撞了个正着。

坐下来后，小伙子第一句话就把她拉住了。

我叫冷铁军，我以前见过你，你们单位体检的时候。

连她自己都不记得体检时的情形了，也从来没有人在相亲时这样介绍自己。

可能是空腹时间太长了，我听到你肚子里的肠鸣声，你当然也听到了，我们同时笑了一下，你可能忘记了。

奇怪！那么多人空腹，难道就我一个人肠鸣吗？

别人肠鸣时都是绷住脸，假装没发生，只有你，非常不好意思地笑了一下，所以我记住了。

得有一年多了吧？还记得？

那是因为，我在暗中打听你。

不会吧，你是说，是你委托那个人……

不可以吗？我比较喜欢按程序来，因为我怕被误解。

小广场上响起一阵歌声，还有伴奏的乐器，轻而易举就盖住了他们的说话声，冷铁军提议，他们可以去江边走走，那边安静多了。

江边风大，看着水面平平静静的，只有船行带来的细小波纹，实际上，小魏前额的几缕散发一直处于扬起的状态，冷铁军也是，她看到他额头上整齐的发际线，不由自主想起冯医生的，和他相比，冯医生的头发又稀薄又寒酸，像秋天败落的荒草。

这是我今年做得最成功的一件事。

什么？

终于把你从人海中捞出来。

小魏抿着嘴笑，被人专心致志地讨好感觉还是不错的。

他们从中段开始，沿着江堤往北走，渐渐走到了无人区，往上一看，只有密密匝匝的树林，再往前一点，就是一片工厂厂区，几个大烟囱吐着白烟，宿舍区挂满各种晾晒的衣被，斑驳零乱。冷铁军说，我父母的家就在这一带。

这意味着,冷铁军是本地人,小魏不是没关注过,很多姑娘都想遇到这样的本地小伙子,家中至少有一两套房,不仅不指望孩子赚钱回去贴补家用,反而能给孩子提供力所能及的支持。

两人走到滨江公园的最北端,转过身来往南走,走到他们第一次出发的地方时,冷铁军提议去看电影。

正好是小魏想看的电影,就痛快地点了头。

在影院坐好,才发现这是一个特别适合情侣的小影院,全场只有他们俩正襟危坐,她感到尴尬。为了尽量减轻这种感觉,当他们的手指在爆米花盒子里相遇时,她没有倏地闪开,幸运的是,冷铁军并没觉得这是某种许可,也不打算趁机偷袭,这让小魏陡生好感。几分钟后,冷铁军碰了碰她的胳膊,凑到她耳边说:我看到了熟人。他把声音压得更低:某某某和他的外遇。

小魏并不认识他说的某某某,也不打算掉头去寻找,这倒让冷铁军意外:很好,你不是个八卦爱好者。

她附在他耳边问:你怎么看这种事?我是说,外遇。

热烈的感情总是美好的。

她更意外了:即使是外遇?

外遇也有好的一面,可以巩固原配地位。

小魏白了他一眼:外遇是可以毁灭婚姻的好不好?

那要看什么样的婚姻,那些还有使用价值的婚姻,不大容易毁灭。

小魏不知不觉有些出神,恰在这时,冯医生发来信息:聊得很愉快?她抿嘴一笑,故意发了一条:不容小觑哦。然后告诉他,他们在看电影,冯医生就再没消息来了。

一直到电影结束,冯医生那边都没消息,冷铁军的话更多了。她开始感到不安。

听说你住集体宿舍？其实你可以考虑租房，还是要有自己的独立空间比较好。

我不需要。小魏果断回答，心里感谢他提到这个话题，正好拉开他们之间看似正在缩短的距离，让气氛冷却下去。她急着给冯医生回信息，又不想当着冷铁军的面回。

小魏生硬地停止对话，闷着头走。冷铁军觉察到了，瞄了她几眼，问她是否急着回去，他可以送她。

不用，我得去趟超市，我们就此别过吧。

冷铁军要她的电话号码，她痛快地给了他，心想，正好，我可以在电话里宣布结束，省得现在尴尬。

冷铁军刚一转身，她就迫不及待地给冯医生发信息：纯粹是浪费时间。已经散了，就在刚才。

才散？时间不短嘛。

总得说几句话嘛，你以为都像你，行动大于语言。

冯医生那边就没话了，他很谨慎，稍微有点露骨的对话一出现，他立刻消失。她赞赏他的理智，只有糊涂虫、失败者，才会控制不住自己。

一场暴雨

天气十分恶劣，南方来的风把一切都吹得滴溜溜转，空调外机在护壳里发出阵阵怒吼，电缆线仿佛打结了，被人抓在手里一个劲地抖。街上飞舞着绿叶，前一秒钟它们还长得好好的，青翠欲滴，这会全都被风从树上扯下来，淌着鲜嫩汁液，满大街打滚。风把回家的小魏吹得东倒西歪，她本来不想回家的，她刚刚下班，如果直接回到集体宿舍，她将一滴雨都淋不到，一丝风都感受不到，因为集体宿舍就是她上班那栋大楼的后面一栋。

但冯医生发来信息说：有个想法要跟你交流一下。

他通常都用这类暗语：交流想法、征求意见、聆听高见、有事相求。

她只好举着一把小花伞，在风雨中踉跄着往那个僻静的小弄堂赶去。

伞被吹得翻了过去，像一朵郁金香，好不容易翻回来，没走几步又吹翻了，后来她索性不把伞全部撑开，只撑开六成，倒是不容易吹翻，但举伞的胳膊受不了。她想叫车，但满大街的车疯了一样呼啸来呼啸去，根本不肯停。这个天气真是，所有的东西都发了疯。

终于到家了，不但衣服湿透，连体内都仿佛灌满了雨水。这时她应该赶紧打开淋浴龙头，用热水将冰冷的身体冲洗干净，冲到发热、发红，再喝一杯滚热的姜糖水，她从小受到的教育和熏陶就是如此。但她不敢去浴室，她担心冯医生马上就要到了，不能让他在门口敲门，敲了很久她才啪嗒啪嗒跑来开门，她从没让这种情景出现过，他既不能敲门，让邻居听见，也不能多等哪怕一秒，让邻居看见。哪怕只是一个背影，也可能给他们这个小小的不合法的家带来灭顶之灾，她必须在他刚一靠近大门，还差一步就要迈进大门时，无声地将门拉开，让他毫无停顿地进来，必须保持这个速率，就算被人无意中看见，也只能怀疑是自己看花了眼。

她披了块干的浴巾，一边揉搓头发，一边站在门背后等。

风雨加大了她辨听门外动静的难度，她发现她什么也听不到，最后她想出了一个好办法，她把门打开，顺手从头上取下布艺发圈，插在门与门框之间，再通过这一丝丝门缝盯着外面。只能这样了。

衣服上的雨水源源不尽地滴落下来，脚边地上很快就湿了。她感到冷，冰镇过的湿毛巾贴在身上，就是那种冷。

她后悔没有进门就去洗澡，否则现在已差不多快要洗完了。她打了一个冷战，一串喷嚏接踵而至。

门外一暗，几乎没有声音，是他。她奇怪他是怎么做到没有脚步声的，难道他的鞋底上有消音器？

她把他迎进门，说了句我先洗澡，转身就往浴室跑去。

她把水温调到能够忍受的最大限度，洗头，洗澡，直到把就要流出来的清鼻涕逼回去。

她出来时，他一脸严肃地坐在桌边。

为什么你迫不及待要洗澡？你跟那个姓冷的小子有事，对吧？

她头缠干发毛巾，生气地瞪着他，他也瞪着她。

我下了班，直接从单位过来的，冒着大雨赶过来的，差点被雨淋死在路上，你说我有时间跟他有事吗？

昨天我也没来。

你想说什么？把你想要说的全都说出来。

如果你真的跟他好了，我就不再来了。

我——没——有，我跟他见面的情景只差直播给你了。

她跌坐下来，把潮乎乎的干发毛巾扔在桌上。不来拉倒，省得天天提心吊胆，做贼似的。

他在靠近她，她知道他后悔了，他不过是想以这种方式镇住她，她看透他了。他从后面抱住她，吻她的脖颈。

再说这种话，就真的不要来了。

不说了。他转到她前面来。

别耍我，别欺负我这个可怜人。他吻着她说。

你可怜？太搞笑了。

是啊是啊，没一个人觉得我可怜，谁都觉得这两个字跟我不相干。

后来他们又一起进了浴室，他闭着眼睛，在水龙头下接受冲洗，离开了那些衣服，那些表情，那些姿势，就像灵魂离开了躯体，肉身显得势单力薄，鱼尾纹并没有因为水的灌溉而鼓胀变淡，反而更深了，这使他闭起来的眼睛不像是在享受，而是在受难。也许他真的挺可怜，因为他永远戴着面具，他永远在憋屈自己，他真正的自己永不能见天日，实际上他才是"铁面人"。只有在她这里，他才敢拿下面具，直面自己，他当她是珍宝，是心肝，是玩物，奉献自己，不顾一切。她瞥见柜镜里的自己，面颊又红又潮，没有办法，谁也不知道未来会有什么，更好或者更坏，不如接受眼前，潜心享受。他们从不敢大声，因为老房子不隔音，他们经常听见隔壁老人不要命的咳嗽，但他们很快就发现，紧张有紧张的妙处，当把一切声音压低到刚够对方听见的程度时，真的非常非常性感，因为那时他们必须放慢语速，必须把平时不堪启齿的词语说得缓慢又清晰，他常常让她爆发猝不及防的大笑，却只是嘎的一下，赶紧死死捂住嘴巴，而他最喜欢她笑得身躯乱颤的情景。每次他走前，穿好衣服之后，必须对着镜子预演一下走上街头的表情，他担心脸上的放荡会留下余韵。

他的每一次离开都会惹得她伤心，他们这样算什么呢？情人吗？可她看到的情人们都旁若无人如胶似漆，而且往往伴随着大量消费，她消费过他什么呢？偶尔放点钱在她抽屉里，最多的一次也只有五千块，她拿它去买了个空气净化器，因为空间小的缘故，她总觉得屋里空气欠佳。小三吗？小三可不像情人，情人只讲两情相悦，不问未来，小三的目的可是要撬掉原配的，她从没奢望过，他也没有这个意思，因为他总在强调，程姐对你可不差。最最悲哀的是，她竟也没有逃离这里的迫切愿望，甚至，当一个做理疗的医生出现在她面前时，她也没有感到特别的吸引力，这是怎么回事呢？慢慢习惯了小小洞穴中的秘密生活？还是在等他终于做出那个伟大的决定？

差点忘了，今天我可以晚点回去。他已走到门边，又折回来：今天你程姐不在家,我可以在你这儿吃了饭回去。

她欢快地答应着,目送他爬上她肉粉与浅灰相间的睡床。

要不你也不要做饭了,我们再睡一会。

她温柔地拒绝了,她之前刚刚看过一个做回锅肉的视频,难得有机会实践一下。冰箱里有备用的五花肉,橱柜里有程姐给她的辣椒酱。五花肉焯水时间比较长,等候的间隙,她靠着灶台打量房内的一切,继续想入非非,她想她将来可不想像程姐那样,把厨房弄得像个杂货铺,她希望她的厨房里看不到烟火气,她要把一切杂物都隐藏起来,让他吃到的一切有如天赐,而不是程姐那样以物理的方式调和而成。五花肉的香气漫出来了,抽油烟机根本抽不尽油烟味,下次不要再做了,她不喜欢家里有肉的气息,程姐家里就有,特别是她的厨房,她似乎明白程姐为什么要穿旗袍了,一进门,她就除下旗袍挂进衣柜里,出门前,洗好脸,化好妆,抹好香水,最后才去穿上旗袍,若脱胎换骨一般,所有肉类的气息,家务的气息,抹布的气息,都留给那身家居服。也许程姐也不喜欢那些气息,所以才想到要用一身截然不同的装扮来划清自己与那些气息的界限。想到家居服,她不禁笑了起来,可能是因为穿旗袍太久了,程姐的脸已不能适应其他服装,当她换上家居服时,立即变了个人,像偷穿了他人的衣服,又像某个发了福的家政工,总之,就是不像她认识的程姐。

她去叫他,说晚饭烧好了。

一顿饭工夫,他居然沉进了深睡眠,坐在桌前还有点发怔,没醒过来的样子。

其实你没必要这么麻烦。每次他拿起筷子,都要这么客套一下。他可能不知道,他吃下的不是饭,而是咒语。她小时候听奶奶辈的人说过,一个女人要是心里有了人,一定要想办法给他做饭吃,做一次,他们的关系就牢固一次。她知道这很荒谬,但还是不由自主联想到那个说法了。

"这是什么酱?"冯医生停下筷子。

她诡异地一笑:猜猜?

最后还是她自己说了出来:程姐给我的,是不是感觉特别亲切,明明是在我家,吃到的却是你家里的东西。

他似乎噎住了,梗着脖子对着她。然后,他放下了筷子,走向一边,去漱口。

以后不要用她这种酱了。

她不理解:我有次听程姐说,你非常依恋这种酱,说你不吃菜,光靠这种酱就能吃下两碗饭。

他漱完口,擦净手,回到桌边,说:那是在家里,在你这里,我不要吃它,我闻都不要闻。她什么时候给你的?

两个星期以前。

是吗? 他移开了视线。

万一被她知道了,怎么办?

大不了破釜沉舟呗。

你才不敢! 她笑起来。

她送他到门边,停在离门一米远的地方:见到她欢脱些,别那么沉重。

他摸摸她的头颈:真是个好姑娘!

他像特务一样机警地出了门,他关门非常有技巧,几乎听不到门锁的声音。

她在桌边趴了一会,细细消化他留在这里的一切,声音,味道,话语,消化到一半,电话响了,她以为是冯医生,结果却是冷铁军。

不,我不想出来,天气不好,我都准备睡觉了。不好意思,坏天气总是让我心情不好。天气当然能影响行为啦。

她想她必须毫不客气地杜绝他的想入非非，谁叫他那么闲，一副无所事事的样子，谁叫他那么多话，没一句话有分量，但凡他有一点点冯医生沉着稳重的风度气质，她都不会如此决绝。也许他并不差，可惜他们相遇的时机不对，他哪里是冯医生的对手呢？

耳边的风

他们已经有两个星期没有见面了，他说他最近忙得连吃饭都没时间，应付检查、申请升级，还有好多说不上来的大事小事。她明白，他告诉她这些，不是解释他的忙，而是提醒她，最好不要打电话给他，连信息也不能发，他的手机多数时候摆在桌上，消息一来，旁边的人眼睛一斜，就尽收眼底。已经有人闹出类似的笑话来了。其实他不提醒她也不会轻易联络他，她永远是乖乖地等他指令的那一个，她喜欢看到他忙得脚不沾地的样子，如果他来这里太频繁，太有规律，她倒要怀疑他这个副院长是假的了。一想到他来这里，其实是用尽了过人的心智，克服了重重困难，她就很感动，有种被他压缩了藏在心窝窝里的感觉，他带着没有形体的她开会，向领导汇报，给下属签字，他接受敬酒，在闪光灯里签合同。她一想到这些，心里就暖洋洋的，仿佛比以前拥有得更多。

她整天握着手机，片刻不敢松开，因为害怕冷医生找她，耽误了冯医生打进来的宝贵机会，她关了机，而关机更容易错过冯医生的电话，只好再次打开。小小一个开关，一个不易察觉的小突起，快被心慌意乱的她磨平了。

冷医生联系不到她，就找到她工作的地方去了。

你不上班？她皱着眉头问。

为什么你电话老是打不通？

别浪费你时间了，我觉得我们不合适。她觉得这样拖下去不是个办法，冯医生都敢为了她跟屹立几十年的家闹翻，她还在乎一颗尚未萌芽的种子吗？

但我觉得我们特别合适，真的，各方面都很合适。

小魏哭笑不得：你说了不算。

你是不是不止我一个男朋友？

小魏吓了一跳：你什么意思？

你跟我在一起时，总在回复别人的信息，我发誓我没看到内容，但我有个直觉，肯定有个人，藏在我们之间。

真是好笑，你是提醒我跟你在一起时要关机，对吗？还有，现在还谈不上我们之间什么的，我还不是你什么人。

话不是这样讲。既然我们有媒人，那我们就是在朝那个方向走，对不对？

能不能走下去还很难说。

所以才要走走看嘛。

我不喜欢一个男人疑心那么大。

我也不喜欢一个女人总是把自己搞得那么神秘，我去你们集体宿舍问过，她们说你并不是每天都睡在那里，你别处还有行宫？

我们停止吧，立即，马上，祝你一切顺利。她想绕过伫立不动的他往外走，但他伸出手拦住了她。

不行，你得给我个理由。

没有理由。她正要转身去走另一个出口，程姐从办公楼后面绕了过来，也许冷医生在她背后做了什么动作，程姐被他吸引过去了，问小魏：这是你朋友？

她做了个否认的表情。

冷铁军却及时地向程姐伸出了手，两人客气地问候了一声，程姐回过身,两眼发亮地冲小魏做了个表情,知趣地走了。

原来她是你同事?

你认识她?

当然认识,医院里谁不认识她,但她不认识我。

小魏立刻觉得她有必要再跟冷铁军待一会,就收回脚步,随着他往外走。

原来你跟她是同事啊。冷铁军把重音放在"她"上,表情变得意味深长。我可听说过她一些事情。

小魏瞪了他一眼,催促他别卖关子,有话快说。

这事不能在大街上说。

她的目光落在一家冷饮店前。

也不适合在公共场合说。

最后他们找了个广场边上的小凉亭。

首先我声明我也是听别人说的。

她作势欲走,他拉住了她。

听说他们夫妻早就室内分居了,十几年前,她得了病,子宫输卵管卵巢全切了……你可别说出去,我也只是听说,而且我也不知道分居跟这个有没有关系……

他一口一个听说,长舌妇一样,一句一句往外抛出的都是令她目瞪口呆的硬扎货。她完全被他控制了,眼巴巴地望着他,一再要求他告诉她,切除那些东西对一个女性的身体来说意味着什么,有什么影响,还有没有什么别的影响。他说除了不能生育、不来月经之外,没什么大的影响。眨巴几下眼睛,又说:当然,可能时间一长,卵巢的分泌功能也会受到影响。她从他躲闪的眼神里觉察到他故意漏过了什么,她突然生起一股强烈的好奇心,她一定要弄清楚这件事。她又问他:她都生了这么大的病,她老公不是更应该细心呵护她吗?为什么反而要分居？他还是闪烁其词：他还算好的，有人还为这事离婚呢。这不是她真正想要的答案。等了一会，她决定单刀直入，因为除了他之外，她不可能从别处得到更专业的回答，除非是冯医生本人，她肯定做不到。

我不知道对不对，在我的想象里，是不是……她做了那个手术后，就不能……她突然停下，怔怔地望着冷铁军。

冷铁军古怪地一笑，伸出食指，一下一下点她：你知道的可不少啊。

她强撑着辩驳：笑什么？亏你还是医生，我又不是白痴。

他收住笑，往她身边挪了挪：不说这事了，我们不该拿别人的痛苦来取乐。

不是取乐，是……同情，作为同事，我居然不知道她做过这个手术。

话刚说完，她猛地站了起来：不对不对，我还见过程姐买卫生巾呢，就在不久前，亲眼所见。

冷铁军镇定地笑着：你亲眼见到她用在自己身上？

那倒没有，但是……她又没有女儿，她只有一个儿子，不是买给自己的还能是买给谁的？

就不能帮别人买？要不就是买给别人看的，比如说你。

你你人怎么这样啊？把人想得那么复杂！

冷铁军息事宁人地抬起手来，按到她肩上，贡献了一个秘密过后，他理所当然地觉得他们之间的距离应该能拉近不少。

她看了下那只手，请他拿开，说他的掌心像只熨斗，热死了。

他马上提出去一个有空调的地方坐坐。

她顺从地站起来，她心里有什么东西被打乱了，打散了，乱七八糟的东西堆了一地，但她一时又理不清，就怔怔地跟冷铁军往街头走。

路过一家冷饮店，冷铁军问她要不要来一杯，她根本没听清他在说什么，直着脖子继续向前，他揪住她，她一回头，抛过来一句话：你说，他们会离婚吗？

我觉得不可能，首先，你的同事会牢牢捍卫她的婚姻，好不容易把自己的老公培养成院长，怎么会心甘情愿从这个位置上退下来呢？怎么可能把胜利的果实拱手让给别人呢？

那也不能一厢情愿啊，难道他们要过一辈子婚内分居生活？

他欲言又止。她鼓起勇气抱着他的胳膊，一个劲地摇，摇得他雄心大悦。

按说不能轻信这样的传言，更不应该传播这样的传言。

放心，我要是说出去我马上烂舌头。

我听说，注意，我真的只是听说，她经常带女性朋友去她家里，都是些年轻貌美的姑娘，隔段时间就换一个。

她不由自主地提高声音：那又怎么样？她就不能有朋友？

好了好了，早跟你声明过只是听说嘛，就当我没说。

她望着前方，胸膛兀自起伏，她心里明白，他的话并非完全不可信。

强撑到天黑，她回到那个铺着乡下篾席的家，没有开灯，也没有换下制服，迫不及待倒在篾席上，篾的青涩味隐隐约约钻进她的鼻腔，这味道让她保持清醒，她有很多问题要想。

她和程姐是怎么要好起来的呢？之前，她们只是普通同事，见了面都不用打招呼的那种。她像条小鱼一样奋力往记忆深处游。在一次年会过后，全体职工聚餐，大家嘻嘻哈哈抢着入座，看似乱坐，其实乱中有序，平时关系要好的几个，不多不少都挤在了一桌，小魏上了趟厕所回来，发现自己心仪的座位已经没有了，只能选次一等座席，也就是跟上了年纪的女性共坐一席，再次等，席上全为男性，末等座席，当然就是领导席了，除非被点名，谁也不会自找别扭跑去跟领导共坐一席。事实上,小魏那天吃得很舒服,阿姨们对她照顾有加,帮她夹菜,帮她倒饮料,一边吃一边问长问短,让她产生一种置身亲戚家饭桌的错觉。坐在她左手边的正好是程姐,作为回报,她也开始夸程姐的旗袍,那是一件黑底棕色格纹的呢料旗袍,虽袅娜不起来,总比那些棉花包看起来要俏丽一些。她一夸,程姐马上两眼发亮,满脸的相见恨晚。就在那天,程姐告诉她,她的衣柜里除了家居服,除了睡衣,几乎全是旗袍和大衣。这省却了好多麻烦,出门前根本不用挑衣服,根据温度高低选一件,穿起来就走,连镜子都不用照,还不会出大错误,也不担心跟人撞衫。程姐还主动提出要把自己的旗袍师傅推荐给小魏,谁会拒绝衣柜里多一件旗袍这种事呢?小魏一口答应下来。

但她后来终究没有做成旗袍,冷静下来后,她意识到她根本不敢公然步程姐的后尘去穿什么旗袍,她羞于向众人展示自己的风格,以及跟谁是同伙。第二波亲密接触的高潮是在她书法获奖之后,程姐主动来到她的办公室,向她道喜,同时告诉她,她的儿子一心也在学习书法,正巧一心的书法老师走了,急需找个新的老师,问她愿不愿意一周去她家辅导一次。在旗袍问题上,她已经为自己的胆怯内疚过了,书法问题,事关小孩,事关她的荣誉,自然不敢怠慢,短暂考虑过后,她答应下来,不就是每周去一次程姐家,每次跟她的孩子相处一个小时吗?一个长期住在集体宿舍的人,对任何家庭生活都充满了由衷的向往。

上到第三次还是第几次课时,小魏才见到一心的爸爸。程姐把他领到一心的房间,向他介绍:这就是一心的新书法老师,也是我的同事小魏。又对她说:这是一心的爸爸,你就叫他冯医生好了。冯医生相貌没什么特别的地方,但身材十分高大健硕,他向小魏伸过来的手也很大,小魏感到自己的手握在他手里,就像一个婴儿被放进了摇篮里。

下了课,程姐提出让冯医生开车送小魏回去,冯医生出门时对程姐说:正好我顺便去下爷爷奶奶家。

拐出医院小区,拐出整个城东区,冯医生问小魏急不急着回家,如果不急,他们可以顺着江边兜兜风。小魏当然不急,她回到集体宿舍不过就是睡觉而已。

他打开了音响,是一支交响乐,她不知道那是什么曲子,只知道它舒缓飘逸,又出奇地宽阔,总之非常适合这样的夜晚,适合在夜色中快速飘移的人,听到后来,她甚至感觉她不是躺在车上,而是躺在一条音乐的河流上,车灯不断裁剪出来的真实路况幻化成了缥缈的音乐背景。她浑身放松,两目微闭,她感到她把灵魂放出去了。

冯医生的声音突然从一旁杀入:怎么样?

在这之前,他一直没作声,安静得像是无人驾驶的汽车。

她已无法形容内心的巨大愉悦,只说了两个字:很好。

有时候,白天过得不好,晚上我就一个人开车出来,也没有目标,就这样开着音乐胡乱跑一通,然后回家。

那天他们来回一共跑了三十公里,他把她送到集体宿舍的大门口时,她恍恍惚惚地下了车,身子还飘在云端,飘在音乐里,她挥手跟他再见,感觉挥起来的胳膊并不属于她,仿佛是别人的。

一连三次,她下了课,他就送她回家,顺便在外面兜一圈,他果然是个驾车兜风爱好者,每次的路线都不一样。

似乎有一种古怪的默契,她从没见程姐问她何时回家的,也没提冯医生是何时到家的,稍稍一问,谁都能听出来这中间有个显而易见的时间差,但他们谁都没提起过。

第四次,车停在一个两边都是芦苇的地方,他的手伸过来了。之前他也伸来过,教她放碟子,递给她爽口糖。但这次她感到异样。

他抓住她一只手：如果我说我喜欢你，你会害怕吗？

她心里抖了一下，但她故作平静，有什么东西正在到来，她必须全力以赴迎接它。

好感是不会让人害怕的。她忍受着剧烈的心跳，平静地说。

第一次见你，我就想说这句话了。

他的手再没离开过她，她没有拒绝，也不想拒绝，她享受这样的夜游，这样的气氛，这是一个单身女人的特权。他开始亲她，亲得她差一点爆裂，但他及时刹住车，说他可不希望弄出个什么车震的新闻来。他居然笑得出来，她已连喘气的力气都没有了。

但接下来戛然而止，她有两次课没有碰见他，她很煎熬，心想，下次再碰不到他的话，她就找个理由辞职不干了。正这样想时，他又出现了，又来当她的车夫了。这一回，他没有带她去兜风，而是直接把她带到一个僻静的无名弄堂前，他说他为她租好了一间房，但他劝她集体宿舍的床位还是要保留着，否则她会被很多目光监视起来。

房子很普通，最大的特点是隐蔽，她不动声色地往房间里添了一些属于自己的东西，毛绒玩具，卡通拖鞋，奇特的夜灯，篾席是最后一件添置的物品，也是他最喜欢的东西之一。比什么木地板都要好。他望向四周，窗帘是深蓝与灰相间的格子花纹，朝外的一面挂了一层遮光布，拉上窗帘不开灯的话，屋里漆黑一团。床脚、桌脚、椅子脚都戴上了橡胶垫，移动起来没有任何声音，厨房里的锅铲是木头的，锅是不粘的，无论烹饪什么都不会发出太大响声。这是一个刚好容纳两个人的家，任何第三者出现，都可能给他们的二人世界带来灭顶之灾。她不用他提醒就知道，就算是严刑拷打，她也不会把它暴露出去。

如果按冷铁军透露的消息来分析，程姐极有可能知道她和冯医生的关系，这也太离谱了，如果程姐是那样的人，那她得有多变态，才能一面跟她做同事、做朋友，同时暗中又咬牙切齿地恨她。没有一个女人不恨自己的情敌,她觉得。

只能说明来自冷铁军的传闻纯属胡说八道,据说男性职工都嫉妒自己的上司,女性职工都恨不得自己身边最漂亮的那个突然倒大霉,今天她算是亲眼得见了。

她想给冯医生发个消息,当笑话一样在他那里确认一下,才输入两个字,又掐掉了,她从没主动给他发过信息,万一他正在开会,她的头像和文字突然冲破黑屏,带着音乐向人招摇,她怕他会窘得无地自容。她可不能给他带去这种羞辱。

夜风中,黑暗中

冷铁军的八卦,终究没有带给她困扰,她喜欢他,这就够了,至于是谁把她带到他面前的,她觉得无所谓,也不在乎,何况他对她的依恋正逐日加深,原先他像个间谍一样谨慎,从不留下任何东西在这里,也不带来任何东西,除了偶尔给她放点现金。现在已放松多了,他在这里留下了毛巾、水杯,还有喜欢的酒,她也给他买了抱枕,他一进门就甩掉鞋子,抱着她买的抱枕,在篾席上滚来滚去,天气凉了,她就在篾席上铺一层绗过薄棉的小夹被。

他已不像当初进门就迫不及待地要她,似乎在篾席上躺着,舒展身体才是最重要也最享受的事情,有时正好赶上她月经在身,他也不懊恼,只随口说:那是好事!怀孕才是他们避之唯恐不及的事情。

情浓时刻,她头抵在他胸口说:我不结婚了,这辈子就住在这个小窝里好了,等我老了,死了,你就过来把这房子推倒,把我埋在这里。

他哼哼一笑:等你老了,我的骨头早就可以打鼓了。

只要你还爬得动,并且愿意,你可以爬到我这里来,我愿意提前,陪你一起。

他撸一把她的头发，算是对她表达爱意的响应。

她说她有一个最大的愿望，就是他开着车，她坐在副驾上，打开音乐，一直不停地跑下去，最好是夜晚出发，最好天永远不要亮，以保证他们永远在暗夜中飘飞，如同在茫茫宇宙中作无边无际的航行。她说这个愿望产生于他第一次带她夜游的那个晚上，那时他们几乎还是陌生人。

他看了她一会，果断点头：完全没有问题，我们傍晚出发，天亮回家，吃饭也不停，就在车上解决，上厕所也不停，插尿管。

因为他是医生，他们经常会在某些抒情的时刻故意说些大煞风景的医学术语。比如他们不说吃饭说进食，不说做爱说交配，然后看着对方乐不可支。

有天晚上突然下起了小雨，她又有了一个特别的愿望，她想和他来一场雨中兜风，她想象雨点打在车顶上，如同敲鼓，他们的车，像一支雨中的箭，嗖嗖向前直飞。她喜欢他收集在车上的音乐，喜欢车灯橘黄的光束，喜欢世上的一切在他的光束里探头，又知难而退。她叹息着把一个个愿望说出来，她以为他又要说：我们应该尽量减少一起外出的机会。结果他一挺身坐了起来：走！

她惊喜得跳了起来，赶紧去洗脸，去装扮。他坐在桌边，抽着烟，眯着眼睛看她在镜前跑来跑去换衣服，撑开眼皮戴隐形眼镜，梳头，描眉，扑粉，涂口红。最后，他灭掉烟，走过来，搂着她的肩，她仰脸看他，皱皱鼻子：突然发现自己真的爱上我了，是不是？

他乐了：真是个鬼精！

她隐隐有点失望，他不说是，也不说不是，只骂她鬼精。当然，现在不是计较这些的时候，现在只想夜游的事情。

一出门，他就把主动权交给她，问她：朝哪边？她抬起脸，闭上眼睛，感觉风是从左边吹过来的，就说：往左。他们就一直朝左开，遇到岔路口，毫不犹豫地选择靠近左边的那一条。音乐也是她选的。雨已经停了，那些扑上来又迅速后退的景物，嗖嗖跳着行进之舞，她感到自己仿佛在飞，飞离地面，飞向群星密布的夜空，这时她还有最后一点清醒，她知道制造这飞翔的是旁边这个人，他在力所能及的范围内，带给她最大的快乐，他那么不自由，那么大压力，仍然把自己的愿望列入他的记事簿，把卑微的她与他的那些重要事物排在一起。这样的人，她有什么道理不抓紧、不珍惜？一直开到凌晨三点多钟，他有点犯困，决定把车停在路边，小睡片刻。他一熄火，浑身一松，人就沉入另外一个世界，见他这样，她反而清醒过来，就像一间小屋，被人拆去了门窗，屋里的一切处于不被保护状态。她不知道这里是什么地方，她猜他也不知道，她支起耳朵，凝神谛听外面的动静。她果真听到什么声音了，一阵杂沓的脚步声，越来越近，外面黑漆漆的，什么也看不见，恐惧一圈圈放大，像钢锤一下一下砸在悬空的铁板上，她的心脏和耳膜快要受不了了，她小心地推了推他。他睡得太沉，根本叫不醒。她加了把力，继续推，同时在他耳边说：好像有人来了！他动了一下，嘟囔道：叫一心去。

她一愣，恐惧仿佛得到响应，一圈圈缩小。一夜的激情都白费了！她直挺挺坐在座位上，整个人变得异常清醒。

到底还是有东西，某种四蹄动物，成群结队，从车边经过，停下来嗅一嗅，用脑袋顶一顶，又不慌不忙地离去。

若在平时，她一定兴奋得大叫起来，从小到大，她最喜欢看到的场景就是动物们成群结队地走过，鸭子，鸡，山羊，黄牛，而此时，内心只有悲凉，终究是不相干的，就像这些动物，动物帮了人类多少忙啊，结果呢？你还是你，他还是他，连梦里都是跟家人在一起，听他那语气，分明是在对程姐说话。

他终于醒了，几个长长的呵欠之后，低头看表，惊叫一声：怎么不叫我?导航仪上显示,他们已在离家两百多里之外。

今天上班我们都得迟到。他嘀咕着,把车子开得飞快。

你呀,真的应该早点叫醒我的。

她撒谎:我也睡着了。

他在城边上停了车,让她叫个三轮回去。她刚一下车,车就嗖地蹿了出去。

算了,她决定不生他的气,他身不由己,环境把他逼成了这种人,他不可能像冷铁军那样有的是时间黏黏糊糊,他四面都是高压,他是从铁丝网下逃出来的,他把挤出来的那点时间全都给她了,他的一克,相当于冷铁军的一千克。她安慰自己。

伸进房间的树枝停止了生长

对于一心的书法课,她不动声色地做了点调整,她故意晚到两三分钟,故意在穿过客厅时急匆匆边走边大声道歉:一心,不好意思,我今天迟了一点点。

这样就不用跟程姐过多寒暄了,她怕自己的心虚会形于言表。

一个星期不见,一心似乎长大了不少,嘴唇上一圈隐约的青色,下巴也锐利了好多。

与此相反,那根探进房间来的树枝却蔫了不少,叶片发黄。

它快死了,它傻,自己走进了死胡同。

小魏扫了他一眼,这孩子好像不开心,从她进门开始,他就一直在砚台上捻墨,毛笔已经饱满到快要滴下来了,还在一个劲地捻。

不怪它,它又不会思考,只能凭着本能往前走。小魏假装没看到他在默默地怠工,一定要找机会跟程姐请辞了,每次来都要察言观色,像演戏一样,真的太累了。她相信程姐也没真正把她当作老师,她只是想给儿子找个陪练而已。

还得变着法子夸他，最好每次夸他的内容都不一样，不把他夸得高兴起来，他能把字写得让人无言以对。

你真厉害，学习这么紧张，还能抽出时间来练书法。据我所知，好多人一进初中就把这些丢一边去了。

也许他们只是把练书法的时间拿去谈恋爱或是玩手机去了。

这一点我的看法可能跟一般家长不同，我不觉得中学生一定要禁止谈恋爱，禁止玩手机。

他做出一个夸张的表情：我就知道我没看错。

什么意思？

你没必要知道。

好吧。

看来这书法课真的不适合长期教下去了，她可不想跟一个孩子也走得那么近，母子两人她都不想走太近了，不过表面上，她拿足老师的架势，严肃地说：现在开始，别说话了！说话走气，还怎么练字？

但一心完全不在乎她的指令，继续说：我是自己不想玩手机，烦！要不要我把微信打开给你看，现在可能已经有几百条消息了，全是无事找事，问作业啦，发嗲啦，乱发表情啦，真不知道她们那个脑袋里一天到晚在想些什么。

明白了，想追你的女孩子太多……

没一个是我的菜，一个个不是假装幼稚，就是假装豪放。

我猜，你是不喜欢人家来追你，你更喜欢去追别人。

你怎么那么懂我！

我懂全世界的人。说说你都喜欢什么样的人？

我说不出来，不过，一旦那个人出现在我面前，我肯定认得出来。

牛皮要吹爆啦。打住打住，写字的手不要停。

433

不是吹牛，我真能认出来。

你要是能认出来，我就能一个一个说出她们的名字，无非是子琪、一诺、萱萱、轶晨、雨桐……

杂花乱草。

奕嘉、家琪、天伊、海若……

雌雄不分。

新一、若驰、彤颜……

是魏妤青！他飞快地说出她的名字。

她一哆嗦，毛笔就掉到桌上，在字帖上杵了一个大黑块。他好像也被自己吓到了，安静下来，低眉敛目，毛笔比任何时候都拿得正。

有病吧！瞎开什么玩笑！

我没开玩笑。他抬起头，瞟她一眼，脸色意外地惨白。

我生气啦！她真的装出生气的样子，扭头就往外走，门一拉开，心头一炸，程姐黑着脸堵在门口。

我、上厕所。

慌忙之下，她真的蹿进了厕所，茫然无绪地站了一会，竟没忘了按一下冲水器，再出来时，程姐还在原地站着。她肯定听到他们的对话了，她肯定一直站在那里偷听来着。

来不及多想，她急切切对程姐说：不好意思，我突然想起一件事来，要稍稍提前一会走，有人在等我，就是那个冷医生。

程姐什么反应都没有，面色呆滞，如梦方醒。

那我走啦，程姐。

三步两步冲到门口，就听到砰的一声门响，不知道是一心还是程姐弄出来的，管不了那么多了，快走快走，越快越好。

一溜烟走出小区，才觉得自己的行动好荒唐，为什么不跟程姐解释？此时不解释，以后还怎么解释得清？而此刻再跑回去解释，只会显得多余，而且笨拙。

她突然手脚发软，一步也走不动了。程姐知道了，用不了多久，冯医生肯定也会知道，他会怎么看她呢？她要怎么解释呢？他能相信吗？

不管他们怎么想，这个有着来苏水味的地方，她怕是再也不能来了。

从葱茏到枯黄

一心喊出魏妤青三个字的第二天，也许是第三天，他突然打来电话：今天你可以备点晚饭吗？

当然可以。她心花怒放，同时在心里盘算着怎么向他解释那天晚上的尴尬，顺便了解一下程姐是怎么向他汇报这事的。

距离上一次见面已经有一个星期了，他们的见面越来越没有规律，每次他走之后，她照例会情绪低落好几个小时，有时甚至一两天，直到他下一次再来。她自己诊断为见面后遗症，不可能他一走，她就像关门一样把那种状态彻底关在门外，恰恰相反，他们在一起时，她的心里倒是简单的，像万里无云的晴空，而他一走，她就思绪翻滚，忧心忡忡。他哪里是出现了几次、几个小时呢？他分明是占据了她的全部时间、全部身心。

放下电话，她就开始做着下班的准备，以便时间一到，第一个冲出大厅的玻璃门，奔向超市。她想起小时候妈妈做的粉蒸排骨，粉蒸各色蔬菜，每次都吃到他们走不动路。她今天也想摸索着做一做。

夏天真是个好季节，各种颜色与形状的蔬菜应有尽有，她记得以前妈妈总说：多吃点多吃点，马上就是枯黄季节了。现在看来，妈妈实在是个悲观主义者，居然能越过夏季的葱茏，一眼望到即将到来的秋冬的萧瑟。

她去超市买了蒸米粉，各种调料，以及猪排骨、豇豆、芦蒿，一一洗好，切好，腌渍起来。二十分钟后，她把米粉撒到腌渍好的材料里，再整整齐齐地上盘，装进笼屉里蒸。在等候的二十分钟里，她换了身衣服，虽然她闻不到，但她相信，穿了一天的衣服必定有不好闻的汗味。

没多久，肉香弥散开来。

但他没来，晚饭时间早过了，她侧耳聆听，外面没有她熟悉的轻响。

粉蒸肉的表面在变干，他已错过了味道最好的时刻。好吧，他临时有事，他走到半路又被什么事情拖住了，他身不由己。她把粉蒸肉碗重新架进蒸锅里，开启最小的那一簇火苗。她要把最好的味道抢救过来。

她饿了，但他不到，她不想开吃。

她想给他发信息，想来想去到底不敢，万一他正好在加班，或是在开什么很重要的会呢？万一她发的信息被别人无意中看见了呢？必须忍着。

她趴在桌上等啊忍啊，慢慢睡了过去。

后来，她被一阵怪味惊醒，是蒸锅发出来的，水烧干了，不锈钢锅发出咔咔的声音，锅底在变形，在熔化，揭开盖子，粉蒸肉冒出浓重的烟雾，她被那股怪味呛得咳嗽起来。

看看时间，已是凌晨一点，他不会来了。

这是他第一次爽约。她脑子里闪过无数场面，都是最坏的，最让人担忧的，但她不敢去核实，尤其是这种时候，他以前教过她，越是不对劲的时刻，越是不要找他，搞不好会祸及自身。

可惜了那锅粉蒸肉，不敢吃了，只能扔掉，锅也没用了，已经烧穿了一个孔。她小心翼翼一层又一层打包那些肉和锅的时候，有种很古怪的感觉，好像扔掉的不是菜，不是厨具，而是某种跟她身体有关的东西，跟她命运有关的东西。

第二天，她并没有接到他的电话，但她还是来了，她告诫自己，要注意控制情绪，无非是爽一次约，不值得赌气、吵架，不要给他留下小气又任性的印象，鉴于他的实际情况，应该给他一个宽限期。当然小小的惩罚也是必需的，她没有准备晚饭，也没法准备了，因为她没有心情去买一口新锅。

他还是没来。

第三天，她觉得一定要打个电话问一问了，她极少给他打电话，偶尔一次应该不算特别犯规。她选在午休这个时段，应该是个相对安全的时刻。

一切证明是她想太多了，她太紧张了，他根本没事，就是很忙，上面来了个检查组，里里外外忙成一团，还有一场讲座，几个会，还有接待，还有日常，他已焦头烂额，只能靠挂水维持体力了。她从他声音里听出了深深的疲惫，以及类似生命不息战斗不止的热情，再看看自己都在想些什么啊，那一瞬间，她感到自卑，她必须有所改变，不能再企图把他羁绊在那个无名的黑暗角落里，他有更值得做的事。

一个月过去了，两个月过去了，南风变成了北风，他依然忙碌，依然疲惫，她开始觉得不对劲，再忙，总得吃饭，在哪里不是吃，到她这里来吃个饭，能浪费他多少时间？

那间小屋似乎只认他，他不光顾，小屋也失去了生机，而她一个人待在里面时，因为心情不好，懒于收拾，小屋很快露出破败之相来。有一天，她看到他遗留在这里的小半包香烟，她抽出一支，坐在地上，弓起两腿，慢条斯理地抽起来，一抬头，她看到了墙边袖珍穿衣镜中的自己，这是怎么啦？这个人真的是魏好青吗？即将三十四岁的魏好青，真的这么老了吗？深咖啡色长袖T恤，黑色长裤，头上夹一个半圆形的波浪钢卡，苍白发黄的脸，肿眼泡，眉毛散淡得快要消失，还怨妇一样夹着一支烟，你怨谁？他是你的谁？不是老公，不是情人，对你来说，他到底算个什么名堂？她久久地盯着镜中的自己，烟灰掉下来，落在黑裤子上，她深吸一口，看那一头的红色义无反顾地奔向自己，之后，她张开口，对着那红色徐徐地、嘲讽地吐出一蓬巨大的烟雾。她觉得这有点像他们俩。

事情再明白不过了，他正在坚定地退出她的生活，她不想要赖，那只会自取其辱，也不想去讨个理由，那只会令自己伤心。她已不是小姑娘，小姑娘才会哭闹，向闺密求助，她是成年女人，成年女人必须独自一人应对一切内忧外患。

她要弄个仪式，以做了结，她把烟头移到脚边，试了几次，都不敢真的把烟头摁上脚背，她想了个折中的办法，她可以摁到右脚鞋面上，如果烟头熄灭，脚背无恙，她就起身，像平常一样离开这里，再不回来，如果烟头洞穿鞋面，烫伤脚背，她就必须抛开他给她定的一切规矩，心怀怨恨地做她想做的一切事情。

结果是，烟头刚一接触到帆布鞋面，就溃散成一小撮红色粉末，滚落一地。她拿起那只拖鞋，凑近了观察，这是她刚搬进来时特地为自己买的拖鞋，她打量那个小小的棕色圆孔，一只拖鞋，尚且知道保护它的主人……

手机屏幕亮了一下，是冷铁军，她突然两眼一酸。

风停的日子

小魏和冷铁军在春末夏初一个无风的日子里举行了婚礼。

她做这个决定很突然，一个周五的下午，冷铁军提议去坐夜班车，一觉醒来，人已在八百里之外。他觉得这个方案既高效又很有意思。

夜和车两个字深深地吸引了她,她痛快地答应了。

她戴上眼罩,以微微的不舒服为名,拒绝了冷铁军的聒噪,在长途汽车上默默想了一夜心事,流了一夜眼泪,天亮时,冷铁军扶着浑身麻木的她下车,一边揉搓她的四肢,一边为她安排早点,中间还偷偷亲了她两口:小可怜!可怜的!

她一感动,整个人就扑进了冷铁军怀里。

没等踏上回程,冷铁军就向她求了婚,她想都没想就答应了,还能怎样呢?如果不是冯医生,其实什么人都一样,谁都可以。她真是这样想的。

婚后不久,两人合力买了辆车,冷铁军其实不主张这么早就买的,等将来孩子来了再买车不迟,但小魏一想起那些深夜兜风,一想起那些车载音乐,就觉得一刻也不能等。人不能复制,生活还不能复制吗?

好几次,她在梦中回到那个小屋,进门就把小包往地上一扔,两腿一屈,像条鱼一样滑到篾席上。梦里也只有她一个人,好像是在等人,但那人迟迟没有现身,等到后来,她竟忘了自己其实是在等人。

她不觉得做这样的梦是种干扰,相反,她很想一直保有这些梦。

她现在不像以前那样频繁地见到程姐了,她们原本不在一个办公区域,被一心叫出她名字的那几天,她有点无地自容,来来去去躲躲闪闪,生怕碰见程姐,后来无意中碰见过一次,可能程姐早有准备,提前移开了视线,等她小心翼翼再度投去目光时,程姐已不见踪影。她结婚时,几乎所有同事都来了,只有程姐没来。没过多久,她收到了程姐托人送来的密封的红包,打开一看,里面除了钱,还有一张纸条:

好妹妹,祝福你们,对于婚姻和家庭,我有一点小小的体会:当你爱他的时候,其实是在爱自己。所以,使劲爱他吧。仅供参考。

她有点看不大懂，但她觉得这纸条至少没什么恶意。

冷铁军也看到了这张纸条，居然说：写得好咧！

他希望她去找程姐，最好能请她吃个饭。

你们不是关系不错吗？这样的关系要深度培养，对我有好处。

我们后来没那么好了，同事关系本来就很难说，具体什么原因我也不知道，反正我们没以前那么近了。

重新去靠近嘛，同事之间就是这样，时亲时疏，全看自己需要，全靠自己经营。

她只能敷衍他：慢慢来。

新车到手那几天，小魏迫不及待地要冷铁军带着她开夜车兜风，走到人车稀少的地方，她把音乐声调大，全身放松，贴住靠背，仿佛躺在某种飞行器上，她闭上眼睛，试图重新在黑暗中乘着音乐飞翔起来。

可惜冷铁军太喜欢说话了，他一开口，就把她从飞行器上扯了下来。

他一个劲地说：腾格尔腾格尔，我喜欢腾格尔，腾格尔的嗓子在我心目中排第一。

她闭着眼睛，毫不留情地制止了他。

过了一会，他又说：我有一盘中国经典民歌，你找找，老听什么古典音乐，听得我瞌睡都来了，一会碰上交警，人家会说我疲劳驾驶。

她仍然闭着眼睛，没有换碟子的意思。

你这是自私，只顾你自己，一点都不考虑别人的感受。

她睁开一条眼缝：那你有没有考虑我的感受呢？

冷铁军终于闭上了嘴，车里重新安静下来，可能是被他打断次数太多，她再也飞不起来了，无论她怎么闭眼，怎么想象，依然能清清楚楚地感觉到逼仄的空间，路况也不好，时刻提醒她在坎坷中奔波。

她感到自己像一只关在笼子里的鸟,连扑腾起来的力气都没有了。

冷铁军也有个好处,虽然一路唠叨,但他并不反感夜游,小魏放的碟子他依然不爱听,但抱怨来抱怨去,有一天他竟然说:我觉得贝六比贝八好听。惊喜之余,小魏故意鄙夷地剜了他一口:你的口味也就是个迪士尼水平。冷铁军认真地说:不错了,我以前只知道《命运交响曲》前面那一点点。

有一次他们跑得比较远,他们沿着新修的高速公路,横穿邻近的县,来到另一个县。小魏慢慢找到了最喜欢的感觉,她放低身子,闭上眼睛,她感到自己慢慢浮了起来。

他现在怎么样了呢?他在家里过得好吗?无声无息的,看来他在哪里都能过得很好。不过,说不定他也在这样想自己:哼,一转身就结了婚,过得有滋有味。也许他们只是缺一个好好的告辞,她幻想他们默默凝视、越走越远的样子,哪怕有这样一个场面也好,偏偏他们就像两个贪玩的孩子,天黑了也不回家,直到妈妈唤儿的声音,他撒腿就跑,头都不回。其实她对那段关系并无野心,只是觉得没必要那么虎头蛇尾,什么事不都讲个仪式嘛。

我看到一辆车,是我们那边的。冷铁军说。

小魏嗯一声,并未睁眼,她不想又被冷铁军从空中拽下来。

怎么觉得这个车号有点熟悉呢?

小魏微微睁眼,再定睛一看,简直不敢相信自己的眼睛,是冯医生的车。

她一手抓住扶手,一手紧抠大腿,她尽量不动声色,尽量不让冷铁军看出异样。

冷铁军在超车,她悄悄压下身子,只留一双眼睛在车窗边。

擦身而过的一瞬间,她看到了他的侧面,接着是他的大半张脸,深色上衣上面那张没有血色的冷峻的脸,看上去极其正派,似乎永远不懂调情,也不会使用轻佻的表情,事实上他相当懂得轻佻,他的轻佻只有在安全的时刻才会展露出来。

副驾座上有人,一个白衣女子,也许是淡蓝色,夜色下看不清,总之是纯净的浅色调。她的胳膊抬起来了,多么做作呀,不就是抬手理头发吗?弄得像在跳舞一样。

他还是喜欢夜里飙车啊,看来他并没有屈服于程姐的淫威,天天猫在家里。肯定也有音乐吧。他会不会想起她来,会不会在那个女人面前贬损她:我以前载过一个女人,知道她是怎样感应音乐的吗?她像挺尸一样直挺挺躺着。他以前真的这样开过她玩笑。她几乎能肯定,他正在这样告诉她,因为她看见那个女人笑出了白牙,白牙在黑暗中晃来晃去,她笑得放松又持久。

是他?!冷铁军惊呼一声:可被我发现秘密了。

谁?她故意问。

我们老板!可惜没拍下照片。

别缺德了!

缺德的是他,他可是有老婆的人。

少瞎说!坐在他旁边的也许就是他老婆。

我觉得不像。

关你屁事!

没走多久,就得上摆渡船,那辆车就在他们后面,上船后,就变成在他们的斜后方,大概是要拿东西,他们开了灯,她看清了那个女子的面容,说不上很漂亮,但很清秀。她偷偷拍了照片。他们下了车,他去船舷边抽烟,她紧挨着他,她的裙摆飞起来,缠在他腿上。不得不说,灯光下这样的照片很美。

下船了,她跟冷铁军交代一声,闭上眼睛。她急需一个不受打扰的空间,她想进到那个空间里,去哭一场,去吵一场,去骂一场,但,她能骂他什么呢？她根本就不知道该怎么骂他。

　　她戴了副太阳镜，背上双肩包，换了身旅行装束，伪装成找人的样子。她决定赌一把。

　　她故意挑了傍晚这样的时刻，她那时总在这样的薄暮时分回到无名弄堂里这个秘密的家。

　　没什么变化，小弄堂比以前更安静了，以前两百米处有个小卖店，现在也关门了，估计是开店的老人去世了。

　　再次确认了下门牌，她举手叩门。

　　果真有人来开门，她听见脚步声了，她捂住嘴巴，好像这样就能减弱心跳声。

　　是一个系着围裙的白发老太太，脚边跟着一条小狗，对她说，她找的人可能是以前的租客，现在她已经把房子收回来了，她也没有人家的联系方式。

　　她赌输了，却很高兴。她不知道她有什么可高兴的。

　　有天下午，她骑上自行车外出办事，老远就看见前面一胖一瘦两个白衣女子，瘦的那个裙摆飘飘，胖的那个裙摆紧贴大腿，有点面熟，她紧蹬几下，近处一看，紧贴大腿的那个是程姐，她穿了一件暗花织锦旗袍，至于裙摆飘起来的那个，她觉得跟那天晚上她和冷铁军遇到的那个有点像，尤其是她抬手理头发时，她对那个女人抬手臂的动作印象太深了。

　　她蹬不动了，停下来，扶着车把，望着她们的背影喘气。

　　她们在说着开心的事情，程姐大笑，头部微微后仰，右手一下一下打在那个纤瘦的女子背上，女子只是耸着肩捂着嘴。

　　她们像一对无话不谈的闺密，恰如当年她和程姐。

　　她故意骑到旁边一条小路上，再从斜里直插过来，逼停了两个人。

面对面的那一刹那，她看到了程姐眼里的惊讶与戒备，不过她很快就镇定下来：吓我一跳，原来是小魏呀！

就是她，果然是她，她无数次看过那天晚上在船上偷拍的照片，早就把她的样子刻进了心里，俏薄的面容，文静得有点虚弱的样子。

她拿出以前的语气跟程姐开玩笑：又脱岗哦，我可看见了。

程姐急忙解释：才没有呢，我们去档案局有事。

她想起来了，这段时间搞档案管理升级，估计这女人是从档案局借来指导工作的。

她骑上车飞快地走了，程姐已经给她提供了太多信息。

他们的新房靠近江边，所谓的江景房。小魏只要一站上阳台，面对滚滚东逝的江水，心里就有种悲壮地想要号叫出来的冲动。

新房是冷铁军婚前买下的，连贷款都没有，现钞买下，有人说小魏捡了个大便宜，也有人说小魏其实是吃了个大亏，因为房产证上没有她的名字，说到底她不过是利用婚姻关系寄居在冷铁军的婚前财产里，万一哪天他们的关系发生变化，小魏只能净身出户，白给冷铁军做了几年的老婆。

但小魏根本不在意，就算冷铁军占了她便宜，就算他们会离婚，就算她一无所有，真到了那一步，她不会再婚吗？她不会再找一个人占他便宜吗？反正千百年来，女人都是这么活着的。

与其关注房子，不如关注在房子里的状态。

冷铁军是初婚，她却有二婚的感觉，与当年在小弄堂里的日子相比，现在的她扬眉吐气多了，她不用刻意提前回家，当她晚回，冷铁军一定在厨房，如果她说不想做饭了，他马上去拿车钥匙，她想吃什么，他就载着她给她找到什么。他开着开着车，有时会突然叫一声：老婆！然后其实又没什么事。

她看他一眼，有种萝卜咸菜般的幸福感。

但到底意难平。被人拿来当傻瓜使，不知道也就罢了，知道了，不平复那一腔沸腾的热血如何吃得下睡得着？

没想到那个女孩打听起来毫不费力，果然是档案局的工作人员，单身，出身极其平凡，她已经分析出程姐的门道了，专门选择这些看起来光鲜实际上处于弱势的姑娘。进一步了解下去，她几乎要哭出来了，那个女孩有自己的约会，一个高大魁梧的小伙子，她仿佛看到了当年的自己，小伙子热情很高，而姑娘因为在黑暗中心有所属，没法给他足够的热情。

有一天，冯医生会果断退出，这个备胎要出来当主角，挽救她于崩溃的边缘，而姑娘出于羞涩和保护名声的需要，不会大张旗鼓地跟在冯医生背后纠缠，只能带着遗恨与哀怨，有气无力地进入婚姻。很完美，不是吗？一腔欲说还休的心事，一个不足为外人道的人，一段若有若无的情，一段自我消化的家丑。她想起在哪里见到过，家丑，其实还有个别称：柜中骷髅。这样的包袱，似乎人人都背得起，不用担心有人因为不堪重负而疯狂。

难道不应该有人站出来中断这个循环吗？这样的循环对女孩们来说公平吗？到底会有多少女孩默默怀抱相同的幽怨，而她们的丈夫一无所知？谁又关心她们在婚姻里是否孤独和不幸？

真正行动起来之后她发现，世界其实很小，很透明，几乎毫不设防，她很快就查到了小伙子的一些情况，年纪轻轻，居然已经是一名司法部门的中级职员。她直觉这个身份对她的行动来说很重要。

一个上午，她吃过早餐，洗过手，对冷铁军说她要出去一趟，办点事。她完全没必要告诉他，但她想来想去，觉得还是应该弄点仪式感出来。她把那张照片寄了出去。

回去的路上，她感到眩晕，高天上流淌着白云，它们仿佛在发出嗡嗡的响声,一种什么东西要引爆的感觉。

但一切照旧,什么事也没有,她特别留意程姐的动静,她每天依然轮换着那几件旗袍,面带微笑,优哉游哉。

她还看到过几次那个纤瘦的女孩,果然是来指导档案升级工作的,她甚至注意到,女孩新买了好看的红色皮鞋,像两只风火轮,托着她轻盈而飞快地来去。

小伙子没收到她的信息,还是不相信?

但她不适合再去强调什么,也许小伙子害怕了,要不就是他另有考虑。

三个月以后的柳絮和风

那天小魏正在上班,突然感到身边气氛怪怪的。

他们在议论什么。

真看不出来啊,不是一向标榜自己比叫花子还要廉洁吗?

这世上就没有什么是干净的。

太干净了也戳眼睛。

没费多大劲,小魏查清楚了,冯院长,程姐的老公,被双规了,据说有人举报他受贿。

多聪明的小伙子啊,他没有用那些照片做文章,他走了另一条路,他肯定非常熟悉那条路。

事情以势如破竹的态势发展下去,冯医生再无回天之力,但自始至终,没有人提他的生活作风问题,他唯一的问题是受贿,数额并不大,只有五万,但也足以判刑。

程姐再没上班了,单位派人去看望她,说她放下了套着一圈珍珠的发髻,脱下了旗袍,穿着家居服,两眼红肿,面色蜡黄,看到人就说:

他被人暗算了，他要那五万块干什么？能买房子还是能买汽车？他父亲种一季柑橘都不止卖五万。

没有人能真正安慰她，除了说：组织上会搞清楚的，不会冤枉他的。好人会有好报的。

最终，好人冯医生还是带着被冤枉的罪名，判了五年。

得知结果的那天，小魏捧着微微显形的肚子，来到程姐家。

程姐果然老了许多，屋里那些光泽度和质感极好的家具，也都蒙了一层灰，看到小魏，程姐立即泣不成声。

你也了解他的对吧？他不是那种人，他对钱根本不感兴趣。他太幼稚了，到现在连是谁在陷害他都不知道。

小魏奇怪自己如此平静，一丝波澜都没有。

当初的确有人给他送钱来，是个搞医疗器械销售的，找了他好几次，他都躲开了。有一天，那人趁我们不注意，留下了一只包，他当然知道那个包里会有什么，亲自开车把那个包送了回去，可那个人不肯见他，他就把它放在他办公室的铁皮柜里，但人家现在就是不承认，说没看到那个包。我在想，也许人家真的没拿到手，那个包说不定被另外的人拿走了。怪他自己没脑子，干吗不亲自交到他手上。他说那是他一个人的办公室，一般不会有人进去。太单纯了，太幼稚了，这样的人不出事谁出事？

会有水落石出的那一天的。小魏劝她：事已至此，不如赶紧想别的办法，争取早点出来。

我没有办法，我什么办法也没有，谁能想到都过了大半辈子了，还要去吃牢饭。早知如此，还不如好好当他的医生，起码不会有这种无妄之灾。

哭喊了一阵，程姐慢慢安静下来。

一心呢？他还好吧？

程姐一听，哇的一声又哭了起来：他要我给他转学，他说他要去外地上学，去一个谁也不认识他的地方上学。我能怎么办？只能想办法给他转，转到老家我妹妹那里去。他要是影响我一心考大学，就算他坐了牢，我也跟他没完。

　　这倒是小魏没想到的，过了一会，她又问程姐：一心现在在哪里，我想跟他说句话。我毕竟做过他几天老师。

　　一心拉开门走了出来。他的胡子已经正式长出来了，不太多，倔强的几根，黑色。

　　他不客气地盯了小魏一眼，算是打了招呼。

　　两人在沙发上坐下，小魏说：他是他，你是你，你是有文化有思想的人，越是动乱，越是要稳住阵脚，你还有照顾妈妈的任务呢。

　　一心鼻子里嗤了一声：一出闹剧！

　　小魏心里一震，难道他看出了什么？不可能啊，也许是自己想多了。

　　晚上，小魏对冷铁军说：一心长大了会给他老子报仇吗？

　　就怕等到他能报仇的时候，早已被生活摧毁得没力气了。

原刊《当代》第 4 期

跳 鲤

胡学文

引 子

  他知道警察就在外面，一个，也许两个。他已经苏醒，但强制自己不要睁眼。似乎这样就如同死人，就会遗忘一切。但一组又一组画面，一张又一张脸，一个又一个声音杵进脑子，捣蒜一样，他的脑浆发出烂泥般空洞的声响。他害怕死去，更害怕活着。活着，那混杂的声响便漫天飞溅，遮空蔽日。

  他知道自己躺在什么地方。他在医院当了四年保安，那气味再熟悉不过。脑袋肿胀，就如长爆的白菜；腿脚钻心地疼。也许脚筋挑断了，也许某个内脏扎成了筛底，若从此残疾，那就更糟糕了，还不如死呢。这种时候，花该在他身边的。他没嗅到她的气息。明知不在，他还是发出暗哑的低唤。似乎随着他的呼唤，那气息就会从门缝儿挤进来，就会抚摸他肿胀的脸。谁料她就像插在他身上的导火索，那声低唤扣动了打火机，嘶啦声如蛇游窜，惊雷炸响，顷刻间，他化为碎片。

一

阴冷的秋日上午，他又如往常一样蹲在地头，双目泛红，满嘴黄疱。菜彻底烂了，腐臭弥漫。这意味着他投的二十万块钱，他和花的辛苦化作了尘烟。已经没有任何意义，但他仍一天两趟往菜地跑，似乎奇迹会因他的虔诚而降临。他如木桩，蹲下去就是半天，等来的是愈加浓烈的腥臭。

他后悔没听花的。脑子一热，就像别人那样包地了，就像别人那样种菜了。咱赔不起呀，花苦口婆心。而他早已吃下秤砣，日夜浸泡在虚狂的梦想里。花拗不过他，在家庭大政上，一向他说了算。钱不够，花还跟她妹妹借了五万。

你还不如死了呢！

他猛吃一惊，跳起来，举头四望。天空蔚蓝，田野灰黄，目之所及看不到一个人。几百米外，两头牛在觅食。他不知声音何来。去年王庄一个种菜的喝农药自杀，留下百万巨债。他没有寻死的念头，一日日往地头跑绝不是想不开。虽说老底亏光了，于他那也是巨款，但他不会抹脖子上吊。死？他冷笑，鬼才去死。

他刚刚蹲下，那声音突又砸过来。真真切切，似乎不是幻觉，他头皮发麻，不知声音来自何处。脖子都扭酸了，仍什么也没看到。难道大白天的有鬼？去你妈的，老子不死！他大声喊出来。

这时，花打来电话，让他赶紧回去。声音颤着，遇上高兴事，或紧张过度，她就这样。他想多问问，她已经挂了。他不敢耽搁，大步往回赶。扑棱，一只乌鸦从树杈惊起，朝对面的林带飞去。他张大被黄疱包围的嘴，盯着乌鸦，直到它变成豆粒。他和花在菜地干活儿时，常有乌鸦飞过头顶，黄昏，成群的乌鸦总在村庄上空盘旋，它们和村里的猫狗一样寻常，可是，这只突然惊飞的乌鸦让他心里直扑腾。

踏进院门那刻，乌鸦才淡去。

原来有好事等着他。花的继父的在县医院当副院长的侄女婿给他找了份当保安的差事。半个月前，花找了继父，继父又托了他的叔伯妹子，花也就是试试，毕竟这亲戚隔得远了些，不料人家当事办了。花个子不高，但脸相耐看，尤其笑起来，眼里的灵光一闪一闪的，就像蝴蝶飞舞。结婚二十多年了，她的笑脸仍让他神摇魂荡。但那天他像死水般沉寂。倒不是血本无归的阴影仍然笼罩，而是这差事没有任何吸引力。三班倒，一月两千块钱。七在城里当几年保安了，他和七打听过。他和七不同，七有两个闺女，那是两家"招商银行"呀，七不干活儿，日子照过。他和花两个儿子，孩娃坠地，感觉中了彩，慢慢地，这彩就变成了山。长子打工，已经到了成婚年龄，谈一个不成，谈另一个也不成。自然各有缘由，但他知道根儿在哪儿。次子刚上技校，身边总有女娃。念书花钱，女娃胳膊也不能白挽。若不是压得喘不过气，他不会包地种菜。本想跳个高高，却跌个大跟头。他清楚花怕他再折腾，想找根线拴住他。他不怕拴，如果挣大钱，铁链捆都成。这保安就是块干骨头，飘点儿香味儿，啃不出肉呀。

为啥？花追问，好像他没说清楚。

他沉默。

啥挣钱？你说说！蝴蝶消失了，她的脸有些冷，但仍是耐看的圆。

他继续哑着，也只能哑着。

跑大车挣钱，开商店挣钱，建猪厂挣钱，听说弄个加油站一年有上百万的收入，哪样咱能沾边？她靠着柜板，似乎没有依靠就立不住了。确实，她的身子有些抖。她从来不像别的女人那般哭闹，只是阴云一层层地肥厚，要下雨的样子。再有就是控制不住地颤抖。菜烂在地里，她也没埋怨过。她是真的生气了。

他更加哑了。

花没再用石头一样的话砸他,静立着,望着别处。仿佛他的哑传染了她。

好一会儿,花说,费这么大周折,好歹你先干着,瓜也好枣也好,塞住嘴再说,若有更好的营生,咱随时走。

先试试吧,他说。

花的眉眼亮了亮,你这不情不愿的,要不是有这层关系,撞烂脑袋也甭想。

他问,我去当保安,你咋办?

花笑了,你跟七学学,把我也带去呀。枣笨手笨脚的,连个鞋垫都不会纳,我比她可强多了。听说她在宾馆打扫卫生,一月也有两千呢。

两天后,他拎着两个编织袋登上了去县城的中巴。编织袋鼓鼓囊囊的,一个装着他的行李,棉衣棉裤,以及那块他长年铺着的山羊皮;另一个装着洗漱用具、水杯、棉鞋、单鞋,还有带给副院长的几串草地白蘑。东西是花准备的,他连手指头都没伸。好像他不再回来了,她把四季所需全塞进去。他没说啥,装就装呗,到时再拎回来就是。他没打算长期干,之所以应下来,因为冬天就快到了,不能闲着,如花所言,先塞住嘴再说;再一个,就因他不听劝阻,他和她才被灾难的大锅扣住,她嘴角的疱刚有结痂的迹象,怕她因为这个,水疱又如蘑菇冒出来。他心疼她,当然也有些气短。那浓稠弥漫的腐臭没把他压垮,但让他矮了半截。

说妥的事自然没费周折,见过副院长,并将几串白蘑放在角落后,就由七领着去见保安的头。一个勺子状的男人,次日就上岗了。三人一组,他和七在一个组。这是七提出来的,他说咱一村,有事好照应。房也是七帮他租的,与他人合租一个院。那家住正房,他住南房,采光差,但租金低,一月四百,水电另算。

大约八九天后,适逢两人都休,七把他叫至家中吃饭。七租了个独院,两大两小,七和枣住正房,小房放着七的摩托和枣的电动车,另有半袋萝卜、几棵白菜,别无其他。他问七为什么不租出去,七说独住贵点,但是方便。傍着西院墙用木棒绑搭的简易棚内,堆放着旧报纸、纸箱及踩扁的易拉罐,旁边还有一辆三轮车。也是那天,他才知道七在当保安的同时,还兼收废品。他恭维,你不简单呀。七说,哪里,就弄两个零花钱,也是逼出来的。

两人落座,枣将花生米、猪头肉端上桌,让他和七先喝,她再扒拉俩菜。他赶紧说这就够了,别忙了。枣甩过目光,就如她的身材一样,眼神壮壮的。打他进屋,她第一次正式和他对视。他突然一慌。枣说,又不是城里人,长了核桃肚,俩菜够谁吃?!七说,别管她,说起来这饭还是她提的头儿,我来县的头两年,你没少照顾她。他说,顺手的活儿。立即把话岔开。

他和七同一年盖的房,就隔一堵院墙,和七两口子比和别人近些。平时你借我个箩筐,我借你把铁锨,有一次他拉肚子软得走不了路,还是七和花一起把他送到医院。不过,他帮七更多些。因为他比七手巧,脑瓜也比七好使。枣长得虽壮,但无论粗活儿还是细活儿,都不如花。论过日子,七和枣差一大截呢,两人又都是馋嘴,常常寅吃卯粮。有好几次,枣隔墙借盐。进城几年,七两口子的变化着实让他吃惊。所以,他的恭维有多半出于真心。

也就混个肚圆,七说,几杯酒下肚。七的话就飘了,咱比不了有钱人,天天有肉吃有酒喝,知足了。枣炒完菜,坐在桌边,将七早已倒好的酒一饮而尽。她比他和七的酒量大,喝酒的架势也豪。七感慨地,在村里,哪舍得这么喝?她一端杯我就紧张,她喝得猛,不等我张罗,酒就见底儿了。枣截断七,租两间破房,你还吹,啥时住上楼你再吹！说着目光杵向他，告状似的口气，听我的，早发了！

枣和七初到县城后，平房还便宜，特别是城郊的。那时手里有些存款，枣想买一处。当然她没那么远的目光，只觉住自己的房踏实。七没同意，就搁下了。几年后房价大涨，若当初买一处，现在能换一套楼。枣举了好几个例子。现在虽说不愁吃喝，但没有自己的窝。无论平房还是楼房，都买不起了。临街的平房比楼还贵。

他甚是吃惊，吃惊枣嘴里的机会，吃惊她的口气。以前她不是这样。七委屈地辩解，谁能想到呢？早知我肯定听你的，现在……没准……也——枣说，那你就甭吹，有啥显摆的？还不愁吃喝，连街上那几个要饭的都不愁吃喝。七冲他眨眨眼，带了些无奈，没准哪天捡个金元宝呢。枣哼了一声，白日做梦。七说，命里有，早晚是你的；没有，急也没用。枣看着他，听见了吧？肉了吧唧的。七说，我也紧忙活呀。

他说，就是。

两人你来我往，似乎不是喊他过来吃饭，而是让他评判。他没有资格。若在村里，他是可以评判的，现在哪敢？在七和枣面前，他不过是一个白板。若非那无边无际的腐臭，他不会坐在他们面前。可是，他不能什么都不说。他寻找着插话的时机。既然必须站在其中一边，就只能和七站在一起。

七的脸罩着尴尬和得意，有公道人呢。

枣佯怒道，你这马屁拍的，别忘了，这菜是我炒的！

他又一慌，赔着笑说，都对，都对。

枣并不领情，气哼哼地瞪着他，两面派！

这时，他接到花的电话，没当要紧事，几句话就挂了。

七问，花怎么不随你来？他顺口道，来了干什么？七说什么都行啊，让枣帮你留意一下。枣的目光甩到七脸上，用你操闲心！七说，也是,喝酒喝酒。

他端杯敬七和枣,那个念头冒出鲜嫩的苞芽。彼时,他当然不会知道,这苞芽会长成锋利的刀子。

二

花到县医院打扫卫生时是初冬,自然也托了副院长的关系。第一天,他拉她去的。不久前,他买了辆脚蹬三轮车。既然七可以收废品,他也可以,而且,很快就摸到门道,运气好的话,进项甚至能超过保安。两个人三份活儿,好歹能存些钱。没准花还能找上第四份活儿,她麻利、勤快,和他一样不怕吃苦。果然,两星期后,她就在裁缝铺揽了零活儿。

转过年,他在城边租了一处独门独院,比原先住得远了些,但放废品方便,正房也暖和,而那两间只开北窗的南房,阴冷潮湿,两人搂着睡一夜,脚依然是凉的,张嘴说话白汽如蛇。村里的房,他像七一样用泥皮封了门窗,混不下去,还得回到老窝。

一晃就是两年。

日子没多难,但也没好到哪儿去。七和枣一向不亏嘴,他和花虽没勒住脖子,但比村里还节俭。村里菜不花钱,水不花钱,柴火不花钱,城里每一样都离不了钱。冬天蔬菜贵得离谱,两人只吃白菜,就这,也不敢敞开吃,一棵白菜至少吃五天。菜少,只能多放盐,每次吃完饭,喝两大碗水才能把咸味冲淡。穿就更甭说了,两年谁也没添新衣,他换了一双棉鞋,是花从病房捡的。每年倒是能攒几万块钱,可别说给儿子买房了,连家具怕都买不了几件。

搞钱的门道太多了,他耳闻目睹,知道不少。他和花虽有二职,但跟别人的二职比,就是芝麻和西瓜。比如医生在医院出诊,却让病人到自己开的药店买药，想治病吗？治就照做。花的副院长亲戚就开了药店，他和花买药从不去别家。比如老师，课上讲一半，另一半要留到补课时讲，不报补课班就甭想考好成绩。

所有这些，与他和花没有丝毫关系。也就是听听而已。可听得多了，难免胡思乱想，也就想想。蛇鼠不同路，有多少本事吃多大饭，他和花也只能靠辛苦一个子儿一个子儿地攒。没啥可抱怨的。

中秋节快到了，他和花盘算着去副院长家坐坐。商议带什么东西，两人发生了分歧。花的意思是买两瓶酒，另加一个礼盒，月饼或其他。他提议买二十斤本地麻油，省钱又实用。花说看人家一趟，怎么也得像点样儿。他说，这就是个礼节，你带什么副院长都不放在眼里，除非金条，金条你有吗？花怪他说话硬，抬杠似的。他提起去年中秋、春节去副院长家的情形，客厅里烟酒、礼盒、干鲜果品堆得小山似的，谁送了什么，副院长根本记不住。花说，看人是咱的心意，记不记是人家的事。他说看就是为让人家记住，随后讲了听来的送礼故事。

在别人都给县头儿送羊的年代，某局长买了数套吃羊肉的刀叉。某局长在酒后道出真谛，羊吃掉就没了，头头们记不住，而局长送的刀叉虽然没有一只羊值钱，但每次吃肉都用得上，都能想起是谁送的。局长一路高歌猛进，最后也成了县头儿。

他在酒馆听来的，给七和枣讲时，两人都感叹，怪不得人家往上爬，脑子就是好使。可花的眉毛都没动，评价道，太算计了，吓人。他说世事就是这样，会算计的吃香，不会算计的喝汤。花仍固执己见，说副院长是她亲戚，不能让人家笑话。他没争过她，花仍然是他的花，但比原先有主意了。

周六的晚上，他和花敲开了副院长的门，如他预想并担心的一样，副院长根本没瞅两人拎了什么东西，甚至没朝花看，更别说站在花身后的他了。副院长正打电话，想来是个重要电话，指指沙发，径直进了卧室。客厅靠门的一角已经堆了很多，有个礼盒竟然与花拎着的一模一样。他给花丢眼神儿，我说什么来着？花不理会，将东西挨序放了，便蹲在电视柜一侧，拾捡花盆里的枯叶。副院长出来，她刚好捡完，并将碎叶揣进兜里。

副院长点点头，说，还好吧？他说，还好。副院长说那就好。副院长心不在焉，说着话却翻着手机，显然有重要事。别看他是副院长，说话比院长还硬，据说医院即将开建的住院楼就是他跑下来的。听闻传言的那个晚上，花特意包了顿饺子。那与他和花没啥关系，但副院长红运当头，对他和花肯定不是坏事。庆祝是值得的。

他和花提出告辞。副院长哎呀一声，说不好意思，改天再过来坐。

他推开门，刚迈出一只脚，副院长突然叫，等等！先别走！

他和花转过身。副院长个高腿长，脸阔如板，像一把竖起的巨斧。他本比副院长矮半头，此时突然矮了半截，感觉副院长抬抬腿，就能把他和花踩到脚底。副院长上下打量了他一遭，又在花身上绕了一圈，目光如探测的利器，像他和花偷揣了什么东西。

他不由得发慌，正要开口，副院长笑了，说，我怎么没想到呢，坐！坐！

他和花挨着坐了。

副院长问，喝点儿水不？

他早就渴了，但摇了摇头，花抢在他前面说，来时喝过了。

副院长说，那就说正事，有一桩美差。

年过六旬的老头儿，两子一女均在外地，长子在广东，次子在北京，女儿在市里，都是非凡人物。女儿最次，是开发商。三个儿女是老头儿一手带大的，现在该他们反哺父亲了，除了月球，老头儿可以到任何一个地方居住，可以跟任何一个子女生活，但老头儿不愿离开皮城。儿女无奈，但让父亲一个人住终是不放心，需要二十四小时陪护，费用八千，管吃喝。

副院长问他俩是否愿意，他和花几乎异口同声。他听出花的声音颤着，他何尝不是呢？副院长说，那就好，待通过了，就把医院的活儿辞了。副院长话中有话，他盯着副院长，副院长说，我负责初选，拍不了板。他问什么时候能定，副院长说一会儿就给老头儿的女儿打电话。花突然叫了声妹夫。无论私下还是公开场合，他和花都喊院长，这声"妹夫"实在突兀。副院长倒没发愣，假假一笑。花说，我不叫你院长了，那太见外，我就叫你妹夫。副院长大度地说，那好啊。花说，就靠妹夫了。副院长适度笑着，说，那是自然，我会尽力，这差事确实难找，医院不会动弹的病人，二十四小时的陪护费五千，老头儿硬朗着呢，顿顿二两酒，馒头能吃仨，说是陪护，其实就是保姆，做做饭，说说话，有事及时给子女们报个信儿。花把手掌放在膝盖上，他知道她又出汗了。

不过，副院长语气一转，你俩也要有个准备，老头儿脾气古怪，好骂人，哪儿不入眼，张口就来。之前有四拨陪护，三拨是他撵走的，一拨是自己不干的。

他的心不由得缩紧。

如今讲品牌服务，副院长说，不然，凭啥给你这么高的工钱？怎么样？要不先考虑一下？

花扭头看他。他能读懂她的目光。关键时候，还得他掌舵。他问副院长，如果这边干不下来，还能不能回医院？副院长说，这倒没问题，但需要等机会。他立刻道，不用考虑了，干！花跟着说，有劳妹夫！

馅饼就这么突然掉下来，虽未盖到脸上，但那浓香的气息已经扑进口鼻。至于副院长所言的"准备"，他和花在回去的路上就稀释掉了。花说，他骂就骂呗，听着就是了。这也是他的想法，甭说骂了，打几下也由着老头儿。一个月八千块,想想都烫人,两人轮班,他还可以收废品。越想越兴奋,及至进了家门,花呀了一声,说他两眼像刚出炉的烧饼,他说,你还说我,你的脸像抹了胭脂,是不是想去登台唱戏?花果真就唱出来。她嗓音不错,嫁给他之前,唱过二人台,那些词都在肚里埋着呢。她唱起来,胸脯就挺得高了。他本就燃烧着,此时火苗蹿得更猛了,她还要唱的,火忽地扑到她身上。

你说能相中咱不?花躺在他怀里,有些担心地问,那时他快睡着了,她的担心像把凿子,他顿时睡意全无。他比她更担心。听天由命。他说。花说,也不知啥时能定下来。他摸住她的乳房,她叫疼,他马上松开,说,不会太久。花问,你咋知道?他说,我就是知道。他当然不知道。

第二天,他接到副院长电话。半小时后,他和花赶到飞龙茶庄。副院长和老头儿的女儿在那儿喝茶。他估摸她怎么也得四十大几了,待见面,甚是吃惊,也就三十出头的样子。副院长做了介绍,他和花先后说黎总好,将蘸过蜜的脸展给她。黎总点点头,虽是坐着,目光却像凌空劈下来的。他不由得偏了偏,马上意识到不妥,又扭正,迎接着黎总的审视。就看到了黎总眼角的鱼尾纹,只是不那么明显。脸上的蜜更浓了些,如果有孔雀的本事,他立马开屏。黎总的目光移到花身上,停留的时间久了点儿,也更锋利了些。

黎总突然站起,走到花跟前,抓起花的手。懂得剪指甲,黎总坐回沙发时说,像干净人。原来是这样,他舒了口气。论干净利落,村里没有哪个女人比得过花,半夜起来干活儿,她也要梳头洗脸,他还曾因这个嘲笑过她。他庆幸黎总没看他的指甲,下意识地弯曲了手指。黎总眼尖,马上发现,说,你不用藏,我看见了。他的脸腾地热了,暗想完了,不料却给他加了分。黎总赞许道,你这个年纪还脸红,难得!

黎总问了几个问题，问他是否抽烟喝酒、什么学历、耳朵是否好使，问花主要是茶饭方面。

就这么着吧，黎总说，明天体检！别操心费用。似乎直到这时，黎总才想起他和花一直站着，邀请他和花坐下喝茶。他和副院长对视一下，谢过黎总，退出茶室。

次日，他和花由一个清瘦的护士带着，楼上楼下，所有的科室、所有的检查室走了个遍。他和花从未全面查过身体，头疼买止疼药，咳嗽买止咳药。他当然清楚，黎总是怕他和花有什么病，先前那些陪护都要过这一关吧。他从未担心自己的身体，那天却有些紧张。还有花，有一段时间了，触摸她的乳房，她就喊疼。他催她看医生，她不当回事。

检查结果出来了，花轻度乳腺增生，他肾上有一粒两毫米左右的结石，其他都没有问题。

悬着的心终于落地。

三

上门那天，黎总因事没赶回来，副院长带他和花去的。龙宫是县城最高档的小区，门口的保安比站在医院里的他还笔挺。快进十月了，街道两侧的树早就披上了黄袍，而小区还盛开着各色菊花，在肃杀的西风中愈显浓艳。

注意事项，黎总已经交代过多次，他和花铭记于心，到楼道口，副院长再次叮嘱，特别强调，叫黎主任。

他和花重重点头。

黎老头儿颇有几分传奇。曾是村里的炸石工，一次意外和同伴被碎石掩埋。第四天才被挖出，同伴已死，他被抢救过来，只是断了腿。

村子地处坝上坝下交界处，紧挨着原始森林，他经常偷猎，某个冬天，因迷路在树林里转了两天一夜，竟然没冻死。三个子女读书的费用是兽皮换来的。他痴迷村主任，但每次竞选均以失败告终。所以只能送他一个称呼。黎老头儿深爱这个"头衔"。

对他和花来说，是最容易做到的，不要说主任，就是叫县长、市长、省长，哪怕叫总统、国王都没问题，只要黎主任乐意。

摁了三次门铃，均无回应。副院长喊了声黎主任，正要再摁，一个厚实的声音响起，自己开！副院长从兜里掏出一把系着红绸的钥匙，拧开，将钥匙塞给他，小声说，装好了。

黎主任在客厅立着，双手后背，像藏了什么东西。满头白发，但仍然浓密，根根直竖；面色褐红，褶皱近无，极为壮实。难怪副院长说他一顿吃仨馒头，这是干活儿的身板。

我知道黎月给了你钥匙，黎主任说，你又不是第一次来，还摁门铃？

副院长笑笑，说，黎主任一猜就中，你不同意，我哪儿敢开？

黎主任问，黎月呢？

副院长说，正好有个项目要谈，她该给你打过电话吧？

黎主任说，你猜得也中，打是打过，我没接。

副院长指着他和花说，我把人带来了。

黎主任这才正式地打量他和花。黎主任的目光不像黎总那么凌厉，枝枝杈杈，漫不经心，有一搭没一搭，轻飘得如一缕烟，风吹即散。

要我批准？黎主任问副院长。

副院长笑说，黎总把过关了，做什么，你吩咐就是。

黎主任哼了一声，我就知道。

副院长交代完便离去了，他和花立着，等黎主任指令。不知黎主任咋刁难他和花，虽说做好了准备，但心里一点儿谱没有。可黎主任什么都没说,就像他和花不存在,如烟的目光瞟都不往这边瞟。黎主任转身走向阳台,双手仍然后背,手上并没有东西。右脚抬不高,像扫帚般擦着地面。阳台的方凳上放了把抓挠,黎主任抓起,像端枪一样握住带钩的一端,瞄向窗外,肩颈后缩,伏击的架势。

他屏住呼吸,正要提醒花不要出声,花打了一个嗝。她平时没这毛病,昨天就冷风吃了半个月饼,打嗝了半夜,清早没听她打嗝,以为好了。这嗝打得实在不是时候。果然,黎主任回过头,怒冲冲地说,你把它吓跑了。花涨红了脸,说,我不是故意的。黎主任说,你就是故意的。他插话,真不是。黎主任叫,没和你说,闭嘴!花放低声音,那咋办?黎主任挥挥手说,滚蛋!赶紧滚蛋!他心里咯噔一声。花往前一步,说,黎总交代过——黎主任打断她,现在我说了算!花说,你说了不算,我听黎总的。他暗叫糟糕,知她这是豁出去了。一旦豁出去,脑袋就锈住了。黎主任嗬了一声,还想赖?怕你们没那本事,赶紧走,不然我不客气了。花说,就不走!黎主任扬起抓挠,说,别以为我不敢。他怕花吃亏,将花扯在身后,赔着笑说,你老别生气。黎主任说,别你老你老的,黄土没淹脖子呢。花说,说起来你也是主任呢,动不动就想打人,我们村的主任可不像你。黎主任竟然笑了,说,你们村的主任是不是给你提过鞋?肯定和你有一腿!花气得直抖,说,你这话哪像个主任说的?大白天的欺负人!黎主任怔一怔,语气突然温和许多,我收回我的话,你们现在就离开!

他急中生智,说这个月的工钱黎总已经给了,黎主任不用,这钱也不能退。黎主任盯住他,说,我不信,都是月底结账。他说黎主任若不相信,现在给黎总打电话。黎主任说打就打。四下瞅瞅,从沙发的角落摸起。他捏了把汗,甚至想扑上去抢夺。花责怪地拧他一下。他横下心,大不了离开。馅饼诱人,但太他妈嘞人。

孰料黎主任端着手机却没动,好像忘了号码,寻思片刻,丢在沙发上，说，她有的是钱，便宜你们了。挥了下手，后边的话懒得说了。

他愣住，半晌搜刮不出应对之语。亏了花，她说，那不成！拿了钱就得干活儿，就这么走不成骗子了？这罪名咱可担不起。她声音不高，话里却带着骨头碴子。黎主任显然被硌着了，褐红的脸肌弹了弹，皱着眉说，别给自己揽事儿，这可不好。

他反应过来，说，这可不是揽事儿，黎总报警，我俩就得吃官司。

花立即附和，是呀，你这当主任的不能陷害小老百姓。

黎主任放下狠话，满一个月马上滚！

花说，你一会儿再训人，该做饭了。他跟在花身后走进厨房。这一关暂时过了。老头儿不是想象中那么粗蛮古怪，只要喊主任，还是通几分情理的。但他并没有松劲儿，毕竟，还没摸透老头儿的脾性。花冲他眨眨眼，嘀咕，顺毛捋。她让他回，他说不急，两人已分工，她白班，他值夜。怕老头儿刁难她，他不放心。花说，他吃不了人，我能应付。花的嘴能赶得上，他信，但万一老头儿动手呢？两个花也不是对手。花读懂他的神色，就没再说。

花拉开橱柜门，逐个查看，然后系了围裙，开始做饭。见她舀莜面，他说，该问问他吃啥，不喜欢吃，又是一顿骂。花说，问也骂，不问也骂，装聋子呗，好伺候也轮不着咱呀。他想也是，就说在医院当保安，看起来穿得像模像样，其实就一受气包。那些蛮不讲理的，明知不是停车位，非要停车，一拦就骂。七因阻止一妇女牵狗入院，还被抓了两把。妇女咬定七骂她是狗。你不当回事，那就是屁，某次喝酒，七向他传授经验。

花将两屉莜面窝窝推好，黎主任探进头，气冲冲地说，我说要吃莜面了？花慌了慌，立马稳住，说，想吃别的，我再做。他附和，快得很！黎主任没理他，直视着花，那莜面呢？你们吃？花说，你不吃，也不能倒掉。黎主任脸上闪过捉了贼似的得意，说，别想哄我，原本就给自个儿做的吧？花说，黎主任，你这么说可伤人呢，我估摸你喜欢，才——黎主任毫不客气地说，你凭什么估摸？

他没敢插话，生怕火上浇油。他能做的就是站在花身后。

花说，要不喜欢吃莜面你身板哪能这么结实？恭维起了作用，黎主任神色不那么生硬了，话里仍带着恼怒，我不喜欢！花说，当官都不说真话，你这毛病早就染上了吧。黎主任瞪着她，说，好像你啥都懂，我算啥官。花笑了笑，说，你是主任呀，说惯了假话，连自个儿喜欢吃什么也不敢承认，要我说，你可够累的。黎主任哼了声，你懂什么？莜面就莜面吧，汤要山药条、雪里蕻。花说，难得你说句实话。

危机化解，他大松一口气。主任这个称号确实好使，像枚定海神针。

花打了胜仗般，露出些许得意，尽管刚才她不住地抹手心的汗，她说，我就说吧，顺毛捋。她让他吃了饭就回，不能两个人都耗在这儿。他点点头，说饭就不吃了，有事马上给他打电话。花说，放心，咱一个大活人，他还能咋的？

黎主任却叫住他，说闻见饭味儿了，吃了再走。当然黎主任没那么热情，虎着褐土般的脸，但就这，也让他意外。他辞谢，黎主任说，我让你吃你就吃。花直冲他使眼色，说，听黎主任的！

黎主任饭量果然厉害，吃了整整一屉，速度又快，饿了几千年似的。花把她和他吃的那屉移过去，黎主任抹抹嘴巴站起来，难得地夸赞，好久没吃过这么薄的窝窝了。花和他相视着笑笑，冲黎主任的背影说，对主任的胃口就好。

下午，他蹬着三轮车在龙宫附近转悠。他有几个关系户，饭馆、商店、药店，如有废品，会给他打电话。平时他就一条街一条街地走，有时还到县城周边的村庄。那天，他不敢往远处去。心神不宁，不时地看手机，中途还给花发了条信息。

离约定时间尚有一小时，他便上门了。花小声说不用这么早的，问他吃过饭没。他说吃过了，网样的目光罩住花，浑身上下摸了个遍。她脸上无伤，情绪正常，但他仍然抽空问了问，花朝外边瞥瞥，说咋说也是主任呢。然后，抿嘴笑了。他的心终于坠到该坠的地方。

黎主任早晚有走步的习惯，不是饭后即出门，看完《新闻联播》，还要看两集电视剧。黎主任也不喜欢到大街上转悠，专走没有路灯的偏僻小路。黎总的每一项交代都在心上烙着，见黎主任关电视，他立马站起来。自他进屋，黎主任就问了问他的属相，再无下文，仍把他当空气。此时却瞪着他，说，你要盯我的梢？他解释，黎主任毫不客气，你又不属狗，我不需要。他说，黎总交代过，我必须跟着。黎主任说，少拿她来压我！我又不是三岁小孩。他僵了僵，抛出法宝，你是主任，哪能自己单独走呢？黎主任并不买账，说，皇帝还微服私访呢，我遛遛腿还怕被鬼吃了？他说，皇帝私访都有侍卫跟着，不过在暗处，我知你啥也不怕，但我怕呀，你就别和平头百姓计较了。黎主任盯着他，好一阵子，冷冷吩咐，别跟得太近，尾巴似的。

四

一日一日地踩着地雷的碎片，就这么过来了。哪句话没说对或黎主任不高兴，自是没好脾气，浑身利刺，张嘴就骂，但几顶高帽盖过来，老头儿的鬃毛就没那么硬了。一味顺着捋还不行，该顶还要顶，因为黎总的界在那儿。只要黎主任不超过那道无形的墙，不要说骂，打几巴掌也无妨。黎主任偶有架势，还没动过手。他和花每次交接班，都要分享经验和情报。

花自然是头功，她做得一手好茶饭，单莜面就不下二十种，每日变着花样。黎主任吃莜面有讲究，窝窝或鱼子要土豆雪里蕻汤，山药鱼要蘑菇猪肉汤，锅饼要芥菜叶汤。老头儿说一次，她就记住了。没特意要求的，她自作主张，也合老头儿胃口。她闯过祸，儿子打来电话，说得时间久了些，忘了蘑菇只洗一遍，捞出来切了。黎主任被沙子硌了牙，勃然变色，摔了筷子，问她安的什么心。她吓坏了，小声说不是故意的。她要倒了重做，黎主任却又捡起筷子，说就仗他的胃铁打的，吃几粒沙子也没啥。仍是狼吞虎咽，似乎吃得更快了。简直就是三花脸，说变就变。肯定是怕我倒了，花在分享时说，说大方也大方，说小气多倒点儿油也心疼。

夜班相对轻松，黎主任遛腿回来，洗洗脚就睡了。水都是花烧好的，放在木桶旁。黎主任自个儿接水，自个儿洗脚，他只需将黎主任的洗脚水倒掉。他曾张罗给黎主任洗脚，黎主任让他滚。他说，你可是主任，咋能亲自洗？他想说服主任，他来就是服务的。不料黎主任说，我明儿入洞房，不自个儿，还让你替吗？他被噎得直抻脖子，半晌才说，这不是入洞房嘛。黎主任说，有两样事，多大的官也得自己来。他想了半天，也没想清楚，问哪两样。黎主任骂他榆木脑袋，数钱能让人替吗？他恍然大悟。第二样，黎主任让他想，他琢磨了一会儿，明白了。他说，黎主任你可不止两样。黎主任说，我几样不用你教，滚开！他就滚开了。被褥也是黎主任自个儿拉，无须他操心。这钱挣得实在太容易，黎主任咋竖鬃毛都该。

第十一天夜里，他被黎主任拍醒。黎主任光着双腿，肩披夹克，眼睛瞪着，如刚从油锅捞出来的肉丸，带着吱吱的声响。起来起来，你快把房顶炸飞了！触到黎主任的脸，他就知道自己打呼噜了。他平时没这毛病，一旦累了，就扯得天响。白日跑了两趟村庄，村庄要拆了，哪家都有废品，若不是天晚，他还打算再跑一趟。

他赔笑致歉，说再也不会了。黎主任说，马踢人牛倒嚼，这由不得你。他解释白天干了重活儿，黎主任说，我又不是三岁小孩，你想咋哄就咋哄？他向黎主任诉苦，让黎主任体恤一下老百姓的难，两个儿子就像两个碌碡挂在脖子上，他得挣钱。黎主任说，别把你们家的陈谷子烂芝麻往外倒。他说既然搅了黎主任的好梦，黎主任责罚就是。黎主任气哼哼地说，若抽你一巴掌我能睡着，早就抽了。他说那就抽两巴掌，抽两掌兴许就能睡个好觉。可能是这句话打动了黎主任，黎主任不那么怒了，问要是再打呢。他不假思索地说，再打我自己滚蛋。突然有些后悔。该留后路的。黎主任瞪着他说，这可是你说的。

他没敢再睡，穿了衣服，在黑暗中坐着。三个卧室，黎主任住最里边那间，带卫生间。若无打扰，那门到天亮都是闭着的。他住最外那间，双人床，席梦思垫，比他和花的出租屋高了几个档次。可再怎么舒适，也只能静坐了。

第十七天夜里，他再次闯祸。那个村的废品是他意外发现的宝藏，本打算自己好好掘一阵子，可实在是远了些，一天跑不了几趟，中午还要眯一会儿；待看到别人进村，他急了，也是这时，才想起七。七也吃了几天好饭，那日非要喊他喝酒。若他和七，不至于喝多，可枣在，他就超量了。面对枣，他总有那么一点儿虚，而她劝酒的话又冲。当然，也没超太多，身不摇，舌不僵，陪黎主任遛腿，他在几十米外仍能听到黎主任的脚步声。黎主任熄灯，他也熄灯，在暗夜中静坐。孰料坐着双眼就合上了，直到黎主任霹雳般的声音炸响。

他再三央求，黎主任不为所动，他扣了无数帽子，黎主任的脖子快被压歪了，仍叫他滚。他说，走也得天亮了，黑天半夜我往哪儿去？黎主任退了一步，让他待到清早。黎主任没回自己寝宫，像他的呼噜震得胆战心惊了，抑或担心不看守着，黎主任就会偷扔炸弹，图财害命。面对黎主任罕见的较真，他的心，他整个人如一坨泥。你是主任，身子金贵，别这么熬着。他搜肠刮肚，软绵绵地说，没有气力。黎主任说，我就当打猎了。

花进门，猎人和猎物仍对峙着。花被冷风揉红的脸突然冒青，就像洁净的墙被泼了脏污，难看极了。她的目光狠狠剜着他，石头瓦块地砸过来。她从未这么骂过他，她不是泼妇，两人吵架，她的骂也是有分寸的。但他并不吃惊，甚至巴望她再凶一点儿。果然，她就更凶了。终是有默契的。黎主任或许听不下去了，说别大清早的吵得四邻不宁。花这才闭了嘴，青脸漾着笑，对黎主任说，你是主任，和他计较啥呀，我保证，他再不会了。黎主任摇头，说，别废话，没用，工钱不早揣上了？又不让你们退。花笑得更灿了，像他昨夜那般给黎主任一顶一顶扣高帽。

他清楚花咋想的。干满这个月，还要接着干的。他原本也是这般打算。

你这么生气，让他走好了，我替他！我不打呼！花语气突转，满脸的笑如狂风里的秕谷，陡然间无踪无影。

他一愣，黎主任更是满脸疑惑，说，你夜班？

花说，黑白班，我一个人包。顿了顿，又说，钱不能白拿。

黎主任说，这倒可以。其实，你用不着这么计算。

花说，那就这么定了。

也许是花的缓兵之计，他想，但花严肃的神色又让他不安。他追进厨房，合上门。花的回答秤砣一样。他急了，说，不行，绝对不行！大事上，向来他说了算。他怎会让花夜晚陪护一个比牛还壮的男人？再多的钱也不挣。以往，他没有余地，花就退让。但那天花中了邪，说，有啥不能的？他还能吃了我？他说，吃是吃不了，可……他不知该怎么说。花斜着他，说，你不相信他，还是不相信我？他说，你这话伤人，我什么时候都相信你——花打断他，你相信我就行，你一夜一夜不睡，耗也耗死了。他说，你就不怕两个娃知道？花忽地沉了脸，说，我又没干丢脸的事，你咋说这话？心急脑昏，他歉意地笑笑，埋汰自个儿闪了舌头，说话没边儿了。花说，咱不能和钱过不去，你弄一把刀，我放在枕头边。她说到这份儿上，他还能阻拦吗？

不知那一天怎么过来的，他什么都没干，心里咯噔一下就过去了。天黑下来后，他躲伏在龙宫门口，一直等到黎主任背着手穿过马路。花没跟着。他松了口气，像往常一样尾随黎主任踏入偏僻小径，只是离得更远了些。他没有目的，既不是为了窥探黎主任的隐秘，也没想趁昏暗实施报复，机械而茫然。黎主任返回龙宫，他摇晃着往城边走。一整天没吃饭，只煮碗清水挂面。午夜时分，他又躁起来。频频看手机，但手机始终哑着。终是没绷住，他逆着西风往龙宫跑，路灯明晃晃的，偶有车辆经过，鲜有行人。空阔的大街，他极其醒目。终于到了。也就是到了，必得保安许可才能进入。他没打算进，但也没打算离开。花在里面，守着一个又蛮又壮的男人。他守在外面才踏实。若花唤他，他能立马赶到。夜晚漫长得像往天边走，咋也望不到头。后半夜，风更大了。他缩着肩，跑了一程，又跑了一程，天没有亮的意思，他甚至怀疑太阳睡迷糊了。后来被值巡的警察拦住，差点儿就把他推上警车。

老天终于睁开眼睛。他进入小区，黎主任出了楼梯口，他便闪进去。黎主任双手后背，眼睛朝天。他的心狂跳，如行窃般鬼祟。突然就想，为什么要躲避黎主任？他来看他的花，理直气壮才是。便放慢脚步，稳稳叩门。

咋灰头土脸的？花劈头问。她系着粉色的围裙，正准备早饭。或被围裙衬着的缘故，她的脸甚是柔和。拖鞋是豆青色，鞋面上伏卧了两只打瞌睡的虎。他的目光从头滑到脚，又从脚溜到头，多余地问，你没事吧？花佯沉了脸，说，你盼我有事咋的？他说，我不放心。花说，你给我发钱，我日夜守着你。他的脸就缩了，越发地灰暗。你这人，花责怪着但明显带着疼惜，净瞎想，放心好了。他说，当官的没几个好东西。花制止，行了，大清早发什么牢骚？你要是官，就不会这么说了，留下吃饭吧，我炸馒头片。他说，倒了主任胃口，我负不起责。

他每天去龙宫一次，有时早上，有时傍晚，见花一面才踏实。有时有借口，有时没借口，不刻意躲避黎主任，他坦然，理直气壮。黎主任倒也客气，有时还留他吃饭。花和黎主任相安无事，他的心不再开水样翻，一日日平静，特别是给花准备了水果刀后。

第二十九天头上，黎总将钱打过来。花不踏实，让他带着卡去银行查，那个数字蹦出来时，满目金灿。所以，花说黎主任同意她接着干时，他并不是很失落，甚至松了口气，就像预谋成功，包袱落地。种菜、养牛，就连收废品也要冒风险，这也怕那也怕，活也能活，就怕半死不活。特别是想到两个儿子，紧迫与愧疚就如绞绳勒住他。他祈祷黎主任活得结实点，那样，银行卡的数字也如黎主任一样壮硕了。

五

他又回医院当保安了，轮着休息，仍旧收废品。七问过，他说用不了两人，花一个就够了。他没说花的陪护是二十四小时，七若刨根问底，他也会敷衍过去。不想说得那么细，虽然七不是嚼舌头的人。七问工钱，他说也就三四千。就这，七羡慕得双眼放光，说他有门好亲戚。

某日，七喊他去家里吃饭，还特意调了班。他请七和枣吃过一次，铁锅鸡，单独请七有两次，均在医院对面，饺子、啤酒、花生米。七和枣倒是来过家里，但没吃过饭。他盘算着正式请七和枣到家里吃顿饭，现在花不能回家，也只好作罢。既然没法请七和枣，再去七家就不好意思了。他说该他请了，遂让七给枣打电话。七说，枣准备了一大堆，下什么馆子？想请，再碰日子。他仍犹豫，七的电话响了，随后说枣要和他说话。他挥挥手，说，你先走，我稍后就到。

他回了趟家，其实没什么事。花不在，冷冰冰的。回家似乎只为证实屋子是空的。去七家的路上，他买了两瓶金六福，手机响了一次，枣打来的，他没接。

我还以为你不来了，攀上高枝，连老乡也不认了！刚迈进一条腿，枣的声音就甩过来。枣不像花削颗土豆也要先系上围裙，他没见她戴过围裙。她单有做饭的旧衣服，自然难免沾上油污。他几次来吃饭，她都是那身披挂。家里也乱，随意丢，仍像在村里那样。那就是七和枣的日子，绝不苦嘴，其他都是次要的。那天枣穿了件高领红毛衣，显然是新的，标签剪掉了，线头还在。他正要回应枣的奚落，那艳红突然晃了眼，顿了一顿，才说，我回家点点炉子，顺手将酒放在方桌上。

来就来吧，还带酒，怕没你喝的？枣还是那么大咧咧的。

他说，黎主任给的，也是别人送的，人家嫌档次低。

枣问，黎主任？没等他答，便说，知道了，花侍候的那人吧？管吃管喝，还给东西，你和花果然是撞大运了。

他说，也不天天给。

枣说，还天天？这就够馋人了。

七插话，这么好的酒，嫌赖，人家过的是什么日子呢。

他突然有些后悔，不该带酒过来，更不该撒谎是黎主任送的。没必要显摆。于是转移话题，我闻见肉味了，好香！

枣带着几分得意，说，新学了道菜，忙活了几小时，差点儿切了手。你要不来，那就亏大了。枣明目张胆的讨伐令他发慌，他笑笑，说真是沾七的口福。枣道，这可是为你准备的，我和七才不这么折腾，有酒有肉，就是过年了。他啊哈着，觑觑七，七专心致志地启金六福，一脸满足。

枣新学的菜是蒸肉丸子，此外还有尖椒肥肠、肉丝蘑菇、白菜豆腐。丸子足有半个拳头大,他正要用筷子夹开,枣端起搪盆往他碗里拨了两个,嘲讽,瞧你这斯文劲儿,长得鸡胗胗?他说,好东西就得慢慢品嘛。枣不屑地说,喊,光塞牙缝八辈子也吃不出好来。七说,那是,我就喜欢大口嚼,越嚼越香。枣说,几日不见,学会拿捏了。他学七猛咬一口,嘴巴直滴油。枣夸,这就对了嘛,像以前一样。七端起杯,和他碰一下,仰脖灌下去。

他与以往没啥区别,枣不过是借机发挥,但为了"和以前一样",他吃相喝相略夸张了些。她的红毛衣极其晃眼,所以他多半看着七。饭菜丰盛,自然有缘由,他清楚。谜底只有喝到半醉才可能揭晓,他急欲知道,每次端杯,不管是七还是枣和他碰,他都一饮而尽。

一个半丸子吃完,便已微醺。七说,喝得太快了,菜还没吃呢。枣说吃菜吃菜,又给他夹一个丸子。他说够了,枣问,不好吃?他说当然好吃。枣说,那就多吃,你一个爷们儿,还不吃三五个丸子?别的茶饭我比不了你家的花,这丸子我保证比她做得好。他说,花不会做丸子。枣说,我说是吧,咱也有长处呢,就是缺一门好亲戚。他说,隔得远着呢。枣哼了一声,你这吓的,怕沾你光呢?他说,确实——他想解释,枣打断他,再远也是亲戚对不对?他说,那倒是。枣说,你怕别人沾光,我和七脸皮厚,就想蹭个油星星。然后说了一堆在宾馆打扫卫生的不易,当然她干惯了粗活儿,这不算什么,主要是钱太少。她想让他托他和花的副院长亲戚,也寻一份护工的活儿。屙尿都在床上的就算了,枣特意强调,就找花那样的,这年头有钱人多,咋也能碰上个肥的。七补充,也不急,慢慢寻。

这就是了,他想。枣和七不知道那是意外砸到头上的,更不知道所谓的馅饼包的不只是肉,还有玻璃碴子,没那么好咽。但终究香气蒸腾,如果枣和七知道真实的工钱,还不馋掉牙!

也不知人家肯不肯,他斟酌着,话尽可能委婉。虽未过量,舌头却如踩着冬雪的生胶鞋底。

你还没说呢，就知道结果了？枣回击甚猛，抡了大棒般。

七显然觉得枣说话过头了，似怕他恼，替枣圆场，她跟你不见外，尤其喝了酒，啥难听话都敢说，你可别计较。七似要责备枣的，还没说出来就被枣顶过来，我说的不是实话？咋就难听了？哪儿难听？七冲他咧嘴，瞧瞧这脾气，蒸了一样。枣重新盯住他，说，求你件事，你倒转上天了。

他难堪地笑笑，说，我没说不肯呀，就是，只能试试。

枣的眉眼立马有了花色，说，也就想让你试试，哪敢逼你，借十个胆也不敢。七说，你刚才是吵架的阵势。枣说，不至于吧，喝了酒，嗓门就高。她觑住他，不是吓着你了吧？你这胆子！七感慨道，女人的脸就像六月的天。枣向他敬酒，七非要陪着，七实诚，总觉对不住他。

你别有压力，行就行，不行拉倒。枣劝，或是看出他脑袋沉了。不比，这日子还过得去。七已经喝多了，目光虚飘，说，啥人啥命，顿顿不缺肉，就是神仙日子。枣说，听见了吧，捡半碗饭觉得自个儿要上天了，我要生俩带蛋的，你还吃肉？汤也喝不饱。七指着他说，两小子咋了？日子照过。枣说，你能和人家比？七支撑不住，脑袋耷拉下去，说，干吗要比？各过各的。他附和，是呀，各有难处，各有各好。枣讥讽，我终于知道了，啥叫一鼻孔出气。七嘿嘿笑，脑袋快碰到桌面了。

他对枣说，最后一个，不喝了。枣说，你别管他，你得喝好。他说上次喝高了。胸口忽然一疼。枣说，你还能喝高？我不信！他说，眼睛都睁不开了，再晚走不了路了。枣斜着他说，这么大地儿还没你的住处？七头碰到桌面，仍有意识，咕哝，外屋有地儿。他没看枣，连饮两杯，站起来说不早了。枣说，咋也得吃了饭吧，我包的韭菜馅饺子，跑两个超市才买到。他瞄瞄已经扎到桌上的七，说吃肉就饱了。

枣跟在他身后，像一堵热烘烘的墙，到了门口，她扶他一把，说，你是晃了。

　　他勒令自己，没有回头，似乎回头那发烫的墙就会将他烤化。不要紧。轻飘的音儿说出来便被风吹散。

　　枣没再言，重重地将门合上。

　　然那堵赤红的墙仍尾随并烧烤着，他的骨架在高温下变形，整个人都在抽搐。直到进屋，躲进冰凉的被子下，灼烫的墙才轰然倒塌。

　　盛宴当然不能白吃，甭说枣和七左右开弓，就是别人，也得有个交代。有两日没见花了，趁看花的时候，和花讲了。花说抽空去趟副院长家，他问，能放你出去？花说，我得出去买菜，这空还是有的。他担心地说，他若知道——花说，监狱还让透口气呢，谁还没个头疼脑热？咋也能找个借口，有时他也挺好说话，不过，去家里就不能空手。他当即道，还是我和他说吧。他没看出花有什么异样，但仍然问了。花白他，说，别把人往歪里想。他还是提醒她多加小心。花皱眉，说，你卸不下包袱，让枣替我好了。他不怎么痛快，说，我这不是操心嘛！花说，大小也是主任，水平还是有的。又抿嘴乐了，说，自己封个官，还当得有模有样，都说当官有瘾，我算是见识了。他暗想，不过是个半疯子。

　　改天，交完班，正好看见副院长停车，他快步过去。旁边没有人，他抓紧讲了。副院长说陪护好找，但黎主任那样的难寻，他和黎总是同学，才近水楼台，如再碰到手里，副院长答应先告知他。他千恩万谢。副院长笑笑说，听说姐干得不错？他怔住，说不上是因为副院长称呼了姐，还是对花了如指掌的评价。副院长说，黎总昨日回县来着，说她父亲的精神状态很好，她非常高兴。他醒过神儿，说花茶饭好，干净利落。副院长说，也该你俩走运，只要把黎总父亲伺候好，啥都不用愁。他说，多亏了你。不敢再称副院长妹夫。副院长说应该的嘛，随后让他跟随上楼，将两盒土特产给了他。

他告知了七，背过七，又给枣打了电话。枣大概正在干活儿，那端呼呼地喘，你记着就好。她口气有点儿硬，他甚是不快，好像他欠了她多少。但再怎么不快，他也不会显露。即使欠二两米，那也是债。他心里是有虚的。

那个傍晚，他刚刚点着炉子，被蓝烟呛着，连咳数声，竟没听见门响。冷风袭背，他猛然回头，差点儿叫出声。那是一个人哩。她穿着暗紫色羽绒服，眼睛以下的部位用红围巾包得严严实实。她扯掉围巾，露出他熟悉的圆脸，说，真呛，你这是熏黄鼠狼呢。他仍盯着陌生的花，说，你咋回来了？花将围巾挂在架上，好像我不能回来。见他瞅她的羽绒服，索性张开胳膊转了一圈，说，咋样？黎总送给我的，说是什么大牌子，我记不住，你瞅瞅。他瞄瞄商标，但不认得。他问，她回来了？花点点头，说，当天就走了，难怪当老总，眼神真厉害，见了两次，就量出我穿多大的衣服。他说，那算啥，镇上的小裁缝从不用尺子，没出过差错。花没兴趣和他抬杠，脱掉羽绒服，寻找围裙。

花张罗做饭，他更愣了。就半棵白菜，她转了一圈说，亏得我带回一个肘子。他这才看见她搁在锅台上的食品袋。花问他吃夜面窝窝还是白面烙饼。而他，仍木讷着，如年久失修落满灰尘的破旧门板。花追问，他才说烙饼吧。花斜着他，说，咋这眼神儿？他问，你偷回来的？花说，我又不是贼，干吗偷着？他再霸横，也得让我回来取东西吧？他也没那么难说话。他明白了，花回来只为给他做顿饭。冷寒的屋子突然间变成烤箱，他气就不匀了。他问，一会儿还走？花边舀面边说，倒是想住下呢。他从后面抱住她，说，那就别做了，我自己会。花甩了甩，没出息，我先和好面。他一把抱起她。

屋子太冷，花和他商量只脱了裤子行不。昏暗的灯光下，她的声音和样子可怜巴巴的，不像和他生活了二十余年的妻子，倒像他招来的娼妓。他嗯啊着，鼻子突然发酸，有乘人之危的感觉。然后，花的手机响了，她抓起来，喊了声黎主任，并向他竖竖手指。他赤裸着立在床侧。黎主任的抓挠找不见了，花说就在沙发梁上，她没动。那边的黎主任寻了，但没找到。她叫他别急，她一会儿就回。黎主任犯了病似的，异常懊恼，问他是不是老年痴呆了。花朗笑道，怎么会呢，几十年前的事你都记得，可能是掉到哪儿了。

花和黎主任就抓挠的下落和缘由你来我往，黎主任声音洪亮，他听得清清楚楚。那是花的职责，她不能不耐烦。他当然理解，只是，难以形容的情绪如暗流奔涌，他竭力控制，加之寒冷，浑身摇摆，牙齿没有节奏地胡乱击撞。

花挂了电话，愕然道，你怎么了？

六

黎总在望月楼备了酒席，宴请他和花。望月楼在野马湖边上，既可品美食，又可观美景。据说望月楼有一道菜，叫跳鲤。活着跳不稀奇，但被油炸得金黄焦脆仍活蹦乱跳，那就稀罕了。许多食客都是奔着跳鲤去的，当然更多的人只是过过嘴巴瘾。比如他，比如七。七和枣不苦嘴，买副排骨就算顶天了。

他受宠若惊。这是花挣来的，与他没啥关系。他在电话里问花，他去合不合适。他不是护工了，只是护工的家属。花说黎总特意强调了，他必须去。那么，这就是黎总的指令了。他没觉得不适，反认为黎总想得周全。

进入腊月，新年的气氛便浓了。那是从店铺、从灯光、从行人的脸上长出来的，是有根的，北风难以吹散，连街口卖烤红薯的妇女也喜盈盈的。花嘱咐过，他特意换了身干净衣服，剪了指甲。花说别迟到，他特意调了班。他从没这么在乎过花的指令，而花也从未这么严肃地叮嘱过。他乐意听令，跳鲤诱人，但更高兴的是黎总对花的认可，酒宴意味着试用期结束，花将正式上岗，就像男女不管交往多久，喝过订婚酒才算真正确定关系。如果不出意外，这陪护将长久下去，直到老头儿蹬腿。他有一丝酸溜溜的滋味，但想到银行卡上的数字逐月生长，酸便快速飘散。

他早早到了，但没有进门，在望月楼的停车场来回踱着。看见副院长的车驶入，他大步过去，车刚停稳，他便拽开车门，端出满满的笑。副院长问黎总到了吗，他说大概没有，他在这儿等等花。副院长说天寒地冻的，上楼吧。他就跟在副院长身后。

房间临湖，但看不见月亮，对岸倒是灯火稠密，只是人间的光亮终究平常了些。半支烟的工夫，黎总和花走进包间。花仍穿着那件暗紫色羽绒服，脖上盘着耀眼的围巾，她的头脸仿佛架在燃烧的火焰上，红扑扑的。他呆哑着，都有些不认识她了。相比之下，黎总素净了许多，黑皮上衣，灰蓝牛仔裤，也就嘴唇比花艳。

副院长问老爷子呢，黎总说他不来，拧着呢，别管他。副院长遗憾地说，我本想正式地请老爷子吃顿饭，又泡汤了。黎总说，咱可说好了，别抢着埋单，我做东。副院长说，在县里哪轮着你？黎总指指他和花说，主角在这儿，我说过了，这丁点儿权利你可不许剥夺。黎总的目光蘸了糖稀似的，黏黏拉拉，而她的脸是生气的样子，不怒自威。副院长做投降状，说，我怎么敢？！

菜想必是早就点好的，落座不久，便一盘盘端上桌。盘子大，菜却少，每个盘子都有装饰，萝卜雕刻的花，冰块堆砌的山，花大概怕他吃那些个装饰，几次给他夹菜，像她也成了主人，只有他是客。他小声说，我自己来。她似乎没听见，盘子转过来，仍要先夹给他，才往自己盘子里放。他有些恼火，又不便发作，她给他夹的同时，他也夹给她。黎总和副院长相视一笑，花这才住手。

不得不说，望月楼的厨子有一手，牛肉入口即化。美中不足的是酒不对胃口。红酒是黎总带来的，说是拉菲，一瓶能换几十箱二锅头，但远不如二锅头过瘾。黎总和副院长只是象征性的，花喝的是饮料，喝酒的只有他自己。黎总瞧出来了，说他若喝不惯，换别的酒。花抢先说，不用换，什么酒他都喝得惯。他自有分寸，也说喝得惯。黎总说，白酒伤身，红酒养人，然后望着副院长说，专家在这儿。副院长说着不敢，还是讲了一堆健康、营养、环境、生命的理论和事例。

跳鲤上来了，盛放在一个超大的深底瓷盘上，果然在跳，还发出吱吱的声响。披着金挂，金挂上缀满花椒、葱花、椒丝、蒜瓣，像一条条链子、一枚枚钉子，若不是链条和钉子，跳鲤或许会翻出盘子，从窗户飞越出去。但现在，任凭跳鲤跳得多高，叫得多响，也只能在瓷盘间。

他没被吓着，但走神了，直到花从跳鲤身上撕拽下一块放到他盘子里，同时轻踢一下，他才反应过来。他没怪花，差点儿出丑呢。

黎总再次举杯敬他和花。感谢的话在初次举杯就说了。不过是虚套，她出钱，花出力，就如买卖，各自称心。但虚套也是必要的，那是仪式的一部分。

黎总让他把酒喝干，也让花把饮料喝完，眼角是有笑的，却庄重了许多。他立即明白，黎总有重要下文。脚底突然一滑，他下意识地扶扶桌边，像正走在冰面上，屁股下的椅子早被撤走了。

如他猜的那样，黎总猛夸了花一顿，花这样那样好，把父亲交给花，她很是放心。当然更重要的，是黎主任对花的信任和接纳。这次回来，她发现父亲的脾性都变了，这是花的功劳。每月的陪护费，将由月底改为月初，你好好干，我亏不了你。黎总说。花连连点头。

有件事想和你商量，黎总语气难以形容地谦和，身子却往后仰了仰，这使她的额头更宽更亮了。我在三亚给父亲买了房子，想让他每年在那里过冬，哪怕春节待一阵也行，但他不去，有一次好不容易把他哄到机场，临登机他又反悔了。三亚的房子年年闲着，快长毛了，但没办法，春节我们兄妹都得回县。这次回来，看他心情不错，和他商量去三亚过春节，他竟然应了。

他和花静静地望着黎总。

我不敢高兴太早，当女儿的却摸不透他的脾气，就怕到了机场他又改主意。为防止上次的事再发生，我想让你一道去三亚，父亲爱吃莜面，我打算把莜面和咱这儿的水空运些过去，他喜欢吃你做的饭，你跟着去，这就保险了。黎总始终看着花，末了才扫扫他，补充，节假日陪护费双倍。

这两个字犹如铁锤击中脑袋，双眼金花闪烁，所以，花的目光摆向他时，他一时没有看清，她是因这诱惑和他一样欣喜若狂但又掩饰着不露出来呢，还是拿不定主意向他征询。他怕黎总不悦，替花回答，听黎总的。眩晕中，听得花一模一样回答。

黎总说，太好了，你俩干脆，我也痛快，这么着吧，你也一块儿去，好几套房呢，随便住，想住宾馆也可以，费用我全包，算我送你的过年礼物。

碰上黎总，是你们的福分，还不快谢？副院长催促发着呆的他和花，他和花慌慌端起杯。

我就不去了。他说。

黎总问，怎么？春节你们不放假？

他说，过年孩子们要回来，家里得有人。

黎总敲敲脑门说，瞧我，咋没想到呢，让他们一块儿过去！特意强调，去就行，别的什么也不用操心。

花瞥向他。眩晕淡去，他看清她目光中的责怪。其实说出来他也意识到了，这会让黎总误解。他绝没有耍心眼儿的意思，要让黎总邀请他的两个儿子一道去。两个儿子过年要回来，他只是陈述事实，他不能去。现在，他只能咬定不去。花也这么说。

然黎总竭力坚持，不让两人多心，还说不会年年邀他。黎总把话说到这份儿上，再推就不识好歹了，副院长也在敲边鼓，他只好应了。他和花又一次举杯致谢，黎总的慷慨大方，还有她说一不二的派头如跳鲤一样撞木了他。

长子处对象了，看来这个有戏，贵州女孩，两人要回她的山村老家过年。他和花全力支持。花和黎主任在灶王爷告天之日就出发了，他和次子晚了五天。

他第一次到三亚，当然，花和他们的儿子亦是。花和黎主任一家住他们的房子，他和次子吃住在宾馆。初到那天一起吃了顿饭，之后就各自行动了。黎总给他和次子派了个司机，随叫随到。除了初一那天，他和次子均在外面游玩，景点由次子选定。

初三那天，他和次子酒足饭饱，回到房间。次子将单薄的身子扔在床上，感慨，要是天天这样的日子就好了。他顺口道，那就努力挣钱。次子仍旧望着头顶的灯，说，要是努力就能挣钱，满街都是富翁了。然后问他知不知道张子强，他摇头。次子讲是绑架香港富豪儿子的那个人，要了十亿赎金，创造了吉尼斯纪录。他吓了一跳，警告次子勿动歪脑筋。次子说，我不过说说，犯得着这么紧张吗？他说，说也不行。若话从老实的长子嘴里说出来他当然不紧张，可次子刁点子多，胆子也大，就他所知，不下两个女孩因次子堕胎。次子仍不闭嘴，说姓黎的没香港富豪有钱，也海了去了。他火了，喝令再乱说就塞嘴。他顺手抓起枕头。次子做投降状，说要剃发当和尚，每天只念阿弥陀佛，保证心跟海边的沙子一样干净。

次子如以往那样埋头于手机时，他出了房间。有些堵，有些慌，好像胸口绑了只兔子但又没绑牢，兔子拼命挣扎，左冲右突。他在院里转着圈，新奇潮水般退去，他落寞、伤感。他想找人说说话。不能打给花，也不能打给长子，次子倒是可以，但他不想和次子说，而次子也未必愿意和他说。

突然想起七。在天涯，在孤寂的夜晚，七朦胧而亲切，好像不是他的同乡，而是患难与共的兄弟。他拨通七的手机，接听的却是枣。他问七呢，枣说七喝多了，睡着呢，问他有什么事。他说没事，就想和七说说话。枣的腔调便变了，知道你们一家在海南逍遥呢，显摆啥？他脑里浮现出穿着高领毛衣的枣，讪笑着解释，他只是闲得慌，所以想找七唠唠。枣却不放过他，说，你染上富人的毛病，看来离富人没多远了。他哎呀着，央求，别这么寒碜人好不好？枣说，哪敢，还指望沾你光呢。然后问海南有啥好玩的。他说也没啥，到处是水。枣说，听说那儿的珍珠项链特别便宜，真是这样，帮我买一条。他略一迟疑，枣说，你别害怕，我会给钱的。他的脸有些烫，说，瞧你说的，不就——枣说，七醒了。

七

春天如跛足的流浪汉，姗姗归来。墙角的蒲公英炸出一朵朵黄，飞廉柔嫩的叶片已生出毛刺。更醒目的是墙壁上张牙舞爪的"拆"字，似乎不用红圈牢牢关着，就扑出来四处啃咬了。

他所租的院落在拆迁之列，房东半月前就告知了。其实，那一片两年前就被列入拆迁计划，因临街的房东要价高，谈判期间闹出人命就搁下了。在这个春节，问题解决了。

那些日子，他忙着找房。除了七所租的那个区域，县城的平房基本拆完了，租平房基本没有可能。楼房倒是能租上，但价高，而且放废品也不方便。房东限期搬家，他快急疯了。黎主任难得地给花放了假，做饭之外，她和他一样满大街跑。

他甚至冒出和七合租的念头，当然那不可行，也就是想想。某天下午，他和花从中介出来，花用一种咬碎钢板的声音说，干脆买一套楼。他吃惊地斜着她，她的口吻不像开玩笑。花说，就算能租上平房，谁知能住几天？住不了三个月再搬，来回折腾。他明白花是认真的。租他都嫌贵，何况买？卡上的数字在长，与一套楼的价格比，着实可怜。花说房价不断上涨，买比租合算。他问，钱呢？钱从哪儿来？花说，借呗，大不了向黎总借。

他惊愕得像是花突然间长出翅膀，变成了金雕，她呼扇巨翅的声音让他的双耳轰隆作响。不只是她的话，还有她的语气。定了好半天，他说就算她敢张口，可黎总未必肯，这可不是小钱。花说，不试试怎么知道？他说，如果肯借，当然好。花说，用不了几年，咱就还清了。他问，试试？她说，吃不了人。

三日后，花兴奋地告诉他，黎总应了，只要看好房，立即打款。这震天震地的喜将他撞蒙，好一会儿才说，黎总太够意思了。花附和，够意思。他提醒她，老头儿那儿不能马虎，那是他们的财源。花说，放心吧，我知道轻重，其实黎主任人挺好的，要说这借钱买房的法子还是他提醒的。他问，当真？花点点头说，他自己也有钱呢，我想了想，向黎总借合适，若跟黎主任借，黎总知道了就有哄骗老人的嫌疑。他再次被花惊着，为她的深谋远虑。

不几日，他们选定一套两居室，四十八万，带全套家具。黎总说话算数，当日便将款打过来。然后过户，刮泥子，夏天结束，他搬进了新楼。做梦似的，春天还在他人的平房窝着，几个月后睡在了自己的楼上。黎主任那边也松动了些，每月放一天或两天假，他和花有了团聚时间。虽然在一天或两天的时间里，黎主任常打电话，不是这个找不见了，就是那个弄丢了，而花虽然可以不去，但还是赶了回去，空荡荡的楼房剩下他自己，他的满足还是多于失落。黎主任那儿不能出任何差错，若有意外，财源立刻就断，巨大的窟窿会把他和花吞没。

那日，花有半天假，他和花商量请七和枣吃个饭，花说她早就这么想。他去市场买了几斤排骨，花准备了几个凉菜。她从黎主任那儿带回两瓶汾酒，他又买几瓶啤酒。他暗暗祈祷，黎主任的电话别追过来，让他们吃个消停饭，就在枣和七进门前半小时，花的手机响了。花瞄瞄他，闪进卫生间。稍后，她匆匆出来，说黎主任削苹果划伤了手，她得赶过去。临出门，她说，我争取赶回来，你们先吃，别等我。

七和枣进门，他歉意地解释，七笑笑，说他在就行了。枣更是扯着嗓门，我和七可不是来看花的。她里里外外，每个房间走了一圈，感慨道，我终于知道啥叫一步登天，人比人，气死人，我和七没日没夜地受苦，就混个肚圆。七小声说，有啥比的？枣叹气，是不该比，一比脑袋就得装裤裆了。他指着自己发红的眼睛诉苦，堆了一身的债，半夜半夜睡不着。枣说，得了吧，谁不知你傍上了财神爷，哭什么穷？他没接话茬儿，改问七喝白的还是喝啤的，枣抢过话，当然喝白的，啤的留着漱口。他走进厨房，她跟进来。他立刻感觉身后热烘烘的，像竖着巨大的烤红薯。他让她和七待着，他忙活就行。她问，真不用？他笑笑，说，都准备好了。枣好奇地拉开柜门查看，还拿起敞着瓶盖的花椒闻了闻，像警察在寻找罪犯留下的蛛丝马迹。他用余光瞥着她，脸上挂着淡淡的笑，心却不停地扑腾，仿佛他就是那个作案者。

他把排骨和小菜全端上桌，枣终于落座。他给花发了条信息。枣问要不要等花，他说不用，那活儿虽不累，却身不由己。枣哼道，你这就叫含着糖叫苦，馋人也不是这么个馋法。他哎呀着，你别作践人了，不过挣点儿辛苦钱。枣抓起排骨塞了嘴，他暗吐一口气。

酒杯端起，话题转移。喝了一会儿，枣把外褂脱掉挂在椅子上，他看到她脖子上的珍珠项链。她脖子粗,项链不够长,紧勒着肉。他移开目光,和七碰杯,七一口灌下去。枣斜着他,说,七就这出息,跟我没两样,见了好酒就想干。七嘻嘻笑,旁若无人地猛嚼。他正要敬枣,枣问托他的事有眉目没,他歉意地解释,如以前那样。枣不买账,知道你就是这话。他被揭了短似的虚笑。七为他圆场,又不是他说了算。枣说,若是上心,终有机会,啃不上肥的,瘦点儿的也成啊。七说,命里要有,早晚会来。枣没好气地说,瞧瞧你这点儿出息,给自个儿找理由倒是拿手。七龇牙,吃肉我也在行。他说,这也是福,趁机给七夹了一块。枣端了酒,兀自干了。

七说枣不痛快,他问怎么了,没等七答,枣破口大骂。原来宾馆又有两个人订了合同,去年还订过,她们都没她干得时间久,也没她干得好。她打扫的地面能照见人影,擦的马桶比菜盘还干净,年年评五星,年年能领一桶大豆油,签合同却没她的份儿。

难怪她气冲冲的,根儿在这儿呢,他松了口气,劝她想开,气出病还是自己倒霉。七说,是呀,不值。枣长叹一声,说得也是呢,要怪就怪咱没个硬关系,甭说县长,连个当副院长的亲戚都没有,也就是骂,骂骂还不行吗?不敢在宾馆骂,那样临时工也干不成了,也就背后撒撒火。他虚虚地说,也是,你撒就撒吧。七说得更绝,拿酒瓶砸我脑袋。枣摸摸七的头,像是估摸有多结实,而后一笑,说,太瘦了,我下不去手。

喝到尾声,枣的情绪好了许多。他张罗下面条,她硬是抢过去,将他推出厨房。他没敢争,由她折腾。饭后她洗了碗筷才和七离去。

那晚快十点了,花才回了两字。

秋天快结束时,花陪黎主任到三亚度假去了。黎主任膝关节、腿均有毛病,南方的气候对他的身体大有益处。子女们屡劝不通,但花做到了。黎总高兴,每月给花涨了两千。对花远赴南方数月之久,来年春天和黎主任才候鸟样返回，他自是不舍、不快。但他没说别的。既然要把肥肉咽吞进肚，就得接受肉上沾覆的沙砾和灰尘。出发的前一晚，花在家住的，黎主任难得地没打电话。

他的日子一如花在，只是花在时，隔三岔五能和花见个面，现在只能在手机里说话，有时打过去，有时花打过来，他叮嘱她，她也叮嘱他，慢慢地，也就习惯了。自花去了南方，七和枣多次喊他去家里吃饭，他都寻借口谢绝了。

入冬后的一个下午，他交完班，去老大酒楼收了那里积攒的酒瓶和纸箱，从旁边的菜店买了把面条，准备晚上煮。等红绿灯时，三轮车被顶了一下，力度不强，三轮车仍在原地。他回头瞅了瞅，是骑着自行车的枣。我当是谁，吓我一跳。他笑着说。枣学着他的样子说，我以为是收破烂的，没想是你，都住上楼了，还这么辛苦？他说，你就笑话我吧。枣奚落，我哪儿敢呀，不比过去了，请你吃个饭比登天还难，请你的人排着一百里的长队吧？

绿灯亮了，他猛蹬几下，到了街对面，回头瞅，枣推着自行车，速度极慢，像崴了脚。等她走过，他问，枣说脚是崴了一下，并不要紧，主要是车没气了。他将三轮车往边推了推，检查她的车胎，说扎了钉子。枣说，难怪。他告诉她，前面就有补胎的。枣的目光密匝匝的，说，我知道，你走你的，可别影响你挣钱。她如此说，他反不好走了，笑了笑，说，我陪你过去，明儿好去蹭饭。枣仍寒着脸，像是他撒了谎，被她揭穿。到了下一路口，她的眉梢方长出春芽。

两辆电动车、三辆自行车等着修补，等了一会儿，他说不如去他那儿修吧。枣立即道，那敢情好，有工具不早说，在这儿白受冻！他说，你脚不是崴了吗，还能走？枣觑他，我不能走，你背我到这儿的？她声音不大，他还是缩了缩脖子，像被砍着了。他突然有那么一点儿后悔。

原本打算买一楼的，价低，方便，但没有合适的，当然花的话也起了作用，最终选定了二楼。要说也是低层，可把枣的自行车扛上去，竟出了一身汗。他让枣坐着，然后找出胶水、扳手、废胶皮、气筒。枣又视察般挨屋转了，说，想不到你自己住还蛮干净，再干净不也一个人？有啥意思！他说，闲着落慌，找点儿事干呗。枣问，又当保安又收破烂，你不累？他说不累。枣说，我明白了，有劲儿没地儿使呀！他突然腿软，差点儿扎到地上。他怕她看见脸，让她帮忙打盆水。她端给他，他的脸不但烫着，整个人亦被烤了。她问卫生间的水管咋往外喷水，他说那是太阳能的溢水管，水热到一定程度就会从溢水管喷。枣感慨着，到底是住楼好。他说平房也能安，枣被惹毛似的，声音突高，你租别人的房，会在房顶安太阳能？他的头勾得低了些，说，不会。枣说这还像人话，问她能不能洗个澡。他略一迟疑，她说给他水钱。他被泼了似的，周身水汽，就在迷蒙的雾气中，他装出生气的样子说，我没说不行。

枣不会用，他教给她，就出来水流的声音响起，他顿时被摔进烂水塘，一边奋力扑腾，一边撕拽着裹糊的菖蒲和莲蓬。总算补完了，他抓过气筒，然气力耗尽，每按一下都得咬着牙。他甚是懊恼，甚是羞愧，渐渐就发了狠，气筒连同整个世界都变成了他的敌人。

啪！轮胎炸响。

怎么了？水淋淋、白晃晃的枣立在几米远的地方。

就那样发生了。那么自然，不过是数年前那个黄昏的续接。也那么不自然，整个过程，他满脑都是花和黎主任。完后他迅即穿了衣服，背心也穿反了。枣仍白晃晃地摊在床上，目光满是对他狼狈的嘲弄。他催她，她坐起来，却没有穿衣服的意思，只是将床单半披在身上。他不好发火，提醒她小心感冒，她说住楼就是好，冬天比夏天还暖和，问他有烟没。他诧异道，你几时学会抽烟了？枣说，很少抽，还没在楼房抽过呢。他说没有，自买楼就戒了。枣遗憾地说，真可惜。他说出去买车胎，枣咯咯大笑。等他返回，她才慢条斯理地把衣服往身上套。

那个晚上，他在客厅来来回回地走，像爆炒的豆子，就差蹦了。想给花打电话，却怯着，怕花听到他的声音，也怕听到花的声音，仿佛那是两股电流，一接通就会爆炸。可以不打的，但他拗住了，不打不行。于是，不知多少个来回后，终是拨出去。他问她在哪儿，花说，陪黎主任散步。她的声音和往常一样，也和往常不一样。他说不清哪里不一样。他说还散步呢，花说，正往回走，没事吧？他说没事，便挂了。黎主任在身边，她从不多说。他看了时间，快晚上九点了。老家伙真能遛，他恨恨地想。胸中就有东西涌上，他和枣偷情的慌愧就这样被冲淡，他似乎明白自己为何发怯，又为何非打电话不可了。

枣又来洗了几次澡，她打电话，他就往回赶。

那日，她洗澡把珍珠项链扯断了，两人折腾完，他如以往那样穿戴利索，而她仍旧披了床单，蹲在卫生间捡拾。不够数，八成冲进了下水道。枣抱怨项链质量次，不信他花了五百。他说信不信由她。枣说，我跟你一回，你咋也得送我条金项链吧。"我跟你一回"，他觉得甚是刺耳，脸就暗了。枣哼道，都说人越有钱越小气，我不过说说，你至于耷拉脸吗？他努力地让脸变得温和，说，我没说不给你买。枣说，你这么不情不愿的，还是算了。他说，肯定买，我发誓！枣惊喜地说，你真会？他说，不就一条项链，我会！枣郑重提醒，我脖子粗，别买短了。他说，赶紧穿上衣服。她做个鬼脸，听话地穿了。

我说到做到。他对穿戴整齐的枣说。

枣笑着说，你也不用一遍遍保证吧。

他亦笑，只是那笑带了几分悲凉，咱俩别这样了。

枣愕然地盯着他说，为啥？就因为让你买项链？

他摇摇头说，和项链没关系，不好！

枣问，咋不好？

他说，对不起花。

枣不屑地哼了一声，行了吧，你别自欺欺人。

他急了，说，你啥意思？

枣反问，我啥意思你不明白？

他锥子样扎着枣，枣并不躲避，挂满答案的目光迎视着他，他恼怒而又惊慌地说，你敢胡说，我扯了你的嘴！

枣没有半毫怯意，说，明摆着的，你故意装傻，我不过是替你戳破。

好像枣不但撕了他的脸皮，而且将他上上下下都剥了个干净，他血淋淋地疼，血淋淋地瞪着枣。

枣说，想开了，也没啥，换作是我，我也愿意。让你买条项链，你就黑个脸，像灶洞钻出来的，换作——

他大吼，别说了！

枣抓起一个苹果，猛咬一口，快速夸张地咀嚼，囫囵吞咽，仿佛借此才能将卡在喉咙的话堵回去。她动作凶狠，眼神却是怜悯的，似乎吞咽下去的话又化为雾霭，从眼神飘荡而出。

他崩裂了般说，你这头猪啊！

八

那个春节，两个儿子都回来了，然他没滋没味的。他强装欢颜，使尽解数，每餐都变着花样，比花在家还丰盛。长子心疼他，劝他弄一两个菜就可，次子向来无视他的付出，好像他就该如此。三亚之行，次子念念不忘，每次吃饭都会感慨，想吃啥点啥，神仙也不过如此。他和长子均不回应。若次子再往下说，他会制止，次子就扫兴地说，嘴巴瘾也不兴过!

两个儿子对母亲没有假日的陪护倒是同样理解,没有白挣的钱。他们没问那么细,这使他松了口气,如果他们不提,他绝不涉及这个话题。出国走好几年多的是,他的花也就六七个月,不过是一趟远门,多少人砸破头都想往上靠呢,只是没机会,比如枣。他很幸运,不该是枝残叶落的样子。每每自我安慰,但疼痛不减。他尽可能淡化,如枣所言,装痴作傻。

儿子们淌着节日的余欢离开了家,他又成了孤家寡人。枣打过几次电话,他没让她过来洗澡,有一次,她竟然直接找上来,他没开门。这个揭皮货!他有些恨她。

花是五月六日下午回来的,他正在班上。她说到家时,他有些蒙,问她在哪个家。花好像被问愣了,好半天才说,还能是哪个家?你还有别的家?他明白她没在黎主任那儿,回到了他和她的家,几乎喜癫。晚上七点才换班,那时花怕又被黎主任催回去了。你最好能等我一会儿,他商量的口吻,这个点儿我调不了班。花说,我等你吃饭。

那是漫长的等待,仿佛比花在三亚的时间还长。交完班,他踩了风火轮般往家赶。打开门,香气撞扑到脸上。花系了围裙,坐在马扎上正往花盆栽葱,她回过头,说,你瞧瞧,葱快变成干柴了,你就这么吃啊。她的神态、口气,连同她的责备和过去一模一样,就像从未离开过他,不过出去买了趟菜,可这稀淡如昨的日子让他嚅出比糖还甜的甜。他咧着嘴,任甜一绺一绺地流溢。

在餐桌边对坐,他发现了花的变化。脸似乎白了些,也瘦了些,还有一些,他能感觉到,却说不上是什么。她包的莜面饺子,土豆韭菜虾仁馅。她不知给他包过多少次莜面饺子,但没有一次放虾仁。想必这是黎主任的口味。

他没想说的,但还是跑出嘴巴,这还有虾仁呢!花问,好吃吗?

他轻轻点头，说，还行，这么贵的东西放馅里可惜了。花说虾有营养，从那边拿的。她说得极其自然。他说，别往回带东西了。花说，反正吃不了。

铃声响起，花从包里摸出手机，走进卧室，合上门。她换包了，原先那个是从街边买的，十五块钱，又黑又亮，没多久皮就脱落了，这个包是红色的，没那么亮，但显然不是普通的包。黎总送给花很多东西，这包想来也是黎总送的。他久久地凝视着，直到花出来。

又让你回去了？他问。花说，别的事，顿了顿，今儿在家住。他差点儿就啊出声。他热热地看着她，目光带着声响。她被烫到了，扭摆一下头，像要把他红红颤颤的目光甩掉。她没能做到，那红灼的目光是带了钩的。她的脖子也红了。脖子上没有任何装饰物。

他和花早早上床了。花说是在家住，未必真能在家住。她的时间不属于她，更不属于他。他和花都不到五十岁，身体结实得很。只是许久没在一起了，有些陌生，但很快进入状态。如果说仍有不同，那是因为他的身体藏了探测器，在开掘的同时，探测、寻找着细微的可能的疑点。还是花的身体，仍是花的味道。他暗暗舒了口气，却又有点儿不甘心，问，他没为难你吧？花当然明白这两个字有着更丰富的含义，有些不悦，说，你啥意思？问一千遍了！他说，我就是担心嘛。花摸摸他的头，叹口气，说，成天瞎想！

那块石头落稳当了，想到他和枣，甚感羞臊。

半月后的一天，黎总来电，非常客气地问他晚上有没有时间，她想和他坐坐。他受宠若惊，连声说有。黎总说她下午回县，晚上在望月楼见面。末了强调，她只请他，他莽撞地问，花和副院长也不叫吗？黎总笑着反问，我说得不够明白吗？他说明白，黎总说那就好，晚上见！他其实是惶惑的，面对电话里笑声朗朗的黎总，他没勇气说不明白。黎总是另一世界的人，和他隔着千山万水的距离。

黎总竟然先他到了。她微笑着指指对面的椅子，他就坐了。本来不紧张，可能是房间过于空阔，还有黎总过于稠浓的笑，让他有突然踩上什么却又不明白踩了什么的感觉。黎总问他想吃什么，他说什么都行，黎总说，我专程来谢你的，我点的未必合你口味，你自己点。他说都行的。黎总说，不行，不能让我白跑。再推托就不合适了，黎总或许就生气了。他便从服务员手里接过菜谱，点了酱牛肉和花生米，连连说够了。黎总又点了几个，自然有跳鲤。他说吃不了的，黎总说，没关系，吃不了你打包。然后问他喝酒不，他说算了吧。黎总不会不明白，但黎总说，那就算了，两人喝没意思，咱以茶代酒，来！他就端起来。

黎总又一次向他致谢，他惶然不安，说黎总客气了。黎总说她是诚心诚意的，他相信，可她没必要。然后就说到了她的父亲。他知道一些。但那晚黎总讲得更细更深情。黎主任的艰辛付出，桩桩件件，血泪滔滔。黎总的声音忽儿高忽儿低，不停地用纸巾拭泪，还叫他别笑话她。他当然不会。黎主任竟然卖过血，曾因中毒差点儿身亡。那一个个日子确实是踩着刀刃走过来的。

黎总和她的两个哥哥能有今天，全因有这样一位为了他们愿把命豁出去的父亲。自然，他们要反哺父亲，他们以为有能力，但没能做到，父亲似乎习惯了孤苦，直到花出现。

又要给花涨钱了？他暗想，生怕欣喜挂到脸上，他拼命压制，声音不高不低，谦卑而有分寸，要谢就谢花吧，我没帮上啥。

黎总笑着点头，说，花是要谢的，但也要谢你，来，敬你！

他举起那半盏清茶。如果是酒就好了，当一饮而尽。茶喝不出气势，吞一口表示个意思。

有件事还想和你商量。黎总仍笑着，目光却有着爆炸气浪的冲撞感。

他惊了一下,说,黎总客气了,你吩咐嘛。

黎总说,我想让花留在父亲身边。

他有些迷惑,直定定地望着她,说,现在……不就……?

黎总说,我想让花长久正式地留在父亲身边,而不是以保姆的身份。

他愣住,仿佛突然间被丢到荒岛,荆棘刺穿了身体,而他不明白发生了什么。许久,他问,你啥意思嘛?为了壮胆,他故意笑了笑。

黎总说,你离开花,或者说,让花离开你。

他终于明白了,满脑黄蜂。可直到此时,他仍难以相信,或者说不敢相信,于是,再次追问,黎总,你……说什么?他没笑,脸像铜板一样紧。

黎总说,离婚。

他不能不明白,不能不相信了,黎总将所有可以躲藏的路封死。他想跳起,把"休想"两字像砖头一样抛给黎总,可坐得久了些,双腿涩麻,且未能把沉重的椅子推开,他没跳起来,只是往里弹了一下,便扑在桌边,那两个字喷溢而出,像呕吐物。

黎总稳稳地坐着,女王般从宝座上俯视着他,脸上仍挂着似有似无的笑。我还没说完,你坐下好不好?好像在和他商量,但她的声音有着非常奇怪的力量,他被镇住,缩团了身子。

当然不会让你白白离开,你可以开条件,黎总盯着他说,只要我能做到。

为啥?他不看黎总,而是望着桌子中央的塑料花,仿佛和花交谈。

黎总说,我只想给父亲一个幸福的晚年,希望你答应。

他抬起头说,我要是不答应呢?

黎总笑了,似乎他问了极为愚蠢的问题。你会答应的,她说,你只能答应。胜券在握的自信。

他迅速扫扫四周，以为她已经埋伏了杀手，就如电视上演的那样，他将变成块状血肉被丢进野马湖。

黎总说，你别紧张，我不会逼你，这不是和你商量吗？

他不言，气呼呼地想，这叫商量？！

黎总温和地说，如果你不提，那我来说。那套楼归你，另外再补偿你一笔钱，三十万，如何？可以娶个黄花姑娘了。

巨石沉湖，水流飞溅，某个瞬间，他被拖进湖中，浑身湿透，双耳作响，片刻，他惊喘地爬上岸。好险呢。

非花不可？他的声音有气无力，仿佛还没有从挣扎中恢复。

黎总说，这是我和你坐在这里的原因。

他没之前那么愤怒了，心乱得像被上千双脚踩踏的烂泥，说，你让我想想。

黎总说，没什么可想的。我不喜欢拖泥带水，若没达到你的心理价位，你说个数，五十万，怎样？

他又一惊，但没像之前突然被淹没，他拼命控制，抓着河岸的树根和花草。他不是嫌黎总给的钱少，条件已相当肥厚，但黎总仍一砖一石地砸过来，要把他砸晕的样子。我得和花商量。他说。他没有别的抵挡物，只能抬出花。

黎总说，花会同意的。

仿佛黎总甩过来的是一条带子，牢牢地缠了他的脖子，他几近窒息，他问，你和她谈了？

黎总说，还没有，但她会同意。我希望顺顺利利、平平和和地解决，而不是非要走到翻脸的地步。

他问，你凭什么认为她同意？

黎总笑了笑。我不说，你自己去想。

被枣的破嘴说中了。他不过是自欺欺人。巨大的声响包围着他，感觉耳朵要聋了。好一会儿,他才震颤着问,花知道你来找我?

黎总摇头,说,我还没告诉她。

他站起来,控制着不让声音抖得太厉害,我不卖!

黎总笃定地说,别说得这么难听,你会的。

他冷冷地说,你等着好了。

黎总说,如果出了这个房间,条件就不由你开了。

我不是吓大的。他说。

九

冲出房间,他便给花打电话,叫她马上回家。她问什么事这么急,他凶狠地喊,什么事你不清楚?花说他吃枪药了,他说他吃的是炮弹,如果她不回来,他就到龙宫去。花让他电话里说,他又吼了几嗓子。

他前脚进门,花后脚就回来了,走得急,她额际腾着汗气,圆脸映着晚霞似的,红澄光艳。那是她这个年龄不该有的艳。他其实是喜欢的,可此时如钉齿刺痛了他。他杵在地上,目如利箭。

你这是怎么了?花定住。他沉默着,任乱箭横冲直撞。花说,你不讲,我走了。他这才喝出来,你给我坐下!花坐到沙发上,却没有把挎在胳膊上的红包放下,随时离开的架势。他怒了,叫她把她的破包扔一边去。花不情不愿地拿开。

你到底怎么了?疯子一样!她皱起眉头。他想结结实实揍她一顿,完后再让她交代,结婚二十余年,他和她争吵过,但从未打过她。每有暴念,她便识破,及时仰起脸让他打。她的主动反让他不忍。现在,他要开戒了。他往前一步,好让拳头击中她。花仰起圆脸,说,是要打我吗?让我回来就为打我一顿?你打好了!他冷笑着说,你就不问问我为啥要打你?花说,和疯子还讲什么道理?你随便打,只要能出气。花静得像一面湖,乱箭纷纷飘落。

说说你和那老家伙的事吧。他坐到远一些的椅子上。花问,啥事?仍然平静,但她眼里有什么东西闪过。他说,你明白。花说,我不明白。他问,你和他怎么了?花说没怎么。他冷笑着说,非要我拿出证据?花说,你拿出来啊。他僵住。他尚无实实在在的证据,至此,一切都是想象和猜疑。

黎总找我了,他说,她让我和你离婚,好让你名正言顺地跟她父亲过。他死死盯住她,观察她的反应。晚霞散失,她的脸呈灰白色。真找你了?她紧张而不安。他说,就在刚才。那又怎样?花忽然生气了,说,你就因为这个吹胡子瞪眼?他说,如果不是……她会让我离开你?花轻轻咬牙,说,你脑子进水了,随后反问,你是不是还认为是我派她去的?他突然语塞。花说,我没那么大脸指派她,她干什么也不由我。叫天骂地的,算啥男人?她叫你死,你也怪罪我?每一句都像粗硬的擀面杖,塞噎着他的喉咙。呼哧了半天,他才说黎总说她会离开他,他害怕极了。花问他怕她离开,还是怕黎总。他说都怕。花说,我没想离,除非你要离,至于黎总,她也是讲道理的人。他问,你和那老头儿真没?花冷了脸,说,非要我写保证书给你?他赶忙笑了笑,说,那老头儿喜欢上你了,我能不担心吗?花说,我管不了别人,只能管我自己。他问,黎总那边怎么答复?她说,那是你的事。他说,黎总肯定也要和你谈。花说,那是我的事。他仍担心,说,就怕她辞了你。花看着他,他立即道,不干就不干,大不了回家种地。

就这么化解了。那一夜,花留在家中。他紧紧抱着她,像抱着稀世珍宝。只要他和花咬得硬,谁能把他们分开?黎总纵然通天,也不敢将花明抢了去,她终究不是山大王。欠她的钱,卖楼还她。黎总丢出的包子倒是又肥又腻,某一刻他可能流口水了,但他不吃。

黎总没打电话,更没找他,无声无息。他以为她知难而退了。她钱再多，也不是什么都能买到。七八天后，副院长喊他到办公室。副院长常把过期报纸杂志给他，当然还有礼品盒。所以他进屋目光先划拉一圈，没看到可能送给他的东西，茶几上倒有一杯热气腾腾的茶。副院长让他坐，他笑笑说不了。他来过多次，副院长从未让他坐，他向来拎了东西就走。坐啊，坐下说。副院长拍拍沙发，口气比刚才重了。副院长似乎不高兴了，他只好让自己的屁股占据一角。副院长将茶水往他前面推推，他慌慌地护了护。

传言副院长将正式接替院长，由明里的二把手、暗里的一把手变为明明暗暗的当家人。传言基本是靠谱的，比如关于另一个副院长和女医生的传言，就被女医生的丈夫证实，成功地将两人堵在床上。他听到这个消息时兴奋得嘴唇扭成麻花，副院长上位，意味着他能沾更多的光，至少旧书、旧报、礼品盒之类比原先多，装药的纸箱说不定全给了他，每天都能装满三轮车。副院长或许要将他铁定上位的消息透露给他，并指派他做心腹才能做的秘密事。想到这里，他双眼的光泽怎么也藏不住了。

副院长问了他的收入、其他经济来源、两个儿子的情况。你压力不小哇，副院长说，要不是花干的这份工，你基本的生活都成问题，现在住上楼，花是头功。他发自内心地说，多亏了你。副院长摆摆手，别感谢我，要谢就谢花，她太能干太争气了。他忽然有些气馁，是呢，说得软软塌塌。当然，也碰上了好人家，有钱人我见得多了，像黎总这么慷慨的可没几个。副院长说。他开始疼了，想了想，还是不说的好。

我有一个问题想问你，副院长瞟着他说，也许有些唐突，你可以不回答，我业余做心理研究，权当给我补充数据。他有些紧张，但仍抽巴巴地笑着。副院长问，你愿不愿意自己的妻子和儿子过上光鲜的日子？他毫不迟疑地说，当然想！顿了顿，又说，谁不想！副院长赞许地点点头。说得好！每个人都想，不想是怪物，问题是你怎么做到。彼时,他终于品出味儿了,再瞧副院长,目光就凉了,如茶几上那杯冷却下去的茶。他没回答,不知如何答复副院长。副院长盯紧他,说,说说看?你怎么做到?靠当保安的收入?你自己够吃喝就不错了。收废品?除非别人把金条当纸盒卖给你。你快五十岁了,再有几年就干不动了,没有存款,甭说妻荫子贵,个人生活都变得艰难。没有人是铁打的,老来难免得病,我掏心窝地告诉你,一场大病就可以让中产一夜回到解放前,这还是有医保,不然医院的门都进不去。

谈话变成了训话,然他并不反感,副院长没有胡说。

你想想那会是什么光景?儿子自顾不暇,哪有能力养活你?叫天天不应,叫地地不灵。如果仅仅是你自己,你可以不在乎;让花和你受一样的罪,你于心何忍?副院长脸上的笑不知什么时候没了影儿,目光生硬中夹着阴冷。

他哆嗦了一下。村里的二愣,凑不够手术费,生生疼死了。

你没有能力!副院长手起刀落,毫不留情。他没怪副院长不留情面,副院长说的是实话。不只看穿了他的现在,还看透了他的未来。

所以,如果有机会,一定要牢牢抓住,为了你好,更为了花好。副院长说,错失掉,将再无翻身的可能。仿佛怕他没听懂,追问,你明白我的意思吧?

他机械地点点头。

早点儿把婚离了,给花自由!副院长更直接了,她能过上她想过的任何生活,而你,虽不是要啥有啥,但后半生衣食无忧。

因为猜到了,他并不吃惊,他说,黎总派你找我?

副院长皱眉,说,她没派我,我也不受她指派,她只是和我聊了聊。如果她没许诺,她再是老总,再是同学,我也不会劝你和花离婚,那成什么了?我不当恶人。可她给出的条件,于你于花都好。黎主任连二八少女都看不上,却喜欢一个中年村妇,任谁也想不到。也亏了他,不然，你和花哪来机会？

他扭转头，看着房间一角，仿佛他和花的未来如破袋子吊在那里。真就看到了，恓恓惶惶，苦苦巴巴。好多人不都那么过来的吗？凄苦也能曝出甜汁。副院长说，好好考虑考虑。他转回头，一字一顿地答复，我不离。

副院长拉长脸，说，就要让花在你这棵树上吊死？

他说，花也不愿和我分开。

副院长说，别管她怎么想，你首先要为她着想。机会不是时时有，当抓则抓，错过，你会后悔的。

他说，我不会！

副院长说，别说得这么绝，你好好想想。

他站起来。感觉屁股开裂了，腿也被抽了筋，每一步都异常艰难。

好容易走到门口，副院长叫住他，说他们的谈话，不能和第二个人提起。他说，你放心。副院长不叮嘱，他也不会。这不是什么光彩的事，岂能四处嚷嚷？他不生副院长的气，他只是疼，像跳蚤在叮咬，忽而前胸，忽而后背。他想到黎总神秘莫测的微笑，如爆炸气流般的目光，她还能让谁当说客？她还能有什么招数？他不知道，知道的是，黎总没有知难而退。她就像没有踪迹的风，无处不在。

他问花，黎总找她谈没有，花说没有，他略略放心。冲他来好了，他的骨头没那么容易煮！

又两天，他被勺子状的男人叫了去。第一次，是七领他去的，勺状男人给他发了服装，后来发工资也是这个人。这人头大，身细，双腿跟豆芽菜似的。他不用自己的腿走路，要么轮椅，要么被人抬着。这么个人，却是保安的头。不光医院，好几个部门的保安都由他指派。原先医院的保安是自己招的，但起不到保安作用，街上的混混动不动闹事，保安都往后缩，而遇上披麻戴孝、抬棺封堵大门的家属，保安吭都不敢吭，有个愣头保安说了句粗话，被摁到棺材里五个多小时，放出来脸像茄子。后来医院将保安外包给勺状男人，闹事的就少了。他见识过勺状男人的本事，被两个粗猛的刺青后生抬过去，拉着白横幅的数十人被水淹了脚似的，个个退后。据说勺状男人的哥才是老板，哥掌管大生意，鸡毛蒜皮的生意由勺状男人打理。不管年龄大小，都叫勺状男人三哥。每月领饷，他都谢一声三哥。

他站在那里，恭恭敬敬叫了声三哥。

今儿几号？勺状男人问。

他惊啊着，嘴如大勺。勺状男人喊他过来，就为问他几号。他及时控住，没让惊诧满头满脸地乱撞。

勺状男人拉开抽屉，将一个牛皮纸信封丢在桌上，说，十七天的钱，一分不少，明天不用去了。

没有任何理由，没有任何解释。确实，那是勺状男人一句话的事。没那么复杂，但他还是意外，傻问，我没做错啥吧？

勺状男人懒得回答，摆摆手。

他知不能再问了，走过去，捏起信封，照例说了谢三哥。牵着自己的身体，像牵着备宰的猪走出房间。

十

他没那么笨，想想也就明白了，不当保安也饿不死，有的是营生。当然找活儿没那么容易，好在还可以收废品，不至于吃老本。他没告诉花，怕她添堵，打算有了营生再和她说。黎总没辞花，看来她父亲确实需花照顾，这让他松了口气，但也让他有被揪吊住头发的感觉。

那天路过红红饭馆，看到一老汉正把空酒瓶往三轮车上搬，门前被踩扁的纸箱已用尼龙绳捆结实，他不禁呆了。待老汉把纸箱也放到三轮车上，蹬着车离开，他方大梦初醒。他急躁躁地推开饭馆的门，像失了火等他去救。还不到营业时间红红叼着烟，跷着二郎腿坐在椅子上。她比花老多了，但打扮花哨，脚指甲涂得和嘴唇一般红。不过她人不错，他收废品时还给过他顾客吃剩的鸡、大饼。她一向照顾他，每有废品就给他打电话，而他也给她修过马桶，帮她拉过两次货。他没得罪她，她为何把废品卖给了别人？他自是不敢质问，在刚进门的同时，笑就鞋掌般钉在脸上。我刚才见……他顿了顿说，不会忘了我的电话吧？红红哦了一声，实在不好意思，亲戚介绍的，我没办法。他说，如果你认为价低，我往高提提。红红不屑地哼了一声，稀淡的眉毛如受了惊的虫子蠕动数下，她说，你把我看成啥了？我指望那几个破纸箱挣钱吗？他意识到说错话了，赶紧解释。红红不再看他，目光如烟雾在空中浮荡。没必要再啰唆，他识趣地闭了嘴。红红将快抽完的烟撅到用易拉罐改成的烟灰缸——那是他的杰作，说别为几个破纸箱在她这儿浪费时间了。他明白了，仍然谢了她。红红叫住已经走下台阶的他，想说什么突然间忘记了似的，她的目光有些怪，好像被刀切割又没完全断开，落在他身上有些吃力。她终是没想起来，半笑了一下，挥挥手。

她奇怪的神情如油污的泪水泼湿了他，他背着那脏污的湿，蹬得有些吃力。忽然就有了某种预感，为了证实，他拨了常去的超市、药店、杂货店、食品店的电话。有的委婉，有的直接，结果是一样的。难怪这几日没接到电话。没有这些"关系"户，零零碎碎地收，进项会大打折扣。骄阳似火，而他浑身冰寒。这是要往绝路上逼他呢。

回得早了些，骨酸肉痛，仿佛被冻感冒了。他下了碗面条，就着尖椒，灼舌烫嘴地灌进肚，灌出满头满背的汗，似乎不那么疼了。他躺了躺，正想去龙宫看看花，花自己回来了，仍挎着鲜艳的红包。花没发现他的异样，他却瞧出了她的反常。花瞟瞟他，便进了厨房，张罗洗碗，仿佛她回来就是给他洗涮的。只有一个脏碗，她洗了足有十分钟。他和她说话，她也回应，但没回头。他立在门口，说她快要把碗洗烂了，她方甩了甩手，转过身。她没系围裙，衣襟尽湿，还有两臂、前胸，甚至她的脸也淋湿了，有水珠在滚。他盯住她，问她怎么了。花撩撩头发，说没怎么。她的手在抖，他觉出来了，再问她到底怎么了。花不答，勾下头，啜泣突起。他的心迅速下沉。花浑身摇晃，要歪倒了。他走过去，试图扶她，她却出了厨房，坐到沙发上。他深吸了一口气，方轻移脚步，仿佛地面是易碎的玻璃。他在对面坐下，她说，离了吧。

猝不及防，他被炸蒙了。半晌，方吃惊地问，你说什么？花说，咱离吧。她不像刚才贼似的慌慌张张，声音也不再细弱如蚊腿，所以他听得清清楚楚、明明白白。

黎总找你了？他终于转过弯儿。花说，嗯。他问她咋说的，花抬起头，他注意到她的嘴唇外侧又蹿出米粒大的疱，又心疼又恼火。花越发地平静了，说，离吧，对谁都好。他问，她咋说的？花说，别拖着了。他问，她威胁你了？花摇摇头。他问，辞掉你？花又摇摇头。他问，那是为啥？她让你离，你就离？花说，你可以娶个更好的，有了钱，黄花闺女也娶得上。这腔这调和黎总一模一样，她就是重复黎总的话。他说，你别听她胡说，就是能娶上，过日子能一样吗？花说，我没那么好。他说，你好不好都是儿子们的娘，这能代替吗？花说，离了我也是他们的娘。他说，你别害怕，大不了把楼房卖了，把钱还给她，咱回村种地，饿不死的。花说，回村就能躲开？他瞪大眼说，还能追到村里？你咋吓成这样？那娘儿们到底说啥了？花静默数秒，说，我不想回村，出来，就不回去了。他故意嘲讽她，你还真想留在那老家伙身边？花说是。

他没被惊到，涌上的反是浩浩荡荡的痛怜。虽然只有他和她，但她仍被恐惧罩着，口与心是扭着的。于是，他用玩笑的口吻，以便让她摆脱噩梦，彻底放松。你还真喜欢上他了？花说，他挺好的。

他的眼球顿时被挤压似的要爆裂开，说，你不会是认真的吧？

花说，他对我确实好，很好很好。

他终于怒了，说，我对你不好吗？花说，也好，好与好不一样。

他问，咋不一样？他的好比我的好更好？

花哑了。

他冷笑，说，你的好指的是钱吧？他是比我好，相当好。

花说，有钱没什么不好。

他吼，除了要钱什么也不要了？

花乞求，离了吧，对谁都好。

他发红的、怒硬的目光狂抽着她，她缩了缩肩，显得更小更可怜了，像一团揉皱的布。她的假象越发激怒了他，他突跳起来，抓住布团。他要撕烂她，撕成一条一缕。就在那时，她的目光飞速扫过他狂怒的脸，神色中似乎有别的东西。他凝固了。花没描过眉，没涂过唇，还不如枣呢，找他洗澡那几次，枣的嘴巴比平时大一圈。花只是干净，眉脸干净，衣着干净，姓黎的不会是因为这个迷上她的，该是别的。但她喜欢姓黎的什么？态度变得这么快，绝不是一个"钱"字。他忽然想到什么，直冒冷汗。抓着的手慢慢松开。

你干吗编出这样的鬼话骗我？他痛惜地看着她。

花被戳穿，目光惊慌，如被追赶的兔子。

他说，别害怕，天塌不下来！咱不干了，给再多钱也不干了。

花说，那是真的！

他摇摇头说，我不信！

花问，如果就是真的呢？

他说，过了这么多年，我知道你，不可能！

花的脸抽搐几下，眼里却有凶狠漫出。她豁出去似的，抓过红包，猛地拉开。最先掏出的是一条金项链，然后是金戒指、金手镯、玛瑙手链、珍珠项链。掏一样，瞅瞅他，似乎提醒他看清楚了，她不是在变魔术。

都是黎主任给我买的。她喘着粗气，仿佛不停歇地割了半晌地。

他眼睛发花，脸硬如石，然后，他笑了，说，就算是他买给你的，这能说明啥？你骗不了我！

花气呼呼地瞪着他，说，要我咋说你才信？

他笑得光光灿灿，说，你咋说我都不信。别说了，啥也不能把你我分开。

花发狠道，我和他睡了。

强装的笑如镜片哗地碎了，他的脸渐渐转青。青中又有斑驳的紫渗涸，仿佛那不是脸，而是被戳破的颜料袋。翻腾了一小会儿，也就不动了。我不信你的鬼话，他声音发空。花嚅着嘴唇，仿佛掂量着他能不能撑住她的砖头，又像在聚集力量，然后决绝地说，睡好几次了。他被砸中，但他已经麻木，不觉得疼，他说，就算……你是被逼的对不？那老东西逼你了？我知道，肯定是这样！花怔了怔，抹抹眼睛，放低声音，他没逼我。他固执地摇头，说，我不信，他肯定是逼了。花说，我是自愿的，跟了他，要啥有啥。他问，你怎么和孩子们交代，你就不怕他们轻看你？花说，没啥可交代的，我能帮上他们，他们爱咋看咋看。他问，这是别人教你的吧？花说，我就是这么想的。

说了半天，他有些乱，有些累，想去床上躺一会儿。他亮明了自己的态度，他不会因为她作践自个儿就和她离。他让她回龙宫，花没回，仿佛他不离她就没胆量回了。她躺在他身边，但整整一夜，回应她的只是他的后背。

拂晓，他推醒她，道出自己熬夜熬出的计划。花本来迷迷瞪瞪的，突然叫出声，你疯了？他说，我没疯，这是两全其美的法子，离开他,还能搞一笔钱。花不同意,说这要坐牢的,他说要坐那老东西也逃不了,那老东西有罪在先。鱼死网破,花横竖不同意,然后又强调是她要跟黎主任的。他说这算最温和的解决方式了,照他年轻时的性子,早拧断了姓黎的脖子,她若不配合,他就以命换命了。花惊白了脸,哆嗦着答应了。

花返回龙宫,他准备实施计划所需的用具。花最终站在了他这边,他甚感欣慰。这说明了两个事实,她和姓黎的确确实实发生了 —— 被枣的破嘴说中,但她并非自愿。

东西半天就买齐了。花也照他的吩咐配了钥匙给他,但他没有立马动手。姓黎的健壮如牛,根本不像六十岁,他担心制服不了,思忖着找个人。外人肯定不行,只能让两个儿子中的一个协助。长子不行,次子该没问题。在三亚的宾馆,次子就有了贼念,被他训斥才闭了嘴。然他下不了决心。就这么拖了五六日,他决定还是单独行动,若有闪失,也只是他自己有闪失。

他把花叫回家,商议敲定具体细节。花又一次劝他,迈出那一步,就回不了头了。他的念头犹如巨石,花没掀动一分一毫。她的恐惧写在脸上,如冬日在寒风中瑟抖的枯蒿。他不住地打气,那一枝一秆方停止了摇晃。

其实,他的紧张不亚于花,只是他压得住。他小偷小摸都没干过,何况这个。太阳落山,他压不住了,心如疯牛般东奔西窜,角挑蹄蹬,扬起漫漫烟尘。灌下三两酒,似乎好了些。又倒了半杯,没有仰脖猛灌,靠坐下去,一口一口吞咽。

晚上九点一刻,他走进龙宫,躲藏在小区地下室的过道。再晚进龙宫就难了,太早又不易藏身。

十一点,他站在了乌紫的防盗门外。

转动钥匙的同时,他从挎包摸出水果刀。在姓黎的没反应过来的时候，要抵住他的脖子，那样老家伙就乖乖招供了。而花什么都不用做，遮住赤裸的身子，哭就行。

他轻脚摸入，正要抓电筒，灯突然亮了，比白昼还白。他立时惊蒙。

花和黎主任端坐在沙发上。花脸色灰白，而黎主任则满眼猎物入笼的得意。

十一

黎主任没报警，没把他怎样，说看在花的分儿上，不和他计较了，但警告他再动歪念，一并算账。他离开了，挎包里仍装着绳子、胶带、刀具、电筒、录音笔。没派上任何用场。然并没有平安脱身的庆幸，他垂头丧气，比挨打还难受。不该这样的，但就这样了。

失魂的花被姓黎的看破，不打自招？还是她担心他坐牢，主动告知姓黎的以求得宽恕？又或者，她确实对姓黎的动情了？他深挖细想，没有结果。次日他一遍遍给花打电话，叫她回来。她说没法回，除非他答应离婚。他不过是想知道咋就被瓮中捉鳖了，并没怪她，可她的回答激怒了他，他说，我死也不离。

花说到做到，果真连着十天没有回，只在电话里简短交流。她一定向姓黎的承诺了什么，他想，不然不至于面都不露。那是他造成的，他连累了她，他又想。花被软禁了，他甚至这样想。他替花寻找着理由，不那么怒了，但仍疙疙瘩瘩，像塞了一肚子石粒。

他想找人说说话，帮他把石粒掏一掏。先是拨两个儿子的电话，拨通那刻就挂断了。他不愿让儿子们棉花样地看他，他们可是自小把他当成山的。想了一圈，也唯有枣了。

数月没和枣来往，他担心枣不接电话，没料响了一声，她就接了。却是满嘴嘲讽，我当是谁呢，太阳从西边出来了？！他问她还好吧，枣说好得很。他说那就好。枣阴阳怪气地说，再好也比不了攀上高枝的，今儿吃啥了？是不是吃撑了，想溜溜嘴？他讪笑着说，我确实想找你说说话。枣哼了哼，声如撞钟，少扯没用的，你到底想干啥？他顿了顿，咬牙道，我想你。枣假装听不懂，问，咋的？他问她能不能见个面，枣没好气地说，以为攀了高枝你就成凤凰了？我是啥？鸡吗？你想招就招，说翻脸就翻脸？他说对不起，枣又哼，对不起值多少钱？他说，那你忙吧。

七八分钟后，枣又打过来，说她因为接他的电话，被一骑电动车的撞倒，摔着了。让他赔她的损失。他心领神会，问清她的位置，骑了三轮车赶过去，将她载回。

枣要往沙发坐，他却推着她往卧室走。枣身体壮硕，不然他就拦腰抱她了。枣热红着脸警告他，就算她受了伤，也能将他一屁股坐倒，叫他小心自己的肋骨条。他没理会，报复的火焰已将他烧得失去理智。刚挨着床，没等他进一步动作，枣猛地搂紧他。

他像她一样赤裸着。枣瞪瞪他，问他就不怕花突然回来。他说不怕。枣坐起，盯住他，问他出了什么事。他突然迟疑，和枣说就等于整个村庄整个世界都知道了。他摇摇头。枣说，得了吧，我又不傻，你明目张胆，定是出了事，是花？既然枣已经猜到，说也无妨。

他当然不会竹筒倒豆，只讲了大概。枣满脸料事如神的得意，说，我怎么说来着？你还骂我破嘴！他恼火地皱缩着眉。枣说，你不会认为是因为我说的才……帽子没这么扣的。他悲叹一声，说，我没怪你。枣的眼神像看怪物似的，说，你就因为这个郁闷？他问，这不够窝囊吗？枣叫，天，撞多大的运你不知道？他说，别挖苦我了，老婆被抢走了，我撞个鸟运？枣戳戳他，说，那能叫抢？不是和你商量吗？是你死钻牛角！甭说县城，就咱村庄，有多少离婚的你不清楚？说离就离，比折断树枝还容易，离婚没啥丢人的。你能保证花和你过一辈子？保证不了！遇不到这个，明儿也可能和你离，那时，花会补偿你？她就是有心，拿啥补偿你？现在，她撞进了福窝，你也跟着沾光。有的为争两头牛，弄得头破血流。和他们比，你是不是撞大运了？就当自个儿的房被拆迁，旧房住惯你觉得好，新房咋也比旧房强，你根本没必要拦，拦也拦不住，钉子户多了去了，还不一一被搞定了？要我说，你只能装一装钉子，能多要一个是一个。过了这村就没这店了，你得抓紧！那人不小了吧，他咋也活不过你，蹬了腿，你和花还能复合嘛。

他木愣着，仿佛被钉住了。

天旱雨涝不均匀，枣又妒又羡地说，好事都让你和花赶上了，我和七咋就没这命呢？

他惊缩了一下，慢慢坐起。

他想了整整两天。什么都没干，饭都省了，仿佛张张嘴也会影响思考。那天中午，他下了碗面条，气力恢复后，拨通了黎总的电话。

数小时后，他在宾馆的套间见到黎总。她笑盈盈的，指着茶几上的樱桃让他吃。他一副谈判的架势，说，我不是来吃樱桃的。黎总波澜不惊，说，那也得坐下来啊，咱是说话，又不是打架。他就坐了，脸仍生硬着。黎总问他喝水不，他摇头，黎总猛然想起似的，笑一笑，说，你也不是来喝水的，想通了？

他揣了半麻袋话，那是蘸了血蘸了泪的，是从身体的旮旯里一句一句揪出来的，借以加重自己的筹码。黎总让他开条件，他不会更不敢漫天要价，他要让黎总明白，他所言有据。但黎总一句想通了，突然如绳索扎紧了麻袋的口，他不情愿，但不由自主地点点头。

黎总说，那就好，三两日你和花就去办了吧。

他的目光惊晃了一下。她没执皮鞭，但他觉得被驱赶了。定了定，他问，你上次的话还算数？

黎总说，当然。

他松了口气，说，我的条件是……

黎总笑容收敛，我上次确实说过条件由你开，但你忘了你离开时我怎么说的？只限于那个房间，出了门就不由你了。

他呆住。他没忘记。半晌，他方冷青着脸问，那你的意思？

黎总说，房归你，另给你三十万。

他受了辱，大声说，不行！我不接受！

黎总随和地笑笑，说，别发脾气，对身体不好。

他说，如果这样，我不会离。然后，加重语气，死也不离。

黎总没因他的威胁翻脸，仍大度地笑着，说，你急什么？嚷是成不了事的，给你看样东西。黎总将桌上的笔记本电脑翻开，对着他。他甚是纳闷，不知黎总要干什么。一分钟后，他突然像被砸了一榔头，整个人往后仰去，差点儿晕倒。

他看到了他自己。那个夜晚，他持刀入室。

父亲没报警，并不代表我就不能报，随时可以。

声音不像从黎总嘴里出来的，他没看到她张嘴，而是从高空，从房间的角落飘荡而下，就像无数个黎总在他永远看不到的地方藏着。

他闭上眼，似乎这样那一幕便彻底消失。待他睁开，果真就看不到了。但，更奇诡的图像出来了。他看到了赤条条的他和同样赤裸的枣，看到了床上的枝枝叶叶。

他震惊、恐惧、蒙呆，前边是在黎主任家，他一无所知，所以才被拍到，而他和枣是在自己家呀，这是怎么回事？难道有人知道他要带枣回去提前藏在屋里，还是黎总无处不在的影子从门缝挤入？没有血色的脸如枯白酥脆的纸。

黎总合上笔记本电脑，见他死死盯着，恼怒得要跳起来的样子，说，就算你毁了也没用，我有备份。

你凭啥进我家？他竭力控制，仍不住地狂抖。

黎总反问，我几时进你家了？你看我有那个本事吗？

这自然不需要她亲自出马，他寻思着，不自量力地喊出来，我要告你们！

黎总笑笑，和善地说，这东西可以存在，也可以不存在，可以都毁掉，也可以毁一留一，你该明白我的意思。我不喜欢被人威胁，也不喜欢威胁人，如果你不发脾气，我不会给你看的，也许一会儿我就毁掉了，就是你想看都不可能了。可是，你发脾气了。

他被黎总的话绕晕了，耷拉下头，仿佛他是旱地的麦子，而她是炽烈的日头。

你看呢？黎总问沉默了许久的他。

他满身窟窿，挤揉不出半丝力了，嗡声道，随你。

黎总看了他一会儿，说，你是好人。这样吧，我给你四十万，先打二十万，你和花办妥，我再打二十万，打到花的卡上，由她转给你。谈上亿的项目，我都没这么累过。

他有些不安了，虽然笑不出，还是做了个笑的样子，说谢谢黎总。

黎总问，要不要一起吃个饭？把花喊出来？

他说不了。

黎总说，也好，老父亲也不愿让她出来，他是真离不开她呢，这就叫缘分吧。又推心置腹地，其实，我也不愿这样呢，不值！但为了老父亲，没有什么值不值的，你说是不？

他没点头，只是含混地嗯了一声，如安了假肢样离开套间。

回家即搬了凳子，从上到下，自左向右，一寸一寸地搜寻墙壁，就像在皮肤上寻找细刺。这时，他才发现泥子刮得不那么平，摸到坑洼，他反复揉挤；遇上鼓包，他会抠掉，但也就是坑或包而已，没发现别的。然后是家具、窗帘盒、门框门板，没放过任何一处可能隐藏的机关。没有,什么都没有。他松了口气,但随即更紧张了。他无法解开疑团,换掉锁芯,聊作安慰。

十二

那钱一分不少地到了。

当天傍晚,他跑到望月楼狠狠奢侈了一把。跳鲤的价格着实吓他一跳,他在心里快速计算着,如果是猪头肉能买多少,真疼呢,但还是咬牙点了,另外要了盘花生米、两瓶啤酒。若不是那四十万撑腰,打死他也不敢到这种地方。离也就离了,没想象中的那么憋屈。没过到头的夫妻多了去了,有几个像他这样狠捞一笔呢?

酒足饭饱,走在霓虹灯的光影里,腰杆似乎硬了许多。以往经过夜总会、洗浴中心,他瞟都不瞟,那是另一个世界,与他没有任何关系,那晚竟凝望了许久。

日头东升西落,没有任何变化。他没有坐吃山空,而是日日不闲。七告知他,能重当保安了,他没应。想起勺子状男人,头皮仍是麻的。夏秋短工吃香,先干着,待天冷再做打算。

枣到他那儿洗过几次澡,多是阴雨天。起初他是害怕的,想去旅店开房,可开房要花钱,而且,旅店未必比家更安全。壮了次胆子,没有谁把他和枣从床上揪起,恐惧就淡了。

又是一个阴雨天,枣像她向往的女士那样叼着烟。烟在床头放着,他特意为她备的。她和七打算买楼,买不起大的买小的,买不起新的买旧的。赶你赶不上了,也得有自己的窝啊,她慢悠悠地说,到时你得借我点儿钱。"你得"这两个字是有分量的。他没马上回应。你让我几时来我就几时来,只要七不在家。她又说。他仍旧没言。枣便寡了脸,说,放心,我会还的。他说不是担心她不还,长子快成家了,要用钱。

枣说，得了吧，有花，还用得着你？他说花是花，我是我，当父亲的，也不能不管。枣受辱似的说，我张一回嘴，你就这态度？他赔了笑说，我没说不借，到时看情况。枣猛吸了两口，目透冷光，他以为她要损他，不料，她长叹一口气，说，我有花的运气就好了，掉进福窝，什么心都不用操了。

　　离婚后，他再没找花，也没和她联系过，那是和黎总的协定。像她不但从他的世界消失了，而且从整个世界蒸发了，他和她之前的日子彻底成了空白，他不愿回忆，也回忆不起。枣的慨叹令花突然复活，虽然他知道复活的她仍在另一世界，和他没有任何关系了，但她的存在就如她的名字灿烂夺目了。他给花发了一条短信，问她近来咋样，过了很长时间花才回复，只有一个字：好。他没再问，她无须他操更多的心。

　　那日，他去超市买暖壶，忽然就看见了花和黎主任，两人竟然抓着手。仿佛看见的是一对怪物，他眼球鼓凸，像瞬间长出了角。他和花刚认识时拉过一次，婚后再没有。花不是他的花了，可他仍然被醋泡了。他们也是去超市，他跟踪在身后，有些鬼祟，直到两人拉着手走向收银台，他才止步。疑问再次冒出来，花是情愿的还是被迫的？她真的如黎主任喜欢上她一样恋上了黎主任，还是遭遇了他难以想象的什么？他曾有疑，但既然已经分开，什么原因都无关紧要了，可再次遇见，解谜的欲望巨浪一样拍击着他，突然就迫切了。

　　他连发了三次短信，花均没有回复。他打电话，她不接。她越是决绝，他的念头越强烈，那已不是疑团，而是啃噬他的毒虫。他不在乎她怎么回答，他就是想知道真相。她的回答未必就是真相，但他还是想让她说出来。他不敢上门找花，看不见的刀斧手埋伏着呢。他不再打短工，猎人般守伏在龙宫对面的树丛后，似乎答案比钱还重要。九月底，花和黎主任就要到三亚，或者别的什么地方，也许就再见不到花了，所以必须赶在她离开前弄清楚。

两天后的上午，终于看见了花。她从龙宫外的菜店出来，他突然跳到她面前。她吓了一跳，问他在这儿干什么。他说等她。花紧张地环视左右，问他有什么事。她并没他想象的掉进福窝的样子。他不知掉进福窝会是什么样，但肯定不是现在这样。当然，也没从她眼神里看出哀伤。她仍是她，与过去没大变化。她又问他干什么，他才说，我就想知道。花说，你快走吧，我还要做饭呢。他抓住她，花没扯脱，急了，大喊，松开！他没松，反想把花往一边拉。花没有高喊，低声呵斥。突然间，花煞白了脸，说，他来了。他回头，暴怒的黎主任公牛般奔向他。他急忙松手，欲向黎主任解释，花催他快走，他如梦初醒，撒腿逃离。

下午，黎总的电话便追过来，警告纠缠花的后果。他颤着腿解释，但黎总显然没那么好糊弄，冷声说别耍花样便挂了。定了好一会儿，他发现后背黏湿了。

他终是怯了，没再"纠缠"花，也怕连累她。连着数日，他打短工，下午若回得早，就骑着三轮车收废品。枣说入冬前宾馆要招锅炉工，她自作主张给他报了名，不一定能招上，招了也可以不去。两人是电话上说的，她有一个月没洗澡了。他有意躲着她，倒不是怕她借钱，固然那也是缘由，主要是看见枣马上想起花，好像枣的身上有花的影子。两人长相、个头、脾性相差甚远，他不知为什么会从枣身上望见花。

那天枣并没有打电话，因为下雨，他中午就回家了，饭后睡了一觉，雨仍在滴答，他仍旧躺着，望着房顶发呆。突然就看到屋角大如牛卵的眼睛，他惊跳而起，再望，却什么也没看到。那不过是他的幻觉。可是，那眼睛一定存在过，那一幕他死都忘不了。他没敢告诉枣，她心再粗，也受不了的。他不是故意想花的，但突闪的枣将花推到面前。

折磨他的毒虫又复活了,且变本加厉。

  他擦抹地,洗衣服,缝上掉了的扣子,补了开裂的裤兜,这些零碎的活儿并没有驱离毒虫。黄昏,雨停了,他出去买了半斤猪头肉、半斤花生米、一瓶北京牛二。大口灌着,他想把自己灌醉。酒瓶空了,他并没有死猪样昏睡过去,毒虫兴奋得手舞足蹈。然后他就给花打了电话。她终究是儿子们的母亲,离了婚他也有见面的资格!什么答案都不可能改变结果,他只想把恼人的毒虫杀灭,收了心过自己的日子。

  黎主任遛腿的时间快到了。他站起来。

  他出了屋,又回过头,仿佛有谁在和他说话,劝他不要去。但他没看到也没听到,于是用力一甩。咣,门在他背后合上了。

原刊《花城》第 4 期

唯水年轻

林 森

龙 宫

　　这次回乡，是接了个活儿，去拍那片些许浑浊的海。摄影还未正式开始，我跟两个队员一起划着船，在水面上寻找合适的拍摄点。晨色笼罩，船身尖锐如刀，切割荡漾的水面。我正盘算着下水后该怎么拍，便听到了曾祖母过世的消息——摄像机和我的眼睛都得闭上，螺旋桨转向，小船掉头……我得奔丧去。房屋、石磨、石棺……以海岸线为对称轴，岸上的一个个渔村，倒映下去，海里也有一个个村庄，只不过那里毫无人烟，而是鱼虾的聚集地。很多年里，那片龙宫，是我的谜，也是渔村所有人的谜。龙宫之上覆盖着的那片海，我是熟悉的，虽然对小时候的我来说，那是一处禁地——当伙伴们扑打着水花，游向传言里的龙宫，我只能在岸上，用目光追逐他们踢出的水花。当然有忍不住的时候，我扑进了苦咸苦咸的海水，双臂旋舞、双脚踢夹，可还未真正潜入水底看一眼，换来的，便是父亲用绳索绑住我的双手，把我悬挂在一棵木麻黄树上。几分钟后,绳索捆着的地方,从痛变得麻木,最终,上半身都不属于自己了。很多年后,我好像还能在手腕上看到绳子的印痕,看到当年的夜晚:海风让悬挂着的我失控,月光在水面上碎成银光。我被悬着,有时会想,会不会忽然有高大身躯从海上立起,月光像水银一般从他的头顶倾倒而下?海神……顶天立地的海神……并没有身躯立起,可海面下不绝的涌动,是不是他在潜游、叹息和伺机而动?那么多年里,打骂的阻碍和拦截,没能让我完全隔绝于那片海。

小船折返,渔村扑面而来,我很少以这个角度看我们村。是的,这些年,我潜过很多地方的海:出海,又从永不止息的海里返回岸上,可那都是别处的海——甚至有不少国外的海,我何曾这么看过这个渔村呢?成了一名水下摄影师,不仅家人想不到,我有时拍摄结束,倦怠感袭来,在异国他乡的海边酒店里躺着,潮声不歇,我头脚颠倒、心神不宁,夜色把我往海底压——倒也不是孤独,就是感到荒谬。因为这工作,父亲几乎成了我的死敌,有一回我携带摄影设备回渔村,差点儿被他摔坏,还是曾祖母斜站在门槛那儿,用冷冷的眼神,抢回了我吃饭的家伙。由于我的曾祖父和祖父都曾消失于茫茫大海,曾祖母不让父亲下海,父亲则不让我下海——出海成了我们家的禁忌。

小时候,父亲打我的轻重,与我跟海水的距离成正比。父亲盘算过村人口中的那些魔咒般的风言风语,他避开了,可他害怕会转移到我身上。我一直被他强按住读书,可我最终学了美术,毕业后在北京宋庄待过两年,有半年时间不间断地看画展,把自己看得反胃了,再也画不出来——我就拿着相机乱拍。也不知怎么的,我忽然就开始拍海底,画面里尽是些鱼虾蟹贝和水草珊瑚礁。在中国,搞水下摄影的人并不多,我接到的活儿不少,许多地理杂志、手机公司都找到我……水下摄影师的稀少,很大程度上缘于很多摄影师们水性不行,我无法想象，一个出生在西北黄土高坡上的摄影师，可以扛着机器在海底游弋。而我即便在父亲的拳打脚踢下，潜藏在骨子里的水性还是超过大多数人。我起先并没有跟家里说我拍的是水下，他们觉得我不好好在一个单位朝九晚五，是个朝不保夕的无业游民。后来是省内一家报纸，在一个京城的摄影展上采访了我，有些人拿着报纸找到父亲的饭店，向他竖起大拇指，我才暴露了。若不是我远在北京，父亲几乎就要操着饭店里的砍骨刀翻山越海追杀而来。从那之后，我和他的关系成了拉紧的弦，稍有不慎就会绷断。每年春节返乡过年，他差不多天天跟我摆擂台。他反复挂在嘴边的那句话是："你做什么不好，为什么一定要下水？"每到这时候，曾祖母用她的拐杖敲敲门板："我们家的人，离得了水？这些年，你不也靠海吃海？"曾祖母指的是，父亲那家饭馆是一家海鲜店。父亲看着我的强援，把别的话尽皆活埋。

可现在，我的强援永远离开了。

打电话告诉我曾祖母过世的，是父亲。当时我在小船上晃荡着，信号不是太好，风声灌耳，我接了之后，有一阵没听清，就挂断了。接着铃声又持续地响起。这情况太少见了，父亲很少主动给我打电话，有时不得不找我，也是母亲用她的手机拨通后，一阵闲聊，才试探性地说"可能你爸有什么事""跟你爸说两句"之类，把手机递给他。父亲的连续拨打，让我心生慌乱，只好接了。他的声音在风中起伏："你在哪儿？"我心想他是不是听到我回来的消息了，为避免后面的拍摄麻烦不断，我含糊着说："爸，忙着呢……"那头提高了声音："我不管你现在在哪儿，能多快就多快，赶紧回来。你——曾奶奶——过——了！"手机掉到船板上，发动机带动的船桨击水的声音，也没能压住父亲从手机喇叭上发出的吼叫。

回来这两天，为了避免跟父亲的冲突，我没跟任何熟人提及，把故乡当异乡，晚上住县城的旅馆，白天就准备着拍摄事宜。今天这一大早，晨色尚未从海面上褪尽，便听到了这个消息——我最后悔的，是没能回老家见见曾祖母。让小船回返时，队员不清楚发生了什么，可他们也看到了我的脸色陡变，拍拍我肩膀，没说什么。小船靠岸，阳光晒得沙滩发白，好像那不是沙子而是白花花的盐，眼睛一瞄就被刺伤。对，就是这种白，独属于我们渔村的白，即使看过多个国家不同的海，这里还是独一无二，这熟悉的热和白，把我掳回旧日。在这里，我闭上眼睛也能走回自家的院子。密密麻麻椰子树的掩映下，海风长年灌入院门如风洞。

家里的十几个人站在院子里，都眼珠泛红，有人眼角的泪还没擦干。估计没人想到，父亲电话过后不到一个小时，我就回来了，眼睛齐刷刷瞪着，嘴唇颤动，想问什么话，又没有发出声来。我知道他们想问什么，直接说："省里有个任务，我刚好回来了。"母亲抹抹眼，拉了拉我的手，她也知道我最想问什么，低声说："你爸送菜回来，没看到你曾奶奶起来，推门就……昨天我回来，看她还好好的……"父亲的饭店开在镇上，家里人都在镇上住着，可曾祖母坚持住在渔村里，年过九十的她，没什么病痛，还能每天自己煮饭。家里人每天送肉送菜回来，帮她忙好一些事，又会返回镇上。今天父亲回来，看到她已经……我们永远没法知道她咽气的具体时间了。

家里人自动分开，父亲走到一边的台阶上蹲下，把一根烟塞进嘴角，发抖的手滑动打火机。曾祖母就从分开的缝隙里显露出来。一块木板放在屋子中间，铺着白布，曾祖母躺在上头。堂前八仙桌上，烧香点烛，熟悉的呛鼻味。我走到八仙桌前，取出三根线香，在燃着的蜡烛上点着，插进香炉，跪拜在曾祖母面前。眼前模糊，水雾遮挡眼睛，我试图看清楚，仍是被过滤了一些，只见到曾祖母脸色平和。她嘴角微翘，好像是笑，好像昨夜到来的死亡，是她期待已久的节日——是的，对于在时光中空耗那么多年的她，这一刻的到来，是该欢喜的一刻。她昨夜躺下之前，会不会已经知道这一刻会到来？她不像死去了，灰色还未笼罩她的脸，她的手好像还能握紧拐杖，顶向地面，在沙地上留下一个个印痕。

可能我的突然出现，打乱了家里人的计划——在他们的预计中，我至少要一两天才能赶回，他们还有时间安排曾祖母的后事，可我"说曹操曹操到"，倒给他们出了难题：如何快速而妥当地把曾祖母葬下，让人手忙脚乱。我们这个县，尤其附近村子，无论活着时多么尊贵，一旦过世，便迅速"贬值"，人人唯恐避之不及，村人很快躲避开，直到逝者下葬后，村里才渐有人烟。所以，无论谁家有人过世，族里人几乎都是当日便把人葬下，极少有停灵守灵之说，若有人因外出奔丧不及，至多宽限一两天便葬下。这习俗的由来，有老人都往前推到清末了，说是一场大瘟疫带来的心理后遗症。据说当时鼠疫横行，人都是断气即埋，迅速逃离坟坑，哪还敢停灵守灵。此时，村人已经撤光了，留下一片空荡荡，无数双耳朵正等待我们家出殡的声响。

父亲召开家族会议。因曾祖母前几年就过了九十，坟地也是她早就选定的，这就从容了一些。眼前最紧要的事有两件，一是去请主持葬礼的师傅公，安排葬礼的各个环节；二是得迅速下海，到海边水下的"龙宫"里，捞上一个什么物什，好随着棺材一同埋下。第一件好办，一个堂兄自告奋勇去邻村请人了；第二件，则是我们迫切需要解决的。某一年，村里有一个老渔工在逝世前交代，让儿孙下葬他时，把他从海边"龙宫"里捞起后一直丢在院子里的一块石磨随他葬下，这习俗便逐渐传开了，人们总会在葬礼时，埋件什么水里的东西才安心。这事，当然由家里的男丁负责。

"我下水！"父亲绷紧的神经一直没放松，这话好像是出征前的壮胆。曾祖母那么大年纪了，他心里早已预演过多次她的过世，可下水这件事，终究是他的心结——毕竟，他躲避海水躲了一辈子。父亲越是信誓旦旦，我越看出他的胆怯，若不是悲伤覆盖，我可能会笑出来。我说："爸，我去吧。"父亲说："你觉得我不懂水？"我说："你是不懂水。这些年，我潜了全世界的海⋯⋯"说到我的工作，父亲的脸又黑了。我说："爸，要是你今天没给我打电话，我也会下水的，我这次回来，就是下水拍东西。反正都是要下去的，我来吧，你在水池子洗个澡都手脚发硬⋯⋯"

父亲沉默。作为曾祖母的孙子和曾孙，他和我是她最亲的人了，这任务只能我们来完成。而即便他随时都有着对我没来由的暴怒，他也觉得我比他更适合下水。当然，在他心里，最适合下水的是他的父亲——那个早已消失在各种语焉不详的传说里的水手。绷紧的脸皮松懈了下来，他长叹一声："别捞太重的，随便捡块轻便的就行。"轮到母亲脸色变得难看了，她是在担心即将下海的我。父亲猛地站起来："你下水吧。我带两个人去县城，把寿衣、棺材和香烛买回来。"

我的潜水证不是在国内学的。当时跟一个友人一同报了名，还没下海，教练还只是在泳池里跟我们讲换气和手势，那朋友热血上头，从泳池边上扑进水中，力道太猛，撞破了额头，鲜血不断涌出，他的潜水之旅便停止了。后面，天气不太好，我跟着教练下海时，海水浑浊不说，荡漾的海水把我的胆汁都摇出来了。看到眼前漂浮着的呕吐物，我特别羡慕那个在泳池里撞破头，此时正在沙滩上享受海风的朋友。小时候父亲的棍棒没能阻止我下海，可我也从没潜入过故乡的这片海。

接到省里的这一拍摄邀请之前，我查看了一些别人拍的照片和视频，也查看了一些文字材料。那些照片和视频，勉强可看而已，并不太讲究，可画面上那些水底的房屋、石磨、牌坊、石椅甚至碗碟等，还是冲击着我的心。所有的照片都在告诉我，这里，曾有人生活过，但，海里当然是没法住人的，谁会来修建这些水底建筑呢？我当然不会像村里的老人传言的一样，把这里当成龙王的宫殿或者一个海南岛版的亚特兰蒂斯；这当然也不是什么人修建的海底墓群……事实上，这时代搜索太方便，一些古旧的文字资料，若隐若现地揭示着水里的真相。

队员给我备好了潜水的装备，虽然这一趟另有任务，我还是带上了一个轻便的照相机。入水的一刻，随着水压的加重，我浑身松懈了下来，曾祖母过世的悲伤，暂时被海水隔绝开了。太阳光穿透海水，在水中形成各种光纹，像围绕在我身边的结界。很奇怪，此时我彻底安静下来了，好像这是独属于我的空间，给了我莫大的安全感，婴儿在母体里也是这样的吧？这种感受很难说清楚，我并非那种害怕见人、恐惧喧闹的人，可这些年我一次次穿着潜水服、背着氧气瓶、咬着呼吸器、扛着相机下水，倒真不仅仅是为了谋生，而是在海水里，可以变得更加自在，心里也更平静。对我们家来说，"水"是诅咒，可我没法摆脱，得一次次躲进水的包围圈。

此时的能见度不错，海水却依然有些浑浊，越往深处，越是看到各种淤泥漂浮。潜到八九米的时候，隐隐约约中，出现了传言中的龙宫。一排排残破的墙，倒塌在水中，往一侧潜游，还看到了石块垒成的水井。牌坊是保存得最完整的，毕竟它们都是以巨大的石块雕成，靠近之后，能看到上面雕刻的各种花纹。已在照片和视频上看过类似的画面，可当它们活生生出现在眼前，即使被水环绕，我还是觉得身体在燃烧。各种石块，被淤泥、海藻所覆，可它们仍倔强地显露着自己。有不少没完全倒塌的石楼，我穿行过去，进入另一个时空。在以往，我在水下拍摄，镜头和眼睛多是对着珊瑚礁、游鱼和水草，那些活物里，藏着大多数人对海底的想象。而此时，当这些毫无气息的石头出现，空荡荡之中，人是缺席的，可我好像又看到了人影憧憧。我没有打开相机——唐突的拍摄，对这一片水域的遗存，是一种不敬。我摆动双腿，在各种石墙里漂荡，把一切交给眼睛。

我没忘了自己是来干吗的，但我并不着急，我甚至找到一堵断墙，背轻轻地靠着，我需要在这里静坐一会儿。如果有人此时从我的头顶游过，看到我以某种怪异的姿势，在这海底的断墙边入定般坐着，他会不会吓破胆？他会不会以为看到了神话、漫画中的海底之人？多少年前，这墙还未断，还未泡在水中，这里应该住着一对夫妻，他们在屋内讲过悄悄话；老迈的慈母，也曾站在这堵墙前遥望儿孙的远足，挥舞的手折回，擦了擦眼角的潮湿……来不及再乱想，在氧气变得稀薄之后，我伸出手，在断墙上摸索着，抓到了块什么，已经被青苔覆盖，也没看清，不管了，缓缓释压，上浮。回到小船上，队员帮我卸下装备，我湿漉漉地呆坐着，任由海风袭来。两个队员不敢多问，别说他们，我也不知道此时自己在想什么。

我呆呆地看着拿上来的那块东西，不知道合不合适陪曾祖母下葬——那是一块石杵。

父 亲

父亲是真的没水性。

海在那里，荡漾的海面就是最大的诱惑。父亲不是没有过沉迷游水的年纪，可在村里，他是没有玩水的伙伴的。每一个与他年纪相仿的少年，都收到了家里的警告，不能跟他一同下水，否则打断腿——把一个祖父、父亲都消失在海里的人拉下海玩水，没人可以承受可能出现的意外。即使没有别人整天盯着，父亲也觉得海水有一股把他往岸上推的力道，有一圈拒绝他靠近的防护罩，当步子移到离海水还有二十米的时候，他的小腿开始颤抖，小腿内侧、后背冒涌细微的汗珠，麻痹感增强，他不得不后退到一个安全距离，望着日光在海面上碎成闪耀的金黄——他想向前，却只能退后，退到一个让自己痛哭的距离。

当眼睛被苦咸苦咸的液体浸泡，眼角一阵黏糊糊，他没法分辨，这液体到底是咸风携来的海水，还是涌发自他枯竭的眼眶？

对他来讲，海水是一张巨大的口，随时要把他吞噬。我不知道当年曾祖母给他灌输过什么念头——或者，根本不需要，村人的传言，就足以把一个个宿命般的说法悬在他的头顶，毕竟，他的祖父、他的父亲虽然出海的理由不一样，但都是从海上消失的。对于海水，他有着本能般的恐惧。但即便恐惧，他会不会也幻想过，有一天跳到海水中击浪呢？或者，他会不会想去探寻他的祖父、他的父亲，到底是如何消失在海上的？海边人家，倒追起来，家家户户难免都有人葬身海底，那种全家好几代都能从海上安然归来的，反而是极为罕见的奇迹；可即便如此，曾祖母的男人、儿子全都出海未归，面对着她唯一的孙子——我的父亲——要说她不担心他下水，又怎么可能。她越是长寿，越是以不健壮却足够坚韧的身体抵御时光和海风的侵蚀，别人看她的眼光便越是怪异——好像她以多次击退阎王的长寿，熬死了家里所有的男人。

在村里的年轻人都随船往外走的时候，父亲闷着头，在自家为数不多的田里耕种。船在港口靠岸后，从渔船归来的年轻人相互簇拥着，犹如过节。船上狭窄的空间，限定了他们的步履，虽然他们可以在海水中划游，但那种摇晃与动荡，总是没那么踏实安稳，他们要回到岸上之后，才把憋在身体里的一切发泄出来。父亲也会被他们拉上，他不是太愿意参加这些聚会，但架不住那些人黝黑有力的手臂。在鱼肉焦香、鱼汤翻滚之时，父亲耳边充斥着从同龄人口中吹出的海浪和风暴。父亲闭口不言，可耳朵没法闭，话语的浪花四溅，让他有些晕。父亲的左额头，有一块清晰的疤痕，像一个畸变的"逗号"——那是他年轻时有一回，跟那些海上归来的水手们吃喝后留下的痕迹。以父亲后来嘴巴锁死的脾性，当然没有仔细跟我讲过这件事，可从曾祖母的叹息中、从其他人的唾沫星子里，也不难拼贴出当年的画面。不外乎，酒多话多之后，水手们喷着酒酸鱼腥，开始打赌，开始耍横……到了最后，不知怎么的，目标就落在了父亲身上。有人嘲笑父亲是个旱鸭子，一辈子躲着水。但父亲并不反驳，他点头哈腰："是是是……我不下水……"他的服软，并没平息水手们的"暴乱"，有人喊了一句："把他丢水里，看看他是不是真不懂！"父亲想跑，已经被手臂抓牢、举起，离开了那个杯盘狼藉的院子，迎向跳跃着的海风。任父亲如何扭动，也没法从那一双双铁钳里挣脱而出，他恐惧地呼喊，更放飞了那群被酒精麻痹的水手们。他被高高抛起，重重地落入海水之中。夜里潮汐上涨，水虽不深，父亲乱舞手臂乱踢腿脚，沉得很快。水手们指手画脚，看父亲在水中扑腾却总是没法往岸上走，笑声更大。等父亲的动作变小，身躯没入水里，水手们的笑声才变静了，惊慌爬上他们的脸。有人说："还真不懂？"立即有好几个人扑进水里，把父亲拖了上来。当时他的额头已被水里的硬物磕碰，正冒血，没下水的慌忙脱了上衣，绑住伤口——那疤痕一直没消。对父亲来说，这疤痕不是什么坏事，至少，水手们不会觉得他的不懂水性是装出来的了；甚至，有人不再炫耀出海，开始叹气，跟他说起海上的种种不易，船太小，海面和天空太大，风暴无常，吞噬一切……说着说着，还哭起来，父亲得反过来安慰他们。

　　二十世纪八十年代初期结婚之后，母亲连续生了两位女儿，父亲和曾祖母都慌了，据说曾祖母暗地里拜访了很多民间的"大神"，祈求给家里留一个男丁。而母亲生下两个女儿之后，已被计生人员盯上，怀上我的时候，母亲和父亲疯狂地"吵"了一架，躲回娘家。后来又悄悄去了一个远房亲戚家躲着，直到我生下来。计生人员见我母亲长期不在，已有所察觉，但父亲一见到他们，便拉着诉苦不断："你说，不就是吵吵架，怎么……人就不见了？丢下这俩女儿……"说得别人眼睛先红了。村里的年轻水手们，每次回来，就给他丢几斤鱼虾蟹，让给女儿们尝尝鲜。直到我生下来，生米成熟饭，计生人员也不能把我给捆了手脚扔海里，只立即把母亲拉去结了扎。后来计生人员多次上门，曾祖母倚老卖老不断周旋，该罚的也罚了，该捅的屋顶也捅过，这事算是过去了。

后来海南建省，热闹得很，父亲也跑到省城找机会。那时满大街全是夹着皮包的，有人昨晚还睡街头，醒来就成了百万富翁。父亲谨小慎微，水都不敢下，更不可能在这种时代浪潮中捞到什么，也不过是帮人打杂跑跑腿，拿点儿辛苦钱。后来看到身边熟悉的人，暴发的有，死于非命的也不少，他总觉得好像自己也会跟某些传言里的人一样，不是死在街头就是被麻袋套住丢进海里。他慌乱乱地攒了点儿钱，就回到村里。可他发现，在省城时间虽然不久，可自己已经没法适应干农活了，便到镇上买了一块地，开早餐店卖米粉，米粉店后来成了三餐都开的饭店。

我在那个时候，跟着家里到镇上生活。当时家里的最大问题，是怎么劝曾祖母一起住到镇上。那时，曾祖母已经变得无比随和了，也跟着到镇上过了一段，可两个月后，她还是迁回村里了。在那两个月里，她极力适应，可没办法，她完全没法入睡，到了白天，头发大把大把地掉，人像漏气的皮球，一点点变小、变皱。父亲先开口了："奶奶，要不，还是回村里？"曾祖母摇摇头。两个月后，瞧着曾祖母越来越没人样，父亲知道拖延不得，直接找来一辆车，就把曾祖母和她的衣物，全载回了村里。当时我还小，可多年之后，我仍旧记得她伸出手摸了摸我的耳垂："你会回村里看曾奶奶不？"我说："我不想上学。我想回村里给曾奶奶煮饭……"

那时的父亲母亲，就是移动的厨房，身上的油烟味盘旋在我的少年时代。每睁开眼睛，他们便在饭店里忙，除了衣裤，我甚至怀疑，油烟也渗入到他们的肌肤里，每晚无论怎么搓，无论擦多少肥皂冲多少洗澡水，他们的身体都裹着一层油腻腻，蚊子落脚都会打滑。我甚至怀疑过我身上也这样，不然有时同学们为何看到我走过，便不自觉地脚步挪动，甚至还有人抽动鼻子？我就是在那个时候，和父亲开始闹僵的。我常常从镇上跑回村里，悄悄和伙伴们浮游在海边，发现后的父亲无论多暴怒，无论用多少回的吊打，也没能阻止我一次次往海里跳——在父亲和母亲的眼中，我肯定会把自己的命丢在海里。母亲有好多回对着我叹气——我离她越来越远，终将消失于她的视力范围。当时的我，并不觉得自己有多叛逆或者说故意找碴，可能我更单纯的想法，只是想用海水一遍遍洗掉我身上也挥之不去的油烟；洗不掉，那就蒙上一层海盐的咸腥，以一种难以忍受的气味，覆盖另一种难以忍受的气味。

日子在镇上稳定之后，父亲也难免有出神的时候，他也曾在别人的鼓动之下，出过一次海。那是一条出近海的小船，大半日即回。这一次之后，父亲再不敢提出海的事，有人忍不住问他怎么样，他绷着脸没回答。后来，有人从船家那里套到了话，说是父亲从上船开始，就眩晕呕吐；船远离岸边，周围一片蔚蓝的时候，他已经没东西可吐，只是干呕。船家被他吓到，他们见过晕船的人，但晕到这程度的也是罕见，匆忙返回，连网也没撒。父亲觉得误了船家一天工，心有愧疚，点头哈腰把人家请到店里喝了几次酒。这一次后，父亲彻底死了心。我怀疑，父亲那么痛恨我下海，除了那个笼罩在我们家男人身上的"诅咒"之外，还有他对自己无能的不甘，有对我水性太好的嫉妒成恨。可即便是这样，大海的诱惑在他心中也未全然熄灭，他对海水如此痛恨，又在某种想象中，做着征服大海的梦。

我也是在好多年后，才知道父亲并没有我所想象中那么软弱，他也曾试图战胜恐惧，用自己的方式接近他所畏惧的大海——比如他之后与人合开过的水产养殖场。当时我们家在镇上稳定下来了,赚得不多,但饭馆一开,每天的收入也是看得到的。父亲想与人合开养殖场,母亲几乎闹得要离婚。和母亲几次"战争"之后,父亲还是把不少钱投入进去了。起初的两三年里,父亲基本放弃了饭店的生意,母亲成了掌柜。父亲时不时往海边跑——那是一个海湾,他和别人投资的网箱都在那里——沉在海水中的网箱,游着投放的鱼,也游着父亲关于大海的梦。那时的父亲,话最多,他每次开口,都是:"我们那水里……肯定……"那两年里,父亲几乎说完了一生的话,他滔滔不绝,全是关于水里的鱼虾。我能感觉到母亲的不安,可她没能寻出不安的根源,没能在父亲话语不绝的时候,送出干脆利落的反驳。那两年,养殖场也确实赚到了些钱,也带动了饭店生意,父亲从养殖场直供店里的鱼虾,鲜活不说,也比别家店要便宜得多,母亲这掌柜开始当得乐呵呵。转变出现在父亲参与养殖场生意三年多接近四年的时候,那年夏秋之交,台风将至的消息一直在收音机里蔓延,父亲变得无比焦躁,我们整天看不到他——他是在养殖场准备抗击台风。所有的准备,后来被证明都是徒劳,那场风太大,从海南岛东面扑来,席卷了一切,所有的东西,都朝西面倒。

台风过后,父亲病倒,人只剩下一副骨架,一年多没恢复过来。那一年多,父亲是和某种药味联系在一起的。曾祖母住到了镇上,每天给父亲熬药,她时常伸出带着药味和柴火烟熏味的手,摸摸我的额头。在曾祖母的只言片语里,我知道了父亲在养殖场的投资,被台风席卷而去,他们为抗击台风而做的准备,也全都葬进去了。父亲还好,人病了,在药汤的呼唤里,算是捡回一条命,与父亲合伙的那个人,所有身家都丢在这场风里了,没熬过去,趁着家人不注意,给自己灌了半瓶农药,人也没了。曾祖母像是无意中说着这些,又不时提醒我:"你啊,要看紧你爸,别让他出事了……"当时的我不明白,本不习惯镇上生活的曾祖母怎么在镇上待了那么久，后来想通了，她是要盯紧她的孙子，不让其毁灭于一场台风的尾韵。

那也是曾祖母跟我相处最多的日子，即使镇上不如村里让她舒坦，她仍会每天醒后，便把自己收拾得干干净净，头发梳理得丝毫不乱——她是一个骄傲的女人，还将继续骄傲下去。我也是在那时，听到她说她儿子我祖父的事，也听到她说曾祖父的事——在她口中，我祖父和曾祖父永远年轻，而且，曾祖父要更加年轻一些。曾祖父几乎在还算是少年的时候就离开她，于是，在她记忆里，他是永远的少年。她有时也会看着我发呆，清澈的目光从她皱纹斑驳的脸上射出，我被看得不自在——她好像看的不是我，是另外一个人。

我年纪小，不懂安慰人，可我感觉到了她心中藏有太多不为人知的幽暗角落，月色清冷，无人光临——就像她一个人住在那空荡荡、只有咸风侵蚀的海边老家。有时，我几乎就要憋出几句什么话来了，几乎要懂得怎么安慰她了，她盯着我的目光却忽然变得温柔了——她又是在看着她的曾孙了。我快要憋出的话，瞬间消散了。她用手中的木棍撩拨炉火，药罐的盖子在气泡的咕嘟咕嘟中被挺起，中药的气味排山倒海。她褐色木藤般的手指，抚摸我的脸："以后，你不要老是下海游水了，别气你爸。他病没好呢，别再气他……"那中药味飘荡的一年多里，我好像再没下海，父亲从中药中缓过来之后，没了心气，大海的诱惑再也没能抵达他。他心无旁骛地在小镇饭馆的厨房里忙前忙后，油烟一天天熏着他，他一天天被包浆，身躯肥胖，肤色黑亮。

扬 波

我曾见过飞鱼。

当它们一只只跃出海面，开始滑翔——虽然滑翔的距离并不

远 —— 你便会有挥手和呐喊的冲动。是的，它们在海水的蔚蓝里，极力想逼近天空的蔚蓝。拍水下摄影这些年，我去过不少国家，见过各种各样的海。我曾到过挪威的西沃格岛上 —— 这已经算是北极圈内了 —— 暮色降临，水边的木屋灯光亮起，紧挨着的雪山闪着白光，有一种蓝消融在这天色里，倾斜的屋顶上积有残雪。在这里，自然是不敢下水的，可这里也有渔船，渔夫们是如何迎着这些冰寒出海捕捞的呢？我很想多待一些时日，跟随当地的海上勇士们，在某种极限之冷中，想象我祖父在中国南海的烈日下迎战热风。我自然也去过马尔代夫，多次在海底拍过各种水下的生物，日光猛烈之时，水下十多米，仍旧能看清画面，我拍过那里的护士鲨 —— 关闭了闪光灯，用自然光，镜头里有一种庄严的蓝，护士鲨自如的身姿，让带着沉重器械的我，顿感人之为人的某种无能。我在菲律宾的马尼拉遭遇过台风，看着风暴中的一棵棵椰子树几乎要被连根拔起，随风而去。风也把海边老家的记忆吹来，当年曾祖父，也是在海水中央，遭遇并消失于这样一场风暴吗？马尼拉风暴之前两天，我还在夜里深潜，拍摄各种色彩斑斓的鱼，它们的长相没法描述，造物主把这些怪邪的"作品"，都藏在光线不及的深海之下。我不会跟人说起，拍到这些生物之时，由于潜得太深，我脑袋眩晕，可海水的包裹，让我不觉危险，而有某种奇特的温暖……我拍的照片在不少地方展览过 —— 其实，也不知道从什么时候开始，去哪儿、不去哪儿，好像已经不由我自己决定了，拍摄邀约前来，若恰好踩中我的兴趣点，答应后，邀请方便会安排好出行线路，我拎上行李和拍摄设备，赶往机场即可。起初，那些照片出现在那些高精度、大开本的摄影杂志上，还是挺兴奋的，可很快也就习以为常了。在不少讲座、网络视频节目里谈到水底拍摄的时候，我没多少兴奋，倒是担心这些节目辗转被父亲看到后，引来他的轰炸。我时常能收到各家手机公司宣传部门寄来的最新款手机 —— 如果他们的手机主打的卖点是防水和摄影。他们一般还会寄出合作的邀请函,希望我能用这款手机,拍摄一些能体现出其功能和卖点的照片。我答应过两家公司三款手机的合作,我拍摄的一些水下照片,出现在那三款手机的发布会大屏幕上,也挂在其官网上,作为其宣传照。我逐渐不太接受此类的合作,是因为国内的手机更新速度太快了,若专门干这个,就做不了别的任何事了。而飞鱼,我就是用一款手机拍到的,有照片,也有视频,那视频被剪辑、配乐之后,飞鱼震动水面水珠弹射的慢动作,让那家手机公司在微博上吹嘘了小半年。

有一日,我在北京一家金融企业的总部举行的分享会上介绍海底摄影——也是奇怪,我参加得最多的,是各种企业组织的文化活动——海底生物的照片在幻灯片上一张张滑过,下面一阵阵"哇"。活动结束后,参加活动的人纷纷来加微信,有一个微胖的中年人上来握手,说:"老乡好,老乡好。"聊了几句才知道,他叫Z,并不是海南人,可他在海南一个景区任高管。他说景区内有一片冷泉,什么时候我回去了,请我去拍拍他们那片冷泉的水底。当时正是父亲跟我关系最僵的时候,说起回乡,顿觉山高路遥,我说:"多联系,多联系。"之后,Z在我的微信朋友圈里特别活跃,几乎我所有发出的照片下头点赞。有一年,他察觉我即将回海南岛过春节,飞机降落之后,把我直接载走,拉到他的那片冷泉周围,说不给他完成任务,就把我软禁,不放回家过年。已是深冬,又是冷泉,这一次拍摄真是把我折腾得够惨。冷泉的那汪水很浅,最深处也不过刚到脖子,在这样的水中,要想拍出Z所期待的唯美画面,角度就变得无比重要。幸好那两天日光挺好,水草和一些小鱼在画面中无比斑斓——当我打着喷嚏把一张张照片放给他看的时候,Z说:"你帮了我的大忙,你帮了我的大忙……"那个春节,我一直在感冒的状态中度过,吃什么都觉舌尖麻木。听说了感冒的原因,父亲春节期间一直和我冷战,曾祖母没多说话,又是给我煮姜块红糖水，又是给我把甘蔗烤热，希望那些冒着热气的甜水，能驱赶我体内的寒气——那么多年，曾祖父毫无音讯，在某些身子有恙的日子里，她也是在甜水一遍遍的浇灌下，舌尖尝到一点儿甜味，才能活得下去的吧？

当Z邀请我回来拍摄龙宫，我第一时间想起那场感冒和父亲那从冬天阴到春天的脸，便说："我给你介绍一个朋友，他也拍得很好。"Z说："别人，我就不叫了，你再想想。"第二天，他在微信上给我回一句话："真让别人来拍，你甘心？"当天中午，我翻来覆去没法睡，掏出手机回了一句："你把我说服了。"倒头便睡。按照Z的说法，自年初海南宣布建设自由贸易区之后，他们公司也在加快布局、探索，在我们家附近的那片龙宫推出潜水游，便是其策划的一个新项目。按照他的计划，拟在此项目推出前，先准备一批海底的照片，搞一个摄影展，先声夺人之后，在媒体上疯狂宣传，再找几个网红来做潜水直播，如果那片海底龙宫随着直播镜头缓缓展开……哇……哇……哇——他用一连串的"哇"，代替了所有想象。

没想到的是，潜水拍摄还没开始，我得先送别曾祖母。

我从龙宫捞起来的那块石杵，被装在一个小盒子里，放入她的棺材之中。棺材从祖屋往外抬之时，村人果然全都跑空了，这是我们村最"绝情"之处。在以往，别家有人出殡，我们也照样远远跑开，按说早已习惯这场景，而当终于轮到我们身上的时候，心中还是不好受——我们被抛弃、被别人恐惧，我们离死亡如此接近以至于别人只能和我们保持距离。村里人一少，回声就特别响，点燃鞭炮，吹起唢呐，那余音的一勾，让人惆怅。主持葬礼的师傅公走在前头，指挥着抬棺人，他让停就停，让快步就快步——空荡荡的村子里，他们走得曲曲折折，好像在闪避路上的什么东西。家人跟在后头，每走几步，就丢一挂鞭炮。理性告诉我，在此时应该悲痛，可我内心的真实感受，却是某种解脱——为曾祖母能够摆脱无边苦役而欣慰。活了九十四年，她当了七十几年寡妇，多少暗黑的夜，她是睁着眼睛熬过来的呢？

出了村子，往西是一个小山坡，是不少村人安眠之处。在走到进入山坡的路口时，师傅公一摆手，队伍停下，他走到父亲面前，悄声说了几句。父亲扭头，说："我们就送到这儿。"师傅公再次挥手，又一挂鞭炮炸响，抬棺的队伍继续往前，而我们家人就地等候。这是有着某种慈悲心的习俗——送行到此，下葬的事宜交给他们，就避免了亲朋的撕心裂肺哭断肠。等待的时间里，家人说什么话都不对，都沉默着；站着也疲累，就在路边蹲着，目光呆滞；也有憋不住的，掏出手机，闷着头刷起屏幕。我靠着一棵树，闭上眼睛，阵阵海风荡漾而来，穿过渔村，给鼻腔送来淡淡咸味。我们唯有安静地等，等师傅公叫人来传话，让我们去已经安葬好的墓地面前。风声里，我听到了家人传出了第一声哭，是谁呢？我没睁眼看，接着有多人的声音此起彼伏混杂一块儿，我还是没睁眼。当眼睑没法阻挡洪灾，泪水超出警戒线，不得不睁开了，眼前迷蒙一片。四十分钟后，有人过来，说可以过去了。

新土尚湿，隆起的土坡，那就是曾祖母了。在她的左侧，是一个墓；她的身后，还有一个墓。那两个墓，往年的清明节，我都跟来扫过。曾祖母左侧的墓，是曾祖父的；她身后那个，是祖父的。这两个，全是空墓。而最先埋下的，其实是祖父，在我还远远未出生的某一年，他驾船出海，整船人只回来了几个，一片哭声之后，各家人都寻找出自家葬海之人的一些遗物，埋下以当坟墓。也就是说，好多年里，我随父亲祭拜的，是一堆空无一物的土。曾祖父的那个墓的修建，我还有点儿零星印象。曾祖父不是水手，也不是船长，他虽然消失在海上，却并不是随船捕捞的船员，而是乘船前往东南亚谋生，起先还和家中有联系，最终却了无音讯了。数十年里，曾祖母一直在等待着他的归来，可她活到九十四岁，也没有再听到他的消息。其间，无论别人怎么风言风语，她一直坚信曾祖父还活着，也从不给曾祖父安坟、立碑。小学时的某一天，天还没亮，我被曾祖母的抽泣声吵醒。家人都疑惑不解地围聚过来，她慢慢止住哭声，用手背抹抹眼泪，又捋了捋我的头发，说："你公祖过了。"她让父亲去找人张罗，把曾祖父的一些存放了数十年的东西葬下，我们也才知道，已经在她的记忆里完全模糊的曾祖父，重现在她的梦里，跟她告别。此时，新坟立起，曾祖母也并没有跟她的丈夫和儿子真正"团聚"，她的身边和身后，仍旧只是两个空荡荡的土堆，她在另一个世界，仍得单枪匹马一个"人"。

点燃一挂鞭炮过后，家人尽皆跪倒，师傅公喊道："一叩首……"

Z摁着电脑的回车键，一遍一遍播放幻灯片。那是他之前找人拍的海底龙宫，也不是说拍得不好，问题在于，这些照片都显得比较暗。我判断有几个原因：一是拍摄时光线不足；二是这并非专业的水下拍摄设备；三是摄影师缺少水下拍摄经验，只是把陆地上的拍摄习惯不假思索迁移到水底，对水里瞬息万变的流动感把握不住。当作纪实照片来看看，也不是不行，可若是以这样的照片来吸引人，把看客转化为游客，恐怕效果未必行。曾祖母的葬礼之后五天，Z叫辆车到渔村来把我拉到县城一个酒店里，他说话小心翼翼，怕惹到我。他也不提让我下水的事，只是拿出他之前收集到的一些照片，说是让我和他一块儿分析。

我说："这些照片都缺少色彩，可能……那片水下龙宫本身色调太单一。光就照片来说，这些画面实在是没什么诱惑力。我的想法是，这些建筑太灰暗，但可以拍一些水下生物，用水草和鱼虾的色彩，来点活画面。"Z拍拍我的肩膀说："你什么时候状态好，我这边随时安排人跟你一块儿。"我说："就明天。"

不管设备多重，一入水，我就活了过来。我是独行侠，觉得入水是一个人的事，那种被海水包裹、独自游荡的自在，没法与别人分享，所以我没有让Z喊来的两个人陪我一同下水，而让他们在船上接应。他们也乐得自在。入水之前，我习惯用潜水鞋在水面击打三次水花，一个翻身，射入水里。水下摄影就是这样，当你一直追着拍什么，你就总能在水下遇见什么：有人总能拍到水母，有人总能追到鲸鱼，有人则老是碰到珊瑚和巨大的贝。而我的眼睛，总是能看到艳丽的色彩——总是某一团色彩而不是某个活物最先击中我的眼睛。能见度很好，强烈的阳光让海水好像变浅了很多。对我来说，这样的潜水摄影，已经不是谋生的工作，而是修养身心的方式。陆地上的声音都被隔绝了，没有了人影，这是我的世界。

如果能真正忽略包裹周身的水，每一次海底潜游都是一次飞翔。下水前，一遍遍检查身上的设备，像是即将从半空跳伞。所谓水下拍摄变得越来越"专业"，意味着所携带的拍摄设备越来越沉重，这些器材，已经在某种程度上成了器官的延伸。当苦咸苦咸的海水，以浮力抵消掉器材的重量，那些沉重的器材就慢慢"消失了"。在这水下龙宫里潜游，看到一栋又一栋的残破房屋在我眼前展开，我不能不产生时空穿越的恍惚感。多少年来，村人只知道海边水下有这龙宫的存在，各种传言给它盖上层层迷雾，并不能让我了解得更多。可有了互联网之后，一切都变得没那么遥远，我也追寻线索，在一些旧县志里，翻阅到了这水下龙宫的来历。并不需要潜多深，十二三米，已经可以双脚踩到海底，那些斑驳的石块，颜色是很单一，却也刻满海水和时间侵蚀的痕迹，角度选好之后，是最好的拍摄对象。光是想想，自从这些房子潜埋入海水开始，从未有一个人像我一样缓慢地看着它，我就浑身颤抖。

就在这时，我看到了那条鱼，我很难讲那是一条什么鱼，颜色血红，犹如一团火在水中燃烧。对一个摄影者来讲，这是致命的诱惑，我很快地往前游动，靠近之后才发现，那条鱼几乎有我身体的三分之二那么大，颜色也越来越红——我正在靠近一团火。它并没有要逃离的意思，它甚至瞪着我看了看。暗淡的海底残屋断墙面前，需要这么一团火来点亮，我不断摁动快门，拍下了它很多的照片。它感受到了长镜头的侵扰，它游动，跨过一堵断墙，在水草间消逝。我只能快速滑动，追过去，可它更快，主动权在它那边，火光时大时小。即使身上没有背着摄影器材，我也没法追上一条试图游走的鱼；但那条鱼显然并无意逃远，当我停下，它也停，好像在等。我不得不重新游过去。待我游近两三米之后，它又再次离开，在我的相机里变换着各种造型——一个足够自恋的模特。

追拍了二十来分钟，我不得不放弃了，我知道，携带的氧气已经不多，我得返回水面了。那条鱼显然也看出了我准备放弃，它猛地加速，竟然撞向水底的一堵墙。没什么声音，只有轻微的一缕震动，那条鱼摇摆一下尾巴，拐弯绕过墙壁，瞬间消失了。我呆呆地看了好一会儿，那条鱼撞过的地方，墙上的石块开始缓缓掉落——这些断墙在水中泡了四百多年，早已不那么牢靠。我游近那堵石块不断滑落的墙，想拍一些微距的照片。靠近一看，发现边上有块歪歪扭扭的牌坊，我捡起一个石块，刮掉牌坊上不知道是什么的覆盖物，慢慢辨认了好一会儿，半看半猜，落款的小字已完全没法辨认，倒是可以看出那几个大字。大字是"海不扬波"。这四个字让我心里咯噔一动，我选了好几个角度，好让光线充足一些，却仍没能很清晰地拍下这四个字。

等回过神来，我暗暗叫苦，呼吸到的氧气已经变得稀薄，有着多年潜水经验的我，本不该出现这种低级错误的。潜到水下，身上承受的水压变大，是不能快速上升的，否则……我不敢多想，只能放慢吸氧的频率，边游动边上浮，动作越是缓慢，我的内心则越是焦急。不能加速，不能加速，不能加速……我靠着意念来控制自己，可……即使我想加速，也没办法了，氧气残存无几，我的身子越来越沉重，那些拍摄器材已经快要把我的身子压碎，可潜意识让我没法松手……甚至，连眼皮也睁不开了。眼前开始变得暗淡，我觉得我甚至还没办法上升，又得往下掉……暗淡开始变得光彩夺目，那是刺眼的光，天崩地裂，各种轰鸣声充斥着我的耳腔，我感到了巨大的摇晃，人间的一切，都在碎裂——我自己，也要炸裂了。

一切开始变得正常，从我重新吸到充足的氧气开始——有手臂抱住我的胸，另一只手扯掉我嘴里的呼吸器，递过来另外一个，我本能地猛烈吸氧，总算是赶走了幻觉。来人和我比画着潜水手势，我连续吸了好多口之后，摘下呼吸器递给他。过一会儿，他递给我；再过一会儿，我递给他……他松开抱在我身上的手，我们交替使用他背上的氧气瓶，慢慢上升，越靠近水面，阳光越白亮。

把头探出海面，我没有抢着吸气，反而长长舒了一口气。我知道自己刚刚死里逃生。重新坐到小船上，我才感觉到，身子像是散架了。我感谢这两个跟我一起来的队友，他们发现我潜水时间太长了，就都背着氧气下水寻我了。我此时没法说出感谢的话，闪过我脑子的念头，是让他俩保密，否则，一旦传到父亲的耳朵里……刚才的那一幕，就是那个笼罩着我们家的魔咒吧，它是蹲守猎物的好猎手，无论藏匿多久，时机一到，就杀机毕现。

——当年，那一幕也是这样出现在我祖父身上的吗？

祖　父

我总觉得，祖父有过跟我一样的压力。他的父亲——我的曾祖父，随着下南洋的船消失后，曾祖母把所有的目光都放在他身上，她肯定多次幻想过,她的先生若是有一天安然回来,她至少可以坦然告诉他,我帮你把儿子养得好好的。可时局动荡,疲于生计,哪里能照看得那么周全呢?祖父终于还是和村里的大多数年轻人一样,随船出海——我们村没有港口,可出水性好的水手,他上了另外一个镇子的渔船。曾祖母也不得不同意,世事多变,在岸上未必就比海里妥当。祖父每次下船,除了给他的母亲带回海货,还带回滔滔如海浪的话——那些话后来曾祖母曾不时转述给我,有的听着像真的,有的却无比荒诞,我不得不怀疑,那是曾祖母在对她儿子的多年思念中,自己编出来的对白。"你爷爷跟你这么大的时候……"她有时会以这句话开场,接下来说了半天,其实跟我的祖父——她的儿子,可能毫无关系。

也是很多年之后,我才清楚,或许她并不是要跟别人交流她的儿子,她只是在寻找一个说话的对象而已,而且,这对象还得恰好听不懂她的话才行——她就没跟家里其他人说过。也就是说,我永远没办法明白,在"丧"夫、丧儿多年里,她心里吞下过多少惊涛骇浪。她的脸出现在我眼前的时候,衣衫永远齐整,头发服服帖帖,没有任何一缕乱发强出风头。她和村里的老妇人没什么两样,可又处处不一样,她衣裳不新却特别洁净,她把自己浑身收拾得充满秩序感——如果不是以这种程序化来让一切严丝合缝各安其位,她早失控于那些起风的暗夜,哪里能熬得住那漫长辰光?

和村里的每个老妇人一样,每一个节日她都绝不疏忽,该到沙滩上燃烧纸钱祭拜未归人,她一定去;该到关二爷庙里祈求平安,她就在通书上指定的吉时准时出现。每年还有很多次,她一个人带着香烛纸钱背海朝西,去村人的坟地。那是她一个人的时间,在前往的路上,有人跟她打招呼,她也并不回话,最多点点头。她是去祭拜她的儿子,但,也是一座空坟而已。祖父在海上消失,连一根头发都没能回到渔村,最后埋下的,是他的一些衣物什么的。"他冷啊,他是在海上没的,又离得那么远，一直泡在水里，得划多少年的水才能回到村里呢？方向不对，就永远回不来了……"她这么跟我讲过她的梦，我当年听的时候，左耳进右耳出，没有在脑海里些许停留；当她也走了，她讲过的话，反而不时闪烁，在我耳边强行起义，祸乱不绝。

曾祖父消失在海外，并不是孤例，周边村子也不鲜见曾祖母这样的妇人。有的熬得到尽头，她们的男人从海外归来了。可大多等不到，要么男人已在南洋重新成家，只是偶尔给寄些钱物回来；要么妇人熬不过孤独岁月，把自己的命结束于一棵树、一片水。这些空守着的女人，总是被异样的目光所包围——祖父年少时，受不了那些目光的挑衅，敏感而易怒，拳头时时青筋暴起，迎着目光和话语挥过去。无数的告状、争吵自然就丢到曾祖母身上。曾祖母叫来她的儿子，正要说出责备的话，可一在他的眉眼之间看到他父亲的模样，看到他脸上青一块紫一块，准备好的话只好吞回去。她清楚，她儿子的所有愤愤不平和无端发怒，都是替她出头，他渴望像一个真正的男人一样，挡在她面前，隔断所有朝她赶来的伤害。

一九五〇年海南解放时，祖父七岁，曾祖母是个村妇，可她也知道，新的时代到来，一切都不一样了。曾祖父的身影是越来越渺茫，几乎所有下南洋的男人都跟老家断了音讯。不到十岁的祖父，跟村里的伙伴，一次次把自己丢进海岸边的龙宫里，从水里捞起海底之物。曾祖母的哽咽和泪水没能劝退祖父，她只能频繁地烧香拜佛，祈祷她儿子平安。祖父十四岁就随船下海，把自己晒得一身黑褐，身上只有眼白和牙齿是白色的，日光之下，肌肤闪着油光，一铁锤下去，能敲出乒乒乓乓的金属之响。女人出海是渔村最大的忌讳，祖母自然没随船出去过，祖父跟曾祖母说他的海上奇遇，曾祖母只能借助在岸边遥望的海面之景，想象海里的波涛。那些奇遇，最后都化成她的阵阵惊吓和夜夜噩梦，尤其是在祖父十八岁那年经历了一场风暴后。当时祖父已经是一个远海船上的主要船员，每年在海上至少待四个月，相比陆地上的安稳，他更习惯海里的摇晃。那次风暴出现在渔船返航的途中，捕捞的鱼虾蟹堆满舱，可风暴袭来的速度远超他们返航的速度，后来即使把渔获和一些重物抛下，渔船也还是和风暴正面相遇。依靠船长熟知海路，借助经验和罗盘的指引，快速奔往一个岛礁，总算是把船员的命保住了，可这一趟也算是损失惨重。回来后，光修复渔船就花了一个多月。风暴抵达村里的时候，曾祖母守着空荡荡的院门，目光空茫。风后三天，见到儿子衣衫破烂地出现，她的惊骇反而没了，只淡淡地说："你要找个婆娘了。"

问到合适的人并不容易，人家一听说出海的，他父亲也消失无踪，多给吓退了。祖父结婚已经是二十岁那年了，祖母是隔壁村的，也是渔家人，家里也在海上折损过人，并不觉得有人死在海里有什么大惊小怪的。婚后也就十多天，祖父也再次随船出海，此时，祖父已经能时不时帮一帮船长掌舵了。对于罗盘的指向和《更路经》上记载的海上航线，他也能多少知晓一些，最关键是，他水性好。出船的人，没有水性不好的，可像他那么好的仍是少见——若说有人能在海上徒手抓回条鲨鱼，这人只能是他。后面，便是我父亲出生了。祖父每次出海归来，家里就多了鱼汤味，肌肤颜色越来越深的祖父，双手钳子一般抓住他手脚粉嫩的儿子。他总是下手太重，捏出一阵阵号哭，引来家中两个女人的阵阵责骂。

曾祖母总算是松了一口气，若是有一天，她白发苍苍的夫君从国外归来，她可以带着她儿子、孙子，走到他面前说一句："我对得起你。"但这样的话，是没有机会说出来的，即使她在自己内心预演了千百遍。她去问卜过一些通灵之人，想证明自己的预感。被问询之人，无论胖瘦男女，无论法力高低，总有一点是斩钉截铁的，那就是，在某种奇特的问卜仪式之后，给她的回答都很一致：曾祖父还活着。这算是好消息还是坏消息？反正，她被这个消息笼罩了数十年，直到她过世，她幻想着重逢的画面也从未出现。如果我们生活的是上古神话世界，那她毫无疑问会变成"望夫石"之类的东西。有很多无人知晓的长夜，她侧听着不远处的潮汐涌动，渴盼从月色和海风中，搜寻到那缕熟悉的体温与呼吸。这样的渴盼，在她的儿子我的祖父命丧远海之后，更加强烈。

关于祖父的死，后来一直有好几种传说。

其一：那一趟出海，祖父已算是船长，他掌舵已经两年。这一趟，渔获颇丰，船已经归航。这一次是少见的丰收，所有人也就放松了警惕。当夕光洒满海面，橙黄色让一切都显得安详而辉煌的时候，没人会想到那艘相向靠近的船会率先开枪。祖父慌忙掉头，想甩开飞射而来的子弹。他让船员搬来米袋，堆在船舵前面，他一边躲避一边转动船身。风吹船帆，船一个错身，甩开了一段距离。船员们虽也有两杆枪，可在突然的袭击面前，已经被打傻了，忙活半天，潮湿的枪管根本射不响。虽然海上摇晃，不好瞄准，可船上还是有船员中枪了，哀号声和血腥味混合在傍晚的海风中，是死亡的信号。奔逃了有二十分钟，祖父右肩中枪之后，他终于让船停下，他只希望，袭击者可以放过他的船员。后来活下来的船员也没能说清楚，袭击者到底是别国的士兵还是神出鬼没的海盗。

其二：最先，是一个首次登上这艘渔船的船员，生了某种怪病，肚腹鼓胀，呕吐不绝，在船上鬼哭狼嚎。船员们把携带的药都翻出来，土方子都用遍了，也没一点儿效果，直到那船员气力散尽，昏睡过去，呻吟越来越弱，眼看就要咽气。祖父准备以最快的速度返航，可这一次出海太远，不是想回就能回的。最可怕的，是第二天，祖父发现自己也开始出现了和那船员一样的症状——也就是说，这是某种可以快速传染的病。七月底的暴热天气，船舱这个封闭的地方，人人自危，没有人知道将会发生什么。祖父极力控制，可扭曲的身体、发紫的脸色，掩盖不住他已被传染的事实。祖父估算了归航的时间，最快的速度也得四天半，可他这个掌舵人已经染病，相当于这艘船的大脑已经迷乱，返回到岸上的时间还会拖延得更久。如果继续归航，可能还没到达港口，船上的人便无一幸免全都被传染。祖父当即做出决定，向一个离得最近的岛礁进发。他已不能掌舵，只在一旁边呻吟喊痛边指挥，大半日之后，终于看到经书上提及的那个岛礁。岛礁不大，可此时已经是唯一的救命场所了。考虑到渔船可能已经被呕吐物污染，没犯病的船员便带着粮食和淡水登上岛礁；渔船上留下了祖父和最先犯病的那个船员。渔船在岛礁附近下锚停靠，相隔不远，船和岛礁间的海水把健康之人和病号隔开，避免怪病继续传播。幸好这一趟出来还没多久，淡水还足。前两日，岛礁上的船员不时朝船上喊话，祖父听到后，都会回应。到了第三天，船员喊了许久，没有听到任何回应。他们心慌了，有胆子大的立即登船查看，却在渔船上号哭起来。其他船员也纷纷登船，船上却没有了祖父和最先染病那船员的行踪。渔船比他们登岛礁时，还要更加干净整洁，显然被海水冲洗过。没有人知道祖父和那船员去哪了——其实，却又谁都知道。他们在渔船附近的水下搜寻好久，一无所获，只好放弃。他们知道祖父的水性，他既然已准备把船留给健康的船员，自然不会把染病的身体留在附近，他肯定已经带着那最先染病的船员游出很远，再沉溺于茫茫波涛。

其三：所谓的遇袭和怪病，并不真实，他们的船，仅仅是遇上了一阵渔家最常见的海上风暴，导致损失惨重，最后回来的，只有几个人。剩下的船员回来之后，大多语焉不详，彼此之间说的话都对不上号，不知道该相信谁。

这一场海上的灾难，一直都是一个谜，谁都没能证明哪种说法是真的。甚至有人说，其实，传言都是真的，那一趟他们先是遇袭，之后带伤逃离，伤口发炎，导致病毒传染，后来在岛礁上躲避，还遇到了一场不小的风暴……我父亲在很多年以后，曾抱着这个不解的疑团，去问了一位当年的幸存者，那老船员就是这么说的。他并没说谎，可关键是，他出海多年，会不会已经把诸多经历，混成了同一件事？会不会把一辈子待过的船舱、海面和岛礁压成同一回，也把一辈子的出海压缩成了同一次？

　　丈夫、儿子相继尸骨无存，在他人眼中，曾祖母的灾星之名怎么也洗不掉了。她不是没想过死，父亲后来跟我说过她身上的疤痕，一些纵横交错的刮痕，在她的大腿、手臂处交错，那是来自她的发钗还是梳子的自残？她甚至在身上绑了一块石块，准备自沉于海底龙宫，可绳子的脱落让石块先沉了下去，她被海水的浮力推向水面。几个在岸边摘椰子的少年发现了，慌忙下水把她拉回岸上。一次失败的寻死并不能完全抹杀她的绝望，最后让她打消念头的，是我的父亲。当时十余岁的父亲对她说："奶奶，以后，你跳一次，我也跳一次。"父亲看到了她唯一一次痛哭。父亲见过很多场大的台风，可在他眼中，所有的风暴，都没有那次他祖母的痛哭来得摧枯拉朽——那痛哭堆叠了之前二三十年的无望，也预支了其后四十多年的泪水。

　　痛哭之后，曾祖母就不再寻死了。她得和我的祖母一起，带大我的父亲。祖母是在父亲十二岁那年，也就是一九七六年过世的。我也曾问过父亲，到底是怎么过世的？父亲语焉不详，憋出眼圈的通红，只抛出一个字："病。"曾祖母也从没提过，这自然也成了我们家另一个隐秘。而这哪能藏得住呢？在村里一些上了年纪的人那里，不外乎两个字："吃药。"至于祖母吞食农药的缘由，村人则是各种猜测。可即便没有确切答案，要猜到也并不困难。这个家两代男人都消失于海上，而两代女人都活着，带刺的风言风语、带色的奇怪眼光汹涌而来，不是所有人都承受得住的，祖母毕竟不比曾祖母命硬。而我心里怅然无比的事情是，当年曾祖母牵着我父亲的手，送走我的祖母，她心事如何？作为我们村最长寿的人，时间对她来说，是奖赏还是惩罚？或者说，这是一种惩罚般的奖赏。

地 动

"以沙滩为中轴线，水下龙宫和岸上村子，是相互对称的。"

给Z的拍摄策划方案里，我写下了这么一句话。在数百年前，那片水下龙宫，又何尝不是一片岸上的村子？对我来讲，要拍摄这片水下的龙宫，首先要解决的问题，是这地方怎么来的？它们怎么出现在这一片水域之中？龙王所居、海神藏匿之类的荒诞之语，我是不信的，无论那些传言在附近村子萦绕了多少年。无论它身上覆盖着多厚的泥沙、多沉重的海水和多混乱的人言，我都得查看清楚之后，才能开始拍摄。

对我来说，小时候的每一次扫墓，都是一场心惊肉跳。我知道祖父、曾祖父的墓穴都空荡荡，可那隆起的土堆，有着消灭一切的力量，我想不明白，活生生的喜怒哀乐，凭什么全部掩埋于这些土？凭什么归于无？凭什么一丛又一丛坟上杂草这么繁茂于风霜？这两个无法被陆地捆绑的男人，消失在我们看不到的地方，那好，既然看不到，凭什么说他们死了呢？难道不是他们厌倦了这海边村子的小，于是出海远征，在我们看不到的地方开枝散叶？

曾祖母过世后一个月，是她的冥寿。往年的这一天，父亲会提前一天准备，开饭馆的他提前拟好菜单，亲自下厨。他把村里的族人都叫来，让人们在推杯换盏中称赞曾祖母的高寿和福气——在往常，族人们会因为曾祖母的"命硬"而避之不及，在这一天，则全都化为祝福。无论父亲变换多少花样搞了多少菜，曾祖母都几乎不吃，在劝人吃喝的时候,她只在面前摆放一杯刚冲好的黑咖啡,不时拿起杯子抿一抿,眉头一紧,本就皱纹斑驳的脸,更加杂线交错。她在平日里,并没有喝咖啡的习惯,可每年生日这天,那苦涩的味道就会在我们家萦绕。速溶的还不行,得是咖啡豆研磨成粉,冲泡之后黑乎乎一团,近乎于药。我也是到了上大学之后,才听曾祖母说起,她第一次喝咖啡还是一九四九年前——曾祖父下南洋之后,第二年曾回来过,带回的东西就有咖啡粉。曾祖父回来两周后,曾祖母过生日时,他第一次给她冲泡了那苦涩之味。不知道是咖啡的效力还是曾祖父的话,让她一夜不眠。曾祖父低垂着头告诉她,他将在数天后,再次随船下南洋;他还说,本来想多待一些时日再做打算,可据说日本人将要到渔村来,找青壮汉子下海打捞龙宫里的东西,到那时恐怕就身不由己了。之后每年的生日,曾祖母都会让那奔腾不息的苦味,在自己的口腔里重现。可现在,曾祖母过世了,父亲说想继续搞桌宴席,母亲的脸越来越难看。

"那……就算了吧。"父亲主动认输,说完拍拍我的肩膀,"你,跟我出来一下。"

父亲点着一根烟,吞吐了好几口:"你要不要也来一根?"

"不要了,一抽上就麻烦,我老要潜水……"此前,我也抽烟的,尤其在异国之时,躺在陌生的酒店,听着陌生的海潮,烟就一根接一根,停不下。有一次潜水时忽然到来的呼吸急促,让我想到了昨夜抽掉的半包烟,还没浮上水面我就铁了心,若还想继续从事水下摄影,我需要做的第一件事,就是把烟戒了,否则我总有一天会死在这上面。父亲每吐出一口,我就觉得喉咙发涩,可又不能躲得太明显。

"有个事,我说出来,你别笑我,也别跟你妈说。"

"你外面有人了?"

"乱讲……"

"那……"

"我想让你教我学学潜水。"

—— 这话比在外面有人还让我惊诧,多年来一直绕水而行的他,竟然要潜水? 他猛地喷出几口烟气,我被熏得咳嗽几声:"爸,你这不是没事找事嘛,哪有到这年纪了还来玩这个……"

"我倒真不一定要学会潜水,我就是也想下去看看那龙宫。村里没下水见过的男人,也就我一个人吧? 邀请你回来拍照的那……什么总……要是水下旅游给他搞成了,以后来看的人肯定多,一想想我在这村子几十年了,没见过一眼,我也是不甘心。"

"爸,你一下水就紧张,心里有结,这事不好办,到时你手脚抽筋,划不动……"

"那不管,总会有办法的,实在不行给我身上绑根绳索,真上不来了,把我硬扯上来就是。反正,我得下去看看。等过几年,真开发旅游了,一是没这模样了;二是到那时,我更动不了了……"

他心意已决,我也只能应下。剩下的,则是怎么绕开母亲了。母亲不愿再给已不在的曾祖母办什么"寿宴",说那听着都头皮发麻,父亲顺水推舟,只到祖屋祈祷一番便算完事。忙完这些后,父亲跟母亲说:"你先回店里,我下午回。"母亲从院子里翻出一辆满是灰尘锈迹的自行车,摇摇晃晃就消失在村道里。院子里变得更加安静了,我们父子俩无话可说,静得像我一个人住在院子里的这些长夜。

曾祖母过世后这段时间,我一个人住在这海边村子的院子里。母亲让我到镇上住,说什么都方便。我去了两个晚上,跟母亲说:"妈,我还是回去住,你们一大早就开店,楼下太吵……"母亲说:"你吃饭怎么办?"我说:"我一个人在国外也待过个把月,也没饿过,回到自己家了,更不会……"她跟着回村里,把家里彻底收拾了一番,有时悄悄把某些东西装到袋子里,拎出去丢掉 —— 她是害怕曾祖母遗留的痕迹吗? 夜里,我把房间的灯全打开,在电脑上处理着当日拍下的照片，灌进窗子的海风，把心跳一般的海潮声也带来了。我干脆关掉一切人工的光亮，想起小时候的幻想：那片海里，高大的海神直立而起，赤裸的上半身月光落满。海神之事，海边之人传颂不绝，可自然不会有人见过，真正的文字记录，我也只是在查询关于海底龙宫的资料时，在一本县志上见过："琼州诸生应试，渡海归，见神人立于水面，高丈余，朱发长鬓，冠剑伟异。众惊伏下拜，神掠舟而过。次日，三舟复见，诸生大嗓拒之，神忽不见。少顷，风大作，三舟皆覆溺。"这样的话当然也是不可信的，理由很简单，要是真事，看到的人都随船覆溺了，谁来写下这样的故事？推演出这个逻辑后，我恨不得扇自己几巴掌——真是越活越无趣了。

安静让父亲显得尴尬，他丢掉烟头，去煮开水，冲了两杯浓郁的咖啡，那味道好像把曾祖母带回来了。父亲抿了一口："苦……等一会儿日头没那么晒，我们就下水吧。"

潜水服套在父亲的身上，把他身体的轮廓更加凸显出来——他的背已经弯了，无论他怎么想挺直腰板，侧面看去还是犹如一只虾。刚开始练，不能潜深，我找了一处清澈的所在，让他站在齐胸的水中，练习咬嘴呼吸器的使用。我讲了要点，就让他在水中练习，他的头不断潜入水中、不断抬起，下午的日光斜射在他身上，反光刺得我有些发晕。没练到十分钟，他站起说："是不是可以下去看龙宫了？"躺在沙滩上的我，抓起一把沙子丢到脚掌上："还远着……你先把这东西练熟了，我到时跟你配合着练，练习交换呼吸器。潜水容易有危险，一般至少要两个人以上才能下潜，还有很多手势要学——水下不能讲话，得靠手势来交流……"父亲愣住了："那么麻烦……"我说："我当时也练了四五天，你要怕学不会，就上来吧。"父亲说："……不是不想练，就是没想到，这事也……挺麻烦……"我没法跟他说，我学会了基本潜水技能，每次在不同的海域下潜，都还有大量的功课要做，水的可见度、光度、拍摄对象可能的出现时间、携带什么设备……都需要提前了解、准备。父亲不再说话，默默地练了半个小时，才上来沙滩，整个人陷进沙子里。此时，日光越来越温柔，海风已经带着凉意，人很容易在这样的日光和海风中犯困。好一会儿之后，父亲说："你说，那龙宫真像你拍的那样吗？"

"你自己去看看就知道了，比我拍的要好看。"

"你说，谁在水里修了那么大的工程？真不是龙王的宫殿？"

"就是人修的，跟龙王没关系。"

"花那么大力气，在水里修那些墙做什么？"

"本来不是修在水里。原本就跟我们村子一样，是岸上的村子，一次大地震，海边的村子全沉到水下去了，变成了今天的水下龙宫。"

父亲猛地坐起，瞪着我："你说的是真的？那以后再有地震，我们村会不会又沉下去？"

我说："准备下水拍的时候，我查了一些资料，根据记载，应该不会错。那次地震在明朝，至今已不止四百年了。那回地震太大，海南岛伤亡惨重，沿着海边数过去，有七十多个村子，全变了海底村庄。"

父亲沉默了有几分钟才挤出几个字："我——一定要——下去——看看。"他再次走入海水，嘴里咬着呼吸器，头部一会儿潜入水中，一会儿抬起。

我看着他，好像他是我的儿子，我是他的父亲。

除了练习潜水，父亲还让我帮他问护照怎么办、现在去东南亚方便不方便。一有空闲，他还到处探访村子周边的老人，神秘兮兮地打探着什么。为了撬开他藏着的话，我准备了一瓶上好的白酒，在砂锅里杂鱼煲咕嘟咕嘟的翻滚中，他轻抿一口之后，才泄了密："你曾奶奶过世后，我最近老做梦。"

"梦见曾奶奶?"

"没有。"

"其实,梦中的人看不清。可我总觉得是你曾爷爷 —— 我的爷爷。"他回头指着墙上的一张炭笔画。

从我有记忆开始,曾祖父这张遗像就悬挂在大堂的墙上。和其他人的遗像多为老年面孔不同的是,这是曾祖父年轻的面孔。我很难说清楚那是一张什么样的脸,目光空荡荡的,好像看着什么地方,又像哪里都不看。在很多年里,我总觉得这遗像有些奇怪,又说不上奇怪在哪,也是到了高中之后,有一次拍证件照,才发现了端倪。奇怪的地方在于:那遗像上,我看到了我父亲的模样,也看到了我的影子 —— 某种遗传的特征,隐藏在这些脸上。

"梦见他怎么了?"

"也没别的,就是狂风暴雨,台风来了,我们这院子都要掀开了。屋门被推开,我看到一个黑影站在门口,就像泡在水中一样。"

"梦中是白天还是夜里?"

"白天。"

"白天也看不清?"

"看不清。可总感觉是他。"

"所以……?"

"所以,我想找些老人问问他的事;所以,我也想到东南亚看看,他后来毕竟是留在那里了。"

"问到什么了?"

"问不到。他离开的时候,挺年轻,后来回来过一回,没多久再次走了,没什么人记得这些事。"

"我们村里都问不到,去东南亚能问到?东南亚不是一个国家,是很多个国家,连他去哪个国家都不知道,去哪找?怎么打听?他出国后,可能名字都换了。"

父亲眼圈顿时发红,说不出话。我堵死了他所有的出路——通往他的祖父、通往遗存给他相似面容的血脉之路。他死活要学潜水,是不是想当一个"合格"的海边人,好逆时间之流,抓住被大地震埋藏到水下的,那更蜿蜒更漫长的根?

院子里的灯都打开了,只坐着我们父子两个,空荡荡从咕嘟咕嘟的砂锅中冒涌而出,包裹住了我们。海风是拦不住的,它们无处不在,咸腥味前赴后继。在以往,曾祖母一个人守着院子的夜,她是不是也梦见过一个看不清的黑影,在风暴中推门而来,浑身湿漉漉,披一套水的衣衫?

曾祖父

……

有自南洋归村者,传其地繁华富丽及谋生之易。心慕之,欲往一游。父亲训诫:但有不适,应速归。遂于元宵之后,步行至海口。初做此徒步远程,抵达之后,坐不思起,脚底肿热泡如火燎,筋之伤也甚矣。由海口随船至新嘉坡(注:即新加坡),海上颠簸摇荡数日,有人茶饭不思,面色黑灰;余肚腹吐尽,口鼻腥臭苦膻。途中船板传来骚乱,据闻乃有人不堪货船摇晃之苦,心智大乱,投海而没。抵新嘉坡,未及休整,又转火车去芙蓉,乃村人工作之地也。

余随村人往橡胶园内之工寮,胶工皆为华人,琼岛之人亦不少,通乡音,时有人来探故乡事、言故乡物,无不眼红洒泪。胶工每晨四点钟即起,天黑如漆,于山涧中冷水浴,全力摩擦拍打周身,使之热。曰:非如此,胶林内阴寒瘴气侵体,必患病也。

未及拂晓，入林采胶，采完，急用膳。膳后速往林中收胶，不得使胶液受日晒凝固也。午后，工人中除制胶者，余则别无他事，或于寮中聚赌，或外出逛窑子。每月劳苦所得，虽甚丰裕，然因此而钱财耗尽葬身异域者，难以胜计。辰巳之际，风凉入静，属美睡之时。余不惯早起，亦不惯起身即冷水浴，更不喜其聚赌逛妓之风，便未应下胶工之活。旬余，谋寻工作尚无头绪，便因水土不服，病魔来袭，余面黄腹胀，身垮而神魄散。村人来探，知状危矣，急送救治。异域孤身，得此视护备至，感激涕零。经医治后，腹胀渐消，然全身萎靡，四肢无力，不能起身，每餐由护士以牛乳喂之；渐而能起，乃增加面包。手足不灵，屈伸莫听使唤，有如婴孩，学坐，继而扶手学立。渐改用饭，村人时备家乡菜前来，病患渐消，遂转别室疗养。疗养室园庭空阔，花木扶疏。每晨夕，余扶筇慢行于院中，心颇想家，深悔此行之谬：别父离妻，远隔重洋，尚未谋稻米一粒钱银些许，盘缠已然耗光，幸有村人援手照应，方不至客死异域。月余，复原如初。遂出院，至村人处别寻生计。

春未尽，热浪袭……
……

在电脑上把两张图片放大、再放大，也没办法看出写下这些字的是谁。相片里的纸张泛黄，字迹凌厉，每一个转笔处，没有任何逢迎，显出某种剑破长空的孤寂。写抬头的那一页没有了，有落款的那一页也没拍到——除了这空落落、没前没后的一个人，述说着他身在异域的一场病，其他全都遗失了。这不太像曾祖父写下的，在曾祖母的记忆里，他虽懂得写自己的姓名，读得一些字，也算得几个数，但也就这样了，要如此详略得当地写下异域之旅，不太可能。那，会不会是曾祖父当年让通文墨之人代写的——如果真是这样，我更感兴趣的，倒不再是曾祖父，而是那个代笔之人，他在为别人的家信琢磨词句时，会不会在其中暗藏自己的心事？可惜再也没人能说清这背后的故事了，曾祖母的过世，让一切沉入海底——就算她还在，这一切也许仍旧是谜。比如说，在数十年里，她就从没跟家里任何人说过这么一封信。

她过世后，家里人整理她的遗物，搜出一件就匆匆拿去烧掉，怕留在家里不干不净，母亲甚至不让我拍照："这些东西，拍什么拍？不怕？"看到觉得有意思的，我才悄悄用手机随便摁两张，也不敢被她发现。照片上这两张发黄的纸，就是当时随手拍下的，我记不清是不是还有其他的信笺。当时若是留点儿心，翻看两行内文，出现在我眼前的，会不会就是一个完整的故事？那陆陆续续收拾完的遗物，被父亲在曾祖母坟前点燃的打火机全送给了火光；他还顺便点了一根烟，走到一棵野树旁，在烟雾里咳嗽了几声。

也就是说，本来就对曾祖父所知不多的我，被手机里发黄的纸张搅和得更加混乱了。第一种情况：这封信跟曾祖父毫无关系，或许只是某个村人寄回，甚至有可能是当年曾祖父第一次回乡时帮人捎回的；或许，去村里问询之后，曾祖父才知道收信之人已经等不到来信，在一场病中过世或挨不住绝望而投海自尽，这封信就一直被曾祖母珍藏多年。当年曾祖父是不是还曾红着眼睛，在祖母面前掏出这封信念了起来？曾祖母先是静默无语，最后推人及己悲痛难抑，任由曾祖父如何劝慰也静歇不下，在他怀里像海潮一样摇荡了一夜？曾祖父后来再次下南洋，除了要出去谋生，是不是也要给委托他捎带信笺的人一个当面的回复：老家已经空荡荡。

如果这封信是曾祖父托人寄回的，那很显然，这应该是写在他唯一那次回乡之前，因为如果他回来过，家里人肯定已经了解他初下南洋之事，不需要再次离开之后，再写信告知。初次下南洋便遭重病，差点儿命丧异域，心中无比想家的曾祖父，为什么在回乡后仍旧义无反顾再次离开？对照那段时间，正是日军已经在海南岛上扎稳脚跟、横行无忌的时候，莫非他再次远逃，是要躲避日寇？或许，当年，曾祖父在外游历一番之后，发觉他国居也大不易，本是要回来的，却在回村不久，便听到日寇即将来渔村找人打捞龙宫的事，村里一些年轻的男丁只能外出躲避——曾祖父便再次随船远走了。这一次，他断了音讯，走出人世之外，再没跟我们家有过联系。关于那次日本人在渔村驻扎，曾祖母倒是讲过好几回，说他们杀了几个人，驻扎了一个多月，天天在沙滩边，把水性好的人往水底赶，可打捞上来的并没多少值钱的玩意儿，也就撤了。

  曾祖父的再次离开，意味着曾祖母漫长、孤独、空荡的岁月开始了。

  曾祖母永远在抿着嘴笑——时光摘走了她嘴边的话，更多的笑，就从她的眼角流出。随着年龄越来越大，她的话变少了，每次村里有什么老人生病或过世，她往往好几天一言不发。她最害怕的，是台风天。每次广播里预报台风将至，她一遍一遍细听，确定风暴临近的时间，提前杀好一只鸡，拉上我，到祖屋去祈祷。煮好的鸡、三碗饭摆放在八仙桌上，她握手默念，每个字我都懂，可我永远听不懂她的言下之意。她的祈祷有十多分钟，之后她来烧香、点烛、焚纸钱，而我则拿着一根线香，到祖屋外燃放一挂鞭炮。噼里啪啦，烟雾消散，她让我先离开，她继续在祖屋里一个人待上大半个小时。我也有好奇的时候，悄悄躲在门外，看着她站在昏暗的祖屋里一动不动，木刻一般。

  风暴来了，海浪不断击打沙滩，要冲到家里来，空中掉落的雨水已经不是雨水，是下滚的浪；狂风更是要抹平一切的暴徒。在此时，电全停了，煤油灯在夜里闪烁着脆弱的光。家人躲在屋里，不时被门缝、窗缝钻进来的风所惊吓。曾祖母在此时是不睡的，她没法睡，一直靠窗坐。紧闭的窗已经封死了视线，可她好像可以看到海，看到迷失于海上的渔船，看到大海彼岸的异国他乡。风刮几天，她就那样呆坐几天，除了吃喝拉撒，她始终和那张椅子贴在一起。家里也没人问她，问了也不回答，谁也没法知晓她的心事——对于一个独守数十年的女人来说，她有太多心事寄予他乡客与未归人。

入 水

我在故乡的海里拍摄了一个多月，这是我摄影生涯里从未有过的体验。在以往，我前往某片陌生的海域，少的两三天，多则一般不超过一周，所拍摄的也不外乎海里的生物。而这一回，我所拍摄的竟然是一大片漫长的海底世界——这是因明朝万历年间一场大地震而沉入海底的村庄建筑。村庄太大、太长，没完没了。其间 Z 来看过照片，不怎么说话，只是用力地拍我的肩膀，开车载我到县城一家饭店，一杯接一杯给我灌酒。

"这事，成了。"他有些哽咽。

"我以前也从没想到，家门口就有这么一片海。想不到绕了一大圈，绕回来了。"

"你知道吗？看了你的照片，我也想跟你学潜水、学摄影了。"

"哈哈，我爸让我教他，现在也能潜一潜了。"

"大概什么时候可以梳理一个展览的思路出来？"

"还得拍一段。目前可选的照片还是不多，都花了那么多力气，那就做好点儿。"

"我不急，你按照你的感觉来。来……喝。你想想，覆盖了四百多年海水围墙的龙宫，就要被你掀开面纱了。"

"不过，我最近得停一停了。"

"停？"

"上次我跟你说过，一直找我合作的那家手机公司，又来催我了。"

"你不能把这拍摄忙完？"

"老这么拍，我也有点儿倦，出来的照片效果并不好；还有，这几年我一直在和那家公司合作，不想断了这联系……最主要是，现在毕竟是智能手机的时代了，每次新款旗舰手机发布，网上全是热搜。我在想，要是把那新款的手机拿到我们这个项目里试拍看看，到时手机发布时，若是现场演示用上了这照片，对你的项目来讲，不也是一件好事？"

"我看行！"Z很激动，倒了一杯酒，仰头饮尽，他从口袋里掏出手机，啪一声放到桌面上，正是跟我谈合作的那个牌子。这天晚上，Z喝了不少，我也喝了不少。他摇摇晃晃坐上他的车，由代驾送走，他身后酒气经久未散。

两天后，我飞去那手机公司所在的城市，签署了保密协议，领走了一部尚未发布的新款手机。这手机套在一个造型怪异的保护壳里，一眼看上去，没法辨别其真身。其后个把月，按照计划，我又开始了满世界飞，在各个著名的海域，拍摄各种光线下的海底世界。这期间，我还悄悄回了一趟老家，带着这部手机潜入了家门口的海底村庄。以往沉重的摄影器材，置换成做了防水保护的手机，我变得如此轻盈。当那些在海底沉睡了那么多年的建筑再次出现在我眼前，我又有了那种回到母体的感觉——虽然每一个人也许都没法说出回到母体到底是啥感觉。

把照片连同手机交给那家公司后，他们送了一张国内发布会的门票给我，我接下来了，最后却没到现场去。这款新手机的发布会，在德国和国内都分别举行了一场，我都在网上看了，我想寻找我拍摄的照片有没有出现。德国那场发布会，并未出现我拍摄的照片；国内那场，有一张我拍摄的海底世界，鱼群涌来、严整、密集、光线辉煌。我夹带私货所拍摄的海底村庄，并未出现在发布会的介绍里。我理解这种选择，一款明星产品的发布会，每个环节都疏忽不得，谁不愿意把手机最色彩斑斓、高清靓丽的摄影功能展示出来呢？同时签约的数十位摄影师，都拿出最好的照片给他们选择，发布会上用来展示的，不会超过十张，我已经足够幸运了——那些通体黑黝黝的海底建筑的照片，力道浑厚，可色彩太单调了些，不讨好眼球，还是把它们留给我自己吧。

十月底之后，时间愈加飞快，其间有一家做互联网课程的，通过曲曲折折的关系找来，让我参与录制了七集关于水底摄影的网络课程，每节四十分钟。当所有的后期完成，已经是春节之前了，我买票飞回了海南岛。刚出机场，还没赶回村里，在手机上看到了武汉有人感染新型肺炎的消息。当时也没在意，以为远隔重洋，跟我们这海南岛没什么关系。谁知道接下来，各省纷纷宣布进入紧急状态，海南也近乎封岛，网上各种消息汹涌而来。再之后，春节过去了，父亲在镇上的饭馆也没法开门，村口的路被村干部拿破渔网拦住，随时有人拿着鱼叉巡逻。家里人也都被封在村里，没法移动。

我起初还抱着幻想，以为这一波兵荒马乱很快过去，可两三个月之后，疫情布满了整个世界。往年陆续到来的摄影邀约，全都消失不见了——真邀约了，能不能去、敢不敢去、去了能不能回来，都是未知数。我干脆死了心，窝在渔村里，整理以往的照片，并把一些潜水的视频剪辑出来，开通了抖音号，陆续发出来，一个多月后，竟然有了接近十万的粉丝。父亲整天跟我同处一屋，摩擦渐多；后来形势稍微缓和，他和母亲的饭馆又可以营业了，人虽很少，可毕竟开门了，我在他眼中才顺眼了些。

  我有时会把抖音号的视频转给 Z，他会发来一个大拇指，可更多时候，是毫无回应。翻看他的微信朋友圈，看到他最近老转一些心灵鸡汤的文章。我给他打了个电话，他语音低沉，说："我还在老家待着，出不来，还没法去海南。现在这形势……"我本来想告诉他，被关在村里这段时间，哪儿都去不了，可海上无人，我不需要戴着口罩，就可以划着小船在海边闲荡，那时的海好像回到远古，空茫辽阔。不时潜入水中，拍一些照片，每次看到空荡荡的海底村庄，我心想，现在，整个世界也是这么空荡荡的吧？快要挂断电话的时候，他说："有些对不起你，我想……这摄影展未必还能搞，你也知道，因为疫情，旅游业都停下来了，我们那几个景区，每天……唉……"我并不觉得意外，我只是有些愧疚，怪自己口拙，不知怎么安慰他——现在，这个世界上有太多需要安慰的人。

  禁足在家，刷手机的时间越来越多，不但眼睛像吹多了海风一样干涩，拇指也会隐隐生痛。把手机丢下，走出院子，海潮依旧，海风也依旧，海水之下，那个村庄依然隐蔽，暗藏千古，空茫如初。在渔村躲避疫情这段时间，我挑选好海底村庄的展览的照片，也排好了每一幅照片的顺序，连哪张照片洗多大、展厅的灯光如何布置等，我都做了规划。我甚至连展览的前言都写好了，只是暂时就不发给 Z 过目了。或许，一拖拉，这个展览永远没法成为现实了；或许，随着疫情的趋稳，好消息逐渐传出，这个世界还会回到此前的模样，该春暖花开时春暖花开，该日光辉煌就日光辉煌。是的，当我在村子里游荡，人们一切如常，我时时恍惚，好像疫情从未来到，海边的潮汐从未更改过它的节奏。好吧，我等着 Z 的电话，等着万物重开，年轻恒久——但在手机铃声响起之前，就让这场展览暂时属于我一个人，只为我自己开启。我悄然走进曾祖母的岁月，逆流而上，寻回那些消散的记忆。

"唯水年轻"摄影展前言

……

万历三十三年五月二十八夜，海南岛地震，海沙崩裂，琼东北起声如雷，海边七十二村庄，尽沉海底，人或为鱼虾。这些倾覆在水底的房屋，在四百一十五年过去之后，解除封印，重见天日，以另外的一种方式，回到我们的眼前。地震之前，高僧憨山德清恰好身在琼州府探寻东坡遗迹，他登上郡城之时，觉得生气不佳，曾言灾难将至，让人们躲避。可惜无人相信，死伤无数。

大震让那么多村庄瞬间沉入海水，以另一种方式，抵抗着时光的腐化。后来，岸边又重新生长出村庄，我们的先人一代一代在此生活，他们中的大多数人，并不知道海底村庄所从何来，层层传说覆盖了记忆。人们出生，活着，然后死去。"海老了／唯水年轻／凡是潮刷过的也都年轻"，这是我省老诗人云逢鹤的诗句。当我潜入水中，看到海底建筑，便觉得，这片海，确实老了；可荡漾的水纹天光，又那么年轻。这一次展览中，除了海底村庄的照片，还有一些岸上的，彼此夹击，共抗时光。摄影者也颇怀私心地放入了与曾祖母、曾祖父、祖父、父亲相关的一些照片；尤其是曾祖母，她坚硬地撑住数十年时光之潮的冲刷，她并未苍老，她如水——唯水年轻。

原刊《人民文学》第10期